Swan Song

Le feu et la glace

du même auteur

ROMANS

Baal, 1978.
Bethany's Sin, 1980.
The Night Boat, 1980.
They Thirst, 1981.
Mystery Walk, 1983.
Usher's Passing, 1984.
Swan Song, 1987.
Stinger, 1988.
The Wolf's Hour, 1989.
Blue World, 1990.
Mine, 1990.
Boy's Life, 1991.
Gone South, 1992.
The Five, 2011.
The Hunter from the Woods, 2011.
The Border, 2015.
The Listener, 2018.

SÉRIE MATTHEW CORBETT

Speaks the Nightbird, 2002.
Queen of Bedlam, 2007.
Mister Slaughter, 2010.
Providence Rider, 2012.
River of Souls, 2014.
Freedom of the Masks, 2016.
Cardinal Black, 2019.
The King of Shadows, 2022.

SÉRIE TREVOR LAWSON

I Travel by Night, 2013.
Last Train from Perdition, 2016.

ROBERT McCAMMON

SWAN SONG
LE FEU ET LA GLACE

Traduit de l'anglais (États-Unis)
par Jean-Charles Khalifa

MONSIEUR TOUSSAINT LOUVERTURE

Ce livre a été écrit par
ROBERT McCAMMON (1952),
traduit par JEAN-CHARLES KHALIFA,
illustré par BERNARD KHATTOU,
édité par DOMINIQUE BORDES,
assisté de CLAUDINE AGOSTINI, THIBAUT BERTRAND,
EMMANUELLE COMTE, LISA FOLLIET,
DOMINIQUE HÉRODY ET ARIEL MASSET,
diffusé et distribué par HARMONIA MUNDI LIVRE.

Titre original : *Swan Song*.

Page 126, extrait du poème
« L'enterrement des morts »,
in *La Terre vaine*, de T. S. Eliot, 1922.

ISBN : 9782381961224
DÉPÔT LÉGAL : MAI 2023.

WWW.MONSIEURTOUSSAINTLOUVERTURE.COM

POINT DE NON-RETOUR

Il fut un temps

Sister Creep

Black Frankenstein

L'enfant qui faisait peur

Chevalier

IL FUT UN TEMPS

Washington, D.C.
16 Juillet, 22 h 27

Il fut un temps où l'homme vivait une histoire d'amour avec le feu, songeait le président des États-Unis en contemplant au bout de ses doigts l'allumette qu'il venait de craquer pour sa pipe.

Il plongea son regard dans la flamme, comme hypnotisé par sa couleur, et alors qu'elle grandissait sous ses yeux, il eut une vision : une tornade de feu de centaines de mètres de haut en train de ravager ce pays qu'il aimait tant, réduisant en fumée villes et villages, transformant les fleuves en vapeur, tournoyant au milieu des fermes en ruines au cœur des terres et vomissant vers un ciel noir les cendres de centaines de millions d'êtres humains. Il fixa avec une fascination morbide la flamme qui montait de l'allumette, se disant soudain qu'il avait là, sous les yeux, en miniature, une puissance aussi créatrice que destructrice : elle pouvait aussi bien servir à cuire des aliments, illuminer les ténèbres ou fondre le métal qu'à brûler les chairs. Soudain, au centre de la flamme apparut quelque chose qui ressemblait à un œil minuscule, écarlate et sans paupière, et il faillit crier. Cette nuit-là, il s'était réveillé en sursaut vers deux heures du matin, secoué par un cauchemar d'holocauste, et s'était alors mis à pleurer sans pouvoir s'arrêter. La Première dame avait eu beau essayer de le calmer, il avait continué à sangloter, parcouru de spasmes, tel un enfant. Il était allé s'installer dans le bureau Ovale jusqu'au petit matin, parcourant encore et encore des cartes et des rapports top secret. Mais ces documents disaient tous la même chose : *Première frappe*.

La flamme lui brûla les doigts. Il secoua l'allumette, qu'il laissa tomber dans le cendrier gravé du sceau présidentiel. Une minuscule volute de fumée commença à monter, aspirée par la bouche d'aération.

« Monsieur le Président ? », prononça une voix.

Levant les yeux, il aperçut un groupe d'inconnus assis avec lui dans la salle de crise, puis une carte du monde ultra-détaillée sur un écran géant fixé au mur, ainsi qu'une batterie de téléphones et d'écrans disposés en demi-cercle autour de lui, tel le cockpit d'un avion de chasse. Dieu du Ciel, se dit-il alors, si seulement c'était un autre assis dans ce fauteuil, et que j'étais encore sénateur et que je ne connaissais pas la vérité...

« Monsieur le Président ? »

Il se passa la main sur le front. Il était parcouru d'une sueur glacée. Bien le moment d'attraper une grippe, se dit-il, et il faillit éclater de rire devant l'absurdité de la chose. Un président, ça n'a pas d'arrêt maladie, parce qu'un président n'est pas censé tomber malade. Il tenta de se concentrer pour savoir qui, autour de la table, s'adressait ainsi à lui. Tous le dévisageaient : le Vice-Président, nerveux et sournois ; l'amiral Narramore, droit comme un I, engoncé dans son uniforme à la poitrine couverte de décorations ; le général Sinclair, vif et alerte, les yeux comme deux billes de verre bleu dans un visage buriné ; le secrétaire à la Défense Hannan, aussi affable que le grand-père idéal, mais surnommé « Hans d'Acier » par les journalistes comme par son cabinet ; le général Chivington, l'expert le plus reconnu en puissance militaire soviétique ; le chef de cabinet Bergholz, coupe en brosse et vêtu comme toujours d'un élégant costume bleu marine à fines rayures ; et tout un aréopage d'officiers et conseillers militaires.

« Oui ? », répondit le Président à Bergholz.

Hannan allongea le bras pour prendre un verre d'eau dont il but une petite gorgée avant de reprendre : « Monsieur le Président ? Je vous demandais si vous souhaitiez que je poursuive. »

Et il tapota la page du rapport qu'il était en train de lire à voix haute.

Ah... Ma pipe est éteinte, se dit-il. Ne l'ai-je pas allumée, à l'instant ? Il regarda l'allumette consumée dans le cendrier, se demandant comment elle était arrivée là. Pendant une seconde, il eut une autre vision : le visage de John Wayne, tiré de l'un de ces vieux films en noir et blanc qu'il avait vus gamin ; il disait quelque chose sur le point de non-retour.

« Oui, enchaîna le Président. Poursuivez. »

Hannan jeta un coup d'œil aux autres participants. Tous avaient reçu un exemplaire du rapport avant que la réunion ne commence, en même temps qu'une montagne de topos estampillés secret-défense, fraîchement sortis des télex du NORAD et du SAC.

« Il y a moins de trois heures, continua Hannan, notre dernier satellite espion SKY EYE a été aveuglé alors qu'il se mettait en position au-dessus de Khatyrka, en Russie. Nous avons perdu l'intégralité des capteurs optiques et des caméras et, comme dans le cas des six autres, nous pensons que celui-ci a été détruit par un laser terrestre, probablement installé à proximité de Magadan. Vingt minutes après la neutralisation de SKY EYES 7, nous avons utilisé notre propre laser Malmstrom AFB pour aveugler un satellite espion soviétique qui survolait le Canada. D'après nos calculs, ça leur laisse deux satellites disponibles ; l'un au-dessus du Pacifique Nord, l'autre au-dessus de la frontière Iran-Irak. La NASA tente actuellement de réparer SKY EYES 2 et 3, mais les autres sont bons pour la casse cosmique. Ce que ça signifie, Monsieur le Président, résuma Hannan en regardant l'horloge digitale sur le mur de béton, c'est que, depuis environ trois heures, heure de la côte est, nous sommes aveugles. Les dernières photos satellite ont été prises à dix-huit heures trente minutes au-dessus de Jelgava. »

Allumant un micro qui sortait de la console devant lui, il annonça : « Photos SKY EYES 7-16, merci. » Il y eut une pause de quelques secondes, le temps pour l'ordinateur d'afficher les documents demandés. Sur l'immense écran, la carte du monde devint noire et fut remplacée par une photo de haute altitude où l'on apercevait une étendue d'épaisse forêt.

Au centre de l'image, une grappe de points lumineux reliés entre eux par des routes minuscules.

« Fois douze », ordonna Hannan, dont les lunettes aux montures d'écaille reflétaient l'image projetée sur l'écran.

Quand la photo fut agrandie, les centaines de silos à missiles intercontinentaux apparurent aussi clairement que si l'écran mural avait été une baie vitrée. Sur les routes, on voyait des camions dont les roues soulevaient de la poussière, et même des soldats positionnés près des bunkers de béton et des antennes radar circulaires de la base.

« Comme vous pouvez le voir, poursuivit Hannan, la voix posée, quelque peu détachée, qui caractérisait sa précédente profession (il enseignait l'histoire militaire et l'économie à Yale), ils se préparent à quelque chose. À mon avis, ils sont en train de renforcer le matériel radar et d'armer toutes ces têtes nucléaires. On compte deux cent soixante-trois silos à missile rien que sur cette base, ce qui doit faire plus de six cents têtes. C'est deux minutes après cette photo que le SKY EYE a été aveuglé. Mais cette image ne fait que confirmer ce que nous savions déjà : les Russes sont passés à un niveau d'alerte supérieur, et ils ne veulent surtout pas que l'on voie ce qu'ils acheminent. Ce qui nous conduit au rapport du général Chivington. Général ? »

Chivington, immédiatement imité par les autres participants, rompit le cachet de cire qui scellait un dossier vert posé devant lui. À l'intérieur se trouvaient des pages et des pages de documents, de graphiques et de diagrammes.

« Messieurs, commença-t-il d'une voix rauque, dans les neuf derniers mois la machine de guerre russe s'est mobilisée pour tourner désormais à plus de 85 % de sa capacité maximale théorique. Inutile de vous rappeler l'Afghanistan, l'Amérique du Sud ou le Golfe Persique, mais j'aimerais attirer votre attention sur le document codé double 6 double 3. Il s'agit d'un diagramme qui montre le pourcentage de ravitaillement consacré à leur système de défense civile, et vous pouvez voir par vous-mêmes qu'il est monté en flèche depuis deux mois. D'après nos sources de renseignements, c'est désormais plus de quarante pour cent des populations urbaines qui ont quitté les villes ou ont investi des abris antiatomiques... »

Alors que Chivington continuait à parler, le Président, lui, se remémorait ces épouvantables derniers jours de la guerre d'Afghanistan, huit mois auparavant, des attaques au gaz et des frappes nucléaires tactiques. Et une semaine après la chute de l'Afghanistan, cette mini-bombe nucléaire de douze kilotonnes et demie qui avait explosé dans un immeuble de Beyrouth, réduisant cette ville déjà martyre à un paysage lunaire de ruines radioactives. La moitié de sa population avait été anéantie sur le coup. Des groupes terroristes divers et variés s'étaient bousculés pour revendiquer l'attentat, promettant que la foudre d'Allah allait très bientôt s'abattre à nouveau.

Avec cette bombe, c'est la boîte de Pandore de la terreur qui s'était ouverte.

Le 14 mars, l'Inde attaquait le Pakistan à l'arme chimique. Le Pakistan répliquait par une frappe de missiles sur la ville de Jaipur. Il avait suffi de trois projectiles nucléaires indiens pour rayer Karachi de la carte, et la guerre s'était ensuite enlisée dans les étendues désolées du désert du Thar.

Le 2 avril, c'est l'Iran qui faisait pleuvoir des missiles nucléaires soviétiques sur l'Irak, et les forces américaines s'étaient vu aspirées dans ce maelstrom en tentant de contenir les forces terrestres iraniennes. Chasseurs soviétiques et américains s'étaient livré bataille au-dessus du Golfe Persique, et à présent, la région tout entière menaçait de s'embraser.

Des guerres frontalières avaient éclaté par vagues successives dans toute l'Afrique du Nord et l'Afrique australe. Les plus petits pays vidaient leurs réserves de devises pour acheter des engins chimiques et atomiques à des marchands d'armes. Les alliances changeaient d'un jour à l'autre, parfois en raison des pressions militaires, parfois des balles de snipers.

Le 4 mai, à moins de vingt kilomètres de Key West, un pilote de F-18 américain à la gâchette un peu facile balançait un missile air-mer dans le flanc d'un sous-marin russe déjà neutralisé. Ce qui avait immédiatement attiré des MIG russes basés à Cuba qui, surgissant à l'horizon dans un grondement de tonnerre, avaient abattu le pilote en question, ainsi que deux autres avions d'une escadrille qui arrivait en renfort.

Neuf jours plus tard, ce sont deux sous-marins, un russe et un américain, qui entraient en collision en jouant au chat et la souris dans l'Arctique. Et deux jours après, les radars du système d'Alerte Distant canadien repéraient une nuée de petits points lumineux : vingt appareils en approche. Toutes les bases aériennes de l'Ouest des États-Unis étaient passées en alerte rouge, mais les intrus avaient fait demi-tour pour prendre la fuite avant d'être interceptés.

Le 16 mai, toutes les bases aériennes américaines passaient en Defcon 4. Moins de deux heures après, les Russes faisaient de même. Pour ne rien arranger à la tension, le même jour un engin nucléaire explosait dans le complexe Fiat à Milan, en Italie ; attentat revendiqué par un groupe terroriste à ascendance communiste nommé L'Étoile Rouge de la Liberté.

Les incidents entre navires de guerre, sous-marins et avions s'étaient poursuivis en mai et en juin en Atlantique Nord et dans le Pacifique Nord. Les bases aériennes américaines étaient déjà passées en Defcon 3 lorsqu'un croiseur avait coulé suite à une explosion d'origine inconnue, à trente milles nautiques au large de l'Oregon. Il n'était plus rare d'observer des sous-marins étrangers dans les eaux territoriales, et des sous-marins américains étaient envoyés à leur tour pour tester les capacités de défense ennemies. Les activités de leurs bases de missiles intercontinentaux étaient enregistrées par les satellites SKY EYE avant qu'ils ne soient mis hors d'usage. Le Président savait qu'ils avaient vu les activités des bases U.S. avant que leurs propres satellites ne soient aveuglés à leur tour.

Au 13 juin de cet « Été de la Terreur », comme l'avaient surnommé les magazines, le *Tropic Panorama*, un navire de croisière qui transportait sept cents passagers entre Hawaï et San Francisco, envoyait un message radio : il était suivi par un sous-marin non identifié.

Ce message avait été le dernier du *Tropic Panorama*.

Depuis ce jour-là, les navires de guerre américains qui

patrouillaient dans le Pacifique tenaient leurs missiles nucléaires armés et prêts au lancement.

Le Président se remémora *Écrit dans le ciel*, un film sur l'odyssée d'un avion en détresse, prêt à s'écraser. Le pilote, en l'occurrence John Wayne, parlait à l'équipage du point de non-retour, ce point au-delà duquel l'appareil ne peut plus faire machine arrière, mais doit continuer sa route quoi qu'il advienne. Depuis quelque temps, en son for intérieur, le Président avait franchi à bien des reprises ce point de non-retour. Il avait rêvé qu'il était aux commandes d'un avion en perdition, volant au-dessus d'un océan sombre et plein de menaces, à la recherche de points lumineux indiquant la terre. Mais les instruments étaient hors d'usage et l'avion tombait et tombait encore, les cris des passagers résonnant dans sa tête.

Je veux redevenir un enfant, se dit-il, alors que les regards convergeaient tous vers lui. Mon Dieu, je ne veux plus être aux commandes !

Le général Chivington avait terminé son rapport. « Merci », dit le Président, bien qu'il ne fût pas vraiment certain d'avoir saisi ce qui avait été dit. Il sentait les yeux de ces hommes braqués sur lui. Des hommes qui attendaient qu'il parle, qu'il bouge, qu'il fasse quelque chose. Il était plutôt beau, solide et les cheveux toujours noirs à bientôt cinquante ans ; il avait été pilote de chasse, astronaute dans la navette spatiale *Olympian*, l'un des premiers à évoluer dans l'espace équipé d'un réacteur dorsal. En contemplant l'immense courbe de la Terre, traversée de bancs de nuages, il avait été ému aux larmes, et son commentaire transmis par radio – « Je crois que je sais ce que Dieu doit ressentir, Houston » – avait été déterminant pour son élection à la présidence.

Et pourtant, il avait hérité des erreurs de ses prédécesseurs, cette ridicule naïveté devant le monde à l'aube du XXIe siècle.

L'économie, après un rebond, s'était effondrée en une spirale incontrôlable. Le taux de criminalité avait explosé, les prisons ressemblaient à des abattoirs pleins à craquer. Partout en Amérique, c'étaient des centaines de milliers de sans-abri (la « Nation de haillons » comme les avait surnommés le

New York Times) qui erraient dans les rues, trop démunis pour trouver un refuge, incapables de résister à la pression mentale d'un monde qui courait vers l'abîme. Le programme militaire « Guerre des étoiles », qui avait coûté des milliards de dollars, s'était révélé catastrophique, car on avait compris, mais trop tard, que les machines pouvaient travailler aussi bien que les humains, et la complexité des plateformes orbitales, qui défiait l'entendement, avait fait exploser le budget. Les marchands d'armes avaient fourgué une technologie nucléaire aussi rudimentaire qu'instable à des nations du tiers-monde et à des dictateurs déséquilibrés, assoiffés de pouvoir, sur une scène internationale où les destins se faisaient et se défaisaient en quelques jours, voire quelques heures. Les bombes de douze kilotonnes – à peu près la puissance de celle de Hiroshima – étaient désormais aussi répandues que les grenades à main et tenaient dans un attaché-case. Les émeutes qui éclataient à nouveau en Pologne, après les combats de rue à Varsovie l'hiver précédent, avaient fait descendre bien en dessous de zéro la température des relations russo-américaines, qui ne devaient guère se réchauffer suite au lamentable échec du plan de la CIA, désormais en disgrâce nationale, consistant à assassiner les leaders de la révolution polonaise.

Nous sommes dangereusement proches du point de non-retour, se dit le Président, pris subitement d'une envie de rire, mais qui parvint, au prix d'un gros effort, à ne pas desserrer les lèvres.

De multiples rapports et opinions se bousculaient dans sa tête et allaient tous dans le sens de cette terrible conclusion : les Russes préparaient une première frappe qui allait irrémédiablement détruire les États-Unis.

« Monsieur le Président ? intervint à nouveau Hannan, brisant un silence embarrassé. C'est au tour de l'amiral Narramore de nous délivrer son rapport. Amiral ? »

Un nouveau sceau fut décacheté. L'amiral Narramore, grand sexagénaire décharné, se mit à détailler les informations classées top secret : « À dix-neuf heures et douze minutes, des hélicoptères de reconnaissance britanniques, qui patrouillaient autour du destroyer de missiles guidés *Fife*, ont largué des balises sonores qui ont confirmé la présence de six sous-marins non identifiés à une centaine de kilomètres de la côte des Bermudes, cap trois cents degrés. Si ces bâtiments s'approchaient de la côte nord-est, cela signifierait que leurs missiles sont en capacité d'atteindre New York, Newport News, nos bases aériennes sur toute la côte, la Maison Blanche et le Pentagone. »

Il plongea son regard gris brumeux surmonté d'épais sourcils blancs dans les yeux du Président, assis en face de lui. La Maison Blanche était à moins d'une vingtaine de mètres au-dessus de leurs têtes.

« Si on en a repéré six, poursuivit-il, vous pouvez être sûrs que les Russkofs doivent en avoir trois fois plus dans le coin. Ils peuvent nous écraser sous plusieurs centaines de têtes nucléaires, et ça ne prendrait que cinq à neuf minutes. »

Il tourna la page.

« Il y a une heure, les douze sous-marins soviétiques Delta II repérés à quatre cent dix-huit kilomètres au nord-ouest de San Francisco étaient toujours dans la même position. »

Le Président se sentit cotonneux, comme si tout ça n'était qu'un rêve éveillé. Réfléchis ! s'ordonna-t-il. Réfléchis, incapable !

« Et les nôtres, Amiral, où sont-ils ? », s'entendit-il demander sans reconnaître sa propre voix.

Narramore fit apparaître une autre carte sur l'écran mural. On y voyait toute une ligne de petits points lumineux qui clignotaient à un peu plus de trois cents kilomètres de Mourmansk en Sibérie. Puis une nouvelle carte, cette fois de la Mer Baltique, avec une autre armada de sous-marins déployés au nord-ouest de Riga. Une troisième montrait la côte est de la Russie, avec une ligne de sous-marins en position dans la mer de Bering, entre l'Alaska et les territoires russes.

« On les a coincés dans un cercle de fer, expliqua Narramore. Un mot de vous, et on coule tout ce qui essaie de passer.

— Je crois que la situation est claire, reprit Hannan d'une voix tranquille et ferme. Il faut qu'on les fasse reculer. »

Le Président resta un moment silencieux, tentant de mettre une pensée logique devant l'autre. Il avait les mains moites.

« Et si... s'ils n'étaient pas en train de préparer une première frappe ? Si eux croyaient que c'est nous qui allions frapper ? Si on fait usage de la force, est-ce ce que ça ne va pas les pousser à l'irréparable ? »

Hannan sortit une cigarette d'un étui d'argent et l'alluma. Le regard du Président fut à nouveau attiré par la flamme.

« Monsieur le Président, répondit-il d'une voix douce, comme s'il s'adressait à un enfant, s'il y a une seule et unique chose que les Russes respectent, c'est la force brute. Vous le savez aussi bien que tous ceux présents ici, notamment depuis l'incident dans le Golfe Persique. Ils veulent conquérir des territoires, et pour ça, ils sont prêts à nous détruire, quelles que soient les pertes de leur côté. Nom de Dieu, leur économie est encore plus mal que la nôtre ! Ils vont nous pousser et nous pousser encore, jusqu'à ce qu'on cède ou qu'on frappe, et si on attend trop avant de frapper, alors puisse Dieu nous venir en aide.

— Non ! », se récria le Président en secouant la tête. La question avait été posée maintes et maintes fois, et l'idée même le rendait malade. « Non. Nous ne frapperons pas les premiers.

— Les Russes, poursuivit patiemment Hannan, ne comprennent que la diplomatie du bâton. Je ne dis pas qu'il faut les détruire. Mais je suis un fervent partisan de l'idée que le temps est venu de leur faire savoir, et sans équivoque, que nous ne nous laisserons pas faire, que nous n'admettrons pas que leurs sous-marins nucléaires traînent près de nos côtes à attendre les codes de lancement ! »

Le Président regarda fixement ses mains. Le nœud de sa cravate le serrait comme la corde d'un pendu. Il sentait la sueur perler sous ses bras et dans le creux de ses reins.

« Ce qui veut dire ? interrogea-t-il.

— Ce qui veut dire qu'il faut qu'on intercepte immédiatement ces satanés sous-marins. On les détruit s'ils ne veulent pas faire demi-tour. On bascule en Defcon 2 sur toutes les bases aériennes et bases de missiles ICBM. »

Hannan jeta un coup d'œil à la ronde pour voir qui se rangeait à son avis. Seul le Vice-Président détourna le regard, mais Hannan savait qu'il était faible et que son opinion n'avait aucun poids.

« On intercepte tout bâtiment nucléaire qui quitte Riga, Mourmansk ou Vladivostok. On reprend le contrôle maritime, et si ça signifie un engagement nucléaire tactique, tant pis.

— Un blocus, résuma le Président. Est-ce que ça ne va pas les rendre encore plus décidés à combattre ?

— Monsieur le Président, intervint le général Sinclair de son accent traînant de Virginie, à mon avis, le raisonnement doit être le suivant : les Rouges doivent *croire* qu'on est prêts à risquer nos vies pour les envoyer *ad patres*. Et en toute honnêteté, je ne crois pas qu'il y ait un seul homme dans cette pièce qui va les laisser tranquillement nous balancer une chiée de missiles mer-sol sans leur taper sur la gueule avant. Peu importe le bilan. »

Il se pencha en avant, transperçant le Président du regard.

« Je peux faire passer le SAC et le NORAD en Defcon 2 en deux minutes si vous le demandez. Je peux envoyer un escadron de B-1 à leurs frontières en une heure. Juste histoire de les secouer gentiment, vous voyez ?

— Mais... ils vont penser que c'est nous qui attaquons !

— Ce qui est important, c'est qu'ils comprennent qu'on n'hésitera pas », répliqua Hannan en tapotant sa cigarette au-dessus du cendrier. Si c'est dingue, c'est dingue. Mais merde, ils respectent plus la folie que la peur ! Si on les laisse expédier des missiles nucléaires sur nos côtes sans lever le petit doigt, alors on signe l'arrêt de mort des États-Unis ! »

Le Président ferma les yeux. Et se força à les rouvrir. Il avait vu des villes en flammes et des êtres humains calcinés, réduits à des tas de cendres. Il eut beaucoup de peine à articuler : « Je... je ne veux pas être l'homme qui aura déclenché la Troisième Guerre mondiale. Vous le comprenez, ça ?

— Elle a déjà commencé, répliqua Sinclair, élevant la voix. La terre entière est en guerre, et on attend que l'un de nous donne le coup de grâce. Peut-être que l'avenir du monde dépend uniquement de celui qui aura eu le courage de se montrer le plus excessif ! Je suis d'accord avec Hans : si on n'agit pas maintenant, c'est le ciel qui va nous tomber sur la tête !

— Ils reculeront, affirma Narramore d'un ton catégorique. C'est arrivé auparavant. Si on envoie des sous-marins d'attaque s'occuper de leurs sous-marins, alors ils sauront où est la ligne rouge. Alors ? On attend tranquillement ou on leur montre de quoi on est capables ?

— Monsieur le Président ? insista Hannan en jetant encore un coup d'œil à l'horloge, qui indiquait à présent 22 h 58. Je crois que la décision vous appartient, désormais. »

Je ne veux pas ! faillit-il hurler. Il avait besoin de temps, pour aller à Camp David, ou bien partir pour une de ces longues expéditions de pêche qu'il aimait tant à l'époque où il était sénateur. Malheureusement, le temps était compté. Ses mains étaient crispées devant lui. Son visage était si raide qu'il eut peur de le sentir se fissurer et tomber en morceaux tel un masque ; or il n'avait aucune envie de voir ce qu'il y avait dessous. Quand il releva les yeux, ces sommités étaient toujours là, aux aguets, et il sentit que ses sens lui échappaient comme dans un tourbillon.

La décision. Il fallait la prendre, là, immédiatement.

« Oui. » Jamais auparavant le mot n'avait résonné de manière aussi effroyable. « Très bien. On passe... » Il s'interrompit pour prendre une profonde inspiration. « On passe en Defcon 2. Amiral, mettez vos forces en alerte. Général Sinclair, je ne veux pas que ces B-1 pénètrent ne serait-ce d'un seul centimètre leur espace aérien. Est-ce bien clair ?

— Mes pilotes peuvent raser leur frontière les yeux fermés.

— Entrez vos codes. »

Sinclair s'activa sur le clavier de la console, avant de prendre son téléphone pour donner le feu vert au Strategic Air Command à Omaha et au NORAD, dans sa forteresse de Cheyenne Mountain, dans le Colorado. L'Amiral Narramore décrocha le combiné qui le reliait directement au PC des opérations navales au Pentagone. D'ici quelques minutes, ce serait le branle-bas de combat sur toutes les bases aériennes et navales. Les codes déclenchant le Defcon 2 résonneraient bientôt dans les câbles, et on allait vérifier une nouvelle fois les équipements radar, les capteurs, les moniteurs, les ordinateurs et les centaines d'autres matériels militaires de haute technologie, en même temps que les dizaines de missiles de croisière et les milliers de têtes nucléaires cachés dans leurs silos disséminés dans tout le Midwest, depuis le Montana jusqu'au Kansas.

Le Président était pétrifié. La décision était prise. Le chef de cabinet Bergholz mit fin à la réunion, puis s'avança vers lui pour saisir son épaule en l'assurant que c'était vraiment une bonne, une très bonne décision. Conseillers militaires et hauts fonctionnaires quittèrent la salle de crise pour se diriger vers l'ascenseur du vestibule, mais le Président resta assis, seul. Sa pipe était froide et il n'avait même pas envie de la rallumer.

« Monsieur le Président ? »

Il sursauta, tournant la tête en direction de la voix. C'était Hannan, debout près de la porte.

« Ça va ?

— Paré, dit le Président avec un petit sourire, se souvenant de ses heures de gloire, du temps où il était astronaute. Non, en fait. Mon Dieu, j'en sais rien. Oui, je pense que oui.

— Vous avez pris la bonne décision. Nous le savons tous les deux. Il faut qu'ils comprennent que nous n'avons pas peur.

— Mais moi, j'ai peur, Hans. Je crève de peur.

— Moi aussi. Et les autres aussi. Mais il ne faut pas qu'on se laisse gouverner par cette peur. » Il revint vers la table et se mit à feuilleter certains des dossiers. Dans quelques minutes, un jeune agent de la CIA allait entrer, chargé de passer l'intégralité des documents à la broyeuse. « Je pense que vous feriez sans doute bien d'envoyer Julianne et Cory au Sous-sol ce soir, dès qu'ils auront fait leurs bagages. De notre côté, nous allons voir ce qu'on raconte à la presse. »

Le Président hocha la tête. Le « Sous-sol » était un abri antiatomique, dans le Delaware où la Première dame, leur fils de dix-sept ans, ainsi que des membres du cabinet et de l'état-major seraient, du moins l'espérait-on, protégés de tout, sauf d'une éventuelle frappe directe par une tête d'une mégatonne. Depuis que l'existence de cette construction haut de gamme avait fuité, plusieurs années auparavant, de tels abris souterrains avaient poussé comme des champignons à travers le pays, certains aménagés dans d'anciennes mines, d'autres dans des montagnes. Le business survivaliste était plus que jamais florissant.

« Il y a un autre sujet à aborder, reprit Hannan tandis que le Président apercevait son propre reflet, celui d'un homme las, aux orbites creusées, dans les lunettes de son secrétaire à la Défense. Les Dents.

— Ce n'est pas encore le moment, gémit-il, l'estomac noué. Pas encore.

— Si. Il est temps. Je pense que vous seriez plus en sécurité au Centre de commandement aérien. La Maison Blanche fera partie des premières cibles. Moi, j'envoie Paula au Sous-sol, et comme vous le savez, vous avez le pouvoir d'y emmener n'importe qui d'autre. Mais, si vous m'y autorisez, j'aimerais être avec vous au Centre de commandement.

— Oui, bien sûr. Il faut que vous restiez avec moi.

— À bord, poursuivit Hannan, il y aura un officier de l'Air Force, qui aura une mallette attachée au poignet par des menottes. Vous connaissez vos codes ?

— Je les connais. »

Ces codes, cela faisait partie des premières choses qu'il avait mémorisées en prenant ses fonctions. Il sentit comme une main de fer lui paralyser la nuque. « Mais... je ne vais pas devoir m'en servir, n'est-ce pas, Hans ? demanda-t-il d'un ton presque suppliant.

— Sans doute pas. Mais si c'était le cas, si jamais c'était le cas, il faudra vous rappeler qu'à ce stade, l'Amérique que nous aimons sera morte, et qu'aucun envahisseur n'a jamais, et n'aura jamais mis un seul pied sur notre sol. » Puis, saisissant l'épaule du Président dans un geste paternel : « Vous avez compris ?

— Le point de non-retour... murmura le Président, le regard vitreux et distant.

— Quoi ?

— Nous sommes sur le point de franchir le point de non-retour. Peut-être même l'avons-nous déjà franchi, et qu'il est trop tard pour faire machine arrière. Dieu nous protège, nous volons dans les ténèbres sans savoir où nous allons.

— On le saura quand on y sera. Ça a toujours été le cas jusqu'ici.

— Hans ? interrogea le Président, d'une voix aussi faible que celle d'un enfant. Si... si vous étiez Dieu, vous détruiriez ce monde ? »

Hannan resta silencieux pendant un moment.

« Je suppose... que j'attendrais de voir. Enfin, si j'étais Dieu.

— De voir quoi ?

— Qui aura gagné. Les bons ou les méchants.

— Y a-t-il encore une différence ? »

Hannan marqua une pause. Il fit mine de répondre, et puis comprit qu'il en était bien incapable. « Je vais appeler l'ascenseur », lança-t-il avant de sortir de la Salle de crise.

Le Président desserra ses mains crispées. Les éclairages du plafond faisaient scintiller les boutons de manchette marqués du sceau présidentiel qu'il portait toujours.

Je suis paré, se dit-il. Tous systèmes parés.

Et d'un seul coup, quelque chose se brisa en lui et il faillit se mettre à pleurer. Il voulait rentrer chez lui. Mais chez lui, c'était bien loin de ce fauteuil.

« Monsieur le Président ? »

C'était Hannan.

Lentement, raide comme un vieillard, le Président se leva et quitta la pièce pour faire face au futur.

SISTER CREEP

New York
23 h 19

Schlak !

Un coup de pied sur le côté de son carton la fit remuer et serrer contre elle son cabas. Elle était épuisée et voulait se reposer. Une femme, ça a besoin de sommeil pour être en beauté, se dit-elle en refermant les yeux.

« Dégage, j't'ai dit ! »

Elle sentit des mains lui saisir les chevilles et la tirer brutalement hors de son carton jusqu'à ce qu'elle soit sur le trottoir. C'est alors qu'elle se mit à brailler et à agiter furieusement les jambes.

« Espèce d'enculé de ta race, tu m'fous la paix !

— Merde, mate ça ! grinça l'une des deux silhouettes debout au-dessus d'elle, entourées d'un halo de lumière rouge projeté par l'enseigne au néon d'un restaurant vietnamien, de l'autre côté de la 36e Rue Ouest. C'est une bonne femme ! »

L'autre homme, celui qui l'avait saisie juste au-dessus de ses baskets sales, gronda d'une voix plus sombre, plus méchante : « Bonne femme ou pas, j'vais lui foutre une raclée. »

Elle se redressa en position assise, serrant contre sa poitrine le cabas en toile qui contenait tout ce qu'elle possédait. Dans la lueur rouge, son visage apparut solide, carré, couvert de profondes rides et maculé de crasse. Ses yeux, entourés de cernes violacés, étaient d'un bleu pâle, presque liquide, et brillaient d'un mélange de peur et de fureur. Elle portait une casquette qu'elle avait trouvée la veille dans un sac-poubelle éventré. Sa tenue était composée d'un chemisier gris à manches courtes, entièrement taché, et d'un pantalon d'homme marron rapiécé aux genoux. C'était une femme solidement charpentée, assez grassouillette, son ventre et ses hanches étaient étroitement comprimés dans le tissu grossier du pantalon. Vêtements et sac lui avaient été donnés par un prêtre de l'Armée du Salut. Sous la casquette, ses cheveux châtain parsemés de gris pendouillaient n'importe comment sur ses épaules, des mèches coupées aux ciseaux par-ci par-là. Son cabas était rempli d'un incroyable bric-à-brac : un rouleau de fil de pêche, un pull orange vif en guenille, une paire de bottes de cow-boy dont les talons étaient cassés, un plateau de cafétéria tout bosselé, des gobelets en carton, des couverts en plastique, un vieux numéro de *Cosmopolitan*, un bout de chaîne, plusieurs paquets de chewing-gum et d'autres objets enfouis tout au fond dont elle-même avait oublié l'existence. Sous le regard des deux hommes, dont l'un était franchement menaçant, elle se cramponna encore plus à ce sac. Elle avait l'œil droit et la pommette tuméfiés, et mal aux côtes après avoir chuté dans un escalier, poussée par une autre indigente au Foyer chrétien trois jours auparavant. Elle s'était péniblement relevée, puis avait remonté la volée de marches d'un air digne avant d'envoyer à l'autre femme un large crochet du droit qui lui avait fait sauter deux dents.

« T'es dans *mon* carton », gronda encore l'homme à la voix sombre.

Grand et maigre, il ne portait qu'un jean et son torse était trempé de sueur. Il avait une barbe et ses yeux étaient remplis d'ombres. L'autre, plus petit et plus trapu, portait un tee-shirt taché et un pantalon vert des surplus de l'armée plein de brûlures de cigarette. Il avait des cheveux noirs huileux, et n'arrêtait pas de se gratter l'entrejambe. Le premier donna un petit coup dans le flanc de la femme avec la pointe de sa botte, et elle grimaça sous la douleur qui s'était ravivée dans ses côtes. « Hé, morue, t'es sourdingue, ou quoi ? Je t'ai dit que c'était mon carton ! »

Ce carton dans lequel elle s'était endormie était à présent au milieu d'un tas de sacs-poubelles dégoulinants, conséquence de la grève des éboueurs qui, depuis deux semaines, bloquait les rues et les caniveaux de Manhattan. Dans la chaleur suffocante, quarante le jour et jamais moins de trente la nuit, les sacs s'étaient gonflés jusqu'à exploser. Les rats s'en donnaient à cœur joie et les déchets s'accumulaient, paralysant même la circulation dans certaines rues.

L'air hébété, elle dévisageait les hommes au-dessus d'elle, l'estomac encore rempli d'un demi-litre de vin. Son dernier repas solide avait consisté à ronger des os de poulet et avaler les restes d'un plateau télé balancé aux ordures.

« Quoi ?

— Mon carton ! lui vociféra le barbu en pleine figure. C'est *ma* place, ici ! T'es barge, ou quoi ?

— Elle te comprend même pas, fit l'autre, elle est à l'ouest.

— Ouais, bah, si elle y est pas je vais l'y emmener direct, cette conne ! Hé, dis donc, t'as quoi dans ce sac ? Fais voir ! »

Il essaya de l'attraper, mais elle se mit à crier en s'y accrochant désespérément, les yeux écarquillés, remplis de terreur.

« Hé, t'as du fric, là-d'dans ? Quequ'chose à boire ? File-moi ça, sale pute ! »

Le type faillit lui arracher son cabas, mais elle persistait à s'y cramponner en gémissant. La lumière rouge fit briller un pendentif à son cou : un petit crucifix à deux sous suspendu à une chaîne bricolée.

« Hé ! brailla l'autre. Attends un peu, regarde ça ! Je sais qui c'est ! J'l'ai vue qui faisait la manche sur la 42e. Elle s'prend pour une sainte, une connerie comme ça, l'est tout l'temps en train d'faire des sermons aux gens. On l'appelle "Sister Creep".

— Ah ouais ? Alors on peut p't'êt' récupérer c'te babiole et s'la mettre au clou. »

Il allongea la main pour lui arracher le crucifix, mais elle fit volte-face. L'homme l'agrippa alors par la nuque et gronda en levant l'autre main, poing fermé, prêt à frapper.

« Pitié, non ! supplia-t-elle, des sanglots dans la voix. Me fais pas d'mal. Attends, j'ai quequ'chose pour toi, là ! »

Et elle se mit à fouiller dans son sac.

« Alors tu l'sors, et fissa ! Dis merci que j'te fasse pas une grosse tête pour m'avoir piqué mon carton. »

Il la lâcha, mais en gardant le poing levé.

Elle continuait à farfouiller, avec de petits gémissements plaintifs.

« C'est quequ'part par-là... marmonnait-elle. J'en suis sûre...

— Envoie ! ordonna-t-il en lui tendant brusquement sa paume ouverte. Et p't'êt que j'te ref'rai pas le portrait.

Sa main se referma sur ce qu'elle cherchait. « Ah, ça y est ! triompha-t-elle. Je l'ai !

— Bon, alors refile !

— Ok », répondit-elle. Le ton geignard s'était brusquement effacé, laissant place à une voix dure. D'un geste vif, elle sortit un grand rasoir, l'ouvrit d'un seul coup de poignet et taillada de toutes ses forces la paume ouverte du barbu.

Le sang jaillit et l'homme devint pâle comme un linge. Il s'agrippa le poignet ; sa bouche s'arrondit en un ovale vertical, puis il poussa un cri, comme un bruit de chat qu'on étrangle. La femme s'était relevée sur ses courtes jambes, elle tenait le cabas devant elle comme un bouclier en donnant des coups de lame dans le vide juste devant eux, qui reculèrent, paniqués, se prirent les pieds l'un dans l'autre, glissèrent sur le trottoir recouvert d'immondices avant de se retrouver au sol. Le barbu, sa main blessée ruisselante de sang, se releva, armé d'un morceau de bois hérissé de clous rouillés. Ses yeux brillaient de rage.

« J'vais t'montrer, moi ! beugla-t-il, j'vais t'montrer maintenant ! »

Il tenta de la frapper avec son arme, mais elle se baissa pour l'éviter et lui allongea un autre coup de rasoir. Il chancela à nouveau et resta planté là, contemplant sans y croire la fine ligne sanglante qui lui balafrait la poitrine.

Sister Creep ne demanda pas son reste, elle tourna les talons et se mit à courir, glissant dans une flaque gluante, mais retrouvant l'équilibre, sous les hurlements des deux hommes qui résonnaient encore derrière elle. « J't'aurai ! menaçait le barbu ! J'te retrouverai, salope ! Tu verras ! »

Je verrai rien du tout. Elle courut droit devant elle, au rythme du *clac-clac* de ses baskets sur le trottoir, et finit par rencontrer un énorme tas de sacs-poubelles éventrés. Elle grimpa par-dessus, prenant néanmoins le temps de ramasser quelques trucs intéressants – une salière cassée et un numéro un peu humide du *National Geographic* – qu'elle fourra dans son sac. Elle continua alors son chemin, mais en marchant cette fois, le souffle court et tremblant de tous ses membres. Ouf, pas passée loin, se disait-elle. Les démons m'ont presque rattrapée ! Mais gloire à Jésus, et quand il arrivera de Jupiter, je serai là, sur le rivage doré, pour lui baiser la main !

Elle s'arrêta à l'angle de la 38e Rue et de la Septième Avenue, le temps de reprendre son souffle et de regarder le flot des voitures passer tel un troupeau de bovins affolé. En suspension au ras du sol, une brume jaunâtre montait au milieu des remugles des sacs-poubelles et se mêlait aux gaz d'échappement, comme de la matière flottant à la surface d'un étang. La chaleur moite lui pesait sur le corps ; de grosses gouttes de sueur lui descendaient en rigoles sur le visage. Ses vêtements étaient humides. Ah, si seulement elle avait un peu de déodorant, mais son dernier était fini depuis longtemps. Elle dévisagea ces inconnus qui défilaient autour d'elle, les traits comme barbouillés de blessures dans la pulsation crue des néons. Elle ne savait pas où elle allait et se souvenait à peine d'où elle venait. Mais elle savait qu'elle ne pouvait pas rester plantée à ce carrefour toute la nuit. Rester à l'air libre, avait-elle compris depuis longtemps, attirait de démoniaques rayons x qui tentaient de vous brouiller la cervelle. Elle se mit en route vers le nord, tête baissée et épaules voûtées, direction Central Park.

Elle avait les nerfs à vif à cause de ces deux païens. Le péché était partout ! se dit-elle. Sur terre, sur mer, dans l'air... partout, le péché, fétide, obscur et diabolique ! Et il était aussi chez les gens, ah, ça oui ! On pouvait le voir s'insinuer sur leur visage, recouvrir leurs yeux comme un voile et leur tordre la bouche. C'était le monde et les démons qui rendaient fous les innocents, elle le savait. Jamais jusque-là les démons n'avaient été aussi affairés, ou aussi affamés d'âmes innocentes.

Il lui suffit alors de repenser à cet endroit magique, bien plus loin sur la Cinquième Avenue, pour que son front crispé se détende. Elle allait souvent là-bas contempler ces choses magnifiques dans les vitrines, ces objets innombrables si délicats qui avaient le don d'apaiser son âme, et même si le vigile posté à la porte ne voulait jamais la laisser entrer, elle se contentait d'admirer de dehors, les yeux grands ouverts. Elle se souvenait d'un ange de cristal : quelle silhouette impressionnante, avec ses longs cheveux flottant derrière lui telles des flammes sacrées, et ses ailes prêtes à se déployer autour d'un corps à la fois robuste et fin. Et ses yeux, qui brillaient de merveilleuses lueurs multicolores. Sister Creep avait fait le chemin pour aller le contempler, ce bel ange, chaque jour pendant un mois, jusqu'à ce qu'il soit remplacé dans la vitrine par une baleine ondoyante qui bondissait d'une mer bleu-vert. Oh, bien sûr, il y avait d'autres endroits renfermant des trésors sur la Cinquième Avenue, et Sister Creep en connaissait bien les noms : *Saks*, *Fortunoff*, *Cartier*, *Gucci*, *Tiffany*, mais c'étaient ces sculptures de verre dans les vitrines de la cristallerie *Steuben* qui l'attiraient, cet endroit magique rempli de rêveries qui guérissaient l'âme, où les reflets soyeux du cristal poli sous les éclairages tamisés lui donnaient un avant-goût des délices du Paradis.

Quelqu'un la fit sursauter, la ramenant brutalement à la réalité. Elle cligna des paupières, les yeux agressés par les néons criards. Tout près d'elle, une enseigne proclamait *Strip-tease ! Spectacle vivant !* – Les hommes voudraient-ils voir un spectacle de gens morts ? se demanda-t-elle –, et un fronton de cinéma affichait *Pas de mou pour ma chatte*. Les enseignes clignotaient à chaque recoin, à chaque vitrine : *Livres érotiques ! Sex toys ! Radio-K7 haute puissance ! Armes pour arts martiaux !* D'un bar s'échappait un tonnerre musical, où dominaient de lourdes basses, et d'autres pulsations discordantes se déversaient de baffles installés au-dessus d'une ribambelle de bars, boîtes de strip-tease et cinémas porno. Il était presque 23 h 30 et la 42e Rue, près de Times Square, était le décor d'une véritable parade de spécimens humains. Près d'elle, un jeune Latino levait les mains en apostrophant les passants : « Coke ! Amphés ! Crack ! Approchez ! » Et à peine plus loin, un de ses concurrents tenait les pans de son manteau largement écartés pour exposer son stock de petits sachets, en criant à pleins poumons : « Poudre au nez, ça va planer ! Pas cher, pas cher, pas cher ! »

D'autres revendeurs interpellaient les voitures qui lentement montaient ou descendaient la 42e. Des filles en débardeur, jean, minishort ou pantalon de cuir traînaient à l'entrée des cinémas, ou faisaient de grands signes aux automobilistes, dont certains s'arrêtaient au bord du trottoir, et Sister Creep assistait alors au spectacle de ces jeunes filles emportées dans la nuit par des inconnus. Le bruit était presque assourdissant, et de l'autre côté de la rue, juste devant un *peep show*, deux Noirs se battaient, au milieu d'un cercle de spectateurs hilares qui les encourageaient à davantage de violence. L'arôme de la marijuana, cette odeur de chanvre brûlé, flottait partout, l'encens de l'évasion. « Crans d'arrêt ! s'égosillait un autre camelot. Crans d'arrêt, par ici ! »

Sister Creep poursuivit son chemin, le regard aux aguets. Elle la connaissait, cette rue, cet antre de démons ; bien des fois, elle était venue y prêcher. Mais jamais ses sermons n'avaient changé quoi que ce soit, et sa voix s'était noyée dans le tonnerre de musique et de hurlements de tous ceux qui avaient quelque chose à vendre. Elle trébucha sur le corps d'un homme noir allongé sur le trottoir, les yeux ouverts, du sang lui coulant des narines. Elle continua, droit devant elle, se cognant aux passants, se faisant bousculer et agonir d'injures, avec ces néons criards qui l'aveuglaient presque. Sa bouche s'ouvrit, et elle vociféra : « Sauvez vos âmes ! La fin est proche ! Puisse Dieu avoir pitié de vous ! »

Mais personne ne lui accordait ne serait-ce qu'un regard. Sister Creep plongea tête la première dans le tourbillon des corps et tomba nez à nez avec un vieux type tout tordu, du vomi sur le devant de la chemise. Il l'insulta et attrapa son cabas, dont il réussit à extraire quelques objets à la volée et s'enfuit à toutes jambes avant même qu'elle n'ait eu le temps de lui en allonger une bonne.

« Tu vas aller en enfer, fils de pute ! », hurla-t-elle. Elle fut alors brutalement paralysée par une vague glaciale et l'image d'un train de marchandises fonçant droit sur elle fit irruption dans sa tête.

Elle ne vit pas celui qui la heurta, elle avait seulement senti le choc. Une épaule aussi dure qu'osseuse la projeta violemment sur le côté comme si elle ne pesait rien, et au même instant, une vision vint s'imprimer dans son esprit : une montagne de poupées brisées et calcinées. Non... pas des poupées, comprit-elle alors qu'elle était propulsée vers la chaussée, les poupées, ça n'a pas de viscères qui jaillissent de leurs cages thoraciques, pas de cervelle qui coule des oreilles, pas de dents qui grimacent en un rictus figé par la mort. Elle tomba, heurtant le bord du trottoir et un taxi fit un brusque écart pour l'éviter, son chauffeur gesticulant et donnant des coups de klaxon enragés. Plus de peur que de mal, l'impact lui avait seulement coupé le souffle et réveillé cette douleur lancinante à son flanc déjà meurtri. Elle se remit debout pour voir qui avait bien pu faire ça, mais personne ne lui prêtait attention. Pourtant, le froid qui s'était brusquement emparé d'elle la fit frissonner, là, en plein cœur de l'été, et elle se tâta le haut du bras, cherchant l'énorme bleu qu'elle était sûre de trouver à l'endroit où cet enfoiré l'avait cognée.

« Espèce de mange-merde de païen ! », s'égosilla-t-elle à la cantonade, mais cette vision d'une montagne de cadavres calcinés était toujours imprimée en elle, et la terreur lui lacérait le ventre. Qui avait-elle croisé sur ce trottoir, se demandait-elle. Quelle était cette bête qui se cachait sous les traits d'un homme ? Elle aperçut le fronton d'un autre cinéma, qui annonçait une double séance : *Le Visage de la mort*, *Quatrième Partie* et *Mondo Bizarro*. En s'approchant, elle vit que l'affiche du premier promettait : Images de tables d'autopsie ! Victimes d'accidents de voiture ! Morts dans des incendies ! Ni coupées ni censurées !

Elle sentit une certaine fraîcheur aux abords de la porte fermée du cinéma. *Bienvenue !* lançait une pancarte sur la porte. *Air conditionné à l'intérieur !* Mais il y avait autre chose que l'air conditionné, pensa-t-elle. C'était un froid humide, sinistre ; celui des ténèbres où poussaient ces champignons rouge vif mortels qui semblaient être une invitation aux enfants : *Venez, venez goûter la friandise.*

Le froid se dissipait à présent, se fondait dans la chaleur oppressante. Sister Creep resta plantée un moment devant cette porte, et même si elle savait que Jésus était sa mission et qu'Il la protégerait, elle savait aussi que pour rien au monde elle ne mettrait un pied dans ce cinéma, ni pour une bouteille de mauvais rouge ni même pour deux ! Elle s'en éloigna à reculons, se cognant au passage dans quelqu'un qui la repoussa avec un juron, puis se remit en marche sans se soucier de sa destination. Elle était rouge de honte. Elle avait eu peur malgré la présence à ses côtés du Sauveur. Elle avait eu peur de regarder le Mal en face, ce qui constituait un nouveau péché.

Deux rues après cet inquiétant cinéma, elle aperçut un petit Noir en train de balancer une bouteille de bière en plein milieu d'un tas de poubelles qui débordaient, au fond de la cour d'un immeuble délabré. Elle fit semblant de chercher quelque chose dans son sac jusqu'à ce qu'il soit parti, puis elle s'avança et se mit à fouiller pour retrouver la bouteille, la bouche sèche, mourant d'envie d'une gorgée, d'une goutte même, du liquide.

Elle se fichait des rats qui s'enfuirent en couinant et lui passaient sur les mains. Elle en voyait tous les jours, et de bien plus gros. L'un d'entre eux se percha sur le rebord d'un conteneur et se mit à pousser des couinements d'indignation. Elle lui lança une vieille chaussure de tennis, et l'animal détala.

L'odeur des ordures était fétide, une odeur de viande pourrie depuis longtemps. Elle finit par trouver la bouteille de bière, et dans la lumière glauque elle vit avec joie qu'il en restait un fond. Elle la porta à sa bouche et renversa la tête, la langue tendue à la recherche du goût amer du houblon. Sans craindre les rats qui grouillaient, elle s'assit par terre, dos appuyé au mur de briques. En posant sa paume au sol pour se stabiliser, elle sentit quelque chose de mou et d'humide. Elle jeta un coup d'œil, mais en réalisant ce que c'était, elle porta la main à sa bouche pour étouffer un cri.

La chose était emballée dans les pages d'un journal que les rats avaient déjà rongées. Puis ils avaient attaqué la chair.

Sister Creep n'aurait su dire quel âge ça avait, ni si c'était un garçon ou une fille, mais les yeux du minuscule visage étaient à demi ouverts, comme si le bébé était sur le point de s'endormir. Il était nu. On l'avait jeté dans le fouillis de poubelles et de sacs tel un jouet brisé.

« Oh... », murmura-t-elle. Elle pensa alors à une grand-route sous la pluie et à une lumière bleue tournoyante, une voix d'homme lui disait : « Donnez-la-moi, madame. Allez, y faut me la donner maintenant. »

Sister Creep prit le bébé mort et se mit à le bercer. Du lointain lui parvenaient les pulsations de la musique et les cris des revendeurs de la 42e, et elle se mit à chantonner doucement.

Cette lumière bleue qui tournoyait, et la voix de cet homme, suspendue par-delà le temps et la distance : « Allez, donnez-la-moi. L'ambulance arrive.

— Non... murmura Sister Creep, ouvrant grand les yeux, une larme lui coulant sur la joue. Non, je la... laisse pas... »

« Oh, mon Dieu », s'entendit-elle prononcer. Et, levant la tête vers un morceau de ciel, elle sentit ses traits se déformer, et la rage s'échappa brusquement d'elle en un cri : « Où es-Tu ?! » L'écho de sa voix résonna jusqu'au bout de la rue et fut noyé dans une joyeuse rumeur deux pâtés de maisons plus loin. Il est bien en retard, Doux Jésus, pensa-t-elle. En retard, retard, retard, pour un important rencart, rencart, rencart ! Elle fut tout à coup prise d'un rire, mêlé de pleurs, qui monta jusqu'à ce que les sons s'échappant de sa gorge ressemblent à la plainte d'un animal blessé.

Il lui fallut un long moment pour comprendre qu'elle devait continuer son chemin, et qu'elle ne pouvait pas emporter ce bébé. Elle l'enveloppa soigneusement dans le pull orange vif qu'elle avait tiré de son sac, puis le déposa dans l'une des poubelles, empilant par-dessus autant de choses qu'elle le put. Un gros rat gris s'approcha d'elle en montrant les dents, et elle le frappa directement avec la bouteille de bière vide.

Elle ne put trouver la force de se relever, et c'est à quatre pattes qu'elle sortit de la cour, tête baissée, des larmes brûlantes de honte, de dégoût et de rage lui ruisselant sur le visage. Je peux plus continuer, se disait-elle. Je peux plus vivre dans ce monde de ténèbres ! Jésus adoré, viens me chercher ! Elle inclina le front jusqu'à toucher le bitume, désirant être morte et au Ciel, là où tous les péchés étaient effacés.

Soudain, quelque chose tinta sur le trottoir dans un bruit métallique comme des notes de musique. Elle leva ses yeux gonflés, et bien que son regard fût brouillé, elle aperçut quelqu'un s'éloigner. La silhouette tourna à l'angle de la rue et disparut.

Sister Creep vit alors les pièces par terre à quelques pas d'elle : trois pièces de vingt-cinq *cents*, deux de dix et une de cinq. L'inconnu avait dû croire qu'elle mendiait, comprit-elle. Elle tendit le bras et les ramassa d'un seul geste avant que quelqu'un d'autre ne puisse les prendre.

Elle se redressa et, assise à présent, essaya de réfléchir à ce qu'il lui fallait faire. Elle se sentait nauséeuse, faible, épuisée, et avait peur de dormir dans la rue à la vue de tous. Faut que je trouve une cachette, se dit-elle. Un endroit où creuser un trou et y rester.

Son regard se posa sur les marches qui, de l'autre côté de la rue, descendaient vers le métro.

Le métro, elle y avait déjà dormi ; elle savait bien que les flics allaient la chasser de la station, ou pire encore, la traîner à nouveau jusqu'au foyer pour sans-abri. Mais elle savait aussi que, là-dessous, il y avait tout un labyrinthe de tunnels de service et de passages inachevés à l'écart des artères principales, qui descendaient profondément sous Manhattan. Si profondément dans l'obscurité qu'aucun des démons déguisés en hommes ne pourrait l'y retrouver, et qu'elle pourrait s'y recroqueviller pour oublier. Sa main se crispa sur les pièces ; il y avait assez pour passer les tourniquets, et dès lors elle pourrait s'abandonner dans une bulle isolée de ce monde de péché dont Jésus s'était lui-même détourné.

Sister Creep se releva, traversa la 42e Rue et descendit dans le monde souterrain.

BLACK FRANKENSTEIN

Concordia, Kansas
22 h 22

« Tue-le, Johnny !

— Mords-lui les couilles !

— Arrache-lui l'bras et tape-lui sur la gueule avec ! »

Le gymnase surchauffé et rempli de fumée du lycée de Concordia résonnait jusqu'au plafond des hurlements des quatre cents et quelques spectateurs assis autour du ring où s'affrontaient deux catcheurs, un blanc et un noir. En cet instant, c'était le blanc, un type du coin nommé Johnny Lee Richwine, qui avait le dessus. Il venait d'envoyer dans les cordes le gros balèze qu'on appelait Black Frankenstein, et le harcelait de coups du tranchant de la main, façon karaté, sous les acclamations de la foule qui réclamait du sang. Mais Black Frankenstein, près d'un mètre quatre-vingt-quinze pour cent cinquante kilos, qui portait un masque noir ébène zébré de cicatrices de cuir rouge et constellé de boulons de caoutchouc, bomba soudain son large torse, et, avec un grondement qui roula comme le tonnerre, intercepta la main de son adversaire et la tordit violemment, forçant Johnny Lee Richwine à tomber à genoux. Dans un nouveau rugissement, il lui envoya alors un coup de pied dans la tête, qui le catapulta à l'autre bout du tapis, les bras en croix.

L'arbitre, qui ne faisait que leur tourner autour inutilement, agita un doigt réprobateur au visage de Black Frankenstein. Celui-ci l'écarta comme une mouche et tambourina triomphalement sur sa poitrine en agitant frénétiquement la tête, défiant la foule qui hurlait sa rage, le pauvre garçon gisant toujours à ses pieds. On commençait à voir atterrir sur le ring des gobelets écrasés et des sachets de pop-corn vides.

« Bande de bouseux ! beuglait Black Frankenstein de sa profonde voix de basse qui couvrait les clameurs. Regardez c'que j'en fais, moi, de vot' p'tit gars du coin ! »

Et le géant donna de joyeux coups de pied dans les côtes de Johnny Lee Richwine, qui se contorsionnait au sol, les traits tordus de douleur, tandis que l'arbitre tentait en vain d'éloigner l'immense Noir. D'un seul geste, ce dernier envoya l'officiel valser dans un coin du ring, où il s'effondra. Tous les spectateurs étaient debout, gobelets et glaçons continuaient de voler partout, et les pauvres policiers du quartier qui s'étaient portés volontaires pour être de service durant la soirée commençaient un peu à s'inquiéter.

« Ça vous dirait, de voir le sang d'un péquenaud du Kansas ?! », cria-t-il encore en levant très haut la jambe comme s'il allait écraser le crâne du jeunot.

Mais Johnny ressuscita. Il attrapa son adversaire par la cheville, le déséquilibra, puis d'une balayette bien placée lui faucha l'autre pied. Black Frankenstein, brassant l'air avec de grands gestes, tomba à plat sur le tapis avec un tel fracas que le sol du gymnase trembla ; les acclamations de la foule redoublèrent.

Et voilà que Black Frankenstein, désormais à genoux, mains levées et tremblant, demandait grâce à l'autre combattant qui avançait résolument vers lui. Mais Johnny Lee se détourna un instant pour aider l'arbitre encore contusionné. Soudain, sous les hurlements d'horreur des spectateurs, le géant se releva d'un bond et fondit sur lui par-derrière, ses énormes mains jointes en marteau-pilon pour lui asséner un coup fatal.

Alerté par les cris de ses fans, Johnny Lee se retourna au dernier moment, pile à temps pour lancer un grand coup de pied au Noir en plein dans le bourrelet au-dessus de la ceinture. Le bruit de l'air expulsé par les poumons de Black Frankenstein ne fut pas sans rappeler le sifflet d'un bateau à vapeur. Il se mit à arpenter le ring et chancela comme un homme ivre, tentant d'échapper au sort inéluctable qui l'attendait.

Johnny Lee se saisit alors de lui et, se courbant, le chargea sur ses épaules pour lui faire faire l'hélicoptère. Il y eut une seconde de silence quand cette gigantesque masse fut soulevée du sol, puis les fans se remirent à hurler alors que Johnny Lee commençait à faire virevolter un Black Frankenstein glapissant.

Et puis on entendit un bruit sec, comme une détonation. Le jeune homme poussa un cri et s'effondra au tapis. Jambe pétée, eut le temps de penser Black Frankenstein avant de sauter des épaules du catcheur. Il le connaissait bien, ce bruit des os qui craquent. Il avait pourtant dit à Johnny Lee que ce n'était pas une bonne idée de tenter l'hélicoptère, mais le jeunot combattait dans son patelin et avait voulu épater ses copains. Black Frankenstein atterrit lourdement sur le flanc, et quand il se redressa, il l'aperçut allongé à quelques pas de lui, se tenant le genou en gémissant d'une douleur qui, cette fois, n'était pas feinte.

L'arbitre, qui s'était relevé, ne savait pas trop quoi faire. À ce stade du combat, c'était Black Frankenstein qui était censé être au tapis pour le compte, et Johnny Lee Richwine qui devait gagner ce combat vedette ; en tout cas, c'était le scénario prévu, et jusque-là ils s'y étaient tenus à la lettre.

Black Frankenstein se releva lui aussi. Il savait pertinemment que le jeune homme souffrait le martyre, mais il lui fallait continuer de jouer son rôle. Il leva haut les bras et se mit à faire le tour du ring, bravache, au milieu d'une averse de projectiles. En passant près de l'arbitre décontenancé, il lui glissa d'une voix posée, très différente de celle qu'il utilisait pour ses tirades de méchant : « Disqualifie-moi et emmenez ce gamin chez un toubib !

— Hein ?

— Tout de suite ! »

L'arbitre, propriétaire d'une quincaillerie à Belleville, le bled d'à côté, se décida enfin à faire une croix avec ses bras : disqualification pour Black Frankenstein. Pour la galerie, le gigantesque catcheur se mit à sauter de rage pendant une minute, sous les huées et les lazzis du public, avant de rapidement quitter le ring pour se diriger vers sa loge, escorté par les policiers. Ce trajet, pendant lequel il essuya jets de pop-corn en plein visage, grêle de glaçons et crachats, sans parler des gestes obscènes venant aussi bien de gamins que de retraités, lui parut long. Il craignait particulièrement les petites grands-mères du genre Mamie Nova depuis que l'une d'entre elles l'avait agressé, armée d'une longue épingle à chapeau, un an plus tôt à Waycross, en Géorgie, et qui pour faire bonne mesure avait même essayé de lui donner un coup de pied dans les parties.

Dans sa loge – en réalité un banc et un casier dans le vestiaire de l'équipe de football – il s'étira pour soulager autant qu'il le pouvait ses muscles meurtris. Certains des points douloureux étaient désormais là en permanence, et ses épaules restaient raides. Il défit les lanières de son masque de cuir et se regarda dans le petit miroir fissuré fixé à l'intérieur de son casier.

Pas vraiment une beauté, ça non. Il s'était rasé le crâne pour que le masque lui colle bien au visage, lequel était couturé de cicatrices suite à d'innombrables blessures. Il se souvenait parfaitement de l'origine de chacune : un coup de tête mal calculé, en plein sur un des tendeurs métalliques à Birmingham, une chaise lancée avec un poil trop de conviction à Winston-Salem, une rencontre impromptue avec l'arête du ring à Sioux Fall, une autre avec un sol de béton à San Antonio. Une infime erreur de timing et c'était la blessure assurée, chose fréquente dans le catch professionnel. Johnny Lee Richwine n'avait pas pris la bonne posture pour supporter le poids, et sa jambe en avait payé le prix. Il se sentait désolé pour lui, mais il n'y pouvait rien. Le spectacle devait continuer.

À trente-cinq ans, il avait passé les dix dernières années de sa vie sur le circuit des combats de catch, toujours sur les routes, grandes ou petites, entre salles municipales, gymnases de lycées ou fêtes foraines de campagnes. Au Kentucky, il était connu sous le nom de Jones la Foudre, en Illinois sous celui de Blockhaus Perkins, et dans une douzaine d'autres États sous des surnoms tout aussi terrifiants, mais son vrai nom, c'était Joshua Hutchins, et ce soir-là, il était bien loin de chez lui.

Il avait un nez épaté, cassé trois fois ; la dernière en date, il ne s'était même pas donné la peine de le faire redresser. Sous d'épais sourcils noirs, il avait des yeux gris clair et profondément enfoncés. Une autre petite cicatrice entourait son menton tel un point d'interrogation à l'envers, et avec son visage rude et anguleux, il ressemblait à un roi africain lassé de guerroyer. Il était si imposant qu'il en était hors-norme ; une curiosité que les gens dévisageaient bouche bée quand ils le croisaient dans la rue. On voyait de véritables vagues de muscles saillir dans ses bras, ses épaules et ses jambes, mais vers l'estomac, c'était de la graisse qui prenait le pas, conséquence de trop de beignets engloutis dans des chambres d'hôtel solitaires ; cependant, même avec une bouée au-dessus de la ceinture, Josh Hutchins avançait avec grâce et puissance, comme un ressort comprimé à l'extrême qui pourrait se libérer à tout instant. Un reste de cette explosivité qui l'avait rendu célèbre quand il jouait défenseur dans l'équipe pro des New Orleans Saints, il y avait de cela de longues années, dans une autre vie.

Josh passa sous la douche et se savonna pour se débarrasser de sa sueur. Demain soir, on l'attendait à Garden City, au Kansas, pour un autre combat, ce qui signifiait traverser l'État entièrement dans la poussière. Et la chaleur aussi ; la climatisation de sa voiture était tombée en rade quelques jours plus tôt, et ses finances ne lui permettaient pas de la faire réparer. Sa prochaine paye n'arriverait qu'à la fin de la semaine, à Kansas City, où il devait participer à un combat à sept du genre « tout est permis ». Il se sécha et se rhabilla. Alors qu'il rangeait ses affaires, le promoteur de la soirée vint lui donner des nouvelles de Johnny Lee Richwine : on l'avait emmené à l'hôpital et ça allait s'arranger. Mais le type conseilla à Josh de faire attention en quittant le gymnase ; les gars du coin étant parfois un peu bruts de décoffrage. Josh le remercia de sa voix posée, ferma son sac de voyage et lui souhaita bonne nuit.

Sa Pontiac grise, six ans d'âge et pas mal déglinguée, était garée sur le parking d'un supermarché ouvert jour et nuit. On lui avait tailladé suffisamment de pneus pour qu'il sache d'expérience qu'il ne fallait pas stationner trop près de l'endroit où il devait combattre. Comme il était près du supermarché, il y fit un saut, pour ressortir quelques minutes plus tard avec un paquet de beignets avec glaçage, des Oreos et une grosse bouteille de lait. Il démarra et prit la 81 vers le sud jusqu'au *Rest Well Motel*.

Sa chambre donnait sur la route et le grondement des camions lui faisait penser à des grands fauves qui rôderaient dans les ténèbres. Il alluma la télé pour regarder *Tonight*, puis ôta sa chemise pour se passer du baume sur ses épaules endolories. Cela faisait un moment qu'il n'était pas allé à la salle de musculation, même s'il n'arrêtait pas de se dire qu'il allait se remettre au jogging. Il avait le bide aussi mou qu'une guimauve et il savait qu'un adversaire qui ne retiendrait pas ses coups pourrait vraiment lui faire mal en visant cet endroit. Mais il décida qu'il s'en préoccuperait le lendemain, oui, il y avait toujours un lendemain, et passa son pyjama rouge pour s'allonger sur le lit, face à la télé, son casse-croûte à la main.

Il avait presque terminé ses beignets quand un bulletin d'information spécial de NBC vint interrompre le talk-show. On vit surgir un journaliste à la mine grave, la Maison Blanche en arrière-plan, qui commença à parler d'une « réunion d'urgence » que le Président venait d'avoir avec le secrétaire à la Défense, le chef d'état-major des Armées, le Vice-Président et d'autres conseillers, réunion qui, selon des sources confirmées, concernait le SAC et le NORAD. Les bases aériennes, ajoutait le reporter, la voix angoissée, allaient sans doute passer à un niveau d'alerte supérieur. D'autres bulletins d'information allaient suivre.

« Eh, réussit à articuler Josh, la bouche pleine. Attendez dimanche pour faire péter la planète ; faut que je touche mon argent, moi. »

C'était désormais chaque soir que les infos étaient remplies de ces bruits de bottes, réels ou supposés. Josh, qui regardait la télé ou lisait les journaux dès qu'il pouvait, comprenait bien que les nations puissent être jalouses, paranoïaques ou même complètement dingues, mais il n'arrivait pas à se figurer pourquoi des dirigeants en principe sains d'esprit n'étaient pas capables de simplement décrocher leur téléphone pour se parler. Qu'est-ce que ça avait de si dur, enfin, de se parler ?

Josh commençait à se dire que tout ce cirque, c'était comme le catch, des superpuissances qui enfilent leur masque et se mettent à arpenter le ring à grands pas tonitruants, en beuglant des menaces et en faisant mine de se balancer de grands coups. Mais ça n'était rien que de la frime particulièrement macho. Il avait du mal à s'imaginer un monde après les bombes atomiques, mais s'il y avait une chose dont il était certain, c'est qu'il lui faudrait quand même sacrément ramer pour se trouver une boîte de beignets dans les ruines fumantes, et ça, ça lui manquerait.

Il venait de commencer les Oreos quand son regard tomba sur le téléphone de la table de chevet, et il se mit à penser à Rose et aux garçons. Sa femme avait demandé le divorce quand il avait arrêté le football pro pour devenir catcheur, et c'est elle qui avait conservé la garde de leurs deux fils. Elle habitait toujours là-bas, à Mobile, dans l'Alabama, et Josh passait les voir dès que le circuit faisait étape dans les environs. Rose, qui avait un bon boulot de secrétaire juridique, lui avait dit à sa dernière visite qu'elle était fiancée à un avocat et qu'ils devaient se marier fin août. Ses fils lui manquaient beaucoup, à tel point que parfois dans la foule autour des rings, il apercevait des visages qui lui faisaient penser à eux, mais ces visages lui hurlaient toujours des insultes et des insanités. Trop penser à ceux qu'on aime, il le savait, n'amenait rien de bon ; pas besoin de remuer le couteau dans la plaie. Il ne voulait que le bonheur de Rose ; parfois, il avait bien envie de l'appeler, mais il avait peur que ce soit un homme qui décroche. « Bof, se dit-il tout en séparant un autre Oreo en deux pour atteindre la couche crémeuse au milieu, de toute façon j'ai jamais été fait pour être père de famille. J'aime trop ma liberté, et bon Dieu, là, j'en ai à revendre ! »

Il était las. Son corps était douloureux, et demain allait être une longue journée. Peut-être qu'il appellerait l'hôpital avant de repartir, histoire de prendre des nouvelles de Johnny Lee. Ce gamin allait apprendre de son erreur.

Josh laissa la télé allumée, parce qu'il aimait entendre les voix qui en émanaient, et s'endormit peu à peu, le paquet de biscuits en équilibre sur son ventre. Grosse journée demain, se répéta-t-il en perdant conscience. Va falloir se montrer à nouveau aussi méchant que costaud. Et puis il s'endormit, ronflant doucement, ses rêves résonnant des grondements d'une foule qui réclamait sa tête.

Puis ce fut le sermon de fin de programme. Un pasteur qui parlait de transformer les épées en charrues. Et pour finir, l'hymne national, illustré par des scènes de montagnes majestueuses couronnées de neige, de champs de blé et de maïs ondulant au vent, de torrents d'eau claire, de forêts vertes et de mégalopoles ; le tout se terminant sur l'image du drapeau américain tendu et immobile sur un mât planté à la surface de la Lune.

L'image se figea, persista quelques secondes encore, puis l'écran se brouilla.

L'ENFANT QUI FAISAIT PEUR

Près de Wichita, Kansas
23 h 48

Ça y est, encore une dispute.

La petite fille ferma très fort les yeux et se mit l'oreiller sur la tête, mais même comme ça, elle percevait les voix, étouffées, déformées, presque inhumaines.

« J'en ai marre de ces conneries, pétasse ! Tu me fous la paix, maintenant !

— Et qu'est-ce qu'y faut que je fasse, moi, alors ? Un grand sourire quand toi tu sors picoler et jouer avec le fric que *moi* je gagne ! Ce pognon, normalement, c'était pour payer le loyer de ce putain de mobil-home et pour les courses, et toi, bordel, tout c'que tu trouves à faire c'est aller le jeter par les fenêtres, le bazarder...

— Fous-moi la paix, merde, j'ai dit ! Mais regarde-toi un peu ! T'as l'air d'une vieille pute ! J'en ai marre de t'avoir tout l'temps sur l'dos !

— Ah ouais, alors y va peut-être falloir que je fasse mes valises et que j'me casse !

— Mais vas-y, tire-toi ! Et emmène cette gamine avec toi, elle m'fout les jetons, moi !

— T'en fais pas pour ça ! »

Et l'engueulade se poursuivait, leurs voix se faisant plus sonores et plus menaçantes. La petite fille dut ôter l'oreiller pour pouvoir respirer, mais elle garda les yeux fermés et l'esprit uniquement concentré sur son jardin, sous la fenêtre de sa minuscule chambre. Les gens venaient de tous les coins du parc de mobil-homes pour le voir, ce jardin, et s'extasier sur la facilité avec laquelle y poussaient les fleurs. Madame Yeager, la voisine d'à côté, disait que les violettes étaient magnifiques, mais que jamais elle n'en avait vu fleurir aussi tard dans la saison et par des chaleurs pareilles. Jonquilles, mufliers et primevères poussaient aussi, même si pendant un temps, la petite fille les avait entendus souffrir. Elle s'était mise à les arroser, à malaxer la terre avec ses doigts, était venue s'asseoir parmi elles dans le rougeoiement du soleil levant pour les surveiller de son regard bleu pervenche, et puis au bout de quelques jours les bruits d'agonie s'étaient estompés. Maintenant, le jardin était un kaléidoscope de couleurs vives et même le gazon autour du mobil-home était presque uniformément vert ; d'un vert aussi riche que profond. Celui de Madame Yeager, en revanche, était marron, même si elle l'arrosait tous les jours ; la petite fille l'avait entendu mourir voilà bien longtemps, même si elle ne l'avait jamais dit à Madame Yeager pour ne pas lui faire de peine. Il reverdirait peut-être quand viendrait la pluie.

La chambrette était encombrée d'une profusion de plantes en pots, posées sur des étagères de parpaings ou bien autour du lit. Un vigoureux arôme de vie imprégnait la pièce, à tel point que même un petit cactus dans un pot de céramique rouge avait fait une fleur blanche. La petite fille aimait penser à son jardin et à ses plantes quand Tommy et sa mère se disputaient ; elle le voyait dans son esprit, elle visualisait ses couleurs, ses pétales, elle pouvait même sentir la terre entre ses doigts, et ces sensations lui faisaient oublier les voix.

« Me touche pas ! hurla sa mère. Espèce d'enfoiré, je t'interdis de lever encore la main sur moi !

— J'te défonce, si je veux ! » On entendit des insultes, des bruits de lutte, puis celui d'une claque. La fillette tressaillit, des larmes jaillissant entre ses cils blonds fermés.

Arrêtez de vous disputer ! pensa-t-elle, frénétique. S'il vous plaît, arrêtez, arrêtez, arrêtez !

« Me touche pas ! » Quelque chose alla se fracasser contre le mur. La petite se mit les mains sur les oreilles et resta pétrifiée dans son lit.

Il y eut alors une lumière.

Une lumière douce qui vacillait devant ses paupières.

Elle ouvrit les yeux et se redressa.

Sur la moustiquaire de la fenêtre, elle vit alors une masse lumineuse et palpitante, jaune pâle, telle un millier de minuscules bougies d'anniversaire. Elle pulsait, à l'instar des volutes d'un tableau incandescent, et plus l'enfant l'observait, fascinée, plus les sons de la dispute s'estompaient. La lueur se reflétait dans ses immenses yeux, dansait sur son visage en forme de cœur et sur sa chevelure blonde qui tombait sur ses épaules. La pièce entière était illuminée par les reflets de cette créature agglutinée à la moustiquaire.

Des lucioles, comprit-elle. Par centaines. Elle en avait vu sur la vitre auparavant, mais jamais autant et jamais qui luisaient toutes à la fois. La pulsation lumineuse évoquait des étoiles brûlantes qui tentaient de percer le fin grillage, et en les fixant, les horribles voix de sa mère et d'« Oncle » Tommy lui étaient complètement sorties de la tête. Son attention était accaparée par ces insectes scintillants ; les variations lumineuses dessinant des motifs qui la laissaient comme en transe.

Et puis voilà que la lueur se mit à s'exprimer différemment, sur un rythme plus rapide. La petite fille se souvint d'un labyrinthe de miroirs à la fête foraine, et de ces jeux de lumières éblouissantes qui se reflétaient dans le verre dépoli ; là, elle avait l'impression d'être entourée d'un millier de lampes, et, le rythme s'accélérant et s'accélérant encore, on eût dit que toutes tournoyaient autour d'elle à une vitesse vertigineuse.

Elles parlent, se dit-elle. Dans leur propre langage. Elles parlent de quelque chose de très, très important...

« Swan ! Réveille-toi, ma chérie ! »

... de quelque chose d'affreux qui va arriver, là...

« Tu m'entends ? »

... dans pas longtemps...

« Swan ! »

Quelqu'un la secouait. Un instant, elle eut l'impression de s'être perdue dans le labyrinthe de miroirs, aveuglée par les lumières crues. Puis elle se rappela où elle était, et vit les lucioles quitter la fenêtre pour s'envoler dans la nuit.

« Putains de bestioles », entendit-elle Tommy grommeler.

Swan s'arracha à leur contemplation, dans un effort qui lui fit mal à la nuque. Sa mère était debout près d'elle, et à la faveur de l'éclairage qui entrait par la porte ouverte, la petite aperçut l'hématome qui entourait son œil gauche. La femme, l'air hagard, cheveux blonds emmêlés laissant voir des racines châtain foncé, regardait tout à tour sa fille et les derniers insectes qui s'envolaient de la fenêtre.

« Qu'est-ce qui va pas ?

— Elle fout les j'tons », répéta Tommy, dont les larges épaules bloquaient la sortie. Trapu et négligé, il arborait une barbe marronnasse aussi clairsemée qu'hirsute sur une mâchoire carrée, un visage grassouillet et des bajoues épaisses. Il portait une casquette rouge, un tee-shirt et une salopette de travail.

« Elle est barge », reprit-il, avant de s'envoyer une lampée de bière.

« Maman ? interrogea la petite, encore éblouie, les lumières scintillant toujours sur sa rétine.

— Ma chérie, lève-toi et habille-toi. On se tire de ce trou pourri tout de suite, tu m'entends ?

— Oui, m'man.

— Partir ? Tu rigoles ? ricana Tommy. Pour aller où ?

— Aussi loin qu'on pourra ! J'ai été conne d'emménager ici avec toi de toute façon ! Allez, chérie. Plus tôt on s'en va, mieux ça sera.

— Tu r'tournes chez Rick Dawson, c'est ça ? Bah vas-y donc ! Y t'a virée à grands coups d'latte dans l'fion une fois, et c'est moi qui t'ai ramassée ! Allez, vas-y, va encore t'faire virer ! »

Se tournant vers lui, elle annonça, glaciale : « Barre-toi de mon chemin, sinon, je le jure devant Dieu, je te tue. »

Sous ses lourdes paupières, le regard de Tommy était menaçant. Il but une nouvelle rasade, se passa la langue sur les lèvres, puis partit d'un rire gras. « Ouais, bien sûr ! ironisa-t-il en reculant d'un pas et en lui montrant le chemin d'un geste théâtral. Par ici la sortie ! Tu t'prends pour une espèce de reine à la con, hein ? Allez, dégage ! »

Elle jeta à sa fille un regard impératif pour qu'elle se hâte, et sortit de la chambre en passant devant Tommy.

Swan se leva et, vêtue de sa chemise de nuit au logo de l'Université de Wichita, taille neuf ans, se précipita vers la fenêtre pour regarder dehors. C'était allumé chez Madame Yeager, la voisine d'à côté; sans doute réveillée par le tapage, se dit-elle. Elle leva alors les yeux vers le ciel et resta stupéfaite, bouche bée.

Le ciel était rempli de volutes d'étoiles mouvantes. Des cercles de lumière qui tournaient dans les ténèbres au-dessus du parc de mobil-homes, et des zébrures jaunes semblaient monter vers la brume qui masquait la lune. Des milliers et des milliers de lucioles passaient là-haut telles des galaxies tournoyantes, formant des chaînes lumineuses qui s'étiraient d'est en ouest aussi loin que portait le regard de Swan. Quelque part dans le parc, un chien se mit à hurler à la mort, bientôt accompagné d'un deuxième, puis d'un troisième, et de bien d'autres encore le long de la nationale 15. On voyait des lumières s'allumer un peu partout dans les mobil-homes, et des gens qui sortaient voir ce qui se passait.

« Mais quel bordel ! commenta Tommy, toujours debout dans le cadre de la porte. Fermez-la, merde ! », gueula-t-il avant de finir sa bière d'un trait. Il fixa Swan d'un regard aussi mauvais que vitreux.

« Vivement que j'sois débarrassé de toi. Mais regarde un peu cette putain de chambre, toutes ces plantes à la con ! Fait chier, c'est un mobil-home, pas une jardinerie ! »

Il allongea un grand coup de pied dans un pot de géraniums, qui se renversa, faisant tressaillir Swan. Elle attendit qu'il sorte, gardant la tête haute.

« Hé, tu veux tout savoir sur ta daronne, gamine ? lui fit-il d'un ton sournois. Tu veux que j'te raconte, moi, comment elle danse sur les tables dans ce bar et comment elle laisse les hommes lui toucher les nénés ?

— Ta gueule, enfoiré ! », hurla la femme, et Tommy pivota à temps pour parer de l'avant-bras le coup qu'elle lui assénait. Il la repoussa.

« Ouais, c'est ça, recommence, Darleen ! Montre-lui, à ta gamine, de quoi t'es capable ! Parle-lui un peu de tous les mecs que t'as pu avoir, et puis... oui, tiens, tant qu't'y es, dis-lui tout sur son papa ! Dis-lui que t'étais tellement défoncée au LSD, au PCP et à Dieu sait quoi d'autre que tu te rappelles même pas d'son nom, à c't'enculé ! »

Le visage de Darleen Prescott était déformé par la rage. Il y a quelques années encore, c'était une jolie femme, les pommettes saillantes et des yeux bleu foncé qui semblaient lancer aux hommes comme un défi sexuel, mais à présent elle avait le visage las, un peu tombant, et de profondes rides au front et autour de la bouche. Trente-deux ans seulement, mais elle en paraissait dix de plus. Boudinée dans un blue-jean trop serré, elle portait une chemise jaune ornée de sequins sur les épaules. Elle tourna le dos à Tommy et s'engouffra dans la « suite parentale », martelant le sol de ses bottes en lézard.

« Hé ! gloussa Tommy. Pars pas fâchée, quand même ! »

Swan commençait à sortir ses affaires de la commode, mais sa mère revint avec une valise déjà pleine de vêtements et de bottes aux couleurs criardes, et se mit à la bourrer encore plus avec celles de Swan.

« Allez, viens ! lança-t-elle à sa fille. On se tire ! »

Swan marqua un temps d'arrêt, jetant un regard circulaire à la pièce remplie de plantes en tout genre. Non ! pensa-t-elle. Je peux pas laisser mes fleurs comme ça ! Et mon jardin, alors ? Qui est-ce qui va l'arroser ?

Darleen appuya de tout son poids sur la valise, qu'elle finit par fermer et, la saisissant d'une main et sa fille de l'autre, tourna violemment les talons. Swan eut à peine le temps d'attraper sa peluche Cookie Monster avant d'être entraînée hors de la pièce.

Tommy les suivit, une nouvelle bière à la main.

« Ouais, c'est ça, tire-toi ! Avant demain soir, tu s'ras de retour, Darleen ! Tu verras !

— Je verrai, oui », répliqua-t-elle en sortant.

À l'extérieur, dans la chaleur épaisse de la nuit, on n'entendait que le hurlement des chiens. Des oriflammes de lumière rayaient le firmament. Darleen leva les yeux, mais ne marqua aucune hésitation alors qu'elle se dirigeait à grandes enjambées vers la Camaro rouge vif garée le long du trottoir derrière le pick-up Chevrolet de Tommy. Elle jeta la valise sur la banquette arrière et se mit au volant, pendant que Swan, toujours en chemise de nuit, s'installait sur le siège passager.

« Connard, murmura Darleen tout en cherchant à insérer la clé. Je vais lui montrer, moi, putain.

— Hé ! Matez ça ! », hurla Tommy, et Swan se retourna.

Horrifiée, elle le vit piétiner son jardin dans une sorte de danse ; le bout pointu de ses bottes soulevait de grosses mottes de terre, tandis que les talons écrabouillaient les fleurs. Elle se boucha les oreilles des deux mains au moment où montèrent leurs cris de douleur. Tommy, avec un rictus mauvais, sautait de joie en agitant sa casquette en l'air. Une brûlante vague de colère submergea la petite fille, qui souhaita le voir tomber raide pour avoir fait du mal à son jardin. Puis la vague reflua, ne lui laissant qu'une sensation de nausée au creux de l'estomac. Elle voyait clair en lui désormais : ce n'était rien d'autre qu'un imbécile, gras et dégarni, dont les seuls biens étaient un pick-up et un mobil-home déglingué. C'est là qu'il allait vieillir et mourir sans jamais laisser quelqu'un l'aimer, tout ça parce qu'il avait peur, exactement comme sa maman à elle, de faire entrer qui que ce soit dans sa vie. Elle vit tout cela, le comprit en une seconde, certaine que le plaisir qu'il éprouvait à détruire ses plantes se terminerait comme d'habitude : lui à genoux devant la cuvette des W.-C. Et quand il aurait fini de vomir, il allait s'endormir seul et se réveiller seul. Elle, elle pourrait toujours se faire un autre jardin, et c'était bien son objectif, peu importe où elles iraient.

« Oncle Tommy ? », l'appela-t-elle.

Il s'arrêta, un sourire narquois aux lèvres, l'insulte prête à jaillir.

« Je te pardonne », continua Swan d'une voix douce.

L'homme la dévisagea comme s'il venait de se prendre une gifle.

Darleen Prescott, elle, lui cria : « Va te faire foutre ! », avant de faire rugir le moteur de la Camaro. Elle écrasa l'accélérateur, étalant la gomme de ses pneus sur quelques mètres avant qu'ils n'accrochent l'asphalte et ne les propulsent vers la sortie du parc de mobil-homes de la nationale 15, pour ne jamais y revenir.

« Où on va ? interrogea Swan en étreignant son Cookie Monster, une fois le hurlement des pneus passé.

— Ben, je pense qu'on va se trouver un motel pour la nuit. Demain matin, je passerai au bar essayer de demander un peu d'argent à Frankie. Peut-être, qu'il me donnera cinquante billets, poursuivit-elle avec un geste fataliste. Peut-être.

— Tu vas retourner chez Oncle Tommy ?

— Non, répliqua fermement Darleen. C'est fini. C'est le pire salaud que j'aie jamais connu, et j'arrive pas à comprendre ce que j'ai pu lui trouver ! »

Swan se souvint qu'elle avait dit la même chose « d'Oncle » Rick et « d'Oncle » Alex. Pensive, elle hésita à poser la question, puis, après avoir inspiré profondément, se lança : « C'est vrai, maman ? Ce qu'il a dit, que tu sais pas qui c'est, mon papa ?

— Je t'interdis de dire des choses comme ça ! aboya-t-elle, son attention fixée sur le long ruban de la route. Même de les penser ! Je t'ai déjà dit et répété : ton papa, c'est une star du rock. Il a les cheveux blonds et les yeux bleus, comme toi. Les yeux bleus d'un ange tombé du ciel. Et pour ce qui est de jouer de la guitare et de chanter… Ah, mon Dieu ! Un ange aussi ! Et je t'ai répété mille fois que dès qu'il aura divorcé, on ira vivre à Hollywood. Ça sera top, non ? Toi et moi sur Sunset Boulevard ?

— Oui, m'man », répondit Swan, morose. Elle l'avait effectivement entendue mille fois, cette histoire. Ce qu'elle voulait, elle, c'était vivre au même endroit plus de quatre ou cinq mois, pour se faire des amis sans avoir peur de les perdre, aller à la même école pendant une année entière. C'est parce qu'elle n'avait pas d'amis qu'elle consacrait tout son temps à ses fleurs, qu'elle passait des heures à créer des jardins dans la mauvaise terre des parcs de mobil-homes, des pensions de famille ou des motels miteux.

« Allez, on se met de la musique », reprit Darleen. Elle pressa le bouton, et un flot de rock'n'roll s'échappa à plein volume.

C'était si fort que Darleen n'eut plus à penser à ce mensonge qu'elle n'arrêtait pas de répéter à sa fille. En réalité, tout ce qu'elle savait, c'est que c'était un beau blond, assez grand, et que son préservatif avait craqué en pleine action. Sur le moment, elle n'avait même pas fait attention ; c'était une soirée d'enfer, dans la grande pièce d'à côté tout le monde s'éclatait, et Darleen comme le beau gosse étaient totalement défoncés à un mélange de LSD, de poussière d'ange et de *poppers*. C'était il y a neuf ans, à l'époque où elle habitait Las Vegas et travaillait à distribuer les cartes au black-jack. Depuis ce temps-là, elle et Swan avaient sillonné l'Ouest du pays, à suivre des hommes dont elle espérait qu'ils l'amusent un moment, ou bien travaillant comme danseuse topless partout où on voulait bien l'engager.

Mais maintenant Darleen ne savait plus où aller. Elle en avait vraiment marre de Tommy, elle en avait même peur ; il était taré, limite vicelard. C'était probable qu'il se lance à leur poursuite d'ici un jour ou deux si elles n'allaient pas assez loin. Frankie, au *High Noon Saloon*, là où elle dansait, pourrait peut-être lui avancer un peu d'argent sur sa prochaine paye, mais après ça, où aller ?

Chez moi, pensa-t-elle. Chez elle, c'était un minuscule bled qui s'appelait Blakeman, là-haut, dans le comté de Rawlins, au nord-ouest du Kansas. Elle s'en était enfuie à seize ans, après que sa mère était morte d'un cancer et que son père avait pété les plombs, devenu fanatique religieux du jour au lendemain. Elle savait que son vieux la détestait, c'est bien pour ça qu'elle était partie. C'était comment, chez elle, maintenant ? se demanda-t-elle. Elle s'imagina son père, qui allait halluciner en découvrant sa petite-fille. Non ! Je peux pas retourner là-bas !

Pourtant, elle était déjà en train de calculer l'itinéraire qu'il lui faudrait prendre si jamais elle changeait d'avis : la 135 direction nord, jusqu'à Salina, puis vers l'ouest par la I-70 qui traversait les vastes champs de maïs et de blé, et puis à nouveau vers le nord sur des routes de campagne rectilignes. Frankie pourrait sans doute lui filer assez d'argent pour l'essence.

« T'aimerais faire un petit voyage ?

— Pour aller où ? s'étonna Swan en étreignant plus fort sa peluche.

— Oh, juste un petit village qui s'appelle Blakeman. Il s'y passe pas grand-chose, enfin c'était comme ça la dernière fois que j'y étais. Peut-être qu'on peut y aller et se reposer quelques jours. Réfléchir ensemble. Qu'est-ce que t'en penses ?

— Oui, si tu veux », répondit Swan en haussant les épaules : en vérité, ça lui était égal.

Darleen baissa la radio et passa un bras autour de sa fille. Elle releva les yeux, et aperçut une lueur dans le ciel, qui disparut aussitôt. Elle étreignit la petite.

« C'est juste toi et moi contre le monde entier, ma puce, la rassura-t-elle. Et tu sais quoi ? On va gagner si on continue à se battre. »

Swan tourna le regard vers sa mère et eut vraiment envie d'y croire.

La Camaro poursuivait sa route, traversant la nuit sur la nationale qui se déroulait devant elle, tandis que, là-haut, à des centaines de mètres dans les nuages, des chaînes de lumières palpitantes se croisaient au firmament.

CHEVALIER

Blue Dome Mountain, Idaho
22 h 50

Un énorme camping-car gris métallisé remontait la route étroite, tout en lacets, qui menait au sommet de la Blue Dome Mountain, à 3 300 mètres au-dessus du niveau de la mer et à pas loin d'une centaine de kilomètres au nord-ouest d'Idaho Falls. Partout où se posait le regard, d'épaisses forêts de pins s'accrochaient à des arêtes rocheuses vertigineuses. Les phares perçaient la brume au ras du sol et le tableau de bord éclairait d'une lueur verdâtre le visage aux traits tirés du conducteur : un type entre deux âges dont l'épouse dormait sur le siège passager incliné, une carte de l'Idaho dépliée sur les jambes.

Au long virage suivant, les phares éclairèrent une pancarte sur le bas-côté qui proclamait, en lettres orange phosphorescentes : PROPRIÉTÉ PRIVÉE. DÉFENSE D'ENTRER, ON TIRE SANS SOMMATION.

Phil Croninger ralentit, mais comme il avait dans son portefeuille le badge plastifié qu'ils lui avaient envoyé par courrier, il passa sans s'arrêter devant le menaçant avertissement et continua à grimper la route à flanc de montagne.

« Papa ? Ils le feraient vraiment ? demanda d'une voix flûtée son fils assis derrière lui.

— Faire quoi ?

— Tirer. Tu crois que c'est vrai ?

— Tu le sais bien. Ils ne veulent pas d'intrus. »

Dans le rétroviseur, il vit flotter au-dessus de son épaule, comme un masque de Halloween, le visage de son fils, verdâtre lui aussi. Père et fils se ressemblaient beaucoup : mêmes lunettes à verres épais, mêmes cheveux fins et raides, même corps frêle et anguleux. Phil commençait à perdre ses cheveux poivre et sel, mais ceux du gamin de treize ans étaient châtain foncé, avec des mèches qui dissimulaient son grand front. Le visage de l'adolescent était un festival d'angles aigus, comme celui de sa mère : nez, menton et pommettes semblaient menacer de percer la peau pâle, comme s'il y avait au-dessous un second visage sur le point d'apparaître. Ses yeux, agrandis par les verres, étaient couleur de cendres. Il portait un tee-shirt motif camouflage, un short kaki et de grosses chaussures de randonnée.

Elise Croninger se mit à remuer.

« On est arrivés ? demanda-t-elle d'une voix ensommeillée.

— Presque. On devrait bientôt voir quelque chose ? »

Le voyage avait été long et fatigant depuis Flagstaff, et Phil avait absolument voulu rouler de nuit au prétexte que, d'après ses calculs, la fraîcheur usait moins les pneus et permettait de moins consommer. C'était un homme avisé, qui ne laissait rien au hasard.

« Je parie que là, ils sont en train de nous observer au radar, lança joyeusement le garçon en scrutant les bois. Qu'ils voient tous les détails.

— Possible, approuva Phil. Là-haut, il y a à peu près tout ce que tu peux imaginer. C'est un super endroit, je t'assure !

— J'espère surtout qu'il fait frais, là-dedans, interrompit Elise, agacée. Moi, je suis pas venue jusqu'ici pour cuire dans une mine.

— C'est pas une galerie de mine, lui rappela Phil. Et de toute façon, il y fait naturellement frais, sans compter qu'ils ont toutes sortes de systèmes de filtration de l'air et de sécurité. Tu verras.

— Ils nous observent... reprit le garçon. Je le sens. »

Il passa sa main sous le siège, cherchant à tâtons l'objet qu'il savait y être caché, et brandit un .357 Magnum.

« Pan », gronda-t-il en pressant la détente alors qu'il visait l'obscurité des bois à sa droite. Il gronda alors à nouveau, vers la gauche cette fois.

« Roland, range ça ! s'irrita sa mère.

— Range ça, fiston. Faut pas le montrer. »

Roland Croninger hésita un instant, puis, avec un rictus, pointa le pistolet en plein milieu de la tête de sa mère et pressa la détente en répétant calmement « Pan ». Et puis un autre sourire, avec le *clic* de la détente en direction du crâne de son père.

« Roland, le tança son père d'une voix qu'il voulait sévère, arrête de jouer, et range ce pistolet maintenant.

— Roland ! répéta sa mère, menaçante.

— Oh, ça va, grinça-t-il en remettant l'arme sous le siège. C'était juste pour rigoler, quoi ! Vous êtes pas drôles ! »

Il y eut une brusque secousse : Phil venait de freiner sans prévenir. Deux hommes en tenue de camouflage et casque vert leur barraient la route ; tous deux avaient en main des pistolets-mitrailleurs Ingram, et des Colt 45, dans des étuis à la ceinture. Les Ingram étaient pointés directement sur le pare-brise du camping-car.

« Juste ciel... », murmura Phil.

L'un des soldats lui fit signe de baisser sa vitre ; quand il se fut exécuté, le militaire s'approcha et alluma une lampe torche qu'il lui braqua en plein visage.

« Papiers, s'il vous plaît », lança-t-il ; c'était un jeune homme au visage dur et aux yeux bleu électrique. Phil sortit son portefeuille, puis le badge, qu'il tendit au soldat, lequel examina attentivement la photo. « Combien de personnes dans le véhicule, monsieur ?

— Heu... trois, moi, ma femme et mon fils. On est attendus. »

Le jeune homme passa le badge à l'autre soldat, qui décrocha un talkie-walkie de son ceinturon. Phil l'entendit annoncer : « Central, ici checkpoint. On a trois personnes dans un camping-car gris. Badge au nom de Philip Austin Croninger, numéro 0-671-4724. Attends confirmation. »

« Waouh... chuchota Roland avec excitation. C'est comme dans les films de guerre...

— Chhhhut », lança son père.

Roland admirait les uniformes ; les rangers, cirées jusqu'à pouvoir se voir dedans, et les pantalons, dont on apercevait encore les plis. Sur leur poitrine, au-dessus du cœur, un écusson représentant un gant de fer tenant un éclair, avec dessous, brodé en lettres d'or, le nom MAISON TERRE.

« Ok, merci, Central », répondit le soldat au talkie-walkie. Il rendit le badge à l'autre, qui le tendit à Phil. « Voilà, monsieur. Vous étiez attendus à 22 h 45.

— Oui, désolé, répondit Phil en rangeant le badge dans son portefeuille. On s'est arrêtés pour dîner.

— Suivez la route, expliqua le jeune homme. Dans quatre cents mètres à peu près, vous verrez un panneau stop. Faites bien attention à aligner vos pneus avec le marquage au sol. Ok ? Allez-y. »

Il fit un rapide signe du bras et le second soldat s'écarta, laissant Phil s'éloigner du checkpoint. Quand ce dernier jeta un coup d'œil à son rétroviseur, il aperçut les sentinelles disparaître dans les bois.

« Hé, p'pa, ils donnent des uniformes à tout le monde ? espéra Roland.

— Ah, non, désolé. C'est juste pour le personnel.

— Je les avais même pas vus, intervint Elise, encore fébrile. J'ai levé les yeux et, pouf ! ils étaient là. À nous viser avec leurs armes ! Et si un coup était parti ?

— C'est des professionnels, chérie. Ils seraient pas là s'ils ne savaient pas ce qu'ils font, et je suis sûr qu'ils maîtrisent le maniement des armes à feu. Ça te montre à quel point on va être en sécurité pendant ces deux semaines. Personne peut monter ici sans laissez-passer. Pas convaincus ?

— Si ! », intervint Roland. Il l'avait bien senti, ce frisson d'excitation à la vue des canons des Ingram ; s'ils l'avaient voulu, se disait-il, ils nous auraient pulvérisés d'une seule rafale. Une pression sur la détente et *ta-ta-ta-ta-ta !* À cette pensée, il se sentit incroyablement revigoré, comme si on lui avait lancé un verre d'eau glacée au visage. Ça c'était bon, se disait-il. Très bon, même. L'une des vertus d'un chevalier, c'était de faire face au danger la tête froide.

« Voilà le stop », les informa Phil quand il apparut dans la lumière des phares, droit devant eux. Le grand panneau était fixé sur un mur de roche devant lequel se terminait abruptement la route de montagne. Autour d'eux, ils ne voyaient que les forêts obscures et d'autres immenses rochers abrupts ; aucun signe de l'endroit pour lequel ils avaient fait tout ce chemin.

« Mais comment on entre là-dedans ? s'étonna Elise.

— Tu vas voir. C'est un des trucs les plus cool qu'ils m'aient montré. »

Phil était venu en avril, après avoir lu une publicité pour la Maison Terre dans *Soldier of Fortune*, le magazine des mercenaires. Il avança tout doucement jusqu'à ce que les pneus avant du Roamer trouvent leur place dans deux ornières au sol. On entendit alors un profond grondement, un bruit de machinerie lourde, d'engrenages et de chaînes. Une bande de lumière fluorescente apparut à la base de la paroi rocheuse, dont une partie était en train de remonter, tel le volet roulant d'un garage.

Aux yeux de Roland, c'était comme l'ouverture d'un immense pont-levis qui donnerait accès à une forteresse médiévale. Son cœur se mit à battre la chamade, et la bande fluorescente qui se reflétait dans ses lunettes s'élargit et se fit plus vive encore.

« Mon Dieu... », murmura Elise. La roche, en s'ouvrant, révéla un parking bétonné où s'alignaient automobiles et camping-cars. Au plafond, une rangée de néons était suspendue à une structure de poutrelles métalliques. Sur le seuil se tenait un soldat en uniforme, qui fit signe à Phil d'avancer. Celui-ci appuya avec précaution sur l'accélérateur et les ornières guidèrent le véhicule vers un plan incliné, par où ils descendirent dans le parking. Dès que les pneus eurent désactivé le mécanisme, la lourde porte se mit à redescendre dans un grondement.

Le soldat guida Phil vers une place libre entre deux autres véhicules, puis fit glisser son pouce en travers de sa gorge.

« Ça veut dire quoi, ça ? s'inquiéta Elise, mal à l'aise.

— Il nous demande de couper le moteur, expliqua Phil avec un sourire, avant de déclarer : Eh bien, nous y voilà. »

La roche se referma avec un grand *boum* qui résonna longtemps. Désormais, ils étaient coupés du monde extérieur.

« Bienvenue dans l'armée ! », s'écria Phil à l'adresse de son fils, dont le visage trahissait l'ébahissement. Ils descendirent du camping-car et virent se diriger vers eux deux voiturettes électriques ; dans la première se trouvait un jeune homme tout sourire aux cheveux roux foncé coiffés en brosse, qui portait un uniforme bleu marine orné de l'insigne de la Maison Terre. La seconde transportait deux hommes costauds en combinaison du même bleu, et on y avait attelé une de ces remorques à bagages comme on en voit dans les aéroports.

Le jeune homme souriant, dont les dents blanches semblaient refléter la lumière des néons, consulta la feuille de renseignements sur sa tablette à pince, histoire de ne pas écorcher le nom.

« Bonjour tout le monde ! lança-t-il d'un ton joyeux. Monsieur et madame Croninger, c'est ça ?

— Exact, répondit Phil. Et notre fils Roland.

— Salut Roland. Alors, vous avez fait bon voyage, depuis Flagstaff ?

— C'était long », répondit Elise, qui se mit à parcourir le parking du regard, estimant qu'il y avait bien deux cents véhicules garés là. « Mon Dieu, reprit-elle, il y a combien de personnes ici ?

— Nous sommes à environ quatre-vingt-quinze pour cent d'occupation, madame Croninger. Nous devrions être à cent pour cent dès ce week-end. Monsieur Croninger, si vous voulez bien confier vos clés à ces messieurs, ils vont s'occuper de vos bagages.

— J'ai du matériel informatique, s'inquiéta Roland. Ça va aller ?

— Aucun problème. Tenez, montez, je vais vous conduire à vos quartiers. Caporal Mathis ? poursuivit-il en s'adressant à l'un des bagagistes. Emportez ça Section C, numéro seize. Prêts, messieurs-dames ? »

Phil était sur le siège passager, sa femme et son fils à l'arrière. Il fit oui de la tête, et le jeune homme démarra, traversa le parking et s'engouffra dans un couloir au sol de ciment qui descendait en pente douce, éclairé par des rangées de néons.

On sentait une légère brise, en raison des ventilateurs disposés çà et là au plafond. D'autres couloirs partaient sur le côté, et des flèches indiquaient les sections A, B et C.

« Je suis le sergent Schorr, responsable des hébergements, expliqua le jeune homme en tendant la main à Phil. Très heureux de vous accueillir ici. Vous avez des questions ?

— Eh bien, moi, j'ai fait la visite en avril dernier, répondit Phil, mais je ne sais pas si ma femme et mon fils ont pu prendre la mesure de la chose rien qu'en feuilletant les prospectus. Elise, par exemple, s'inquiétait de la ventilation là-dessous.

— Ah ! s'écria Schorr dans un grand rire. Rien à craindre, madame Croninger. Nous avons deux systèmes de filtration de l'air dernier cri, l'un qui tourne en permanence et l'autre en cas de problème. Le système est programmé pour s'enclencher dans la minute qui suivrait un Code Rouge, c'est-à-dire, heu... quand on attend l'impact et qu'on scelle les bouches d'aération. Pour l'instant, c'est l'air extérieur que nous envoient les ventilos et, croyez-moi, celui de la Blue Dome Mountain est certainement le plus pur que vous aurez jamais respiré. À ce niveau, nous avons trois zones d'hébergements, les sections A, B et C. Au-dessous de nous, c'est le Centre de commandement et la maintenance. Encore plus bas, à près de vingt mètres sous nos pieds, la salle du générateur, l'armurerie, les réserves de ravitaillement d'urgence, la salle des radars et les quartiers des officiers. Au fait, le règlement stipule que les armes à feu entrantes doivent être stockées dans l'armurerie. Est-ce que vous en aviez avec vous, par hasard ?

— Heu... oui, un .357 Magnum, répondit Phil. Sous le siège arrière. Je n'étais pas au courant.

— Oh, ce n'est rien, vous n'avez sans doute pas fait attention quand vous avez signé le contrat. Mais vous serez d'accord, j'en suis sûr, que pour la sécurité des résidents toute arme à feu soit identifiée. N'est-ce pas ? » Il sourit à Phil, qui hocha la tête. « Nous allons le répertorier et vous donner un reçu. Dans deux semaines, vous le récupérerez, comme neuf.

— Quel genre d'armes vous avez, ici ? interrogea Roland.

— Pistolets, fusils automatiques, pistolets-mitrailleurs,

mortiers, lance-flammes, grenades, mines antipersonnel et antivéhicules, fusées éclairantes... à peu près tout ce que vous pouvez imaginer. Bien sûr, c'est aussi là que l'on entrepose les masques à gaz et les combinaisons antiradiations. Quand on a construit cette installation, le colonel Macklin a voulu en faire une forteresse imprenable. C'en est une. »

Le colonel Macklin, pensa Roland. Le colonel James « Jimbo » Macklin. Ce nom était familier à l'adolescent, qui lisait avidement les magazines survivalistes et les revues d'armement auxquels son père était abonné. Le colonel avait des états de service longs comme le bras : pilote de chasse sur le 105-D Thunderchief au Nord-Vietnam, abattu en 1971, et prisonnier de guerre jusqu'à la fin du conflit. Par la suite, il était retourné au Vietnam et en Indochine, à la recherche de soldats portés disparus, puis avait combattu comme mercenaire en Afrique du Sud, au Tchad et au Liban.

« On va rencontrer le colonel Macklin ?

— Réunion d'information à huit heures précises à l'Hôtel de Ville. Il y sera. »

Ils aperçurent une pancarte SECTION C, avec une flèche indiquant la droite. Le sergent Schorr quitta le couloir principal, et l'on sentit les pneus rebondir sur les fragments de béton et de rocher qui jonchaient le sol à cet endroit. De l'eau coulait du plafond et formait une flaque qui s'élargissait, et tous les passagers se trouvèrent aspergés avant que Schorr ne puisse freiner. Il jeta un regard en arrière, son sourire avait disparu. Il arrêta la voiturette, et les Croninger constatèrent alors qu'un morceau du plafond, de la taille d'une plaque d'égout, s'était effondré. Le trou laissait entrevoir des barres de fer et du grillage. Schorr se saisit d'un talkie-walkie sur le tableau de bord : « Ici Schorr, près du carrefour Couloir Central et Couloir C. Problème de drainage, il me faut une équipe de réparation, immédiatement ! Reçu ?

— Reçu, répondit une voix affaiblie par les grésillements. *Encore* un problème ?

— Heu... j'ai des nouveaux arrivants avec moi, caporal.

— Désolé, sergent. L'équipe est en route. »

Schorr éteignit le talkie-walkie. Il souriait à nouveau, mais son regard trahissait l'embarras. « Problème mineur, messieurs-dames. La Maison Terre possède un système de drainage particulièrement moderne, mais ça n'empêche pas que, de temps en temps, on puisse avoir de petites fuites. L'équipe de réparation va s'occuper de ça. »

Elise montra le plafond du doigt ; elle avait repéré un labyrinthe de fissures plus ou moins colmatées là-haut. « Ça me semble pas très sûr. Et si ça s'écroulait ? » Elle fixa son mari, les yeux ronds. « Mon Dieu, Phil ? Il faut vraiment qu'on reste deux semaines ici, sous une montagne qui fuit ?

— Madame Croninger, la rassura Schorr de sa voix la plus douce, la Maison Terre ne serait pas occupée à quatre-vingt-quinze pour cent si elle n'était pas sûre. Je vous accorde que ce système de drainage est à améliorer, et nous y travaillons, mais vous ne courez aucun danger. Des ingénieurs du Génie Civil et des spécialistes de la physique des matériaux ont inspecté les lieux, et tous ont validé les installations. Ici, c'est une résidence survivaliste en copropriété, madame Croninger ; on ne serait pas là si on ne voulait pas survivre à l'holocauste qui s'annonce, n'est-ce pas ? »

Le regard d'Elise hésitait entre son mari et le jeune homme. Phil avait payé cinquante mille dollars pour devenir membre du programme de multipropriété de la Maison Terre : deux semaines par an, à vie, dans ce que les prospectus nommaient une « forteresse cinq étoiles dans les montagnes du Sud de l'Idaho ». Bien sûr, elle aussi croyait en l'imminence d'un conflit nucléaire ; Phil, qui avait des rayonnages entiers de bouquins là-dessus, était convaincu que ça allait arriver dans les douze prochains mois, et que les États-Unis seraient mis à genoux par l'envahisseur. Il avait cherché, lui avait-il expliqué, un endroit où ils pourraient « faire face ». Elle avait bien essayé de l'en dissuader, argumentant que cela revenait à parier cinquante mille dollars que le pire allait justement se produire au cours de l'un de leurs séjours, et que c'était un pari stupide. Il lui avait parlé de « l'Option Protection Maison Terre », en vertu de laquelle, pour un supplément de cinq mille dollars par an, leur famille pourrait trouver refuge dans le complexe à tout moment, dans un délai de vingt-quatre heures après explosion d'un missile nucléaire ennemi sur leur territoire continental. C'était une assurance-holocauste, en quelque sorte ; tout le monde savait que les bombes allaient tomber, restait à savoir quand. Et Phil Croninger, l'assurance, ça le connaissait : il était propriétaire d'un des plus gros cabinets d'Arizona.

« Oui, en effet », finit-elle par concéder.

Mais toutes ces fissures et ces colmatages la tourmentaient, sans parler de ce grillage d'apparence fragile que l'on entrevoyait par le trou au plafond.

Le sergent Schorr redémarra et accéléra. La voiturette passa devant des portails métalliques de part et d'autre du couloir.

« Ça a dû coûter pas mal d'argent pour construire cet endroit, fit remarquer Roland.

— Quelques millions, oui, répondit Schorr, et je vous passe les centimes. Ce sont deux frères texans qui ont financé le projet : des survivalistes, eux aussi, qui ont fait fortune dans le pétrole. C'était une mine d'argent, ici, dans les années quarante, mais le filon s'est épuisé, et c'est resté à l'abandon pendant des années, jusqu'à ce que les Ausley le rachètent... On est arrivés, c'est ici. »

Il arrêta le véhicule devant une porte métallique qui portait le numéro seize.

« Et voilà, messieurs-dames, votre petite villégiature pour les deux prochaines semaines ! »

Il ouvrit à l'aide d'une clé à laquelle était reliée une petite plaque au logo de la Maison Terre, chercha de la main l'interrupteur et alluma.

Avant de suivre son mari et son fils à l'intérieur, Elise entendit encore de l'eau qui gouttait, et aperçut une nouvelle flaque sur le sol du couloir. Le plafond fuyait à trois endroits différents et présentait une longue fissure en zigzag large de cinq bons centimètres. Mon Dieu ! pensa-t-elle, horrifiée, avant de pénétrer quand même dans la pièce.

Elle lui fit penser à une caserne austère et sévère. Les murs étaient en parpaings bruts, peints en beige, décorés de quelques tableaux. La moquette était assez épaisse, pas si vilaine avec ses tons rouille, mais le plafond lui parut affreusement bas. Même si Phil, qui faisait près d'un mètre quatre-vingts, avait quinze bons centimètres au-dessus de la tête, le « séjour », comme le baptisaient les prospectus, donna à Elise l'impression d'avoir été... oui, c'est ça, pensa-t-elle, *inhumée*. Mais bon, le mur du fond, entièrement recouvert d'une immense photo de montagnes aux pics enneigés, agrandissait un peu la pièce, même si c'était un trompe-l'œil.

Il y avait deux chambres, reliées par une salle de bains, et le sergent Schorr passa quelques minutes à leur faire la visite, très fier de leur montrer les W.-C. qui, expliqua-t-il, faisaient tout remonter vers un réservoir qui « épand les eaux usées sur l'humus de la forêt, ce qui aide à la croissance des végétaux ». Les murs des chambres étaient aussi de parpaings beiges, et les plafonds recouverts de dalles de liège qui devaient, ne put s'empêcher de penser Elise, dissimuler le treillis de poutrelles et d'entretoises métalliques.

« C'est super, hein ? lui demanda Phil.

— Je sais pas trop, répondit-elle. J'ai toujours l'impression d'être dans une mine.

— Oh, ça va passer, la rassura Schorr d'un ton aimable. Il y a des nouveaux qui souffrent de claustrophobie au début, mais ça ne dure pas. Tenez, c'est pour vous », ajouta-t-il en tendant à Phil un plan de la Maison Terre sur lequel on pouvait trouver la cafétéria, le gymnase, l'infirmerie et la salle d'arcades. « L'Hôtel de Ville est juste là, ajouta-t-il en le désignant sur le plan. C'est un auditorium, en fait, mais nous sommes presque une commune, vous voyez ? Tenez, je vous montre le chemin le plus court pour y accéder depuis votre appartement... »

Dans sa chambre, la plus petite des deux, Roland avait allumé sa lampe de chevet et cherchait une prise pour son ordinateur. Un peu étroite, cette pièce, mais ça allait, se dit-il ; c'était l'ambiance qui comptait, et il était impatient d'aller participer à ces ateliers intitulés « Armes improvisées », « Vivre de la nature », « Gouvernements en période de chaos » ou « Tactiques de la guérilla » dont parlaient les prospectus.

Il trouva la prise idéale : suffisamment proche du lit pour qu'il puisse rester assis-allongé, bien calé par les coussins, et lancer le jeu *Chevalier du roi* sur son ordi. Au cours des deux prochaines semaines, il allait pouvoir imaginer des donjons, où rôderaient des monstres tels que même un expert blasé comme lui en tremblerait.

Roland alla voir de combien d'espace il disposait dans le placard pour ranger ses affaires. À l'intérieur, de fragiles panneaux de contreplaqué et quelques cintres en fil métallique suspendus à la tringle. Soudain, un petit insecte jaune, qui ressemblait à une feuille d'automne, sortit du panneau du fond. Instinctivement, Roland l'attrapa dans sa main, puis retourna vers la lampe et ouvrit précautionneusement la paume.

Là, au creux de sa main, quelque peu étourdi, il vit un petit papillon fragile, les ailes parsemées de vert et d'or et les yeux comme deux têtes d'épingle vert sombre, qui brillaient telles de minuscules émeraudes. L'insecte battait faiblement des ailes, trop sonné pour s'échapper.

Mais depuis combien de temps t'es là, toi ? se demanda Roland. Impossible à dire. Probablement arrivé dans une voiture ou un camping-car, ou dans des vêtements. Il approcha sa main tout près de son visage pour regarder la minuscule créature dans les yeux.

Et il l'écrasa dans son poing serré et le sentit se désintégrer entre ses doigts. *Slash !* pensa-t-il. Il n'était pas venu de Flagstaff jusqu'ici pour partager sa chambre avec un insecte à la con !

Il balança les restes dans la corbeille à papier, essuya sa paume pleine de poudre jaune iridescente sur son short kaki, puis retourna dans le séjour. Schorr était en train de prendre congé et les deux autres hommes venaient d'arriver avec les bagages et le matériel informatique de Roland.

« Réunion d'information à huit heures pile, messieurs-dames ! répéta Schorr. À demain !

— Ouais, super ! s'écria Phil Croninger, tout émoustillé.

— Ouais, super », répéta Elise dans un écho mordant et sarcastique. Le sergent Schorr quitta l'appartement numéro 16, sourire toujours figé aux lèvres. Mais dès qu'il eut pris place dans la voiturette, sa bouche se rigidifia en une ligne aussi droite que renfrognée. Il fit demi-tour et repartit directement à l'endroit où les morceaux du plafond jonchaient le sol et fit savoir à la maintenance qu'ils avaient intérêt à se bouger le cul pour reboucher ces fissures, et pour de bon cette fois, avant que toute cette partie ne se casse la gueule.

LANCES DE FEU

L'homme qui aimait les films

Le jour du Jugement dernier

Le gentil organisateur

Les gars du souterrain

Discipline et contrôle,
ça fait un homme

Bus spécial

L'HOMME QUI AIMAIT LES FILMS

New York
17 juillet, 4 h 40

« Il est encore là-dedans, hein ? chuchota la Noire aux cheveux orange, et le jeune Latino derrière le comptoir à friandises fit oui de la tête.

— Tiens, écoute ! », renchérit-il. Il s'appelait Emiliano Sanchez, et ses yeux noirs s'étaient écarquillés.

Derrière les rideaux rouges fanés qui séparaient le hall de la salle du cinéma Empire State sur la 42e Rue, on entendait un grand rire. C'était le son qu'aurait pu émettre quelqu'un dont on aurait tranché la gorge. Un son qui enflait, montait dans les aigus à tel point qu'Emiliano dut se boucher les oreilles. Ce rire lui rappelait à la fois le sifflet d'une locomotive et le hurlement d'un enfant, et il fut brièvement transporté quelques années en arrière, à Mexico, alors qu'il avait huit ans et qu'il avait vu son petit frère se faire percuter par un train de marchandises.

De son côté, Cecily, dans ce rire qui enflait en volume, entendit un hurlement de femme, et se revit à quatorze ans, allongée sur la table de l'avorteuse qui accomplissait ce qu'elle avait à faire. Cette vision s'effaça instantanément et le rire alla decrescendo.

« Putain... réussit-elle à articuler, toujours en chuchotant. Mais qu'est-ce qu'il fume, cet enfoiré ?

— C'est comme ça depuis minuit », répondit Emiliano. C'était l'heure à laquelle il avait pris son service, qui s'achevait à huit heures du matin. « T'as déjà entendu un truc comme ça ?

— Il est seul là-d'dans ?

— Ouais, y a des gens qui sont entrés, mais ils ont pas supporté non plus. La vache, fallait voir leur tête quand ils sont sortis ! Rien que ça, ça foutait la trouille !

— Merde, alors ! répondit Cecily, qui vendait les tickets dans le petit kiosque à l'entrée. Moi, je pourrais pas supporter ce film deux minutes, avec ces macchabées et tout le reste ! Mais ce type, il l'a regardé trois fois en une soirée !

— Il est sorti s'acheter un grand Coca et du pop-corn au beurre et il m'a filé un dollar de pourboire. J'te jure, j'ai failli pas y toucher, à son fric... Ça avait l'air... genre tout graisseux.

— Il est sûrement en train d'se toucher, le con. Il doit regarder ces têtes mortes écrabouillées et y s'touche ! Faudrait que quelqu'un y aille pour lui dire de... »

Le rire enfla à nouveau. Emiliano frissonna : maintenant, ça lui rappelait le cri d'un garçon qu'il avait poignardé au ventre pendant une bagarre. Et il se transforma en gargouillis, puis en une sorte de gazouillis tranquille qui rappela à Cecily les sons émis par les camés dans la salle de shoot qu'elle fréquentait. Elle resta figée jusqu'à ce que le rire s'arrête, et finit par dire qu'elle n'avait pas que ça à faire, avant de tourner les talons pour rejoindre le kiosque, où elle s'enferma à double tour. Elle savait, rien qu'en le voyant, que ce type était bizarre. C'était un grand costaud d'allure scandinave, cheveux blonds ondulés, peau blanche, et des yeux comme des bouts de cigarette incandescents. En achetant son billet, il l'avait transpercée du regard sans prononcer un mot. Bizarre, se dit-elle en reprenant d'une main tremblante son magazine people.

Vivement huit heures ! implorait Emiliano. Il consulta sa montre. D'ici quelques minutes la projection du *Visage de la mort, Quatrième Partie* prendrait fin, et Willy, ce vieux poivrot de projectionniste, allait changer les bobines et lancer *Mondo Bizarro*, avec scènes de bondage et tout ça. Peut-être que ce type allait en profiter pour partir. Emiliano, assis sur son tabouret, continuait à lire *Conan le Barbare*, tentant de chasser les mauvais souvenirs qu'avait réveillés ce rire.

Les rideaux rouges bougèrent. Emiliano enfonça la tête dans les épaules comme si on allait le frapper. Puis ils s'écartèrent, et l'homme qui aimait les films apparut dans le hall miteux. Il sort ! Emiliano se retint de sourire, les yeux toujours rivés à sa bande dessinée. Il va se tirer !

Mais l'homme demanda, d'une voix douce, presque enfantine : « Un grand Coca et du pop-corn au beurre, s'il vous plaît. »

Emiliano sentit son estomac se retourner. Se forçant à ne pas regarder le visage de l'homme, il se leva, versa le Coca dans un gobelet en carton à la machine, servit le pop-corn et y versa une dose de beurre.

« Encore du beurre, s'il vous plaît », réclama l'homme.

Emiliano rajouta une dose, et fit glisser seau et gobelet dans sa direction. « Trois dollars », fit-il. On poussa un billet de cinq sur le comptoir. « Gardez la monnaie », entendit-il, mais cette fois la voix avait l'accent du Sud. Emiliano sursauta et leva les yeux.

L'homme faisait plus d'un mètre quatre-vingt-dix et portait un tee-shirt jaune et un pantalon vert kaki. Sous d'épais sourcils noirs, les yeux étaient d'un vert hypnotique que la nuance ambrée de sa peau faisait ressortir. Emiliano l'avait pris pour un Sud-Américain quand il était entré, avec peut-être du sang indien aussi. L'homme avait les cheveux noirs et ondulés, coupés court. Il regardait fixement Emiliano. « Je veux revoir le film », exigea-t-il posément, avec un nouvel accent, qui pouvait être brésilien.

« C'est que... c'est *Mondo Bizarro* qui passe maintenant, dans une minute ou deux. Le projectionniste a même dû installer la première bobine...

— Non, répliqua l'homme. Je veux voir le même film. Tout de suite.

— Oui, ben, écoutez... C'est pas moi qui décide, hein ? Moi, je bosse ici, c'est tout. Je peux pas... »

Le type étendit soudain le bras et toucha le visage d'Emiliano de ses doigts froids et maculés de beurre, et la mâchoire du jeune homme se figea.

Durant une seconde, il eut l'impression que le monde tournoyait autour de lui et que ses os étaient glacés. Et puis il battit des paupières, trembla de tout son corps... et se retrouva derrière son comptoir, mais l'autre avait disparu. Et merde ! se dit-il. Il m'a touché, ce bâtard ! Il se saisit d'une serviette en papier pour s'essuyer là où le bout des doigts l'avait effleuré, mais il sentait encore cette impression de froid qu'ils y avaient laissé. Le billet de cinq dollars était encore là. Il l'empocha et alla jeter un coup d'œil dans la salle en écartant les rideaux.

Sur l'écran, en couleurs aussi sanglantes qu'éclatantes, des cadavres noircis que des pompiers retiraient de voitures fracassées. La voix off disait : « *Le Visage de la mort* ne cache rien. Tout ce que vous allez voir est vrai. Ce film est fortement déconseillé aux personnes sensibles... »

Et l'homme qui aimait les films était là-bas, assis au premier rang. Emiliano voyait sa tête se découper sur l'écran. Le rire reprit, et Emiliano, s'éloignant à reculons, jeta un coup d'œil à sa montre, pour se rendre compte, ahuri, que presque vingt minutes de sa vie avaient disparu. Il monta à la cabine de projection, où Willy, affalé sur un divan, feuilletait un *Penthouse*.

« Hé ! l'interpella Emiliano, c'est quoi, ce bordel ? Pourquoi tu l'repasses encore, ce machin ? »

Willy resta un moment à le dévisager, par-dessus son magazine. « T'as fumé, p'tit, ou quoi ? s'inquiéta Willy. C'est toi et ton copain, là, qu'êtes montés me demander d'le repasser, y a même pas un quart d'heure. Alors j'l'ai remis. J'm'en fous, moi. J'discute pas avec les vieux pervers.

— Vieux pervers ? Mais de quoi tu parles ?

— Ton copain, là. Le gars, il doit bien avoir soixante-dix ans. Avec sa barbe, on dirait Rip Van Winkle. Et merde, ils viennent d'où, ces tordus ?

— Mais t'es... chtarbé », murmura le jeune homme, ce à quoi Willy se contenta de hausser les épaules avant de retourner à sa lecture.

À l'entrée, Cecily leva les yeux et vit Emiliano s'enfuir à toutes jambes. Tournant la tête sans s'arrêter, celui-ci lui cria : « Je reste pas là ! Pas question ! J'démissionne ! », avant de foncer dans la 42e Rue pour disparaître dans l'obscurité. Cecily se signa, vérifia à nouveau le verrou de son kiosque et se mit à prier que le matin arrive vite.

Dans son fauteuil au premier rang, l'homme qui aimait les

films plongea la main dans ses pop-corns au beurre et s'en fourra une poignée dans la bouche. En face de lui s'étalaient des cadavres démantibulés que l'on retirait des ruines d'un bâtiment détruit par un attentat à la bombe. Il pencha la tête, appréciant, en connaisseur, le spectacle des os broyés et du sang. L'image, tremblante et floue, finit par se mettre au point sur le visage horrifié d'une jeune femme qui tenait un enfant mort dans ses bras.

L'homme riait aux éclats comme s'il assistait à la projection d'une comédie. À l'intérieur de ce grand rire, on entendait le hurlement des bombes au napalm, des fusées incendiaires et des missiles Tomahawk. Il résonnait dans toute la salle et s'il y avait eu d'autres spectateurs, chacun aurait violemment tremblé, en proie à une terreur déclenchée par un souvenir intime et cauchemardesque.

Et dans la lueur que renvoyait l'écran, le visage de l'homme se transformait. Il n'avait plus l'allure d'un Suédois, ni d'un Brésilien, ni d'un Rip Van Winkle. Ses traits fondaient comme un masque de cire, les os se mouvant sous la peau. Cent visages, tels des furoncles suppurants apparurent et se dissipèrent. À la vue d'une autopsie en gros plan sur la toile, il battit joyeusement des mains.

Il est presque l'heure ! pensa-t-il. Il est presque l'heure du spectacle !

C'était une créature patiente, mais à présent c'est à peine s'il pouvait se retenir de danser. Peut-être que quelques pas de mambo dans l'allée centrale seraient appropriés, puis il irait piétiner ce cloporte derrière le comptoir. C'était comme attendre une fête d'anniversaire : dès que les bougies seraient allumées, il allait renverser la tête en arrière et rugir suffisamment fort pour ébranler Dieu.

Il est presque l'heure ! Presque l'heure !

Mais où cela allait-il commencer ? se demandait-il. Lesquels allaient appuyer sur le bouton les premiers ? Aucune importance : il entendait presque la mèche crépiter et la flamme se rapprocher. C'était la musique des hauteurs du Golan, de Beyrouth et de Téhéran, de Dublin et de Varsovie, de

Johannesburg et du Vietnam, sauf que cette fois, la symphonie se terminerait en un assourdissant crescendo final.

Il se fourra une nouvelle poignée de pop-corn dans une bouche qui s'ouvrit, gourmande, au milieu de sa joue droite. Que la fête commence ! pensa-t-il, en gloussant d'un rire qui résonna comme du verre que l'on raye.

Hier soir, il avait débarqué d'un bus, en provenance de Philadelphie et, en se baladant sur la 42e Rue, il avait vu ce film à l'affiche. Partout où il le pouvait, il saisissait l'occasion d'admirer ses propres apparitions dans *Le Visage de la mort, Quatrième Partie*. À l'arrière-plan, bien sûr, dans la foule, mais il arrivait toujours à se reconnaître. Il y avait une très belle scène de lui, debout au-dessus d'une masse de cadavres suite à un attentat à la bombe dans un stade italien, affichant pour la circonstance une mine catastrophée. Il faisait une autre apparition, fugace, avec un visage encore différent, lors d'un massacre dans un aéroport parisien.

En ce moment, il faisait la tournée de l'Amérique, voyageant en bus de ville en ville. En Europe, il y avait tellement d'agitateurs et de terroristes que sa présence n'était pas vraiment nécessaire, même s'il était bien content d'avoir aidé à poser cette énorme bombe à Beyrouth. Il était resté quelques jours à Washington, même si aucun cinéma n'y passait *Le Visage de la mort*. Mais bon, il y avait tellement de possibilités dans la capitale, en allant se frotter aux cadres du Pentagone et aux membres des cabinets ministériels lors de certaines soirées mondaines, on ne savait jamais ce qu'on pouvait déclencher.

Il sentait les choses arriver, à présent. Les doigts qui s'approchaient nerveusement des boutons rouges, partout dans le monde. Les pilotes de chasse qui grimpaient dans leur cockpit, les commandants de sous-marins qui écoutaient leur sonar, les vieux lions impatients de mordre. Il en était presque inutile... mais très bientôt il allait entrer en scène pour son rôle vedette.

Son seul problème, c'était l'idée que, même avec cette foudre qui allait s'abattre, tout ne serait pas encore fini. Il allait sans doute subsister quelques poches d'humanité de-ci de-là, des petites villes qui lutteraient pour survivre dans les ténèbres, comme des rats. Il savait très bien que les tempêtes de feu, les tourbillons radioactifs et la pluie noire allaient exterminer la plupart des hommes, et que les survivants regretteraient mille fois de ne pas avoir péri.

Et il finirait par danser sur leurs tombes.

Presque l'heure. Tic-tac, tic-tac. Rien ne peut arrêter l'horloge !

C'était une créature patiente, mais l'attente avait été longue. Quelques heures de plus ne feraient que lui aiguiser l'appétit, et il était affamé. Mais pour le moment, il se contentait de s'admirer dans ce superbe film.

Lever de rideau ! se dit-il, et la bouche au centre de son front dessina un large sourire avant de disparaître dans la chair tel un ver dans la terre humide.

Que le spectacle commence !

LE JOUR DU JUGEMENT DERNIER

New York
10 h 16

Lumière bleue tournoyante. Pluie glacée. Un jeune homme en ciré jaune qui lui tendait les bras. « Donnez-la-moi, madame, disait-il d'une voix qui semblait monter du fond d'un puits. Allez, donnez-la-moi.

— NON ! », hurla brusquement Sister Creep, et le visage du jeune homme se pulvérisa en morceaux comme un miroir que l'on brise. Elle tenta de le repousser avec les mains, mais se retrouva assise, les mille et un fragments du cauchemar tournoyant autour d'elle telles des chauves-souris argentées. L'écho de son cri rebondit et rebondit encore entre les parois de brique grise et elle resta ainsi un moment toute droite, les yeux dans le vague, tremblant nerveusement de partout.

Houlà, pensa-t-elle quand elle eut un peu repris ses esprits, il était mauvais, celui-là ! Elle toucha du bout des doigts son front couvert d'une sueur glacée. C'est pas passé loin, se dit-elle. Il était encore là, ce démon en ciré jaune, tout près, et il a bien failli me la prendre, ma...

Elle fronça les sourcils. Ma *quoi*, au fait ? Le souvenir s'était enfui à présent, évanoui dans les tréfonds obscurs de sa mémoire. Souvent, elle rêvait de ce démon au ciré jaune qui voulait qu'elle lui donne quelque chose. Il y avait toujours cette lumière bleue qui tournoyait, à lui faire mal aux yeux, et cette pluie battante sur son visage. Parfois, les lieux lui semblaient terriblement familiers, et d'autres fois, elle comprenait presque ce qu'il voulait au juste. Mais elle était certaine qu'il s'agissait d'un démon, ou alors du Diable lui-même qui tentait de la détourner de Jésus, parce que sa tête lui faisait mal quand elle reprenait conscience.

Elle n'avait aucune idée de l'heure qu'il pouvait être, ni si c'était le jour ou la nuit, mais son estomac criait famine. Elle n'avait pas trouvé le sommeil sur un banc du métro. Effrayée par les cris de quelques jeunes, elle était repartie, son lourd cabas à la main, à la recherche d'un endroit plus sûr. Elle l'avait trouvé au pied d'une échelle qui descendait dans un tunnel obscur. À dix mètres environ sous le tunnel principal, elle avait découvert une buse de drainage suffisamment large pour s'y déplacer, à condition de rester courbée. Le passage n'était éclairé que par des lampes de service bleues disposées çà et là, qui laissaient entrevoir un fouillis de câbles et de tuyaux au-dessus de sa tête. Le tunnel trembla, ce qui fit comprendre à Sister Creep qu'elle était sous les rails. Mais elle continua à s'enfoncer dans la pénombre, et les grondements s'estompèrent et se réduisirent bientôt à un feulement aussi inoffensif que distant. Elle se rendit vite compte que la Nation de haillons était familière de ces lieux ; ici, elle avait distingué un vieux matelas esquinté installé dans un renfoncement, là deux ou trois bouteilles de vin vides, là-bas encore elle avait senti des excréments humains. Qu'importe, elle avait vu pire.

Elle s'était donc endormie sur le matelas jusqu'à ce que le cauchemar du démon en ciré jaune la réveille en sursaut. Tiraillée par la faim, elle avait décidé de remonter jusqu'à la station pour fouiller les poubelles à la recherche de restes de nourriture, ou, qui sait, pour mettre la main sur un journal, voir si Jésus était arrivé pendant son sommeil.

Sister Creep se releva, passa la lanière de son cabas sur son épaule et s'éloigna. Elle se remit à cheminer dans la galerie, espérant trouver un hot dog. Elle avait toujours aimé ça, avec plein de mout...

Brusquement, la galerie se mit à trembler.

Elle entendit le béton craquer. Les lampes bleues vacillèrent, s'éteignirent pour se rallumer à nouveau. Un bruit lui parvint, comme le hurlement du vent, ou bien une rame de métro folle qui, ayant échappé à son conducteur, passerait à toute allure au-dessus d'elle. Les lumières devinrent plus vives, jusqu'à en être presque aveuglantes, ce qui força Sister Creep à plisser les yeux. Hésitante, elle fit encore trois pas en avant ; les ampoules se mirent alors à exploser. Elle leva les mains pour se protéger le visage, sentit des éclats de verre crépiter sur ses bras, et pensa, avec une lucidité soudaine : j'vais les attaquer en justice, moi !

Un instant après, la galerie entière était comme poussée d'un côté par une violente secousse, et Sister Creep tomba dans une rigole d'eau sale. Des morceaux de béton et de roche se détachèrent du plafond. La galerie repartit dans l'autre direction avec une telle brutalité qu'elle eut l'impression qu'on lui arrachait les entrailles. Les fragments de béton s'abattirent sur sa tête et ses épaules alors que ses narines s'emplissaient de poussière. « Seigneur ! cria-t-elle, étouffant presque. Oh, Seigneur ! »

Des étincelles crépitèrent au-dessus d'elle ; les câbles commençaient à s'arracher. Elle sentit la chaleur humide de la vapeur d'eau et entendit un martèlement assourdissant, comme si un béhémoth galopait là-haut. La galerie bondissait presque, et Sister Creep se cramponna à son sac, se maintenant tant bien que mal sur les ondulations nauséeuses, ses dents serrées l'empêchant de crier. Une vague de chaleur lui coupa le souffle. Mon Dieu, au secours ! hurla-t-elle dans sa tête en cherchant à reprendre sa respiration. Elle entendit quelque chose éclater et sentit le sang lui couler du nez jusque dans la bouche. J'arrive pas à respirer, oh Seigneur, j'arrive pas à respirer ! Elle porta ses mains à sa gorge et entendit son propre cri étouffé s'échapper d'elle comme une plainte en direction du bout de cette galerie qui tressaillait toujours. Ses poumons martyrisés finirent par aspirer une bouffée d'air brûlant et elle resta recroquevillée sur le flanc dans les ténèbres, le corps secoué de spasmes et le cerveau engourdi par le choc.

Les convulsions avaient cessé à présent. Elle n'était pas loin de perdre conscience, et dans les brumes de son cerveau lui parvint à nouveau le rugissement lointain de cette rame de métro folle.

Or le bruit enflait rapidement.

Debout ! s'ordonna-t-elle. Debout ! C'est le jour du Jugement dernier et le Seigneur est arrivé dans son chariot de feu pour emmener les justes avec lui au ciel dans la Béatitude !

Mais à cet instant, c'est une autre voix intérieure, plus claire, plus posée, qui s'adressa à elle et lui disait d'arrêter ses conneries, qu'il y avait quelque chose de grave en train de se passer là-haut.

Béatitude ! Béatitude ! Béatitude ! se répéta-t-elle pour couvrir la voix mécréante. Elle se redressa, essuya le sang qui coulait toujours de son nez et inspira cet air humide et brûlant qui la fit suffoquer. Le grondement du convoi fou s'approchait. Sister Creep se rendit compte que l'eau dans laquelle elle était assise était presque bouillante. Elle attrapa son cabas et se remit lentement sur ses pieds. Tout était noir autour d'elle, et quand elle toucha les parois de la galerie pour se guider, elle sentit un incroyable réseau de fissures et de craquelures.

Le rugissement enflait et enflait encore et la chaleur de l'air montait en flèche. Le béton sous ses doigts était comme un trottoir un après-midi d'août.

Au bout de la galerie, elle aperçut une lueur orange vaciller, comme le feu avant d'une locomotive lancée à pleine vitesse. Tout s'était remis à trembler. Sister Creep, le visage crispé, resta les yeux fixés sur cette lueur qui devenait de plus en plus vive, avec à présent des ondulations de rouge et de violet incandescent.

Elle comprit alors de quoi il s'agissait, et poussa un long gémissement d'animal pris au piège.

Une boule de feu. Qui fonçait droit sur elle, et déjà elle sentait l'air qui s'y précipitait, comme aspiré par une immense pompe. Dans une minute la chose serait là.

Sister Creep sortit brusquement de sa torpeur. Elle se retourna et s'enfuit, tenant toujours son cabas contre elle, ses baskets soulevant des gerbes d'une eau sur le point de s'évaporer. Avec la frénésie du désespoir, elle sautait à l'aveugle par-dessus des tuyaux rompus et repoussait des câbles qui tombaient du plafond. Elle jeta un coup d'œil derrière elle et aperçut des tentacules de flammes rougeoyantes qui claquaient comme des fouets. L'aspiration la tirait en arrière pour la précipiter dans le brasier, et quand elle hurla, elle sentit l'oxygène grésiller dans ses narines et au fond de sa gorge.

Elle reniflait l'odeur de poils brûlés, sentait les cloques gonfler en vagues sur son dos et ses bras. Dans un instant, elle allait sans doute rejoindre son Seigneur et Maître, un voyage pour lequel elle n'était pas prête.

Tout à coup elle trébucha et, avec un cri de surprise et de terreur, s'affala au sol.

En essayant de se relever, elle comprit que c'était sur une grille métallique où se déversait l'eau qu'elle était tombée. Dessous, elle n'apercevait que les ténèbres. Quand elle tourna la tête du côté de la boule de feu qui arrivait droit sur elle, ses sourcils roussirent et son visage ne fut plus que cloques suintantes. L'atmosphère était irrespirable. Plus le temps pour fuir ; le feu était trop proche.

Elle agrippa les barreaux de la grille, qu'elle tira à elle. L'un des boulons rouillés se cassa, mais l'autre tenait bon.

Les flammes n'étaient plus qu'à une dizaine de mètres à présent ; les cheveux de Sister Creep s'enflammèrent.

Elle donna une nouvelle secousse, si violente qu'elle sentit presque ses épaules se déboîter.

Le second boulon lâcha.

Sister Creep jeta la grille sur un côté, prit une seconde pour attraper son cabas et plongea dans le trou tête la première.

Elle tomba, un peu plus d'un mètre plus bas, dans un espace de la taille d'un cercueil au fond duquel stagnaient vingt bons centimètres d'eau croupie.

La boule de feu passa au-dessus d'elle, aspirant tout l'air de ses poumons et rôtissant chaque centimètre carré de peau exposée. Ses vêtements s'enflammèrent instantanément, et elle se roula avec frénésie dans l'eau. Pendant quelques secondes, il n'y eut plus rien que le grondement et la douleur, et elle sentit l'odeur des saucisses à hot dogs qui cuisent dans la grande casserole des vendeurs ambulants.

Le mur de flammes poursuivit son chemin telle une comète, charriant dans son sillage d'épais remugles de chair calcinée et de métal en fusion.

Dans ce trou par lequel l'eau de drainage s'écoulait depuis les égouts, le corps de Sister Creep se tordait. Huit centimètres d'eau s'étaient évaporés, amortissant la chaleur extrême du feu. De son corps brûlé d'où pendaient des lambeaux de peau, elle luttait pour reprendre son souffle, et finit par pousser un râle humide, ses mains couvertes de cloques toujours agrippées à la toile de son cabas.

Puis elle ne bougea plus.

LE GENTIL ORGANISATEUR

Blue Dome Mountain, Idaho
8 h 31

Le bourdonnement insistant du téléphone posé sur la table de chevet tira l'homme d'un sommeil sans rêves. Va-t'en, pensa-t-il. Laisse-moi tranquille. Mais le *bzz-bzz* continuait. Il finit par se retourner lentement, alluma la lampe et, plissant les yeux à cause de la lumière, il décrocha le combiné.

« Macklin, annonça-t-il d'une voix pâteuse.

— Heu... Mon colonel ? s'inquiéta le sergent Schorr. C'est qu'on vous attend pour la réunion d'information. »

Le colonel James Macklin jeta un coup d'œil au petit réveil vert posé près du téléphone et vit qu'il était en retard de plus d'une demi-heure pour la séance d'information et de serrage de mains. Putain de merde ! J'avais mis ce réveil à 6 h 30 précises ! « Vous me les faites attendre encore quinze minutes. » Il raccrocha. Le bouton à l'arrière du réveil était toujours enfoncé. Soit il n'avait jamais enclenché l'alarme, soit il l'avait désactivée au cours de la nuit. Assis au bord du lit, il tenta de trouver l'énergie de se lever, mais il sentait son corps tout mou, tout enflé ; il y a quelques années, se dit-il, morose, jamais il n'aurait eu besoin d'une alarme pour se réveiller. Le son d'un pas sur l'herbe humide suffisait à le tirer du sommeil, et en quelques secondes, il était aussi vif et alerte qu'un loup.

Ça passe vite, se dit-il.

Il se força à se lever et à traverser la chambre aux murs décorés de photos de chasseurs Phantom et Thunderchief en plein vol, pour entrer dans la petite salle de bains. Il alluma l'applique et fit couler l'eau ; elle était pleine de rouille. Il s'aspergea le visage, s'essuya à l'aide d'une serviette et resta immobile un instant, dévisageant d'un regard vitreux l'inconnu qui lui faisait face dans le miroir.

Macklin faisait près d'un mètre quatre-vingt-dix, et il y a cinq ou six ans, il était encore tout en nerfs et en muscles, avec de larges épaules et une poitrine gonflée comme le blindage d'un char M-1. Mais aujourd'hui, la chair s'affaissait, les contours de son corps étaient moins nets et sa bedaine naissante résistait aux cinquante abdos qu'il faisait chaque matin, enfin, quand il avait le temps. Il s'aperçut que ses épaules commençaient légèrement à se voûter, comme si un fardeau invisible pesait sur elles, et la toison de sa poitrine était parsemée de gris. Ses biceps, autrefois durs comme la pierre, donnaient de dangereux signes de ramollissement. Un jour, il avait brisé le cou d'un soldat libyen dans le creux de son bras ; aujourd'hui, il n'était même plus sûr de pouvoir casser une noix avec un marteau-pilon.

Il brancha son rasoir électrique, qu'il passa sur sa barbe naissante. Ses cheveux coupés en brosse étaient châtain foncé mais grisonnaient aux tempes. Sous son front large et carré, ses yeux étaient d'un bleu givré dans leurs orbites profondément creusées par la fatigue, tels deux glaçons flottant en eau trouble. En se rasant, Macklin se dit que son visage ressemblait de plus en plus aux cartes d'état-major qu'il avait pu étudier par le passé : suivre le promontoire saillant du menton, remonter jusqu'au ravin accidenté de la bouche, puis aux reliefs des pommettes sculptées et à l'arête escarpée du nez, redescendre ensuite dans le marécage des yeux, avant de remonter encore dans les forêts sombres des épais sourcils. On y trouvait même les repères topographiques : les petits cratères résiduels de l'acné sévère dont il avait souffert adolescent, la minuscule tranchée de cette cicatrice qui fendait son arcade sourcilière gauche, souvenir d'une balle qui avait ricoché en Angola. Le long de son omoplate, une autre cicatrice, plus longue et plus profonde, qu'un couteau lui avait occasionnée en Irak, et la trace d'une balle vietcong marquant sa peau sur le côté droit de sa cage thoracique. Macklin avait quarante-quatre ans, mais parfois, quand il se réveillait, il avait l'impression d'en avoir soixante-dix, avec ces douleurs dans les bras et les jambes, dont certains os avaient été brisés au combat sur de lointains rivages.

Une fois rasé, il ouvrit le rideau de douche pour approcher la main du robinet, mais interrompit son geste ; le bac de la petite cabine était jonché de fragments de carrelage et de petits gravats. L'eau gouttait d'une série de lézardes au plafond, en train de s'effriter. Tandis qu'il regardait les dégâts, il se rendit compte que de toute façon, il n'avait pas le temps pour ça, et une bouffée de colère monta en lui, fulgurante, comme du métal en fusion dans un haut-fourneau. Il flanqua un violent coup de poing dans le mur, puis un autre qui fendilla la cloison.

Il se pencha par-dessus le lavabo qu'il agrippait des deux mains, attendant que la crise de rage passe ; elle passait toujours.

« Calme, s'ordonna-t-il. Discipline et contrôle. » Il se répéta plusieurs fois ces mots tel un mantra, prit une longue et profonde inspiration, et se redressa. Faut y aller, se dit-il. Ils m'attendent. Il se passa un coup de déodorant sous les aisselles avant de retourner dans la chambre choisir son uniforme.

Il sortit un pantalon bleu marine impeccablement repassé, une chemise bleu clair et un blouson d'aviateur beige avec renforts de cuir aux coudes et MACKLIN imprimé sur la poche poitrine. Il leva le bras vers l'étagère du haut, où il rangeait son pistolet-mitrailleur Ingram ainsi que ses chargeurs, et y prit d'un geste tendre sa casquette de colonel de l'Air Force. Il essuya d'un revers de la main une petite saleté imaginaire sur la visière brillante avant de la poser sur sa tête. Puis il s'inspecta dans le miroir en pied à l'intérieur de la porte du placard : boutons luisants, affirmatif ; pli du pantalon, affirmatif ; chaussures cirées, affirmatif. Réajustant son col, il s'estima prêt à partir.

Sa voiturette électrique était garée devant chez lui, au niveau du Centre de commandement. Il ferma ses quartiers avec l'une des nombreuses clés suspendues à sa ceinture par un mousqueton, puis monta dans le véhicule et s'éloigna vers le bout du tunnel. Pas loin derrière lui se trouvait la porte métallique, parfaitement verrouillée, de l'armurerie et de la réserve d'urgence de nourriture et d'eau. À l'autre bout, après les quartiers d'autres techniciens et employés de la Maison Terre, la salle du générateur et du système de filtrage de l'air. Il passa devant l'accès au Centre de contrôle périmétrique, où se trouvaient les écrans des petits radars qui surveillaient l'entrée du complexe, ainsi que l'écran principal, celui du grand radar-parabole, braqué vers le ciel, qui était installé au sommet de la Blue Dome Mountain. On trouvait aussi le système hydraulique censé sceller hermétiquement les bouches d'aération et le portail blindé en plomb en cas d'attaque nucléaire, tous ces écrans étant monitorés vingt-quatre heures sur vingt-quatre par des opérateurs.

Au volant de son véhicule, Macklin monta au niveau supérieur par un plan incliné et prit la direction de l'Hôtel de Ville. Il passa devant les portes grandes ouvertes du gymnase, où se déroulait un cours d'aérobic. Il y avait aussi quelques joggeurs matinaux dans le tunnel, qu'il salua de la tête au passage. Bientôt, il se retrouva dans l'allée plus large de la Grand Place de l'Hôtel de Ville, un carrefour de halls au centre duquel on avait bâti un jardin de rocaille. Autour de cette place s'alignaient diverses « boutiques » dont les devantures avaient été conçues pour évoquer celles d'une petite ville rurale. Sur la Grand Place, on trouvait ainsi un salon de bronzage, un cinéma, une bibliothèque, un cabinet médical avec un docteur et deux infirmières, une salle de jeux et une cafétéria. En passant devant cette dernière, Macklin huma la bonne odeur des œufs au bacon, et regretta de ne pas avoir eu le temps de prendre son petit déjeuner. Ça ne lui ressemblait vraiment pas d'être en retard. Discipline et contrôle, se répéta-t-il. Les deux choses qui font un homme.

Il n'empêche qu'il était encore en rogne en repensant au plafond qui partait en morceaux dans sa cabine de douche. Depuis peu, il n'était pas rare de voir les murs et les cloisons, dans plusieurs zones de la Maison Terre, se fissurer et s'affaisser. Il avait plusieurs fois appelé les frères Ausley à ce sujet, mais tout ce qu'ils lui avaient répondu, c'est que les rapports sur l'état des structures montraient qu'il fallait s'attendre à ce que les parois travaillent. « Travaillent, mon cul ! avait répliqué Macklin. On a un problème de drainage ! C'est la flotte qui s'accumule au-dessus et finit par faire des fuites !

— Vous faites pas de bile, colonel, avait répondu Donny Ausley depuis San Antonio. Si vous, vous vous inquiétez, alors les gens vont s'inquiéter aussi, pas vrai ? Et y a vraiment pas de quoi s'inquiéter, cette montagne, elle est là depuis des milliers d'années, et c'est pas demain la veille qu'elle va s'en aller.

— C'est pas la montagne ! avait grondé Macklin, la main crispée sur le combiné. C'est les tunnels ! J'ai mes équipes d'entretien qui trouvent des nouvelles fissures tous les jours !

— Ça travaille, c'est tout. Bon, écoutez, Terry et moi, on a quand même claqué pas mal de pognon pour construire cet endroit, et on l'a construit pour durer. Si on avait pas d'autres trucs à régler, on s'rait là-bas avec vous. À c'te profondeur, c'est sûr que ça travaille et qu'y a quelques fuites. Pas moyen d'faire autrement. Et nous, on vous paye cent mille billets par an pour représenter la Maison Terre et vivre là en permanence, vu qu'vous êtes un héros de guerre et tout et tout. Alors, à vous d'faire réparer ces fissures pour que tout l'monde soit content.

— Non, c'est vous qui allez m'écouter, monsieur Ausley. Si d'ici une semaine j'ai pas un ingénieur du génie civil pour inspecter les lieux de fond en comble, moi je me barre. Mon contrat, j'en ai rien à battre. Pas question que j'encourage les gens à rester ici s'ils sont pas en sécurité !

— Je crois, avait alors répondu Donny Ausley, avec son accent du Texas à couper au couteau et d'un ton qui s'était soudainement refroidi de plusieurs degrés, que vous feriez mieux de vous calmer, colonel. En affaires, on plante pas son partenaire, ça s'fait pas. Avant de vous aviser de vraiment péter un plomb, rappelez-vous dans quel état on vous a trouvé et ramené, Terry et moi, ok ? »

Discipline et contrôle, avait pensé Macklin, bouillonnant intérieurement. Discipline et contrôle. Alors il avait écouté bien sagement Donny Ausley, qui lui promettait d'envoyer un ingénieur dans les deux semaines pour passer l'infrastructure au peigne fin. « Mais en attendant, c'est vous le grand manitou. Y a un problème, c'est à vous d'le régler, ok ? »

C'était il y a un mois. Et l'ingénieur du génie civil n'était jamais venu.

Le colonel Macklin arrêta la voiturette devant une porte double. Au-dessus des deux battants, on avait peint HÔTEL DE VILLE en lettres ornementées à l'ancienne. Devant le seuil, il resserra sa ceinture d'un cran, même si le pantalon le comprimait déjà. Il se redressa alors de toute sa stature et fit son entrée dans l'auditorium.

Il y avait environ une douzaine de visiteurs assis sur les fauteuils de vinyle rouge en face de l'estrade. Le capitaine Warner répondait à leurs questions, armé d'une longue baguette qu'il pointait sur un immense plan de la Maison Terre. Le sergent Schorr, qui se tenait sur le côté, prêt à prendre en charge les questions les plus difficiles, vit le colonel entrer et se précipita au micro.

« Excusez-moi, mon capitaine, commença-t-il, interrompant une explication sur les systèmes d'évacuation des eaux usées et de filtrage de l'air. Messieurs-dames, voici quelqu'un qu'on ne présente plus : le colonel James Barnett Macklin. »

Celui-ci s'approcha d'un pas vif et remonta l'allée centrale sous les applaudissements du public. Il prit place sur le podium, encadré par le drapeau américain et le drapeau de la Maison Terre, et jeta un regard circulaire à l'assistance. On continuait à applaudir ; un homme entre deux âges, en veste de camouflage, se mit debout, imité par sa femme, qui portait la même tenue. Bientôt ce fut une *standing ovation*, que Macklin laissa se prolonger une bonne quinzaine de secondes avant de les remercier et de les inviter à s'asseoir.

Le capitaine Warner, un grand costaud d'ex-Béret vert qui avait perdu son œil gauche au Soudan suite à l'explosion d'une grenade, prit un siège derrière le colonel, et Schorr s'installa à côté de lui. Macklin garda le silence un instant, réfléchissant à ce qu'il allait dire. En général, il faisait le même speech à tous les nouveaux arrivants, leur répétant à quel point le complexe était hautement sécurisé, et qu'il serait le dernier bastion après l'invasion des Russes. Une fois son laïus terminé, il répondait aux questions, serrait des mains et signait quelques autographes. C'était pour ça que les Ausley le payaient.

Il les regarda droit dans les yeux. Ces gens-là étaient habitués à des lits douillets et bien propres, des salles de bains parfumées et du rôti de bœuf le dimanche. Des blaireaux. Qui vivent pour se reproduire, manger et chier. Persuadés qu'ils savent tout de la liberté, de la loyauté et du courage, mais qui n'y comprennent que dalle. Il les dévisagea et ne vit rien que mollesse et faiblesse ; voilà des gens qui étaient prêts à sacrifier maris ou femmes, enfants, maisons et tous leurs biens si c'était le prix à payer pour ne pas que ces saletés de Russes posent un pied chez eux, mais qui n'en feraient rien en réalité, tant leur esprit était faible et leur cervelle rongée de malbouffe mentale. Et ils étaient là, comme les autres, attendant qu'on leur dise qu'ils étaient de vrais patriotes.

Il faillit ouvrir la bouche pour leur crier de foutre le camp, que ces installations étaient structurellement dangereuses et que cette bande de chiffes molles pathétiques qu'ils formaient ferait mieux de retourner chez eux se terrer dans leur cave. Bordel, pensa-t-il. Qu'est-ce que je fous ici ?

Et puis une voix intérieure claqua en lui comme un coup de fouet : Discipline et contrôle. Remets-toi, mon gars ! lui intimait-elle.

Cette voix, c'était celle du Soldat Fantôme. Macklin ferma les yeux une fraction de seconde, et quand il les rouvrit, il croisa le regard d'un garçon malingre, d'apparence fragile, assis au deuxième rang entre son père et sa mère. Un bon coup de vent, et il tombe par terre, celui-là, pensa Macklin, qui se ravisa en scrutant les yeux gris pâle de l'adolescent. Il lui sembla y déceler quelque chose, de la détermination, de la ruse, de la force de caractère qu'il se remémorait avoir vues sur des photos de lui au même âge, alors qu'il n'était qu'un gros lard maladroit et mal dans sa peau que son père, capitaine dans l'Air Force, ne manquait pas de cogner à la moindre occasion.

De tous ceux qui sont assis là, devant moi, se dit-il, c'est sans doute ce jeune maigrichon qui aura une chance. Les autres, ils finiraient en chair à pâté.

Il se ressaisit et commença son discours avec le même enthousiasme que s'il avait dû creuser une fosse pour des latrines.

Pendant que le colonel Macklin parlait, Roland Croninger ne le quittait pas des yeux. Il était bien plus épais que sur les photos de *Soldier of Fortune*, et il avait l'air aussi endormi que maussade. Roland était déçu ; il attendait un héros de guerre tout en muscles et en énergie, non pas un vendeur de voitures d'occasion qu'on aurait affublé d'un uniforme. Difficile de croire qu'il s'agissait là du même individu qui avait abattu trois MiG au-dessus du pont de Thanh Hoa pour sauver l'avion endommagé d'un de ses copains, avant de s'éjecter de son propre appareil en feu.

Ce Macklin est une arnaque, se dit Roland. Il commençait à penser qu'il en était de même pour toute la Maison Terre. Ce matin-là en se réveillant, il avait trouvé une tache humide et sombre sur son oreiller ; il y avait une fuite au plafond venant d'une lézarde de cinq bons centimètres de large. Pas eu d'eau chaude pour se doucher, et l'eau froide était pleine de saletés et de rouille. Sa mère avait piqué une crise en comprenant qu'elle ne pouvait pas se laver les cheveux, et son père avait déclaré qu'il allait en parler au sergent Schorr.

Roland appréhendait d'installer son ordinateur en raison de l'extrême humidité qui régnait dans sa chambre, et sa première impression de la Maison Terre, celle d'une magnifique forteresse de type médiéval, commençait à dangereusement se fissurer. Bien sûr, il avait amené de la lecture, de gros volumes sur Machiavel et Napoléon, et une étude sur les tactiques de siège de châteaux forts, mais il avait compté sur ces deux semaines pour programmer de nouveaux donjons dans le *Chevalier du roi*. Ce jeu, c'était lui qui l'avait créé : des centaines de kilooctets d'un monde imaginaire fragmenté en royaumes féodaux en guerre les uns avec les autres. Mais apparemment, il allait devoir passer son temps à lire !

Il continua d'observer le colonel Macklin. Ses yeux étaient las et son visage empâté. On aurait dit un vieux taureau mis au pré parce qu'il n'avait plus la gaule. Pourtant, quand le regard du colonel croisa le sien et le soutint le temps d'une ou deux secondes, Roland ne put s'empêcher de penser à une photo de Joe Louis qu'il avait vue une fois : l'ancien champion de boxe devenu agent d'accueil dans un grand hôtel de Las Vegas. Il était flasque mais une de ses énormes mains étreignait celle, frêle et blanche, d'un touriste, et les yeux du champion étaient durs, sombres et lointains, peut-être de retour sur le ring, bercé par le souvenir de cette sensation d'un coup au ventre qui pouvait presque le traverser de part en part. Roland se dit que c'était ce même regard distant qu'il apercevait à présent sur le visage du colonel, et, tout comme on savait que Joe Louis aurait pu broyer la main de ce touriste en la serrant un peu plus fort, Roland sentait que le guerrier qui sommeillait chez le colonel ne demandait qu'à se réveiller.

Le laïus de Macklin n'était pas encore terminé que le téléphone mural installé à côté de l'immense plan se mit à bourdonner. Le sergent Schorr se leva prendre l'appel ; il écouta quelques secondes avant de raccrocher et de se diriger résolument vers le colonel. Roland avait l'impression que quelque chose dans le visage de Schorr avait changé pendant le bref moment qu'il avait passé en ligne ; le sergent avait pris un coup de vieux et il avait un peu rosi. Il interrompit Macklin en s'excusant et mit sa main sur le micro.

Macklin tourna brusquement la tête vers le sergent, visiblement furieux de l'interruption.

« Mon colonel, murmura Schorr, le sergent Lombard réclame immédiatement votre présence au Centre de contrôle périmétrique.

— Qu'est-ce qui se passe ?

— Il n'a pas voulu en dire plus, mon colonel. Je crois que... enfin, il semblait secoué. »

Et merde ! se dit Macklin. Lombard était « secoué » à chaque fois que le radar repérait un vol d'oies sauvages ou un avion de ligne qui les survolait. Un jour, ils avaient bouclé la Maison

Terre parce que Lombard avait pris des fans de parapente pour des parachutistes ennemis. Mais bon, il fallait quand même que Macklin aille vérifier. Il fit signe au capitaine Warner de le suivre, puis ordonna à Schorr de mettre fin à la réunion quand ils seraient partis. « Mesdames-messieurs, annonça-t-il au micro, il va falloir que je vous quitte maintenant pour aller régler un petit problème, mais j'espère vous retrouver en fin d'après-midi pour le cocktail de bienvenue des nouveaux arrivants. Merci de votre attention. » Sur quoi il redescendit l'allée centrale à grands pas, le capitaine Warner sur les talons.

Ils reprirent la voiturette et parcoururent en sens inverse le trajet que venait de faire Macklin, le colonel grommelant d'un bout à l'autre à propos de la stupidité de Lombard. Quand ils pénétrèrent dans le Centre de contrôle périmétrique, ils trouvèrent ce dernier courbé sur l'écran du radar installé au sommet de la montagne. Près de lui se tenaient le sergent Becker et le caporal Prados, les yeux également rivés sur l'écran. Sur une étagère au-dessus d'une rangée d'écrans était posé un récepteur radio à ondes courtes dont s'échappait à plein volume une voix presque inaudible au milieu des grésillements. La voix était paniquée, débitant à une vitesse telle que Macklin ne comprenait rien à ce qu'elle disait. Mais il n'aima pas du tout l'impression qu'elle laissait ; ses muscles se tendirent et son cœur s'accéléra instantanément.

« Poussez-vous ! », lança-t-il aux autres avant de se mettre face à l'écran pour avoir une meilleure vue d'ensemble.

Sa bouche s'assécha et il entendit grésiller les circuits de son propre cerveau. « Dieu du ciel... », murmura-t-il.

La voix brouillée à la radio poursuivait : « New York touchée... anéantie... missiles arrivent par la côte est... touché Washington, Boston... Je vois les flammes d'ici... » D'autres voix percèrent, des fragments d'informations qui se bousculaient dans le réseau entier des radioamateurs du pays et qui étaient captés par les antennes de la Maison Terre. On entendit s'élever une autre voix, à l'accent du Sud prononcé, qui hurlait : « Y a Atlanta qui répond plus ! Je crois qu'Atlanta a été touchée ! » Les voix se superposaient, allaient crescendo ou decrescendo, se mêlaient toutes dans une langue de sanglots et de cris, de chuchotements à peine audibles et des noms des grandes villes égrenées telle une litanie des morts : Philadelphie... Miami... Newport News... Chicago... Richmond... Pittsburgh...

Mais l'attention de Macklin était accaparée par ce que montrait l'écran radar. Aucun doute. Il jeta un coup d'œil au capitaine Warner et voulut parler, mais pendant un instant, il ne put trouver sa voix. Puis, se ressaisissant, il aboya : « Rappelez les sentinelles du périmètre. Scellez les entrées ! On est attaqués ! Et plus vite que ça ! »

Warner attrapa un talkie-walkie et s'éloigna rapidement.

« Faites descendre Schorr », ajouta Macklin, et le sergent Becker, un homme fiable et loyal qui avait servi sous les ordres du colonel au Tchad, décrocha immédiatement le téléphone et se mit à pianoter sur les touches. De la radio, une voix frénétique hurlait : « Ici KKTZ à St Louis ! Appel à tous ! Je vois un feu dans le ciel ! Partout ! Dieu tout-puissant, j'ai jamais rien vu... » Un hurlement perçant, des grésillements, puis d'autres voix lointaines comblèrent le trou béant laissé par St. Louis.

« On y est, murmura Macklin, les yeux brillants, le visage luisant d'une fine sueur. Prêts ou pas, on y est. »

Tout au fond de lui, dans cette fosse où la lumière n'avait pas pénétré depuis si longtemps, le Soldat Fantôme poussa un cri de joie.

LES GARS DU SOUTERRAIN

Quelque part sur l'autoroute I-70,
Comté d'Ellsworth, Kansas
10 h 46

Une quarantaine de kilomètres avant Salina, la Pontiac déglinguée de Josh Hutchins se mit à siffler tel un vieillard aux poumons encombrés. Il vit l'aiguille du thermomètre monter en flèche, se rapprochant dangereusement de la zone rouge. Même avec les vitres baissées, il avait l'impression d'être dans un sauna, sa chemise blanche et son pantalon bleu marine littéralement collés à sa peau tant ils étaient trempés de sueur. Oh, bon sang ! se dit-il en voyant l'aiguille continuer à grimper. Ça va péter !

Il aperçut une sortie annoncée sur la droite, et une vieille pancarte à demi effacée qui proclamait : *Chez PawPaw ! Carburant ! Boissons fraîches ! 1,5 km !* avec un dessin représentant un vieux bonhomme assis sur une mule en train de fumer une pipe en maïs.

Pourvu qu'elle roule jusque-là, pensa Josh en s'engageant sur la bretelle. La Pontiac était secouée de hoquets, l'aiguille toujours dans le rouge, mais le radiateur tenait bon. Josh suivit la direction de la pancarte, au beau milieu d'immenses champs de maïs qui s'étendaient jusqu'à l'horizon, les épis hauts comme des hommes se desséchant sous l'implacable chaleur de juillet. La petite route de campagne coupait cette étendue où, en l'absence de brise, aucune tige ne bougeait. Des deux côtés de la route, les végétaux formaient des murs impénétrables, épais de plusieurs centaines de kilomètres.

La Pontiac émit un nouveau sifflement et fut secouée d'un cahot. « Allez, allez, l'implora Josh, le front ruisselant. Me laisse pas tomber maintenant. » Il n'avait vraiment aucune envie de faire un kilomètre à pied par trente-huit degrés sous le soleil ; on le retrouverait fondu dans l'asphalte comme une tache d'encre. L'aiguille continuait de monter et des voyants rouges s'étaient mis à clignoter partout sur le tableau de bord.

D'un seul coup, il entendit un bruit qui lui rappela les céréales de riz soufflé de son enfance. Et en un instant, le pare-brise se recouvrit d'une masse grouillante de *trucs* marron.

Avant même que Josh n'ait pu pousser un cri de surprise, une nuée brune s'était engouffrée dans la Pontiac par les vitres ouvertes, et il se retrouva enveloppé de ces choses grouillantes, qui battaient des ailes, crissaient, descendaient dans le col de sa chemise, pénétrant dans sa bouche, ses narines et ses yeux. Il recracha les premières et chassa d'une main les autres, agrippant toujours le volant. C'était les pires crissements qu'il ait jamais entendus, un vacarme assourdissant d'ailes bourdonnantes. Une fois ses yeux dégagés, il comprit que le tableau de bord et tout l'habitacle étaient inondés de criquets, des milliers de criquets. Il actionna les essuie-glaces, mais le poids des insectes les avait cloués au pare-brise.

Pourtant, dans les secondes qui suivirent, ils s'envolèrent, d'abord cinq ou six, puis la masse tout entière en une tornade sombre. Les essuie-glaces se mirent à balayer furieusement le pare-brise, y écrasant quelques traînards malchanceux. C'est alors qu'il aperçut de la fumée monter de sous le capot, et la Pontiac eut un nouveau hoquet. Josh jeta un coup d'œil à la jauge de température, qu'un criquet ne s'était pas encore décidé à abandonner, et il vit que l'aiguille était désormais complètement dans le rouge.

Ben c'est pas ma journée, se dit-il, maussade, en chassant les derniers criquets de ses bras et de ses jambes. Les insectes s'échappèrent à grand renfort de crissements pour se lancer à la poursuite de l'énorme nuage formé par leurs congénères qui survolait le maïs recuit par le soleil, et se dirigeait vers le nord-ouest. L'une de ces saloperies l'atteignit au visage, vrombissante, avant de s'envoler elle aussi. Il n'en restait plus qu'une vingtaine dans la voiture, qui parcouraient paresseusement le tableau de bord et le siège passager.

Josh se concentra sur sa conduite, priant pour que le moteur le laisse parcourir les quelques dizaines de mètres qui restaient. À travers la fumée, il aperçut sur sa droite une petite bâtisse en parpaings, toute plate. Les pompes étaient devant, sous un auvent de toile verte. Sur le toit, un chariot bâché grandeur nature, sur le flanc duquel était inscrit CHEZ PAWPAW en grandes lettres rouges.

Il poussa un long soupir de soulagement et tourna dans l'allée gravillonnée, mais avant même d'arriver aux pompes et au tuyau d'eau, la Pontiac toussa, hoqueta et pétarada, tout à la fois. Le moteur fit le bruit d'un seau vide dans lequel on aurait donné un grand coup de pied. Lorsqu'il s'arrêta, on n'entendait plus que le sifflement aigu de la pression.

Ben voilà, pensa Josh.

Il sortit de la voiture pour contempler la vapeur qui s'élevait du capot. Il essaya de l'ouvrir, mais le métal brûlant lui mordit la main. Josh recula d'un pas et, sous la chaleur presque palpable du soleil, il se dit qu'il avait vraiment touché le fond.

Il entendit alors une porte claquer, et une voix chevrotante demanda : « Alors mon gars, des ennuis ? »

Levant les yeux, Josh vit approcher un petit bonhomme bossu, coiffé d'un immense chapeau de cow-boy taché de sueur et vêtu d'un bleu de travail et de bottes de cow-boy.

« Ah, ça, c'est rien d'le dire », répondit-il.

Le petit bonhomme, un mètre soixante tout au plus, s'arrêta net. Son chapeau, avec ses accessoires – ruban en peau de serpent et plume d'aigle –, faisait presque disparaître sa tête. Il avait un visage aussi brun que de l'argile laissée à cuire et des yeux comme des billes sombres.

« Houuuuuuu ! reprit-il d'une voix de crécelle. Qu'est-ce que t'es grand, toi ! J'ai jamais vu quelqu'un d'aussi grand, depuis qu'le cirque est passé par là ! » Et, avec un large sourire qui découvrit de petites dents tachées de nicotine : « Fait beau, là-haut ? »

Josh oublia aussitôt chaleur et frustration pour rire aux éclats. Il répondit, lui aussi dans un large sourire : « Pareil qu'en bas ! »

Le petit bonhomme, encore surpris, se mit à faire le tour de la Pontiac en secouant la tête. Il essaya d'ouvrir le capot, mais se brûla les doigts lui aussi. « Durite pétée, diagnostiqua-t-il. Ouais. J'en ai vu pas mal ces jours-ci.

— Vous en avez de rechange ? »

Le type se cassait presque le cou à regarder Josh dans les yeux, manifestement toujours impressionné.

« Nan, répondit-il. Mais j'peux t'en avoir une. J'la commande à Salina et ça d'vrait arriver dans... allez, deux-trois heures ?

— Deux ou trois heures ?! s'exclama Josh. Mais Salina, c'est à moins de cinquante bornes d'ici !

— Fait chaud, répondit le petit homme avec un geste désabusé. Les mecs de la ville, z'aiment pas la chaleur. Trop habitués à la clim'. Ouais, deux ou trois heures, ça devrait l'faire.

— Et merde ! C'est qu'on m'attend à Garden City !

— Oui, ça fait une trotte, reconnut le type. Le mieux c'est qu'on la laisse se r'froidir un peu. J'ai des boissons fraîches si ça t'dit. » Et il repartit vers la bâtisse en faisant signe à Josh de le suivre.

Celui-ci s'attendait à un invraisemblable capharnaüm de bidons d'huile et de vieilles batteries, avec un mur entier d'enjoliveurs, mais il fut surpris de découvrir une épicerie de campagne propre et ordonnée. On avait disposé un tapis à l'entrée, et derrière le comptoir où était posée la caisse enregistreuse, il y avait une petite alcôve où l'homme avait installé un *rocking-chair* et une télé portative. L'écran était brouillé.

« Ça m'a claqué sous l'nez juste avant qu't'arrives, expliqua-t-il. J'étais en train d'regarder ce feuilleton, là, sur l'hôpital et ces gars qui font toujours des conneries. Sans déc', si des gars faisaient des conneries pareilles, dans l'coin, c'est en prison qu'y finiraient ! » Il gloussa avant d'ôter son chapeau. Il avait la peau du crâne très pâle et des cheveux blancs s'y dressaient en épis humides de sueur. « Les autres chaînes sont nazes aussi, donc j'crois bien qu'y va falloir qu'on cause, toi et moi, pas vrai ?

— Ça m'en a tout l'air », approuva Josh, planté devant un ventilateur posé sur le comptoir, profitant du délicieux courant d'air qui séparait sa chemise moite de sa peau.

Le petit bonhomme ouvrit un large frigo et en sortit deux canettes de Coca. Il en tendit une à Josh, qui tira sur la languette et but goulûment. « Cadeau d'la maison, précisa le type. Tu m'as tout l'air d'avoir passé une mauvaise matinée, toi. J'm'appelle PawPaw Briggs, enfin, PawPaw, c'est pas vraiment mon prénom, c'est comme ça qu'mes gars m'appellent. Alors c'est c'qu'on a mis sur la pancarte.

— Josh Hutchins. »

Ils se serrèrent la main, et le petit bonhomme eut à nouveau un large sourire, faisant semblant de sursauter sous la poigne du géant. « Ils travaillent ici avec vous, vos gars ? demanda ce dernier.

— Oh, non, s'amusa PawPaw. Ils ont leur p'tite affaire à eux, un peu plus loin à sept ou huit bornes d'ici. »

Josh était soulagé d'être à l'abri de ce soleil de plomb. Il fit quelques pas dans le magasin, tout en faisant rouler la canette glacée sur son visage qu'il sentit se raffermir. Pour une épicerie de campagne en plein milieu des maïs, les rayonnages de chez PawPaw étaient chargés d'une étonnante diversité d'articles : pains de blé ou de seigle, pains aux raisins et roulés à la cannelle ; conserves de haricots verts, betteraves, courges, pêches, ananas en morceaux et fruits de toutes sortes ; une bonne trentaine de boîtes de soupes différentes ; ragoût de bœuf, corned-beef, jambonneau, rôti en tranches ; une gamme entière d'ustensiles de cuisine, épluche-légumes, râpes à fromage, ouvre-boîtes, lampes torches, piles ; sans compter une étagère où voisinaient jus de fruits en briques, punch hawaïen, jus de raisin et bidons plastique d'eaux minérales. À un râtelier le long d'un mur étaient suspendus des pelles, des pioches et des binettes, une paire de cisailles de jardin et un tuyau d'arrosage. Près de la caisse, un présentoir à journaux où étaient rangés des magazines comme *Flying*, *American Pilot*, *Time* et *Newsweek*, *Playboy* et *Penthouse*. Cet endroit, pensa Josh, c'était la Rolls des épiceries de campagne !

« Y a du monde qu'habite dans l'coin ? s'étonna-t-il.

— Non, pas des masses », répondit PawPaw, qui donna un coup de poing sur le dessus du poste, mais la neige persista sur l'écran.

Josh sentit quelque chose grouiller sous son col ; il mit la main derrière sa nuque et en retira un criquet.

« C'est vraiment des saloperies, ces bestioles, hein ? compatit PawPaw. Ça rentre et ça grouille partout. Ça fait deux, trois jours, là, qu'y s'envolent des champs par milliers. C'est pas commun.

— Ouais... », médita Josh en se dirigeant vers la porte-moustiquaire, l'insecte entre les doigts. Il ouvrit et l'éjecta dehors d'une pichenette. Le criquet tourna quelques secondes autour de sa tête, puis émit une stridulation étouffée avant de prendre la direction du nord-ouest.

Alors, le géant vit une Camaro rouge vif s'avancer dans l'allée et contourner sa Pontiac en panne pour s'arrêter aux pompes.

« Tiens, encore des clients, annonça-t-il.

— Ben dis donc ! C'est un vrai congrès qu'on a aujourd'hui », se réjouit PawPaw, qui fit le tour du comptoir pour venir à côté de Josh, à qui il arrivait à peine au sternum. Les portières de la Camaro s'ouvrirent, et ils virent descendre une femme et une petite fille toute blonde.

« Hé ! cria la femme, en débardeur rouge trop petit et jean serré, y a du sans-plomb ici ?

— Bien sûr ! », répondit PawPaw, qui sortit la servir.

Josh finit sa canette de Coca, qu'il jeta dans une corbeille. Quand il regarda à nouveau dehors, il aperçut la fillette qui, dans sa petite combinaison bleu clair, debout en plein soleil, observait le nuage mouvant des criquets. La femme, aux cheveux blonds emmêlés et mal décolorés, attrapa la main de la petite et se dirigea vers le magasin. Josh se poussa pour les laisser entrer ; la femme, qui avait un œil au beurre noir, lui jeta un regard méfiant avant d'aller se planter devant le ventilateur.

La fillette leva la tête à l'extrême pour dévisager Josh, comme si elle observait les plus hautes branches d'un séquoia.

Jolie petite fille, se dit-il, elle avait des yeux d'un bleu aussi doux que lumineux. Cette couleur rappela à Josh le ciel d'été de son enfance, quand il avait l'avenir devant lui et rien, nulle part, qui ne requérait sa présence. Le visage de la fillette avait la forme d'un cœur et un aspect fragile, avec son teint presque translucide.

« Vous êtes un géant ? s'émerveilla-t-elle.

— Chut, Swan ! intervint Darleen Prescott. On parle pas aux gens qu'on connaît pas ! »

Mais la petite continuait à le dévisager, tête relevée, attendant une réponse. Josh sourit.

« Oui, je crois.

— Sue Wanda ! », se fâcha sa mère, qui agrippa Swan par l'épaule pour l'éloigner de Josh.

« Quelle chaleur ! reprit ce dernier. Vous allez où, comme ça, toutes les deux ? »

Darleen resta un moment silencieuse, profitant du courant d'air qui jouait sur son visage. « N'importe où sauf ici », finit-elle par répliquer, les yeux fermés, le menton redressé pour sentir le souffle sur sa gorge.

PawPaw rentra, s'essuyant le front avec un mouchoir sale. « C'est bon, y a l'plein. Ça f'ra quinze dollars soixante-quinze, siouplaît. »

Darleen commença à fouiller dans sa poche, mais Swan lui donna un petit coup de coude. « J'ai envie de faire pipi, tout de suite... », lui chuchota-t-elle. Darleen posa un billet de vingt sur le comptoir. « Vous avez des toilettes pour femmes, monsieur ?

— Nan, répondit PawPaw, avant de constater que Swan avait vraiment l'air mal à l'aise. Bon, mais vous pouvez utiliser mes toilettes à moi. Attendez une seconde. » Accroupi, il déplaça la carpette disposée devant le comptoir, découvrant une grande trappe, qu'il ouvrit en tirant un verrou. Le parfum d'une terre noire et riche monta de l'ouverture carrée, où l'on apercevait une volée de marches en bois. Le petit bonhomme en descendit quelques-unes pour aller allumer une ampoule suspendue au plafond, puis remonta. « C'est la p'tite porte sur ta droite, expliqua-t-il à Swan. Tu peux y aller. »

Celle-ci leva les yeux vers sa mère, qui lui fit un vague signe d'approbation, et descendit par la trappe. Les murs du sous-sol étaient en terre bien dure, le plafond soutenu par d'énormes poutres. Le sol était en béton brut et la pièce, environ six mètres sur trois et un peu moins de deux mètres cinquante de plafond, contenait un lit de camp, un tourne-disque avec radio, une étagère de livres de poche cornés et un poster de Dolly Parton. Swan trouva la porte et pénétra dans un petit espace avec toilette, lavabo et miroir.

« Vous habitez là-dedans ? demanda Josh au vieil homme après avoir jeté un coup d'œil en bas.

— Ouais. Avant, j'habitais une ferme à trois kilomètres d'ici, mais j'l'ai vendue quand la bourgeoise a cassé sa pipe. C'est mes gars qui m'ont aidé à creuser c'te sous-sol. C'est pas grand-chose, mais c'est chez moi.

— Pouah ! s'exclama Darleen en fronçant le nez. Ça sent le cimetière.

— Pourquoi vous vivez pas avec vos fils ? », s'étonna Josh.

PawPaw lui jeta un regard curieux, sourcils froncés. « Mes fils ? J'en ai pas, moi, d'fils.

— Je croyais que vos gars vous avaient aidé à creuser ce sous-sol.

— Ouais, mes gars. Ceux du souterrain. Y m'avaient dit qu'y m'feraient un bon p'tit appartement. Tu comprends, y viennent ici tout l'temps pour leurs provisions, c'est moi le magasin l'plus proche. »

Josh ne comprenait rien à ce que racontait le vieux. Il fit une nouvelle tentative : « Ils viennent d'où, vous dites ?

— Du souterrain », répondit PawPaw.

Josh secoua la tête. Le type était cinglé. « Bon, vous pouvez y jeter un œil, à mon radiateur, maintenant ?

— Ouais, ouais, juste une seconde, et on va aller voir c'qu'il raconte. » PawPaw repassa derrière le comptoir, fit sonner la caisse et rendit à Darleen la monnaie sur son billet. Swan remontait du sous-sol. Une fois prêt à affronter la chaleur écrasante, Josh sortit et se dirigea vers sa Pontiac qui fumait toujours.

Il y était presque quand il sentit le sol trembler sous ses pieds.

Il s'arrêta net. C'est quoi, ça ? se demanda-t-il. Un tremblement de terre ? Manquait plus que ça !

Sans surprise, la chaleur était brutale. La nuée de criquets avait disparu. De l'autre côté de la route, le champ de maïs demeurait aussi immobile qu'une nature morte. Les seuls bruits venaient de la vapeur qui continuait à siffler et du cliquetis régulier du moteur grillé.

Josh plissa les yeux dans cette lueur aveuglante pour regarder en direction du ciel vide, d'un blanc laiteux, tel un miroir terni. Son cœur battait fort, à tel point qu'il sursauta en entendant la porte claquer derrière lui. Darleen et Swan étaient sorties à leur tour et se dirigeaient vers la Camaro. Soudain, la fillette s'arrêta net, et sa mère fit encore quelques pas avant de s'apercevoir que la petite n'était plus à ses côtés.

« Allez, viens, ma puce ! On s'en va ! »

Mais le regard de Swan était rivé au ciel. C'est calme, pensait-elle. Vraiment calme. L'atmosphère était si lourde qu'elle se sentait presque écrasée, et elle avait beaucoup de mal à respirer. Toute la journée elle avait remarqué d'immenses vols d'oiseaux, des chevaux qui couraient nerveusement autour de leur enclos et des chiens qui hurlaient à la mort, museau dressé. Elle sentait que quelque chose allait arriver, quelque chose de mauvais, tout comme la nuit précédente quand elle avait vu ces lucioles. Le sentiment n'avait fait que grandir, depuis qu'elles avaient quitté ce motel dans les environs de Wichita, et maintenant ça lui donnait la chair de poule. Elle sentait le danger dans l'air, dans la terre, partout.

« Swan ! cria Darleen d'une voix à la fois irritée et angoissée. Allez, viens ! Tout de suite ! »

La petite fille plongea son regard dans les maïs ocre qui s'étiraient jusqu'à l'horizon. Oui, pensa-t-elle. Et un danger là-bas aussi. Surtout là-bas.

Le sang se mit à lui battre les tempes et elle faillit céder à un désir pressant de hurler.

« Danger... chuchota-t-elle. Danger... dans le maïs... »

Le sol trembla à nouveau sous les pieds de Josh, qui entendit un profond grondement mêlé de grincements, comme un lourd mécanisme qui se serait déclenché. Darleen cria encore : « Swan ! Allez, viens !! »

Putain de merde, c'est quoi, ça ? pensa Josh.

Un long gémissement perçant les assourdissait. Josh mit ses mains sur ses oreilles en se demandant s'il allait vivre jusqu'au jour de paye.

« Oh mon Dieu ! », hurla PawPaw depuis le seuil.

Fulgurante, une immense colonne de terre monta alors, au beau milieu du champ, et enflamma instantanément des milliers d'épis. Elle monta en un éclair à plusieurs centaines de mètres dans un bruit rappelant le bacon qui frit dans une poêle, puis prit une courbe vertigineuse vers le nord-ouest avant de s'évanouir dans la brume de chaleur. Une deuxième lance de feu surgit du sol à moins d'un kilomètre et suivit la première. Plus loin encore, on en vit monter deux autres, qui disparurent également en à peine quelques secondes. Puis ce fut une armada de ces lances enflammées qui partirent de tous les coins des champs de maïs, la plus proche à seulement trois cents mètres, les plus lointaines surgissant comme des points ardents à sept ou huit kilomètres. Des geysers de terre explosaient sous la poussée de ces engins qui montaient vers le ciel à une vitesse incroyable, les langues de feu laissant des rémanences fantômes bleutées sur la rétine de Josh. Le maïs brûlait et le vent poussait l'incendie en direction de chez PawPaw.

Des vagues de chaleur à vous vous donner la nausée s'abattirent sur Josh, Swan et Darleen. Celle-ci hurlait toujours à sa fille de monter dans la voiture. Mais la petite, aussi terrifiée que fascinée, gardait les yeux tournés vers les dizaines de projectiles furieux qui continuaient à surgir de la terre à grand fracas. Les ondes de choc faisaient trembler le sol sous les pieds de Josh. Tout à coup, avec une sensation d'immense vertige, il comprit que ces choses étaient des missiles lancés de leurs silos dissimulés sous ces champs de maïs au beau milieu de nulle part.

Les gars du souterrain, repensa Josh. Et il comprit alors ce que voulait dire PawPaw Briggs.

Sa petite bâtisse était en bordure d'une base militaire camouflée, et les « gars du souterrain », c'étaient les techniciens de l'Air Force qui, en ce moment même, assis dans leurs bunkers, pressaient les boutons.

« Oh mon Dieu ! cria à nouveau PawPaw, à peine audible derrière les puissants grondements. Mais r'gardez-moi ces engins ! »

Les missiles continuaient à crever les champs dans un vacarme insoutenable, se suivant en chapelets dans les vibrations de chaleur du ciel avant de disparaître en direction du nord-ouest. La Russie, pensa Josh. Oh, mon Dieu, c'est en Russie qu'ils vont !

Tous les reportages, tous les articles qu'il avait entendus ou lus lui revinrent à l'esprit, et il comprit que la Troisième Guerre mondiale avait commencé.

Tourbillonnant, l'air ardent était chargé de braises, qui retombaient en pluie sur la route et le toit de chez PawPaw. L'auvent vert fumait et la bâche du chariot de pionniers avait déjà pris feu. Une tempête de maïs incandescent courait dans le champ ravagé, et la collision des ondes de choc souleva un vent puissant qui rassembla les flammes en un mur solide et mouvant de plusieurs mètres de haut.

« Allez ! », hurla Darleen en prenant Swan dans ses bras. Les yeux de l'enfant étaient écarquillés, hypnotisés par le spectacle de l'incendie. Sa mère se mit à courir en direction de sa voiture, mais s'affala, renversée par une onde de choc, alors que les premiers tentacules rouges s'allongeaient en direction des pompes à essence.

Josh avait compris que l'incendie allait traverser la route. Les pompes allaient exploser. Il se retrouva sur un terrain de football, sous les rugissements de l'immense foule des dimanches après-midi, et se mit à courir vers la femme et la petite fille tombées au sol tel un char d'assaut humain, pendant que l'aiguille du chrono égrenait les secondes. Un nouveau tremblement le déséquilibra et il reçut une pluie de braises de maïs ; mais déjà il soulevait par la taille, d'un seul bras, la femme qui tenait toujours fermement l'enfant au visage paralysé par la peur.

« Lâchez-moi ! », hurla Darleen, mais Josh fit demi-tour et repartit à toute vitesse vers la porte, où PawPaw était resté figé, observant bouche bée l'envol des missiles.

Josh y était presque quand il y eut un éclair incandescent, comme si cent millions de flashes surpuissants s'étaient déclenchés au même instant. Le géant tournait le dos aux champs, mais aperçut sa propre ombre projetée sur PawPaw Briggs. Une seconde plus tard, les yeux du petit bonhomme éclatèrent en une flamme bleue ; il poussa un cri, porta frénétiquement les mains à son visage et tomba à la renverse contre la porte-moustiquaire, qu'il arracha de ses gonds au passage.

« Oh, mon Dieu, oh mon Dieu ! », répétait mécaniquement Darleen. La petite fille restait silencieuse.

La lueur se fit encore plus éclatante et Josh sentit une vague de chaleur derrière lui, d'abord douce, tel le soleil d'une belle journée d'été, mais la température ne tarda pas à grimper comme dans un four, et avant même d'atteindre la porte il entendit grésiller la peau de son dos et de ses épaules. La lumière l'aveuglait, et son visage se mit à gonfler si vite qu'il craignit qu'il n'explose. Il poursuivit droit devant lui, mais trébucha sur quelque chose... le corps de PawPaw qui se tordait de douleur sur le seuil de son magasin. Josh sentit l'odeur des poils grillés et de la chair brûlée, et il lui vint cette pensée folle : Quel con, j'viens de m'faire passer au barbecue !

Il voyait encore un peu par les fentes de ses yeux gonflés : le monde était d'un étrange bleu-blanc, la couleur des fantômes. Devant lui, la trappe était grande ouverte. Il se baissa, et de sa main libre attrapa le bras du vieil homme, qu'il se mit à tirer, avec la femme et la fillette, vers le carré béant. Une explosion envoya une pluie de fragments métalliques mitrailler le mur extérieur ; c'étaient les pompes, le géant le savait, et un éclat coupant de métal chauffé à blanc effleura le côté droit de sa tête. Un filet de sang se mit à couler, mais il n'avait pas le temps de penser à quoi que ce soit d'autre qu'à descendre dans ce sous-sol, car derrière lui résonnait un cauchemar de vents hurlants, comme une symphonie d'anges déchus. Il n'osa pas regarder ce qui était arrivé aux champs de maïs. La bâtisse entière tremblait violemment, boîtes de conserve et bouteilles tombaient des étagères. Josh balança PawPaw Briggs en bas des marches tel un sac de patates avant d'y sauter lui-même, s'écorchant les fesses sur le bois mais agrippant toujours la femme et l'enfant. Tous trois roulèrent au sol, Darleen hurlait d'une voix brisée, comme étranglée. Josh se hâta de remonter quelques marches pour refermer la trappe.

Et c'est là qu'il la vit.

Une tornade de feu.

Qui emplissait le ciel, projetant des éclairs acérés rouges et bleus et charriant des tonnes et des tonnes de terre noircie arrachée aux champs. Il comprit que cette tornade n'allait pas tarder à s'abattre sur eux, ravageant tout. Et que soit ils allaient vivre, soit ils allaient mourir.

Le géant saisit la trappe, la referma à la volée et sauta des marches. Il atterrit sur le flanc à même le sol de béton.

C'est pas vrai ! pensa-t-il, les dents serrées et les mains sur la tête. C'est pas vrai, bordel !

Un mélange infernal fait du rugissement du vent, du crépitement du feu et du vacarme assourdissant du tonnerre emplit alors d'un seul coup le sous-sol, vidant l'esprit de Josh pour n'y laisser qu'une terreur aussi glacée que nue.

Le sol fut parcouru d'une énorme secousse, puis se souleva d'un mètre avant de se fendre comme une assiette en porcelaine et de retomber avec un fracas et une violence extrêmes. La douleur irradiait jusque dans les oreilles de Josh. Il ouvrit la bouche et savait qu'il hurlait, mais n'entendait rien.

C'est alors que le plafond s'affaissa, les poutres craquant tels des os entre les mâchoires d'un chien affamé. Josh reçut un énorme choc derrière la tête ; il eut la sensation d'être soulevé et de tournoyer, tandis qu'on lui obstruait les narines d'un épais coton, et tout ce qu'il désirait en cet instant, c'était sortir de ce satané ring et rentrer chez lui. Et puis, il n'y eut plus rien.

DISCIPLINE ET CONTRÔLE, ÇA FAIT UN HOMME

Maison Terre
10 h 17

« Spectres à dix heures ! », annonça Lombard alors que le rayon du radar s'était remis à tourner, révélant les points verts qui clignotaient sur l'écran. Douze, direction sud-est à quatorze mille pieds. Regardez-moi ces salopes, si elles filent ! » Trente secondes après, les signaux radar avaient cessé. « Cinq autres arrivent, mon colonel », reprit Lombard d'une voix qui oscillait entre horreur et enthousiasme, le regard effaré derrière ses lunettes d'aviateur. « Direction nord-ouest, dix-sept mille trois. C'est les nôtres, ça. Allez, les gars ! »

Le sergent Becker poussa un cri de joie et tapa du poing dans sa paume en hurlant : « Allez ! Rayez-les de la carte, ces putain de Russkofs ! »

Derrière lui, le capitaine Warner, impassible, observait l'écran de son œil unique. Deux techniciens en uniforme surveillaient le radar périmétrique. De l'autre côté de la salle, le sergent Schorr était affalé dans un fauteuil, les yeux vitreux, et se retournait de temps en temps, le visage torturé, pour observer à la dérobée l'écran principal.

Le colonel Macklin, debout derrière Lombard, regardait par-dessus son épaule droite, bras croisés sur la poitrine, concentré sur les points qui traversaient l'écran depuis quarante minutes déjà. Il était facile de reconnaître les engins russes : ceux qui avaient une trajectoire sud-est, avec pour objectif le Midwest et ses bases de l'Air Force remplies de missiles intercontinentaux. Les fusées américaines, quant à elles, fonçaient cap au nord-ouest, pour un rendez-vous mortel avec Moscou, Magadan, Tomsk, Karaganda, Vladivostok,

Gorki et autres grandes villes ou cibles prioritaires. Le caporal Prados, casque sur les oreilles, guettait les signaux affaiblis qui lui parvenaient encore sur les ondes courtes.

« San Francisco ne répond plus, annonça-t-il. Le dernier signal venait de KXCA à Sausalito. J'ai entendu quelque chose sur une boule de feu et un éclair bleu, le reste était inaudible.

— Sept spectres à onze heures, annonça Lombard. Douze mille pieds, direction sud-est. »

Sept de plus, pensa Macklin. Bon Dieu ! Ça faisait en tout soixante-huit « courriers entrants » relevés par le radar de la Blue Dome, et qui sait combien de centaines, de milliers peut-être, avaient pu survoler le complexe, hors de portée des antennes paraboliques. D'après les rapports paniqués des radioamateurs, les grandes villes étaient à présent réduites en cendres suite à une attaque nucléaire de grande envergure. Mais Macklin avait aussi compté quarante-quatre « courriers sortants » en partance pour la Russie, et il savait qu'à cet instant même, des milliers de missiles intercontinentaux et de croisière, de bombardiers B-1 et de missiles mer-sol prenaient l'ennemi pour cible. Peu importe qui avait commencé ; plus question de discuter à présent. Tout ce qui comptait, c'était de savoir lequel des deux boxeurs serait suffisamment fort pour rester le plus longtemps debout sous les coups.

La Maison Terre avait été scellée sur les ordres de Macklin dès qu'il avait aperçu les premiers points clignotants sur le radar. Les sentinelles du périmètre avaient été mises à l'abri, le portail de pierre baissé et verrouillé, le système de déflecteurs façon persiennes activé dans les conduits de ventilation pour empêcher l'entrée de poussières radioactives. Il ne restait plus qu'une chose à faire : informer les résidents civils que la Troisième Guerre mondiale avait éclaté, que leurs foyers et leurs familles avaient vraisemblablement déjà été pulvérisés, et que tout ce qu'ils avaient connu et aimé avait sans doute été annihilé en un éclair dans une boule de feu. Macklin s'était entraîné mentalement de nombreuses fois : il allait rassembler les civils à l'Hôtel de Ville et leur expliquer calmement ce qui se passait. Il leur faudrait comprendre qu'ils allaient rester là, à l'intérieur de la Blue Dome Mountain, et que plus jamais ils ne pourraient rentrer chez eux. Il allait devoir leur apprendre la discipline et le contrôle, à penser en guerriers, à forger une armure sur ces corps aussi mous qu'apathiques. Et, depuis cette forteresse imprenable, ils allaient résister aux envahisseurs jusqu'au dernier souffle, jusqu'à la dernière goutte de sang, car lui, Macklin, il aimait son pays et jamais personne ne le mettrait à genoux.

« Mon colonel ? » C'était un des jeunes techniciens, qui venait de lever le nez de son écran. « J'ai un véhicule en approche. On dirait un camping-car, qui arrive à vitesse grand V. »

Macklin s'approcha pour voir le point lumineux qui montait la route en lacets. Le camping-car fonçait si vite que le conducteur risquait à tout moment de basculer dans le vide.

Il avait encore autorité pour ouvrir le portail principal et faire entrer qui que ce soit en utilisant un code qui aurait la priorité sur le système de verrouillage automatique. Il imagina une famille paniquée dans ce camping-car, peut-être d'Idaho Falls ou d'une de ces petites villes au pied de la montagne. Des vies humaines, pensa-t-il, fuyant le massacre. Il fixa le téléphone. S'il tapait son matricule sur les touches, puis prononçait le code dans le combiné, l'ordinateur annulerait le verrouillage et relèverait le portail. Et ces gens auraient la vie sauve.

Il allongea la main vers le téléphone.

Mais au même instant, il sentit quelque chose remuer en lui, quelque chose de lourd, d'obscur et d'invisible qui remontait comme du fond d'un marécage primitif.

Stop... Le murmure du Soldat Fantôme sifflait comme la mèche d'un bâton de dynamite. *Pense à la nourriture ! Plus de bouches, moins de bouffe !*

Macklin hésita, les doigts à quelques centimètres du combiné.

Plus de bouches, moins de bouffe. Discipline et contrôle. Reprends-toi, mon gars !

« Il faut que je les laisse entrer », s'entendit dire Macklin, et dans la salle de contrôle, les regards se tournèrent vers lui.

Tu discutes pas, mon gars ! Plus de bouches, moins de bouffe ! T'es bien placé pour savoir ce qui se passe quand un homme a faim, n'est-ce pas ?

« Oui, murmura Macklin.

— Pardon, mon colonel ? s'étonna le technicien.

— Discipline et contrôle, répondit Macklin d'une voix pâteuse.

— Mon colonel ? », intervint Warner en le saisissant par l'épaule.

Macklin sursauta, comme tiré d'un cauchemar. Il jeta un regard circulaire aux autres, puis au téléphone, et sa main s'abaissa. Pendant quelques secondes, il était retourné au fond de cette fosse, dans la boue, la merde et les ténèbres, mais tout allait bien à présent. Il savait où il était. Discipline et contrôle, voilà le secret. Macklin se dégagea de la poigne du capitaine Warner et fixa, les yeux rétrécis, le point clignotant. « Non, annonça-t-il. C'est trop tard. Beaucoup trop tard. La Maison Terre reste scellée. »

Il se sentit fier d'avoir pris cette décision virile. Il y avait plus de trois cents personnes dans le complexe, sans compter officiers et techniciens. Plus de bouches, moins de bouffe. Il était certain d'avoir fait le bon choix.

« Colonel Macklin ! cria Lombard. Regardez ! »

Le colonel s'approcha de l'écran. Un groupe de quatre spectres venait d'entrer dans le champ, mais l'un d'eux était à la traîne et semblait hésiter alors que les trois autres disparaissaient au-dessus de la Blue Dome Mountain.

« Qu'est-ce qui se passe ?

— Ce spectre est à vingt-deux mille quatre, expliqua Lombard. Y a deux ou trois secondes, il était à vingt-cinq. Je crois qu'il *tombe*.

— C'est pas possible ! Y a aucune cible militaire dans un rayon de cent cinquante bornes ! », s'écria le sergent Becker en poussant les autres pour voir l'écran.

« Vérifiez encore », ordonna Macklin à Lombard de la voix la plus calme possible.

Le rayon du radar fit un nouveau tour du cercle, avec une

lenteur angoissante. « Vingt mille deux, mon colonel. Il a peut-être un problème. En tout cas, il se casse la gueule, cet enfoiré !

— Merde ! Donnez-moi le point d'impact ! »

On déplia une grande carte de la zone autour de la Blue Dome Mountain, et Lombard se mit à l'ouvrage, armé de son compas et de son rapporteur, calculant et recalculant angles et vitesse. Ses mains tremblaient et il dut s'y prendre à plusieurs fois. Il finit par annoncer : « Il va passer au-dessus de nous, mon colonel, mais je ne sais pas trop quelles conséquences l'explosion pourra avoir ici. Selon moi, l'impact va se produire là », poursuivit-il en tapant du bout de l'index sur un endroit situé à une quinzaine de kilomètres à l'ouest de Little Lost River. Puis, revenant à l'écran : « Il est descendu sous dix-huit mille, mon colonel. Il tombe comme une pierre. »

Le capitaine Warner poussa un grognement. « Bonjour la technologie russkof, putain ! De la saloperie !

— Non, mon capitaine, répondit Lombard en faisant pivoter son fauteuil pour lui faire face. C'est pas russe. C'est un des nôtres. »

Un silence électrique se fit dans la salle. Le colonel Macklin le brisa en expulsant bruyamment l'air de ses poumons : « Nom de Dieu, qu'est-ce que vous racontez, Lombard ?

— C'est un des nôtres, répéta-t-il. Il était sur une trajectoire nord-ouest avant d'échapper au contrôle. D'après la taille et la vitesse, je dirais que c'est un Minuteman III, peut-être un Mark 12 ou 12A.

— Putain de merde... », murmura Ray Becker, son visage, d'ordinaire rougeaud, à présent pâle comme un linge.

Le point lumineux égaré semblait grandir. Macklin sentit ses viscères comme comprimés par des bandes métalliques. Il savait pertinemment ce qui allait arriver si un Minuteman III Mark A venait à exploser dans un rayon de soixante-quinze kilomètres autour de la Blue Dome Mountain ; ces joujoux transportaient trois têtes de 335 kilotonnes, assez pour réduire en poussière soixante-quinze Hiroshima. Macklin se mit à prier que ce ne soit qu'un Mark 12 avec des têtes de 170 kilotonnes seulement, parce que alors peut-être, *peut-être* la montagne pourrait-elle résister à cette puissance d'impact sans être entièrement pulvérisée.

« Descendu sous seize mille, mon colonel. »

Soit à cinq mille pieds du sommet de la montagne. Il sentait peser sur lui le regard des autres, qui attendaient de savoir s'il était d'acier ou d'argile. Mais il ne pouvait rien faire de plus, à part prier que ce missile tombe le plus loin possible d'eux. Il eut un semblant de sourire amer. Son cœur battait à tout rompre, mais son esprit était clair. Discipline et contrôle, pensa-t-il. C'est ça qui fait un homme.

La Maison Terre avait été construite à cet endroit parce qu'il n'y avait aucune cible potentielle autour, et que, d'après les cartes officielles, les vents radioactifs iraient vers le sud. Jamais dans ses pires cauchemars Macklin n'avait imaginé le complexe touché par une de leurs propres armes. Ce n'est pas juste ! pensa-t-il, ce qui faillit le faire glousser de rire. Oh, non alors, pas juste du tout !

« Treize mille trois », annonça Lombard d'une voix étranglée. Il refit à la hâte un nouveau calcul sur la carte, mais sans annoncer le résultat, et Macklin s'abstint de lui poser la question. Il savait qu'ils allaient se prendre un putain de choc, et il songeait à ces innombrables fissures aux murs et aux plafonds de la Maison Terre, ça et les zones fragiles, pourries même, que ces enculés de frères Ausley auraient dû faire renforcer avant même d'ouvrir la forteresse au public. Mais c'était trop tard. Macklin fixait l'écran en espérant que les Ausley entendraient leur peau griller avant de crever.

« Douze mille deux, mon colonel. »

Schorr poussa un gémissement et remonta ses genoux contre sa poitrine. Il avait le regard perdu au plafond, tel un homme qui entrevoit l'heure, le lieu et les circonstances de sa propre mort dans une boule de cristal.

« Merde... », murmura Warner, qui tira une dernière bouffée de son cigare avant de l'écraser dans un cendrier. « Bon, ben autant se mettre à l'aise, hein ? Ces pauvres gens, là-haut, ils vont se faire salement secouer. » Il s'étendit alors dans un coin, sur le sol.

Le caporal Prados ôta ses écouteurs et se cramponna au mur, de grosses gouttes de sueur sur les joues. Becker était debout près de Macklin qui fixait le point lumineux en approche sur le radar de Lombard, et comptait à rebours les secondes avant l'impact.

« Onze mille deux, annonça Lombard, qui enfonça sa tête dans ses épaules. Il est passé au-dessus de nous ! Vers le nord-ouest ! Il va aller jusqu'à la rivière, je crois ! Vas-y, fumier, vas-y !

— Vas-y ! répéta Becker d'une voix à peine audible.

— Vas-y ! », fit Prados en écho, avant de fermer les yeux.

Le point lumineux avait disparu de l'écran.

« On l'a perdu, mon colonel. Il est passé sous le radar ! »

Macklin hocha la tête. Mais le missile tombait toujours en direction de la forêt, vers Little Lost River, et le colonel continuait à compter.

Ils entendirent un bourdonnement lointain, comme celui d'un essaim de frelons.

Puis, plus rien.

Macklin commença : « Il est tom... »

Mais à la seconde suivante, une explosion lumineuse sur l'écran tira un cri de douleur aux hommes autour, qui se cachèrent instinctivement les yeux. Macklin comprit que le radar au sommet de la Blue Dome venait d'être réduit en cendres. Les autres écrans devinrent brillants comme des soleils verts, puis se mirent en veille en captant l'immense flash lumineux. Le bourdonnement était maintenant dans la salle, des étincelles bleues jaillissaient des panneaux de commandes dont les câblages explosaient.

« Cramponnez-vous ! », hurla Macklin.

Murs et sols se mirent à trembler et le plafond se lézarda de partout. Des gravats et de la poussière de roche tombèrent dans la salle, les plus gros fragments s'abattant tels un orage de grêle. Le sol se souleva suffisamment violemment pour faire tomber Macklin et Becker à genoux. Les lampes vacillèrent et s'éteignirent. Mais au bout de quelques secondes, le système de secours s'activa et l'éclairage revint, plus cru, plus vif, projetant des ombres plus profondes.

On sentit une dernière secousse, plus faible cette fois, accompagnée d'une autre pluie de poussière, puis le sol se stabilisa.

Les cheveux de Macklin étaient blancs, son visage couvert de saletés et d'égratignures. Néanmoins, on entendait bourdonner le système de filtration, qui déjà aspirait la poussière par les bouches murales.

« Ça va, tout le monde ? », cria-t-il en tentant de fixer son regard quelque part malgré le flash vert qui subsistait dans son champ de vision. Il entendit des quintes de toux, et quelqu'un, Schorr, pensa-t-il, en train de sangloter.

« Ça va, tout le monde ? », répéta-t-il.

Tous répondirent, sauf Schorr et un des techniciens.

« C'est fini ! triompha le colonel Macklin. On est toujours là ! On est debout ! »

Il savait qu'il y aurait parmi les civils à l'étage, des fractures, des contusions et des états de choc, et que ce devait être la panique en ce moment même, mais l'éclairage était revenu, la ventilation fonctionnait à plein régime et la Maison Terre ne s'était pas effondrée tel un château de cartes. C'est fini ! Il se remit tant bien que mal sur ses pieds. Entre ses dents serrées s'échappa un bref rire creux, qui monta de sa gorge, et voilà à présent qu'il riait de plus en plus fort, parce qu'il était vivant et que sa forteresse était toujours debout. Il sentait son sang bouillonner à nouveau, chanter comme là-bas, sur ces champs de bataille, ces jungles humides et ces plaines desséchées. Là-bas, l'ennemi avait le visage du diable et ne se cachait pas derrière le masque du psychiatre de l'Air Force, du recouvreur de créances, d'ex-épouses manipulatrices ou de partenaires d'affaires véreux. Il était redevenu le colonel Jimbo Macklin, à la démarche de tigre, tout en muscles et en nerfs, avec à ses côtés le Soldat Fantôme.

Une fois encore, il avait trompé la mort et le déshonneur. Il eut un large sourire, les lèvres blanches de poussière.

Soudain, on entendit un bruit rappelant celui d'un tissu déchiré. Le rire du colonel s'arrêta net.

Il se frotta les yeux, tentant de voir à travers la rémanence verte, et finit par comprendre ce qui se passait.

Face à lui, le mur s'était craquelé sur toute la surface : un réseau de milliers de petites fissures. Vers le haut, à la jointure du plafond, une faille plus grande s'ouvrait, courant tel un éclair et laissant échapper des rigoles d'une eau sombre qui se mit à couler le long du mur tel le sang d'une monstrueuse blessure. Le bruit de déchirement s'accentua, et s'accentua encore ; baissant les yeux, Macklin constata qu'une deuxième énorme faille s'ouvrait à ses pieds. Et une troisième se mit à serpenter sur le mur opposé.

Il entendit Becker crier quelque chose, mais sa voix était pâteuse et comme ralentie ; une voix de cauchemar éveillé. De gros fragments de pierre continuaient à tomber, arrachant au passage les briques du plafond, et d'autres cascades d'eau se mirent à couler. Macklin sentit une écœurante odeur d'égout, et alors que cette eau lui dégoulinait sur la tête, il comprit que quelque part dans le réseau des tuyauteries, le système d'assainissement avait explosé, sans doute depuis des semaines, voire des mois, et les matières s'étaient accumulées non seulement au-dessus du premier niveau, mais également entre les niveaux 1 et 2, affaiblissant la roche déjà instable et soumise à de trop fortes pressions qui faisait tenir l'édifice entier.

Le sol s'inclina si fort que Macklin perdit à nouveau l'équilibre. Des plaques rocheuses frottaient les unes contre les autres comme d'énormes mâchoires, et quand toutes les fissures se rejoignirent, c'est un énorme torrent d'eau fétide et de pierres qui s'abattit du plafond. Macklin tomba sur Becker, puis au sol. Il entendit ce dernier hurler et en se tortillant pour se retourner, l'aperçut tomber dans une crevasse qui s'était ouverte sous lui. Becker s'agrippa au rebord, mais la crevasse se referma aussitôt dans un énorme fracas, et Macklin, horrifié, vit les doigts du sergent exploser.

La salle fut à nouveau prise de violentes secousses. Le sol s'effondrait par endroits, ouvrant des crevasses béantes sur les ténèbres. Schorr hurla à son tour et se précipita vers la porte, sautant par-dessus une fosse qui s'ouvrit sur son chemin, et quand il l'ouvrit, Macklin aperçut des murs également veinés de sillons. Dans le couloir Schorr disparut sous un tourbillon de poussière, on n'entendit plus que l'écho de ses hurlements. Le couloir était un bateau en pleine tempête, le sol tanguait comme si l'acier des barres de renfort s'était, sans la moindre résistance, transformé en caoutchouc. Autour d'eux, à travers les murs, les sols et les plafonds, leur parvenait un martèlement monstrueux, comme si un forgeron tapait comme un fou sur une énorme enclume, mêlé aux grincements de la roche et aux sons de guitare désaccordée des poutrelles d'acier qui cassaient net. Au milieu de cette cacophonie, on percevait aussi un chœur atroce dont les échos montaient, puis descendaient en vagues successives. Macklin savait que les civils étaient en train de mourir écrasés. Il se recroquevilla dans un coin de la pièce dans le vacarme et le chaos, comprenant que les ondes de choc du missile égaré démolissaient la Maison Terre morceau par morceau.

Il était trempé par cette eau souillée qui s'abattait sur lui. Le couloir fut balayé par un orage de poussière et de gravats, charriant quelque chose qui ressemblait à un corps démembré ; la porte de la salle de contrôle était presque obstruée. Quelqu'un, Warner, lui sembla-t-il, le tirait par le bras, tentant de le remettre debout. Il entendit Lombard hurler comme un chien blessé. Discipline et contrôle, pensa-t-il. Discipline et contrôle !

Tout s'éteignit alors. Les bouches d'aération émirent comme un râle. Un instant après, le sol s'effondra sous Macklin. Il tomba et s'entendit crier. Son épaule cogna une roche saillante avant qu'il ne heurte le fond avec une violence qui lui coupa le souffle. Dans l'obscurité totale, les couloirs et les salles de la Maison Terre s'effondraient les uns après les autres. Des corps mutilés étaient pris entre des mâchoires de pierre en mouvement. Dans les parties du complexe qui tenaient encore coulait un torrent de boue et ceux qui y pataugeaient jusqu'aux genoux s'écrasaient les uns les autres en tentant de trouver une issue dans les ténèbres. Cris et suppliques se mêlaient en un pandémonium sonore, alors que les ondes de choc continuaient de secouer la montagne qui s'effondrait sur elle-même, détruisant cette forteresse imprenable qu'on avait creusée dans ses entrailles.

BUS SPÉCIAL

À bord du Doomsday Plane
13 h 31

Le président des États-Unis, le visage extrêmement pâle, jeta un coup d'œil au hublot ovale à sa droite et aperçut une masse de nuages noirs sous le Boeing 4-B. À trente-cinq mille pieds en dessous, on voyait briller des éclairs jaunes et orange, d'où remontaient les nuages bouillonnants. L'appareil fut pris d'une secousse, aspiré de mille pieds vers le bas avant de regagner tant bien que mal de l'altitude dans les mugissements de ses réacteurs. Le ciel avait pris une couleur de boue. Et à l'intérieur de ces nuages, les débris de la civilisation : des arbres en feu, des maisons entières, des morceaux d'immeubles, des bouts de ponts, de routes et de voies ferrées, tous portés à un rouge incandescent. Ce chaos était vomi comme des végétaux en décomposition remontant à la surface d'une mare sombre, avant d'être aspirés encore une fois par le fond, pour être remplacés par une nouvelle vague de décombres d'humanité.

Avec une fascination aussi mauvaise qu'hypnotique, il fixait les éclairs bleutés qui transperçaient les nuages. Le Boeing fut parcouru d'un tremblement, s'inclina sur son aile bâbord et se redressa avec peine, avant de piquer du nez, puis de remonter à nouveau comme au grand huit. Quelque chose d'énorme passa dans une gerbe de feu près du hublot du Président, qui pensa qu'il s'agissait d'un morceau de train projeté à cette altitude par les incroyables ondes de choc et les tornades qui balayaient de leur colère la terre calcinée tout en bas.

Quelqu'un passa le bras pour abaisser le store du hublot.

« Je ne crois pas qu'il soit utile que vous en voyiez davantage, monsieur. »

Durant quelques secondes, le Président dut faire un effort pour identifier l'homme face à lui dans le fauteuil de cuir noir. Hans, se dit-il. Hans Hannan, le secrétaire à la Défense. Il jeta des regards alentour, cherchant désespérément à reprendre ses esprits. Il était dans ses quartiers, à l'arrière du Boeing aménagé en centre de commandement d'urgence. Hannan était là, et de l'autre côté de l'allée, se trouvait un homme en uniforme de capitaine des services spéciaux de l'Air Force. Les épaules carrées, il était raide comme un piquet et portait une paire de lunettes de soleil qui dissimulait ses yeux. Son poignet droit était menotté à une petite mallette noire posée sur la tablette abaissée devant lui.

Derrière la porte du compartiment présidentiel, le reste de l'appareil était un centre nerveux rempli d'écrans, d'ordinateurs et de matériels de communication reliés au commandement aérien stratégique, au NORAD, au commandement européen SHAPE et à toutes les bases aériennes, navales et de missiles balistiques des États-Unis. Les techniciens qui opéraient avaient été choisis par les services secrets, lesquels avaient aussi sélectionné et formé l'homme à la mallette noire. À bord se trouvaient également des officiers de cette même agence et plusieurs généraux de l'armée de terre et de l'Air Force, en mission spéciale consistant à synthétiser les rapports qui leur parvenaient des différents théâtres des opérations.

Le Boeing tournait au-dessus de la Virginie depuis ce matin 6 heures, et c'est à 9 heures 46 minutes que les premières dépêches étaient tombées, à faire se dresser les cheveux sur la tête : Naval Central annonçait le contact entre un groupe de sous-marins nucléaires d'attaque et une importante flotte de submersibles nucléaires ennemis au nord des Bermudes.

Les nouvelles faisaient état de tirs de missiles balistiques par les Russes à 9 heures 58 minutes, mais les suivantes indiquaient que c'était peut-être le commandant d'un des sous-marins patriotes qui, dans la panique, avait lancé des missiles de croisière sans l'autorisation de sa hiérarchie. Difficile à présent de dire qui avait tiré le premier. Mais cela n'avait plus d'importance ; la première frappe soviétique avait touché

Washington. Trois têtes avaient détruit le Pentagone, une quatrième le Capitole et une cinquième la base Andrews de l'Air Force. Moins de deux minutes plus tard, c'était au tour de New York ; les engins nucléaires s'étaient abattus sur Wall Street et Times Square. Une véritable pluie de missiles stratégiques mer-sol s'était déversée sur toute la côte est. Parallèlement, les bombardiers B-1 étaient en route vers le cœur de la Russie, les sous-marins américains qui encerclaient l'Union Soviétique avaient craché leur venin atomique et les missiles de l'OTAN comme du Pacte de Varsovie s'étaient entrecroisés en de longs hurlements partout en Europe. Les submersibles adverses avaient touché Los Angeles, San Francisco, San Diego, Seattle, Portland, Phoenix et Denver, avant que les missiles balistiques intercontinentaux à têtes multiples, les véritables saletés, n'arrivent en survolant l'Alaska et le pôle Nord, touchant les bases de l'Air Force et les bases de missiles secrètes du Midwest, réduisant les grandes villes continentales en cendres en l'espace de quelques minutes. Omaha avait été l'une des premières cibles, et avec elle le quartier général du commandement aérien stratégique. À 12 heures 9 minutes exactement, les opérateurs avaient capté le dernier message, à peine audible, en provenance du NORAD : « Derniers oiseaux envolés. »

Et c'est sur ce message, qui signifiait qu'une dernière salve de Minuteman III ou de missiles de croisière avait été tirée depuis les silos cachés quelque part dans l'Ouest de l'Amérique, que le NORAD avait cessé d'émettre.

Hannan avait des écouteurs sur les oreilles et suivait une à une les dépêches qui arrivaient. Le Président, quant à lui, avait ôté les siens quand le NORAD s'était tu. Il avait un goût de cendres dans la bouche et ne pouvait supporter de penser à ce que contenait la mallette noire de l'autre côté de l'allée.

Hannan écoutait les voix lointaines de commandants de sous-marins et de bombardiers qui cherchaient toujours leurs cibles ou bien tentaient d'éviter l'annihilation dans des batailles aussi rapides que furieuses à l'autre bout de la planète. Les flottes des deux camps avaient été totalement détruites, et c'étaient les troupes au sol qui, en cet instant, se disputaient l'Europe. Il se concentrait sur les voix distantes et fantomatiques qui flottaient dans cette tempête de grésillements, parce que s'il avait pensé à quoi que ce soit d'autre qu'à la mission en cours, il serait devenu fou. Ce n'était pas pour rien qu'on le surnommait « Hans d'Acier » ; il savait qu'il ne fallait pas se laisser affaiblir par des souvenirs ou des regrets.

Des turbulences firent soudain violemment bondir l'appareil avant de le laisser retomber à une vitesse à soulever le cœur. Le Président se cramponna aux bras du fauteuil. Il savait que plus jamais il ne reverrait sa femme et son fils. Washington était désormais un paysage lunaire de ruines encore fumantes, la Déclaration d'Indépendance et la Constitution n'étaient plus que poussières contaminées dans le bâtiment des Archives en miettes, les rêves d'un million d'esprits détruits dans le gigantesque incendie de la bibliothèque du Congrès. Et tout ceci était arrivé... si vite !

Il avait envie de pleurer, de hurler, mais c'était le président des États-Unis. Ses boutons de manchette étaient ornés du sceau présidentiel. Il se revit, comme dans un passé lointain, demander à Julianne si la chemise bleue à carreaux allait bien avec son costume marron. Il n'avait pas réussi à choisir une cravate. Il n'arrivait plus ni à penser clairement ni à comprendre quoi que ce soit. C'est donc Julianne qui avait attrapé la cravate qu'il fallait et qui avait passé ses boutons de manchette à ses poignets. Après ça, il l'avait embrassée, avait étreint son fils, et les types des services secrets les avaient emmenés au Sous-sol avec d'autres membres du cabinet.

Il ne reste plus rien, se dit-il. Plus rien. Il rouvrit les yeux et remonta le store. L'avion était entouré de menaçants nuages noirs où luisait une sinistre lueur rouge orangée. Des traînées de feu et des éclairs en jaillissaient telles des fusées, pour monter à plus de mille pieds au-dessus de l'avion.

Il fut un temps où l'homme vivait une histoire d'amour avec le feu.

« Monsieur le Président ? », murmura Hannan, qui avait ôté ses écouteurs. Le visage du Président était gris, et sa bouche, distordue par d'inquiétants tressaillements. « Vous allez bien ? »

Les yeux d'agonisant bougèrent dans le masque pâle.

« Paré... », chuchota-t-il avec un semblant de sourire.

Hannan reprit son activité.

« Le dernier B-1 vient d'être abattu au-dessus de la Baltique. Les Russes ont atteint Francfort il y a huit minutes, et deux minutes après, c'est Londres qui a été touchée par un missile à têtes multiples », annonça-t-il.

Le Président resta immobile.

« On a une estimation du nombre de victimes ? demanda-t-il d'un ton las.

— Pas encore. Les voix sont tellement brouillées que même nos ordinateurs ne peuvent pas filtrer les grésillements.

— J'ai toujours aimé Paris, chuchota le Président. C'est à Paris qu'on a passé notre lune de miel, Julianne et moi, vous savez. Des nouvelles de Paris ?

— Je ne sais pas. Silence radio du côté de la France.

— Et la Chine ?

— Idem. Je pense que les Chinois attendent leur moment. »

L'avion fut à nouveau secoué et chuta brutalement. Dans l'air chargé de scories, les réacteurs émirent un gémissement, luttant pour remonter. Le visage du Président fut éclaboussé par un reflet de foudre bleue.

« Bon, reprit-il. Qu'est-ce qu'on fait maintenant ? »

Hannan ouvrit la bouche pour répondre, mais ne sut pas quoi dire. Sa gorge était bloquée. Il allongea le bras pour tirer à nouveau le volet, mais le Président l'arrêta d'un ton ferme.

« Non. Laissez-le ouvert. Je veux voir. » Puis, sa tête se tournant lentement vers Hannan : « C'est fini, n'est-ce pas ? »

Hannan fit oui de la tête.

« Combien de millions de morts ?

— Je ne sais pas, monsieur le Président, je ne voudrais pas...

— Ne me parlez pas comme à un enfant ! cria-t-il soudain, si fort que même ce capitaine si rigide sursauta. Je vous ai posé une question et je veux une réponse, une estimation, une spéculation, n'importe quoi ! C'est vous qui écoutez ces dépêches ! Alors dites-moi !

— Dans... dans l'hémisphère Nord, répondit d'une voix tremblante le secrétaire à la Défense, dont la façade inflexible commençait à se fissurer, j'estime... entre deux et cinq cents. Millions. »

Le Président ferma les yeux.

« Et combien vont mourir dans une semaine ? Un mois ? Six mois ?

— Peut-être... encore deux cents millions dans le mois qui vient, suite aux blessures et aux radiations. Au-delà de ça... Dieu seul le sait.

— Dieu... répéta le Président. Dieu me regarde en cet instant, Hans. Je le sens. Il sait que j'ai assassiné le monde. Moi, et moi seul. »

Il se cacha le visage dans les mains et se mit à gémir. L'Amérique est morte, pensa-t-il. Morte.

« Je crois qu'il est temps, monsieur le Président », annonça Hannan d'une voix presque douce.

Le Président releva la tête. Ses yeux vitreux se portèrent sur la mallette noire. Puis il s'arracha à cette vision et se remit à regarder par le hublot. Combien peuvent avoir survécu à pareil holocauste ? se demanda-t-il. Non. La vraie question, c'était combien auront *envie* de survivre ? Parce que, dans les rapports qu'on avait pu lui faire sur la guerre nucléaire, dans ce qu'il avait pu lire sur la question, une chose était claire : les centaines de millions qui périssent dans la première heure, ceux-là sont les chanceux. Ce sont les survivants qui allaient souffrir mille damnations.

Je suis encore le président des États-Unis d'Amérique, se dit-il. Et il me reste une décision à prendre.

L'avion se mit à vibrer comme s'il était sur une route pavée. Pendant un instant, les nuages sombres l'enveloppèrent complètement, et dans ces ténèbres, le feu et la foudre vinrent lécher les hublots. Puis l'appareil vira à tribord et continua à voler en cercles, slalomant entre les énormes panaches noirs.

Il se mit à penser à sa femme et à son fils. Disparus. À Washington et à la Maison Blanche. Disparus. À New York et à Boston. Disparus. Aux forêts et aux grandes routes en bas, aux prés, aux prairies et aux plages. Disparus, tous disparus.

« On y va », finit-il par lâcher.

Hannan ouvrit alors le dessus de l'un de ses accoudoirs, révélant un petit panneau de contrôle. Il pressa un bouton pour ouvrir la ligne de communication avec le pilote, annonça son code d'identification et dicta, en les répétant, les coordonnées d'un nouveau cap. L'appareil vira encore et prit la direction de l'intérieur des terres, s'éloignant des ruines de Washington.

« Nous serons à portée dans quinze minutes, annonça-t-il.

— Voulez-vous... prier avec moi ? », chuchota le Président, et les deux hommes inclinèrent la tête.

Une fois leur prière achevée, Hannan reprit la parole :

« Capitaine ? Nous sommes prêts maintenant. » Il laissa son siège à l'officier qui portait la mallette.

L'homme s'installa et mit la mallette sur ses genoux. Il déverrouilla la menotte à l'aide d'un mini-laser qui ressemblait à une petite lampe de poche. Puis il prit une enveloppe scellée dans la poche intérieure de sa veste et la déchira pour y trouver une petite clé dorée. Il l'inséra dans l'une des deux serrures de la mallette et la tourna vers la droite. Le verrou s'ouvrit en émettant un bip très aigu. L'officier tourna alors la mallette vers le Président, qui répéta l'opération avec une clé argentée. On entendit un nouveau bip, légèrement différent du premier.

Le capitaine de l'Air Force l'ouvrit.

La mallette contenait un petit clavier ainsi qu'un écran plat. En bas du clavier se trouvaient trois petits ronds ; un vert, un jaune et un rouge. Le vert était déjà allumé.

Près du siège du Président, une petite boîte noire était fixée à la paroi de l'avion, et deux cordons enroulés, un rouge et un vert, en dépassaient. Le Président les déroula avec lenteur. Ils se terminaient par des prises spéciales, qu'il inséra dans les orifices appropriés sur le côté du clavier. À présent, la boîte noire était connectée à l'une des antennes rétractables de l'avion de commandement, qui traînaient derrière lui sur près de huit kilomètres.

Il n'hésita que quelques secondes.

La décision était prise.

Il tapa les quatre lettres de son code d'identification.

BONJOUR, MONSIEUR LE PRÉSIDENT apparut sur l'écran.

Il se renfonça dans le fauteuil, un tressaillement nerveux au coin de la bouche.

Hannan consulta sa montre.

« Nous sommes à portée, monsieur le Président. »

Alors, précautionneusement, le Président tapa : *Voici Belladonna, la Dame des Récifs, la dame des situations.*

L'ordinateur répondit : VOICI L'HOMME AUX TROIS BÂTONS, ET VOICI LA ROUE.

L'avion fut pris de violents spasmes. Quelque chose vint griffer le flanc bâbord de la carlingue comme des ongles sur un tableau noir.

Le Président tapa : *Et voici le marchand borgne, Et cette carte.*

TOUTE BLANCHE, C'EST QUELQUE CHOSE QU'IL PORTE SUR LE DOS, répondit l'ordinateur.

Qu'il m'est interdit de voir, tapa le Président.

Le rond jaune s'illumina.

Le Président prit une profonde inspiration, comme s'il s'apprêtait à sauter dans un océan noir et sans fond. *Je ne trouve pas Le Pendu*, tapa-t-il.

La réponse arriva tout de suite : GARDEZ-VOUS DE LA MORT PAR L'EAU.

Le rond rouge s'alluma. L'écran s'effaça alors.

Puis l'ordinateur afficha : DENTS ARMÉES, MONSIEUR LE PRÉSIDENT. DIX SECONDES POUR INTERROMPRE LE PROCESSUS.

« Dieu me pardonne... », murmura le Président, dont le doigt se dirigeait vers la touche N.

« Non ! », s'exclama tout à coup le capitaine de l'Air Force, qui regardait par le hublot, yeux exorbités, bouche bée.

Le Président regarda à son tour.

À travers une tornade de maisons en feu et de décombres, une forme incandescente montait tel un météore en direction de l'avion. Il fallut deux précieuses secondes au Président pour comprendre de quoi il s'agissait : un bus Greyhound éventré, aux roues en feu, des cadavres calcinés pendant encore aux fenêtres fracassées.

Au-dessus du pare-brise était inscrit BUS SPÉCIAL.

Le pilote avait dû l'apercevoir aussi, car les réacteurs rugirent soudain et le nez de l'appareil se leva avec une telle vélocité que l'accélération de la pesanteur écrasa le Président dans son fauteuil comme s'il pesait une tonne. La mallette vola des genoux du capitaine, arrachant les deux prises au passage, pour aller retomber dans le couloir où elle glissa jusqu'à se coincer sous un autre siège. Le Président aperçut l'épave du bus se retourner, déversant par les fenêtres des corps qui chutaient comme des feuilles que l'on brûle, avant de venir fracasser l'aile tribord avec un énorme choc, faisant exploser le réacteur.

La moitié de l'aile avait été arrachée et le second réacteur tribord crachait un panache de flammes. Le bus, désagrégé par l'impact, fut réduit en une multitude de fragments qui disparurent, aspirés dans le maelstrom.

En détresse, l'avion s'inclina fortement vers bâbord, les deux réacteurs qui fonctionnaient encore vibrant si fort qu'ils menaçaient de s'arracher de leurs rivets. Le Président s'entendit hurler. L'appareil tomba, incontrôlable, sur cinq mille pieds, malgré les efforts du pilote. Puis un ardent courant ascendant le projeta dix mille pieds plus haut, avant qu'il ne redescende en piqué dans un rugissement. L'avion partit avec son moignon d'aile dans une figure de voltige, montant encore avant de piquer du nez vers la terre dévastée.

Les nuages noirs se refermèrent sur lui, et le président des États-Unis disparut.

ÉTEIGNEZ LES LUMIÈRES

Un, deux, trois, nous irons au bois…

Pas trois, pas encore

La fissure dans la paroi

La hache sacrée

Le champion du monde de la gerbe

Un gadin

Un pied devant l'autre

UN, DEUX, TROIS, NOUS IRONS AU BOIS…

Je suis morte ! se dit Sister Creep, paniquée. Je suis morte et en enfer ! Traversée par un nouvel élancement de douleur, elle tenta de crier, mais tout ce qui sortit de ses poumons, ce fut un gémissement éraillé, quasiment animal. Elle se mit à sangloter, et serra les dents jusqu'à ce que la douleur s'atténue un peu. Gisant dans un noir absolu, elle avait l'impression de percevoir les hurlements et les lamentations des pécheurs en train de brûler dans les tréfonds de l'Enfer, horribles autant que lointains, flottant comme ces odeurs de soufre, de vapeur et de chairs brûlées qui l'avaient ramenée à la conscience.

« Doux Jésus, épargne-moi ! implora-t-elle. Ne me laisse pas brûler pour l'éternité ! »

Et la douleur revint, lancinante, insupportable. Elle se recroquevilla un peu plus dans l'eau qui clapotait sur son visage et pénétrait dans ses narines. Elle essaya de pousser un autre cri qui ne fut qu'une quinte de toux. L'air était âcre et humide. De l'eau, pensa-t-elle. Je suis couchée dans l'eau. Et les souvenirs lui revinrent, incandescents comme des braises.

Elle se redressa et s'assit, le corps lourd et gonflé. Quand elle porta la main à son visage, les cloques qui lui couvraient les joues et le front éclatèrent, se mettant à suinter.

« J'suis pas encore en enfer… murmura-t-elle d'une voix éraillée. J'suis pas morte… pas encore. » À présent, elle se rappelait où elle était, mais sans parvenir à comprendre ce qui avait pu se produire, ni d'où venait ce feu.

« J'suis pas morte », répéta-t-elle, plus fort cette fois. Elle entendit l'écho de sa voix dans le tunnel, et cria : « J'suis pas morte ! », en ouvrant grand ses lèvres boursouflées.

Malgré cela, une douleur toujours aussi atroce continuait à la traverser de part en part. Elle se sentait comme brûler, et dans la seconde suivante, elle était gelée jusqu'aux os. Elle était lasse, très lasse, au point de n'avoir qu'une envie, celle de s'allonger dans cette eau et de s'endormir, mais elle avait peur de ne plus se réveiller. Dans cette obscurité totale, elle se mit à chercher à tâtons son cabas et fut prise de panique quand elle ne rencontra que le vide. Néanmoins ses mains finirent par sentir la toile de jute, brûlée et détrempée, et elle tira à elle le grand sac qu'elle étreignit comme un enfant.

Sister Creep essaya de se lever, mais ses jambes la lâchèrent presque instantanément, si bien qu'elle retomba dans l'eau, serrant les dents pour résister à la douleur tout en essayant de rassembler ses forces. Elle sentait les cloques se tendre, faisant comme un masque qui lui comprimait le visage. Elle leva la main pour tâter son front, remonta plus haut... la casquette avait disparu, à la place de ses cheveux, elle ne sentit qu'une espèce de chaume rêche : c'était comme si elle caressait une pelouse brûlée par le soleil. J'ai cramé, j'me retrouve la boule à zéro ! pensa-t-elle, et de sa gorge monta un son qui tenait à la fois du sanglot et du rire nerveux. Elle sentit d'autres cloques éclater sur son cuir chevelu, et retira immédiatement ses doigts, peu désireuse d'en savoir davantage. Elle parvint finalement à se remettre debout.

Elle toucha le sol du tunnel, qui se situait un peu plus haut que son ventre. Il allait falloir qu'elle remonte à la seule force des bras. Elle avait encore mal aux épaules suite aux violents efforts qu'elle avait fournis pour arracher la grille, mais ce n'était rien en comparaison de la souffrance que lui occasionnait sa peau couverte de brûlures. Sister Creep balança le cabas dans le tunnel au-dessus d'elle ; ainsi, elle serait bien forcée de grimper pour le récupérer. Elle posa les paumes sur le béton et essaya de se hisser de toutes ses forces, mais sa volonté lui fit défaut et elle renonça. Plantée là, elle se dit que dans un an ou deux, un mec de la maintenance allait descendre ici et trouver un squelette.

Elle poussa encore sur ses bras. Les muscles endoloris de ses épaules hurlèrent et un coude menaça même de lâcher. Mais, alors qu'elle pensait dégringoler dans la cavité, elle réussit à passer un genou par-dessus le rebord, puis le second. Les cloques éclataient sur ses bras et ses jambes avec de petits *ploc* humides. Sonnée et pantelante, à plat ventre sur le sol du tunnel, elle rampa jusqu'à tomber sur son sac auquel elle se cramponna.

« Lève-toi, s'ordonna-t-elle. Allez, debout, mauviette, ou tu vas crever ici. »

Elle se remit sur ses pieds et, hésitante, elle commença à progresser dans l'obscurité. Ses jambes étaient aussi raides que des piquets, et plus d'une fois elle trébucha sur des gravats ou des câbles sectionnés. Mais quand elle tombait, elle ne restait par terre que le temps de reprendre son souffle et de laisser passer la douleur.

Elle se heurta à une échelle et décida d'y grimper, mais un peu plus haut le puits était bloqué par un inextricable fouillis de morceaux de béton et de tuyauteries ; elle redescendit dans le tunnel et poursuivit son chemin, à la recherche d'une autre issue. À certains endroits, l'air était brûlant et comme raréfié, et elle ne prenait que de petites inspirations pour ne pas s'évanouir. Elle avançait à tâtons, se heurtant à des culs-de-sac de débris enchevêtrés, repartait en arrière, trouvait d'autres échelles qui ne menaient qu'à des puits obstrués ou des plaques métalliques qui refusaient de bouger. Son esprit tournait en rond comme un animal en cage. Allez, un pied devant l'autre, et on recommence. Un pied devant l'autre, et t'arrives là où tu veux.

Elle s'arrêta pour se reposer un peu, les poumons sifflant. Elle n'entendait aucun bruit de métro, de voitures ou de pécheurs en train de brûler. Y a quelque chose de terrible qu'est arrivé là-haut, se dit-elle. Pas la Béatitude, pas le Ravissement, pas la Seconde Venue, non, quelque chose de terrible...

Sister Creep se força à aller de l'avant. Un pied devant l'autre. Et on recommence.

Elle trouva une nouvelle échelle, leva les yeux. À six ou sept mètres au-dessus d'elle, elle aperçut un mince croissant de jour. Elle grimpa jusqu'à pouvoir toucher une plaque ronde qui s'était déplacée de cinq bons centimètres sous l'effet de l'onde de choc. Glissant les doigts entre métal et béton, elle réussit à la pousser complètement pour pouvoir passer la tête à l'extérieur.

La lumière était couleur de sang séché, et comme filtrée par des couches et des couches de gaze épaisse. Malgré tout, elle dut plisser les yeux pour s'y réaccoutumer.

C'était le ciel qu'elle fixait, mais un ciel comme jamais auparavant elle n'en avait vu : des nuages d'un marron sale tournoyaient au-dessus de Manhattan et des éclairs bleus en surgissaient dans un craquement électrique. Elle sentit sur son visage un vent âcre et brûlant, si violent qu'elle en fut presque arrachée de l'échelle. Au loin résonna le roulement du tonnerre, comme un énorme marteau qui cognait sur du métal. Le vent s'engouffra dans l'ouverture dans un vagissement, la repoussant en arrière, mais elle réussit à grimper les deux derniers barreaux et à s'extraire du puits avec son cabas, pour se retrouver à nouveau à plat ventre, à l'air libre.

Les violentes bourrasques lui soufflèrent au visage un épais nuage de poussière, qui l'aveugla quelques secondes. Lorsqu'elle recouvra un peu la vue, elle s'aperçut qu'elle avait émergé au beau milieu d'un endroit qui ressemblait à un immense dépôt de ferrailleur.

Tout autour d'elle, des carcasses écrasées de véhicules – voitures, taxis, camions – formaient d'étranges sculptures de métal fondu. Certains pneus étaient encore fumants, d'autres s'étaient transformés en flaques noires. Des fissures béantes s'étaient ouvertes dans la chaussée, parfois de près de deux mètres de large ; de petits geysers de vapeur ou d'eau s'élevaient çà et là. Abasourdie, elle se tourna dans toutes les directions, incapable de comprendre, les yeux plissés pour se protéger des rafales chargées de particules. À certains endroits, le sol s'était effondré, alors qu'à d'autres les décombres étaient de vraies montagnes de métal, de pierre et de verre. Entre ces pics, le vent hurlait, tourbillonnait, traversait les immeubles, dont beaucoup étaient réduits à leur seule armature métallique, elle-même déformée et tordue comme du plastique fondu. Le violent souffle du vent agitait d'épais rideaux de fumée dégagés par les bâtiments en feu et des tas de débris. Des éclairs frappaient le sol depuis le cœur d'incroyables nuages noirs et bouillonnants. Elle n'aurait pas su dire où se trouvait le soleil derrière ce ciel chaotique. Elle chercha des yeux l'Empire State Building, mais il n'y avait plus de gratte-ciel ; tous semblaient avoir été rasés. Manhattan avait fait place à un paysage de dévastation, une immense décharge à ciel ouvert où se succédaient sommets de gravats et ravins emplis de fumée.

Le Jugement de Dieu, se dit-elle. C'est Lui qui a frappé cette cité du mal, qui a fait disparaître d'un seul coup tous les pécheurs pour qu'ils aillent brûler à jamais en enfer ! Elle se laissa rire intérieurement avant de relever la tête vers les nuages sales.

Un éclair acéré foudroya la carcasse dénudée d'un immeuble assez proche, faisant danser une gerbe d'étincelles dans les airs. Dans le lointain, Sister Creep aperçut l'entonnoir d'une tornade, et une autre qui se tordait comme un serpent sur sa droite. Là-haut, des choses incandescentes montaient et descendaient, comme les balles rouges d'un jongleur. Y a plus rien, tout est détruit, se dit-elle. C'est la fin du monde. Gloire à Dieu ! Gloire à Jésus, béni soit-Il ! Tous les pécheurs brûlent...

Elle se mit brusquement les mains sur les oreilles et poussa un long cri. Quelque chose en elle s'était brisé comme un de ces miroirs de fête foraine qui ne reflétaient qu'une réalité déformée, et des fragments d'images se révélèrent : elle-même en plus jeune et plus jolie, en train de pousser un landau dans un centre commercial ; une maison en briques dans une banlieue résidentielle, avec un petit jardin verdoyant et un break dans l'allée ; une ville avec sa rue commerçante et une statue sur la Grand-Place ; des visages, certains obscurs et indistincts, d'autres flottant à la lisière de sa mémoire ; et puis ces lumières bleues tournoyantes, la pluie et le démon en ciré jaune qui lui tendait les bras en demandant : « Donnez-la-moi, madame. Allez, donnez-la-moi maintenant... »

Y a plus rien, tout est détruit ! C'est le Jugement de Dieu ! Gloire à Jésus !

« Allez, donnez-la-moi maintenant... »

Non, pensa-t-elle. Non !

Et elle ouvrit la bouche pour pousser un hurlement, parce qu'il ne restait plus rien, que tout était détruit, en feu et en ruines, et qu'en cet instant elle comprenait qu'aucun Dieu Créateur n'aurait anéanti Son chef-d'œuvre d'un seul coup, tel un enfant en colère. Ce qu'elle avait sous les yeux n'avait rien à voir avec Dieu ; non, c'était de la destruction pure et simple, maléfique, aussi aveugle qu'irrationnelle.

Pour la première fois depuis qu'elle s'était extirpée de ce trou à rats, Sister Creep regarda les cloques qui se multipliaient sur ses mains et ses bras, ainsi que ses vêtements en lambeaux. Elle avait la peau couverte de brûlures rouges et à vif et d'excroissances gonflées de liquide jaunâtre. Quant à son cabas, c'est à peine s'il ne tombait pas en morceaux, ne tenant que par des lanières encore en état, et ses affaires menaçaient de s'échapper par les trous roussis. Autour d'elle, à travers les cendres et les émanations, elle aperçut d'autres choses que son esprit avait occultées jusque-là, des formes aplaties, calcinées, à peine reconnaissables pour ce qu'elles étaient : des restes humains. Il y en avait un tas à ses pieds, comme si quelqu'un avait vidé là le fond d'un seau à charbon. La rue en était jonchée, et on en voyait qui pendaient à moitié aux vitres des voitures ; ici, il y avait une de ces formes enroulée autour de ce qui restait d'un vélo ; là une autre dont les dents blanches ressortaient, insolites, d'un visage carbonisé, un visage sans visage. Des centaines de ces restes gisaient autour d'elles, et leurs os fondus donnaient aux horribles dépouilles un aspect surréel.

Un éclair brilla, et le vent se mit à gémir aux oreilles de Sister Creep tel le mugissement d'outre-tombe d'une furie antique.

Elle détala sans réfléchir.

Le vent lui fouettait le visage, l'aveuglant de fumée et de poussière. Elle baissa la tête et tenta de grimper une montagne de choses cassées, détruites, broyées, avant de réaliser qu'elle s'était enfuie sans son sac. Or, elle ne pouvait se résoudre à retourner dans cette vallée de la mort. Elle trébucha sur des débris, déclenchant une avalanche de bric-à-brac qui bringuebala autour de ses jambes : postes de télévision et chaînes stéréo fracassés, bouillie d'ordinateurs et d'énormes radios portables, haillons noircis de ce qui avait été des costumes en soie et des robes de créateur, fragments de meubles de style, livres calcinés, argenterie antique réduite à des bouts de métal. Et partout, encore des véhicules écrabouillés, des corps incarcérés, des bras et des jambes dépassant des décombres, raides comme ceux des mannequins dans les grands magasins. Elle se hissa au sommet des gravats, où elle tomba à genoux pour ne pas que le vent brûlant la renverse. Elle se tourna vers tous les points cardinaux et ne put que constater l'étendue du désastre : au nord, les quelques arbres de Central Park encore debout étaient en feu, et on voyait des incendies tout le long de ce qui avait été la Huitième Avenue, luisant comme des rubis rouge sang derrière le rideau de fumée ; à l'est, plus aucune trace du Rockefeller Center, ni de la gare Grand Central, seulement des bouts d'armatures fracassées qui dépassaient du sol telles les dents pourries d'une mâchoire malade ; au sud, l'Empire State Building avait aussi disparu et la silhouette d'une tornade dansait du côté de Wall Street ; et à l'ouest, des alignements de décombres semblaient marcher en file indienne vers le fleuve Hudson. Sister Creep se sentait à la fois horrifiée et anesthésiée par ce panorama, car son esprit, incapable de traiter davantage le choc, faisait surgir des images de dessins animés ou de comédies de son enfance : *Les Jetson*, *Roquet Belles Oreilles*, *Super Souris et les Trois Stooges*. Accroupie au milieu des grondements du vent, elle se mit à fixer les ruines, le regard vide, un sourire malsain aux lèvres, une seule pensée rationnelle en tête : Oh doux Jésus, qu'est-ce qui est arrivé à l'endroit magique ?

Et la réponse revint, lancinante : Y a plus rien, tout est détruit.

« Debout, se dit-elle tout haut, même si les rafales emportaient sa voix. Debout. Qu'est-ce que tu crois, qu'tu vas rester là ? Tu peux pas faire ça ! Lève-toi, et ensuite, un pied devant l'autre, et on recommence. Un pied devant l'autre, et t'arrives là où tu veux. »

Mais il se passa un moment avant qu'elle ne réussisse à bouger, et c'est comme une très vieille femme qu'elle redescendit de l'autre côté de la montagne, en marmonnant toute seule.

Elle ne savait pas où elle allait, et en vérité, elle s'en fichait. L'intensité des éclairs augmentait, et le tonnerre faisait trembler le sol ; un crachin noir se mit à tomber, transformé en pluie d'aiguilles par les bourrasques hurlantes. Sister Creep cheminait d'un monticule de décombres à un autre. Au loin, il lui sembla entendre crier une femme, et elle appela, mais sans réponse. La pluie tombait dru à présent, et le vent lui giflait le visage.

Et puis, elle n'aurait su dire au bout de combien de temps, en redescendant d'un nouvel amoncellement, elle s'arrêta net à côté de ce qui restait d'un taxi. Il y avait là une plaque de rue, tordue presque jusqu'à former un nœud, qui disait 42e. De tous les immeubles de la rue, seul un restait debout.

Les néons rouges sur le fronton du cinéma Empire State clignotaient toujours, annonçant *Le Visage de la mort* et *Mondo Bizarro*. De part et d'autre du bâtiment, il ne restait plus que des épaves calcinées, mais le cinéma lui-même n'avait même pas été touché. Elle se rappela être passée devant la veille au soir, et ce choc brutal qui l'avait éjectée presque au milieu de la chaussée. Un rideau de fumée passa alors entre elle et le cinéma, et elle se prit à espérer que le bâtiment disparaisse tel un mirage la seconde suivante, mais non, quand le nuage se dissipa, le cinéma était toujours là avec son fronton qui clignotait joyeusement.

Tire-toi, se dit-elle. Putain, tire-toi de là !

Mais elle mit un pied devant l'autre, et se retrouva devant ses portes, d'où s'échappait une bonne odeur de pop-corn au beurre. Non ! se dit-elle. C'est impossible !

Mais il était tout aussi impossible que la ville de New York se trouve réduite à ce paysage de ruines battu par les tornades en quelques heures seulement. Sister Creep, le regard rivé aux portes, comprit que les règles qui régissaient le monde avaient été en un clin d'œil radicalement bouleversées par des forces incommensurables. J'suis dingue, se dit-elle. Mais le cinéma était bien réel, et l'arôme de pop-corn au beurre aussi. Elle jeta un regard prudent à l'intérieur du petit kiosque à billets : vide. Puis, rassemblant son courage, elle toucha le crucifix suspendu à son cou et poussa les portes.

Personne non plus au comptoir à friandises, mais Sister Creep entendait la bande-son du film qui passait dans la salle. Derrière un rideau rouge fané lui parvint aussi le vacarme grinçant d'un accident de voiture, suivi de la voix du narrateur : « Et là, sous vos yeux, le résultat d'une collision frontale à cent à l'heure. »

Sister Creep passa le bras par-dessus le comptoir, attrapa deux barres chocolatées, et s'apprêtait à attaquer la première quand elle entendit le grondement d'un animal. Il enfla, jusqu'à atteindre la forme d'un rire. Mais dans ce rire-là, Sister Creep entendait le crissement des pneus sur l'asphalte glissant de pluie, et le cri perçant, déchirant, d'une enfant : « Maman ! »

Elle mit ses mains sur ses oreilles pour étouffer le cri, et resta là, tremblante, jusqu'à ce que le souvenir s'efface. Le rire avait cessé, lui aussi, mais celui qui avait ri était toujours là-dedans, à regarder un film au milieu d'une métropole en ruines.

Elle se fourra la moitié de la barre chocolatée dans la bouche, mâcha et avala. Derrière le rideau rouge, le narrateur parlait de viols et de meurtres d'un ton décontracté, aussi clinique que détaché. Ce rideau, c'est comme s'il lui faisait signe d'approcher. Elle mangea la seconde moitié de sa barre et se lécha les doigts. Si ce rire d'épouvante devait retentir encore, se disait-elle, elle pourrait perdre les pédales, mais il fallait absolument qu'elle sache de qui il émanait. Elle s'approcha du rideau et lentement, très lentement, l'écarta.

Sur l'écran, le visage mutilé d'une jeune femme morte, mais il en fallait davantage pour choquer Sister Creep. Elle aperçut alors une tête qui se découpait en ombre chinoise : il y avait quelqu'un assis au premier rang, le visage levé vers l'écran.

Tous les autres sièges étaient vides. Sister Creep resta figée à regarder cette tête, dont elle ne voyait que l'arrière, et ne voulut surtout pas en voir davantage. Cette personne, ou cette chose, il était impossible qu'elle soit humaine.

Et soudain, la tête se retourna vers elle.

Sister Creep recula. Ses jambes lui criaient de courir, mais elle les retint. La silhouette au premier rang la dévisageait, tandis que le film continuait, avec des gros plans de cadavres sur des tables d'autopsie. Puis elle se leva de son fauteuil, et Sister Creep entendit le bruit du pop-corn écrasé sous ses pas. Cours ! hurla-t-elle intérieurement. Tire-toi de là ! Mais elle fit face, et la silhouette s'arrêta devant elle, le visage dans l'ombre projetée par le comptoir à friandises.

« T'es toute brûlée. » Une voix de jeune homme, douce et agréable. Il était mince et grand, plus d'un mètre quatre-vingt-dix sans doute, vêtu d'un pantalon kaki et d'un tee-shirt jaune, et chaussé de rangers militaires impeccablement cirées. « J'ai l'impression que c'est fini maintenant, hein ? poursuivit-il.

— Y a plus rien, répondit-elle dans un murmure. Tout est détruit. » Elle sentit un froid humide et glacial, le même qu'elle avait perçu la veille devant ce cinéma, mais qui s'estompa aussitôt. Elle voyait vaguement les traits de l'homme et crut le voir sourire, mais d'un sourire de cauchemar ; sa bouche ne semblait pas être tout à fait là où elle aurait dû être. « Je crois... je crois qu'tout l'monde est mort, reprit-elle.

— Non, pas tout le monde, corrigea-t-il. Toi, t'es pas morte, si ? Et je pense qu'il y a d'autres survivants. Qui se cachent, sans doute. En attendant la mort. Mais ça sera pas long. Pour toi non plus, d'ailleurs.

— J'suis pas encore morte.

— Peut-être que ça serait préférable pour toi. » Sa poitrine se gonfla sous l'effet d'une profonde inspiration. « Sens-moi un peu cet air ! C'est pas délicieux ? »

Sister Creep fit mine de faire un pas en arrière. Mais l'homme prononça le mot *non*, presque gentiment, et elle s'arrêta net, comme si la seule chose qui importait était d'obéir.

« Y a ma meilleure scène qui arrive, annonça-t-il en montrant l'écran : des flammes qui jaillissaient d'un bâtiment, des corps démantibulés sur des brancards. Tiens, c'est moi, là ! Debout près de la voiture ! Oui, bon, j'ai pas dit qu'elle était longue, la scène. » Puis son attention se porta à nouveau sur elle. « Oh, s'extasia-t-il d'une voix douce, j'aime bien ton collier. » Et sa main pâle, aux longs doigts fins, sembla glisser vers sa gorge.

Elle n'avait qu'une envie : reculer violemment et fuir, car elle ne pouvait supporter l'idée d'être touchée par cette main, mais elle était comme hypnotisée par la voix, dont les échos résonnaient dans sa tête. Elle tressaillit quand les doigts glacés touchèrent le crucifix. Il tira dessus, mais le collier était collé à la peau.

« Oh, poursuivit l'homme, c'est soudé par la brûlure. On va arranger ça. »

D'un coup sec du poignet, il arracha crucifix et chaîne, et la peau de Sister Creep avec. La douleur la traversa comme une décharge électrique, brisa l'emprise de l'homme du même coup et lui fit recouvrer ses esprits. Les larmes creusèrent des sillons sur ses joues.

L'homme garda la main ouverte, paume en l'air, et fit danser le collier devant les yeux de Sister Creep. Il commença à chantonner, d'une voix de petit garçon : « Un, deux, trois, nous irons au bois... Quatre, cinq, six, cueillir des cerises... »

Et sa paume s'embrasa, des flammèches remontant lentement le long de ses doigts. La main tout entière se transforma en un gant de feu, et la chaîne et le crucifix se mirent à fondre et à tomber par terre en gouttelettes.

« Sept, huit, neuf, dans un panier neuf ! Dix, onze, douze, elles seront toutes rouges !! »

Sister Creep le regarda bien en face. À la lueur de la main, elle voyait les os du visage bouger, les pommettes et les lèvres fondre, des yeux de différentes couleurs surgir là où il n'y avait pas d'orbite.

La dernière goutte de métal fondu s'écrasa au sol. Une bouche s'ouvrit dans le menton de l'homme, telle une blessure aux bords sanglants. Un rictus se dessina. « Extinction des feux », chuchota la bouche.

Le grand écran explosa. Le rideau rouge que Sister Creep tenait toujours s'enflamma. Une vague de chaleur envahit le cinéma.

« Tic-tac, tic-tac ! poursuivait la voix de l'homme en une comptine joyeuse. Rien n'arrête l'aiguille, crac, crac ! »

Le plafond prit feu et commença à s'affaisser. Sister Creep, se protégeant la tête de ses bras, recula maladroitement entre les rideaux enflammés, alors que l'être avançait vers elle. Des ruisselets de chocolat coulaient du comptoir à friandises. Elle se précipita vers les portes, et entendit derrière elle la chose qui beuglait : « Cours ! Cours, espèce de truie ! »

Elle n'avait pas fait trois pas dans la rue que les portes derrière furent dévorées par le brasier, et elle se mit à courir comme une folle au milieu de ce qui restait de la 42e Rue. Quand elle osa enfin regarder derrière elle, elle aperçut le cinéma tout entier englouti dans les flammes rugissantes, et le toit implosa comme crevé par un énorme poing.

Elle se jeta derrière un bloc de pierre pour éviter la tempête de verre et de briques qui fut projetée autour d'elle. Tout s'était déroulé en quelques secondes, mais Sister Creep resta recroquevillée là, tremblant de terreur, jusqu'à ce que la dernière brique soit tombée. Elle jeta prudemment un coup d'œil depuis son abri.

À présent, les ruines du cinéma ne se distinguaient plus des autres. Il avait disparu, et avec lui, fort heureusement, cette chose à la main malsaine.

Elle toucha la chair à vif autour de son cou, et vit du sang au bout de ses doigts. Il lui fallut encore un moment pour comprendre que le crucifix et sa chaîne n'étaient plus là. Elle ne se rappelait pas où elle avait récupéré ces babioles, mais le fait est qu'elle y tenait. Elle était persuadée qu'ils la protégeaient, et à présent elle se sentait nue et sans défense.

Elle savait que là-bas c'était le visage du mal qu'elle avait regardé en face.

Une pluie noire tombait de plus en plus fort. Sister Creep se recroquevilla, la main sur sa gorge sanguinolente, puis elle ferma les yeux et pria pour que la mort vienne.

Finalement, Jésus ne viendrait pas, comprit-elle. Le Jugement dernier avait détruit les innocents dans les mêmes flammes qui avaient englouti les coupables, et le Ravissement n'était qu'un rêve d'aliéné.

Un sanglot s'échappa de sa gorge. Elle se mit à prier : « S'il Te plaît, Jésus, emmène-moi au ciel, s'il Te plaît, maintenant, maintenant même, s'il Te plaît, s'il Te plaît... »

Mais quand elle rouvrit les yeux, la pluie noire tombait toujours.

Le vent forcissait, à présent il était glacial. Elle était trempée jusqu'aux os, l'estomac retourné, et ses dents claquaient.

Lasse, elle s'assit. Non, Jésus n'allait pas venir aujourd'hui. Il lui faudrait encore attendre pour mourir. Donc, ça ne servait à rien de rester allongée là comme une gourde.

Allez, se dit-elle, un pied devant l'autre, et on recommence. Un pied devant l'autre, et t'arrives là où tu veux.

Où ça ? Elle n'en savait rien, mais à compter de maintenant, il allait lui falloir être prudente, car cette chose maléfique aux mille visages pouvait se cacher n'importe où. *N'importe où.* Les règles avaient changé. La Terre promise était un ossuaire, et l'Enfer lui-même était remonté à la surface.

Elle n'avait aucune idée de ce qui avait pu causer une pareille destruction, mais quelque chose de terrible lui vint à l'esprit : et si c'était partout pareil ? Elle essaya de chasser cette pensée avant qu'elle ne lui perfore le cerveau, et se remit péniblement debout.

Le vent la faisait chanceler. La pluie était si violente qu'elle ne voyait pas à plus d'un mètre. Elle décida d'aller vers ce qu'elle pensait être le nord, en se disant qu'il y aurait peut-être un arbre encore debout dans Central Park pour s'abriter.

Elle courba le dos pour lutter contre les éléments, et commença à mettre un pied devant l'autre.

PAS TROIS, PAS ENCORE

« M'man ! Y a la maison qu'est tombée ! hurla Josh Hutchins en se secouant pour se libérer de la terre, des gravats et des morceaux de bois qui s'étaient amassés sur son dos. L'est partie, la tempête ! » Sa mère ne répondit pas, mais il l'entendait pleurer. « M'man ! Ça va, ça va ? On va... »

Le souvenir d'une tornade en Alabama qui avait fait se réfugier Josh, alors qu'il avait sept ans, dans leur cave avec sa mère et sa sœur, se fracassa brutalement en mille morceaux. Les champs de maïs, les lances enflammées et la tornade de feu lui revinrent d'un seul coup, avec une netteté horrifiante, et il comprit que la femme qui pleurait tout près n'était pas sa mère.

Il faisait noir. Un énorme poids pesait encore sur lui, et il lutta pour se dégager, faisant glisser sur le côté un autre monticule de débris, essentiellement de la terre et du bois. Il s'assit tout droit, les muscles endoloris.

Il sentait que quelque chose n'allait pas avec son visage ; il était si tendu qu'il semblait prêt à se déchirer. Il toucha son front du bout des doigts et fit éclater une bonne dizaine de cloques, dont les fluides ruisselèrent sur sa figure. D'autres percèrent sur ses joues ; il palpa la chair autour de ses yeux, et constata que ces derniers étaient si enflés qu'ils étaient réduits à d'étroites fentes. La douleur se faisait plus aiguë et il avait l'impression que son dos avait été ébouillanté. Brûlé, se dit-il. Il sentit comme une odeur de bacon, et faillit bien dégueuler, mais il était trop occupé à estimer l'étendue des dégâts sur son corps. À son oreille droite, c'était une douleur différente qu'il ressentait. Tout doucement, il l'explora du doigt. Il sentit un moignon de chair et de sang séché là où aurait dû se trouver l'oreille. Il se souvint alors de l'explosion des pompes à essence et se dit que c'était sans doute un éclat qui l'avait tranchée.

Me v'là bien, pensa-t-il, en réprimant une envie de rire. Prêt à conquérir le monde ! Si jamais il remettait les pieds sur un ring, il n'aurait plus besoin d'un masque pour ressembler à un monstre.

Et c'est là qu'il vomit, le corps traversé de spasmes et de tremblements, avec dans les narines cette odeur insoutenable de viande grillée. Quand le haut-le-cœur fut passé, il s'éloigna à quatre pattes du tas de décombres. Sous ses mains, il sentait de la terre meuble, des morceaux de poutres, du verre brisé, des boîtes de conserve cabossées et des tiges de maïs.

Il entendit un homme gémir, se souvint que PawPaw avait les yeux brûlés et jugea, même avec ce qui lui restait d'oreille, qu'il gisait quelque part sur sa droite. La femme, d'après les sanglots qu'il percevait, devait se trouver à un mètre ou deux ; quant à la fillette, si elle était toujours en vie, elle restait silencieuse. L'air était chaud, mais respirable. Les doigts de Josh se refermèrent sur un manche en bois, qu'il suivit jusqu'au bout pour comprendre qu'il s'agissait d'une binette de jardin. Il s'en saisit et creusa un peu autour de lui, dégageant des objets de toutes sortes : boîtes de conserve sur boîtes de conserve, certaines éclatées, leur contenu se répandant par terre, deux ou trois machins fondus – sans doute des bidons de lait en plastique – un marteau, des magazines et ce qui ressemblait à des paquets de cigarettes calcinés. La boutique entière s'était affaissée sur eux, toutes les marchandises dégringolant dans l'abri antiatomique de PawPaw. Car il s'agissait sans doute de cela, se dit Josh. Les fameux gars du souterrain étaient bien placés pour savoir qu'un jour, il pourrait en avoir besoin.

Josh essaya de se mettre debout, mais se cogna la tête alors qu'il était encore accroupi. Il sentit un plafond de terre, de planches et peut-être de feuilles rugueuses, le tout compacté à environ un mètre trente du sol. Oh, bon sang ! pensa-t-il. Doit y avoir des tonnes au-dessus de nos têtes ! Il se dit qu'ils n'avaient qu'une poche d'air là-dessous, et quand il n'y en aurait plus...

« Arrêtez d'pleurer, m'dame, conseilla Josh. Le vieux, là-bas, il est bien plus amoché que vous. »

Elle sursauta, comme si elle ne s'était pas rendu compte qu'il y avait d'autres survivants.

« Elle est où, la petite ? Elle va bien ? », s'inquiéta Josh, les cloques bourgeonnant sur ses lèvres.

« Swan !! hurla Darleen en se mettant à chercher frénétiquement. Je la trouve pas ! Mon bébé, mon bébé, où elle est ?! » Et sa main gauche sentit un petit bras. Toujours chaud. « Elle est là ! Oh, mon Dieu, elle est enterrée ! » Darleen se mit à creuser de plus belle.

Josh rampa jusqu'à elle et repéra à tâtons le corps de la fillette. Mais seuls ses jambes et son bras gauche étaient ensevelis ; son visage était libre et elle respirait. Josh dégagea l'enfant et Darleen étreignit sa fille.

« Swan, ça va ? Dis quelque chose ! Swan ! Allez ! Parle à maman ! » Et elle secoua la petite fille jusqu'à ce qu'une des mains de Swan se lève et la repousse faiblement.

« Arrête, chuchota-t-elle d'une voix rauque et pâteuse. Veux dormir... jusqu'à c'qu'on arrive. »

Josh rampa alors en direction des gémissements de l'homme. Il trouva PawPaw recroquevillé et à moitié enterré. Avec mille précautions, il le dégagea. La main du vieil homme s'agrippa aux lambeaux de sa chemise et il marmonna quelque chose que Josh ne comprit pas. « Quoi ? demanda-t-il en penchant la tête.

— Le soleil, répéta PawPaw. Oh... Seigneur... j'ai vu le soleil exploser. » Il recommença à marmonner des choses, cette fois à propos de ses pantoufles dans sa chambre. Josh comprit qu'il n'en avait plus pour longtemps et retourna auprès de Darleen et Swan.

La fillette était en pleurs, des pleurs discrets mais qui exprimaient une profonde blessure. « Chhhhut ! lui répétait Darleen. On va nous trouver. T'inquiète pas. Y vont nous sortir de là. » Elle n'avait pas encore compris ce qui s'était passé ; dans sa tête, tout était flou et comme embrumé depuis le moment où Swan lui avait montré du doigt la pancarte CHEZ PAWPAW sur la I-70 en lui répétant qu'elle allait éclater si elle ne pouvait pas aller aux toilettes.

« Je vois plus rien, maman, annonça Swan d'une voix amorphe.

— Ça va aller, ma puce. Ils vont nous trouver très v... » Elle s'interrompit en sursautant : elle avait levé la main pour caresser les cheveux de sa fille, mais l'écarta brusquement comme si elle s'était brûlée : elle n'avait senti que de courts poils tout durs. « Oh mon Dieu ! Oh, Swan, oh mon bébé... » Elle eut peur de toucher son propre visage, ses propres cheveux, mais la douleur qu'elle ressentait n'était guère plus inconfortable qu'un coup de soleil. Moi ça va, se dit-elle. Et Swan aussi. Elle a seulement perdu quelques cheveux, c'est tout. Ça va aller !

« Il est où, PawPaw ? s'inquiéta Swan. Et le géant ? » C'était comme si elle avait une rage de dents qui s'était répandue dans tout le corps, et il émanait d'elle une vague odeur de petit déjeuner.

« Je suis là, répondit Josh. Le vieux monsieur est pas loin non plus. On est dans le sous-sol et y a le magasin tout entier qui s'est effondré sur...

— On va sortir ! l'interrompit Darleen. Ils vont pas tarder à nous trouver !

— Sans doute pas avant un moment. Y va falloir qu'on s'organise et qu'on économise l'air.

— Économiser l'air ! s'écria-t-elle, à nouveau en panique. Mais on respire normalement !

— Pour le moment, ouais. Je sais pas trop quel volume on a ici, mais j'crois bien que l'air va devenir rare. On est p't'être ici pour... pour longtemps, conclut-il en choisissant soigneusement ses mots.

— Vous perdez les pédales ! L'écoute pas, ma chérie. Je parie qu'ils sont déjà en train de creuser pour nous sortir de là. »

Et elle se mit à bercer Swan comme un bébé.

« Non, m'dame, répondit Josh, décidé à ne pas mentir. Personne va venir nous chercher, si vous voulez mon avis. C'est des missiles qui sont sortis de ce champ de maïs. Des missiles nucléaires. Est-ce qu'y en a un qui a explosé ou un truc comme ça, j'en sais rien, mais y a qu'une seule raison pour lancer ces putains d'engins. Si ça se trouve, c'est tout le monde qui est en train d'se foutre des missiles sur la tronche, en ce moment. »

La femme se mit à rire, un rire presque hystérique. « Vous perdez vraiment les pédales, ma parole ! Il y a forcément quelqu'un qui les a vues, toutes ces flammes ! Ils vont envoyer de l'aide ! Il faut qu'on arrive jusqu'à Blakeman !

— Si vous le dites », grogna Josh. Il en avait assez de parler, sans compter que cela gaspillait un oxygène précieux. Il s'éloigna à quatre pattes et se creusa, à un ou deux mètres, une cavité pour y loger son grand corps. Il avait très soif, mais également envie de se soulager. Plus tard, se dit-il, trop las pour bouger. La douleur recommençait à l'assaillir. Son esprit s'envola alors, sortant du sous-sol, survolant le champ calciné, pour aller vers ce qui restait possiblement du monde extérieur si, comme il le pensait, la Troisième Guerre mondiale avait éclaté. Elle était sans doute déjà terminée, d'ailleurs. Peut-être que les Russes envahissaient l'Amérique, ou les Américains, la Russie. Il pensa à Rose et aux garçons ; étaient-ils vivants ? Étaient-ils morts ? Il ne le saurait vraisemblablement jamais.

« Oh, mon Dieu... », chuchota-t-il dans le noir, avant de se recroqueviller, les yeux grands ouverts sur le néant.

« Hah... hah... hah. »

C'était PawPaw qui émettait des bruits saccadés, comme s'il s'étouffait. Et puis, plus fort : « Le gopher[1] l'est dans l'trou ! Amy ! Elles sont où, mes pantoufles ? »

La fillette eut alors un nouveau sanglot douloureux et Josh serra les dents pour réprimer un cri de rage. Une si gentille gamine, se dit-il. Et qui allait mourir, comme eux tous. Ils étaient déjà dans leurs tombes. Déjà allongés, à attendre.

Il avait l'impression d'être cloué au sol par un adversaire qu'il n'avait pas prévu de combattre. Il pouvait presque entendre la main de l'arbitre marteler le tapis : *Un... deux...*

Josh bougea les épaules. Non, non, pas *trois*, pas encore. Bientôt, mais pas encore.

Et il sombra dans un sommeil torturé, hanté par les échos de la douleur de Swan.

---

1. Petit rongeur d'Amérique du Nord vivant dans un terrier.

LA FISSURE DANS LA PAROI

« Discipline et contrôle ! aboya le Soldat Fantôme, d'une voix qui claquait comme une ceinture sur les jambes d'un petit garçon. C'est ça qui fait un homme. Souviens-toi... »

Le colonel James Macklin était recroquevillé tel un animal apeuré au fond de ce cloaque fangeux. Seul un mince rai de lumière descendait, passant par les bords de la plaque de tôle ondulée qui servait de trappe à cette fosse. C'était aussi par là qu'arrivaient les mouches, des hordes de mouches qui lui bourdonnaient autour du visage avant de se jeter sur les immondices qui l'entouraient. Depuis combien de temps était-il là, il ne se le rappelait pas ; il avait l'impression que les Viets venaient une fois par jour ; si c'était vrai, cela signifiait qu'il avait déjà passé trente-neuf jours au fond de ce trou. Mais bon, peut-être qu'ils venaient deux fois par jour, auquel cas ses calculs étaient faux. Ou peut-être qu'ils sautaient une journée, ou alors deux. Ou alors qu'ils venaient trois fois dans une même journée et en sautaient deux ensuite. Ou alors...

« Discipline et contrôle. » Le Soldat Fantôme était assis en tailleur, adossé à une paroi de la fosse, à un mètre cinquante de lui environ. Il portait une tenue de camouflage et avait des peintures de guerre vert foncé et noires sur son visage blafard et flottant.

« Ressaisis-toi, soldat.

— Oui, répondit Macklin. Ressaisis-toi. » Il leva une main osseuse pour chasser les mouches.

Le boucan recommença, et Macklin, avec un gémissement bestial, se colla contre la paroi comme s'il voulait s'y encastrer. Les Viets étaient là-haut à taper comme des sourds sur la tôle avec de gros bambous et de longues matraques. Le bruit résonnait, se démultipliait, se réverbérait dans tous les sens là au fond, à tel point que Macklin dut se couvrir les oreilles ; le vacarme continua, de plus en plus fort, et le colonel sentit un hurlement monter dans sa gorge, prêt à s'échapper.

« Non, l'arrêta le Soldat Fantôme, les yeux comme des cratères lunaires. Il ne faut pas qu'ils t'entendent crier. »

Macklin ramassa une poignée de bouillasse infâme et se la fourra dans la bouche. Le Soldat Fantôme avait raison. Il avait toujours raison.

Le bruit assourdissant s'arrêta et la plaque de tôle s'écarta sur un côté. Un rayon de soleil voilé vint blesser les yeux de Macklin ; il les apercevait, là-haut, penchés au-dessus de l'immense trou, qui lui adressaient des rictus carnassiers.

« 'nel Macriin ! l'apostropha l'un d'eux. Faim, 'nel Macriin ? »

La bouche pleine d'ordures, Macklin fit oui de la tête et s'assit comme un chien réclamant un os. « Attention, l'avertit le Soldat Fantôme dans un murmure. Attention. »

« Toi faim, 'nel Macriin ?

— S'il vous plaît... », répondit Macklin, cette mixture immonde lui dégoulinant de la bouche. Et il leva vers la lumière des bras émaciés.

Quelque chose tomba dans la fange à quelques pas de lui, près du corps en décomposition d'un fantassin du nom de Ragsdale. Macklin, à quatre pattes, bondit par-dessus le cadavre et ramassa la chose : c'était une galette de riz. Il se mit à la manger, des larmes de joie au coin des yeux. En haut, les Viets riaient de bon cœur. Macklin passa nonchalamment par-dessus les restes d'un capitaine de l'Air Force surnommé « Mississippi » par ses camarades en raison de son fort accent du Sud ; à présent, ce n'était plus qu'un paquet silencieux de tissu et d'os. Dans le coin opposé gisait un autre cadavre de soldat, un jeune gars de l'Oklahoma nommé McGee, qui pourrissait lentement. Macklin alla s'accroupir près de lui et continua de mâcher le riz, sanglotant presque de plaisir.

« Hé, 'nel Macriin ! Toi dégoûtant ! La douche ! »

Macklin se mit à geindre et se protégea la tête avec ses bras, car il savait ce qui allait arriver.

Un des Viets déversa alors un seau d'excréments humains, et l'épais liquide atterrit en plein sur la tête de Macklin, ruisselant dans son dos et sur ses épaules. Ses geôliers se tenaient les côtes de rire, mais le colonel resta concentré sur sa galette de riz. Elle avait été un peu souillée au passage, mais il se contenta de l'essuyer sur les lambeaux de son blouson d'aviateur.

« Voilà ! lui cria le Viet qui avait versé le contenu du seau. Tout probre maintenant ! »

Les mouches se battaient pour s'approcher de la tête de Macklin. Il avait bien mangé aujourd'hui, se dit-il. Ça allait le conserver en vie encore un peu, et pendant qu'il mâchait, le Soldat Fantôme lui répétait : « Oui, c'est ça. Mange jusqu'à la dernière miette. »

« Rester probre maintenant ! », cria le Viet, et la plaque de tôle fut remise en place, plongeant à nouveau la fosse dans l'obscurité.

« Discipline et contrôle... murmura le Soldat Fantôme, qui s'était glissé près de lui. C'est ça qui fait un homme.

— Oui monsieur ! », répondit Macklin, et dans le noir, le Soldat Fantôme darda sur lui un regard brûlant comme le napalm.

« Colonel ! »

Une voix lointaine le ramena soudain à la réalité. Cette voix, c'était difficile de se concentrer dessus, tant la douleur avait envahi ses os. Quelque chose de très lourd pesait sur lui, si lourd que sa colonne vertébrale menaçait de rompre. Un sac de patates, se dit-il. Non. Non, bien plus lourd que ça.

« Colonel Macklin ! », persistait la voix.

Va-t'en, priait Macklin. Par pitié, va-t'en. Il essaya de lever la main droite afin de chasser les mouches de son visage, mais un élancement soudain, atroce, insupportable, remonta son bras jusqu'à l'épaule ; il poussa un grognement, la douleur traversant son épine dorsale.

« Colonel ! C'est Ted Warner ! Vous m'entendez ? »

Warner. Teddybear Warner.

« Oui... », répondit Macklin. Au supplice, il sentait sa cage thoracique comme déchirée. Il savait qu'il n'avait pas parlé assez fort, donc il réessaya. « Oui. Je vous entends.

— Dieu merci ! J'ai une lampe torche, mon colonel ! »

Un rai lumineux vint s'insinuer entre les paupières de Macklin, qui s'ouvrirent lentement.

La lampe était à environ trois mètres au-dessus de sa tête et fouillait autour de lui. Malgré la masse de poussière en suspension et de fumée, qui se dissipait lentement, Macklin se rendit compte qu'il était tombé au fond d'une sorte de puits. Il faillit s'évanouir en tournant doucement la tête et vit que l'espace était à peine assez large pour pouvoir y passer ; comment il avait pu se trouver comprimé là-dedans, il n'en avait pas la moindre idée. Ses jambes étaient étroitement pliées sous lui et son dos écrasé sous le poids, non pas d'un sac de patates, mais d'un corps. Mort, mais impossible de dire de qui il s'agissait.

Le puits, au-dessus de lui, était envahi de câbles et de tuyaux. Il tenta bien de pousser ce poids macabre vers le haut pour donner un peu d'espace à ses jambes, mais la douleur atroce foudroya à nouveau sa main droite. Il tourna lentement la tête de l'autre côté, et grâce au faisceau de la lampe qui lui parvenait d'en haut, il se rendit compte qu'il avait un problème.

Sa main droite avait disparu dans une fissure de la paroi. Cette fissure faisait deux ou trois centimètres de large, et des rigoles de sang luisaient sur la roche.

Ma main, pensa-t-il, l'esprit paralysé. L'image des doigts de Becker en train d'exploser lui revint en mémoire. Il comprit que sa main avait dû passer dans cette faille quand il était tombé, et que la roche avait à nouveau bougé...

Il ne sentait rien, sinon comme un bracelet métallique qui lui enserrait le poignet. La main et les doigts, en revanche, étaient morts. Va falloir que je devienne gaucher, se dit-il. Il ressentit alors un choc qui l'assomma presque : Mon doigt, celui qui presse la détente ! Mort !

« J'ai le caporal Prados avec moi, mon colonel ! Il a la jambe cassée, mais il est conscient. Les autres sont encore plus amochés... ou morts.

— Et vous, alors ? s'enquit Macklin.

— J'ai le dos en vrac, répondit Warner, dont la voix semblait essoufflée. J'ai l'impression que j'me fendrais en deux si y avait pas mes couilles pour faire tenir le tout. Je crache un peu de sang, aussi.

— Reste quelqu'un pour un rapport sur les dégâts ?

— L'intercom est mort. Y a de la fumée qui sort des bouches d'aération. J'entends des gens qui gueulent quelque part, donc ça veut dire qu'y en a qui s'en sont tirés. Bon sang, mon colonel ! C'est toute la montagne qui a dû bouger !

— Faut que je sorte de là, implora Macklin. Mon bras est coincé, Teddy. »

Rien que de penser à sa main mutilée, l'élancement revint, fulgurant. Il lui fallut serrer les dents et attendre que ça passe. « Vous pouvez m'aider à remonter ?

— Mais comment ? Je peux pas vous atteindre, et si vous me dites que vous avez le bras coincé...

— J'ai la main écrasée », répondit Macklin, d'une voix calme ; il se sentait comme dans un rêve où tout flotterait, irréel, autour de lui.

« Trouvez-moi un couteau. Le plus tranchant possible.

— Quoi ? Un couteau ? Pour quoi faire ?

— Faites ce que je vous dis, c'est tout, répliqua Macklin, la bouche déformée. Ensuite, vous m'allumez un feu là-haut et vous me faites brûler un bout de bois pour faire un brandon. » C'était bizarre, la façon dont il se sentait dissocié de ce qu'il disait, comme si tout ça concernait la chair d'un autre. « Chauffé au rouge, le brandon, Teddy. Assez chaud pour cautériser un moignon.

— Un... moignon ? » Warner s'interrompit. Il comprenait, maintenant. « Sûrement qu'on peut vous tirer de là d'une autre...

— Y a pas d'autre façon. » Pour sortir de ce puits, il allait falloir qu'il y laisse sa main. Une livre de chair, en quelque sorte, pensa-t-il. « Vous avez bien compris ?

— Oui, mon colonel », répondit Warner, toujours obéissant.

Macklin détourna son visage de la lumière.

Là-haut, Warner s'éloigna en rampant du trou qui s'était ouvert dans la salle de contrôle. La pièce entière s'était inclinée d'environ trente degrés, si bien qu'il était obligé de progresser à plat ventre, en descendant légèrement et en passant par-dessus des débris de matériel, de pierres tombées du plafond et de cadavres. Le faisceau de sa torche éclaira le caporal Prados, assis contre un mur fissuré et bizarrement incliné ; l'homme était défiguré, et un os humide dépassait de sa cuisse. Poursuivant son chemin, Warner s'engagea dans le couloir, ou ce qui en restait. D'autres crevasses s'étaient ouvertes au plafond et aux murs, et de l'eau cascadait sur le capharnaüm de pierres et de tuyauteries. Il entendait toujours hurler dans le lointain. Il allait falloir qu'il trouve quelqu'un pour l'aider à libérer le colonel Macklin, car sans l'autorité de ce dernier, ils étaient fichus. Et avec son dos bousillé, pas moyen de descendre lui-même dans ce trou. Non, il allait devoir trouver quelqu'un d'autre, quelqu'un d'assez petit pour y aller, mais en même temps d'assez solide pour faire le boulot. Dieu seul savait ce qu'il allait trouver en remontant jusqu'au Niveau Un.

Le colonel comptait sur lui, et pas question qu'il le laisse tomber.

Lentement, dans la douleur, il progressait sur les débris, rampant en direction des cris.

LA HACHE SACRÉE

Roland Croninger était recroquevillé dans les ruines de la Maison Terre sur ce qui restait du sol de la cafétéria, et par-dessus les cris et les gémissements qui lui parvenaient, une voix intérieure lui répétait, sévère : Un chevalier... Un chevalier... Un chevalier ne pleure jamais...

L'endroit était obscur, à part lorsque de temps en temps des langues de feu s'élevaient là où avait été la cuisine, à la lueur vacillante desquelles on pouvait entrevoir des rochers, des chaises et des tables cassées et des corps broyés. Çà et là, on apercevait une silhouette à la démarche chancelante qui errait dans la pénombre tel un damné dans les cavernes de l'Enfer, et des corps qui tressaillaient encore sous les énormes pierres qui avaient traversé le plafond.

Tout avait commencé par une secousse qui avait fait tomber les gens de leur chaise ; les lumières s'étaient éteintes, mais les projecteurs de secours avaient immédiatement pris le relais et Roland s'était retrouvé par terre, ses céréales répandues sur sa chemise. Ses parents avaient aussi été projetés près de lui, tout comme la quarantaine d'autres résidents qui se trouvaient attablés ; quelques-uns geignaient déjà en réclamant de l'aide, mais la plupart étaient trop choqués pour ouvrir la bouche. Sa mère l'avait regardé, cheveux et visage dégoulinant de jus d'orange, avant de déclarer : « Bon, c'est décidé : l'année prochaine, on va à la plage. »

Roland avait éclaté de rire, ainsi que son père ; et puis sa mère aussi s'y était mise, et l'espace d'un instant, ils avaient été réunis dans cette hilarité. Phil avait à peine eu le temps de surenchérir : « Ah, ben heureusement que c'est pas moi qui l'assure, cet établissement ! Faudrait que je m'retourne contre moi-même... »

Il n'avait pas pu terminer sa phrase, noyée dans un monstrueux grondement de roche qui se fracture, et le sol s'était soulevé dans tous les sens, s'inclinant à des angles déments, avec une telle violence que Roland avait été éjecté sur d'autres personnes. Une véritable avalanche de dalles et de pierres s'était abattue sur eux, et il avait reçu quelque chose sur la tête qui lui avait fait très mal. Et maintenant, assis là, les genoux remontés jusqu'au menton, il leva la main pour toucher son front sous ses cheveux et sentit du sang gluant. Il avait aussi la lèvre inférieure fendue, et il avait l'impression d'être meurtri à l'intérieur, comme si son corps avait été un élastique brusquement relâché après avoir été étiré. Il ne savait ni combien de temps avait duré ce séisme, ni comment il s'était retrouvé pelotonné là tel un bébé, ni où pouvaient bien se trouver ses parents. Il avait les larmes aux yeux, mais un chevalier, ça ne pleure jamais, se répéta-t-il encore ; c'était dans le manuel du *Chevalier du roi*, une des règles qu'il avait écrites lui-même pour définir la conduite que doit adopter un guerrier : un chevalier, ça ne pleure jamais... ça se venge.

Il avait gardé quelque chose dans son poing fermé : il vit que c'étaient ses lunettes, le verre gauche était rayé et le droit avait sauté. Il avait le vague souvenir de les avoir enlevées quand il était tombé de la table, pour nettoyer le lait qui les avait aspergées. Il les mit sur son nez et essaya de se relever, mais il lui fallut un moment pour que ses jambes répondent. Quand il réussit enfin à se redresser, il se cogna la tête au plafond, affaissé et déformé. Celui-ci faisait quand même plus de deux mètres de haut avant les premières secousses se rappelait-il. Mais là, il était contraint de rester accroupi pour éviter les câbles qui pendouillaient, sans parler des fers à béton qui avaient cassé net.

« Maman ! Papa ! », se mit-il à crier, mais aucune réponse ne lui parvint par-dessus les cris des blessés. Roland commença à explorer les décombres, trébuchant souvent, sans cesser d'appeler ses parents, et marcha alors sur quelque chose qui fit un bruit d'éponge mouillée. Il baissa les yeux et vit ce qui ressemblait à une immense étoile de mer coincée entre deux dalles de pierre ; ce corps ne ressemblait à rien d'humain, même de loin, sauf qu'il portait les lambeaux d'une chemise pleine de sang.

Roland enjamba d'autres corps. Des cadavres, il en avait vu seulement sur les images illustrant les magazines de mercenaires de son père, mais ceux-là, c'était différent. Ceux-là, ils étaient si mutilés qu'on ne distinguait ni leur visage ni même leur sexe, si ce n'était à leurs vêtements déchirés. Aucun d'eux n'était son père ou sa mère, décida Roland ; non, ses parents étaient vivants quelque part. Il le savait, et il continua à les chercher. Plus loin, il faillit tomber dans une large crevasse irrégulière qui avait coupé en deux la cafétéria ; il y jeta un coup d'œil mais sans réussir à en apercevoir le fond.

« Maman ! Papa ! », cria-t-il en direction de l'autre côté de la salle, mais toujours pas de réponse.

Il resta planté au bord de la faille béante, tremblant de tous ses membres. Une partie de lui-même était paralysée de peur, mais une autre, plus profonde, semblait s'endurcir, remonter à la surface, frissonnant mais d'une excitation glacée, pure, un sentiment qui ne ressemblait à rien de ce qu'il avait pu éprouver jusque-là. Entouré par la mort, il sentait battre la vie dans ses veines avec une force qui lui faisait tourner la tête comme s'il avait bu.

Je suis vivant, se disait-il. Vivant.

Et d'un seul coup, le paysage de ruines de la cafétéria sembla se métamorphoser comme dans un fondu enchaîné : voilà Roland debout au beau milieu d'un champ de bataille jonché de cadavres, et dans le lointain les flammes d'un incendie ravageant la forteresse ennemie. Armé d'un bouclier déformé par les coups et d'une épée ensanglantée, le choc de la bataille menaçant de lui faire perdre la raison, il est toujours debout, toujours vivant après l'holocauste. Il a mené une légion d'hommes au combat, et à présent il est seul, dernier survivant des chevaliers du roi. À ses pieds, l'un des guerriers blessés lui saisit la cheville. « S'il vous plaît, articula la bouche pleine de sang d'une voix rauque. S'il vous plaît, aidez-moi... »

Roland sursauta, clignant des paupières. Il baissa les yeux pour apercevoir une femme entre deux âges, dont le bas du corps était coincé sous une épaisse dalle de pierre. « S'il vous plaît, implorait-elle, aidez-moi. Mes jambes... oh... mes jambes... »

Que fait donc une femme sur un champ de bataille ? se dit Roland. Pas normal... Mais brusquement, il regarda autour de lui et se rappela où il était ; il dégagea sa cheville et s'éloigna du bord de la crevasse.

Il continua à chercher ses parents, en vain. Peut-être étaient-ils ensevelis, réalisa-t-il soudain, ou alors tombés dans les ténèbres au fond de cette faille. Peut-être même était-il passé près de leurs corps sans les reconnaître.

« Maman ! Papa ! hurla-t-il. Vous êtes où ?! » Aucune réponse, seulement quelqu'un qui sanglotait quelque part et les lamentations des mourants.

Une lueur éclatante perça la fumée et trouva son visage.

« Toi, chuchota quelqu'un, la souffrance palpable dans la voix. Comment tu t'appelles ?

— Roland », répondit-il. C'était quoi, son nom de famille, déjà ? Pendant quelques secondes, il ne lui revint pas. Puis : « Roland Croninger.

— J'ai besoin de ton aide, Roland, reprit l'homme à la torche. Tu peux marcher ? »

Roland fit oui de la tête.

« Y a le colonel Macklin qui est coincé là-dessous, dans la salle de contrôle. Enfin, corrigea Teddybear Warner, ce qui en reste. » L'homme était tordu, courbé comme un bossu. Il s'appuyait sur un morceau de ferraille. Plusieurs couloirs étaient totalement bloqués par des éboulis, d'autres avaient pris des angles impossibles ou étaient parsemés de crevasses. La Maison Terre résonnait de cris et de prières, et certains des murs étaient couverts du sang de ceux que les ondes de choc avaient projetés. Il n'avait réussi à trouver qu'une demi-douzaine de civils à peu près valides dans les décombres, parmi lesquels seuls deux, un vieil homme et une petite fille, n'étaient pas trop ébranlés ; mais le vieil homme avait un poignet cassé d'où les os ressortaient, et la petite fille refusait de quitter la zone où avait disparu son père. Alors, Warner avait poursuivi son chemin jusqu'à la cafétéria, à la recherche d'un auxiliaire, et parce qu'il pensait y trouver des couteaux.

À présent, il braquait le faisceau de sa lampe sur le visage de Roland. L'adolescent avait des coupures au front et il était manifestement en état de choc, mais ne semblait pas avoir de blessures graves. À part le sang, son visage était livide et couvert de poussière et sa chemise bleu foncé, déchirée, révélait d'autres entailles sur sa poitrine maigre et pâle. Bon, se dit Warner, pas bien vigoureux, mais il faudra faire avec.

« Ils sont où, tes parents ? », interrogea Warner.

Roland secoua la tête.

« Bon, écoute-moi bien : on s'est pris une bombe atomique. C'est tout le pays qui s'en est pris, d'ailleurs. Je sais pas combien y a de morts ici, mais nous on est vivants, et le colonel aussi. Sauf que pour *rester* vivants, faut qu'on remette les choses en route maintenant, et pour ça faut qu'on aille aider au colonel. Tu comprends c'que j'te dis ?

— Oui, je crois », répondit Roland. Bombes atomiques, songeait-il. Bombes atomiques... bombes atomiques... atomiques. Ses sens chaviraient ; dans quelques minutes, il allait se réveiller dans son lit, en Arizona.

« Ok, alors tu vas venir avec moi, Roland. On va aller dans la cuisine, et là on va se trouver quelque chose de bien tranchant, un couteau de boucher, un hachoir, n'importe quoi. Et ensuite, on retournera à la salle de contrôle. » Si je peux retrouver le chemin, pensa Warner, sans oser le dire à voix haute.

« Mon père et ma mère, risqua timidement Roland. Ils sont ici... quelque part.

— Ils vont pas se sauver. Là, tout de suite, c'est le colonel Macklin qui a besoin de toi. Compris ? »

Roland fit oui de la tête. Chevalier ! pensa-t-il. Le roi était prisonnier et avait besoin de son aide ! Ses parents avaient disparu, balayés par le cataclysme, et la forteresse du roi avait reçu le feu divin. Mais moi, je suis vivant, se dit Roland.

Il plissa les yeux dans le faisceau cru de la lampe.

« Je suis un soldat, maintenant ? demanda-t-il à l'homme.

— Bien sûr. Allez, maintenant tu restes près de moi, on va essayer de trouver un moyen d'entrer dans cette cuisine. »

Warner se déplaçait lentement, faisant porter son poids sur la lame en fer. Ils réussirent à pénétrer dans la cuisine, où des feux bien vifs brûlaient encore çà et là. Warner comprit que ce qui brûlait, c'était ce qui restait des provisions : des dizaines de boîtes de conserve avaient explosé et les murs étaient couverts d'une bouillie carbonisée. Tout était fichu, lait en poudre, œufs, bacon, jambon, tout. Mais Warner savait qu'il y avait encore la réserve d'urgence, et il sentit ses boyaux se contracter à l'idée de rester coincé là, dans le noir, sans eau ni nourriture.

Les ustensiles étaient éparpillés partout, projetés hors des placards sous l'effet du choc. Du bout de sa canne improvisée, Warner dégagea un hachoir à viande à la lame dentée.

« Tiens, prends ça », fit-il au garçon, qui le ramassa.

Ils quittèrent les lieux, Warner guidant Roland vers les ruines de la Grand-Place. La salle de jeux brûlait encore, emplissant l'air d'une épaisse fumée.

« Ici », lança Warner en éclairant l'infirmerie de sa torche.

Ils y trouvèrent la plupart du matériel médical écrasé et inutilisable ; mais Warner continua à chercher et finit par mettre la main sur une boîte de garrots et un flacon d'alcool médical. Il ordonna à Roland de prendre l'un des garrots ainsi que le flacon, puis se mit à fouiller dans ce qui restait de l'armoire à pharmacie. Comprimés et autres gélules craquaient sous leurs pieds. Le faisceau de la lampe de Warner tomba soudain sur le visage sans vie de l'une des infirmières, écrasée par un rocher de la taille d'une enclume. Aucun signe du docteur Lang, le médecin permanent de la Maison Terre. Du bout de son morceau de ferraille, Warner dégagea des flacons encore intacts de Demerol et de Perdocan, qu'il fit signe à Roland de ramasser ; Warner les fourra dans ses poches pour les ramener au colonel.

« T'es toujours avec moi ? interrogea Warner.

— Oui, monsieur. » J'vais me réveiller dans pas longtemps, se disait Roland. On sera samedi matin, je vais me lever et allumer mon ordi.

« Bon, on a un bon bout de chemin à faire, et il faudra qu'on rampe à certains endroits. Mais tu restes à mes côtés, compris ? »

Roland le suivit et tous deux sortirent de l'infirmerie ; il avait envie de retourner chercher ses parents, mais il savait que le roi avait besoin de lui. Il était chevalier, et c'était un immense honneur d'être ainsi appelé à la rescousse. Cette partie de lui-même qui prenait force et assurance, contemplait les cadavres révélés par la torche, et savait que les faibles devaient mourir pour que les forts survivent.

Ils prirent une enfilade de couloirs, enjambant des corps et faisant abstraction des cris des blessés.

Impossible pour Roland de dire combien de temps ils marchèrent. Il avait regardé sa montre à la lueur d'un tas de débris en feu, mais le verre était cassé et les aiguilles s'étaient arrêtées sur 10 h 36. Warner, à plat ventre, grimpa sur un pan de sol en pente pour arriver au bord d'un trou, dans lequel il plongea le faisceau lumineux. « Mon colonel ! cria-t-il. J'ai amené de l'aide ! On va vous sortir de là ! »

Trois mètres plus bas, Macklin remua faiblement, levant son visage ruisselant de sueur. « Grouillez-vous », répondit-il d'une voix enrouée, avant de refermer les yeux.

Roland rampa à son tour jusqu'au bord du trou. Il distingua deux corps, l'un sur l'autre, coincés dans un espace de la taille d'un cercueil. Celui du dessous respirait, et sa main semblait disparaître dans une fissure de la paroi. Roland comprit subitement pourquoi ils avaient rapporté ce hachoir ; il baissa les yeux vers l'arme, aperçut le reflet de son visage sur la lame, mais il était déformé, loin du souvenir qu'il en avait. Les yeux étaient hagards et brillants, le front portait une espèce d'étoile de sang séché. Couvert d'hématomes et gonflé comme un crapaud-buffle, ce visage-là était encore plus moche que le jour où Mike Armbruster lui avait cassé la gueule après qu'il avait refusé de le laisser copier pendant un contrôle de chimie.

« P'tit pédé ! P'tit pédé à quat'zieux ! », avait répété Armbruster, au comble de la rage. Ceux qui avaient formé un cercle autour d'eux avaient lancé d'autres insultes, hilares, alors que Roland avait tenté de s'échapper, se faisant renvoyer à terre à coups de poing, encore et encore. Il avait fini par rester recroquevillé au sol à sangloter, et Armbruster s'était penché sur lui pour lui cracher au visage.

« Tu sais faire un garrot ? », lui demanda le bossu son bandeau sur l'œil. Roland fit non de la tête. « Bon, descends et je te donne les instructions au fur et à mesure. »

Dirigeant sa lampe autour de lui, il aperçut un tas de choses utilisables pour faire un feu : des morceaux de bureau, des chaises, les vêtements des cadavres. Ils pourraient l'allumer avec les débris déjà enflammés qu'ils avaient vus dans le couloir, de toute façon, Warner avait toujours son briquet dans sa poche.

« Tu sais c'que t'as à faire ?

— Heu... je... je crois, répondit Roland.

— Bon, alors maintenant écoute-moi bien. Moi, je peux pas passer dans ce trou. Toi, si. Tu vas descendre, lui poser ce garrot autour du bras, serrer autant que tu peux, et là j't'enverrai l'alcool. Tu lui en verseras partout sur le poignet. À partir de là, c'est quand tu veux. Le poignet est probablement fracassé, donc ça devrait pas être trop dur de trancher les os avec ce hachoir. Écoute-moi bien, Roland ! Pas question que tu passes cinq minutes à scier dans tous les sens ! Un grand coup bien net, le plus fort possible, et une fois que t'as commencé, t'avise pas d'arrêter avant d'avoir fini. T'as compris ?

— Oui, monsieur ! », répondit Roland, qui se répétait encore et encore : Réveille-toi ! Faut que tu t'réveilles !

« Si t'as bien posé le garrot, t'auras le temps de cautériser avant que ça commence à saigner. T'auras de quoi brûler ce moignon, et t'as intérêt à bien y mettre le feu, d'accord ? Sinon, il va se vider de son sang. Vu comme il est coincé là-dedans, il pourra pas beaucoup se débattre, et de toute façon, il sait ce qu'il y a à faire. Regarde-moi bien, Roland. »

Ce dernier fixa la torche.

« Si tu fais c'que toi t'as à faire, le colonel Macklin vivra. Si tu déconnes, il mourra. C'est aussi simple que ça. Pigé ? »

Roland fit signe que oui. La tête lui tournait, mais son cœur battait à tout rompre. Le roi est prisonnier, se dit-il. Et de tous les chevaliers, je suis le seul à pouvoir le libérer ! Mais non, non... Ce n'était pas un jeu, là ! C'était la vraie vie, son père et sa mère gisaient quelque part là-haut et la Maison Terre avait été frappée par une bombe atomique, tout le pays l'avait été, tout était détruit...

Il porta la main à son front ensanglanté et pressa jusqu'à chasser les mauvaises pensées. Chevalier ! Sire Roland est mon nom ! Et maintenant, il allait devoir descendre dans la plus profonde, la plus obscure des oubliettes pour sauver son roi, armé du fer et du feu.

Teddybear Warner s'éloigna en rampant pour aller allumer un feu, et Roland le suivit tel un automate. Ils empilèrent les objets repérés par Warner, et les enflammèrent à l'aide de quelques bouts de câble qui brûlaient encore dans le hall. Teddybear, avec des gestes lents et douloureux, rajouta quelques dalles d'isolant tombées du plafond et arrosa le tout d'un peu d'alcool. D'abord, il n'y eut qu'une épaisse fumée, mais bientôt la lueur rouge se fit plus vive.

Le caporal Prados, toujours adossé au mur opposé, les regardait travailler. Il avait le visage humide de sueur et tenait des propos aussi incohérents que fiévreux, mais Warner n'y prêtait pas attention. Bientôt les morceaux de bureau et les chaises furent carbonisés, la fumée âcre s'échappant par les nombreuses lézardes du plafond. Warner, à grand-peine, s'approcha du foyer et se saisit du pied d'une des chaises ; l'autre bout était incandescent, et le bois avait pris une couleur de cendre. Il le replongea dans les flammes et se tourna vers Roland.

« Bon, annonça-t-il, allez, on y va. »

En grimaçant sous la douleur qui lui tordait le dos, Warner saisit la main de l'adolescent et l'aida à descendre dans l'ouverture. Roland mit un pied sur le cadavre. Warner garda sa lumière braquée sur le bras prisonnier de Macklin et guida de la voix le garçon pour qu'il pose le garrot au-dessus du poignet du colonel. Roland, contraint de se tenir perché sur le cadavre dans une position aussi inconfortable qu'acrobatique pour pouvoir atteindre le bras blessé, vit que le poignet était tout noir. Macklin essaya alors de lever la tête, sans y parvenir.

« Plus serré... réussit-il à articuler. Fais des vrais nœuds, putain... »

Il fallut quatre essais à Roland pour serrer assez. Warner lui fit descendre l'alcool et il en aspergea généreusement le poignet noirci. Macklin attrapa le flacon de sa main libre et réussit enfin à tordre le cou pour regarder Roland.

« Comment tu t'appelles ?

— Roland Croninger, monsieur. »

À la voix et au poids, Macklin avait discerné la jeunesse, mais pas ses traits. Il perçut du coin de l'œil un reflet métallique, et il se contorsionna encore pour apercevoir le hachoir que le garçon tenait dans les mains.

« Roland... lui murmura-t-il, toi et moi, on va apprendre à bien se connaître dans les deux minutes qui viennent. Teddy ! Il est où, le feu ? »

La lumière disparut une minute, et Roland se retrouva dans le noir avec le colonel.

« Sale journée, continua Macklin. La pire que j'aie jamais vécue, et toi ?

— Moi aussi, monsieur », répondit-il d'une voix tremblante.

La lumière revint. Warner brandissait le pied de la chaise enflammé comme une torche.

« Je l'ai, colonel ! Bon, Roland, je te passe ce truc. T'es prêt ? »

Roland l'attrapa et se pencha à nouveau sur le colonel Macklin. Ce dernier, les yeux vitreux de douleur, aperçut le visage du garçon à la lueur vacillante et se dit qu'il l'avait déjà vu quelque part.

« Ils sont où, tes parents, petit ?

— Je sais pas. Je les ai perdus. »

Macklin jeta un regard oblique à l'extrémité incandescente et se mit à prier qu'il soit assez chaud pour l'usage qui allait en être fait.

« Tu vas y arriver, le rassura-t-il, je ferai tout pour ça. »

Il observa alors la lame. Roland était accroupi de façon précaire, plus ou moins à cheval sur le cadavre, et regardait fixement le poignet du colonel là où il entrait dans le mur.

« Bon, décida Macklin, c'est le moment, maintenant. Allez, Roland, on y va avant qu'y en ait un qui s'dégonfle. Moi, j'vais essayer de m'accrocher tant que je peux. T'es prêt ?

— Oui, il est prêt ! », lança Warner depuis le haut du trou.

Macklin eut un rictus sinistre, et une grosse goutte de sueur lui dégoulina sur l'arête du nez.

« Allez, Roland, au premier coup, tu tapes comme un bœuf », l'encouragea-t-il.

Roland agrippa la lampe de la main gauche et leva la droite, qui tenait le hachoir, au-dessus de sa tête. Il savait exactement où frapper : à l'endroit où la peau noire disparaissait dans la fissure. Fais-le ! s'ordonna-t-il. Fais-le maintenant ! Il entendit Macklin prendre une grande inspiration. Les doigts de Roland se crispèrent sur le manche. Fais-le maintenant ! Il sentit son bras durcir comme une barre d'acier. Fais-le maintenant !

Il prit alors une grande inspiration, lui aussi, et abattit la lame de toutes ses forces sur le poignet du colonel Macklin.

Il entendit le craquement des os. Macklin sursauta, mais n'émit aucun bruit. Roland pensait avoir tranché net la main, mais s'aperçut avec horreur qu'elle n'avait pénétré que de deux ou trois centimètres l'épais poignet de l'homme.

« Finis-en !! », cria Warner.

Roland retira le hachoir.

Les yeux de Macklin, dans ses orbites violettes, se refermèrent doucement avant de se rouvrir d'un seul coup. « Finis-en », chuchota-t-il.

Roland leva le bras et l'abattit à nouveau. Là encore, le poignet ne se détachait pas. Alors il frappa une troisième fois, puis une quatrième, de plus en plus fort. Il entendait le bossu borgne lui hurler de se grouiller, mais Macklin demeurait silencieux. Roland dégagea la lame et frappa une cinquième fois. Il y avait beaucoup de sang à présent, mais les tendons tenaient encore. Roland commença à les scier ; le visage de

Macklin était devenu cireux, ses lèvres aussi grises que la terre d'un cimetière.

Il fallait absolument en finir avant que le sang ne se mette à jaillir comme d'une lance d'incendie. Si ça arrivait, Roland savait que le roi mourrait. Il leva à nouveau le hachoir au-dessus de sa tête, l'épaule douloureuse, et soudain, ce n'était plus un hachoir à viande qu'il brandissait, il s'agissait d'une hache sacrée, quant à lui, il était Roland, le preux chevalier élu pour délivrer le roi de cette oubliette étouffante. Il était le seul de tout le Royaume à en être capable, et ce moment était le sien. C'est la force du bon droit qui l'habitait à présent, et en abattant à nouveau la hache sacrée dans un éclair, il s'entendit pousser un hurlement rauque, presque inhumain.

Les derniers os craquèrent. Les tendons furent broyés sous la puissance du coup. Voilà que le roi se tordait de douleur, et une chose spongieuse, aussi grotesque que sanguinolente, vint frapper le visage de Roland. Le sang aspergea ses joues et son front, manquant de l'aveugler.

« Crame-le ! », beugla Warner.

Roland appliqua la lampe sur ce truc mou et sanglant ; la chose s'écartait violemment de lui, mais il la saisit et la maintint en place, tandis que Macklin se débattait comme un dément. Il écrasa le bout incandescent sur la blessure, là où était censée être la main. L'adolescent regarda le moignon brûler avec une fascination mauvaise, alors que la blessure noircissait et se rétractait dans un sifflement de sang en combustion. Tout le corps de Macklin luttait, ses yeux étaient révulsés, mais Roland se cramponnait au bras mutilé. Il respirait le sang et la chair brûlée, aspirait goulûment cet arôme au fond de ses poumons tel un encens purificateur d'âme, et continua à griller la blessure, feu contre chair. Finalement, Macklin arrêta de se débattre et de ses lèvres monta un gémissement grave, étrange, comme celui d'une bête estropiée.

« Ok ! cria Warner depuis le rebord du trou. C'est bon ! »

Roland était comme hypnotisé par la vision de cette chair en train de fondre. La manche déchirée du blouson de Macklin était en feu, et la fumée tourbillonnait entre les parois du trou.

« Ça suffit ! cria Warner, qui voyait bien que le garçon ne voulait plus s'arrêter. Roland ! Ça suffit, bordel de Dieu ! »

Cette fois la voix de l'homme le ramena à la réalité. Roland lâcha le bras du colonel et vit que le moignon calciné était d'un noir brillant, comme recouvert d'une couche de goudron. Les flammèches sur la manche étaient en train de s'éteindre. C'est fini, réalisa Roland. Fini. Il tapa le morceau de bois contre la paroi jusqu'à ce que le feu s'éteigne, puis le laissa tomber.

« Je vais essayer de trouver une corde pour vous tirer de là, maintenant ! cria Warner. Ça va ? »

Roland n'eut pas envie de répondre. Là-haut, la lampe s'éloigna et il se retrouva dans l'obscurité. Il entendait la respiration haletante du colonel, et recula sur le cadavre coincé entre eux pour aller s'adosser à la paroi ; puis il remonta les jambes et étreignit la hache sacrée, la tenant tout contre lui. Son visage souillé de sang arborait un large sourire mais ses yeux étaient écarquillés de stupeur.

Le colonel gémissait, marmonnant quelque chose que Roland n'arrivait pas à distinguer. Et puis, il répéta, d'une voix crispée par la douleur : « Ressaisis-toi. » Une pause, et puis, à nouveau : « Ressaisis-toi... ressaisis-toi, soldat... » La voix était celle de quelqu'un qui délirait ; elle enflait, puis retombait en un chuchotement. « Ressaisis-toi... oui, monsieur... complètement... oui, monsieur... oui, monsieur... » Elle commençait à ressembler à celle d'un gamin craignant d'être fouetté. « Oui, monsieur... s'il vous plaît... oui, monsieur... oui, monsieur... » Cela prit fin sur un son entre le gémissement et le sanglot.

Roland avait écouté attentivement. Ce n'était pas là l'inflexion d'un héros de guerre triomphant ; non, c'était davantage la supplique d'un pleutre, et il se demanda ce qui pouvait bien se tapir au fond de cet esprit. Un roi, ça n'implore pas, se dit-il. Pas même dans ses pires cauchemars. C'était dangereux de montrer de la faiblesse.

Plus tard, même si Roland n'aurait su dire combien de temps s'était écoulé, il sentit quelque chose tapoter son genou. Il chercha à tâtons dans le noir et sentit un bras. Macklin avait repris conscience.

« Je te dois une fière chandelle », lui lança le colonel, ayant retrouvé les accents du guerrier endurci.

Roland ne répondit pas, mais il avait compris que, s'il voulait survivre à l'inconnu qui se profilait à présent, il allait avoir besoin de protection. Ses parents étaient peut-être morts, probablement morts, et leurs corps perdus à jamais. Il lui faudrait un bouclier pour s'abriter des dangers que réservait l'avenir, pas seulement à l'intérieur de la Maison Terre, mais au-dehors, enfin, si jamais ils revoyaient le dehors. À compter de ce jour, il avait la ferme intention de rester le plus près possible du roi ; c'était sans aucun doute le seul moyen de sortir vivant de ces oubliettes.

Et en tout cas, il avait envie de vivre, ne serait-ce que pour voir ce qui restait du monde. À chaque jour suffit sa peine, songeait-il, et s'il survivait à ce premier jour, il pourrait survivre au deuxième, puis au troisième.

La partie en cours est finie, se dit-il. C'est une nouvelle qui va commencer ! Et ça pourrait bien être la plus fabuleuse partie qu'il eût jamais entreprise, parce que celle-là, ça serait pour de vrai.

Roland, berçant la hache sacrée contre son corps, attendait le retour du bossu et crut entendre un bruit de dés que l'on remue dans un gobelet d'os blanchi.

LE CHAMPION DU MONDE DE LA GERBE

« Ma p'tite dame, moi à votre place, j'boirais pas d'ça. »

Sister Creep sursauta au son de la voix et leva les yeux de la flaque d'eau noirâtre devant laquelle elle était accroupie.

À quelques mètres d'elle se trouvait un petit bonhomme rondouillard qui portait un manteau de vison en loques, à moitié brûlé. Dessous, il était en pyjama de soie rouge. Ses jambes maigres étaient nues, mais il avait aux pieds des chaussures noires à bouts pointus. Son visage pâle, rond comme la pleine lune, était marqué de profondes brûlures, et tous ses cheveux semblaient partis en fumée, sauf ses rouflaquettes grises et ses sourcils. Ce visage était anormalement enflé, les bajoues gonflées comme s'il retenait sa respiration, et l'on apercevait un réseau bleuâtre de vaisseaux sanguins rompus sur son grand nez. Ses yeux marron foncé, réduits à des fentes, passaient alternativement de Sister Creep à la flaque.

« C'est du poison, cette saloperie, reprit-il avec un accent bizarre. Ça va vous tuer direct. »

Sister Creep restait accroupie sans bouger, comme un animal sauvage qui protège son trou d'eau. La veille, elle s'était finalement abritée de la pluie battante dans l'épave d'un taxi où elle avait essayé de dormir au cours d'une nuit aussi angoissante qu'interminable, mais les quelques moments d'assoupissement qu'elle avait pu connaître avaient été perturbés par les visions hallucinées de cette chose au visage en train de fondre, là-bas dans le cinéma. Dès que le ciel noir s'était un peu éclairci pour prendre la teinte d'un fleuve boueux, elle avait quitté son refuge, en se forçant à ne pas regarder le cadavre sur le siège avant, pour partir à la recherche de nourriture et d'eau. La pluie s'était un peu calmée et seul un crachin glacé s'abattait à intervalles irréguliers, mais l'air était de plus en plus froid, et elle frissonnait dans ses vêtements trempés. Cette flaque sous son nez puait la cendre et le soufre, mais elle avait si soif qu'elle était sur le point d'y plonger le visage et d'ouvrir la bouche.

« Y a une canalisation percée, par là-bas, continua-t-il en indiquant une direction que Sister Creep pensa être le nord. Ça crache comme un geyser. »

Elle se redressa, éloignant son visage de l'eau contaminée. Au loin, elle entendait des roulements de tonnerre évoquant le passage d'un gigantesque train de marchandises ; pas moyen d'apercevoir le soleil derrière ces nuages bas couleur de fange.

« T'as trouvé quelque chose à manger ? l'interrogea-t-elle en ouvrant avec peine ses lèvres enflées.

— Deux ou trois petits pains aux oignons, dans c'qui devait être une boulangerie, j'pense. Mais bon, c'est pas passé. Ma femme, elle dit toujours que j'suis le champion du monde de la gerbe, expliqua-t-il en posant sur sa bedaine une main couverte de cloques. J'ai des ulcères et l'estomac hypersensible. »

Sister Creep se remit debout, et constata qu'elle faisait bien sept ou huit centimètres de plus que le bonhomme. « J'ai soif, se contenta-t-elle de répondre, tu veux bien me montrer où il est, ce geyser ? »

Il leva les yeux vers le tonnerre, et puis resta figé, à regarder d'un air niais les ruines qui les entouraient.

« J'essaie de trouver un téléphone ou un policier, répondit-il. Toute la nuit, j'ai cherché. On trouve jamais ni l'un ni l'autre quand on en a besoin, hein ?

— Y a quelque chose de terrible qu'est arrivé, expliqua-t-elle. À mon avis, y a plus de téléphones ni de flics.

— Mais y faut que j'trouve un téléphone ! s'écria l'homme. Vous comprenez, ma femme va s'demander c'qui m'est arrivé ! Faut que j'l'appelle pour lui dire que... que... ça va... » Sa voix s'éteignit sur la dernière syllabe alors que son regard était tombé sur une paire de jambes qui dépassait, toute raide, d'un grand amas de métal tordu et de blocs de béton.

« Oh... », chuchota-t-il, et Sister Creep vit ses yeux se voiler comme de la buée sur une vitrine. Il est dingue, se dit-elle avant de se mettre en route direction le nord, en grimpant sur une haute crête de décombres.

Il ne fallut pas une minute avant qu'elle n'entende les halètements du petit bonhomme qui l'avait rattrapée.

« Vous voyez, reprit-il, c'est que j'suis pas d'ici, moi. J'suis de Détroit. J'ai un magasin de chaussures dans le centre commercial Eastland. J'étais là pour une convention, vous comprenez ? Si jamais ma femme entend ça à la radio, elle va s'faire un sang d'encre ! »

Pour toute réponse, Sister Creep poussa un grognement. Elle ne pensait qu'à une chose : trouver de l'eau.

« Mon nom, c'est Wisco, continua-t-il. Arthur Wisco. Artie pour les intimes. Il faut absolument que j'trouve un téléphone ! Voyez, j'ai perdu mon portefeuille, mes fringues et toutes mes affaires ! Moi et quelques copains, on était sortis tard la veille, et puis le matin où c'est arrivé, j'me suis réveillé malade, à gerber partout. Alors j'suis resté au lit, et j'ai raté mes deux premières réunions. J'avais la tête sous la couette, et puis tout d'un coup y a eu cette espèce d'éclair et ce grand *boum*, et voilà qu'mon pieu y tombe à travers le plancher ! Alors c'est tout l'hôtel qui a commencé à s'effondrer, et moi je suis passé à travers le hall et j'ai atterri au sous-sol, toujours dans mon lit. Quand j'ai réussi à m'tirer d'là, y avait plus d'hôtel, poursuivit-il avec un petit gloussement nerveux. La vache, c'est tout l'quartier qu'avait disparu !

— Y en a pas mal qu'ont disparu.

— Ouais, ouais. Et là, j'vois qu'j'ai les pieds bien entaillés de partout ; ça par exemple ! Moi, Artie Wisco, sans godasses ! Alors, il a fallu que j'en pique une paire sur un... » Sa voix s'éteignit à nouveau. Ils approchaient du haut de la crête. « Sont bien trop p'tites, ces saloperies, reprit-il. Mais bon, faut dire qu'j'ai les pieds enflés, aussi. J'vous dis, pour moi, les chaussures, c'est important ! Qu'est-ce qu'y deviendraient, les gens, sans chaussures ? Tenez, ces baskets que vous portez, là. C'est trop *cheap*, ça, elles vont pas vous durer...

— Tu vas pas la fermer ? », gronda Sister Creep en se retournant vers lui ; puis elle se remit à grimper.

Il tint environ quarante secondes.

« C'est ma femme qu'avait dit qu'y fallait pas que j'le fasse, ce voyage. Que j'allais regretter d'avoir dépensé cet argent. C'est que j'suis pas riche, moi. Mais bon, zut, c'est une fois par an, j'lui ai dit ! Une fois par an à la Grosse Pomme, c'est quand même pas...

— Espèce de taré ! hurla-t-elle. Regarde un peu autour de toi ! Il reste plus *rien* ! »

Il resta planté, les bras ballants, à la dévisager, et quand il rouvrit la bouche, on eût dit que son visage crispé était si tendu qu'il allait se déchirer.

« S'il vous plaît... murmura-t-il. S'il vous plaît, me faites pas... »

Le pauvre type, comprit-elle, il est pas loin d'avoir perdu la boule. Pas besoin de l'engueuler en plus. Elle secoua la tête. L'important, c'était d'éviter de craquer. Il ne restait plus rien, mais elle avait le choix : soit s'asseoir ici, dans les décombres, à attendre la mort, soit essayer de trouver de quoi boire.

« Désolée, s'excusa-t-elle, j'ai pas bien dormi cette nuit. »

L'homme sembla lentement revenir à la vie.

« Y commence à faire froid, observa-t-il. Regardez ! Je vois ma respiration. » Et il expira une bouffée d'air fantomatique. « Tenez, poursuivit-il en commençant à ôter son manteau de vison, vous en avez plus besoin qu'moi ! Écoutez, si jamais ma femme apprend que j'portais du vison, j'vais en entendre parler toute ma vie ! » Elle repoussa le manteau du geste, mais Artie insista : « Vous en faites pas ! Y en a plein là où j'l'ai trouvé ! » Au bout du compte, et seulement pour pouvoir se remettre en route, Sister Creep accepta d'enfiler le manteau, et passa sa main sur la fourrure brûlée.

« Ma femme, elle dit que j'suis un vrai gentleman quand j'veux, continuait Artie. Hé, qu'est-ce qu'est arrivé à vot' cou ? »

Sister Creep se toucha la gorge.

« Quelqu'un qui m'a pris un truc personnel », répondit-elle, avant de resserrer le manteau sur ses épaules pour se protéger du froid et de continuer sa marche.

Arrivée en haut de cette crête, elle eut une envie folle de

hurler : « Hé, les morts ! Pauvres pécheurs ! Regardez un peu ce que c'est, une dame ! »

Où qu'elle se tourne, s'étendait la cité dévastée. Elle entreprit de descendre l'autre versant, Artie Wisco sur les talons. Il était toujours en train de jacasser sur Détroit, les chaussures, le téléphone qu'il lui fallait trouver, mais elle le fit taire en lui ordonnant de lui montrer où se trouvait la flotte, dès qu'ils arrivèrent en bas. L'homme regarda autour de lui pendant une bonne minute comme s'il cherchait un arrêt de bus.

« Par là », finit-il par lâcher, et ils durent à nouveau progresser vaille que vaille, escaladant un monticule de murs effondrés, de voitures écrabouillées et de métal tordu. Il y avait tant de cadavres à enjamber, plus ou moins esquintés, mais Sister Creep avait cessé de tressaillir quand elle en piétinait un par accident.

Arrivés en haut, Artie pointa quelque chose du doigt : « Tenez, c'est là. » Tout en bas, dans la vallée de ruines, il y avait effectivement comme une fontaine d'eau qui montait d'une fissure dans le béton. Dans le ciel à l'est, une résille d'éclairs rouges se dessina soudain à travers les nuages, suivie d'une explosion étouffée qui résonna en écho aux quatre coins de l'horizon.

Ils descendirent, marchant sur des tas d'objets qui, deux jours plus tôt à peine, étaient des trésors de la civilisation : tableaux brûlés, encore dans leur cadre doré, téléviseurs et chaînes hi-fi à moitié fondus, morceaux épars de bols, tasses, couverts, chandeliers, boîtes à musique et autres seaux à champagne, le tout en argent ou en or massif, éclats d'objets d'art inestimables, poteries, vases antiques, statues Art Déco, sculptures africaines et cristal de Waterford.

Les éclairs apparurent brusquement à nouveau, plus proches cette fois, la lueur rougeoyante faisant étinceler d'un seul coup des milliers de joyaux disséminés dans les décombres, colliers, bracelets, bagues et broches. Elle remarqua un panneau parmi les débris, et faillit éclater de rire, mais se retint en se disant que si elle se laissait aller, elle pourrait bien ne plus pouvoir s'arrêter avant que sa tête n'éclate. Cinquième Avenue, disait le panneau.

« Voyez ? triomphait Artie, les bras chargés de manteaux de vison. J'vous l'avais bien dit, qu'y en avait plein ! » Il avait des vêtements de luxe, certes noircis, jusqu'aux genoux : grandes capes de panthère, robes longues d'hermine, vestes en peau de phoque. Il se choisit le meilleur manteau qu'il put trouver et l'enfila avec peine.

Sister Creep, de son côté, se mit à fouiller dans une pile de mallettes en cuir et de divers sacs. Elle s'en trouva un grand, muni d'une bandoulière solide, qu'elle se passa à l'épaule. À présent, elle ne se sentait plus aussi nue. Elle leva les yeux vers la façade calcinée, d'où avaient été projetés ces articles de maroquinerie, parvenant tout juste à distinguer ce qui restait de l'enseigne : *Gucci*. Elle n'avait sans doute jamais possédé de sac pareil.

Ils étaient presque arrivés au geyser quand un éclair fit rougeoyer comme des braises tout un tas de petites choses éparpillées sur le trottoir. Sister Creep s'arrêta et se baissa pour en ramasser une. Il s'agissait d'un morceau de verre de la taille de son poing ; la chaleur l'avait fait fondre en une boule difforme, au milieu de laquelle une traînée de minuscules rubis brillait d'une lueur rouge sombre dans le clair-obscur ambiant. Elle jeta un regard circulaire et vit que des morceaux du même genre jonchaient les ruines ; il y en avait partout, tous déformés par la chaleur, comme façonnés par quelque souffleur de verre dément. Il ne restait de l'immeuble devant elle qu'un bout de mur de marbre vert. Mais en scrutant les ruines à sa gauche, plissant les yeux pour percer le crépuscule, elle finit par apercevoir, sur une arche démolie, les lettres *tif any*.

Mais... Si là-bas, c'était *Tiffany*, alors elle était juste devant...

« Oh, non, murmura-t-elle, les larmes aux yeux. Oh, non... Oh, non... »

Elle était devant ce qui restait de cet endroit magique – la cristallerie *Steuben* –, et ces bouts de verre informes à ses pieds, c'était ce qui restait des magnifiques trésors sculptés. Cette vitrine où elle venait rêver devant ces beautés de cristal avait disparu, le magasin entier arraché à ses fondations, son contenu dispersé en tous sens. Ce spectacle de désolation fut pour elle aussi bouleversant que si on venait de lui claquer au nez la porte du Paradis.

Elle resta là, figée comme une statue, excepté que des larmes dégoulinaient sur ses joues pleines de cloques.

« Hé, regardez un peu ça ! », lui cria Artie. Il avait ramassé un octogone de verre déformé incrusté de diamants, de rubis et de saphirs. « Vous en avez déjà vu, des trucs comme ça ? Visez un peu, y en a partout ici ! » Il se baissa à nouveau et ramassa dans les gravats des poignées entières de verre fondu truffé de pierres précieuses. « Hé ! cria-t-il encore avec un rire évoquant le braiment d'un mulet. On est riches, ma p'tite dame ! Qu'est-ce qu'on s'achète ? » Toujours en riant, il jeta en l'air les morceaux de verre. « Tout c'que vous voudrez, ma p'tite dame ! cria-t-il. J'vous achète tout c'que vous voudrez ! »

À nouveau, un éclair zébra le ciel, et à sa lueur Sister Creep aperçut un mur entier de la cristallerie *Steuben*, encore debout, qui étincela soudain de mille et une couleurs éclatantes : rouge rubis, émeraude sombre, bleu nuit saphir, topaze brumeuse et blanc diamant. Elle s'approcha, les pierres crissant sous ses pas, étendit le bras et toucha le mur : il était constellé de joyaux, et Sister Creep comprit que toutes les créations de chez *Tiffany*, *Fortunoff* et *Cartier* avaient dû, sous le souffle de l'explosion, être projetées des bâtiments comme des shrapnels le long de la Cinquième Avenue, formant un fabuleux ouragan de pierres précieuses qui étaient allées se mêler aux sculptures de verre de l'endroit magique. Les centaines de joyaux incrustés dans le marbre roussi luisirent encore quelques secondes avant de s'éteindre comme autant de lampes multicolores.

Quel gâchis, se dit-elle. Quel affreux gâchis...

Elle recula, les yeux brûlants de larmes, et glissa sur des sortes de boules de verre. Elle tomba assise et demeura là, sans aucune volonté de se remettre debout.

« Ça va ? s'inquiéta Artie en s'approchant d'elle avec précaution. Vous vous êtes fait mal ? »

Lasse, usée, elle ne répondit pas et décida de rester dans les décombres de cet endroit merveilleux, pour éventuellement se reposer un peu.

« Vous voulez pas vous relever ? Elle est juste là-bas, l'eau.

— Laisse-moi tranquille, répondit-elle d'une voix blanche. Va-t'en.

— M'en aller ? Mais... m'en aller où, bon sang ?!

— Ça m'est égal. Je m'en fous comme tu peux pas savoir. »

Elle ramassa une poignée de cendres mêlées de particules de verre et la laissa couler entre ses doigts. À quoi bon mettre un pied devant l'autre ? Il avait raison, ce petit bonhomme. Il n'y avait nulle part où aller. Il ne restait plus rien, que des ruines.

« Aucun espoir... », murmura-t-elle en enfonçant la main dans les cendres à côté d'elle. « Aucun espoir... »

Ses doigts se refermèrent sur un morceau de verre, et elle le sortit distraitement, afin de voir en quelle pacotille biscornue ses beaux rêves avaient été transformés.

« Merde alors, c'est quoi, ça ?! », s'écria Artie.

Sister Creep tenait un anneau de verre, large d'une bonne vingtaine de centimètres. L'anneau lui-même devait faire environ cinq centimètres d'épaisseur. Il était surmonté de cinq protubérances cristallines à intervalles irréguliers ; l'une fine comme un pic à glace, une autre large comme la lame d'un couteau, une autre encore en forme de crochet, les deux dernières informes et laides. Et emprisonnées au cœur du verre, des centaines de toutes petites formes sombres, ovales et carrées, le tout parcouru d'un étrange réseau de fines lignes, comme une toile d'araignée.

« C'est d'la merde... », marmonna-t-elle, et elle allait le bazarder quand il y eut un nouvel éclair.

L'anneau projeta soudain une explosion de lumière aveuglante, à tel point qu'un instant, elle crut qu'il s'était brusquement enflammé dans sa main. Elle poussa un cri et le lâcha, alors qu'Artie criait : « Nom d'une pipe ! »

L'embrasement avait cessé.

La main de Sister Creep était toute tremblante. Elle regarda sa paume et ses doigts, pour être bien sûre qu'ils n'étaient pas brûlés. Elle n'avait senti aucune chaleur ; seulement ce flash aveuglant. Elle le voyait encore, comme une persistance, qui pulsait au fond de ses globes oculaires.

Elle avança la main vers l'objet, mais la retira brusquement avant de le toucher. Artie s'approcha encore et se pencha, en restant prudemment à quelques pas.

Sister Creep laissa ses doigts effleurer le verre, puis les retira encore une fois d'un geste réflexe. Le verre était lisse, comme du velours frais. Elle laissa à nouveau ses doigts s'attarder sur la surface, puis le prit en main et le souleva hors des cendres.

L'anneau resta sombre.

Sister Creep, le regard rivé dessus, sentit son cœur battre plus fort.

En son centre, elle aperçut une lueur écarlate.

Celle-ci se mit à croître telle une flamme, à s'étendre vers d'autres points de l'anneau, pulsant, plus forte et plus vive à chaque seconde.

Un rubis de la taille de son ongle se mit à luire d'un rouge éclatant ; un autre, plus petit, s'enflamma telle une allumette dans la nuit. Un troisième brilla comme une comète, et puis un quatrième, un cinquième, emprisonnés dans le verre, commencèrent à prendre vie. La lueur rouge pulsait, pulsait... quand Sister Creep se rendit compte que les pulsations étaient synchronisées avec les battements de son cœur.

D'autres rubis étincelèrent. Un diamant émit alors une lumière blanc-bleuté et un saphir de quatre carats s'alluma tel un éblouissant incendie de cobalt. À mesure que s'accélérait le pouls de Sister Creep, les centaines de pierres précieuses noyées à l'intérieur du cercle prenaient vie. Ici, une émeraude vert clair, là un diamant incandescent en forme de poire, comme chauffé à blanc, là encore une topaze d'un rouge sombre presque brun, et à présent les gemmes s'allumaient par douzaines ; leurs éclats se répandaient de la même façon que des cercles à la surface de l'eau, passant par les fines lignes de cette toile qui parcourait l'anneau. Les lignes étaient constituées de fils de métaux précieux – or, argent et platine – qui avaient fondu et s'étaient également noyés dans le verre, et qui s'illuminaient telles des mèches étincelantes, déclenchant de nouvelles apparitions d'émeraude, de topaze et d'améthyste violet sombre.

Désormais, l'anneau de verre tout entier luisait de mille couleurs, un vrai cercle de feu, et pourtant Sister Creep ne ressentait rien de chaud sous ses doigts. Les pulsations étaient plus rapides maintenant, au rythme de son cœur, et les stupéfiantes couleurs se firent encore plus vives.

Elle n'avait jamais vu quelque chose de comparable, jamais, pas même dans les vitrines des boutiques de la Cinquième Avenue. Il y avait, emprisonnés là-dedans, des joyaux incroyablement colorés et purs, certains de plus de cinq ou six carats sans doute, d'autres minuscules, de petits grains qui n'en émettaient pas moins une lueur féroce. Le cercle pulsait... pulsait... pulsait...

« Ma p'tite dame ? murmura Artie, ses yeux boursouflés tout brillants. Je... Je peux le tenir ? »

Elle n'avait aucune envie de s'en séparer, mais il le contemplait avec un tel émerveillement, une telle envie, qu'elle ne put le lui refuser.

Les doigts de l'homme couverts de brûlures se refermèrent sur le verre, et en quittant la main de Sister Creep, les pulsations changèrent, s'adaptant au rythme cardiaque d'Artie Wisco. Les couleurs aussi se transformèrent, de façon subtile ; les bleus foncés et les verts s'accentuèrent et l'éclat aveuglant des diamants et des rubis s'atténuèrent d'un cran. Artie le caressa, et cette sensation veloutée lui rappela la peau de sa femme quand elle était jeune et à peine mariée. Comme il l'aimait, sa femme, et comme elle lui manquait. Il avait tort, se dit-il en cet instant. Il avait bien un endroit où aller. Chez moi, pensa-t-il. Il faut que je rentre chez moi.

Au bout de quelques minutes, avec mille précautions, il rendit l'objet à Sister Creep. Les couleurs se modifièrent à nouveau, et elle resta assise à scruter les beautés de ses profondeurs.

« Chez moi », dit tout doucement Artie, et la femme leva les yeux. L'esprit du petit homme n'arrivait pas à se détacher du souvenir de la peau douce de sa femme. « Faut que j'rentre chez moi », répéta-t-il, d'une voix plus assurée. Il cligna brusquement des paupières, comme s'il venait d'être giflé, et Sister Creep aperçut des larmes dans ses yeux.

« Y a... y a plus de téléphones, hein ? reprit-il. Et plus de policiers non plus.

— Non, répondit-elle, je crois pas.

— Oh. »

Il hocha la tête, la regarda, puis se remit à contempler les pulsations de couleurs.

« Vous devriez rentrer chez vous... vous aussi », reprit-il.

Elle sourit d'un air sombre.

« J'ai pas de chez moi.

— Pourquoi vous venez pas avec moi, alors ? »

Elle se mit à rire.

« Venir avec toi ? Dis donc, mon gars, t'as pas remarqué qu'il n'y a pas beaucoup de bus ou de taxis, aujourd'hui ?

— J'ai des chaussures aux pieds. Vous aussi. J'ai encore des jambes en bon état, et vous aussi. »

Il quitta l'anneau des yeux pour contempler le spectacle de désolation autour de lui, comme s'il le voyait pour la première fois.

« Oh, mon Dieu, se lamenta-t-il. Oh, mon Dieu, pourquoi ?

— Je... je crois pas que Dieu ait grand-chose à voir avec ça, répondit Sister Creep. Je me souviens... je priais pour que vienne le Ravissement, je priais pour que vienne le Jugement dernier... mais j'ai jamais prié pour un truc comme ça. »

Artie fit un signe de tête en direction de l'anneau de verre.

« Faut pas le perdre, ce truc. C'est vous qui l'avez trouvé, alors à mon avis il est à vous. Peut-être qu'un de ces jours, ça vaudra quelque chose. C'est pas d'la gnognotte, poursuivit-il en secouant la tête d'un air de respect craintif, c'que c'est, j'en sais rien, mais en tout cas c'est pas d'la gnognotte, pour sûr. »

D'un seul mouvement, il se leva et remonta le col de son manteau de vison.

« Bon... J'espère que vous allez vous en tirer, ma p'tite dame. » Puis, après un dernier regard nostalgique à l'anneau de verre, il se retourna et se mit en route.

« Hé ! cria Sister Creep en se levant à son tour. Tu vas où, là ?

— J'vous ai dit, répondit-il sans se retourner. Faut que j'rentre chez moi.

— Mais t'es timbré ? Détroit, c'est pas la porte à côté ! »

Il ne s'arrêta pas. Il est malade ! se dit-elle. Encore plus que moi ! Elle mit l'anneau dans son sac Gucci neuf, et dès qu'elle l'eut lâché, les couleurs s'estompèrent immédiatement, comme si l'objet allait se rendormir. Elle suivit Artie.

« Hé ! Attends ! Et pour manger, pour boire, tu vas faire comment ?

— Oh, j'trouverai quand y faudra, je pense ! Et si j'trouve pas, je m'en passerai ! J'ai pas vraiment d'autre choix, non ?

— Pas vraiment », reconnut-elle.

Il se retourna et lui fit face.

« Bon. J'en sais rien si j'vais y arriver. Je sais même pas si j'vais sortir de ce foutu dépotoir ! Mais ici, c'est pas chez moi. S'y faut mourir, autant mourir en essayant de rejoindre ceux qu'on aime, vous croyez pas ? Peut-être que je trouverai du monde, continua-t-il, fataliste. Peut-être une voiture. Si vous voulez rester là, c'est votre problème, mais Artie Wisco, il a des chaussures aux pieds, et Artie Wisco, il marche. »

Il lui fit au revoir de la main et se remit en route.

Il n'est plus timbré, pensa-t-elle.

Une pluie glacée se mit à tomber ; de grosses gouttes noires et huileuses. Sister Creep rouvrit son sac et toucha le cercle déformé pour voir ce qui allait se passer.

Un seul saphir s'alluma, et elle repensa immédiatement à cette lumière bleue tournoyante. Un souvenir affleurait, tout proche, mais avant qu'elle n'ait réussi à le saisir, il s'était encore enfui en un éclair. C'était quelque chose qu'elle n'était pas encore prête à se remémorer, elle le savait.

Elle retira son doigt, et le saphir s'obscurcit. Un pied devant l'autre, et t'arrives là où tu veux.

Mais si tu ne sais pas, où tu veux arriver ?

« Hé ! cria-t-elle à Artie. Au moins essaie de te trouver un parapluie ! Et un sac comme le mien, là, pour mettre de la bouffe et tout ton bazar ! »

Bon Dieu ! se dit-elle. Il va pas faire deux kilomètres, ce type. Le mieux, ce serait d'aller avec lui, ne serait-ce que pour l'empêcher de tomber et de se faire mal.

« Attends-moi ! », cria-t-elle.

Elle commença par parcourir les quelques mètres qui la séparaient du geyser jaillissant de la grosse canalisation crevée et resta un moment dessous, à laisser l'eau la nettoyer de la poussière, des cendres et du sang. Puis elle ouvrit la bouche et but jusqu'à ce que son estomac gargouille. Alors la faim prit le dessus. Peut-être pourrait-elle trouver quelque chose à manger en route. Ou pas. Toujours est-il qu'elle n'avait plus soif. Un pied devant l'autre, se dit-elle. Un pas à la fois.

Artie l'attendait. L'instinct de Sister Creep lui fit ramasser d'autres petites boulettes de verre contenant des joyaux, qu'elle enveloppa dans une écharpe bleue déchirée avant de les plonger au fond de son sac, avec l'anneau. Elle se mit à fouiller un peu les décombres, un paradis pour une sans-abri comme elle, et trouva une jolie boîte à musique en jade, mais quand elle en souleva le couvercle, le bel air qui retentit dans ce paysage de mort l'attrista. Elle remit la boîte au milieu des débris de béton.

Puis elle se dirigea vers Artie Wisco sous la pluie glaciale, laissant derrière elle les ruines de ce lieu magique.

UN GADIN

« Le gopher il est dans l'trou ! délirait PawPaw Briggs. Oh, bon sang, c'te gadin qu'on s'est pris ! »

Josh Hutchins n'avait aucune idée de l'heure qu'il était, ni du temps qui s'était écoulé ; il avait beaucoup dormi, et fait des cauchemars terribles dans lesquels Rose et ses garçons fuyaient en courant une tornade de feu. Il était estomaqué de pouvoir encore respirer ; l'air était un peu vicié, mais apparemment, ça allait. Josh s'attendait à tout moment à fermer les yeux pour ne plus jamais se réveiller. La douleur de ses brûlures restait supportable dès lors qu'il se tenait immobile. Il était donc là, allongé, à écouter les divagations du vieux, en pensant que la mort par asphyxie, ça ne serait finalement pas si mal ; sans doute que c'était seulement comme avoir le hoquet avant de s'endormir, sans être vraiment conscient que les poumons cherchaient désespérément l'oxygène. C'est pour la petite fille qu'il se sentait le plus triste. Si jeune, pensait-il. Même pas eu l'occasion de grandir.

Bon, allez, se dit-il, je me rendors maintenant. Peut-être pour la dernière fois. Il repensa à tous ces spectateurs autour du ring à Concordia, se demandant combien étaient morts ou mourants à cette minute. Pauvre Johnny Lee Richwine ! Une jambe bousillée, et puis le lendemain, ça ! Et merde. C'est pas juste... pas juste du tout.

Il sentit qu'on le tirait par la chemise. Ce qui suffit à faire remonter de petites secousses de douleur panique dans ses nerfs.

« Monsieur ? l'appela Swan, qui avait entendu sa respiration et avait rampé jusqu'à lui dans les ténèbres. Vous m'entendez, monsieur ? » Elle le tira encore par la chemise pour être sûre.

« Oui, répondit-il, je t'entends. Qu'est-ce qui se passe ?

— C'est ma maman, elle est malade. Vous pouvez l'aider ?

— Qu'est-ce qu'elle a ? demanda Josh en se redressant.

— Quand elle respire, ça fait bizarre. S'il vous plaît, venez l'aider. »

La voix de la fillette était angoissée, mais elle ne pleurait pas. Courageuse, cette petite, pensa Josh.

« Ok, prends ma main et guide-moi jusqu'à elle. »

Il tendit la main, et au bout de quelques secondes elle la trouva dans ce noir complet et s'y cramponna.

Swan le conduisit, à plat ventre comme lui, jusqu'à l'autre bout du sous-sol, là où sa mère gisait à même la terre. La petite fille avait été réveillée, alors qu'elle dormait pelotonnée contre sa mère, par une espèce de grincement, comme le bruit d'un gond rouillé. Le corps de Darleen était brûlant et en sueur, et pourtant elle frissonnait de froid.

« Maman ? chuchota Swan, j'ai amené le géant pour t'aider.

— J'ai juste besoin de repos, ma chérie... répondit une voix ensommeillée. Ça va aller, t'en fais pas pour moi.

— Vous avez mal quelque part ? demanda Josh.

— Alors ça, comme question pourrie... J'ai mal partout. Je sais pas c'qui m'arrive. Je me sentais bien jusqu'y a pas très longtemps, juste comme si j'avais pris un coup de soleil, quoi. Mais, merde ! des coups de soleil, j'm'en suis pris des pires dans ma vie ! » Elle avala sa salive à grand-peine. « Je m'boirais bien une bière, là.

— Je vais regarder, y a peut-être quelque chose pas loin. »

Josh se mit à fouiller à l'aveugle, dégageant des boîtes cabossées. Mais dans le noir absolu, impossible de dire ce qu'elles contenaient. Lui aussi avait faim et soif, et il savait que c'était forcément le cas aussi pour la petite. Et un peu d'eau, ça ne ferait sans doute pas de mal à PawPaw. Il trouva une boîte qui fuyait, et goûta le liquide. Jus de pêche bien sucré. Une boîte de pêches au sirop.

« Tenez », murmura-t-il en approchant la boîte de ses lèvres.

Darleen aspira bruyamment une gorgée avant de repousser le récipient d'un geste affaibli.

« Hé, qu'est-ce que vous essayez d'faire, là, m'empoisonner ? J'avais dit une bière !

— Désolé, c'est le mieux que je puisse faire pour le moment, répondit-il en passant la boîte à Swan, qu'il encouragea à boire.

— Quand est-ce qu'on vient nous sortir de ce trou à rats ? s'impatienta Darleen.

— Je sais pas trop. Sans doute... » Il s'interrompit. « Sans doute dans pas longtemps.

— J'ai l'impression que... que j'ai un côté qui grille et l'autre qu'est congelé. Ça m'a pris tout d'un coup.

— Ça va aller », répondit Josh. C'était ridicule, comme réponse, mais c'est la seule qu'il avait trouvée. Il sentait la fillette près de lui, silencieuse mais attentive. Elle sait, se dit-il. « Reposez-vous, vous allez reprendre des forces.

— Tu vois, Swan ? J'te l'ai dit, ça va aller. »

Josh ne pouvait rien faire de plus. Il reprit la boîte de pêches des mains de Swan et repartit, toujours sur le ventre, en direction de PawPaw, qui continuait de délirer.

« Oh le gadin ! divaguait le vieil homme. Oh, Seigneur... tu l'as trouvée, la clé ? Comment j'fais, moi, pour démarrer l'camion, sans la clé ? »

Josh passa un bras sous la tête du vieil homme, qu'il releva avant de lui poser la boîte sur la bouche. PawPaw tremblait de tous ses membres, tout en étant brûlant de fièvre.

« Tenez, buvez, lui murmura Josh, et le vieil homme se montra aussi obéissant qu'un bébé.

— Monsieur ? Est-ce qu'on va sortir d'ici ? »

Josh ne s'était pas rendu compte que l'enfant était si proche. Elle parlait toujours d'une voix calme, et en chuchotant pour ne pas que sa mère entende.

« Oui, bien sûr », répondit-il. La petite garda le silence et encore une fois Josh eut l'impression que même dans cette obscurité absolue, elle avait vu qu'il mentait. « Je sais pas trop, se corrigea-t-il. Peut-être. Peut-être pas. Ça dépend.

— Ça dépend de quoi ? »

Tu vas pas m'laisser m'en tirer comme ça, hein ?

« Ben... ça dépend de ce qui reste dehors. Tu as compris ce qui était arrivé ?

— Quelque chose a explosé.

— Oui, c'est ça. Mais c'est possible qu'y ait eu tout plein d'endroits qui ont explosé. Des villes entières. Y a peut-être... » Il hésita. Bon, allez, dis-le. Autant lâcher le morceau. « Y a peut-être des millions de gens qui sont morts, ou qui sont coincés comme nous. Alors, y a peut-être plus personne pour nous aider à sortir. »

Elle resta silencieuse un moment, avant de parler : « C'est pas ce que j'ai demandé. J'ai demandé : Est-ce que nous, on va sortir d'ici ? »

Josh comprit que ce qu'elle voulait savoir, c'était si eux allaient tenter de sortir par eux-mêmes au lieu d'attendre que quelqu'un vienne à leur secours.

« Ben... répondit-il, si on avait un bulldozer sous la main, je te dirais que oui. Mais sans ça, j'ai comme l'impression qu'on va pas sortir de sitôt.

— C'est que ma maman, elle est vraiment malade, expliqua Swan d'une voix qui cette fois se brisa. J'ai peur.

— Moi aussi », reconnut Josh.

La petite fille poussa seulement un sanglot, puis s'arrêta comme si elle s'était ressaisie grâce à une volonté de fer. Josh allongea la main et lui toucha le bras. Il sentit des cloques rompre sur sa peau et retira brusquement sa main par réflexe.

« Et toi ? lui demanda-t-il. T'as mal ?

— J'ai mal à la peau. C'est comme si on m'enfonçait des aiguilles partout. Et au ventre aussi. J'ai vomi y a un moment, mais je suis allée dans un coin pour ça.

— Ouais, moi aussi j'ai un peu la nausée. »

Il ressentait également un besoin pressant d'uriner, et se disait qu'il allait falloir imaginer un système d'assainissement de fortune. Ils avaient plein de boîtes de conserve et de jus de fruits, sans compter tout ce qui était enterré autour d'eux. Arrête un peu ! se dit-il, énervé de s'être accordé une lueur d'espoir. Bientôt on n'aura plus d'air ! Impossible de survivre, là-dedans !

Mais ce qu'il savait aussi, c'est qu'ils s'étaient retrouvés par hasard dans le seul endroit qui pouvait les abriter de l'explosion. Et avec toute cette terre au-dessus d'eux, les radiations ne passeraient peut-être pas. Josh était épuisé, chacun de ses os lui faisait mal, mais il n'avait plus envie de se coucher pour attendre la mort ; car s'il mourait, le sort de la petite serait scellé. S'il combattait cette lassitude et se mettait à organiser les provisions, alors peut-être pourrait-il conserver tout le monde en vie pendant... combien de temps ? se demanda-t-il. Une journée encore ? Trois journées ? Une semaine ?

« T'as quel âge ? l'interrogea-t-il.

— Neuf ans.

— Neuf ans », répéta-t-il doucement, en secouant la tête. Il était partagé entre fureur et pitié. Une gamine de neuf ans, ça devrait être en train de jouer sous le soleil. Une gamine de neuf ans ne devrait pas être ensevelie dans un sous-sol, un pied dans la tombe. C'était pas juste ! Bordel de merde, c'était pas juste !

« Comment vous vous appelez ? »

Il lui fallut une bonne minute pour retrouver sa voix. « Josh. Et toi, c'est Swan ?

— Sue Wanda. Mais ma maman m'appelle Swan. Comment vous êtes devenu un géant ?

— Oh, c'est sûrement que j'ai bien mangé ma soupe, quand j'avais ton âge.

— C'est la soupe qui vous a rendu géant ?!

— Bon, en fait, j'ai toujours été grand. Je jouais au football dans le temps, d'abord à l'université d'Auburn, et puis chez les New Orleans Saints.

— Vous jouez toujours ?

— Non. Je suis... enfin, j'étais catcheur. Catch professionnel. J'étais le méchant.

— Ah bon ? »

Swan réfléchit. Elle se souvenait qu'un de ses nombreux oncles, Oncle Chuck, adorait aller voir les combats de catch à Wichita, et qu'il les regardait aussi à la télé.

« Mais ça vous plaisait vraiment, ça ? Enfin, j'veux dire, être le méchant.

— Oh, c'est une espèce de jeu, en fait. Je jouais les méchants.

Et je sais pas trop si ça me plaisait ou pas. C'est juste quelque chose que j'ai commencé à...

— Le gopher il est dans l'trou ! brailla PawPaw. R'gardez un peu, comment y cavale !

— Pourquoi il parle tout le temps de ça ? s'étonna Swan.

— Il est blessé. Il sait plus très bien ce qu'il dit. »

PawPaw continua à divaguer, sur ses pantoufles qu'il ne trouvait pas, sur les récoltes qui avaient besoin de pluie, et puis, sans transition, retomba dans le silence. Le corps du vieil homme propageait autant de chaleur qu'un four ouvert, et Josh se dit qu'il n'en avait plus pour longtemps. Dieu seul savait les dégâts que la vision directe de cette explosion avait pu occasionner à son cerveau.

« Maman disait qu'on allait à Blakeman », reprit Swan, cessant de s'intéresser au vieil homme. Elle savait qu'il allait mourir. « Elle disait qu'on allait chez nous. Et vous, où vous alliez ?

— Garden City. J'avais un combat prévu là-bas.

— C'est chez vous, là-bas ?

— Non, chez moi c'est en Alabama, loin, très loin d'ici.

— Maman, elle disait qu'on allait voir mon pépé. Il habite à Blakeman. Et vous, votre famille, elle habite en Alabama ? »

Il pensa à Rose et à ses fils. Mais à présent, ils faisaient partie de la vie de quelqu'un d'autre... s'ils étaient encore vivants.

« J'ai pas de famille, répondit-il.

— Y a personne qui vous aime ?

— Non. Je crois pas. » Il entendit Darleen gémir et ajouta : « Tu ferais bien d'aller t'occuper de ta mère, hmm ?

— Oui, monsieur. »

Swan esquissa un mouvement comme pour s'éloigner de lui, mais se ravisa et plongea son regard dans les ténèbres en direction du géant.

« Je savais que quelque chose de terrible allait arriver, reprit-elle. Je l'ai su le soir où on a quitté le mobil-home d'Oncle Tommy. J'ai bien essayé d'avertir ma maman, mais elle a pas compris.

— Et comment tu le savais ?

— C'est les lucioles qui me l'ont dit, expliqua-t-elle. Je l'ai vu dans leurs lumières.

— Sue Wanda ? appela Darleen d'une voix faible. Swan ? T'es où ?

— Ici, maman », répondit l'enfant, qui repartit vers sa mère.

C'est les lucioles qui lui ont dit, se répéta Josh. D'accord. Au moins, la petite avait une imagination débordante. C'était bien utile parfois pour s'y réfugier dans les moments difficiles.

Il se rappela alors ce nuage de criquets qui avait traversé sa voiture. « Ça fait deux, trois jours, là, qu'y s'envolent des champs par milliers. C'est pas commun, ça », s'était étonné PawPaw.

Ces criquets auraient-ils su que quelque chose allait se passer ? se demanda Josh. Est-ce qu'ils auraient été capables de percevoir le désastre imminent, éventuellement de le sentir dans le vent, ou bien dans la terre elle-même ?

Il essaya de se concentrer sur des choses plus importantes. D'abord, il allait lui falloir trouver un coin pour se soulager avant que sa vessie n'éclate. Jamais il n'avait été amené à faire pipi accroupi. Mais si l'air était suffisant et qu'ils pouvaient tenir un petit moment, alors il allait devoir faire quelque chose pour leurs excréments. Déjà qu'il n'aimait pas du tout l'idée de ramper sur les siens, alors ceux des autres, n'en parlons pas. Le sol était bétonné, mais il s'était fissuré de partout pendant les secousses ; il se souvenait d'avoir senti dans les débris quelque chose qui pouvait être une binette de jardin et qui se révélerait bien utile pour creuser des latrines.

Et il allait fouiller chaque centimètre carré de ce sous-sol, à quatre pattes, pour rassembler les boîtes de conserve et ce qu'il pourrait récupérer d'autre. Manifestement, la nourriture ne serait pas un problème, et il y avait assez de liquide et de jus dans ces boîtes pour leur durer un moment. Non, en cet instant, c'était vraiment la lumière qui lui manquait, plus que tout autre chose, et jamais jusque-là il n'avait pris conscience que l'électricité pouvait compter à ce point.

Il s'achemina jusqu'à un coin pour se soulager. Va falloir attendre un bon moment avant ton prochain bain, se dit-il.

Et tu vas pas non plus avoir besoin de lunettes de soleil tout de suite.

Il grimaça. Le jet d'urine le brûlait comme de l'acide de batterie.

Mais je suis vivant ! se rassura-t-il. Bon, vivre pour quoi, sans doute plus pour grand-chose, mais je suis vivant. Demain, je serai peut-être mort, mais aujourd'hui je suis vivant et je me pisse dessus.

Et pour la première fois depuis l'explosion il s'autorisa à rêver que, même s'il ne savait pas comment, il était bien possible qu'il vive pour revoir le monde extérieur.

UN PIED DEVANT L'AUTRE

La nuit tomba sans crier gare. Un froid de décembre s'était répandu dans l'air de juillet et une pluie sale et glaciale continuait à tomber sur les ruines de Manhattan.

Sister Creep et Artie Wisco se tenaient côte à côte au sommet d'une saillie de gravats, le regard tourné vers l'ouest. On apercevait encore des incendies de l'autre côté du fleuve Hudson, dans les raffineries de Hoboken et de Jersey City, mais à part les flammes orangées, l'ouest était plongé dans une profonde obscurité. De grosses gouttes crépitaient sur le parapluie déformé et criard qu'il avait trouvé dans ce qui restait d'un magasin de sport. Ils y avaient également récupéré d'autres trésors : le sac à dos orange fluo qu'il arborait fièrement, et une nouvelle paire de baskets pour Sister Creep. Dans le sac Gucci qu'elle portait en bandoulière, une miche de pain de seigle brûlée, deux boîtes d'anchois avec ces clés si pratiques qui permettaient d'ouvrir le couvercle en l'enroulant, une grosse barquette de tranches de jambon qui avaient cuit dans leur plastique et une bouteille de Canada Dry, trouvée miraculeusement intacte dans les décombres d'une épicerie. Il leur avait fallu plusieurs heures pour crapahuter entre le haut de la Cinquième Avenue et leur première étape, le Lincoln Tunnel. Hélas, celui-ci s'était effondré et le fleuve l'avait inondé jusqu'aux barrières de péages, charriant avec lui une vague d'épaves, de dalles de béton et de cadavres.

Ils avaient fait demi-tour sans rien dire. Sister Creep avait alors conduit Artie vers le Holland Tunnel un peu plus au sud, autre voie possible pour franchir l'Hudson. Mais la nuit était tombée avant qu'ils n'y parviennent, et il allait leur falloir attendre le matin pour savoir si ce tunnel était encore praticable. La dernière plaque de rue que Sister Creep avait retrouvée disait 22e Rue Ouest, mais comme elle était par terre dans les cendres, impossible de savoir si elle n'avait pas atterri loin de la rue qu'elle marquait.

« Bon, murmura Artie, les yeux fixés sur l'autre rive, on dirait bien qu'y a personne, hein ?

— Ouais, confirma Sister Creep, qui fut parcourue d'un frisson et resserra son vison autour d'elle. Y commence à faire froid maintenant, va falloir qu'on trouve un abri. » Elle essaya de percer les ténèbres du regard, jaugeant les quelques bâtiments encore debout. Où qu'ils se réfugient, ils pourraient se prendre la structure sur la tête, mais Sister Creep n'aimait pas du tout la façon dont la température avait soudainement baissé. « Allez, viens », lança-t-elle à Artie en se dirigeant vers l'un des immeubles. Artie la suivit sans poser de questions.

Au cours de leur périple, ils n'avaient trouvé que quatre personnes qui n'avaient pas péri dans la catastrophe, et encore, trois étaient en si mauvais état qu'ils étaient quasiment en train de mourir. Le quatrième, un homme horriblement brûlé qui portait un costume de businessman à fines rayures, avait hurlé comme un chien à leur approche avant de se terrer dans une crevasse. Sister Creep et Artie avaient donc poursuivi leur chemin, enjambant tant de cadavres que l'horreur de la mort s'était complètement émoussée ; à présent, c'était d'entendre un grognement qui leur faisait dresser l'oreille, ou bien, comme c'était déjà arrivé une fois, des hurlements mêlés de rires dans le lointain. Ils s'en étaient approchés, mais n'avaient vu aucun signe de vie. Ce rire dément continuait à la hanter, car il lui rappelait celui qu'elle avait entendu dans le cinéma, celui de l'homme à la main enflammée. « Je pense qu'il y a d'autres survivants. Qui attendent la mort. Mais ça sera pas long. Pour toi non plus, d'ailleurs », avait-il menacé.

« Ouais, ouais, cause toujours, enculé... murmura Sister Creep.

— Quoi ? sursauta Artie.

— Oh, rien. J'étais juste en train de... penser. » Penser, réalisa-t-elle. Ça lui arrivait rarement. Les dernières années, c'était comme un brouillard dans sa tête, et au-delà de ce brouillard, il n'y avait que les ténèbres, percées seulement par la lumière bleue tournoyante et le démon au ciré jaune. C'est pas mon vrai nom, Sister Creep, se dit-elle subitement. Mon vrai nom, c'est... mais elle ne savait plus ; elle ne savait plus qui elle était ni d'où elle venait. Comment j'en suis arrivée là ? se demanda-t-elle, sans pouvoir trouver la réponse.

Ils pénétrèrent dans ce qui restait d'un bâtiment de granit gris en escaladant un tas de décombres, avant de se faufiler par un trou dans le mur. À l'intérieur, il faisait presque noir, et l'air fétide était rempli de fumée, mais au moins ils étaient à l'abri du vent. Ils progressèrent à tâtons sur un sol en pente et finirent par trouver un coin où se poser. Une fois installés, Sister Creep fouilla dans son sac, dont elle tira le pain et la bouteille de soda. Au passage, elle effleura du bout des doigts l'anneau de verre, qu'elle avait emballé dans une chemise roussie récupérée sur un mannequin. Les autres morceaux de verre, toujours enveloppés dans l'écharpe bleue, étaient au fond du sac.

« Tiens. » Elle rompit un morceau de pain qu'elle tendit à Artie, et un autre pour elle-même. Il ne restait qu'un goût de brûlé, mais c'était mieux que rien. Quand elle dévissa le bouchon de la bouteille, le liquide se mit instantanément à mousser et à gicler dans tous les sens. Elle se hâta de la porter à sa bouche et descendit plusieurs gorgées avant de la passer à Artie.

« J'ai horreur du Canada Dry, avoua ce dernier après avoir bu à son tour, mais ça, c'est le meilleur coup de ma vie.

— Bois pas tout. »

Elle décida de ne pas ouvrir les anchois, car le sel ne ferait que leur donner plus soif encore. Les tranches de jambon, il valait mieux les garder précieusement pour le moment. Elle lui passa un autre petit bout de pain, en prit un aussi et rangea le reste.

« Hé, vous savez c'que j'ai mangé le soir d'avant tout ça ? l'interpella Artie. Un steak. Un bon gros steak dans un restau de la 50e Rue Est. Et après ça, on est allés faire la tournée des bars avec des copains. Ah, quelle soirée ! J'vous promets qu'on s'est bien marrés !

— Tant mieux pour toi.

— Ouais, bon... Et vous, vous faisiez quoi ce soir-là ?

— Rien de spécial, répondit-elle. Je traînais. »

Artie resta silencieux un moment à mâcher son pain. Puis il dit : « J'ai appelé ma femme juste avant de quitter l'hôtel. Bon, j'lui ai raconté des bobards, je crois, j'lui ai dit que je sortais juste dîner et que j'rentrais me coucher après. Elle m'a dit de faire bien attention, et qu'elle m'aimait. Moi j'lui ai dit que j'l'aimais aussi, et qu'on s'reverrait dans deux-trois jours. »

Il s'interrompit et poussa un grand soupir dans lequel Sister Creep entendit une sorte de halètement.

« Nom de Dieu... murmura-t-il, je suis content de l'avoir appelée. Content d'avoir pu entendre sa voix avant que ça arrive, tout ça. Hé, dites donc, et si Détroit avait été touchée aussi ?

— Touchée ? Comment ça, touchée ?

— Une bombe atomique, expliqua-t-il. Qu'est-ce que vous croyez, qu'y a aut'chose qui peut faire ce genre de dégâts ? Sans doute plus d'une, d'ailleurs. Peut-être qu'elles sont tombées sur tout le pays ! Sur toutes les grandes villes, et Détroit aussi ! » Il commençait à s'emballer et se força à attendre d'avoir repris le contrôle de lui-même. « C'est ces salopards de Russes qui nous ont bombardés, ma p'tite dame. Vous lisez pas les journaux ou quoi ?

— Non.

— Mais enfin ! Vous habitez sur Mars ? Dans les journaux, à la télé, on l'voyait venir, ce merdier ! C'est les Russes qui nous ont balancé des bombes sur la gueule... et à mon avis, on a dû leur en balancer aussi ! »

Une bombe atomique ? C'est à peine si elle se rappelait ce que c'était ; la guerre nucléaire, elle s'en était inquiétée, mais dans une autre vie.

« Si jamais ils ont dégommé Détroit, reprit-il, j'espère qu'elle est partie vite. C'est pas déplacé, d'espérer ça, non ? Qu'elle soit partie vite, sans souffrir ?

— Non, non, je pense que c'est bien.

— Est-ce que... est-ce que c'est mal, que j'aie menti ? C'était juste un p'tit mensonge, quoi, je voulais pas qu'elle s'en fasse pour moi. Elle pense toujours que j'vais boire et me ridiculiser. C'est que j'tiens pas bien l'alcool. C'est mal, que j'lui aie menti ce soir-là ? »

Elle comprenait qu'il l'implorait de dire non.

« Mais non, l'assura-t-elle. Y a plein de gens qu'ont fait des choses pires ce soir-là. Elle s'est endormie sans s'en faire, sans... »

Soudain, Sister Creep sentit quelque chose de pointu lui piquer la joue gauche.

« Bougez pas ! avertit une voix de femme. Vous avisez même pas d'respirer. »

La voix était tremblante ; la personne qui parlait avait manifestement une trouille bleue.

« Qui est là ? demanda Artie, mort de frousse. Hé, ma p'tite dame ? Ça va ?

— Moi ça va », répondit Sister Creep. Elle leva la main jusqu'à sa joue et sentit un éclat de verre tranchant long comme un couteau.

« J'ai dit bougez pas ! » La pointe du morceau de verre lui piqua à nouveau la joue. « Y en a combien avec vous ?

— Un seul.

— Artie Wisco. J'm'appelle Artie Wisco. Vous êtes où ? »

Il y eut un long silence, puis la femme reprit : « Vous avez à manger ?

— Oui.

— De l'eau. » C'était une voix d'homme cette fois, un peu plus loin vers la gauche. « Vous avez de l'eau ?

— Non, on a du Canada Dry.

— Fais voir un peu à quoi ils ressemblent, Beth », fit la voix d'homme.

La flamme d'un briquet s'alluma, si éclatante dans le noir que Sister Creep dut fermer les yeux quelques secondes. La femme l'approcha de son visage, puis de celui d'Artie.

« J'pense qu'ils sont ok », annonça-t-elle à l'homme, qui s'approcha alors pour apparaître dans le halo lumineux.

Sister Creep la distingua alors, qui s'était accroupie près d'elle. Elle avait le visage boursouflé et une entaille en travers du nez, mais elle avait l'air jeune, sans doute dans les vingt ou vingt-cinq ans, avec quelques boucles de cheveux châtain clair qui pendaient de son crâne couvert de cloques. Ses sourcils avaient disparu et ses yeux bleu sombre étaient gonflés et injectés de sang ; elle était mince et portait une robe bleue maculée de sang. Ses longs bras frêles étaient couverts de brûlures, eux aussi. Elle avait enroulé autour de ses épaules, en guise de châle, un grand morceau d'une espèce de rideau doré.

L'homme portait un uniforme de policier en loques. Il était plus âgé, peut-être trente-cinq ou quarante ans, et ses cheveux noirs, coupés en brosse, ne subsistaient que sur la moitié droite de son crâne ; à gauche, il ne restait plus que le cuir chevelu à vif. C'était un grand type, costaud, et son bras gauche était enveloppé dans une écharpe improvisée faite du même tissu grossier doré.

« Mon Dieu, lâcha Artie. Hé, ma p'tite dame, on a trouvé un flic !

— Vous venez d'où, tous les deux ? interrogea Beth.

— De là-bas. Pourquoi ?

— Qu'est-ce qu'y a dans le sac ? demanda-t-elle en le désignant d'un signe de tête.

— C'est une question ou une menace ? »

Beth hésita, jeta un regard au policier, puis à Sister Creep, et finalement éloigna l'éclat de verre, qu'elle rengaina dans une large ceinture de tissu qu'elle s'était nouée autour de la taille.

« C'est une question.

— Du pain brûlé, deux boîtes d'anchois et des tranches de jambon. »

Sister Creep entendait presque la jeune femme saliver. Elle sortit le pain.

« Tenez. Mangez. »

Beth rompit un morceau avant de passer la miche, bien entamée, au policier, qui en arracha aussi un bout et le fourra dans sa bouche comme si c'était une manne divine. « Je peux ? la pria Beth en allongeant le bras vers le Canada Dry, que Sister Creep lui donna ; quand la femme et le policier eurent bu, il ne devait rester que trois gorgées, pas plus.

« Toute l'eau est contaminée, confirma Beth. Y en a un de nous qui a bu dans une flaque hier. Le soir même, il s'est mis à vomir du sang. Ça lui a pris presque six heures pour mourir. J'ai une montre qui marche encore. Tenez, regardez ! » Et elle exhiba fièrement sa vieille Timex à Sister Creep : le verre était parti, mais elle faisait toujours *tic-tac*. Il était 20 h 22.

« Un de nous », avait-elle dit.

« Vous êtes combien ici, à part vous deux ? l'interrogea Sister Creep.

— Deux autres. Enfin, une seule, en fait. La Latina. On a perdu monsieur Kaplan hier soir : c'est lui qui avait bu dans la flaque. Le petit jeune aussi, il est mort hier. Et madame Ivers, elle est partie dans son sommeil. On n'est plus que quatre.

— Trois, corrigea le policier.

— Ah oui, c'est vrai. Trois. La Latina, elle est en bas, au sous-sol. Pas moyen de la faire bouger, et ni moi ni lui, on comprend l'espagnol. Vous le comprenez, vous ?

— Non, désolée.

— Moi, c'est Beth Phelps, et lui, c'est Jack... » Elle secoua la tête, essayant de se remémorer le nom de famille de l'homme.

« Jack Tomachek », l'aida-t-il.

Artie se présenta à nouveau, mais Sister Creep continua à les questionner : « Pourquoi vous êtes au sous-sol plutôt qu'ici ?

— Fait plus chaud au sous-sol, répondit Jack. Et c'est plus sûr, aussi.

— Plus sûr ? Comment ça, plus sûr ? Si le bâtiment bouge encore, il vous tombe dessus !

— C'est bien pour ça qu'on était ici hier, expliqua Beth. Le petit jeune, il devait avoir quinze ans, je pense, c'était le plus costaud d'entre nous. Il était éthiopien, j'crois, et il parlait pas bien. Il est parti nous chercher à manger, et il a ramené des boîtes de corned-beef, de la pâtée pour chats et une bouteille de vin. Mais... ils l'ont suivi jusqu'ici. Et ils nous ont trouvés.

— Ils ? s'inquiéta Artie. Qui ça ?

— Y en avait trois. Tellement défigurés par les brûlures qu'on pouvait même pas dire si c'étaient des hommes ou des femmes. Ils l'ont suivi jusqu'ici, et ils avaient des marteaux et des tessons de bouteille. Y en avait même un avec une hache. Ils voulaient notre nourriture. Le petit jeune s'est bagarré avec eux, et celui qui avait la hache... » Sa voix s'éteignit, alors qu'elle fixait d'un regard embué la flamme orangée du briquet qu'elle tenait toujours dans la main. « Ils étaient cinglés, reprit-elle. Ils étaient... ils étaient pas humains, quoi. C'est un de ceux-là qui m'a blessée au visage. Mais je crois que j'ai eu de la chance. On s'est sauvés et ils nous ont tout pris. Je sais pas trop où ils sont allés. Mais j'me souviens... ils sentaient... ils sentaient le cheeseburger brûlé. C'est marrant, non ? C'est tout de suite à ça que j'ai pensé : des cheeseburgers brûlés. C'est là qu'on est descendus se cacher au sous-sol. On peut pas savoir quel genre de... de créatures il peut y avoir dehors. »

Et encore, tu sais pas tout, se dit Sister Creep.

« J'ai bien essayé d'leur rentrer dedans, intervint Jack, mais je crois que j'suis plus vraiment en forme olympique. » Il se tourna, et Sister Creep comme Artie faillirent pousser un cri. Des épaules à la taille, le dos de Jack Tomachek n'était plus qu'une vaste plaie rouge vif suppurante. Il se retourna à nouveau pour leur faire face.

« Putain, c'est bien le pire coup de soleil de ma vie de Polack, ajouta-t-il avec un sourire amer.

— On vous a entendus, depuis en bas, expliqua Beth, et au début on a cru que c'étaient eux qui revenaient. On est remontés écouter, et c'est là qu'on a compris que vous mangiez. Bon... la Latina, en bas, elle a pas mangé non plus. Je peux lui amener un bout de pain ?

— On va descendre avec vous si vous nous montrez, décida Sister Creep en se remettant debout, et j'ouvrirai le jambon. »

Beth et Jack les firent passer dans un long corridor. De l'eau dégoulinait du plafond, formant une large flaque noire au sol. Au fond, il y avait une volée de marches en bois, sans rampe, qui descendait dans les ténèbres. L'escalier bougeait dangereusement sous leurs pas.

Effectivement, il faisait un peu plus chaud dans ce sous-sol, d'un ou deux degrés peut-être, même si les volutes de leur respiration étaient encore visibles dans l'air. Les murs de granit tenaient encore et le plafond était presque intact, à part quelques lézardes qui laissaient s'infiltrer la pluie. C'était un vieux bâtiment, se dit Sister Creep, on n'en faisait plus, des comme ça, maintenant. Des colonnes de pierre soutenaient le plafond à intervalles réguliers ; certaines étaient couturées de fissures mais aucune ne s'était écroulée. Pas encore, ajouta Sister Creep en son for intérieur.

« La voilà. » Beth se dirigea vers une silhouette blottie au pied d'une des colonnes. De l'eau sombre lui ruisselait en plein sur la tête ; elle était assise dans une mare de pluie contaminée qui s'élargissait. Le briquet de Beth s'éteignit. « Désolée, expliqua-t-elle, ça chauffe trop pour le tenir, et puis je veux économiser le gaz. Il était à monsieur Kaplan.

— Et les corps, qu'est-ce que vous en avez fait ?

— On les a portés au bout d'un couloir, y en a partout, ici, et puis on les a laissés là-bas. Je... je voulais dire une prière avant de repartir, mais...

— Mais quoi ?

— J'ai oublié comment on fait. Et puis... j'avais l'impression que ça signifiait plus grand-chose. »

Sister Creep poussa un grognement et fouilla dans son sac, dont elle sortit la barquette de jambon. Beth se courba pour offrir la bouteille de Canada Dry à la Latina. De grosses gouttes vinrent s'écraser sur sa main.

« Tiens, la pressa-t-elle. C'est pour boire. Boire. *Boiro !* »

La femme ne réagit pas, mais continua à émettre un son qui était à la fois un gémissement et un chantonnement.

« Elle veut pas bouger d'ici, expliqua Beth. Elle a la flotte qui lui tombe dessus, mais pas moyen de la faire se déplacer de deux mètres pour se mettre au sec. Tu veux à manger ? proposa-t-elle à la femme. *Mangero ?* C'est fou ça, mais comment tu peux vivre à New York et pas comprendre l'anglais ? »

Sister Creep déballa presque entièrement le jambon de son plastique, en sortit une tranche et s'agenouilla aux côtés de Beth.

« Éclaire-moi. Peut-être que si elle voit c'qu'on a, on peut la faire sortir de là. »

Le briquet s'alluma à nouveau. Sister Creep avait en face d'elle le visage, couvert de cloques mais tout de même joli, d'une Sud-Américaine qui ne devait pas avoir beaucoup plus de vingt ans. Elle avait de longs cheveux noirs aux pointes roussies, avec des ronds à vif à différents endroits du crâne. Elle ne leva pas le regard vers la flamme. Ses grands yeux noirs et mouillés étaient fixés sur ce qu'elle berçait dans ses bras.

« Oh, murmura Sister Creep. Oh... non. »

L'enfant avait dans les trois ans, une fille, à la chevelure noire et brillante comme celle de sa mère. Sister Creep ne voyait pas son visage. Et ne voulait pas le voir. Mais une petite main, figée, était recourbée comme pour toucher le visage de sa mère ; à la rigidité du cadavre, Sister Creep comprit que la mort de l'enfant devait remonter à quelque temps déjà.

L'eau, qui fuitait du plafond, coulait sur les cheveux et le visage de la femme, telles des larmes noires. Elle se remit à chantonner en berçant amoureusement le petit corps.

« Elle a pété un câble, expliqua Beth. Elle est comme ça depuis que la petite est morte la nuit dernière. Si elle sort pas de là-dessous, elle va mourir aussi. »

Sister Creep entendait Beth, mais la voix était assourdie, comme si elle venait de loin, de très loin. Elle tendit les bras vers la Latina.

« Allez, lui intima-t-elle d'une voix qu'elle ne reconnut pas, je vais la prendre. Donnez-la moi. » La pluie lui tombait sur les bras et les mains, faisant comme des rayures d'ébène.

La femme se mit à chantonner plus fort.

« Donnez-la moi. Je vais la prendre. »

La femme se mit à bercer frénétiquement le petit corps.

« Donnez-la moi. » Sister Creep entendit sa propre voix résonner en échos déments, et d'un seul coup, voilà qu'elle avait une lumière bleue tournoyante devant les yeux. « Je... vais... la... prendre... »

La pluie tombait, tombait, et le tonnerre roulait comme la voix de Dieu. *Toi ! Toi, pécheresse ! Sale pécheresse, sale ivrogne, tu l'as tuée, et maintenant tu vas payer...*

Elle baissa les yeux. Dans ses bras, le cadavre d'une petite fille. Des cheveux blonds pleins de sang, et des yeux grands ouverts où ruisselait la pluie. Le gyrophare bleu de la police tournoyait, et l'agent en ciré jaune, accroupi sur la chaussée devant elle, lui murmurait doucement : « Allez, madame. Il faut me la donner, maintenant. » Il jeta un coup d'œil par-dessus son épaule en direction de l'autre policier, occupé à installer des balises lumineuses autour d'une voiture retournée. « Elle est en état de choc. Et ça sent l'alcool à plein nez. Va falloir que tu m'donnes un coup de main. »

Et voilà qu'ils tendaient tous deux les bras vers elle à présent, ces démons qui essayaient de lui prendre son bébé. Elle recula, résista de toutes ses forces, hurla : « Non ! La prenez pas ! Je veux pas ! » Mais le tonnerre lui ordonna : *Donne-leur, sale pécheresse ! Donne-leur !* Et quand elle s'était mise à crier en mettant ses mains sur ses oreilles pour ne pas entendre la voix du jugement, ils lui avaient pris l'enfant.

Et des mains de la petite fille était tombé un globe de verre, un genre de boule à neige de pacotille, avec à l'intérieur un petit village de conte de fées.

« Maman ! revoyait-elle la petite s'exclamer, tout excitée. Regarde ce que j'ai gagné à la fête ! C'est moi qui ai le mieux épinglé la queue de l'âne ! »

La fillette avait secoué la boule, et pendant un instant, un seul bref instant, sa mère, qui voyait déjà flou, avait détourné les yeux de la route pour regarder la neige tomber sur les toits d'un paysage aussi lointain qu'idéal.

Elle avait vu le globe de verre tomber, comme dans un épouvantable ralenti, et avait poussé un cri parce qu'elle savait qu'il allait se fracasser sur la route, et qu'alors tout serait fini, qu'il ne lui resterait plus rien.

Il était tombé pile devant elle et s'était brisé en mille morceaux étincelants ; et son cri s'était terminé net en un gémissement étranglé.

« Oh, murmura-t-elle à nouveau. Oh... non. »

Sister Creep avait les yeux fixés sur l'enfant dans les bras de la femme. Ma petite fille est morte, se remémora-t-elle. J'avais bu, je suis allée la chercher à une fête d'anniversaire, et je suis partie dans un fossé. Oh, mon Dieu... oh, doux Jésus. Une pécheresse. Une sale ivrogne. Je l'ai tuée. J'ai tué ma petite fille. Oh, mon Dieu... oh, mon Dieu, pardonnez-moi...

Des larmes amères et brûlantes dévalaient ses joues. Au fin fond de sa mémoire, des fragments de souvenir tournoyaient comme des feuilles mortes par grand vent : son mari, fou de rage, qui la traitait de tous les noms et lui criait qu'il ne voulait plus jamais la revoir ; sa propre mère qui, avec un regard où se mêlaient dégoût et pitié, lui crachait qu'elle n'était pas faite pour avoir un enfant ; le psychiatre à l'asile, qui hochait la tête en consultant sa montre ; les salles de cet hôpital, où des folles hagardes et grotesques caquetaient, hurlaient, se disputaient pour un peigne ; et cette haute clôture qu'elle avait escaladée au cœur de la nuit en pleine tempête de neige pour rejoindre les bois.

Ma petite fille est morte, pensa-t-elle. Morte et enterrée depuis longtemps.

Elle était presque aveuglée par les larmes, mais savait que sa fille n'avait pas souffert comme celle-ci. Elle reposait en paix sous un arbre en haut d'une colline ; celle-ci resterait à jamais ici, dans le sous-sol froid et humide d'une cité des morts.

La Latina leva la tête et fixa Sister Creep d'un regard halluciné. Elle cligna des yeux et, lentement, allongea le bras jusqu'à lui toucher la joue ; une larme resta en équilibre sur le bout de son doigt pendant une seconde, puis tomba.

« Donnez-la moi... », murmura Sister Creep.

La femme jeta un dernier regard nostalgique au petit cadavre, et ses larmes jaillirent pour se mêler à l'eau noire sur son visage ; elle embrassa l'enfant mort sur le front, la serra contre elle un moment, puis tendit le petit corps à Sister Creep.

Celle-ci le reçut comme une offrande et esquissa un mouvement pour se relever. Mais la femme allongea encore la main, toucha la blessure en forme de crucifix sur la gorge de Sister Creep, et sur un ton émerveillé, murmura à son tour : « *Bendito. Muy bendito.* »

Sister Creep se releva. L'autre se traîna lentement hors de la mare d'eau et resta prostrée au sol, recroquevillée et tremblante.

Jack Tomachek prit le petit cadavre des mains de Sister Creep et s'éloigna dans les ténèbres.

Beth n'en croyait pas ses yeux : « Je sais pas comment vous avez fait, mais vous l'avez fait. » Elle se pencha pour tendre à la femme prostrée la bouteille de Canada Dry ; celle-ci l'accepta et la termina.

« Mon Dieu, intervint Artie Wisco, qui était derrière elle. Je viens de penser... je connais même pas vot' prénom.

— Je m'appelle... » Je m'appelle comment, déjà ? se demanda Sister Creep. C'est quoi, mon nom ? D'où est-ce que je viens ? Il est où, cet arbre où repose ma petite fille ? Mais aucune des réponses ne lui venait. Une clocharde, se dit-elle. Je suis rien d'autre qu'une clocharde sans nom, et je sais pas où je vais... mais au moins, maintenant, je sais comment je suis arrivée là.

« Sister, répondit-elle. Vous pouvez m'appeler... Sister. »

Et une pensée monta en elle, séance tenante : Je ne suis plus folle.

« Sister, répéta Artie. Bon, c'est pas vraiment un prénom, mais ça ira. Enchanté de vous rencontrer, Sister. »

Elle hocha la tête, encore traversée de fragments de souvenirs fantomatiques. La douleur des scènes qu'elle avait revécues était toujours là, à jamais indélébile, mais tout ceci était arrivé il y a longtemps, à une personne plus faible et plus désarmée qu'elle ne l'était aujourd'hui.

« Qu'est-ce que qu'on va faire ? la questionna Beth. On peut pas juste rester ici, vous croyez pas ?

— Non, impossible. Demain, Artie et moi on essaiera de passer par le Holland Tunnel, s'il s'est pas effondré. On va vers l'ouest. Si vous voulez venir avec nous, tous les trois, pas de problème.

— Quitter New York ? Mais si... si y a plus rien là-bas ? Si tout est détruit ?

— Ça sera pas facile, répondit Sister d'une voix assurée. Ça va être foutrement compliqué et dangereux. Je sais pas trop comment le temps va tourner, mais faut commencer par mettre un pied devant l'autre, c'est la seule façon que j'connais d'aller quelque part. D'accord ?

— D'accord, répéta Artie en écho. Vous avez de bonnes chaussures, Beth. Ce genre de chaussures, ça peut vous faire pas mal de chemin. »

Et on en a, du chemin à faire, songea Sister. Un long, très long chemin, et Dieu seul sait ce qu'on va trouver là-bas. Ou ce qui va nous trouver.

« D'accord, décida Beth. D'accord, je pars avec vous. »

Elle éteignit à nouveau son briquet pour l'économiser.

Mais cette fois, les ténèbres furent moins épaisses.

LE PAYS DES MORTS

Le plus grand tombeau du monde

Le ventre de la bête

La plus merveilleuse des lumières

La fin de l'été

Les trolls du tunnel

Protège l'enfant

Rêvambuler

Nouveau rebondissement

LE PLUS GRAND TOMBEAU DU MONDE

L'homme cheminait avec mille précautions dans le couloir dévasté, des lambeaux sanglants de chemise enroulés autour du moignon de son poignet droit. Il n'avait aucune envie de trébucher et de refaire saigner cette blessure ; le sang avait goutté pendant des heures avant qu'une croûte ne finisse par se former. Il se sentait faible, la tête lui tournait, mais il se forçait à avancer parce qu'il voulait voir par lui-même. Pourtant, ce qui l'obsédait, c'était cette démangeaison aiguë entre l'index et le majeur de sa main droite, celle qui n'était plus là. Ces picotements incessants à la main fantôme allaient finir par le rendre fou.

À ses côtés claudiquait le bossu borgne, et devant lui, le garçon aux lunettes cassées leur ouvrait un chemin, la lampe dans une main, et dans l'autre un hachoir à viande maculé du sang séché du colonel Macklin.

Roland Croninger s'arrêta net, le faisceau lumineux perçant les particules et la fumée en suspension dans l'air devant lui.

« Voilà, c'est là ! s'écria Teddybear. Vous voyez ? Je vous l'avais bien dit, hein ? Je vous l'avais dit ! »

Macklin avança de quelques pas et prit la lampe des mains de Roland. Il la dirigea un peu partout sur le mur de rochers et de dalles qui bloquait complètement le couloir, cherchant une ouverture, un point faible, de quoi faire un levier quelconque, n'importe quoi. Mais on ne voyait aucun espace assez large pour que même un rat puisse s'y faufiler.

« Dieu nous vienne en aide, murmura Macklin.

— J'vous avais dit ! Voyez ! J'vous avais dit », répétait mécaniquement Teddybear Warner. Quand il était tombé sur cet obstacle, le peu de volonté qui le faisait encore tenir avait disparu.

Derrière ce monceau d'éboulis se trouvait la réserve d'urgence de nourriture et d'équipement de la Maison Terre. Ils étaient coupés de tout, lampes et piles, papier hygiénique, fusées éclairantes, *tout*.

« On est foutus, déclara Teddybear avec un rire de dément. Et pas qu'un peu ! »

Dans le rayon de la lampe, on voyait de la poussière tomber. Macklin la braqua vers le haut et aperçut les dizaines de fissures en zigzag qui couraient le long du plafond. Ce qui restait du couloir pouvait encore s'affaisser d'un moment à l'autre. Câbles et fils électriques pendouillaient de partout et les poutres métalliques de renforcement censées garantir l'intégrité de la structure, même en cas d'attaque nucléaire, étaient cassées net. Les ricanements hystériques de Teddybear étaient mêlés de sanglots, et Macklin, qui comprenait à présent l'étendue du désastre, craqua soudain, ne pouvant plus supporter davantage ces démonstrations de faiblesse humaine : grinçant des dents, le visage déformé par la rage, il se retourna pour frapper Teddybear en plein visage de son poing droit, celui qui lui démangeait.

Mais il n'avait plus de poing droit, et le seul fait d'armer son geste lui occasionna une douleur aussi atroce que fulgurante ; du sang se remit à goutter à travers le bandage de fortune.

Macklin serra son membre mutilé contre sa poitrine en fermant les yeux de toutes ses forces. Il se sentait les jambes en coton, prêt à vomir ou à s'évanouir. Discipline et contrôle, se dit-il. Ressaisis-toi, soldat ! *Ressaisis-toi, bordel !*

Quand je vais rouvrir les yeux, se persuada-t-il, ces rochers ne seront plus là. On pourra continuer jusqu'au bout du couloir, jusqu'à la nourriture. Ça va aller. Mon Dieu... s'il vous plaît, faites que tout aille bien.

Il rouvrit les yeux.

Les rochers étaient toujours là.

« Personne n'a de plastic ? », s'enquit-il, et sa voix résonna en écho le long du couloir.

C'était la voix d'un fou, la voix d'un homme prisonnier au fond d'un cloaque avec des cadavres autour de lui.

« On va mourir », répétait Teddybear, gloussant et sanglotant à la fois, son œil unique halluciné. « On est dans le plus grand tombeau du monde !

— Colonel ? »

C'était le garçon. Macklin tourna la lumière directement sur son visage. Ce qu'il vit, c'était un masque couvert de poussière et de sang, qui n'exprimait aucune émotion.

« On a des mains, reprit Roland.

— Des mains. Oui, bien sûr. Moi, j'en ai une. Teddybear, lui, il en a deux, mais faut pas compter sur lui. Oui, bien sûr. On a des mains.

— Pas nos mains à nous, répondit calmement Roland, à qui une idée était venue, aussi soudaine que précise. Leurs mains à eux. À ceux qui sont toujours en vie là-haut.

— Les civils ? dit Macklin en secouant la tête. « Ça m'étonnerait qu'on puisse en trouver une dizaine de valides ! Et regarde un peu le plafond. Tu vois ces fissures ? Ça peut se casser la figure à tout moment. T'en connais qui voudraient bosser avec ça au-dessus de la tête ?

— Ça fait combien entre ici et la réserve ?

— Je sais pas. Peut-être six mètres. Peut-être neuf ou dix. »

Roland hocha la tête.

« Et si on leur disait qu'il y a trois mètres seulement ? Et s'ils savaient pas pour le plafond ? Vous croyez qu'ils bosseraient, ou non ? »

Macklin hésita. C'est un gamin, se dit-il. Qu'est-ce qu'un gamin peut bien connaître à tout ça ?

« Si on n'arrive pas jusqu'à ces réserves, on va mourir tous les trois, expliqua Roland. Et on n'y arrivera pas si on peut pas faire faire le boulot par quelqu'un d'autre. Le plafond, peut-être qu'il va tomber, peut-être pas. Mais s'il tombe, c'est pas nous qui serons en dessous.

— Mais ça crève les yeux qu'il est fragile, ce plafond. Suffit de lever le nez pour les voir, ces putains de fissures !

— Ils peuvent pas les voir dans le noir, expliqua Roland tranquillement. Et c'est vous qui avez la seule lampe, non ? »

Il eut un petit sourire au coin des lèvres.

Macklin cligna lentement des paupières, car il lui semblait percevoir quelque chose bouger dans les ténèbres au-dessus de l'épaule de Roland Croninger. Il décala le faisceau de quelques degrés. Le Soldat Fantôme était là, accroupi, en tenue de camouflage et casque à filet kaki ; sous les peintures de guerre noires et vertes, son visage avait la couleur de la fumée. « Il a raison, le gosse, chuchota le Soldat Fantôme avant de se redresser de toute sa hauteur. Fais faire le boulot aux civils. Fais-les bosser dans le noir, et dis-leur qu'il y a que trois mètres entre eux et les réserves. Deux mètres même, bordel. Ça les fera bosser plus vite. S'ils y arrivent, parfait. Sinon... C'est que des civils, hein ? Des blaireaux. Des couilles molles. D'accord ?

« Oui, monsieur, répondit Macklin.

— Quoi ? » Roland avait remarqué que le colonel fixait quelque chose juste derrière lui, et qu'il parlait avec la même voix geignarde que quand il délirait au fond du trou. Il jeta un coup d'œil, mais bien évidemment ne vit personne.

« Des blaireaux, répéta Macklin. Des couilles molles. D'accord. » Hochant la tête, il détourna son regard du Soldat Fantôme pour le poser à nouveau sur le garçon. « Ok. On va monter voir si on peut en trouver assez pour constituer une équipe de corvée. Et avec un peu de chance, certains de mes hommes seront encore en vie, aussi. » Il se rappela le sergent Schorr qui s'était sauvé comme un dingue de la salle de commandement. « Schorr, tiens, qu'est-ce qu'il est devenu ? »

Teddybear secoua la tête.

« Et le docteur Lang ? Il est vivant ?

— Il était pas dans l'infirmerie, répondit Teddybear en s'efforçant de ne pas regarder la montagne d'éboulis. Je suis pas allé voir dans ses quartiers.

— On va y aller, alors. Ils peuvent nous être utiles, lui et tous les antidouleurs qu'il pourra récupérer. J'aurai besoin d'autres pansements aussi. Et il nous faut des bouteilles, des bouteilles en plastique, si on peut en trouver. Pour récupérer la flotte des toilettes.

— Colonel ? intervint Roland, que Macklin écouta aussitôt avec attention. Il y a autre chose. L'air.

— Comment ça, l'air ?

— Le générateur est à l'arrêt. Le système électrique est mort. Comment ils vont faire, les ventilos, pour faire passer l'air dans les conduits ? »

Macklin, qui s'était vaguement, très vaguement laissé aller à espérer qu'ils allaient pouvoir survivre, vit cet espoir s'effondrer d'un seul coup. Sans les ventilos, pas moyen de faire circuler d'air frais à l'intérieur du complexe. Il allait falloir faire avec l'atmosphère viciée qu'ils respiraient en ce moment même ; seulement, à partir d'un certain niveau de dioxyde de carbone, ils allaient mourir.

Dans combien de temps, il n'en savait rien. Quelques heures ? Quelques jours ? Quelques semaines ? Il ne pouvait pas se permettre de penser au-delà de l'instant présent, et en cet instant, la chose la plus importante, c'était de trouver à boire, à manger et une équipe de corvée.

« On a plein d'air, répondit-il. Y en a assez pour tout le monde, et d'ici qu'il commence à se raréfier, on aura bien trouvé une façon de sortir. D'accord ? »

Roland avait très envie d'y croire ; il fit oui de la tête. Derrière lui, le Soldat Fantôme l'imita, puis confia à Macklin : « Brave petit gars, celui-là. »

Le colonel alla voir l'état de ses propres quartiers, au bout du couloir. La porte avait été arrachée de ses gonds et le plafond s'était écroulé ; il y avait un énorme trou dans le sol, qui avait englouti le lit et la table de chevet. La salle de bains était en ruines elle aussi, mais Macklin dénicha, à la lueur de la lampe, un peu d'eau qui restait dans la cuvette des toilettes. Il y plongea la main et but quelques gorgées, avant que Roland et Teddybear ne l'imitent à leur tour. Jamais l'eau n'avait eu un goût aussi délicieux.

Macklin se dirigea vers le placard. À l'intérieur, c'était un capharnaüm. Il s'agenouilla et, la lampe au creux de son bras, se mit à farfouiller, à la recherche de quelque chose qu'il savait être là.

Il lui fallut un bon moment pour le trouver.

« Roland, appela-t-il, viens voir ici. »

Le garçon s'avança jusqu'à lui. « Oui, mon colonel ? »

Macklin lui donna le pistolet-mitrailleur Ingram tombé de l'étagère.

« Tiens, c'est à toi maintenant. » Puis il bourra de chargeurs les poches de son blouson d'aviateur.

Roland passa le manche de la hache sacrée dans sa ceinture pour prendre l'Ingram à deux mains. Le pistolet-mitrailleur n'était pas lourd, mais lui sembla... *légitime*. Oui, c'était ça. Légitime et important, comme un indispensable sceau royal digne d'être confié à un chevalier.

« T'y connais quelque chose, aux armes à feu ? lui demanda Macklin.

— Mon père m'emmène... » Roland s'arrêta. Non, ça n'allait pas. Pas du tout. « Avant, j'allais faire du tir dans un stand, se corrigea-t-il. Mais j'ai jamais utilisé un engin comme ça.

— Je te montrerai ce qu'il faut savoir. C'est toi qui seras ma gâchette quand j'en aurai besoin. » Il éclaira Teddybear, qui se tenait à quelques pas et les écoutait. « À partir de maintenant, ce garçon reste à côté de moi », lui annonça-t-il, et le capitaine opina de la tête sans rien dire. Macklin n'avait plus confiance en lui ; il était trop proche du pétage de plombs. Mais pas le garçon. Non. Celui-là, il était malin et avait une volonté de fer, car il lui avait vraiment fallu un sacré estomac pour se glisser dans ce trou et faire ce qu'il y avait fait. Physiquement, on aurait dit une mauviette de même pas quarante-cinq kilos, mais s'il avait dû craquer, il l'aurait fait depuis longtemps.

Roland passa la courroie de l'arme à son épaule, l'ajustant pour pouvoir la saisir le plus vite possible. À présent, il était prêt à suivre le roi où qu'il aille. Des visages remontèrent à la surface boueuse de sa mémoire, un homme et une femme, mais il les repoussa dans les profondeurs. Ces visages, il ne voulait plus s'en souvenir. Ça n'aurait fait que l'affaiblir.

Macklin était prêt.

« Ok, lança-t-il, on va voir ce qu'on peut trouver. » Et il s'enfonça dans les ténèbres, suivi du bossu borgne et du garçon aux lunettes cassées.

LE VENTRE DE LA BÊTE

« Si vous pensez vraiment qu'on peut passer là-d'dans, déclara Jack Tomachek, c'est un psychiatre qu'y vous faut. »

Sister ne répondit pas. Venu du fleuve, le vent lui soufflait en plein visage, si violemment qu'elle devait plisser les yeux pour se protéger de ces aiguilles de glace qui descendaient en tourbillons depuis l'immense nappe de nuages fuligineux qui s'étirait au-dessus d'eux, d'un horizon à l'autre. Çà et là, un rayon de soleil d'un jaune maladif parvenait à percer cette masse céleste et parcourait le panorama un bref instant, tel le projecteur d'un mirador dans un film d'évasion de série B, avant de s'éteindre quand les nuages se refermaient. L'estuaire lui-même était comme boueux tant il charriait de cadavres, de débris et d'épaves noircies de bateaux et de péniches qui descendaient paresseusement vers l'Atlantique. Sur l'autre rive, les raffineries brûlaient encore avec des flammes immenses, et une épaisse fumée noire tourbillonnait comme un maelstrom au-dessus du New Jersey.

Derrière elle, Artie, Beth et la Latina étaient emmitouflés dans des couches de rideaux et de manteaux superposés pour se protéger du vent. La fille avait pleuré presque toute la nuit, mais à présent elle avait les yeux secs, comme si elle n'avait plus de larmes.

En contrebas du promontoire sur lequel ils se tenaient, l'entrée du Holland Tunnel était bouchée par un amas de véhicules dont les réservoirs avaient explosé. Mais ça n'était pas le pire ; le pire, observait Sister, c'était que ces carcasses baignaient jusqu'aux moyeux dans l'eau sale de l'Hudson. Quelque part à l'intérieur de ce long boyau obscur, une paroi avait dû céder et le fleuve s'y déversait, pas encore suffisamment pour que l'ensemble s'écroule comme le Lincoln Tunnel, mais tout de même assez pour qu'une éventuelle traversée revienne à patauger dangereusement dans un marécage de voitures calcinées, de corps gonflés et Dieu savait quoi d'autre.

« J'ai pas vraiment envie de nager, poursuivit Jack. Ni de me noyer. Si jamais cette saloperie nous tombe sur la gueule, on peut faire nos prières.

— Bon, d'accord, t'as une meilleure suggestion ?

— On va essayer le pont de Brooklyn. Ou alors celui de Manhattan. N'importe où sauf ici. »

Sister réfléchit un moment. Elle tenait son sac de cuir bien serré contre son flanc, elle sentait le contour de l'anneau de verre à l'intérieur. Cette nuit, elle avait rêvé de cette créature à la main enflammée qui rôdait dans les ruines et la fumée, la cherchant du regard. Cette chose, elle en avait bien plus peur que de ce tunnel à demi inondé.

« Et si y a plus de ponts ?

— Hein ?

— Si jamais ils sont bousillés ? reprit-elle calmement. Regarde un peu autour de toi : tu crois vraiment que ces ponts, fins comme ils sont, ils ont pu rester debout alors que l'Empire State Building est en miettes ?

— C'est possible. On le saura pas si on va pas voir.

— Et ça nous aura fait perdre une journée de plus, et là le tunnel, y a des chances qu'il soit complètement inondé. Je sais pas vous, mais moi ça me dérange pas de m'mouiller un peu.

— Non, non, fit Jack en secouant énergiquement la tête. Pas question que j'mette les pieds là-dedans ! Et toi, t'es barge si tu l'fais. Pourquoi tu veux quitter Manhattan, en fait ? Ici, on peut trouver à manger, et on peut s'abriter dans notre sous-sol ! On est pas obligés de partir !

— Toi peut-être pas, répliqua Sister, mais moi, si. Y a plus rien ici.

— J'viens avec vous ! s'exclama Artie. J'ai pas peur, moi.

— Qui a dit qu'j'avais peur ? grinça Jack. J'ai pas peur ! C'est juste que j'suis pas givré, bordel !

— Et toi, Beth ? demanda Sister en se retournant vers la jeune femme. Tu viens avec nous ? »

Inquiète, Beth jeta un regard vers l'entrée dangereusement

obstruée du tunnel, et finit par lâcher : « Oui. Je viens. »

Sister toucha alors le bras de la Latina, désigna du doigt le Holland Tunnel et fit le geste de marcher avec son index et son majeur. La femme était encore trop en état de choc pour réagir.

« Bon, va falloir qu'on reste bien groupés, avertit Sister à l'intention de Beth et Artie. Ça pourrait être profond là d'dans. Le mieux, c'est de se donner la main pour que personne se perde. Ok ? »

Les deux firent oui de la tête. Mais Jack renâcla : « Vous êtes givrés ! Vous êtes tous malades ! »

Sister, Beth et Artie se mirent à descendre de la crête en direction de l'entrée du tunnel. La Latina les suivit. Jack se mit à crier : « T'y arriveras jamais, ma vieille ! » Mais les autres ne s'arrêtèrent pas, ne regardèrent même pas en arrière, et quelques instants après, Jack descendait à son tour pour les suivre.

Sister s'arrêta, de l'eau glacée jusqu'aux chevilles. « Passe-moi ton briquet, Beth », réclama-t-elle. Celle-ci le lui donna, mais Sister ne l'alluma pas encore. Elle prit d'abord la main de Beth, Beth celle d'Artie, et Artie celle de la Latina. Jack Tomachek fermait la marche, dernier maillon de la chaîne.

« Ok. » Elle entendit la peur dans sa voix, et elle savait qu'il allait lui falloir mettre un pied devant l'autre tout de suite.

« On y va. » Elle avança, contournant les épaves des véhicules, et pénétra dans le tunnel ; l'eau lui arrivait aux genoux à présent. Des rats crevés dansaient comme des bouchons de liège à la surface.

Moins de trois mètres plus loin, elle avait de l'eau jusqu'aux cuisses. Elle tourna alors la molette du briquet et la maigre flamme jaillit. Pour révéler une fantasmagorie cauchemardesque de métal tordu qui leur barrait le chemin – voitures, camions et taxis, déchiquetés, formes chimériques à demi immergées. Les parois du tunnel étaient si noircies par la chaleur qu'elles semblaient absorber la lumière et non la réfléchir. Sister savait que l'explosion de tous ces réservoirs d'essence avait dû transformer ce boyau en fournaise infernale.

Au loin devant elle, elle entendait les échos d'une chute d'eau.

Elle tira la chaîne humaine vers l'avant. Autour d'elle flottaient des choses qu'elle évitait de regarder. Beth émit un petit cri d'horreur étouffé. « Continue, lui intima Sister, regarde pas autour de toi. »

L'eau remontait le long de ses cuisses.

« J'ai marché sur quelque chose ! hurla Beth. Oh, mon Dieu... y a quelque chose sous mon pied ! »

Sister lui serra la main plus fort et la fit avancer. Six pas plus loin, elle avait de l'eau jusqu'à la taille. Elle jeta un coup d'œil par-dessus son épaule : l'entrée était à une vingtaine de mètres et la lumière bourbeuse qui en filtrait semblait lui faire signe de revenir. Mais elle se reconcentra aussitôt sur ce qui était devant, et son cœur faillit s'arrêter d'un seul coup. La faible lueur du briquet se reflétait sur une énorme masse de métal déformé qui bloquait presque entièrement le tunnel : un amas de choses qui avaient dû être des voitures, soudées par la chaleur infernale. Sister trouva un petit espace pour s'y faufiler, ses pieds dérapant sur un truc glissant au fond. À présent, c'étaient des ruisselets d'eau qui tombaient sur eux, et elle n'avait qu'une chose en tête : la protection du briquet. Là-bas, dans le lointain, le bruit de cascade était toujours présent.

« Ça va se casser la gueule ! beugla Jack. Bon Dieu... ça va nous tomber d'ssus !

— Avance ! lui hurla Sister. T'arrête pas ! »

Devant eux, au-delà de la minuscule lueur de la flamme, il n'y avait rien d'autre que d'insondables ténèbres. Et si c'était une vraie impasse ? se disait-elle, en sentant monter peu à peu la panique. Et si on n'y arrivait pas ? Calme-toi, calme-toi. Un pied devant l'autre. Puis tu recommences.

L'eau lui arrivait à la taille et continuait à monter à chaque pas.

« Écoutez ! », s'écria brusquement Beth en s'arrêtant net. Artie se cogna contre elle et faillit glisser dans cette eau répugnante.

Sister ne distinguait rien d'autre que le fracas de la cascade, plus proche à présent. Elle fit un mouvement pour tirer Beth vers elle, et entendit alors un profond grondement au-dessus de leurs têtes. On est dans le ventre de la bête, se dit-elle. Comme Jonas, avalés vivants.

Quelque chose tomba dans l'eau avec un grand *plouf*, pile devant elle. D'autres choses se mirent à tomber sur le métal émergé, qu'elles faisaient résonner dans un fracas de marteaux.

Des pierres, comprit Sister. Bon Dieu ! Le plafond va céder !

« Ça s'effondre ! », hurla Jack, presque asphyxié de terreur. Sister l'entendit battre l'eau frénétiquement, et comprit qu'il avait craqué. Elle tourna la tête et le vit rebrousser chemin comme un forcené. Il glissait, trébuchait dans l'eau, remontait à la surface en sanglotant. « J'veux pas mourir ! hurlait-il. J'veux pas mourir ! » Et l'écho de ses cris le suivait au loin.

« Personne ne bouge ! », ordonna Sister avant que les autres ne s'enfuient à leur tour. Les pierres continuaient à tomber autour d'eux, et elle serra la main de Beth si fort qu'elle sentit ses phalanges sur le point d'éclater. La chaîne humaine trembla, mais tint bon. Au bout du compte, les chutes de pierres cessèrent et le grondement s'estompa aussi.

« Ça va, tout le monde ? Beth ? Et la fille, Artie ?

— Ça va, répondit-il d'une voix chevrotante. Mais j'crois bien que j'me suis chié d'ssus.

— La merde, je peux gérer. La panique, non. On continue ou pas ? »

Beth avait les yeux vagues. Bon, se dit Sister, elle est dans le coaltar. C'est sans doute mieux comme ça.

« Artie ? T'es prêt ? », l'interpella-t-elle, et pour toute réponse, Artie ne put émettre qu'un grognement.

Ils poursuivirent leur chemin, pataugeant dans une eau qui leur arrivait aux épaules à présent. Et toujours aucune lueur devant eux, aucune issue. Sister sursauta quand un morceau de roche de la taille d'une plaque d'égout alla percuter à grand fracas la carcasse d'un camion à trois mètres d'eux à peine. Le bruit de la cascade était plus proche, et au-dessus de leurs têtes le tunnel entier gémissait sous la pression de l'Hudson. Derrière eux, elle entendit une voix à peine perceptible : « Revenez ! Revenez ! » En son for intérieur, elle souhaita le meilleur à Jack Tomachek avant que le grondement de la cascade ne noie définitivement les échos de ses cris.

Son sac était plein d'eau, ses vêtements la tiraient lourdement vers le fond, mais elle gardait le bras levé et le briquet allumé. Il commençait à lui brûler un peu les doigts, mais elle n'osait pas l'éteindre. À sa lueur, Sister voyait la vapeur de sa respiration monter dans l'air glacé, alors que l'eau commençait à lui paralyser les jambes et lui raidir les genoux. Un pied devant l'autre, s'ordonna-t-elle. Et on recommence. Allez, on continue !

Ils dépassèrent une autre énorme sculpture surréaliste de véhicules amalgamés ensemble, et la Latina poussa un cri de douleur en s'entaillant la jambe sur du métal tranchant immergé, mais elle serra les dents et ne flancha pas. Un peu plus loin, c'est Artie qui se coinça le pied, trébucha et tomba, remontant en toussant et crachant, mais sans autre dommage.

Ils arrivèrent alors à un tournant du tunnel, et Sister cria : « Stop ! »

Devant eux, étincelant dans le faible halo lumineux, une cascade d'eau dégringolait du plafond, sur toute la largeur du tunnel. Il allait falloir passer à travers, et Sister savait parfaitement ce que cela impliquait.

« Va falloir que j'éteigne le briquet maintenant, le temps qu'on passe, les avertit-elle. Allez, tout le monde se cramponne. Prêts ? »

Beth la serra plus fort, et Artie croassa : « Prêts... »

Sister referma le briquet. Les ténèbres les engloutirent. Le cœur de Sister battait la chamade, mais elle tint le briquet aussi fermement que possible afin de le protéger et avança.

Le choc de la cataracte fut tel qu'il lui fit perdre l'équilibre. Elle lâcha la main de Beth et entendit la jeune femme hurler. Avec des gestes désordonnés et frénétiques, Sister essaya de se redresser, mais quelque chose de gluant la retenait au fond. Elle avait de l'eau dans la bouche, dans les yeux, n'arrivait plus à reprendre sa respiration et, dans ce noir absolu, elle avait perdu ses repères. Son pied gauche était coincé et un cri était tout près de sortir de ses lèvres, néanmoins elle savait que si elle le laissait échapper ils étaient tous perdus. Elle battit l'eau de sa main libre en tentant de garder le briquet en l'air de l'autre, et soudain des doigts agrippèrent son épaule.

« J'te tiens ! », cria Beth, elle-même sous les chocs de la cascade. Elle releva Sister, qui dégagea sa jambe au prix d'un effort qui faillit arracher la basket de son pied. Et, enfin libre, elle se remit à avancer, guidant les autres pour leur faire contourner le piège.

Combien de temps leur fallut-il pour franchir la chute ? Deux minutes ? Trois ? Elle ne savait pas, mais le fait est que, d'un coup, ils se retrouvèrent de l'autre côté et qu'elle ne cherchait plus sa respiration. Son crâne, ses épaules, tout le haut de son corps étaient aussi endoloris que si elle avait servi de punching-ball.

« On l'a fait ! », cria-t-elle, et elle poursuivit son chemin en tirant les autres, toutefois au bout de quelques mètres, sa hanche heurta du métal. Elle tenta alors de rallumer le briquet.

Une étincelle, mais pas de flamme.

« Oh, mon Dieu ! », se dit Sister. Nouvelle tentative. Une gerbe d'étincelles... et rien d'autre.

« Allez, allez... », chuchota-t-elle. À la troisième tentative, elle était déjà beaucoup moins dans la séduction : « Allume-toi, saleté ! » Mais il ne voulait rien savoir, et aux deux tentatives suivantes non plus.

À la huitième, une toute petite flamme apparut, vacilla et faillit s'éteindre. Presque plus de gaz, se dit Sister. Il fallait qu'ils sortent de là avant qu'il ne lâche complètement ; elle n'avait jamais réalisé à quel point la santé mentale pouvait dépendre d'une minuscule flamme.

À côté d'elle, le capot d'une Cadillac, avec sa calandre tordue, dépassait de l'eau tel le museau d'un alligator. Devant elle, il y avait une autre voiture, retournée sur le toit, presque entièrement immergée, les pneus arrachés des roues. Ils se trouvaient en plein milieu d'un labyrinthe d'épaves, à peine éclairé par le halo presque réduit à néant. Sister avait commencé à claquer des dents et avait l'impression que ses jambes s'étaient changées en plomb, du plomb glacé.

Ils poursuivirent leur chemin, prudemment, un pas après l'autre. Les grondements recommencèrent au-dessus de leurs têtes et des débris tombèrent encore du plafond, mais Sister se rendit compte que l'eau ne lui arrivait plus qu'à la taille.

« On est presque au bout ! cria-t-elle. Merci mon Dieu ! On est presque au bout ! » Elle tendit le cou pour essayer de voir la lumière au bout du tunnel, mais elle n'était pas encore visible. T'arrête pas ! Tu y es presque !

Elle trébucha sur quelque chose.

Il y eut un *glouglou*, de grosses bulles éclatèrent près d'elle, et du fond de l'eau sale remonta un cadavre, noirci, tordu et flétri comme un morceau de bois, les bras raides figés devant son visage, la bouche ouverte en un cri silencieux.

Le briquet s'éteignit.

Dans le noir, Sister sentit le corps venir s'appuyer sur son épaule. Elle resta pétrifiée, le cœur battant, prêt à exploser dans sa poitrine, et elle comprit qu'en cette seconde, soit elle perdait l'esprit, soit...

Elle prit une grande inspiration tremblante et repoussa la chose de l'avant-bras. Le cadavre coula à nouveau avec un bruit semblable à un gloussement.

« Je vais nous tirer de là, s'entendit-elle jurer, avec dans la voix une résolution têtue qu'elle ne soupçonnait pas elle-même. L'obscurité, qu'elle aille se faire foutre ! Nous, on sort ! » Elle mit un pied devant l'autre, puis recommença, et recommença encore. Petit à petit, l'eau baissait, ne leur arrivant plus qu'aux genoux à présent. Et puis, combien de temps et combien de pas après, Sister n'en avait pas la moindre idée, elle aperçut la sortie du Holland Tunnel. Ils avaient atteint la rive du New Jersey.

LA PLUS MERVEILLEUSE DES LUMIÈRES

« De l'eau... s'il vous plaît... donnez-moi de l'eau... »

Josh ouvrit les yeux. La voix de Darleen était de plus en plus faible. Il se redressa et alla fouiller, toujours à quatre pattes, dans le tas de boîtes de conserve qu'il avait récupérées et empilées dans un coin. Il y en avait des dizaines, pas mal étaient crevées et fuyaient, mais dont le contenu semblait néanmoins encore intact. À leur dernier repas, ils avaient mangé des haricots et bu du jus de fruits, l'ouverture des boîtes ayant été bien facilitée par la découverte opportune d'un tournevis. Dans la terre, il avait également déniché une pelle cassée et une pioche, ainsi que d'autres bricoles tombées des rayonnages du magasin. Josh avait tout rangé dans cet angle du sous-sol, disposant méticuleusement outils, petites et grandes boîtes, avec la maniaquerie d'un collectionneur pathologique.

Il retrouva le jus de fruits et repartit vers Darleen. Avec ces efforts, il se sentait à nouveau las et en sueur ; sans compter que l'odeur de la tranchée qu'il avait creusée tout au bout pour leur servir de toilettes n'arrangeait pas les choses côté atmosphère.

Il allongea la main dans le noir et trouva le bras de Swan. Elle soutenait la tête de sa mère.

« Tenez... », murmura-t-il en inclinant la boîte pour la poser sur la bouche de la femme, qui but à grosses gorgées bruyantes avant de la repousser.

« De l'eau, implora-t-elle. S'il vous plaît... un peu d'eau.

— Je suis désolé. Y en a pas.

— Merde, marmonna-t-elle. J'suis brûlante. »

Josh posa doucement les doigts sur son front : c'était comme toucher un gril, bien pire que sa propre fièvre. Plus loin, PawPaw s'accrochait toujours à la vie, partant de temps en temps dans des délires où se mêlaient gophers, clés perdues de son camion et une femme prénommée Goldie.

« Blakeman, lança Darleen d'une voix rauque. Y faut... y faut qu'on aille à Blakeman. Swan, ma chérie ? T'en fais pas, on va y arriver.

— Oui, m'man », répondit doucement la fillette, et Josh entendit dans sa voix qu'elle savait : sa mère n'en avait plus pour longtemps.

« Dès qu'y viennent nous sortir de là. On repart. Mon Dieu, je vois d'ici la tête de mon père ! poursuivit-elle en riant, ce qui fit gargouiller ses poumons. Ah, la vache, y va halluciner !

— Mais il va être content de nous voir, hein ? demanda Swan.

— Ah, ça oui ! Si seulement... si seulement y venaient nous tirer de là. C'est quand, qu'y viennent ?

— Bientôt, maman. »

Elle a pris dix ans depuis l'explosion, cette gamine, pensa Josh.

« J'ai... j'ai fait un rêve où on était à Blakeman, reprit Darleen. Toi et moi, on était... en train de se balader, et je voyais la maison de mon enfance... juste devant nous, à l'autre bout du champ. Et le soleil... le soleil qui brillait si fort. Oh, quelle belle journée... Et puis je regardais vers la maison et je voyais mon papa sur la terrasse de devant... et il me faisait signe de le rejoindre. Il... il ne me détestait plus. Et puis tout d'un coup... c'est ma maman qui est sortie de la maison, et elle était à côté de lui sur la terrasse... et ils se tenaient par la main. Et elle m'appelait : “Darleen ! Darleen ! On t'attend, ma puce ! Reviens à la maison, maintenant !” »

Elle s'interrompit et ils n'entendirent plus que son halètement humide.

« On... on s'est mises à traverser le champ, mais là maman a dit : “Non, ma chérie ! Juste toi. Juste toi. Pas la petite.” Mais moi je voulais pas y aller sans mon petit ange, et j'avais peur. Alors maman, elle a dit : “La petite fille, il faut qu'elle poursuive son chemin. Un long, long chemin.” Oh... qu'est-ce que j'avais envie de le traverser, ce champ... j'avais envie... mais...

je pouvais pas. » Elle trouva la main de Swan. « Je veux rentrer chez moi, ma chérie.

— C'est pas grave, chuchota Swan en caressant ce qui restait des cheveux de sa mère, trempés de sueur. Je t'aime, maman. Je t'aime très fort.

— Oh… J'ai tout foiré, reprit Darleen, un gros sanglot se brisant dans sa gorge. J'ai foiré… tout c'que j'ai touché dans ma vie. Oh, mon Dieu… qui c'est qui va prendre soin de mon petit ange ? J'ai peur… j'ai si peur… »

Elle se mit à sangloter plus fort, la tête reposant dans les bras de Swan, qui lui murmurait : « Chhhhut, maman. Je suis là. Je suis près de toi. »

Josh s'éloigna, rampant jusqu'à son coin où il se pelotonna pour échapper à tout ça.

Impossible de dire combien de temps se passa, peut-être des heures, mais il se redressa en entendant un bruit près de lui.

« Monsieur ? »

La voix de Swan était faible, pleine de douleur.

« Je crois… je crois que ma maman, elle est rentrée chez elle. »

Ce n'est que là qu'elle fondit en larmes, pleurant et gémissant à la fois.

Josh l'enveloppa de ses bras et elle s'accrocha à son cou pour pleurer et pleurer encore au creux de son épaule. Il sentait le cœur de la fillette battre contre lui et eut envie de crier de rage ; s'il avait pu mettre la main sur n'importe lesquels de ces sales abrutis gonflés d'orgueil qui avaient appuyé sur les boutons, il leur aurait brisé la nuque comme on brise une allumette. Rien qu'à essayer d'estimer combien de millions de morts il pouvait y avoir, là, au-dehors, Josh avait le vertige ; c'était comme essayer d'estimer la taille de l'univers, ou combien de milliards d'étoiles pouvaient scintiller dans le ciel. Mais là, il n'y avait rien d'autre que cette petite fille qui sanglotait dans ses bras, et qui ne verrait plus jamais le monde comme avant. Quoi qu'il puisse leur arriver désormais, elle allait être marquée à jamais par ce moment ; et Josh aussi, le savait. Car c'était une chose de savoir qu'il y avait sans doute des millions de morts sans visage là-haut ; mais savoir qu'une femme qui respirait et parlait encore il y a peu, une femme qui s'appelait Darleen, avait rendu son dernier soupir à même la terre à moins de trois mètres, c'était totalement différent.

Et il allait devoir l'enterrer dans cette même terre. Prendre cette pioche et cette pelle cassée et creuser une tombe à genoux. L'enterrer le plus profond possible, qu'ils n'aient pas à ramper sur son corps dans le noir.

Il sentait les larmes de l'enfant sur son épaule, et quand il leva la main pour lui toucher les cheveux, ses doigts ne trouvèrent que des cloques et des poils rêches et brûlés.

En cet instant, il implora Dieu, s'ils devaient mourir, de faire partir l'enfant avant lui pour qu'elle ne reste pas seule avec les morts.

Swan pleura et pleura encore ; et puis, dans un dernier petit gémissement, elle se blottit, toute molle, contre Josh.

« Swan ? lui murmura-t-il. Je veux que tu restes ici, que tu t'assoies et que tu ne bouges pas pendant un moment. Tu veux bien faire ce que je te demande ? »

Elle ne réagit pas immédiatement, mais finit par faire oui de la tête.

Josh la posa au sol et alla chercher pioche et pelle. Il avait décidé de creuser la tombe le plus loin possible de Swan, et commença à pousser sur le côté un bric-à-brac de tiges de maïs, verre cassé et bouts de bois.

De la main droite, il effleura quelque chose de métallique à moitié enseveli dans la terre meuble, et pensa d'abord qu'il s'agissait d'une nouvelle boîte à rajouter aux autres. Mais c'était différent, un cylindre bien plus mince. Il le prit dans ses mains et le parcourut de ses doigts.

C'est pas une boîte, comprit-il. C'est pas une boîte. Oh, bon Dieu ! Bon Dieu de bon Dieu !

C'était une lampe torche, et assez lourde pour laisser penser que les piles étaient à l'intérieur.

De son pouce, il trouva le bouton on-off. Mais il n'osa pas le pousser, pas avant d'avoir fermé les yeux et chuchoté :

« S'il vous plaît, s'il vous plaît. Faites qu'elle marche encore. S'il vous plaît. »

Il inspira un bon coup et pressa le petit bouton.

Il ne sentit aucun changement, aucune sensation de lumière entre ses paupières closes.

Josh ouvrit les yeux et ne vit que les ténèbres. La lampe était fichue.

Il faillit éclater de rire, mais à la place, son visage se déforma de rage et il cria : « Putain de merde ! », avant de faire le geste de la lancer violemment contre le mur pour la briser en mille morceaux.

Mais alors qu'il avait déjà le bras armé, l'ampoule de la lampe, secouée par le mouvement, laissa échapper un petit, un timide rayon jaune, qui, pour Josh, apparut comme la lumière la plus puissante, la plus merveilleuse de toute la création. Elle faillit d'abord l'aveugler, puis s'éteignit à nouveau. Il la secoua vigoureusement ; la lampe jouait avec ses nerfs, s'allumant puis s'éteignant encore et encore. Josh passa alors deux doigts par le verre cassé pour toucher l'ampoule elle-même. Tout doucement, les doigts tremblants, il la tourna légèrement dans le sens des aiguilles d'une montre.

Et cette fois, elle resta allumée : une lumière faible, un peu trouble, mais une lumière.

Josh baissa la tête et se mit à pleurer.

LA FIN DE L'ÉTÉ

La nuit les enveloppa sans crier gare alors qu'ils remontaient Communipaw Avenue, dans les ruines de Jersey City, près de la baie de Newark. Ils avaient trouvé un tas de débris qui brûlaient encore à l'intérieur d'un bâtiment éventré et à ciel ouvert, et Sister avait décidé d'y faire étape. Les épais murs les protégeaient du vent glacial, et il y avait suffisamment de quoi entretenir le feu jusqu'au matin. Ils s'assirent, blottis près des flammes, car s'en éloigner de deux mètres à peine revenait à pénétrer dans une chambre froide.

Beth Phelps tendit les mains vers le brasier.

« Merde, qu'est-ce qu'il fait froid ! Pourquoi il fait si froid ? On est encore en juillet !

— Je suis pas scientifique, hasarda Artie, assis entre elle et la Latina, mais j'dirais qu'avec toutes ces explosions, ça a rejeté tellement de poussières et de saloperies dans l'air que ça a dû faire quequ'chose à l'atmosphère, j'sais pas, moi, faussé les rayons du soleil, un truc comme ça, quoi.

— Jamais... jamais j'ai eu aussi froid ! répondit-elle en claquant des dents. J'arrive pas à me réchauffer !

— L'été est fini, confirma Sister en fouillant dans son sac. Et j'ai pas l'impression qu'il va revenir de sitôt. » Elle sortit les tranches de jambon, ce qui restait du pain tout trempé et les deux boîtes d'anchois. Dans le sac que l'eau du fleuve avait rétréci, il y avait également plusieurs objets que Sister avait récupérés au cours de la journée : une petite casserole en aluminium avec un manche noir gainé de caoutchouc, un petit couteau-scie, un pot de café lyophilisé et un gant de jardin dont deux doigts manquaient. Bien à l'abri tout au fond se trouvait l'anneau de verre, que Sister n'avait ni regardé ni touché depuis qu'ils étaient sortis du tunnel. Elle se forçait à attendre pour voir et tenir son trésor, tel un cadeau qu'elle se ferait à la fin de la journée.

Personne n'avait reparlé du Holland Tunnel. C'était comme une sorte de rêve épouvantable, quelque chose qu'ils avaient vraiment envie d'oublier. Mais Sister se sentait plus forte à présent. S'ils avaient réussi à le franchir, ils allaient pouvoir survivre à une nouvelle nuit, puis à une nouvelle journée.

« Prenez un peu de pain, leur proposa-t-elle. Tenez, et mollo sur le jambon. » Elle mâchonnait un morceau tout en regardant la Latina manger.

« T'as un prénom ? », l'interrogea Sister.

La fille leva les yeux vers elle, mais sans autre réaction.

« Un prénom, quoi, répéta Sister en faisant de la main le geste d'écrire. C'est quoi, ton prénom ? »

La fille était occupée à couper avec les doigts une tranche de jambon en petits morceaux.

« Peut-être qu'elle est pas bien, suggéra Artie. Enfin, peut-être que de perdre sa gamine comme ça, ça l'a rendue folle. Vous croyez que c'est possible ?

— Peut-être, confirma Sister en avalant le pain au goût de cendres.

— Je crois qu'elle est portoricaine, réfléchit Beth. C'est bête, j'ai failli prendre espagnol à la fac, mais finalement je me suis retrouvée dans un module d'introduction à la musique.

— Et qu'est-ce que tu fais... » Artie s'interrompit brusquement et on vit apparaître sur ses lèvres un petit sourire, qui s'effaça peu à peu. « Qu'est-ce que tu faisais dans la vie, Beth ?

— Moi, je suis secrétaire chez Holmhauser, fournitures de plomberies en gros, sur la 11e Rue Est. Troisième étage, le bureau dans le coin du Broward Building. Je suis la secrétaire de monsieur Alden, lui, c'est le vice-président... enfin c'était le vice-président. » Elle hésita, essayant de se remémorer. « Monsieur Alden avait la migraine et il m'a demandé d'aller lui chercher un tube d'aspirine au drugstore juste en face. Je me souviens... J'étais juste au carrefour de la Onzième et de la Cinquième Avenue, j'attendais que le feu passe au vert. Et puis voilà qu'un beau mec me demande si je connais tel restaurant de sushis, je sais plus quel nom il m'a dit, mais je lui dis que non. Le feu passe au vert, et tout le monde traverse, mais moi je voulais continuer à lui parler, à ce type, parce qu'il était vraiment mignon et puis... ben, je rencontre pas beaucoup de mecs avec qui j'aurais envie de sortir, quoi. On est sur le passage clouté, au milieu de l'avenue, et voilà qu'il se retourne, me regarde, sourit, et me fait : "Moi c'est Keith. Et vous ?" Beth eut un sourire triste et secoua la tête. « J'ai même pas eu le temps de lui répondre. Je me souviens qu'y a eu une espèce de grondement, très très fort, et puis j'ai senti comme une vague de chaleur qui m'a pratiquement fait tomber par terre. Après, je crois qu'y a quelqu'un qui m'a attrapé la main et qui m'a dit de courir. Alors j'ai couru. Comme une dératée. Et j'entendais les gens hurler, et je crois que je hurlais, moi aussi. Ensuite, plus rien, jusqu'à ce que j'entende quelqu'un déclarer : "Elle est toujours vivante." Et moi ça m'a mise en rogne. Je me disais, ben bien sûr que j'suis toujours vivante ! Pourquoi j'le serais pas ? J'ai ouvert les yeux, et y avait monsieur Kaplan et Jack penchés sur moi. »

Beth fixa son regard sur Sister.

« Dis-moi, on est... on est pas les seuls à... Enfin... on est pas tout seuls, tout seuls, hein ?

— Non, ça m'étonnerait. Ceux qui ont réussi à sortir comme nous, ils sont probablement en route vers l'ouest... ou le nord, ou le sud, d'ailleurs, répondit Sister. Y a vraiment aucune raison d'aller vers l'est, ça c'est certain.

— Mon Dieu, suffoqua brusquement Beth. Mes parents. Ma petite sœur. Ils habitent Pittsburgh. Tu penses pas... que Pittsburgh, c'est comme ici ? Enfin, je veux dire... Ça se peut que Pittsburgh ait rien, non ? » Elle avait un sourire bizarre, mais ses yeux étaient écarquillés. « Y a pas grand-chose à bombarder de toute façon, à Pittsburgh, hein ?

— Non, c'est vrai », la rassura Sister, qui ouvrit l'une des boîtes d'anchois à l'aide de la petite clé. Elle savait qu'un aliment aussi salé allait leur donner encore plus soif, mais bon, ça se mangeait, c'était l'essentiel. « Quelqu'un en veut ? », proposa-t-elle avant d'attraper un filet qu'elle avait tiré de l'huile avec son doigt ; le goût prononcé de poisson faillit la faire vomir, mais elle finit par avaler, en se disant que dans le poisson, il y avait de l'iode, ou un truc comme ça qui était bon pour elle. Artie et Beth en prirent un aussi, mais la Latina détourna la tête.

Ils terminèrent le pain. Sister mit le jambon restant dans son sac, puis vida l'huile des anchois par terre avant de ranger la boîte. Jambon et anchois pourraient leur durer encore deux ou trois jours s'ils se rationnaient. Mais demain, c'était à boire qu'il leur faudrait absolument trouver.

Ils restèrent assis, recroquevillés autour du feu, écoutant le vent siffler de l'autre côté des murs. De temps à autre, une bourrasque égarée s'engouffrait à l'intérieur, faisant voler les cendres comme des gerbes de comètes, avant de repartir en tourbillon. On n'entendait que le vent et le crépitement des flammes, et Sister avait le regard plongé dans le cœur orangé du feu.

« Sister ? »

Elle leva les yeux vers Artie.

« Ça te... ça t'embêterait si je le prenais un peu ? », la pria-t-il, la voix pleine d'espoir.

Elle savait de quoi il parlait. Ni lui ni elle ne l'avaient tenu depuis ce jour-là, dans les ruines de la cristallerie. Sister plongea la main dans son sac, poussant le bric-à-brac qui s'y trouvait, et referma les doigts sur l'objet, toujours entouré de la chemise rayée toute roussie. Elle le sortit et le déballa du tissu humide.

Absorbant la lueur des flammes, l'anneau de verre, ses cinq pointes et les joyaux enchâssés dedans s'illuminèrent instantanément, comme en une explosion. L'objet brillait telle une boule de feu, sans doute encore plus vive qu'auparavant. Il pulsait au rythme des battements de son cœur, comme animé par sa force vitale, et les fils d'or, de platine et d'argent étincelaient.

« Oh... », murmura Beth. L'éclat des pierres précieuses se reflétait dans ses yeux. « Oh... mais qu'est-ce que c'est ? J'ai jamais vu quelque chose de pareil... jamais.

— C'est Sister qui l'a trouvé », répondit Artie, la voix révérencieuse, les yeux rivés à l'anneau de verre. Implorant, il tendit les mains. « Je... je peux... s'il te plaît ? »

Sister le lui passa. Quand Artie le prit, les pulsations changèrent de rythme et de tempo, s'adaptant à ceux du cœur d'Artie. Il secoua la tête, émerveillé, les yeux remplis d'un arc-en-ciel de couleurs. « Quand je le tiens, ça me fait du bien, murmura-t-il. Ça me fait penser que... que la beauté du monde est pas morte. » Il passa les doigts sur les piques de verre, dessinant de son index un cercle autour d'une émeraude de la taille d'une noisette. « Si vert... chuchota-t-il. Si vert... »

Il sentit l'odeur pure et fraîche d'une pinède. Il avait un sandwich dans les mains – pain de seigle et pastrami avec moutarde forte bien épicée, son préféré. Il sursauta, leva la tête et se vit au milieu d'un paysage de forêt verdoyante et de prairies de jade. Près de lui, une glacière contenait une bouteille de vin, dont un gobelet plein était posé à sa portée. Il était assis sur une grande nappe rayée. Une malle à pique-nique en osier était ouverte devant lui, débordant de victuailles. Je rêve, se dit-il. Mon Dieu, je rêve les yeux ouverts !

Alors il aperçut ses mains, brûlées et couvertes de cloques. Il portait toujours le manteau de fourrure et son pyjama rouge, ainsi que ces solides chaussures à bout pointu. Mais il ne ressentait plus aucune douleur, seulement la chaleur d'un soleil éclatant, et une brise soyeuse qui agitait les pins avec légèreté. Il entendit claquer une portière. Une Ford Thunderbird rouge était garée à dix mètres de là, et une grande jeune femme radieuse se dirigeait vers lui, portant un transistor dont s'échappait la chanson *Smoke Gets In Your Eyes*.

« On a bien choisi notre jour, hein ? sourit-elle en balançant le transistor au bout de son bras.

— Heu... oui, balbutia Artie, ébahi. Oui, c'est vrai. » Il lui semblait n'avoir jamais respiré d'air plus frais et plus pur. Et cette Thunderbird ! Mon Dieu, se dit-il. Elle avait une queue de renard accrochée à son antenne ! Mais oui, il s'en souvenait, de cette bagnole ! La plus belle, la plus rapide qu'il ait possédée, et... attends un peu pensa-t-il en voyant approcher la jeune femme. Qu'est-ce que ça veut dire...

« Bois ton vin, l'encouragea-t-elle. Ben quoi, t'as pas soif ?

— Heu... si. Si, si. » Il s'empara du gobelet et le vida rapidement. Il avait la gorge si sèche qu'elle lui brûlait. Il tendit le gobelet pour qu'elle le remplisse et le siffla tout aussi vite. C'est là qu'Artie regarda mieux la jeune femme au fond de ses yeux bleu clair, remarqua l'ovale de son visage et comprit qui elle était. Mais c'était impossible ! Elle avait dix-neuf ans, et ils étaient de retour à ce pique-nique, l'après-midi où il l'avait demandée en mariage.

« Tu veux ma photo, Artie ? lui lança-t-elle pour le taquiner.

— Désolé. C'est juste que... Enfin, que t'es redevenue jeune et que moi je suis là comme un vieux croûton en pyjama rouge. C'est pas juste, quoi. »

Elle fronça les sourcils comme si elle ne comprenait pas ce qu'il racontait.

« T'es bête, conclut-elle. Tu aimes pas ton sandwich ?

— Si, si, bien sûr. » Il mordit dedans, prêt à ce qu'il s'évanouisse entre ses dents comme un mirage, mais il mâchait bel et bien une bouchée de pastrami, et si c'était un rêve, alors c'était le meilleur sandwich rêvé qu'il ait jamais mangé ! Il se versa un troisième gobelet de vin et l'avala, tout joyeux. L'air était parfumé de ce doux arôme si pur de pinède, et Artie inspira profondément. Il tourna le regard vers l'horizon, et se dit que c'était bon d'être en vie !

« Ça va ?

— Hein ? Quoi ?! » La voix l'avait fait sursauter. Il cligna des paupières et se retrouva face au visage brûlé de Sister. Il avait toujours l'anneau de verre dans les mains.

« Je t'ai demandé si ça allait, répéta-t-elle. Ça fait bien trente secondes que tu fixes ce machin, là, avec des yeux comme des soucoupes.

— Oh. » Artie voyait à présent le feu, les visages de Beth et de la Latina, et les murs en ruines autour de lui. Je sais pas trop où j'étais parti, se dit-il, mais en tout cas je suis revenu. Il lui semblait avoir encore en bouche le goût de la charcuterie, de la moutarde et du vin. Il se sentait même un peu pompette, comme s'il avait trop bu, trop vite.

« Oui, oui, ça va. » Il laissa ses doigts courir encore un instant sur l'anneau avant de le rendre à Sister. « Merci », ajouta-t-il.

Elle le prit. Pendant un bref instant Artie eut l'impression de sentir… c'était quoi, ça ? De l'alcool ? Mais cette odeur imperceptible disparut aussitôt. Il se pencha en arrière et rota.

« Je peux le tenir ? implora Beth. Je ferai très attention. » Elle le prit des mains de Sister, sous les yeux de la Latina, qui l'admirait par-dessus son épaule. « Ça me rappelle quelque chose. Quelque chose que j'ai vu, expliqua-t-elle. Mais je sais plus quoi. » Elle fixa les topazes et les diamants qui pétillaient au cœur du verre. « Oh, mon Dieu, tu sais c'que ça peut valoir, ça ? »

Sister haussa les épaules. « Ça devait bien valoir un paquet de fric y a quelques jours, mais maintenant, je sais pas trop. Peut-être quelques conserves et un ouvre-boîte. Ou une boîte d'allumettes. Au mieux, un bidon d'eau. »

De l'eau, pensa Beth. Elle n'avait rien bu depuis cette gorgée de Canada Dry, il y avait bien vingt-quatre heures, et elle avait la bouche comme du papier de verre. Un peu d'eau… seulement une petite gorgée, ça serait le paradis.

Et soudain, ses doigts s'immergèrent dans le verre.

Sauf que ça n'était plus du verre ; c'était un petit torrent frais qui coulait joyeusement sur des pierres multicolores. Elle retira la main, et des gouttes retombèrent, tels des diamants, dans le courant.

Elle avait conscience de Sister qui l'observait, mais en même temps elle avait l'impression d'être loin d'elle, loin des décombres urbains autour d'eux ; elle sentait la présence de Sister, mais comme si cette dernière était dans une autre pièce d'un manoir magique dont Beth viendrait de trouver la clé. Le petit ruisseau d'eau vive et fraîche bruissait si plaisamment en rebondissant sur les pierres colorées. C'est impossible, se disait Beth, que j'aie de l'eau qui me coule à travers les jambes, là… et pendant un instant, le ruisselet trembla comme pour s'effacer, vision de brume dissipée par le soleil sévère de la raison. Non ! implora-t-elle. Pas encore !

L'eau continua à courir, juste sous ses doigts, venant de nulle part et allant nulle part.

Beth y replongea les mains. Si fraîche. Elle en recueillit un peu dans sa paume et la porta à sa bouche. C'était bien meilleur que tous les Perrier qu'elle avait pu boire dans sa vie. Elle en prit encore une gorgée, avant d'y plonger directement la bouche et de boire encore, l'eau vive caressant sa joue dans un baiser prolongé.

Sister pensait que Beth était entrée dans une sorte de transe. Elle avait vu ses yeux devenir soudain vitreux. Comme Artie tout à l'heure, Beth ne bougeait plus depuis au moins trente secondes.

« Hé ! lança-t-elle, avant d'allonger la main pour la secouer un peu. Hé ! Qu'est-ce qu'y va pas ? »

Beth leva la tête. Ses yeux s'éclaircirent aussitôt.

« Quoi ? Quoi ?

— Rien. Je crois qu'il est grand temps qu'on se repose un peu. »

Sister tendit la main pour reprendre l'anneau de verre, mais la Latina s'en empara brusquement et se sauva en courant pour se laisser tomber un peu plus loin au beau milieu des blocs de béton brisés, le serrant contre son corps. Sister et Beth se levèrent, et celle-ci eut l'impression de sentir glouglouter son estomac.

Sister rejoignit la fille, qui sanglotait, tête baissée. Elle s'agenouilla près d'elle en lui demandant doucement : « Allez, rends-moi ça, d'accord ?

— *Mi niña me perdona*, sanglotait la fille. *Madre de Dios, mi niña me perdona.*

— Qu'est-ce qu'elle raconte ? s'inquiéta Beth, qui les avait rejointes.

— J'en sais rien. » Sister saisit l'anneau de verre et l'attira à elle, sans brutalité. Mais la fille s'y cramponnait, en secouant la tête d'avant en arrière. « Bon, allez, insista Sister. Rends-le-moi...

— Mon enfant m'a pardonné ! s'écria brusquement la Latina, qui ouvrait de grands yeux remplis de larmes. Mère de Dieu, j'ai vu le visage de mon enfant là-dedans ! Et elle m'a dit qu'elle me pardonnait ! Je suis libre ! Mère de Dieu, je suis libre !

— Mais… balbutia Sister, éberluée. Je… je croyais que tu parlais pas notre langue. »

Ce fut au tour de la Latina de cligner des yeux d'un air effaré. « Quoi ?!

— Comment tu t'appelles ? Pourquoi t'as jamais parlé anglais jusqu'à maintenant ?

— Je m'appelle Julia. Julia Castillo. Anglais? Je… je sais pas ce que vous voulez dire.

— Soit c'est moi qui pète un câble, soit c'est elle, s'irrita Sister. Allez, tu m'rends ça maintenant. » Elle tira sur l'anneau, que Julia finit par lâcher. « Bon, alors dis-moi comment ça s'fait que tu nous as jamais parlé jusqu'à présent ?

— *No comprendo*, répondit-elle. Bonjour. Au revoir. Ça va. Merci. » Puis, d'un signe de tête quelque peu impuissant, elle désigna vaguement la direction du sud. « Mantanzas, reprit-elle. Cuba. »

Sister se retourna vers Beth, qui s'était reculée de deux pas, une expression bizarre sur le visage.

« Qui c'est qu'est folle, Beth ? Julia ou moi ? Elle parle anglais, cette nana, ou pas ?

— Elle… elle parlait espagnol, répondit Beth. Elle a jamais prononcé un mot d'anglais. Tu… comprenais ce qu'elle disait ?

— Et comment ! Chaque mot, mon Dieu ! Ça serait pas… » Elle s'arrêta net. La main qui tenait l'anneau de verre lui picotait. De l'autre côté du feu, Artie se redressa d'un seul coup, secoué de hoquets.

« Hé ! lança-t-il d'une voix un peu pâteuse. C'est où qu'on s'amuse ? »

Sister tendit à nouveau l'anneau de verre à Julia, qui le toucha d'un doigt hésitant.

« Qu'est-ce que t'as dit sur Cuba ? reprit Sister.

— Je… je viens de Mantanzas, à Cuba, répondit Julia dans un anglais parfait, les yeux grands ouverts et étonnés. Ma famille est arrivée ici sur un bateau de pêche. Mon père parlait un peu anglais, et on est montés au nord travailler dans une usine qui fabriquait des chemises. Mais comment tu… tu connais ma langue ? »

Sister leva les yeux vers Beth.

« Et là, qu'est-ce que t'entends ? De l'anglais ou de l'espagnol ?

— De l'espagnol. C'est pas c'que t'as entendu, toi ?

— Non. » Elle ramena l'anneau à elle, hors de portée de Julia. « Bon, maintenant dis quelque chose. C'que tu veux. »

Julia secoua la tête.

« *Lo siento, no comprendo.* »

Sister dévisagea Julia pendant un moment, puis leva lentement l'anneau à hauteur de son visage pour scruter ses profondeurs. Sa main tremblait, et de petites secousses d'énergie semblaient lui remonter dans l'avant-bras jusqu'au coude.

« C'est *ça*, reprit-elle. C'est ce truc. Je sais pas pourquoi ni comment, mais... avec ça, je la comprends et elle me comprend. Je l'ai entendue parler anglais, Beth, et... et je crois qu'elle m'a entendue lui parler en espagnol.

— C'est dingue ! », s'écria Beth. Mais aussitôt, elle repensa à cette eau fraîche qui coulait comme un torrent à travers ses jambes, et elle sentait que sa gorge n'était plus aussi sèche qu'avant. « Enfin, j'veux dire... c'est juste du verre et des diamants, non ?

— Tiens, dit Sister en le lui tendant. Essaie toi-même. »

Beth passa son doigt sur l'une des piques.

« La statue de la Liberté, déclara-t-elle.

— Quoi ?

— La statue de la Liberté, ça me fait penser à ça. Pas la statue elle-même, mais... la couronne de la femme. Tiens, regarde, expliqua-t-elle en soulevant l'objet, piques en l'air, faisant mine de le poser sur sa tête, ça pourrait être une couronne, non ?

— Jamais je n'ai vu de princesse plus jolie », résonna une voix d'homme depuis les ténèbres, loin du feu.

Beth referma immédiatement les bras sur l'anneau de verre pour le protéger et recula. Sister s'était ramassée sur elle-même, tous ses sens en éveil.

« Qui c'est ?! » Elle percevait un mouvement : il y avait quelqu'un qui se déplaçait d'un pas lent parmi les décombres, s'approchant du halo lumineux projeté par les flammes.

Il apparut alors. Son regard s'attarda sur chacun d'eux.

« Bonsoir », répondit-il poliment en s'adressant à Sister.

C'était un homme de haute taille, aux larges épaules et au maintien royal, vêtu d'un costume noir poussiéreux. Une couverture marron était enroulée autour de ses épaules comme un châle de paysan mexicain, et on voyait sur son visage blafard au menton pointu les griffures écarlates de profondes brûlures, semblables à des blessures infligées par un fouet. Une coupure irrégulière dont le sang avait séché courait aussi sur son front haut et descendait jusqu'à sa pommette en traversant le sourcil. Il avait encore presque tous ses cheveux roux mêlés de gris, même si des trous de la taille de pièces d'un dollar en argent parsemaient son crâne. Sa respiration s'élevait en volutes de son nez et de sa bouche.

« Ça vous embête si je m'approche ? », questionna-t-il d'une voix lente, comme entravée.

Sister ne répondit pas.

L'homme attendait. « Je ne mords pas », ajouta-t-il.

Il tremblait et elle pouvait difficilement refuser qu'il se réchauffe un peu.

« Venez », répondit-elle avec prudence, et en reculant à mesure qu'il s'avançait.

Il boitait, grimaçant à chaque pas, et Sister vit pourquoi : sa jambe droite était transpercée par un long éclat de métal ébréché qui avait pénétré au-dessus du genou et ressortait d'au moins dix centimètres de l'autre côté. Il passa entre Sister et Beth pour s'approcher des flammes, et tendit les mains.

« Ah, qu'est-ce que ça fait du bien ! Il ne doit pas faire plus de zéro dehors ! »

Sister aussi avait ressenti la morsure du froid et retourna au chaud. Julia et Beth, qui protégeait toujours l'anneau de verre contre elle, lui emboîtèrent le pas.

« Mais vous êtes qui, vous ? l'interrogea Artie, qui le fixait d'un œil un peu trouble de l'autre côté du brasier.

— Je m'appelle Doyle Halland, répondit l'homme. Pourquoi vous n'êtes pas partis avec les autres, vous quatre ?

— Les autres qui ? l'interrogea Sister, qui l'observait avec méfiance.

— Ceux qui sont partis. Hier, je crois. Des centaines qui ont fui le New Jersey, expliqua-t-il avec un sourire las et un ample geste du bras. Il y a peut-être des abris sûrs à l'ouest. Je ne sais pas. Enfin, en tout cas, je croyais qu'il ne restait personne.

— On vient de Manhattan, expliqua Beth. On a réussi à passer par le Holland Tunnel.

— Je ne pensais pas qu'il restait des survivants à Manhattan après ce qui est tombé là-bas. Au moins deux bombes, à ce qu'on dit. Jersey City est partie en fumée très vite. Et les vents... mon Dieu, les vents, poursuivit-il en fermant les poings devant les flammes. Une vraie tornade. Plus d'une, d'ailleurs, je pense. Ces vents, ils ont... ils ont arraché les immeubles de leurs fondations. Je crois que j'ai eu de la chance. Je m'étais réfugié dans un sous-sol, le bâtiment s'est carrément désintégré au-dessus de ma tête. C'est le vent qui a fait ça, expliqua-t-il en touchant doucement l'éclat de métal. J'avais entendu parler de brins de paille qu'on retrouvait intacts dans des poteaux téléphoniques, traversés de part en part, sous l'effet de tornades. J'imagine que c'est le même principe, hein ? » Il regarda Sister. « Je sais que je ne suis pas forcément très beau à voir, poursuivit-il, mais pourquoi me dévisagez-vous comme ça ?

— Vous venez d'où, monsieur Halland ?

— Pas de très loin. C'est que j'ai vu votre feu. Si vous ne voulez pas que je reste, il suffit de me le dire. »

Sister eut honte de sa pensée. Il grimaça encore et elle aperçut du sang qui commençait à suinter de la blessure.

« Je suis pas propriétaire de cet endroit. Vous pouvez rester autant que vous voulez.

— Merci. Ça n'est pas vraiment la soirée idéale pour se promener. » Son regard fut attiré par l'éclat de l'anneau de verre que Beth tenait toujours. « Qu'est-ce que ça brille, cette chose ! Qu'est-ce que c'est ?

— C'est... » Elle ne put trouver le mot qui convenait. « C'est de la magie ! s'exclama-t-elle. Vous croirez jamais ce qui vient d'arriver. Voyez cette femme, là ? Elle parle pas anglais, et avec cette chose...

— C'est rien », l'interrompit Sister en le lui reprenant des mains. Elle n'avait pas encore confiance en cet inconnu, et ne voulait pas qu'il en sache davantage sur leur trésor. « C'est rien qu'un truc qui brille, c'est tout. » Et elle le remit au fond de son sac, où la lueur des pierres précieuses s'estompa, puis disparut.

« Ça vous intéresse, les trucs qui brillent ? proposa l'homme. Je vais vous en montrer, moi. » Il jeta un coup d'œil autour de lui, puis repartit clopin-clopant quelques mètres plus loin et se baissa avec mille peines. Il ramassa quelque chose qu'il ramena près du feu. « Voyez ? Ça brille, comme le vôtre. » Et il leur montra ce qu'il avait dans la main.

C'était un morceau de vitrail, un superbe mélange de bleus profonds et de violets.

« Vous êtes ici dans les ruines de mon église », poursuivit-il en écartant la couverture de son cou pour révéler un col blanc ecclésiastique désormais souillé. Avec un sourire amer, il jeta le verre coloré dans le feu.

LES TROLLS DU TUNNEL

Dans les ténèbres, seize civils, hommes, femmes, enfants, ainsi qu'un trio de subordonnés du colonel Macklin, tous trois gravement blessés, se démenaient pour défaire, morceau par morceau, ce puzzle inextricable d'éboulis qui obstruaient le couloir.

« Il n'y a que deux mètres qui nous séparent des provisions, leur avait dit Macklin. Ça vous prendra pas longtemps pour y arriver, une fois une ouverture dégagée. Le premier à mettre la main sur cette bouffe aura droit à une triple ration. »

Cela faisait presque sept heures qu'ils s'échinaient, dans le noir complet, quand le reste du plafond s'écroula brusquement sur leurs têtes sans aucun signe avant-coureur.

Roland Croninger, à genoux dans la cuisine de la cafétéria, sentit le sol trembler. On entendit monter des cris par un des conduits d'aération... et puis plus rien.

« Merde ! », s'écria-t-il, sachant parfaitement ce qui venait de se passer. Qui allait pouvoir déblayer ce corridor maintenant ? Cela dit, le bon côté des choses, c'est qu'un mort, ça ne consomme plus d'oxygène. Il retourna à sa mission : ramasser des reliefs de nourriture tombés par terre et les stocker dans un sac-poubelle.

C'est lui qui avait suggéré au colonel Macklin d'installer son QG dans le gymnase. Ils avaient trouvé un trésor : un seau essoreur, dans lequel ils pouvaient stocker l'eau de la cuvette des toilettes. Quand Roland, l'estomac criant famine, était parti fouiller dans la cuisine, Macklin et le capitaine Warner dormaient ; Roland portait la mitraillette en bandoulière et la hache sacrée à la ceinture. Près de lui, la lampe torche était posée par terre, le faisceau rasant révélant des petits amas de nourriture projetés par l'explosion des boîtes de la réserve. Il avait aussi fait des trouvailles intéressantes dans les poubelles de la cuisine : peaux de banane, morceaux de tomate, conserves dont on n'avait pas complètement gratté le contenu, et quelques biscuits. Tout ce qui était comestible était allé dans le sac de Roland, à part les biscuits, qui avaient constitué son premier repas depuis la catastrophe.

Il ramassa quelque chose de noirci et amorça le geste de le fourrer dans le sac, mais s'arrêta, hésitant. Ce machin tout noir, ça lui rappelait ce qu'il avait fait aux hamsters de Mike Armbruster le jour où ce dernier les avait amenés pour le cours de sciences naturelles. Les rongeurs étaient restés dans le fond de la classe à la fin de la journée pendant qu'Armbruster était parti à son entraînement de football. Roland s'était emparé de la cage et, échappant aux regards des femmes de ménage, s'était glissé dans l'atelier automobile du lycée. Dans un coin, trônait une cuve métallique contenant un liquide marron-verdâtre, avec au-dessus un panonceau rouge qui disait : Protections obligatoires !

Roland avait enfilé une paire d'épais gants en amiante, tout en faisant de petits bruits rassurants à l'adresse des deux hamsters, et avait repensé à Mike Armbruster en train de rire et de lui cracher dessus alors qu'il gisait dans la poussière.

Il avait alors pris la cage par la poignée et l'avait plongée dans la cuve d'acide, qui servait à redonner le brillant du chrome à des radiateurs rouillés.

Il avait laissé les hamsters immergés jusqu'à ce que les bulles cessent de remonter à la surface. En repêchant la cage, il avait remarqué que l'acide avait attaqué le métal, qu'il l'avait rongé jusqu'à le faire luire comme un sou neuf. Alors il avait retiré ses gants et ramené la cage au bout d'un balai jusqu'à la classe de sciences naturelles.

Il ne regrettait qu'une chose, c'est de ne pas avoir pu observer la tête de Mike Armbruster quand il avait découvert ces deux trucs rabougris à la place de ses hamsters. Il n'avait pas compris, s'était souvent dit Roland, qu'un chevalier avait plus d'une façon de se venger.

Roland fourra quand même la chose dans son sac. Il dénicha une boîte de céréales et, merveille des merveilles, une pomme verte. Hop, dans le sac. Il continua à chercher, à quatre pattes, soulevant les petites pierres, évitant les fissures dans le sol.

Comme il s'était trop éloigné de la lampe, il se releva. Le sac-poubelle commençait à peser. Le roi allait être content. Il repartit vers la lumière, enjambant agilement les morts.

Il entendit un bruit derrière lui. Oh, pas un gros bruit, seulement un bruissement, mais il comprit qu'il n'était plus seul. Avant même qu'il ne puisse se retourner, une main énergique vint le bâillonner.

« Attrape le sac ! lança une voix. Grouille-toi ! »

On le lui prit brutalement.

« Mais c'est qu'il a un Ingram aussi, ce petit con ! »

La mitraillette lui fut aussi arrachée. La main quitta sa bouche, mais il sentit qu'un bras lui serrait à présent la gorge.

« Il est où, Macklin ? Où est-ce qu'y se cache, ce fils de pute ?

— Je... je peux pas respirer », croassa Roland.

Avec un chapelet de jurons, l'homme le jeta par terre. Les lunettes de Roland volèrent et une ranger vint lui écraser la colonne vertébrale.

« Tu pensais buter qui avec cette arme, morveux ? Tu voulais récupérer toute la bouffe pour toi et le colonel, hein ? »

L'un des autres saisit la lampe torche et la lui braqua en plein visage. Ils devaient être trois, d'après les voix et les mouvements, mais il ne pouvait pas en être certain. Il tressaillit en entendant le *clic* du cran de sûreté de la mitraillette.

« Tue-le, Schorr ! exhorta l'un des hommes. Bute-le, putain ! »

Schorr. Roland connaissait ce nom. Le sergent Schorr, responsable des hébergements.

« Je sais qu'il est vivant, gamin, reprit celui-ci, un pied toujours appuyé dans son dos. J'suis allé à la salle de commandement, j'ai trouvé tous ces gens qui bossaient dans le noir. J'ai trouvé le caporal Prados, aussi. C'est lui qui m'a dit qu'y avait un gamin qu'avait sorti Macklin d'un trou et que le colonel était blessé. Il a laissé Prados crever sur place, hein, c'est ça ?

— Le caporal... il pouvait plus bouger. Il pouvait pas se lever, à cause de sa jambe. On a été obligés de le laisser.

— Y a qui d'autre avec Macklin ?

— Le capitaine Warner. C'est tout.

— Et il t'a envoyé ici trouver de la bouffe ? C'est lui qui t'a filé l'Ingram et qui t'a dit de tuer tout le monde ?

— Non, monsieur », répondit à grand-peine Roland, dont les rouages du cerveau tournaient à pleine vitesse, cherchant un moyen de se tirer de là.

« Où est-ce qu'il se planque ? Et combien de flingues il a ? » Roland ne répondit pas. Schorr se pencha près de lui, et lui mit le canon sur la tempe. « Y a neuf autres gars, pas loin d'ici, qui ont aussi besoin d'eau et de nourriture, reprit Schorr sur un ton sans réplique. C'est mes gars. J'ai cru mourir, et j'ai vu des trucs... » Il s'interrompit un moment, visiblement secoué. « Des trucs que personne devrait voir. C'est la faute à Macklin, tout ça. Il savait, il savait que ça tombait en morceaux, ici. C'est forcé ! » L'extrémité du canon s'enfonçait douloureusement dans le crâne de Roland. « Macklin, le grand Macklin, avec ses soldats de plomb et ses médailles en chocolat ! Qui faisait entrer et sortir tous ces blaireaux, et au pas cadencé ! Il le savait, hein, ce qui allait arriver ! C'est pas vrai ?

— Si, monsieur. » Roland sentit la hache sacrée sous son corps. Lentement, il commença à en approcher sa main.

« Il le sait, hein, qu'y a aucun moyen d'y arriver, à ces putains de réserves d'urgence. Alors il t'a envoyé ici chercher les restes avant tout le monde ! Espèce de petit salopard ! » Schorr l'attrapa par le col pour le secouer, ce qui permit à Roland de glisser sa main encore davantage vers la hache.

« Mais non, protesta-t-il, ce qu'il veut, c'est rassembler toutes les réserves ! » Gagne du temps, s'ordonna-t-il. « Il veut battre le rappel de tout le monde pour organiser le rationnement de la nourriture et de...

— Sale menteur ! Y veut tout garder pour lui, ouais !

— Mais non ! On peut encore essayer d'arriver aux réserves d'urgence !

— Mon cul, oui ! gronda le sergent, une touche de démence dans la voix. J'ai entendu le reste du niveau un qui s'cassait la gueule ! Je sais qu'y sont tous crevés ! Y veut tous nous tuer pour se garder la bouffe !

— Finis-en, Schorr ! cria l'autre type. Tire-lui dans les burnes !

— Pas encore, pas encore. D'abord, je veux savoir où il est, Macklin ! Où est-ce qu'y se planque, et combien de flingues il a ? »

Les doigts de Roland touchaient presque la lame. Encore un peu... encore un peu.

« Il a... il a plein de fusils. Et puis un pistolet, et une autre mitraillette. » Plus près encore, plus près... « Il a tout un arsenal là-bas.

— Là-bas ? Où ça, là-bas ?

— Dans... dans une des pièces. Là-bas, au bout du couloir. » Ça y est, j'y suis presque !

« Quelle pièce, connard ? » Schorr l'attrapa à nouveau par le col, et Roland profita du moment pour tirer furtivement la hache sacrée de sa ceinture et, couché dessus, l'empoigna fermement par le manche. Quand il se déciderait à frapper, il lui faudrait faire vite, très vite, et si l'un des deux autres types avait une arme à feu, il était fichu.

Chiale ! s'ordonna-t-il, et il se força à sangloter.

« S'il vous plaît... s'il vous plaît, me faites pas de mal ! Je vois rien sans mes lunettes ! » Il se mit à trembler et à balbutier. « Me faites pas de mal ! » Il émit un bruit de gorge, comme s'il allait vomir, et sentit le canon de l'Ingram s'écarter de son crâne.

« Petit merdeux. Petit trou du cul ! Allez ! Lève-toi comme un homme ! » Il attrapa le bras de Roland et tira pour le remettre debout.

Maintenant, pensa Roland, calmement, délibérément. Un chevalier, ça n'a pas peur de la mort.

Il se laissa redresser par la seule force de l'homme, et puis se détendit comme un ressort. Se retournant alors d'un seul coup, il frappa avec la hache sacrée, encore tachée du sang du roi.

Le rayon de la lampe fit étinceler le hachoir ; la lame alla trancher la joue de Schorr comme si elle coupait une tranche de dinde de Noël. L'homme resta une fraction de seconde sans réaction, mais le sang se mit à jaillir de la blessure et son doigt se contracta involontairement sur la détente; une rafale de balles frôla dans un souffle la tête de Roland. L'homme recula en chancelant, la moitié du visage ouvert jusqu'à l'os. Roland se précipita sur lui, faisant siffler le hachoir dans tous les sens afin que Schorr ne puisse le viser avec son arme.

On le saisit par l'épaule, mais Roland s'échappa, abandonnant derrière lui les derniers lambeaux de sa chemise. Il porta un nouveau coup à Schorr, le touchant en haut du bras qui tenait la mitraillette. Le sergent trébucha sur un cadavre et l'arme tomba dans un fracas métallique aux pieds du jeune garçon.

Lequel s'en saisit d'un seul geste. Son visage se déforma avec sauvagerie et il se retourna en un éclair vers l'homme à la lampe torche. Il bloqua ses jambes dans la position de tir que le colonel lui avait apprise, visa et pressa la détente.

L'arme bourdonna comme une machine à coudre. Son recul le fit trébucher en arrière dans les gravats et il se retrouva alors sur le cul. En tombant, il vit la lampe exploser dans la main du type, et entendit un grognement suivi d'un cri de douleur aigu. Un homme qui gémissait de douleur prit précipitamment la fuite. Roland lâcha une rafale dans le noir et vit les traits incandescents des balles ricocher sur les murs. Il y eut un autre cri, qui se brisa en gargouillis et se perdit dans le lointain, et le jeune garçon se dit que le type avait dû tomber dans une crevasse. Il arrosa de balles la cafétéria, puis arrêta de tirer, se sachant à nouveau seul.

Il tendit l'oreille, le cœur battant. La douce odeur des coups de feu imprégnait l'air. « Allez, venez ! cria-t-il. Vous en voulez encore ? Allez, venez ! »

Mais il n'y eut qu'un grand silence. Les avait-il tués ? Il n'en savait rien. Il était sûr d'en avoir au moins touché un. « Enfoirés, murmura-t-il. La prochaine fois, je vous bute, enfoirés. »

Il se mit à rire, et sursauta. Ce rire ne ressemblait pas à celui de quelqu'un qu'il connaissait. Il aurait bien voulu que ces types reviennent. Il avait envie d'une nouvelle occasion de les exterminer.

Roland chercha ses lunettes. Il trouva le sac-poubelle, mais rien d'autre. Il allait voir le monde flou à partir de maintenant, mais ça n'était pas grave ; de toute façon, il était dans le noir. Sous ses mains, il sentit du sang chaud, et le cadavre qui allait avec. Il passa une ou deux minutes à frapper le crâne de l'homme.

Puis Roland ramassa le sac-poubelle et, l'Ingram toujours armé, traversa prudemment la cafétéria vers ce qu'il pensait être la sortie ; il tâtait le sol, cherchant des failles, mais arriva sain et sauf dans le couloir.

Il tremblait encore d'excitation. Tout était noir et silencieux, sauf un bruit de gouttes d'eau quelque part. Il progressait à tâtons en direction du gymnase, impatient de raconter au colonel qu'il avait combattu et vaincu trois trolls du tunnel, dont un qui se nommait Schorr. Mais des trolls, il allait y en avoir d'autres ! Ils n'allaient pas laisser tomber si facilement, de plus, il n'était pas sûr d'avoir vraiment tué le sergent.

Roland sourit aux ténèbres, le visage et les cheveux couverts d'une sueur glacée. Il était fier, très fier d'avoir protégé le roi, même s'il regrettait la perte de la lampe torche. Le long de ce couloir, il marchait sur des cadavres qui avaient gonflé comme des ballons de baudruche.

Alors ça, si ça n'était pas le plus chouette jeu auquel il avait pu jouer de sa vie. Dépassée, et de loin, la version sur ordi !

Jamais auparavant il n'avait tiré sur quelqu'un. Et jamais non plus, il ne s'était senti aussi puissant.

Entouré des ténèbres et de la mort, portant un sac de restes et un pistolet-mitrailleur encore chaud, Roland Croninger faisait l'expérience de l'extase véritable.

PROTÈGE L'ENFANT

Josh avait entendu une sorte de couinement en provenance d'un recoin du sous-sol, et il saisit la lampe qu'il gardait toujours près de lui. Il l'alluma et braqua le faisceau jaune terne vers ce coin pour savoir ce qui s'y passait.

« C'est quoi ?! s'inquiéta Swan, qui s'était redressée de sa couche à quelques pas de lui.

— Je crois qu'on a un rat, là-bas. » Sans se lever, il chercha avec la lampe, mais n'aperçut qu'un enchevêtrement de charpente cassée et de maïs, ainsi que le monticule de terre marquant l'endroit où Darleen Prescott reposait. Josh détourna prestement la lumière pour ne pas éclairer la tombe. L'enfant commençait seulement à réaliser. « Ouais, je crois que c'est un rat, décréta Josh. Y a sans doute un nid planqué quelque part par là. Hé, monsieur Rat ! continua-t-il tout fort. Ça vous dérange si on partage votre sous-sol pendant quelque temps ?

— Mais on dirait qu'il est blessé.

— À mon avis, s'il nous écoute, il doit penser que nous aussi, on est pas en très bon état. » Il évita d'éclairer la petite fille ; il l'avait déjà aperçue une fois, et une fois lui avait suffi. Presque tous ses jolis cheveux blonds avaient disparu et son visage n'était qu'une masse de grosseurs rouges et purulentes. Les yeux, qui dans son souvenir étaient d'un bleu si fascinant, étaient désormais enfoncés et d'un gris terne. Bien sûr, il savait que lui-même n'avait guère été esthétiquement épargné par l'explosion ; à la faveur de la lueur trouble, il avait entrevu de vilaines brûlures grises qui s'étalaient partout sur ses bras et ses mains. Qui plus est, il ne voulait pas savoir. Il allait finir par ressembler à un zèbre. Mais au moins ils étaient vivants, et même s'il n'avait aucun moyen de calculer le temps qui s'était écoulé depuis l'explosion, il estimait que cela devait faire quatre ou cinq jours qu'ils étaient là. Se nourrir n'était plus un problème, et ils avaient plein de jus de fruits. L'air devait quand même entrer dans le sous-sol par une ouverture quelconque, même si l'atmosphère y était toujours chaude et oppressante. Le souci principal de Josh, c'était l'odeur des latrines, mais là, tout de suite, il n'y avait pas grand-chose à faire. Éventuellement, il essaierait plus tard d'imaginer un système d'assainissement plus élaboré, par exemple en utilisant les boîtes vides, qu'il pourrait ensuite enterrer.

Quelque chose bougea dans le rayon de la lampe.

« Regarde ! s'écria Swan. Là-bas ! »

Il y avait un petit animal, partiellement brûlé, perché sur un petit monticule de terre. Il pencha la tête vers Swan et Josh, puis couina à nouveau et disparut dans les débris.

« C'est pas un rat ! s'exclama Josh. C'est un...

— Un gopher ! » Swan avait terminé la phrase pour lui. « J'en ai vu tout plein, déjà, qui creusaient partout près du parc de mobil-homes.

— Un gopher », répéta Josh. Il se rappela la voix de PawPaw qui scandait : « Le gopher il est dans l'trou ! »

Swan était heureuse de voir qu'il y avait quelque chose de vivant, là, avec eux. Elle l'entendait qui reniflait dans la terre, derrière la lumière et ce monticule où... Elle repoussa cette pensée, qu'elle ne pouvait supporter. Mais sa maman ne souffrait plus, et ça, c'était bien. Swan écouta le gopher qui fourrageait le sol ; elle les connaissait bien, ces bestioles, à cause de tous ces trous qu'ils creusaient dans son jardin...

Tous ces trous qu'ils creusaient, se répéta-t-elle.

« Josh ? appela Swan.

— Oui ?

— Les gophers, ça creuse des trous », laissa-t-elle tomber.

Josh eut un léger sourire, pensant qu'il ne s'agissait là que d'une gaminerie... et instantanément son sourire se figea, car il avait compris ce qu'elle voulait dire. Si un animal nichait dans ce sous-sol, alors il y avait sans aucun doute un trou, quelque chose, qui menait à l'extérieur ! C'était probablement par-là que l'air entrait ! Le cœur de Josh fit un bond. Peut-être que PawPaw savait qu'il y avait un terrier de gopher là-dessous et sans doute était-ce là le message qu'il avait essayé de leur transmettre. S'il y avait une galerie, alors on pouvait l'élargir pour en faire un tunnel. On a une pioche et une pelle, se dit-il. On va peut-être pouvoir sortir de là !

Josh alla à quatre pattes jusqu'au vieil homme. « Hé ! l'appela-t-il. Tu m'entends ? » Il toucha le bras de PawPaw. « Oh, merde... », murmura le géant.

Le vieil homme était froid. Il était allongé, tout raide, les bras le long du corps. Josh éclaira son visage, vit les brûlures écarlates et tachetées, telle une étrange marque de naissance en travers des joues et du nez. Les orbites étaient des orifices béants marron foncé. PawPaw était mort depuis plusieurs heures au moins. Josh allongea la main pour lui fermer les paupières, mais de paupières, il n'en avait plus, elles aussi désintégrées, réduites en cendres fines.

Le gopher couina à nouveau. Josh laissa le cadavre de côté pour ramper dans la direction dont venait le bruit. Il fouilla les décombres du faisceau lumineux et finit par trouver le petit animal qui se léchait les brûlures des pattes arrière. Et sans crier gare, il fila sous un morceau de poutre coincé dans l'angle. Josh tira dessus, mais le morceau ne bougeait pas. Il se força à rester patient et se mit à le dégager.

Le petit animal protestait bruyamment devant cette invasion. Doucement, Josh finit par retirer le bout de charpente et se mit à explorer le mur à l'aide de la lampe torche. Là, il aperçut un petit trou rond, à sept ou huit centimètres au-dessus du sol.

« J'ai trouvé ! », s'exclama-t-il. Il se mit à plat ventre et essaya d'éclairer l'intérieur. Il vit la galerie qui, moins d'un mètre plus loin, faisait un coude vers la gauche et se prolongeait hors de sa vue. « Ça doit remonter jusqu'à la surface ! » Aussi excité qu'un gamin le matin de Noël, il réussit à enfoncer entièrement son poing dans l'ouverture. La terre résistait, tassée très serrée et, même à cette profondeur, cuite jusqu'à devenir aussi dure que de l'asphalte. Il allait en baver pour creuser là-dedans, mais suivre la galerie lui faciliterait le travail.

Une question revenait tout de même, lancinante, dans sa tête : est-ce qu'ils avaient vraiment envie de sortir de ce sous-sol dans l'immédiat ? Les radiations pourraient bien les tuer sur-le-champ. Dieu seul savait à quoi ressemblait désormais le monde, en surface. Allaient-ils oser aller voir par eux-mêmes ?

Josh entendit un bruit derrière lui. Une espèce de râle particulièrement rauque, comme des poumons obstrués qui chercheraient de l'air.

« Josh ?! » Swan l'avait elle aussi entendu, et les cheveux qui lui restaient sur la nuque se hérissèrent ; quelques secondes auparavant, elle avait senti quelque chose bouger dans les ténèbres.

Il se retourna et braqua la lumière sur elle. Le visage couvert de cloques de la petite fille était tourné vers sa droite. À nouveau, ils entendirent cet épouvantable râle saccadé. Josh dirigea le faisceau dans cette direction... et quand il vit, ce fut comme si une main glacée lui serrait brutalement la gorge.

Le cadavre de PawPaw était secoué de frissons, et c'est lui qui émettait ces horribles sons. Il est encore vivant, pensa Josh, incrédule ; mais en même temps : Non, non ! Il était mort quand je l'ai touché ! Mort !

Le cadavre se souleva. Lentement, les bras toujours raidis de part et d'autre du corps, le mort commença à redresser le torse. La tête se mit à se tourner vers Josh, centimètre par centimètre, tel un automate, les orbites vides cherchant la lumière. Le visage calciné se plissa, la bouche s'efforçant de s'ouvrir, et Josh se dit que si jamais ces lèvres mortes devaient s'écarter, il allait, lui, perdre la boule, ou ce qu'il en restait.

Un sifflement, un nouveau râle, et la bouche s'ouvrit.

Une voix en sortit, tel le vent dans des roseaux desséchés. D'abord inintelligible, faible et lointaine, elle gagnait en volume, et prononçait : « Pro... tège... »

Les orbites vides fixaient la lampe torche comme si les globes oculaires étaient toujours là. « Protège », répéta l'horrible voix. La bouche aux lèvres grises semblait lutter pour former des mots. Josh recula, épouvanté, et le cadavre articula, syllabe après syllabe : « Pro... tège... l'en... fant. »

Et puis il y eut comme un souffle d'air. Les yeux du cadavre s'embrasèrent. Josh, pétrifié, entendit Swan faire un tout petit « Oh » ébahi. La tête du cadavre s'embrasa comme une boule de feu, et bientôt ce fut le corps entier qui fut enveloppé d'un cocon de flammèches en tortillons. Une vague de chaleur intense vint lécher le visage de Josh, qui leva la main pour se protéger ; quand il la baissa, il vit le cadavre se dissoudre au centre de ce linceul ardent. Le corps restait assis, sans bouger à présent, totalement en feu.

L'incendie se poursuivit encore une trentaine de secondes ; et puis les flammes commencèrent à s'éteindre, et les dernières choses à se consumer furent les semelles des chaussures.

Mais la forme d'un homme assis, le dos droit, subsistait telle une statue de poussières blanches.

Les flammes s'éteignirent. La statue, entièrement en cendres, même les os, s'effondra sur elle-même, réduite à un petit tas sur le sol ; ce qui restait de PawPaw n'était plus qu'à enlever à la pelle.

Josh en resta sous le choc. Des cendres voletaient paresseusement dans le faisceau lumineux. Je deviens fou ! pensa-t-il. C'est sûrement tous ces gnons que j'ai dû encaisser dans ma vie !

Derrière lui, Swan se mordait la lèvre inférieure pour ne pas éclater en larmes. Non, se disait-elle, je ne pleure pas. Je ne pleure plus. Le sanglot de peur qui lui était monté dans la gorge reflua, et son regard effrayé se concentra à nouveau sur le géant noir.

« Protège l'enfant. » Josh l'avait bien entendu. Mais PawPaw Briggs était mort depuis longtemps, essaya-t-il de raisonner. Protège l'enfant. Sue Wanda. Swan. Il ne savait pas trop ce qui avait parlé par les lèvres du vieil homme, mais en tout cas, c'était parti ; il ne restait plus à présent que Josh et Swan, seuls.

Il croyait aux miracles, mais uniquement dans leur version biblique : la mer Rouge qui s'ouvre, l'eau changée en vin, une multitude de gens nourris d'un unique panier de pain et de poissons ; jusqu'à ce moment, il avait pensé que le temps des miracles était depuis longtemps révolu. Mais peut-être était-ce un petit miracle s'ils s'étaient tous deux retrouvés dans cette épicerie. C'était certainement un miracle qu'ils soient encore vivants, et un cadavre capable de se dresser et de parler, on ne voyait pas ça tous les jours.

Derrière lui, le gopher farfouillait dans la terre. Il devait sentir la nourriture dans les conserves fendues, se dit Josh. Cette galerie, c'était sans doute un petit miracle aussi. Il ne pouvait détourner les yeux de ce tas de cendres blanches, et il ne savait pas combien de temps il lui restait à vivre, mais cette voix, il l'entendrait jusqu'à son dernier souffle.

« Ça va ? s'inquiéta-t-il.

— Oui », répondit Swan d'une voix à peine audible.

Josh hocha la tête. Si quelque chose qui le dépassait voulait qu'il protège cette enfant, se dit-il, alors bon Dieu, il allait la protéger, et comment. Au bout d'un moment, une fois passée la sensation que ses os étaient gelés, il alla, toujours à quatre pattes, chercher la pelle, puis éteignit la lampe torche pour l'économiser. Dans le noir, il recouvrit les cendres de PawPaw de cette terre du champ de maïs.

RÊVAMBULER

« Cigarette ? »

Il lui tendait un paquet de Winston. Sister en prit une, et Doyle Halland tourna la molette d'un briquet à gaz doré, qui portait les initiales RBR sur un côté. Une fois sa cigarette allumée, Sister aspira la fumée jusqu'au fond de ses poumons – plus besoin de s'inquiéter du cancer à présent ! – et la laissa sortir doucement par les narines.

Un feu crépitait dans l'âtre du petit pavillon de banlieue en bois dans lequel ils avaient décidé de s'abriter pour la nuit. Toutes les fenêtres étaient cassées, mais ils avaient réussi à emprisonner un peu de chaleur dans le séjour avec des couvertures qu'ils avaient dénichées, de même qu'un marteau et des clous. Ils les avaient clouées de façon à obstruer les plus larges ouvertures et s'étaient blottis autour de la cheminée. Dans le frigo, ils avaient retrouvé un pot de confiture, de la limonade au fond d'un pichet en plastique et une laitue flétrie. Dans le garde-manger, il n'y avait qu'une demi-boîte de céréales aux raisins secs et quelques autres conserves et bocaux oubliés là. Mais c'était comestible et Sister fourra l'ensemble dans son sac, qui commençait à déborder de tout ce qu'elle avait pu récupérer. Bientôt, il allait lui falloir trouver un autre.

Cette journée-là, ils n'avaient fait que sept ou huit kilomètres, traversant les banlieues résidentielles qui s'étalaient, silencieuses, à l'est du New Jersey ; ils se dirigeaient vers l'ouest en suivant l'autoroute I-280, qui coupait la *Garden State Parkway* dans ce secteur-là. Mais Sister remarqua que plus ils s'éloignaient de Manhattan, plus ils croisaient de bâtiments encore intacts, même si presque tous avaient vu leurs vitres intégralement soufflées et qu'ils penchaient bizarrement, comme arrachés de leurs fondations. Et puis ils étaient arrivés dans une zone de pavillons à étage serrés les uns contre les autres ; il y en avait des milliers, maussades et détériorés, tels de petits manoirs gothiques posés sur de minuscules pelouses brûlées couleur de feuilles mortes. Sister remarqua qu'aucun des arbres ou arbustes sur leur chemin ne portait la moindre feuille. On ne voyait d'ailleurs plus rien de vert ; partout, ce n'étaient que des tons de mort, marron, gris et noir.

Ils avaient également aperçu les premières voitures qui n'étaient pas réduites à des épaves informes. Quelques véhicules abandonnés çà et là sur la chaussée, aux peintures décapées et aux pare-brise pulvérisés, mais dont une seule avait sa clé, et encore, celle-ci était cassée dans le démarreur. Ils avaient donc poursuivi leur chemin à pied, frissonnant, sous le disque grisâtre du soleil qui traversait le ciel.

Une femme en mince peignoir bleu qui riait aux éclats, assise sur les marches de la terrasse devant sa maison, le visage gonflé et lacéré, les avait apostrophés au passage : « Trop tard ! Tout le monde est parti ! Trop tard ! » Comme elle avait un pistolet sur ses genoux, ils avaient passé leur chemin sans rien dire. À un autre carrefour, un cadavre à la tête violacée affreusement déformée était appuyé contre un panneau d'arrêt de bus, les yeux levés vers le ciel et un rictus sur les lèvres, tenant dans ses bras un attaché-case de businessman. C'est dans la poche de veste de cet homme que Doyle Halland avait récupéré le paquet de Winston et le briquet.

Effectivement, tout le monde était parti. On voyait bien quelques corps sur des pelouses devant les maisons, ou des trottoirs, ou des escaliers, mais les survivants, enfin ceux qui n'avaient pas perdu la tête, avaient fui le périmètre de l'holocauste. Assise devant le feu, à fumer une des cigarettes d'une victime, Sister s'imagina un exode de banlieusards, bourrant dans la panique des housses d'oreillers ou des poches de nourriture et de tout ce qu'ils pouvaient emporter, alors que Manhattan se désintégrait de l'autre côté des falaises qui dominaient l'Hudson. Ils avaient pris leurs enfants et abandonné leurs animaux domestiques pour fuir vers l'ouest avant la pluie noire, telle une armée de vagabonds et de clochards. Mais ils avaient laissé les couvertures, car on était à la mi-juillet.

Personne ne pensait qu'il allait faire si froid. Ils voulaient simplement échapper à la vague du feu. Où allaient-ils ? Où pouvaient-ils se cacher ? Le froid allait les rattraper, et beaucoup devaient déjà s'être endormis à jamais dans son étreinte.

Derrière elle, ses compagnons étaient recroquevillés sur le sol, somnolant emmitouflés dans des carpettes sur des coussins enlevés au canapé. Sister tira à nouveau sur sa cigarette et jeta un coup d'œil au profil buriné de Doyle Halland. L'homme avait le regard fixé sur le feu, une Winston aux lèvres, les longs doigts d'une main massant prudemment sa jambe là où le métal l'avait pénétrée. Un vrai dur, ce type, se dit Sister ; tout au long de cette journée, jamais une seule fois il n'avait demandé à se reposer, même si son visage était peu à peu devenu livide de douleur sous l'effort.

« Alors, qu'est-ce que vous comptiez faire ? lui demanda-t-elle. Rester près de cette église jusqu'à la fin des temps ? »

Il hésita un moment avant de répondre. « Non. Pas jusqu'à la fin des temps. Seulement jusqu'à... J'en sais rien, jusqu'à ce que quelqu'un qui va quelque part passe par là.

— Pourquoi vous êtes pas parti avec tous les autres ?

— Je suis resté pour donner les derniers sacrements, autant que je pouvais. Six heures après l'explosion, j'en avais tellement administré que j'avais perdu la voix. Moi, je ne pouvais plus parler, et il restait tant et tant de mourants. Qui m'imploraient de sauver leurs âmes. Me suppliaient de les faire entrer au Paradis. » Il lui jeta un bref regard, avant de détourner à nouveau ses yeux gris pailletés de vert. « Me suppliaient, répéta-t-il avec lenteur. Et moi, qui ne pouvais même plus parler ; alors je leur faisais le signe de croix et je... je les embrassais. Je les embrassais comme pour leur dire bonne nuit, et ils me faisaient confiance. » Il tira une bouffée de sa cigarette, souffla la fumée qu'il regarda flotter en direction de l'âtre. « L'église St. Matthew, c'est mon église depuis plus de douze ans. J'y suis revenu je ne sais combien de fois, à parcourir les ruines et à me demander ce qui avait bien pu arriver. On avait des petits bijoux de statues et de vitraux. Douze ans. » Et il secoua lentement la tête.

« Je suis désolée, dit Sister, ne sachant pas vraiment quoi répondre.

— Pourquoi désolée ? Ça n'est pas de votre faute, tout ça. C'est juste... quelque chose qui a dérapé. Sans doute que personne n'aurait pu arrêter ça. »

Il lui jeta un nouveau regard, qui cette fois s'attarda sur la croûte de sang de la blessure qu'on apercevait à la base de sa gorge. « C'est quoi, ça ? s'étonna-t-il. On dirait presque un crucifix.

— Avant, j'avais une chaîne avec une croix, répondit-elle en y portant les doigts.

— Et qu'est-ce qui s'est passé ?

— Y a quelqu'un... » Elle s'interrompit. Comment le décrire ? Même maintenant, plusieurs jours après, son esprit refusait d'y repenser ; ce souvenir-là, il n'était pas sain de l'évoquer. « Y a quelqu'un qui me l'a pris », termina-t-elle.

Il hocha la tête, pensif, en laissant la fumée s'échapper par les coins de sa bouche. Son regard chercha celui de Sister à travers le halo bleuté. « Vous croyez en Dieu ?

— Oui.

— Pourquoi ? poursuivit-il tranquillement.

— Je crois en Dieu parce qu'un jour Jésus va venir pour emporter avec lui tous les justes au Ciel, ce sera le Raviss... » Non, se dit-elle. Non. Ça, c'était Sister Creep qui divaguait, répétant sans cesse des boniments que tenaient d'autres clochardes. Elle réfléchit un instant, essayant de mettre de l'ordre dans ses pensées, puis reprit : « Je crois en Dieu parce que je suis vivante, et que j'aurais pas pu arriver jusque-là seule. Je crois en Dieu parce que je crois que je vais vivre jusqu'à demain.

— Donc, vous croyez parce que vous croyez, résuma-t-il. Pas très logique, tout ça, non ?

— Vous êtes en train d'me dire que vous, vous ne croyez pas ? »

Doyle Halland eut un vague sourire, qui s'effaça lentement de ses lèvres. « Vous pensez vraiment, chère amie, que le regard de Dieu est sur vous ? Vous pensez que ça Lui importe vraiment, que vous viviez jusqu'à demain ou pas ? Qu'est-ce qui vous distingue de ces cadavres innombrables qu'on a vus aujourd'hui sur notre chemin ? Dieu ne les regardait pas, eux ? » Il lui montra le briquet aux initiales, qu'il avait pris dans la paume de sa main. « Et monsieur RBR alors ? C'est qu'il n'était pas assez allé à l'église ? Qu'il n'avait pas été sage ?

— Je sais pas si Dieu me regarde ou pas, répliqua Sister, mais du moins, je l'espère. J'espère être assez importante... que *nous* sommes assez importants. Et pour les morts, peut-être que c'est eux qui ont de la chance. Je ne sais pas.

— C'est bien possible, oui, approuva-t-il en remettant le briquet dans sa poche. C'est juste que je ne sais pas ce qui reste comme raison de vivre, maintenant. Où est-ce qu'on va ? Pourquoi même est-ce qu'on va quelque part ? Je veux dire... un endroit en vaut bien un autre pour mourir, non ?

— Moi, j'ai pas l'intention de mourir, là, dans l'immédiat. Je crois qu'Artie veut retourner à Détroit. Je vais l'accompagner.

— Et après ? Même en supposant que vous arriviez jusque là-bas ? »

Elle haussa les épaules. « Encore une fois, j'ai aucune intention de mourir. Tant que je pourrai marcher, j'irai droit devant moi.

— Personne n'a l'intention de mourir. Moi, j'étais un optimiste, voilà bien longtemps de ça. Je croyais aux miracles. Mais vous savez quoi ? J'ai pris de l'âge. Et le monde est devenu plus cruel. Avant, je servais Dieu, je croyais en Lui de tout mon cœur, de toute la foi dont j'étais capable. » Ses yeux se rétrécirent un peu, comme s'il cherchait quelque chose du regard loin au-delà des flammes. « Comme je disais, c'était il y a longtemps. J'étais un optimiste, et maintenant je suppose que je suis un opportuniste. Je vois dans quel sens tourne le vent, et je dois dire que, là, je trouve que Dieu, ou la puissance que nous appelons "Dieu", est d'une grande, grande faiblesse. Comme une bougie presque consumée, si vous voulez, au milieu des ténèbres. Et les ténèbres se referment. »

Il resta assis, immobile, à regarder les flammes.

« On ne croirait pas entendre un prêtre.

— C'est que je ne me sens plus vraiment prêtre. Je me sens comme un homme usé, en costume noir et col blanc ridicule et tout sale. Ça vous choque ?

— Non. Je crois qu'y a plus rien qui me choque, maintenant.

— Bien. Ça signifie que vous devenez de moins en moins optimiste, vous aussi, non ? » Il poussa un petit grognement. « Désolé. J'ai pas l'impression de parler comme Spencer Tracy dans *Des Hommes sont nés*, hein ? Mais ces derniers sacrements que j'ai administrés, ils sont tombés de ma bouche comme des cendres, et ce satané goût, je ne peux pas m'en débarrasser. » Il baissa les yeux vers le sac que Sister gardait à ses côtés. « Qu'est-ce que c'est, cette chose que j'ai vue dans vos mains hier soir ? Cette chose en verre ?

— Oh, un truc que j'ai trouvé sur la Cinquième Avenue.

— Ah bon ? Je peux le voir ? »

Sister le sortit de son sac. Les joyaux enchâssés dans l'anneau de verre explosèrent dans un arc-en-ciel de couleurs éclatantes. Les reflets se mirent à danser sur les murs, zébrant les visages de Sister et de Doyle Halland. Il retint son souffle, car c'était la première fois qu'il le voyait vraiment de près. Il ouvrit des yeux ronds, les couleurs pétillant dans ses pupilles. Il allongea la main comme pour le toucher, mais la retira au dernier moment. « Qu'est-ce que c'est ?

— Du verre et des joyaux, fondus ensemble. Mais... hier soir, juste avant que vous arriviez, cet objet a fait... a fait quelque chose d'incroyable, que j'arrive pas encore à expliquer. » Et elle lui raconta comment elle et Julia Castillo avaient pu se comprendre en étant reliées par l'anneau de verre. Il l'écouta, immobile, attentif. « Beth dit qu'il est magique. Moi, j'en sais trop rien, c'que je sais, c'est qu'il est vraiment étrange. Regardez comme il capte les battements de mon cœur. Et comme il brille. Je sais pas ce que c'est, mais bon Dieu, pas question que j'le jette.

— Une couronne, dit-il doucement. Beth a dit que ça pourrait être une couronne. Ça ressemble à une tiare, non ?

— Oui, sans doute. Pas vraiment comme celles des vitrines chez *Tiffany*, quand même. Je veux dire... enfin, c'est tordu et bizarre. J'me souviens, j'avais envie de lâcher l'affaire. De mourir. Et puis j'ai trouvé ça, et ça m'a fait penser que... Je sais pas, c'est sûrement idiot.

— Non, allez-y, insista-t-il.

— Ça m'a fait penser au sable, reprit Sister. Le sable, c'est vraiment une chose qui coûte rien, mais regardez c'qu'il peut devenir quand on s'y connaît. Même le truc le plus inutile du monde peut devenir beau, poursuivit-elle en passant son doigt sur la surface veloutée du verre. Tout ce qu'il faut, c'est le coup de main. Et de voir ce bel objet, de le tenir, ça m'a fait penser que moi non plus je n'étais pas encore bonne à jeter. Ça m'a donné envie de me remuer le cul et de vivre. Avant, j'étais dingue, mais après avoir trouvé ça, je crois que je ne l'étais plus, enfin beaucoup moins. Peut-être qu'y a une partie de moi qu'est encore dingue, je n'en sais rien ; mais maintenant, moi j'ai envie de croire que tout c'qui est beau dans le monde n'est pas encore mort. J'ai envie de croire que la beauté peut être sauvée.

— De la beauté, je n'en ai pas vu beaucoup ces derniers jours, rétorqua-t-il. À part cette chose. Vous avez raison, c'est une babiole, mais très très belle. Ou une couronne. Ou ce que vous voudrez. »

Sister hocha la tête et plongea son regard dans les profondeurs de l'anneau. Sous la surface, les fils de métal précieux pétillaient d'étincelles comme des cierges magiques. Son attention fut attirée par une grosse topaze d'un brun profond qui pulsait ; elle sentait Doyle Halland l'observer, elle entendait les crépitements du feu et le souffle du vent à l'extérieur, mais cette topaze sombre et son rythme hypnotique, si doux, si régulier, emplirent son champ de vision. Oh, pensa-t-elle. T'es quoi, toi ? T'es quoi ? T'es...

Elle cligna des yeux.

Elle ne tenait plus l'anneau de verre.

Et elle n'était plus assise devant l'âtre de cette maison du New Jersey.

Le vent balayait le paysage autour d'elle, et elle avait dans les narines une odeur de terre sèche et brûlée et quelque chose d'autre aussi. Mais quoi ?

Ah oui, c'est bien ça. C'était une odeur de maïs calciné.

Elle était debout au milieu d'une immense plaine, et au-dessus d'elle, le ciel était une masse tourbillonnante de nuages d'un gris triste dont jaillissaient soudainement des éclairs d'un bleu électrique. Elle était entourée de milliers et de milliers de tiges de maïs brûlées, et la seule chose notable dans ce paysage de désolation, c'était un grand dôme qui ressemblait à un tombeau, à une centaine de mètres d'elle environ.

Je rêve, se dit-elle. En fait, je suis assise dans le New Jersey. Ça, c'est un paysage imaginaire, juste une image dans ma tête, c'est tout. Je peux me réveiller dès que je veux, et hop ! je serai de retour dans le New Jersey.

Elle contempla cet étrange dôme, se demandant jusqu'où elle pourrait pousser les limites du rêve. Si je fais un pas en avant, se dit-elle, est-ce que tout ça va s'écrouler en morceaux comme un décor de cinéma ? Pour en avoir le cœur net, elle le fit, ce pas. Et le paysage demeura intact. Alors là, se dit-elle, si c'est un rêve, c'est que je suis en train de rêvambuler quelque part bien loin du New Jersey, parce que ce vent, je le sens sur mon visage !

Elle se dirigea vers le dôme, piétinant les tiges de maïs qui jonchaient la terre desséchée ; ses pieds ne soulevaient aucune poussière et elle avait la sensation de flotter tel un fantôme au-dessus de la surface, même si elle sentait bien ses jambes bouger. En approchant, elle se rendit compte que ce dôme était en fait une masse où s'entremêlaient, compressés, terre, tiges de maïs brûlées par milliers, morceaux de charpente et parpaings. À côté, il y avait une espèce de carcasse de métal tordu, peut-être une voiture, et une autre à dix ou quinze mètres plus loin. D'autres fragments de métal, de bois et débris divers étaient éparpillés autour d'elle : ici, ce qui semblait être un pistolet de pompe à essence, là, le couvercle calciné d'une valise. Des habits déchirés, des vêtements de petite taille, jonchaient le sol. Sister passa – rêvambula, se dit-elle – près d'une roue de chariot à demi ensevelie dans la terre, et des restes d'une grande pancarte où l'on arrivait encore, mais à peine, à lire : P... A... W...

Elle s'arrêta à une vingtaine de mètres de ce dôme-tombeau. Quand même, c'est bizarre de rêver d'un machin comme ça, se dit-elle. Je pourrais au moins imaginer un bon steak et un sundae.

Sister se tourna dans toutes les directions, et ne vit que désolation.

Mais attends un peu. Il y avait quelque chose sur le sol qui avait accroché son regard... une petite touche de couleur, pensait-elle, et elle rêvambula dans cette direction.

Une peluche, réalisa-t-elle en s'approchant. Une peluche à qui il restait encore quelques traces de fourrure bleue sur le corps, et deux gros yeux globuleux avec des pupilles noires qui, Sister le savait, allaient bouger dans tous les sens si elle la ramassait. Elle regarda bien la peluche à ses pieds. Elle le reconnaissait vaguement, ce truc, et repensa à sa propre fille disparue, scotchée devant la télé. Cette vieille émission pour enfants qui repassait sans cesse, *Rue Sésame*, c'était une de ses préférées.

Et Sister revit son enfant qui, de joie, montrait du doigt l'écran en criant : « Cooookies ! »

Cookie Monster. Mais oui. C'était lui, à ses pieds.

Et cette peluche, là, toute seule au beau milieu de cette plaine dévastée, avait quelque chose qui fit résonner dans le cœur de Sister une note d'infinie tristesse. Où était l'enfant à qui elle avait appartenu ? Emporté par le vent ? Ou bien mort, enseveli sous cette terre ?

Elle se pencha pour ramasser le Cookie Monster.

Et ses mains passèrent au travers, comme si la scène ou elle-même était faite de fumée.

C'est un rêve, se dit Sister. C'est pas vrai, tout ça ! C'est un mirage dans ma tête, et je suis en train de rêvambuler à l'intérieur !

Elle recula d'un pas. Cette peluche, finalement, mieux valait qu'elle reste sur place, au cas où l'enfant qui l'avait perdue repasse un jour par ici.

Sister ferma les yeux. Je veux repartir, pensa-t-elle. Je veux retourner là où j'étais, loin, très loin d'ici. Loin. Loin...

« ... pensez-vous ? »

Sister sursauta, surprise par la voix, qui semblait chuchoter à son oreille. Elle tourna la tête. Le visage de Doyle Halland était juste au-dessus d'elle, pris entre la lueur du feu et les reflets des joyaux. « Quoi ?

— Je disais : "À quoi pensez-vous ?" Où étiez-vous partie ? »

Où, bonne question, se dit Sister. « Loin d'ici », répondit-elle. Tout était exactement comme avant. La vision avait disparu, mais elle eut l'impression de sentir encore ce maïs brûlé et ce vent sur son visage.

La cigarette était presque entièrement consumée entre ses doigts. Elle tira une dernière bouffée et la jeta d'une pichenette dans le feu. Puis elle fourra l'anneau dans son sac, qu'elle serra contre elle. Au fond de ses yeux, elle voyait encore distinctement le dôme de terre, la roue de chariot, les carcasses de voitures déformées et le Cookie Monster et sa fourrure bleue.

J'étais partie où ? se demanda-t-elle à son tour, sans trouver de réponse.

« Où est-ce qu'on va, demain matin ? s'enquit Halland.

— Vers l'ouest. Toujours vers l'ouest. Peut-être qu'on trouvera une voiture en état de marche. Peut-être qu'on trouvera d'autres gens. Pour la nourriture, je crois pas qu'il faut trop s'en faire dans l'immédiat. On peut encore en récupérer assez en chemin. De toute manière, j'ai jamais été difficile, question repas. » Mais le problème allait être l'eau. Dans la maison, les robinets étaient à sec, que ce soit dans la cuisine ou la salle de bains, et Sister pensait que les ondes de choc avaient fait exploser les canalisations principales dans toute la région.

« Vous croyez vraiment que ça sera mieux ailleurs ? l'interrogea-t-il en haussant ses sourcils brûlés. Le vent va disperser les radiations à la surface du pays entier. Si les explosions, les incendies et la radioactivité ne finissent pas par nous tuer, alors ce sera la soif, la faim et le froid. Pour moi, en fin de compte, il n'y a nulle part où aller, vous ne croyez pas ? »

Sister fixa un long moment les flammes. « Comme j'ai dit, finit-elle par répondre, personne est obligé de venir avec moi s'il en a pas envie. Bon, je vais dormir maintenant. Bonne nuit. » À plat ventre, elle rejoignit les autres, toujours blottis sous les couvertures, s'allongea entre Artie et Beth et essaya de trouver le sommeil malgré le vent qui hurlait de l'autre côté des murs.

Avec précaution, Doyle Halland toucha du doigt le métal qui lui traversait la jambe. Il resta assis, un peu voûté, penché vers l'avant, et son regard s'attarda sur Sister et le sac auquel elle se cramponnait de façon si protectrice. Il poussa un grognement pensif, consuma sa cigarette jusqu'au filtre, qu'il lança dans le feu. Puis il s'installa dans un coin, bien en face de Sister et des autres, les scruta l'un après l'autre pendant cinq bonnes minutes, ses yeux brillant dans la pénombre, avant d'appuyer sa tête au dossier et de s'endormir, toujours assis.

NOUVEAU REBONDISSEMENT

Tout avait commencé par une voix, grotesque, qui l'appelait depuis derrière la barricade interdisant l'accès au gymnase : « Colonel ? Colonel Macklin ? »

Macklin, agenouillé dans le noir, ne répondit pas. Pas très loin de lui, Roland Croninger désengagea le cran de sûreté du pistolet-mitrailleur Ingram ; à sa droite, il entendait les halètements saccadés de Warner.

« On sait qu'vous êtes dans l'gymnase, poursuivait la voix. On a fouillé partout ailleurs. Jolie petite forteresse, qu'vous avez là, hein ? »

Dès que Roland avait fait son rapport sur l'incident, ils s'étaient mis à l'ouvrage, bloquant l'entrée du gymnase avec des pierres, des câbles et un enchevêtrement de bancs de musculation tordus et cassés. L'adolescent avait eu la bonne idée de répandre des éclats de verre dans le couloir, afin de causer le plus de dégâts possible aux maraudeurs qui arriveraient à quatre pattes dans le noir. Avant d'entendre la voix, Macklin avait perçu des jurons et des cris étouffés, et compris que le piège avait fonctionné. Dans sa main gauche, il tenait une arme de fortune, la pièce d'un banc de musculation, en l'occurrence une barre de fer incurvée d'une soixantaine de centimètres, équipée à l'autre extrémité d'une courte chaîne attachée à un gros pignon, un genre de fléau d'armes.

« Il est là, le gamin ? demanda la voix. C'est toi que j'cherche, morveux. Espèce de p'tit enculé, comment tu m'as arrangé ! »

À présent, Roland savait que Schorr n'était pas mort, mais à l'entendre on avait l'impression qu'il n'avait plus qu'une moitié de bouche.

Les nerfs de Teddybear Warner lâchèrent : « Tirez-vous ! Foutez-nous la paix ! »

Il y eut un long silence. Puis : « J'ai des gars affamés à

nourrir, colonel. On sait qu'vous avez un sac rempli de nourriture là-dedans. C'est pas juste que vous gardiez tout, hein ? » Macklin ne répondit rien, et au bout d'un moment on entendit Schorr rugir, de sa voix déformée : « File-nous la bouffe, enfoiré ! »

Macklin sentit qu'on l'agrippait par l'épaule ; on aurait dit une serre, dure et glacée, qui lui pénétrait dans la chair. « Plus de bouches, moins de bouffe, murmura le Soldat Fantôme. Tu sais ce que c'est qu'avoir faim, n'est-ce pas ? Tu te rappelles cette fosse, là-bas ? Tu te souviens, mon p'tit gars, de ce que tu faisais pour avoir du riz ? »

Macklin fit oui de la tête. Il se souvenait. Oh, que oui. Il se rappelait avoir compris qu'il allait mourir s'il ne mangeait pas davantage que le quart de cette petite galette de riz que les gardes vietcongs lançaient à chaque fois, et il savait pertinemment que les autres, McGee, Ragsdale et Mississippi, sentaient que la mort était proche. Un homme, ça a un certain regard quand c'est au pied du mur, dépouillé de son humanité ; c'est son visage entier qui change, comme si un masque tombait en miettes pour révéler le mufle de la bête qu'il dissimulait.

Et donc, quand Macklin avait décidé de ce qu'il fallait faire, le Soldat Fantôme lui avait montré comment.

Ragsdale était le plus faible des trois. Cela avait été simple de l'étouffer en lui maintenant le visage dans la fange pendant que les autres dormaient.

Un tiers de cette galette de riz, ça n'était toujours pas suffisant, lui martelait à l'oreille le Soldat Fantôme. Alors Macklin avait aussi étranglé McGee ; ils n'étaient plus que deux maintenant.

Mississippi avait été le plus dur à éliminer. Il était encore costaud et il avait repoussé encore et encore les assauts de Macklin. Mais ce dernier ne l'avait pas lâché, lui tombant dessus quand l'autre essayait de dormir, tant et si bien que Mississippi avait fini par craquer, se réfugiant dans un coin, accroupi, à appeler Jésus à l'aide comme un gamin possédé. Il avait alors été facile de lui attraper le menton pour lui faire brusquement le coup du lapin.

Dès lors, il avait tout le riz pour lui et le Soldat Fantôme l'avait complimenté.

« Vous m'entendez, colonel ?! cria Schorr, méprisant, derrière la barricade. Donnez-nous la bouffe, c'est tout, et on s'en va !

— C'est ça, oui ! », cria Macklin. Plus besoin de se cacher à présent. « Bon, on arrête les conneries ; on a des armes ici, Schorr. » Ah, si seulement l'autre pouvait être convaincu qu'ils avaient plus qu'un Ingram, deux ou trois barres de fer, un hachoir à viande et quelques caillasses. « Tirez-vous !

— Oh, mais nous aussi on a ramené quelques joujoux avec nous. Je crois pas que vous ayez envie de savoir ce que c'est.

— Vous bluffez.

— Je bluffe ? Colonel, écoutez-moi bien : j'ai trouvé une façon d'accéder au garage. Il reste plus grand-chose, presque tout est en miettes, et on peut pas accéder au mécanisme du pont-levis. Mais j'ai quand même trouvé c'que je cherchais, et vous pouvez avoir autant de flingues que vous voulez, je m'en tape. Alors, elle vient, cette bouffe, ou on doit venir la chercher ?

— Roland, ordonna Macklin d'une voix sans réplique, tiens-toi prêt à faire feu. »

L'adolescent braqua son arme dans la direction de la voix.

« Ce qu'on a ici, ça reste ici ! cria Macklin. Vous avez qu'à vous trouver à manger vous-mêmes.

— Y a plus rien ! explosa Schorr. Espèce de fils de pute, tu vas pas nous faire crever comme t'as fait crever tout le monde dans ce putain de...

— Feu ! », commanda Macklin.

Roland pressa la détente sans l'ombre d'une hésitation.

La mitraillette tressauta entre ses mains, et les balles traversèrent le gymnase telles des comètes écarlates. Elles touchèrent la barricade et le mur autour de l'encadrement de porte, avec des sifflements aigus et des bruits démentiels de bouchon de champagne au gré des ricochets. Dans la lumière intermittente, on avait pu apercevoir un homme, qui n'était pas Schorr, en train de se glisser dans l'espace restant en haut de la barricade. Il tenta de reculer quand les rafales commencèrent, mais poussa immédiatement un cri, piégé dans l'entrelacs de verre et de câbles métalliques disposé par Roland. Des balles le touchèrent et il se débattit, s'entortillant davantage dans le fouillis. Il cessa de crier. On aperçut des bras qui se levaient, qui saisissaient le corps et le soulevaient pour le ramener dans le couloir.

Roland relâcha la détente. Il avait les poches bourrées de munitions et le colonel lui avait fait répéter la manœuvre de changement rapide de chargeurs. L'écho des rafales s'éteignit. Les maraudeurs restèrent silencieux.

« Ils sont partis ! cria Warner. On les a r'poussés !

— La ferme ! », l'avertit Macklin. Il avait aperçu une petite lueur dans le couloir, comme une allumette qu'on aurait frottée. Immédiatement après, quelque chose d'enflammé vola vers eux par-dessus la barricade. L'objet tomba au sol dans un bruit de verre cassé, Macklin sentit l'odeur d'essence, et moins d'une seconde plus tard, le cocktail Molotov explosait, projetant un rideau de feu qui traversa le gymnase. Il baissa brusquement la tête, à l'abri de son tas de pierres, évitant les fragments de verre qui passaient près de ses oreilles en vrombissant tels des frelons. Des langues de flammes furent projetées autour de lui, et quand l'écho de l'explosion retomba, il risqua un coup d'œil et aperçut une petite mare d'essence qui brûlait à une quinzaine de mètres.

Roland avait aussi baissé la tête, mais des éclats l'avaient tout de même égratigné à la joue et à l'épaule. Il se redressa et tira une nouvelle rafale en direction de la porte ; les balles ricochèrent, inutiles, sur le haut de la barricade.

« Alors, Macklin, qu'est-ce que t'en dis, de ça ?! cria Schorr, narquois. On s'est trouvé un peu d'essence dans les réservoirs de bagnoles. Puis des chiffons et quelques bouteilles de bière. On en a d'autres comme ça, en réserve. Qu'est-ce que t'en dis, hein ? »

Une nouvelle lueur rebondit sur les murs de ce qui avait été un gymnase. Macklin n'avait pas prévu ça ; Schorr et les autres pouvaient rester tranquillement à l'abri derrière la barricade et les bombarder de ces saloperies. Il entendit le bruit d'un outil métallique grattant les décombres qui bloquaient la porte, et vit bouger certaines des grosses caillasses.

Une deuxième bouteille d'essence bouchée par un chiffon enflammé explosa, après une longue parabole, près du capitaine Warner, qui s'aplatit derrière un monticule de pierres, de métal tordu et de disques de fonte. Des gouttelettes d'essence giclèrent, comme de l'huile qui sauterait d'une poêle, et le capitaine poussa un cri, criblé de bris de verre. Roland tira une nouvelle rafale en direction de la porte alors qu'un troisième projectile atterrissait entre lui et le colonel Macklin, et il dut faire un bond de côté pour éviter les projections de carburant embrasé sur ses jambes. Des éclats allèrent se ficher dans le blouson de Macklin et l'un d'eux l'atteignit au-dessus du sourcil droit, lui projetant la tête en arrière comme un coup de poing.

Tous les débris qui encombraient le gymnase, tapis, serviettes, dalles de plafond, moquette et lambris arrachés, étaient en train de prendre feu. Une épaisse fumée, imprégnée de relents d'essence, tourbillonnait dans l'air.

Quand Roland releva la tête, il aperçut des silhouettes floues qui déblayaient le dessus de la barricade comme des forcenés. Il leur balança une nouvelle rafale et les vit filer dans le couloir, tels des cafards dans leur trou. En réponse, une bouteille de Dr Pepper remplie de carburant explosa près de lui, le *whooosh* des flammes grillant son visage et aspirant tout l'air de ses poumons. Il sentit une douleur cuisante et baissa les yeux vers sa main gauche : elle était en feu, tout comme son bras. Il hurla de terreur, se précipitant vers le seau plein d'eau de la cuvette des toilettes.

Les flammes grandissantes se rejoignaient et progressaient vers eux. Une autre partie de la barricade s'écroula et Macklin aperçut les maraudeurs qui envahissaient le gymnase ; Schorr menait l'attaque, armé d'un manche à balai aiguisé comme un épieu, la tête enveloppée dans un chiffon taché de sang, le visage boursouflé, les yeux exorbités. Derrière lui, trois hommes et une femme, tous brandissant des armes primitives : pierres aux arêtes tranchantes ou massues faites de morceaux de meubles. Pendant que Roland tentait frénétiquement de noyer l'essence enflammée sur son bras, Teddybear Warner sortit clopin-clopant de son abri et tomba à genoux devant Schorr, bras levés pour implorer sa pitié. « Me tue pas ! suppliait-il. Je suis avec vous ! Je le jure devant Dieu, je suis avec... »

Mais Schorr lui enfonça l'épieu dans la gorge. Les autres assaillants se précipitèrent aussi sur lui, frappant à coups de bâton et à coups de pied le capitaine qui s'était effondré, la pointe du manche à balai toujours dans la gorge. Les flammes projetaient sur les murs leurs ombres de danseurs de l'enfer. Schorr retira alors l'épieu d'une secousse et se retourna en direction du colonel.

Roland ramassa l'Ingram qu'il avait posé près de lui. Mais une main le saisit soudain par la nuque, le faisant tomber au sol. Il aperçut l'image floue d'un homme en haillons debout au-dessus de lui, prêt à fracasser son crâne avec une grosse pierre.

Schorr chargea Macklin. Le colonel se releva, chancelant, pour se défendre avec son fléau d'armes improvisé.

L'homme qui tenait Roland par la nuque émit alors un cri étranglé. Il portait des lunettes aux verres cassés, rafistolées avec un pansement autour de la barre supérieure.

Schorr feinta avec son épieu. Macklin perdit l'équilibre et tomba, roulant sur lui-même pour éviter la pointe qui lui érafla le flanc. « Roland, aide-moi ! hurla-t-il.

— Oh... mon Dieu, murmura l'homme aux lunettes cassées. Roland... t'es en vie... »

Roland se dit que cette voix lui était familière, mais n'en était pas sûr. Il n'y avait plus aucune certitude, sauf celle d'être un chevalier. Tout ce qu'il avait pu vivre avant ce moment n'était qu'ombres, aussi diaphanes qu'évanescentes ; la vraie vie, c'était maintenant.

« Roland ! s'écria l'homme. Tu reconnais pas ton propre... »

L'adolescent leva l'Ingram et tira une rafale qui alla pulvériser la moitié de la tête du type, qui recula en titubant, les dents fracassées claquant au milieu d'un masque sanglant, avant d'aller s'effondrer dans le feu.

Les autres assaillants se jetèrent sur le sac-poubelle, qu'ils commencèrent à déchiqueter, se disputant les restes comme des chiffonniers. Roland se retourna vers Schorr et Macklin ; le sergent allongeait des coups secs de son épieu au colonel, lequel parait de son arme. Macklin se trouva peu à peu acculé dans un angle où, à la lueur des flammes dansantes, on apercevait un large conduit de ventilation dans le mur, son grillage protecteur pendouillant à une seule vis.

Roland allait tirer, mais les deux silhouettes étaient à demi masquées par la fumée tourbillonnante et il craignait de toucher le roi. Son doigt se crispait sur la détente, quand il reçut dans le creux du dos quelque chose de lourd qui le fit tomber par terre, face la première, à essayer de reprendre son souffle. La mitraillette lui tomba des mains et la femme aux yeux déments, cerclés de rouge, qui avait lancé la caillasse se précipita à quatre pattes pour la récupérer.

Macklin visa la tête de Schorr avec le fléau d'armes. Celui-ci se baissa, trébuchant sur les pierres et les débris en feu. « Allez, viens ! beuglait Macklin. Viens un peu me chercher ! »

La folle grimpa sur Roland et se saisit de l'arme. L'adolescent était encore étourdi, mais savait que si jamais elle arrivait à s'en servir, lui et le roi mourraient ; il lui agrippa le poignet et elle se mit à batailler en poussant des hurlements aigus, toutes dents dehors prêtes à lui arracher le visage. Elle leva l'autre main pour lui lacérer les yeux de ses ongles, mais il détourna la tête pour éviter ses doigts. Elle en profita pour se libérer le poignet d'une secousse et, continuant à hurler, elle braqua la mitraillette.

Elle lâcha une rafale et les balles fusèrent à travers le gymnase.

Mais ce n'était pas le colonel Macklin qu'elle visait. Les deux hommes qui se battaient pour s'approprier la nourriture, touchés, se mirent à danser comme si leurs chaussures avaient pris feu. Puis ils tombèrent, et la folle se précipita vers le sac-poubelle, la mitraillette serrée contre sa poitrine.

Par réflexe, Schorr avait tourné la tête au crépitement de l'Ingram, et Macklin fonça, le frappant violemment au flanc de son fléau d'armes. Il entendit les côtes de Schorr se briser telles des branchettes sous le pied. Schorr poussa un cri, tentant de reculer, mais trébucha et tomba à genoux. Macklin leva très haut son arme, qu'il abattit en plein milieu du front de Schorr, son crâne prenant la marque du pignon denté. Et le colonel, debout au-dessus du corps, continua à cogner et cogner encore sur le crâne, la tête de Schorr commençant à changer de forme.

Roland s'était relevé. Non loin, la folle se fourrait frénétiquement les restes de nourriture calcinée dans la bouche. Les flammes s'élevaient, de plus en plus brûlantes, et une épaisse fumée passait de part et d'autre de Macklin, dont le bras gauche retomba finalement, à bout de forces. Il lâcha son arme et flanqua un dernier coup de pied dans les côtes du cadavre de Schorr.

C'est la fumée qu'il ne quittait pas des yeux à présent. Il la voyait disparaître dans le conduit carré, qui faisait presque un mètre sur un mètre, assez pour s'y glisser, réalisa-t-il. Il lui fallut une bonne minute pour éclaircir son esprit épuisé. Voyons, ces volutes étaient aspirées dans le conduit. *Aspirées*. Pour ressortir où ? À la surface de la montagne ? Dans le monde extérieur ?

Il se fichait éperdument du sac-poubelle à présent, ou de Schorr, ou de la folle, ou du pistolet-mitrailleur. Il y avait forcément un moyen de remonter, quelque part ! Il arracha complètement le grillage et se glissa à plat ventre dans le conduit. Celui-ci remontait à un angle de quarante degrés, mais les pieds de Macklin trouvèrent des têtes de boulons dans la surface d'aluminium pour s'aider à progresser. Il n'y avait aucune lumière en vue et l'atmosphère était étouffante, mais il savait que c'était sans doute leur unique chance de sortir de là. Roland le suivit, montant centimètre par centimètre, arrière-garde dans ce nouveau rebondissement.

Derrière eux, dans le gymnase en flammes, ils entendirent la voix de la folle leur parvenir par le conduit : « Où ils sont tous partis ? Fait chaud là-dedans, chaud... Et puis, moi, je suis pas venue jusqu'ici pour cuire dans une mine ! »

Il y avait dans cette voix quelque chose qui serra le cœur de Roland. Il se souvenait vaguement d'une telle voix, il y avait longtemps, très longtemps. Il continua de grimper, mais quand la folle se mit à hurler et que l'odeur de viande grillée lui parvint par le conduit, il dut s'arrêter et se boucher les oreilles, car ces échos faisaient tourner le monde si vite qu'il avait peur d'en être éjecté comme d'un manège. Les hurlements cessèrent au bout d'un moment, et tout ce qu'entendait Roland, c'était le bruit régulier du corps du roi qui grimpait. En toussant, les yeux larmoyants, Roland se hissa plus haut, encore plus haut.

Ils atteignirent un endroit où le conduit était écrasé. Mais la main de Macklin en décela un autre qui débouchait sur celui qu'ils avaient suivi ; celui-ci était plus étroit, et les épaules du colonel y passaient à peine. La fumée était toujours aussi épaisse et il sentait ses poumons le brûler. C'était comme remonter un conduit de cheminée alors que du bois flambait dans l'âtre. Roland se demanda si c'était ça que pouvait ressentir le père Noël.

Un peu plus loin, Macklin, en tâtonnant, sentit de la fibre de verre sous ses doigts. Un bout du système de filtrage et des déflecteurs censés purifier l'air que respireraient les résidents de la Maison Terre en cas d'attaque nucléaire. Ça a été vachement utile, pas vrai ? se dit-il, sinistre. Il l'arracha et continua à ramper. Le conduit faisait une courbe vers la gauche et Macklin dut casser d'autres filtres et volets déflecteurs faits de caoutchouc et de nylon. Il avait du mal à respirer et il entendait Roland haleter derrière lui. Un dur, ce gamin, pensa-t-il. Un individu avec une volonté de vivre aussi forte que celle de ce garçon était à prendre très au sérieux, même s'il ressemblait à une mauviette.

Dans l'obscurité, Macklin s'arrêta. Ses doigts avaient rencontré du métal, des pales qui rayonnaient à partir d'un moyeu central. L'un des gros ventilateurs qui faisaient entrer l'air extérieur. « On doit être tout près de la surface ! cria-t-il, au milieu des volutes qui l'entouraient dans le noir. On est forcément tout près ! »

Il posa la main sur le moyeu et se mit à pousser, pousser, jusqu'à en faire craquer les muscles de son épaule. Mais ce ventilateur était solidement scellé et ne bougeait pas d'un millimètre. Putain de merde ! enragea-t-il. Putain de truc à la con ! Il se remit à pousser, de toutes ses forces, mais il ne réussit qu'à s'épuiser. Impossible de sortir avec ce truc qui leur barrait le chemin.

Macklin posa sa joue sur l'aluminium frais, s'efforçant de réfléchir, de visualiser dans sa tête les plans du complexe. Par où se faisait la maintenance de ces ventilateurs d'admission ? Réfléchis ! Mais il était incapable de retrouver l'image de ces satanés plans, qui n'arrêtaient pas de trembloter derrière ses yeux pour finir par tomber en morceaux.

« Écoutez ! », cria tout à coup Roland.

Macklin tendit l'oreille. Il n'entendait rien d'autre que les battements de son cœur et les sifflements de ses poumons ardents.

« J'entends du vent ! reprit Roland. Il y a du vent là-haut ! » Il leva la main, sentit l'air qui circulait. Il entendait, directement au-dessus d'eux, des mugissements affaiblis. Il passa ses mains sur la surface froissée du conduit de sa droite à sa gauche, et finit par sentir un échelon métallique. « Y a une sortie, là ! Y a un puits juste au-dessus de nos têtes ! » Roland empoigna l'échelon, puis le suivant, jusqu'à se mettre debout. « Je grimpe ! », lança-t-il à Macklin.

Les hurlements du vent étaient plus forts, mais il ne voyait toujours aucune lumière. Il était monté de six ou sept mètres peut-être quand sa main rencontra une roue métallique, pile au-dessus de sa tête. Il tâta autour et ses doigts glissèrent sur une surface de béton craquelé. Roland comprit qu'il s'agissait d'une écoutille, un peu comme dans la tourelle d'un sous-marin, que l'on ouvrait ou fermait à l'aide de ce volant. Sentant la forte succion de l'air, il se dit que l'explosion avait dû l'endommager, car elle n'était plus hermétiquement fermée.

Il attrapa le volant et essaya de le tourner. Impossible. Roland laissa passer une minute, rassemblant ses forces et sa détermination ; s'il devait y avoir un moment où il aurait besoin du pouvoir d'un chevalier, alors c'était celui-là. Il s'attaqua à nouveau au volant ; cette fois, il eut l'impression qu'il avait bougé de quelques millimètres, mais sans pouvoir en être sûr.

« Roland ! », appela Macklin, depuis le bas du conduit. Il avait enfin réussi à reconstituer les plans dans sa tête. Ce puits vertical, il servait aux ouvriers de la maintenance, pour remplacer filtres et déflecteurs dans ce secteur-là. « Devrait y avoir un couvercle en béton, là-haut ! Il donne à l'extérieur !

— Je l'ai trouvé ! J'suis en train d'essayer de l'ouvrir ! » Il passa un bras dans l'échelon du haut pour s'y cramponner, saisit à nouveau le volant et essaya de le tourner avec tout ce qui restait de muscles dans son corps. Il tremblait sous la tension de l'effort, les yeux fermés, et de grosses gouttes de sueur perlaient sur son visage. Allez ! ordonnait-il au Destin, ou à Dieu, ou au Diable, on s'en fout tant que ça marche. Allez !

Il continua de s'acharner, refusant de s'avouer vaincu.

Le volant bougea. Deux centimètres. Puis quatre. Puis dix. « J'l'ai eu ! », hurla Roland, en se mettant à le tourner d'une main aussi douloureuse que pantelante. Il entendit le bruit métallique d'une chaîne qui passait dans les dents d'une série d'engrenages, et le vent qui hurlait très fort à présent. Il savait que l'écoutille s'ouvrait, mais n'apercevait toujours pas de lumière.

Roland avait fait faire quatre tours complets au volant quand soudain il sentit une bourrasque folle qui tourbillonnait avec un gémissement perçant, une bourrasque qui charriait une poussière de petits gravillons qui lui fouetta le visage. Il dut s'accrocher des deux mains à un échelon pour ne pas être aspiré à l'extérieur. Affaibli d'avoir bataillé avec l'ouverture, il sentait néanmoins que s'il lâchait prise, cette tempête pourrait bien l'emporter tel un cerf-volant dans l'obscurité pour ne jamais le ramener à terre. Il cria à l'aide, mais n'entendit même pas sa propre voix.

Un bras sans main l'attrapa solidement par la taille. Macklin et lui redescendirent les échelons ensemble et se réfugièrent dans le conduit.

« On y est arrivés ! cria Macklin, à peine audible dans le bruit du vent. C'est par là, la sortie !

— Mais on pourra jamais survivre là-dedans ! C'est une tornade !

— Ça va pas durer ! Ça va retomber ! On y est arrivés ! » Le colonel faillit en pleurer, mais se souvint que discipline et contrôle, ça vous fait un homme. Il n'avait plus aucune notion de la durée, aucune idée du temps qui avait pu s'écouler depuis qu'il avait vu ces premiers spectres sur l'écran radar. Ça devait être la nuit, mais la nuit de quel jour, il n'en savait rien.

Il se mit à repenser à tous ces gens qui étaient toujours là en bas, à l'intérieur de la Maison Terre, morts ou déments ou avalés par les ténèbres. Il pensa à ces hommes qui l'avaient suivi dans cette mission, qui lui avaient témoigné foi et respect. Sa bouche se tordit en un affreux sourire. C'est du délire ! se dit-il. Ces soldats et officiers expérimentés et loyaux, tous perdus, pour ne laisser à ses côtés que ce gamin bigleux et chétif. Tu parles d'une blague ! Tout ce qui restait de l'armée du grand Macklin, c'était un geek maigrichon, à peine sorti de l'école !

Mais il se rappela que c'était Roland qui avait eu l'idée parfaitement rationnelle de mettre les civils au boulot, qui avait fait preuve de tant de sang-froid dans cet affreux puits où était restée sa main. Il avait du cran, ce gamin. Plus que du cran ; il y avait chez Roland Croninger quelque chose qui rendait Macklin un peu mal à l'aise, comme quand on connaît la présence, sous une pierre plate qu'il faut enjamber, d'une bestiole au venin mortel. Il avait lu cela dans les yeux du garçon quand celui-ci lui avait raconté l'embuscade de Schorr dans la cafétéria, et l'avait entendu dans sa voix quand il lui avait dit : « On a des mains. » En tout cas, Macklin était certain d'une chose : ce gamin, il le préférait avec lui que contre lui.

« On sortira quand la tempête s'arrêtera ! cria Macklin. On va vivre ! » Et les larmes lui montèrent quand même aux yeux, alors il se mit à rire pour ne pas que Roland s'en rende compte.

Une main glacée lui toucha l'épaule. Le rire de Macklin s'arrêta net.

La voix du Soldat Fantôme était toute proche de son oreille. « T'as raison. On va vivre. »

Roland se mit à frissonner. Le vent était gelé, et il se serra contre le roi pour se réchauffer. Ce dernier hésita... puis lui passa son bras estropié autour des épaules.

Tôt ou tard, elle allait forcément se calmer, cette tempête, Roland le savait. Le monde les attendait. Mais ce serait un monde différent. Un jeu différent. Il savait qu'il ne ressemblerait en rien à la partie qui venait de se terminer. Dans ce nouveau jeu, les possibilités ouvertes à un chevalier pourraient bien être infinies.

Il ne savait pas où ils allaient aller, ou ce qu'ils allaient faire ; il ne savait pas ce qui restait du vieux monde, mais même si les grandes villes avaient été atomisées, il devait forcément y avoir des hordes de survivants qui rôdaient sur les terres dévastées ou qui se terraient dans les sous-sols, attendant. Attendant un nouveau leader. Attendant quelqu'un d'assez fort pour les plier à sa volonté, les faire danser dans ce nouveau jeu qui venait seulement de commencer.

Oui. Ce serait le plus grand jeu de chevalier jamais vu. Cités en ruines, villes fantômes, forêts calcinées et déserts là où s'étendaient des prairies : le plateau de jeu serait tout cela et plus encore. Les règles, Roland allait les apprendre au fur et à mesure, comme les autres. Mais il avait un coup d'avance, parce qu'il était conscient du fait que le pouvoir, un pouvoir immense, était à saisir pour les plus malins et les plus forts. À saisir et à brandir comme une hache sacrée, suspendue au-dessus de la tête des faibles.

Et peut-être, peut-être seulement, ce serait sa main qui la tiendrait. Aux côtés du roi, bien sûr.

Il tendit l'oreille, et dans le rugissement de la tornade, s'imagina qu'il entendait son prénom, prononcé d'une voix de stentor, et qui l'emportait, ce prénom, vers les terres ravagées comme la promesse d'un pouvoir à venir.

Il sourit dans le noir, le visage couvert des éclaboussures du sang de l'homme qu'il avait tué, et attendit le futur.

LA ROUE DE LA FORTUNE

L'anneau noir

Le bruit de douleur

L'étrange fleur inconnue

Tupperware

Un gros poing qui cogne à la porte

Citoyen du monde

Du papier et de la peinture

L'ANNEAU NOIR

Des rideaux d'une pluie glacée couleur nicotine tournoyaient au-dessus des ruines de East Hanover, dans le New Jersey, poussés par des vents de plus de cent kilomètres par heure. Des stalactites de glace sale pendaient aux toits affaissés ou aux murs effondrés, des arbres dépouillés avaient été fendus en deux par les rafales et toutes les surfaces étaient recouvertes d'une épaisse pellicule de givre contaminé.

La maison où s'étaient réfugiés Sister, Artie Wisco, Beth Phelps, Julia Castillo et Doyle Halland tremblait sur ses fondations. Cela faisait trois jours que la tempête faisait rage et ils étaient toujours là, blottis autour des flammes qui bondissaient et rugissaient sous l'effet des violentes bourrasques s'engouffrant dans le conduit de la cheminée. Presque tous les meubles y étaient passés, offerts en morceaux au feu en échange de sa chaleur salvatrice. À intervalles réguliers, ils entendaient les murs craquer au milieu des hurlements incessants du vent, et Sister tressaillait, craignant que la fragile bâtisse ne s'envole tel un carton ; mais elle était solide, cette petite garce, et elle tenait bon. Ils entendaient des bruits de chutes d'arbres, et Sister ne tarda pas à comprendre que c'était probablement quelques-unes des maisons voisines qui se désintégraient et s'éparpillaient sous les coups de boutoir de l'ouragan. Elle avait demandé à Doyle Halland de les faire prier tous ensemble, mais il s'était contenté de lui jeter un regard amer avant de se réfugier dans un coin pour fumer sa dernière cigarette en fixant les flammes d'un air morose.

Ils avaient épuisé leurs provisions et n'avaient plus rien à boire. Beth avait commencé à cracher du sang et ses yeux étaient luisants de fièvre. Le feu se réduisait, mais sa température à elle grimpait, et les autres, consciemment ou non, se serraient contre elle pour absorber un peu de cette chaleur.

Beth posa sa tête sur l'épaule de Sister. « Sister ? implora-t-elle d'une petite voix épuisée. Je peux... le tenir ? S'il te plaît ? »

Sister savait de quoi elle parlait. Cet objet en verre. Elle le sortit de son sac et les joyaux se mirent à luire dans la lueur orangée du feu, qui baissait à présent. Sister jeta un bref coup d'œil dans les profondeurs de l'anneau, repensant à son expérience de rêvambulisme dans un champ dévasté, jonché de restes de maïs calciné. Ça lui avait semblé tellement réel! Qu'est-ce que c'est que cette chose ? se demanda-t-elle. Et pourquoi c'est moi qui l'ai trouvée ? Elle le mit dans les mains de la malade. Les autres regardaient avec de grands yeux les reflets des joyaux jouant sur leurs visages, comme projetés par le kaléidoscope d'un paradis lointain.

Beth serra l'anneau contre elle. Elle y plongea son regard en murmurant : « J'ai soif. J'ai tellement, tellement soif. » Puis elle se tut, les yeux fixés sur le verre dont les couleurs pulsaient lentement.

« Y a plus rien à boire, répondit Sister. Je suis désolée. »

Beth ne répondit pas. La tourmente fit encore trembler la maison pendant quelques secondes. Sister sentit un regard insistant posé sur elle ; elle leva les yeux vers Doyle Halland, qui était assis à quelques pas, jambes tendues vers le foyer, l'éclat de métal qui traversait sa jambe luisant d'un faible reflet.

« Tôt ou tard, va falloir retirer ça, l'avertit Sister. La gangrène, ça vous parle ?

— Non, ça tiendra, répondit-il avant de se remettre à regarder l'anneau.

— Oh... », murmura Beth d'une voix rêveuse. Son corps entier fut parcouru d'un frisson, puis sa voix s'éleva à nouveau : « Vous l'avez vu ? Il était là. Vous l'avez vu ?

— Vu quoi ? fit Artie.

— Le petit torrent. Qui me coulait entre les doigts. J'avais soif et j'ai bu. Personne ne l'a vu ? »

C'est la fièvre, se dit Sister. À moins que... à moins qu'elle ne soit partie rêvambuler, elle aussi.

« J'ai mis les mains dedans, poursuivait Beth, et c'était si frais. Si frais. Oh, c'est si merveilleux, à l'intérieur de ce verre...

— Mon Dieu ! s'écria alors Artie. Bon, écoutez, j'ai... j'ai rien voulu dire jusque-là, parce que je pensais que j'devenais dingo.

Mais... » Il jeta un regard circulaire aux autres, s'arrêta sur Sister. « J'vais vous raconter c'que j'ai vu, moi, quand j'ai regardé dans ce bidule. » Et il leur raconta le pique-nique avec son épouse. « C'était tellement bizarre ! Enfin, j'veux dire, ça faisait si vrai que quand j'suis revenu j'avais même encore dans la bouche le goût de c'que j'avais mangé. J'avais l'estomac plein et j'avais plus faim ! »

Sister l'écoutait attentivement en hochant la tête. « Bon, se lança-t-elle à son tour, je vais vous raconter, moi aussi, où je suis allée quand j'ai regardé dedans. » Quand elle eut terminé, ils gardèrent le silence. Julia Castillo, la tête penchée sur une épaule, observait Sister ; elle ne comprenait pas un traître mot de ce qu'ils disaient, mais comme elle les voyait tous regarder l'anneau, elle savait ce dont ils parlaient.

« Pour moi aussi, poursuivait Sister, c'était réaliste comme expérience. Je sais pas trop ce que ça veut dire. Rien, sans doute. Peut-être que c'est qu'une image sortie de ma tête, j'en sais rien.

— Mais le torrent est réel, protesta Beth. Je le sais. Je le sens, sur mes mains et dans ma bouche.

— Et moi, ce sandwich, il m'a rempli l'estomac, renchérit Artie. Après ça, j'ai plus eu faim pendant un bon moment. Et elle, alors, continua-t-il en désignant Julia, quand on a réussi à lui parler avec ce machin ? Enfin quoi, c'est quand même bizarre, non ?

— Cette chose, elle est vraiment spéciale. Je le sais. Elle te donne c'que tu veux au moment où t'en as besoin, reprit Beth. Peut-être que c'est... » Elle se redressa et fixa Sister droit dans les yeux. Celle-ci sentait la fièvre qui irradiait d'elle par vagues successives. « Peut-être que c'est vraiment de la magie. Un genre de magie qu'a jamais existé jusqu'ici. Et si c'était cette explosion qui l'a rendue magique ? Quelque chose à voir avec les radiations, ou bien... »

Doyle partit d'un grand rire. Ils sursautèrent tous, tant ce rire était cruel, et se tournèrent vers lui. Dans la lueur des flammes, il affichait un sourire ironique. « Alors ça, messieurs-dames, si c'est pas la chose la plus idiote que j'ai entendue de ma vie ! De la magie ! Cette explosion qui l'aurait rendue magique ! Allons donc ! poursuivit-il en secouant énergiquement la tête, c'est seulement un bout de verre avec quelques bijoux coincés dedans. Oui, c'est joli. Ça d'accord. Sans doute que c'est sensible, comme un diapason ou un truc comme ça. Mais moi, ce que je dis, c'est que ça vous hypnotise. Ce que je dis, c'est que ces couleurs vous font quelque chose au cerveau ; peut-être que ça déclenche des images dans votre esprit et que vous croyez manger quelque chose, ou bien boire dans un torrent, ou vous balader dans un champ incendié.

— Et quand je l'ai comprise, elle, et qu'elle m'a comprise, moi ? objecta Sister. Ça n'a rien à voir avec de l'hypnose !

— L'hypnose collective, vous en avez entendu parler ? renchérit-il, acerbe. Cet objet, ça fait partie de la même catégorie que les statues qui saignent, les visions, les guérisons miraculeuses. Comme tout le monde a envie d'y croire, ça devient vrai. Écoutez, je sais de quoi je parle. J'ai vu, moi, de mes yeux, une centaine de gens prêts à jurer qu'il y avait une image de Jésus dans les nervures d'une porte en bois. J'ai vu tout un quartier défiler devant un vitrail parce que les gens y reconnaissaient le visage de la Vierge Marie, et vous savez ce que c'était, au bout du compte ? Un défaut dans le verre. Une anomalie, rien de plus. Rien de magique dans une anomalie. Les gens voient ce qu'ils ont envie de voir et entendent ce qu'ils ont envie d'entendre.

— Mais vous, vous ne voulez pas y croire, intervint Artie, d'un air de défi. Pourquoi ? Vous avez peur ?

— Non, je suis réaliste. Je pense qu'au lieu de jacasser à n'en plus finir à propos de cette babiole, on ferait mieux de chercher du bois avant que le feu ne s'éteigne. »

Sister jeta un regard vers les flammes qui grignotaient le reste d'une chaise cassée. Elle reprit doucement l'anneau des mains de Beth ; il était encore chaud. Peut-être qu'il avait raison et que ces couleurs et ces pulsations déclenchaient des images dans la tête, se dit-elle. Elle se rappela alors un objet de sa lointaine enfance : une boule de verre remplie d'encre noire, fabriquée pour ressembler à la boule noire d'un billard. L'idée, c'était de faire un vœu, d'y penser très fort, puis de la retourner. Et on voyait émerger de l'encre un petit polyèdre blanc, dont chacune des faces portait une inscription, comme *Votre vœu va être exaucé*, *C'est certain*, *Ça semble douteux*, et l'agaçant : *Redemandez plus tard*. Des réponses passe-partout à des questions d'enfant désirant désespérément croire en la magie ; ces réponses, on pouvait leur faire dire ce qu'on voulait. Et peut-être que c'était ça aussi, cet anneau : une mystérieuse boule de billard qui faisait voir ce qu'on avait envie d'y voir. Et pourtant, songeait-elle, elle n'avait eu jusque-là aucune envie d'aller rêvambuler dans un champ passé au lance-flammes. L'image était apparue et l'avait emportée, c'était tout. Alors, quelle était cette chose ? Boule de billard ou portail des rêves ?

La rêvebouffe et la rêveflotte, c'était peut-être suffisant pour apaiser le désir de manger ou de boire, se disait Sister, mais c'était du tangible dont ils avaient besoin. Et du bois pour se chauffer. Et la seule façon de trouver tout ça, c'était de sortir, d'aller voir dans les autres maisons. Elle remit l'anneau dans son sac. « Bon, je sors, leur annonça-t-elle. Peut-être que j'peux nous trouver de quoi survivre dans la maison d'à côté. Artie, tu veux venir avec moi. Tu pourrais m'aider à casser une chaise ou n'importe quoi à brûler. Ok ? »

Il fit oui de la tête. « D'accord. C'est pas un peu de pluie et de vent qui vont m'faire peur. »

Sister toisa Doyle Halland, dont les yeux se détachèrent du sac Gucci. « Et vous ? Vous voulez venir avec nous ? »

Halland eut un geste désabusé. « Pourquoi pas ? Mais si vous et lui, vous allez dans une direction, alors il vaut mieux que moi, j'aille dans l'autre. Je peux fouiller la maison à droite, si vous prenez celle de gauche.

— D'accord. Bonne idée, approuva-t-elle en se levant. Il nous faut des draps pour faire des balluchons et mettre du bois ou d'autres trucs. À mon avis, ça sera plus sûr d'y aller à quatre pattes. Si on reste près du sol, peut-être qu'on pourra mieux résister à ce vent. »

Artie et Halland dénichèrent des draps et les coincèrent

sous leur bras, bien pliés, pour éviter qu'ils ne s'ouvrent comme des parachutes dans les bourrasques. Sister installa Beth confortablement et fit signe à Julia de rester près d'elle.

« Faites attention, leur recommanda Beth. Au bruit, ça a pas l'air joli joli, dehors.

— On revient », promit Sister, qui traversa la pièce jusqu'à la porte d'entrée, à peu près le seul objet en bois qui n'avait pas fini dans le feu. Elle la poussa avec peine, et un vent froid tourbillonnant accompagné de pluie glacée s'engouffra immédiatement à l'intérieur. Elle se mit à genoux et sortit à quatre pattes sur la terrasse glissante, se cramponnant à son sac. La lumière était couleur de terre de cimetière et les maisons démantibulées par le maëlstrom autour d'eux étaient penchées comme des pierres tombales abandonnées. Sister, suivie de près par Artie, commença à lentement descendre les marches pour arriver à la pelouse gelée. Elle tourna la tête, plissant les yeux pour se protéger des aiguilles de glace qui lui piquaient le visage, et aperçut Halland qui se traînait vers la maison de droite, tirant précautionneusement sa jambe blessée.

Il leur fallut pratiquement dix minutes glaciales avant d'atteindre leur objectif. Le toit était presque complètement arraché et tout était recouvert d'une couche de gel. Artie se mit au travail, coinçant dans une lézarde du mur les coins d'un drap pour en faire un sac, où il fourra des fragments de charpente qui jonchaient le sol. Dans les décombres de la cuisine, Sister glissa sur le sol glacé et tomba lourdement sur le coccyx. Néanmoins, elle dénicha dans le garde-manger quelques conserves de légumes, des pommes, des oignons et des patates, et dans le frigo deux ou trois plateaux télé garnis de trucs durs comme de la pierre. Tout ce qui logeait dans son sac, elle l'y ajoutait, et bientôt elle ne sentit plus ses mains, raides comme des pinces de crabe. Portant avec peine son butin, elle retrouva Artie qui traînait un lourd balluchon de bois. « Prêt ! », hurla-t-elle pour couvrir le bruit de la tempête, et il fit oui de la tête.

À cause de leur lourd butin, le trajet retour fut encore plus délicat. Même en rampant à plat ventre, ils luttaient contre le vent qui leur arrivait en plein dessus, et Sister se disait que, si elle ne se retrouvait pas vite près du feu, ses mains et son visage allaient se détacher et tomber.

Lentement, ils parcoururent la distance entre les deux maisons. Il n'y avait aucun signe de Halland, et Sister savait que s'il était tombé et s'était blessé, il pourrait mourir de froid ; s'il ne rentrait pas dans les cinq minutes, elle allait devoir repartir à sa recherche. Toujours collés au sol, ils remontèrent les marches jusqu'à la terrasse, puis poussèrent la porte pour enfin retrouver la chaleur.

Une fois Artie entré, Sister referma la porte et la verrouilla. Dehors, le vent redoubla de violence. Une couche de givre, comme une seconde peau, avait commencé à fondre sur le visage de Sister, et de petites stalactites gelées pendaient des oreilles d'Artie.

« On a réussi ! s'écria-t-il, même s'il avait du mal à articuler tant ses mâchoires étaient raidies par le froid. On a récupéré des... »

Il s'interrompit, ses yeux aux cils givrés écarquillés d'horreur étaient fixés sur quelque chose par-delà l'épaule de Sister.

Elle se retourna brusquement.

Un froid mortel s'empara d'elle. Plus froid encore que la tempête, là dehors.

Beth était sur le dos près des dernières flammes vacillantes. Ses yeux étaient grands ouverts et une mare sombre s'élargissait autour de sa tête. Elle avait une affreuse blessure à la tempe, comme si on lui avait transpercé le crâne et le cerveau avec un long couteau. Un de ses bras était levé, figé en l'air.

« Oh, mon Dieu... », articula Artie, qui se mit une main devant la bouche.

Dans un coin de la pièce gisait Julia, recroquevillée en une position étrangement tordue. Entre ses yeux sans vie, on pouvait voir une blessure similaire, et son sang avait arrosé le mur derrière elle en un motif d'éventail chinois.

Sister serra très fort les dents pour ne pas laisser échapper un cri.

Puis une silhouette bougea, se détachant d'un angle que la faible lueur du feu avait laissé dans l'ombre.

« Entrez donc ! lança Doyle Halland. Veuillez excuser le désordre. »

Il s'était redressé de toute sa stature, les yeux brillant d'un reflet orangé, telles les pupilles d'un chat. « Alors, on a trouvé son bonheur ? », poursuivit-il d'une voix paresseuse, la voix d'un homme repu mais qui ne peut refuser un bon dessert. « Eh bien, moi aussi.

— Mon Dieu... mais qu'est-ce qui s'est passé ici ? », balbutia Artie, qui se retint au bras de Sister pour ne pas défaillir.

Halland leva l'index, puis le pointa lentement en direction de Sister. « Je t'avais reconnue, déclara-t-il d'une voix douce. C'est toi, la femme qui est entrée dans le cinéma. La femme au collier. Faut dire que j'ai rencontré un ami à vous, là-bas à Manhattan. Un ancien policier. Je suis tombé sur lui en traînant dans le coin. » Sister vit ce sourire carnassier et ces dents qui luisaient, et ses genoux faillirent la lâcher. « On a eu une petite conversation intéressante, lui et moi. »

Jack Tomachek. Jack Tomachek qui n'avait pas eu le cran de passer le Holland Tunnel. Il était revenu sur ses pas, et quelque part dans les ruines s'était retrouvé face à face avec...

« C'est lui qui m'a dit que d'autres s'en étaient tirés. Dont une femme, et tu sais ce qui l'avait frappé chez elle ? Elle avait une blessure au cou, en forme de... enfin, tu sais quoi. Il m'a dit qu'elle était partie vers l'ouest à la tête d'un petit groupe. » La main à l'index tendu se mit à s'agiter en un geste de reproche. « C'est vilain, ça, très vilain. Pas très réglo de se sauver comme ça, quand j'ai le dos tourné.

— Vous les avez tuées, fit-elle, la voix tremblante.

— Je les ai libérées. L'une était mourante, et l'autre à moitié morte. Qu'est-ce qu'elles avaient à espérer ? À espérer vraiment ?

— Et moi, vous m'avez... suivie ? Mais... Mais pourquoi ?

— Parce que tu es partie. Que tu en entraînais d'autres avec toi. Pas très réglo non plus, ça. Les morts, il faut les laisser là où ils tombent. Mais je suis content de t'avoir suivie... parce que t'as quelque chose qui m'intéresse beaucoup. » Il désigna le sol de l'index. « Tu peux le poser à mes pieds.

— Quoi ?

— Tu sais quoi. Cette chose en verre. Allez, ne discute pas. »

Il attendit. Sister se rendit compte que si cette fois elle n'avait pas senti son aura glacée, comme sur la 42e Rue et dans le cinéma, c'était parce que *tout* était glacé. Et maintenant voilà qu'il était là, et qu'il réclamait le seul fragment de beauté qui restait au monde. « Comment vous m'avez retrouvée ? », l'interrogea-t-elle pour gagner du temps, essayant désespérément d'imaginer une issue. Derrière la porte verrouillée dans son dos, le vent continuait de se débattre.

« Oh, je savais que, comme vous étiez passés par le Holland Tunnel, il allait vous falloir traverser Jersey City. J'ai suivi le chemin le plus évident et j'ai fini par apercevoir votre feu. J'étais tout près, à vous épier, et c'est là que j'ai trouvé un morceau de vitrail et que j'ai compris ce que c'était, cet endroit. J'ai trouvé un cadavre aussi, et je lui ai pris ses vêtements. Moi, n'importe quelle taille me va. Voyez ? » Et soudain, ses épaules semblèrent s'élargir, les muscles se gonfler, la colonne vertébrale s'allonger. La veste ecclésiastique craqua aux coutures. En une seconde, il avait grandi de cinq centimètres.

Artie se mit à gémir, secouant la tête de gauche à droite. « Je... je... je comprends... pas.

— C'est pas ton problème, mon cœur. C'est une affaire entre la dame et moi.

— Vous êtes... quoi ? dit-elle en résistant à un instinct vital de battre en retraite, de crainte qu'il ne fonde sur elle tel un tourbillon noir au moindre pas en arrière.

— Je suis le vainqueur, répondit-il. Et tu sais quoi ? Ça ne m'a pas coûté le moindre effort. J'ai juste attendu tranquillement et tout m'est tombé dans le bec ! » Son rictus carnassier s'élargit. « C'est la fête, ma petite dame. Et ma fête à moi, elle va durer un bon moment. »

Sister finit par reculer. Mais cette chose-qui-se-nommait-Doyle-Halland se rapprocha d'elle comme en glissant. « Il est joli, ce truc en verre. Tu sais ce que c'est ? »

Elle fit non de la tête.

« Moi non plus. Mais ce que je sais, c'est que je l'aime pas.

— Pourquoi ? C'est quoi pour vous ? »

Il s'arrêta, les yeux rétrécis. « C'est dangereux. Enfin, pour toi, pour vous. Ça donne de faux espoirs. Il y a deux ou trois soirs de ça, je vous écoutais débiter vos conneries, la beauté, l'espoir, le sable, tout ça, et moi, il fallait vraiment que je me morde pour pas rire. Bon, allez maintenant, dis-moi que tu crois pas à ces conneries, ça me rassurera !

— Si, répondit Sister d'un ton ferme, même si sa voix tremblait imperceptiblement. J'y crois.

— C'est bien ce que je craignais. » Toujours avec cet affreux sourire, il allongea la main vers l'éclat de métal dans sa jambe. La pointe était maculée de sang. Il se mit à le retirer, et Sister comprit immédiatement ce qui avait causé ces blessures à Beth et Julia. Il retira complètement cette espèce de dague et se redressa. Sa jambe ne saignait pas.

« Apporte-le-moi », susurra-t-il d'une voix aussi douce que du velours noir.

Le corps de Sister fut agité d'une secousse. Elle eut l'impression que sa volonté s'écoulait d'elle, comme si son âme était devenue une passoire. Hébétée, flottant au-dessus du sol, elle n'avait qu'une envie, c'était d'aller vers lui, fouiller dans son sac et en retirer l'anneau de verre, pour le lui remettre avant d'offrir sa gorge à la dague. C'était la solution de facilité, la moindre résistance apparaissant comme incroyablement, insupportablement difficile.

Frissonnant, les yeux ronds et humides, elle plongea la main dans son sac, écartant les boîtes de conserve et les plateaux-repas congelés, et toucha l'anneau.

Une lueur éclatante, aussi blanche qu'un diamant, apparut d'un seul coup sous ses doigts. L'éclat la fit tressaillir et la ramena à la réalité, lui restituant sa volonté comme si elle avait ouvert une vanne. Elle raidit les jambes pour se stabiliser.

« Allez, viens voir papa. » La voix était toujours douce, mais une douceur où s'insinuait une sorte de tension rugueuse. Il n'avait pas l'habitude qu'on lui résiste, et il sentait qu'elle s'opposait à lui. Elle était bien plus coriace que ce gamin, là-bas, dans le cinéma, qui lui avait résisté à peu près autant qu'une guimauve à une scie circulaire. Il voyait derrière ses yeux, et ce qu'il voyait, c'était des images floues, fantomatiques : une lumière bleue qui tournoyait, une route noyée de pluie, des silhouettes de femmes errant dans des corridors mal éclairés, des sensations de béton dur et de coups brutaux. Cette femme, se dit-il, avait appris à vivre avec la souffrance.

« J'ai dit... apporte-le moi. Maintenant. »

Après quelques secondes de lutte, il prit le dessus. Forcément, se disait-il.

Sister essayait bien d'empêcher ses jambes d'avancer, mais elles bougeaient toutes seules, comme si elles allaient s'arracher d'elle au niveau des genoux et continuer sans le reste de son corps. La voix, enjôleuse, enveloppante, continuait de l'attirer sans qu'elle puisse rien y faire. « Voilà, c'est ça. Allez, viens, apporte-le moi. »

« Gentille petite », poursuivit-il quand elle ne fut plus qu'à quelques pas. Derrière elle, Artie Wisco était toujours figé, tremblant comme une feuille, près de la porte.

La chose-qui-se-nommait-Doyle-Halland tendit lentement la main pour s'emparer de l'anneau lumineux. Mais il s'arrêta à quelques centimètres. Les joyaux pulsaient sur un rythme rapide. Il pencha la tête d'un côté. Une chose pareille ne devrait pas exister. Il se sentirait beaucoup mieux une fois que ça serait réduit en miettes.

Il le lui prit des mains.

« Merci », murmura-t-il.

Et l'anneau de verre se transforma.

Ce fut instantané : les couleurs arc-en-ciel s'estompèrent, devinrent troubles et laides, virant au marronnasse comme la fange d'un marécage, au gris jaunâtre comme du pus, au noir charbonneux. Les pulsations avaient cessé ; l'anneau était mort dans sa main.

« Merde alors... », s'étonna-t-il, éberlué, l'un de ses yeux gris tournant au bleu délavé.

Sister cligna des paupières, des frissons glacés lui parcouraient l'échine. Le sang la picotait à nouveau dans les jambes. Son cœur peinait, tel un moteur qui s'évertue à redémarrer après une nuit froide.

Elle avait les yeux fixés sur l'anneau noir, sachant qu'elle n'avait qu'une ou deux secondes pour sauver sa vie.

Elle s'ancra solidement au sol et pivota sur elle-même pour lui flanquer un grand coup avec son sac, visant le côté du crâne. Elle vit sa tête se relever comme mue par un ressort, les lèvres se tordant en une affreuse grimace ; mais sans même qu'il n'ait le temps d'amorcer une esquive latérale, le lourd sac Gucci, plein de boîtes de conserve et de surgelés, le frappa avec toute la force que Sister avait pu rassembler. Elle avait imaginé qu'il allait crier comme s'il avait pris un mur de pierre en pleine figure, et fut d'autant plus surprise de le voir seulement chanceler contre la cloison avec un grognement, comme si ses os étaient faits de papier mâché.

De sa main libre, Sister attrapa l'anneau, et pendant un bref instant, il fut suspendu entre eux, chacun le tenant par une main. Quelque chose qui ressemblait à un choc électrique lui remonta le long du bras, et il lui vint une vision d'un visage constellé de centaines de nez et de bouches et d'yeux, de toutes formes et de toutes couleurs ; c'est son vrai visage, se dit-elle, un visage caméléonesque de masques et de métamorphoses, de ruses et de maléfices.

Son côté de l'anneau s'éclaira immédiatement d'une lueur plus vive encore qu'auparavant. L'autre, celui qu'il tenait, resta obscur et froid.

Alors Sister le lui arracha pour de bon et l'objet s'illumina d'un feu incandescent. Elle aperçut la chose-qui-se-nommait-Doyle-Halland plisser les yeux devant cet éclat et mettre une main devant son visage pour s'en protéger. C'était bien le battement du cœur de Sister qui faisait pulser frénétiquement le verre, et la créature qui lui faisait face perdait pied devant cette illumination, comme abasourdie par sa force et par celle de la femme. Sister aperçut dans son regard quelque chose qui ressemblait peut-être à de la peur.

Mais qui passa très vite, car soudain les yeux disparurent sous des voiles de chair et le visage entier se métamorphosa. Le nez rentra dans le crâne, la bouche s'effaça ; un œil noir et unique apparut au milieu du front, et un œil vert, battant des paupières, au milieu de la joue. Une bouche semblable à celle d'un requin s'ouvrit en grand au-dessus de la pointe du menton, dans laquelle on apercevait de petits crocs jaunes.

« Allez, salope, que la fête commence ! », hurla la bouche, et l'éclat de métal refléta la lumière quand il le brandit au-dessus de sa tête, prêt à frapper.

La dague s'abattit, telle la vengeance.

Le sac de Sister lui servit de bouclier, et le métal acéré traversa le cuir jusqu'à un plateau-repas de dinde congelée. Il essaya de lui attraper la gorge de son autre main, mais ce qu'elle fit ensuite, elle ne le dut qu'à ses années d'expérience de bagarres de rue, de sales coups du genre frapper direct dans les couilles : elle le cogna en plein visage avec l'anneau de verre, crevant de l'une des piques l'œil noir de son front.

Un vagissement de chat écorché vif surgit de cette bouche grande ouverte, et la tête de cette chose-qui-se-nommait-Doyle-Halland s'agita dans tous les sens, si fort que la pique de verre, toujours illuminée, se cassa net à la base et resta plantée dans l'œil telle le pieu d'Ulysse dans celui du Cyclope. Sa dague lacérait l'air de façon désordonnée tandis que l'autre œil roula dans son orbite et se démultiplia sous la chair. Sister cria à Artie de courir avant de se retourner et de se sauver elle-même.

Artie cafouilla en ouvrant le loquet et faillit emporter la porte avec lui dans sa fuite éperdue ; il prit le vent de plein fouet et en perdit l'équilibre. Affalé, il repartit à plat ventre, toujours cramponné au balluchon de petit bois en descendant jusqu'au trottoir gelé.

Sister fila derrière lui, perdant elle aussi l'équilibre sur les marches. Elle fourra l'anneau au fond de son sac et se mit à ramper sur la glace aussi vite qu'elle pouvait, s'éloignant de la maison. Artie faisait de son mieux pour suivre le rythme.

Derrière eux, haché par les bourrasques, monta un rugissement enragé : « J'te retrouverai ! J'te retrouverai, salope ! Tu peux pas m'échapper ! » Elle jeta un bref regard en arrière et l'aperçut à travers la tourmente : il essayait de retirer la pique noire de son œil, et d'un seul coup ses pieds se dérobèrent sous lui et il tomba à la renverse sur la terrasse.

« J'te retrouverai ! répétait-il en bataillant pour se relever. Tu peux pas m'éch... » Sa voix se perdit dans le chaos de la tempête et Sister se rendit compte qu'elle avançait plus vite : elle descendait une pente sur une glace couleur de thé.

Soudain, elle vit apparaître une voiture elle aussi couverte de glace, droit devant elle. Pas moyen de l'éviter. Elle s'aplatit autant qu'elle pouvait et passa sous le véhicule à toute vitesse, quelque chose déchirant au passage son manteau de fourrure, et ressortit de l'autre côté, où elle dévala la pente sans pouvoir contrôler sa trajectoire. Elle jeta un coup d'œil en arrière et aperçut Artie qui tournoyait, mais passa de justesse à côté du véhicule, sain et sauf.

Ils descendirent ainsi la pente, deux luges filant le long d'une rue bordée de maisons mortes et écroulées, poussés encore et encore par le vent et fouettés par la neige fondue.

Ils allaient trouver un abri, se disait Sister. Peut-être dans une autre maison. Et ils avaient plein de choses à manger. Du bois pour faire un feu. Pas d'allumettes ni de briquet, mais peut-être que pillards et fuyards survivants n'avaient pas emporté avec eux tout ce qui pouvait produire une étincelle.

De plus, elle avait toujours l'anneau. Cette chose-qui-se-nommait-Doyle-Halland avait raison. Cet anneau, c'était l'espoir et jamais elle ne s'en séparerait. Jamais.

C'était autre chose, aussi. Quelque chose de spécial. Quelque chose, comme l'avait dit Beth, de magique. Mais le but ultime de cette magie, elle ne le comprenait pas encore.

Ils allaient vivre, et ils glissaient, s'éloignant de plus en plus de ce monstre déguisé en prêtre. « J'te trouverai ! l'entendait-elle crier dans sa tête. J'te trouverai ! »

Et elle avait bien peur qu'un jour, sans trop savoir comment, il la retrouve en effet.

Ils arrivèrent ainsi au bas de la pente, passant devant d'autres voitures abandonnées, et poursuivirent jusqu'à une grande artère où, au bout d'une quarantaine de mètres, ils finirent par être brutalement stoppés par un trottoir.

Leur glissade s'arrêtait là, mais leur périple, lui, ne faisait que commencer.

LE BRUIT DE DOULEUR

Le temps passa.

Josh mesurait son passage au nombre de boîtes de conserve vides qui s'empilaient dans ce qu'il aimait à appeler, dans sa tête, « la décharge » : ce recoin dégoûtant, qui leur servait de toilettes et de vide-ordures. Ils consommaient une conserve de légumes un jour sur deux, qu'ils alternaient avec une de *corned beef* ou de jambon. Josh calculait l'écoulement d'une journée en fonction de son cycle intestinal. De ce côté-là, il avait toujours été réglé comme une horloge. Les allers-retours à la décharge et la hauteur de la pile de boîtes vides lui fournissaient une estimation raisonnable : cela faisait, selon lui, entre dix-neuf et vingt-trois jours qu'ils étaient prisonniers de ce sous-sol. On devait donc être quelque part entre le 5 et le 13 août. Bien entendu, pas moyen de savoir combien de temps ils avaient passé là au début, avant de commencer à s'organiser tant bien que mal ; ainsi, se disait Josh, on était sans doute plus près du 17, ce qui signifiait qu'un mois déjà s'était écoulé.

Il avait trouvé dans la terre un paquet de piles pour la lampe de poche, donc de ce côté-là ils étaient parés. Quand il l'allumait, il voyait qu'ils avaient épuisé plus de la moitié de leurs réserves. Il était grand temps de commencer à creuser. En ramassant pelle et pioche, il entendit le gopher farfouiller joyeusement dans la décharge. Le rongeur se nourrissait de leurs restes, c'est-à-dire de pas grand-chose, et nettoyait si bien de sa petite langue le fond des boîtes qu'on aurait pu se voir dedans. Ce que Josh évitait absolument de faire.

Il entendait dans le noir la respiration calme de Swan qui dormait. Elle dormait beaucoup, d'ailleurs, et Josh se disait que c'était une bonne chose. Elle économisait son énergie, hibernant comme un petit mammifère. Mais quand il la réveillait, elle se levait comme un ressort, vive et alerte. Il se reposait à quelques pas d'elle et s'émerveillait de voir à quel point il s'était habitué à sa respiration ; la plupart du temps, profonde et lente, le son de l'oubli, mais parfois rapide et haletante, oppressée de souvenirs, de mauvais rêves, de la prise de conscience de la réalité. C'était ce bruit-là qui tirait Josh de son propre sommeil agité, et souvent il entendait la fillette appeler sa mère ou émettre un petit cri inquiet, comme si quelque chose la poursuivait sur les terres dévastées de ses cauchemars.

Ils avaient eu tout le temps de se raconter leur vie. Elle lui avait parlé de sa mère, de ses « oncles », de ses jardins qu'elle aimait tant cultiver ; quand Josh avait abordé la question du père, elle s'était contentée de répondre que c'était un musicien de rock, rien d'autre.

Elle lui avait demandé quel effet ça faisait, d'être un géant, ce à quoi il avait répondu que, s'il avait empoché vingt-cinq *cents* à chaque fois qu'il s'était cogné la tête, il serait riche aujourd'hui. Sans compter que ça n'était pas évident de trouver des vêtements à sa taille (il ne lui précisa pas, cependant, que ces derniers temps son pantalon ne tenait plus très bien) et qu'il était obligé de faire faire ses chaussures sur mesure. Oui, ça revient quand même cher d'être un géant, avait-il conclu. Mais sinon, je crois que je suis comme tout le monde.

En lui parlant de Rose et des garçons, il avait dû faire un énorme effort sur lui-même pour que sa voix ne se brise pas. Il avait fait comme s'il lui parlait de cousins éloignés, de gens qu'il ne connaissait que par des photos trouvées dans un portefeuille. Il raconta à Swan ses exploits au football, comment il avait été élu meilleur joueur lors de trois matchs. Le catch, c'était pas si mal, lui avait-il expliqué, une façon honnête de gagner sa vie, car quelqu'un d'aussi imposant que lui ne pouvait pas faire grand-chose d'autre qui fût légal. Le monde était trop petit pour les géants, les portes y étaient trop basses, les meubles trop fragiles, et il n'avait jamais trouvé de matelas qui ne proteste pas quand il s'allongeait dessus.

Pendant ces longues conversations, Josh laissait la lumière éteinte. Il n'avait aucune envie de voir les cloques et les cheveux brûlés de la fillette tout en se rappelant à quel point elle avait été jolie ; sans compter qu'il voulait lui épargner le spectacle de sa propre tête de cauchemar.

Les cendres de PawPaw Briggs étaient enterrées. Ils n'en avaient jamais reparlé, mais son injonction – *Protège l'enfant* – résonnait à présent dans l'esprit de Josh comme le glas d'une cloche de bronze.

Il alluma la lampe. Swan était profondément endormie en chien de fusil à sa place habituelle. Le liquide séché qui s'était écoulé de cloques crevées luisait sur son visage. De fins lambeaux d'épiderme pendaient à son front et à ses joues, telle une peinture qui s'écaille, et sous eux on apercevait la peau écarlate, à vif, sur laquelle poussaient de nouvelles cloques. Il lui toucha très doucement l'épaule et vit ses yeux s'ouvrir aussitôt. Ils étaient injectés de sang, les cils jaunâtres et flasques, les pupilles réduites à de minuscules points. Il détourna le faisceau.

« C'est l'heure de se lever. On va commencer à creuser. »

Elle fit oui de la tête et se redressa.

« Si on s'y met tous les deux, ça ira plus vite, expliqua-t-il. Moi je vais attaquer à la pioche, et toi, tu vas dégager la terre avec la pelle, d'accord ?

— D'accord », répondit-elle en se mettant à quatre pattes pour le suivre.

Josh allait repartir à plat ventre vers le trou du rongeur quand, à la périphérie du halo lumineux, il entrevit quelque chose qu'il n'avait pas remarqué auparavant. Il braqua à nouveau la lampe sur la couche de la fillette.

« Swan ? Mais c'est quoi, ça ?

— Où ça ? », demanda-t-elle, son regard suivant le faisceau lumineux.

Josh posa les outils et allongea la main.

À l'endroit où Swan dormait toujours, il y avait des centaines de minuscules brins d'herbe vert émeraude. Ils dessinaient l'image parfaite d'un corps d'enfant.

Il toucha cette herbe du bout des doigts. Pas vraiment de l'herbe, d'ailleurs, réalisa-t-il. Des pousses, il ne savait pas trop de quoi. De jeunes pousses de… voyons, était-ce possible que ce soit du maïs ?

Il regarda un peu partout autour de lui. Cette tendre végétation, ce duvet végétal, ne poussait nulle part ailleurs que là où Swan dormait. Il arracha un brin, histoire d'en examiner les racines, et vit que Swan tressaillait.

« Qu'est-ce qui va pas ?

— J'aime pas ce bruit.

— Bruit ? Quel bruit ?

— Un bruit de douleur », répondit-elle.

Josh, qui ne comprenait vraiment pas ce qu'elle voulait dire, se contenta de hocher la tête. Les racines, délicats filaments de vie, faisaient cinq bons centimètres. Manifestement, elles poussaient là depuis un certain temps, mais Josh n'arrivait pas à comprendre comment ces végétaux avaient pu prendre racine dans une terre contaminée et sans une goutte d'eau. C'était le seul bout de verdure qu'il avait pu voir depuis qu'ils étaient prisonniers là-dessous. Mais il devait tout de même y avoir une explication ; les coups de vent, se dit-il, avaient dû amener des graines, qui d'une manière ou d'une autre avaient germé. Voilà tout.

Tu parles, poursuivit-il dans sa tête. Qui avaient pris racine et germé avec zéro rayon de soleil. C'était aussi logique que PawPaw qui prenait feu spontanément.

Il lâcha les petits brins verts, les laissant voleter jusqu'au milieu des autres. Immédiatement, Swan ramassa une poignée de terre meuble et la malaxa quelques secondes entre ses doigts, l'air absorbé, avant d'en recouvrir les pousses tombées.

Josh se recula, assis, les genoux ramenés à sa poitrine. « Ça sort seulement là où tu te couches, c'est quand même bizarre, tu trouves pas ? »

Elle haussa les épaules, sentant son regard attentif sur elle.

« Tu disais que t'entendais un bruit, insista-t-il. C'était quel genre de bruit ? »

Nouveau haussement d'épaules. Ces choses-là, elle ne savait pas comment en parler, car personne ne lui avait jamais posé la question.

« Moi, j'ai rien entendu », poursuivit Josh en allongeant à nouveau le bras vers les petits végétaux.

Mais elle lui attrapa la main avant qu'il ne les touche. « Comme je te disais... un bruit de douleur. Je ne sais pas bien.

— Quand je les ai arrachées ?

— Oui. »

Seigneur, se dit Josh, c'est dément ! Ce qu'il pensait, en scrutant la forme verte dessinée sur la terre, c'est que c'était là parce que le corps de la fillette les faisait pousser. Une histoire de chimie ou quelque chose comme ça, son corps qui réagissait avec la terre. C'était absurde, comme idée, mais le fait est qu'elles étaient bien là, ces pousses.

« Et ça ressemble à quoi ? À une voix ?

— Non, c'est pas ça.

— J'aimerais bien que tu me racontes.

— Vraiment ?

— Oui, insista Josh. Vraiment.

— Pour ma maman, c'était de la *nimagination*.

— Et c'est le cas ? »

Elle eut un temps d'hésitation, puis répondit, d'un ton ferme : « Non. » Ses doigts frôlèrent tendrement les petits brins, les effleurant à peine. « Un jour ma maman m'a emmenée dans un club écouter un groupe, y avait oncle Warren qui jouait de la batterie. J'ai entendu un son comme ce bruit et je lui ai demandé ce que c'était. Elle m'a dit que c'était une *steel guitar*, tu sais, celle qu'on joue à plat sur les genoux. Mais il y a autre chose dans ce bruit. » Son regard trouva celui de Josh. « Comme le vent. Ou le sifflet d'un train, très très loin. Ou le tonnerre, bien avant qu'on voie les éclairs. Plein de choses.

— Et ça fait longtemps que tu entends ça ?

— Depuis toute petite. »

Josh ne put s'empêcher de sourire, un sourire que Swan comprit de travers.

« Tu te moques de moi ?

— Non. C'est peut-être... que je voudrais bien, moi aussi, pouvoir entendre ce son-là. Tu sais ce que c'est ?

— Oui, répondit-elle. La mort. »

Le sourire de Josh s'effaça.

Swan ramassa un peu de terre et se mit à la malaxer lentement, sentant la texture sèche et friable sous ses doigts.

« C'est pire en été. Quand les gens sortent leurs tondeuses.

— Mais... c'est que de l'herbe, s'étonna Josh.

— En automne, le bruit de douleur, il est différent, poursuivit-elle comme si elle ne l'avait pas entendu. Comme un grand, un énorme soupir, et puis les feuilles tombent. En hiver, le bruit s'arrête et tout s'endort. » Elle secoua la paume pour en faire tomber de petites particules de terre, qu'elle mélangea au reste. « Et quand il recommence à faire chaud, c'est à cause du soleil que les choses pensent à se réveiller.

— Pensent à se réveiller ?

— Oui, elles peuvent penser et sentir, à leur façon », répondit-elle en levant la tête vers lui. Dans son visage si jeune, ses yeux avaient l'air beaucoup plus âgés, se dit Josh. « Les insectes, les oiseaux, même l'herbe, ils ont tous leur façon de parler et de savoir. Ça dépend juste si on les comprend ou pas. »

Josh émit un petit grognement. Des insectes, avait-elle dit. Il se souvenait de cet immense essaim de criquets qui avait traversé sa Pontiac le jour de la catastrophe. Jamais jusque-là il n'avait songé à ce qu'elle lui disait, mais il comprit qu'il y avait peut-être du vrai là-dedans. Les oiseaux savent quand il leur faut migrer au changement de saison, les fourmis construisent des fourmilières en communiquant entre elles, les fleurs éclosent et se flétrissent, mais le pollen leur survit, tout cela en vertu d'un grand ordonnancement mystérieux qu'il avait toujours tenu pour évident. C'était aussi simple que l'herbe qui pousse, et en même temps aussi complexe que l'éclat de la luciole.

« Comment tu sais ces choses ? s'étonna-t-il. Qui c'est qui t'a appris ?

— Personne. Je le sais, c'est tout. »

Elle se souvenait de son premier jardin, qu'elle avait fait pousser dans un bac à sable dans la cour de l'école maternelle. Il lui avait fallu des années pour comprendre que les autres n'avaient pas cette sensation de picotement dans les mains en prenant une poignée de terre, ou bien qu'ils n'étaient pas capables de dire, rien qu'à son bourdonnement, si une guêpe voulait vous piquer ou juste explorer votre oreille. Elle, elle avait toujours su, voilà tout.

« Oh », répondit-il. Il la regarda frotter la terre entre ses paumes. Chaudes et humides, les mains de Swan la picotaient. Il jeta un nouveau coup d'œil aux pousses vertes. « Moi, je suis seulement un catcheur, déclara-t-il très doucement. Rien de plus... Je suis un zéro ! » Protège l'enfant, pensa-t-il. La protéger de quoi ? De qui ? Et pourquoi ? « Bordel de merde... murmura-t-il, dans quoi j'me suis fourré, moi ?

— Hein ?

— Rien. »

Les yeux de Swan étaient redevenus ceux d'une petite fille, et elle finit de mêler le reste de terre chaude à celle qui entourait les petits brins verts.

« Bon, faudrait qu'on se mette à creuser, maintenant. Tu t'en sens capable ?

— Oui. »

Et elle se saisit de la pelle. La sensation de picotement et de chaleur disparut peu à peu.

Mais il n'était pas prêt, pas encore.

« Swan, écoute-moi bien. Je veux te dire la vérité, parce que je crois que tu peux l'encaisser. On va essayer de sortir de là, mais ça veut pas dire qu'on y arrivera. Va falloir qu'on creuse un tunnel assez large, quand même, pour que j'y passe avec ma grande carcasse. Ça va nous prendre du temps, et ça va pas être facile. Si jamais ça s'effondre, faudra recommencer. Ce que je veux te dire, en fait, c'est que je suis même pas sûr qu'on puisse sortir. Pas sûr du tout. Tu comprends ? »

Elle fit oui de la tête sans rien dire.

« Et encore une chose, ajouta-t-il. Si... enfin, quand on arrivera à sortir... on va peut-être pas trop aimer ce qu'on trouvera, là-dehors. C'est bien possible que tout soit changé. Ça sera peut-être... comme se réveiller après le pire cauchemar que tu puisses imaginer, et se rendre compte que le cauchemar, ben... il continue. Tu comprends ? »

À nouveau, Swan hocha la tête. Elle avait déjà réfléchi à ce qu'il disait, parce que personne n'était venu les secourir comme l'avait dit sa mère. Elle prit son air le plus adulte et attendit qu'il donne le signal.

« Ok, annonça Josh. Alors, on commence à creuser. »

L'ÉTRANGE FLEUR INCONNUE

Josh Hutchins ouvrit grand les yeux, puis les plissa, avant de cligner fort des paupières. « De la lumière ! lança-t-il, les parois du tunnel lui comprimant les épaules et le dos. Je vois de la lumière ! »

Depuis le sous-sol, à une dizaine de mètres derrière lui, Swan cria à son tour : « C'est loin ? » Elle était sale de la tête aux pieds, avec tant de terre dans les narines qu'on aurait dit que des fleurs pourraient aussi y pousser. Rien qu'à cette pensée, elle avait pouffé de rire plusieurs fois, un son qu'elle n'aurait jamais cru pouvoir encore produire de sa vie.

« Je sais pas, trois ou quatre mètres peut-être », répondit-il tout en continuant à creuser avec ses mains, guidant la terre derrière lui avant de la faire encore descendre à l'aide de ses pieds. Ils s'étaient démenés comme de beaux diables avec la pioche et la pelle, mais au bout de trois jours de travail acharné, ils avaient compris qu'en fin de compte, les meilleurs outils, c'étaient encore leurs mains. Et à présent, tout en jouant des épaules pour aller encore attraper de la terre devant lui, Josh contemplait cette faible lueur rougeâtre là-haut, à l'entrée de la galerie du gopher, en se disant que c'était la plus belle clarté qu'il ait vue de sa vie. Swan pénétra dans le tunnel derrière lui et écopa la terre meuble à l'aide d'une grosse boîte de conserve qu'elle alla ensuite vider dans la tranchée à l'autre bout du sous-sol. Elle sentait des démangeaisons aiguës dans les mains, les bras, le visage, les narines, les genoux, bref partout où elle était couverte de terre. Et c'était comme si sa colonne vertébrale était en feu. À l'endroit où elle dormait, les jeunes pousses faisaient à présent plus de dix centimètres.

Le visage de Josh était aussi maculé de terre ; il la sentait même crisser entre ses dents, lourde, épaisse, presque caoutchouteuse, et il dut s'arrêter pour se reposer un peu.

« Josh ?! Ça va ? cria Swan.

— Ouais. Juste une minute que je reprenne mon souffle. » Ses épaules et ses avant-bras lui faisaient un mal de chien, et la dernière fois qu'il avait été aussi épuisé, c'était après une grande bataille royale à dix catcheurs à Chattanooga. Cette lueur tout au bout lui sembla soudain plus lointaine qu'il n'avait d'abord pensé. Le tunnel, avec lequel tous deux avaient une vraie relation d'amour-haine, semblait s'allonger au fur et à mesure, leur jouant un tour cruel en forme d'illusion d'optique. Il avait l'impression de s'être glissé dans un de ces pièges à doigts chinois qui vous retiennent un index à chaque bout, sauf que c'était son corps en entier qui y était coincé comme dans un étau.

Il se remit à l'ouvrage, ramenant et passant sous lui une brassée de cette terre lourde, comme s'il nageait à l'intérieur du boyau. Ma parole, c'est une taupe qu'elle a élevée, ma maman, se dit-il, et il ne put s'empêcher de sourire malgré sa fatigue. Il avait dans la bouche un goût d'argile, comme s'il venait de faire un repas de tartes à la terre.

Allez, encore quinze centimètres de déblayés. Et puis trente. Voyons, cette lueur, elle était plus proche ou plus lointaine ? Il poussa encore vers l'avant, en repensant à sa mère qui le grondait quand il ne se lavait pas bien derrière les oreilles. Allez, trente centimètres encore. Et encore. Derrière lui, Swan, à plat ventre, venait récupérer et emporter la terre, encore et encore, avec la régularité d'un métronome. La lumière se rapprochait maintenant, il en était certain. Mais elle n'était plus aussi belle à présent. C'était une clarté malsaine, pas du tout comme celle du soleil. Maladie, pensa Josh. Peut-être même mortelle. Mais il continua, une brassée après l'autre, se rapprochant de l'extérieur centimètre après centimètre.

Et là, il sentit des débris lui tomber sur la nuque. Il se figea, s'attendant à un effondrement, mais la galerie tint bon. Pour l'amour du Ciel, n'arrête pas maintenant ! s'exhorta-t-il, et il allongea les mains pour la brassée suivante.

« J'y suis presque ! », cria-t-il, mais le tunnel étouffait sa voix. Il ne savait pas si Swan l'entendait. « Encore un petit mètre ! »

Juste avant l'ouverture, qui était moins large que son poing, Josh dut s'arrêter pour se reposer à nouveau. Il resta à contempler avidement la lueur qui filtrait par cet orifice, à moins d'un mètre. Il sentait les odeurs de l'extérieur à présent, ces arômes amers de terre calcinée, de tiges de maïs brûlées et d'ammoniac. Puis il se secoua et poussa encore vers l'avant. La terre était plus dure près de la surface, pleine de roches vitrifiées et de morceaux de métal. L'incendie l'avait tant solidifiée qu'on aurait dit un trottoir. Mais il continua à progresser à grand-peine, les épaules douloureuses, le regard fixé sur cette affreuse lueur au-delà du trou. Et puis il arriva assez près pour y passer la main. Avant de s'y risquer, il cria : « J'y suis, Swan ! J'suis en haut ! » Il déblaya encore et sa main atteignit enfin son objectif. Mais tout autour, on aurait dit de l'asphalte aggloméré de petits galets : pas moyen d'y glisser les doigts. Il ferma un poing à la peau sombre marbrée de gris et de blanc, et se mit à pousser. De toutes ses forces. Puis plus fort encore. Allez, allez, se disait-il. Pousse, nom de Dieu ! Pousse !

Il y eut un bruit sec, comme un craquement. Josh pensa d'abord que c'était son bras qui cédait, mais il ne ressentait aucune douleur, et il continua donc à forcer comme s'il voulait perforer le ciel.

La terre craqua encore. Le contour du trou s'effrita et s'élargit. Son poing put passer et il pensa un instant au spectacle que cela pouvait donner à la surface : ce poing rayé comme un zèbre, étrange fleur inconnue qui éclôt d'un seul coup sur cette terre morte, la main s'ouvrant, les doigts s'étirant tels des pétales sous cette triste lueur rougeoyante.

Josh enfonça le bras presque jusqu'au coude. Il sentit la morsure d'un vent glacé sur le bout de ses doigts. Il s'enivra de cet air vif, qui le réveillait comme d'un long sommeil.

« On y est ! On va sortir ! hurla-t-il, avec dans la voix des sanglots de joie. On va sortir ! »

Swan était derrière lui, accroupie dans le boyau.

« Tu vois quelque chose ?

— J'vais passer la tête, attends un peu... Ça y est ! »

Il se hissa encore un peu, l'épaule suivant le bras, agrandissant encore l'orifice. Bientôt le bras entier fut sorti et le sommet de sa tête prêt à crever la surface. En poussant, il repensa à la naissance de ses deux garçons, ces têtes qui s'évertuaient douloureusement à s'introduire dans le monde. Il se sentait aussi étourdi, aussi apeuré qu'un nouveau-né. Derrière lui, Swan l'aidait, lui fournissant un point d'appui pour qu'il puisse se redresser et enfin se libérer.

La terre s'ouvrit dans un bruit de poterie qui se brise. En un ultime effort, Josh passa la tête par l'ouverture pour se retrouver dans un vent glacial et tourbillonnant.

« T'y es ? s'impatienta Swan. Qu'est-ce que tu vois ? »

Josh plissa les yeux, les protégeant de la main à cause de cette épaisse poussière, mêlée de gravillons, soulevée par les bourrasques.

Ce qu'il voyait, c'était un paysage de désolation, gris-brun, nu à part ce qui lui sembla être les restes broyés de sa Bonneville et de la Camaro de Darleen. Le ciel était bas, comme dallé d'épais nuages gris. D'un horizon mort à l'autre, ces nuages tournaient sur eux-mêmes avec une lente gravité et on apercevait çà et là des reflets fugaces d'écarlate plus vif. Josh jeta un coup d'œil par-dessus son épaule. À cinq mètres environ derrière et sur sa gauche, il vit un immense monticule fait de terre, de tiges de maïs broyées et de morceaux de bois et de métal venant des pompes à essence et des véhicules. Il se rendit alors compte que c'était le tumulus sous lequel ils avaient été ensevelis, et comprit que si ces tonnes de terre arrachées au champ n'en avaient pas hermétiquement scellé l'accès, ils auraient été brûlés vifs. À part ce tertre et quelques tiges de maïs et débris épars, tout avait été entièrement rasé.

Le vent lui soufflait en plein visage. Il s'extirpa hors du tunnel et resta accroupi, incapable de détacher les yeux du paysage ravagé qui l'entourait, tandis que Swan émergeait à son tour. Le froid glacial la saisit jusqu'aux os et ses yeux injectés de sang parcoururent, incrédules, ce qui était devenu un désert.

« Oh... murmura-t-elle dans le vent qui emportait sa voix. Y a... y a plus rien... »

Josh ne l'avait pas entendue. Il n'arrivait absolument pas à se repérer. La ville la plus proche, se souvenait-il, c'était Salina, ou ce qu'il en restait. Mais où était l'est et où était l'ouest ? Et le soleil ? Ces tourbillons de poussière et de gravillons empêchaient d'y voir à plus d'une vingtaine de mètres. Où était la route ?

« Il reste plus rien... murmura Josh, pour lui-même plus que pour la fillette. Plus rien, bon Dieu de bon Dieu ! »

Swan aperçut un objet familier par terre près d'eux. Elle se leva et se dirigea, luttant contre les éléments, jusqu'à la petite peluche. La fourrure bleue avait été presque entièrement brûlée, mais les yeux en plastique avec leurs pupilles mobiles étaient intacts. Swan se baissa pour la ramasser. Le cordon que l'on tirait à l'aide de son anneau pendait toujours dans son dos ; elle lui donna une secousse et entendit la voix ralentie et déformée réclamer des cookies.

Josh se releva entièrement. Voilà, se dit-il. On est sortis. Et maintenant, on fait quoi ? On va où ? Il secoua la tête, dépité. Peut-être qu'il n'y avait plus d'endroit où aller. Peut-être que c'était comme ça partout. À quoi bon quitter ce sous-sol, alors ? Morose, il jeta un coup d'œil au trou dont ils venaient d'émerger, et fut, l'espace d'un instant, tenté de s'y glisser à nouveau et de redescendre tel un rongeur géant, pour passer dans ce terrier le temps qui lui restait à vivre, à vider des boîtes de conserve et aller chier dans un coin.

Fais attention, s'avertit-il. Parce que ce trou qui ramenait sous terre, au tombeau, voilà qu'il le trouvait à présent vraiment tentant. Bien trop tentant même. Il s'en écarta de quelques pas et essaya d'aligner deux pensées cohérentes.

Son regard se dirigea vers la fillette. Elle était couverte de boue, les lambeaux de ses vêtements voletant autour d'elle. Elle avait les yeux fixés au loin, plissés pour se protéger des rafales, et cette peluche idiote dans les bras. Josh la fixa un long moment.

Je pourrais le faire, se dit-il. Ouais. Je pourrais me forcer à le faire, parce que ce serait la meilleure chose à faire. Peut-être. Non ? Si c'est comme ça partout, merde, à quoi bon vivre ? Josh ouvrit les mains, puis les referma. Je pourrais le faire vite, se dit-il encore. Elle ne sentirait rien. Comme ça, après, je pourrais aller faire un petit tour jusqu'à ce tas de débris, me trouver un joli morceau de métal tranchant et terminer le travail.

Ça devrait être ça, la chose à faire. Non ?

Protège l'enfant, pensa-t-il alors, et il fut comme poignardé en plein cœur d'une immense, d'une terrible honte. Tu parles d'une protection ! se dit-il. Mais merde alors, y a plus rien ! Rien de rien !

Swan tourna la tête et son regard chercha le sien. Elle dit quelque chose, qu'il n'entendit pas. Elle se rapprocha de lui, frissonnante et courbée en deux à cause de la tourmente, et lui cria : « Qu'est-ce qu'on va faire ?!

— J'en sais rien ! cria-t-il à son tour.

— C'est pas comme ça partout, hein ? lui demanda-t-elle. Y a sûrement d'autres gens quelque part ? Doit bien y avoir des villes, et des gens !

— Peut-être. Ou peut-être pas. Bon sang, qu'est-ce qu'y fait froid ! »

Il se mit à trembler ; ce jour-là, il s'était habillé pour une chaude journée de juillet et maintenant, c'est à peine s'il avait ne serait-ce que les bouts d'une chemise sur le dos.

« On peut pas rester plantés là ! reprit Swan. Il faut qu'on aille quelque part !

— T'as raison, miss. Tiens, t'as le choix de la route, pour moi c'est du pareil au même. »

Swan le dévisagea encore quelques secondes, et à nouveau Josh se sentit honteux. Puis elle se tourna dans toutes les directions, comme si elle essayait d'en choisir une. Soudain ses yeux s'emplirent de larmes, des larmes si brûlantes qu'elle faillit hurler ; mais elle se mordit la lèvre jusqu'au sang. Elle avait tellement envie que sa maman soit là, à ses côtés, pour l'aider, lui dire quoi faire. Sa maman, elle en avait besoin pour la guider, maintenant plus que jamais. C'était pas juste qu'elle soit partie ! Pas gentil, et pas juste !

Ça, c'était une pensée de petite fille, se raisonna-t-elle. Sa maman, elle était chez elle à présent, dans un endroit paisible loin de tout... et Swan était désormais obligée de prendre des décisions elle-même. À commencer par maintenant.

Elle leva la main et indiqua du doigt la direction opposée à celle d'où venait le vent.

« Par-là, décida-t-elle.

— Pour une raison en particulier ?

— Oui, répondit-elle en se retournant ; au regard qu'elle lui jeta, il se sentit totalement idiot. Parce qu'on aura le vent dans le dos, qu'il va nous pousser, et qu'on aura moins de mal à marcher.

— Oh », répondit Josh, penaud. Il n'y avait strictement rien du côté qu'elle avait indiqué, seulement des tourbillons de sable et un horizon stérile. Il ne trouvait là aucune raison de se mettre en branle.

Swan sentit qu'il allait se rasseoir, et que s'il se rasseyait elle n'aurait aucun moyen de relever ce gigantesque postérieur.

« On a travaillé dur pour sortir de là, non ? », lui cria-t-elle, tentant de couvrir le fracas des bourrasques. Il fit oui de la tête. « On a prouvé qu'on pouvait faire quelque chose si on le voulait vraiment, non ? Toi et moi ? Ensemble ! On a travaillé dur, et faut pas qu'on s'arrête. »

Il fit encore oui, mécaniquement, de la tête.

« Faut qu'on essaie ! », cria Swan dans les bourrasques.

Josh jeta un nouveau regard à l'intérieur du trou. Au moins, il faisait chaud là-dessous. Au moins, ils avaient à manger. Pourquoi pas rester...

Dans sa vision périphérique, il perçut un mouvement.

La petite fille, sa peluche dans les bras, s'était mise en marche dans la direction qu'elle avait choisie, poussée par la tempête.

« Hé ! », hurla Josh. Swan poursuivit son chemin sans même ralentir. « Hé ! » Elle continua.

Josh fit le premier pas pour la suivre. Le vent le prit derrière les genoux ; tacle agressif, se dit-il, quinze mètres de pénalité ! Une énorme poussée dans le creux des reins le fit alors trébucher vers l'avant. Il fit un deuxième pas, puis un troisième et un quatrième. Et il se retrouva à la suivre, tellement bousculé par les éléments qu'il avait davantage l'impression de voler que de marcher. Il arriva à sa hauteur, restant deux ou trois mètres à ses côtés, et se sentit à nouveau honteux de sa faiblesse, car elle ne lui fit même pas l'honneur d'un regard. Elle marchait menton levé, comme pour défier cette réalité lugubre vers laquelle ils allaient ; Josh se disait qu'elle ressemblait à une jeune reine en terre ennemie, silhouette aussi tragique que déterminée.

Il n'y a rien là-bas, se disait Swan. Elle était déchirée par une profonde, une terrible tristesse et si le vent ne l'avait pas poussée aussi fort, elle se serait peut-être effondrée. Plus rien. Plus rien.

Deux larmes coulèrent sur les cloques qui recouvraient son visage pour aller s'écraser sur la terre desséchée. Pas possible qu'il ne reste plus rien *du tout*, se disait-elle. Il y a forcément des villes, des gens quelque part ! Peut-être à un ou deux kilomètres. Ou trois. De l'autre côté de la poussière, là-bas, à l'horizon.

Elle poursuivit son chemin, un pas après l'autre, Josh Hutchins à ses côtés.

Derrière eux, le gopher sortit la tête du cratère et tourna vivement le museau dans toutes les directions. Puis il émit un petit couinement, comme s'il jacassait avec un congénère, et disparut à nouveau pour se réfugier dans les entrailles de la terre.

TUPPERWARE

Les deux silhouettes cheminaient lentement sur l'autoroute I-80, avec en arrière-fond les monts Ponoco, à l'est de la Pennsylvanie, entièrement couverts de neige. Autour d'eux, la neige au sol était gris sale, et des rochers nus en émergeaient, telles des verrues sur la peau d'un lépreux. Du ciel maussade, sans soleil et d'un vert méphitique, tombaient toujours, dans un crissement feutré, des flocons ternes qui s'insinuaient entre les milliers de pacaniers, d'ormes et de chênes, noirs et dépouillés. Les résineux, eux, avaient tourné au marron et perdaient leurs aiguilles. D'un horizon à l'autre, aussi loin que pouvait porter le regard d'Artie et de Sister, ils n'apercevaient aucune trace de végétation encore verte, pas la moindre tige, ni la moindre feuille.

Un grésil cendré venait leur fouetter le visage, chassé par le vent. Ils étaient emmitouflés dans des couches et des couches de vêtements récupérés depuis qu'ils avaient échappé à cette chose, voilà déjà vingt et un jours. Ils avaient trouvé un *Sears* près de Paterson, dans le New Jersey ; des pillards étaient déjà passés par là et il n'y restait quasiment rien, sauf dans une section au fond, sous un énorme panneau décoré de stalactites de glaces peintes à la main, qui disait : SOLDES ! L'HIVER EN JUILLET ! AVEC SEARS, ANTICIPEZ, ÉCONOMISEZ !

Dans cette partie-là, portants et tables n'avaient même pas été touchés, et ils firent une razzia de bons gros manteaux à chevrons, plaids écossais, bonnets de laine et gants doublés de fourrure. Il y avait même des sous-vêtements thermiques et tout un lot de bottes, de la très bonne qualité aux dires d'Artie. Mais à présent, après plus de cent cinquante kilomètres, même si les bottes en question n'avaient rien perdu de leur souplesse, c'étaient leurs pieds qui saignaient, enveloppés de chiffons et de journaux après que leurs chaussettes s'étaient totalement effilochées.

Tous deux portaient des sacs à dos chargés d'autres trouvailles dégotées çà et là : boîtes de conserve, un ouvre-boîte, deux ou trois couteaux multiusages bien aiguisés, des allumettes, une lampe torche et des piles de rechange, sans compter un pack de six bières Olympia (un coup de chance). À son épaule, Sister portait également un sac de voyage vert sombre, récupéré dans un magasin de surplus militaires de Paterson, qui avait remplacé le sac Gucci, trop petit, et contenait une couverture de survie, quelques bouteilles de Perrier et des barquettes de charcuterie sous vide dénichées dans une épicerie presque totalement dévalisée. Et dessous se trouvait l'anneau de verre, placé de telle sorte que Sister puisse le sentir à travers la toile épaisse dès qu'elle le désirait.

Le visage et la tête de cette dernière étaient protégés du vent par un plaid écossais rouge et un bonnet de laine vert fluo. Un pantalon de velours côtelé marron et des gants de cuir complétaient sa tenue ; avec tout ce qu'elle portait, elle avait du mal à avancer dans la neige, mais au moins elle n'avait pas froid. Artie était lui aussi lourdement harnaché d'un épais manteau, d'un plaid bleu et de deux bonnets superposés. Seuls leurs yeux étaient exposés aux morsures du froid, si bien que la peau tout autour en était à vif, brûlée par le vent glacial. Cette affreuse neige grise tourbillonnait ; une couche d'une dizaine de centimètres recouvrait la chaussée et ils progressaient entre de hautes congères qui s'étaient formées un peu partout entre forêts dénudées et ravins profonds.

Sister, qui marchait quelques mètres devant Artie, tendit le bras pour lui montrer quelque chose à sa droite. Elle s'approcha de quatre amas sombres qui gisaient dans la neige et regarda de plus près : c'étaient des corps gelés, un homme, une femme et deux enfants, habillés pour l'été, chemisettes et pantalons légers. L'homme et la femme s'étaient donné la main dans la mort. Mais l'annulaire gauche de la femme avait été tranché. Son alliance, pensa Sister. Quelqu'un avait coupé le doigt pour la lui prendre. Les chaussures de l'homme avaient été volées aussi, exposant ses pieds nus noircis. Un givre gris brillait sur ses yeux enfoncés. Sister se détourna.

Depuis qu'ils étaient passés devant l'immense panneau proclamant BIENVENUE EN PENNSYLVANIE, ÉTAT FONDATEUR – cela devait faire sept jours et presque cinquante kilomètres –, ils avaient bien dû trouver trois cents cadavres gelés sur l'autoroute I-80. Ils s'étaient abrités un moment dans une petite ville du nom de Stroudsburg, qui avait été ravagée par une tornade. Maisons et bâtiments étaient éparpillés sous la neige sale, tels les jouets cassés d'un géant vindicatif, ainsi que quantité de cadavres. Dans la rue principale, Sister et Artie avaient trouvé un pick-up au réservoir entièrement siphonné, et ils avaient dormi dans la cabine. Puis ils étaient repartis, toujours à pied, direction ouest, chaussés de leurs bottes pleines de sang, ne croisant sur leur chemin que morts, carcasses de voitures et camping-cars renversés, qui avaient dû être pris dans un embouteillage de véhicules en fuite.

Le chemin était rude. Au mieux, ils arrivaient à faire sept ou huit kilomètres par jour avant de devoir se trouver un abri quelconque – maison en ruines, grange, épave, tout ce qui pouvait les protéger ne serait-ce qu'un peu du vent. En vingt et un jours de voyage, ils n'avaient rencontré que trois personnes encore en vie, dont deux cinglés et un troisième qui avait fui dans les bois comme un animal apeuré en les entendant approcher. Sister et Artie avaient été malades pendant quelque temps, crachant et vomissant du sang et souffrant de violentes migraines. Sister avait bien cru sa dernière heure arrivée, et ils avaient dormi pelotonnés l'un contre l'autre, haletant comme des soufflets de forge ; mais le pire de la crise, avec cette fièvre et ces vertiges qui les avaient mis à plat, était à présent derrière eux, et même si de temps en temps l'un ou l'autre était pris de quintes de toux incontrôlables et crachait encore un peu de sang, leurs forces étaient revenues et ils n'avaient plus ces terribles maux de tête.

Laissant les quatre corps, ils n'avaient pas tardé à tomber sur la carcasse d'une caravane Airstream complètement éventrée. Une Cadillac calcinée était encastrée dedans, elle-même percutée par une Subaru. À quelques pas, deux autres véhicules étaient entrés en collision et avaient brûlé. Un peu plus loin encore, c'était un groupe de gens morts de froid, les corps accrochés les uns aux autres cherchant vainement à se réchauffer. Sister passait devant sans ralentir ; le visage de la mort ne lui était maintenant plus étranger, même si elle ne pouvait supporter de le regarder de trop près.

Et pourtant, environ cinquante mètres plus loin, elle s'arrêta net. Devant elle, elle aperçut à travers les flocons qui s'abattaient un animal en train de grignoter un cadavre gisant contre la glissière de sécurité de droite. La bête leva la tête et se raidit. Un grand chien, d'après ce qu'elle voyait, ou peut-être un loup descendu des montagnes pour trouver de quoi se nourrir. À peu près la taille d'un berger allemand, avec un long museau et une fourrure gris-roux. Il avait déjà dévoré une jambe, laissant l'os à nu, et se campa assis devant sa pitance en dévisageant Sister de façon menaçante.

Si cet enfoiré a envie de viande fraîche, alors on est morts, se dit-elle. Elle planta à son tour ses yeux droit dans ceux de l'animal et ils restèrent trente secondes comme ça, à se défier du regard. Puis, avec un bref grognement étouffé, il se remit à manger. Sister et Artie s'arrangèrent pour le contourner en passant le plus loin possible et continuèrent à le surveiller jusqu'à ce qu'il disparaisse à la faveur d'une courbe de la route.

Sous ses épaisses couches de vêtements, Sister fut parcourue d'un frisson. Les yeux de cette bête lui avaient rappelé ceux de Doyle Halland.

La peur de Doyle Halland, d'ailleurs, était pour eux d'autant plus forte à la tombée de la nuit ; il ne semblait y avoir aucune régularité dans la survenue des ténèbres, ni crépuscule ni sentiment que le soleil se couchait. Parfois la nuit les enveloppait au bout de deux ou trois heures de demi-obscurité, parfois elle ne survenait pas pendant ce qui leur semblait un jour entier, mais quand elle tombait, elle était absolue. Dans le noir, le moindre bruit suffisait à réveiller Sister en sursaut ; elle se redressait et tendait l'oreille, le cœur cognant dans sa poitrine, le visage couvert d'une sueur glacée. Elle possédait un objet que cette chose-qui-se-nommait-Doyle-Halland convoitait, un objet qu'il ne comprenait pas plus qu'elle-même, mais qu'il s'était juré de récupérer, quitte à poursuivre Sister. Et qu'est-ce qu'il allait faire de ce truc, s'il s'en emparait ? Le fracasser en mille morceaux ? Sans doute. La journée, elle n'arrêtait pas de jeter un œil derrière eux, craignant d'apercevoir une silhouette sombre qui les suivrait, avec un visage de cauchemar et une double rangée de dents pointues.

« J'te retrouverai ! avait-il promis. J'te retrouverai... »

La veille au soir, ils avaient trouvé refuge dans une grange en ruines, où ils avaient fait un petit feu dans le foin. Sister avait sorti l'anneau de verre de son sac. Tout en repensant à sa boule de billard qui prédisait l'avenir, elle avait demandé, en pensées : Qu'est-ce qui nous attend, maintenant ? Bien sûr, il n'y avait pas de petit polyèdre qui émergeait de l'encre, porteur de réponses passe-partout. Mais la couleur des joyaux et leur pulsation régulière l'avaient apaisée ; elle s'était sentie partir à la dérive, hypnotisée par les lueurs de l'anneau, et bientôt il lui sembla que toute son attention, tout son *être*, étaient comme aspirés à l'intérieur du verre, de plus en plus profondément, comme au cœur même du feu...

Et voilà qu'elle rêvambulait à nouveau, traversant ce paysage de désolation où se trouvaient ce gros dôme de débris et cette peluche qui semblait attendre un enfant perdu. Mais cette fois, c'était différent ; cette fois, elle se dirigeait vers le monticule, avec cette étrange sensation que ses pieds ne touchaient pas vraiment le sol, quand soudain elle s'arrêta, l'oreille aux aguets.

Elle avait cru entendre quelque chose dans le fracas du vent, un son étouffé qui ressemblait à une voix. Elle tendit à nouveau l'oreille pour essayer de le percevoir, mais en vain.

Et puis elle aperçut un petit trou dans la terre recuite, presque à ses pieds. Elle garda les yeux fixés dessus, avec l'impression de voir le trou commencer à s'élargir et la terre se fissurer tout autour comme soumise à une poussée. Et bientôt... mais oui, mais oui, elle se fissurait bien, et le trou s'élargissait comme si quelque chose fouissait par en dessous. Elle regardait, bouche bée, mi-effrayée, mi-fascinée, les contours qui s'effritaient, tout en se disant : je ne suis pas seule.

Et du trou jaillit une main.

Une main tachetée de gris et de blanc, immense, celle d'un géant, dont les doigts avaient creusé la terre vers le ciel tel un mort qui sortirait de sa tombe.

Cette vision l'avait tant surprise qu'elle avait brusquement reculé pour s'enfuir. Elle avait peur de voir quel genre de monstre allait émerger. Mais tout en courant aussi vite qu'elle le pouvait sur cette plaine déserte, elle se répétait, frénétiquement : Ramène-moi, s'il te plaît, je veux retourner là où...

Et sans transition elle se retrouva assise devant le petit feu dans la grange en ruines. Artie la dévisageait d'un air interrogateur, la peau brûlée autour de ses yeux lui faisant comme un masque de Zorro.

Elle lui raconta ce qu'elle avait vu, et il lui demanda ce que ça voulait dire pour elle. Bien sûr, elle fut incapable de répondre ; c'était probablement quelque chose qui venait d'elle-même, peut-être en réaction à tous ces cadavres qu'elle avait vus sur la route. Sister avait rangé l'anneau, mais cette image d'une main surgissant de terre était gravée dans son esprit. Impossible de s'en débarrasser.

Et à présent, tout en avançant péniblement dans la neige, elle toucha l'anneau à travers la toile épaisse. Rien que de le savoir là, elle se sentait rassurée, et pour le moment c'était la seule magie dont elle avait besoin.

Subitement, ses genoux se bloquèrent.

Un autre loup, ou un chien sauvage, ou on ne savait trop quoi, était planté à une quinzaine de mètres en plein milieu de la route. Celui-là était efflanqué, avec des plaies à vif dans son pelage. Son regard saisit celui de Sister, et ses babines se retroussant sur ses crocs, il commença à gronder.

Et merde ! fut sa première pensée. La bête avait l'air plus affamée et davantage prête à tout que la première. Derrière elle, sur le paysage terne, deux ou trois autres silhouettes se profilèrent, se déployant à gauche et à droite.

Elle jeta un coup d'œil par-dessus son épaule, au-delà d'Artie. Il y avait deux autres loups dans leur dos, en partie dissimulés par le rideau de neige, mais suffisamment proches pour que Sister voie leurs contours.

Sa seconde pensée fut : Ça va être chaud pour nos...

Soudain, quelque chose bondit de la gauche, si vite qu'elle n'aperçut qu'un mouvement flou, pour aller percuter Artie sur le flanc. Il tomba, hurlant de douleur, et l'animal, qui était peut-être la bête gris-roux qu'ils avaient vue se nourrir du cadavre, attrapa un bout du sac à dos d'Artie entre ses crocs et le secoua violemment, tentant de l'arracher. Elle tendit le bras pour saisir la main d'Artie, mais l'animal le traîna trois mètres plus loin dans la neige avant de lâcher prise et de reculer en vitesse à la limite de la visibilité. Il se remit alors à tourner autour d'eux en se léchant les babines.

Elle entendit un grondement guttural et eut à peine le temps de se retourner que déjà la bête efflanquée lui sautait dessus. Celle-ci la heurta à l'épaule et la fit tomber sur le dos, les redoutables mâchoires claquant dans le vide à quelques centimètres de son visage avec un bruit de piège à ours. Elle sentit une odeur de viande pourrie dans son haleine fétide, mais l'animal avait déjà mordu la manche droite de son manteau et la tiraillait, ses crocs déchirant l'étoffe. Une autre bête arriva de sa gauche en esquissant un autre mouvement, et une troisième, plus hardie, fonça droit sur elle et lui chopa le pied, tentant de l'entraîner. Sister se mit à battre des jambes dans tous les sens en hurlant à pleins poumons ; l'animal efflanqué prit peur et s'enfuit, mais l'autre la tirait sur le flanc dans la neige. Attrapant le sac des deux mains, elle donna de grands coups de pied, lui cognant trois fois le crâne avant qu'il ne pousse un glapissement et ne lâche sa prise.

Derrière elle, deux autres attaquaient Artie en même temps. L'un lui attrapa le poignet, les crocs perçant manteau et pull-over presque jusqu'à la peau, le second happant son épaule ; Artie se débattit alors avec une force soudain démultipliée par une espèce de frénésie. « Barrez-vous ! Barrez-vous ! », hurlait-il alors qu'ils le tiraient dans deux directions opposées.

Sister essaya de se remettre debout, mais glissa aussitôt pour retomber lourdement dans la neige. La panique la frappa comme un coup de poing dans l'estomac. Elle vit Artie se faire entraîner par celui qui lui mordait le poignet, et elle comprit qu'ils essayaient de les isoler, un peu comme s'ils séparaient un troupeau de cervidés ou de bétail. Alors qu'elle tentait de se relever à nouveau, l'une de ces bêtes fonça sur elle à ras de terre et lui saisit la cheville pour l'éloigner d'Artie d'encore quelques mètres. Ce dernier n'était plus à présent qu'une forme en train de se débattre, entouré de silhouettes fauves dans la pénombre grise et tourbillonnante.

« Tire-toi, enculé ! », hurla-t-elle. L'animal la secoua si violemment qu'elle crut qu'il lui avait déboîté la jambe. Avec un cri de rage, Sister le cogna de son lourd sac, l'atteignant au museau, et la créature s'enfuit. Mais une seconde plus tard, alors qu'elle était encore sur le dos, c'est une autre qui, d'un bond, se retrouva carrément à califourchon sur elle, tous crocs dehors visant sa gorge ; elle leva vite le bras en protection, et les mâchoires se refermèrent dessus avec une force brutale. Le chien-loup se mit à déchiqueter la manche de son manteau. Elle lui allongea un large coup de son poing gauche dans les côtes, l'entendit grogner, mais il continuait à s'acharner, atteignant à présent la première couche de pull-overs. Sister savait que ce fils de pute n'allait pas s'arrêter avant d'avoir goûté à la chair. Elle le frappa encore et essaya de se dégager, mais elle sentit que c'était au tour de sa cheville d'être tiraillée dans une autre direction. Il lui vint cette image affolante de caramel mou qu'on étire, qu'on étire... jusqu'à ce qu'il casse.

Soudain, il y eut un claquement sec, et elle se dit que, cette fois, sa jambe avait craqué. Mais la bête qui s'acharnait sur son épaule sursauta et, avec un glapissement, s'enfuit ventre à terre dans la neige. Elle entendit un deuxième claquement, presque immédiatement suivi d'un troisième. Le loup qui lui avait agrippé la cheville fut pris d'une brusque secousse, poussa un couinement aigu, et Sister vit du sang jaillir de son flanc. L'animal la lâcha et se mit à tournoyer sur lui-même, essayant de se mordre la queue. Un quatrième coup de feu – car Sister venait de comprendre que c'était une balle qui avait blessé la bête – résonna alors, suivi d'un hurlement de mort du côté où se trouvait Artie. Et tous déguerpirent en désordre, glissant, dérapant, se cognant les uns aux autres dans leur fuite éperdue. En moins de cinq secondes, ils avaient disparu.

La bête blessée tomba sur le flanc à quelques pas d'elle, battant frénétiquement des pattes. Sister se redressa, hébétée, et vit Artie qui essayait aussi de se remettre sur ses jambes. Mais ses pieds se dérobèrent sous lui et il retomba sur les fesses.

Une silhouette qui portait une cagoule vert foncé, un blouson de cuir marron usé et un jean passa près d'elle, avançant sur des raquettes à neige lacées sur de vieux bottillons avachis, avec autour du cou trois bidons en plastique vides suspendus à une cordelette qui en traversait les goulots, un nœud à chaque bout pour les empêcher de tomber. Sur son dos, un sac à dos de randonnée, un peu plus petit que ceux de Sister et d'Artie.

Il se planta juste à côté de Sister, toujours assise. « Ça va ? »

Sa voix évoquait une paille de fer qui frotte un poêlon en fonte.

« Ouais, enfin je crois. »

Elle était contusionnée de partout, mais rien de cassé.

Il planta la crosse de son fusil dans la neige, puis ôta de son épaule la cordelette qui retenait le chapelet de bidons en plastique, qu'il posa près de l'animal dont les pattes étaient encore secouées de spasmes. D'un autre mouvement des épaules, il se débarrassa de son sac à dos, dont il défit la fermeture Éclair de ses doigts gantés pour en sortir une série de tupperwares de toutes tailles, chacun muni de son couvercle hermétique, qu'il aligna soigneusement dans la neige devant lui.

Artie s'approcha à grand-peine, se tenant le poignet. L'homme leva brièvement la tête, puis se remit à la tâche, ôtant ses gants pour défaire l'un des nœuds de la cordelette, ce qui lui permit de libérer les bidons.

« Y t'a chopé, c't'enfoiré ? lança-t-il à Artie.

— Ouais. M'a ouvert la main. Enfin ça va, pas trop de mal. Mais toi, d'où tu sors ?

— De là-bas », répondit-il, laconique, en indiquant les bois d'un coup de menton, avant de dévisser le bouchon des bidons de ses doigts qui rougissaient à vue d'œil. L'animal battait toujours violemment des pattes. L'homme se releva, tira son fusil de la neige où il était planté et se mit à lui fracasser le crâne à coups de crosse. Cela prit une bonne minute, mais la bête finit par émettre un gémissement étouffé, fut parcourue d'un dernier tremblement, puis resta immobile.

« Je pensais pas qu'y aurait d'autres gens qui arriveraient de ce côté-là, reprit-il. Je croyais que tout le monde était parti depuis longtemps, maintenant. » Il s'agenouilla à nouveau près du cadavre, sortit d'une poche suspendue à sa ceinture un couteau à longue lame recourbée et fit une entaille dans le ventre gris. Le sang jaillit. Il saisit l'un des bidons en plastique et le tint sous l'ouverture ; le sang s'écoula en giclant dans le récipient, ne tardant pas à le remplir. Il revissa le bouchon, le poussa sur un côté et en prit un autre, sous le regard, écœuré autant que fasciné, de Sister et d'Artie.

« Je pensais que tous les autres étaient morts maintenant, poursuivit-il, absorbé par sa tâche. Vous êtes d'où, tous les deux ?

— Heu... Détroit, réussit à articuler Artie.

— On arrive de Manhattan, expliqua Sister. On va à Détroit.

— Vous êtes tombés en panne sèche ? Ou vous avez crevé ?

— Non. On est à pied. »

Il émit un grognement, leva les yeux vers elle, puis reprit sa tâche.

« Ça fait une trotte, à pied, répondit-il. Ça fait une sacrée trotte, même... Surtout pour rien.

— Comment ça, pour rien ?

— Ben... Il n'y a plus de Détroit. Atomisée. Tout comme y a plus de Pittsburgh ou d'Indianapolis ou de Chicago ou de Philadelphie. Les grandes villes, ça m'étonnerait qu'il en reste une seule debout. Et là, maintenant, à mon avis, avec les radiations, ça doit pas être beaucoup mieux pour les petites. »

Le flot de sang avait presque cessé. Il revissa le bouchon du deuxième bidon, qui n'était qu'à moitié plein, puis fit une entaille plus longue dans le ventre de l'animal, et plongea ses mains nues jusqu'aux poignets à l'intérieur.

« Mais vous en savez rien ! s'écria Artie. Vous pouvez pas savoir ça !

— Si, je sais, répondit l'homme sans préciser davantage. Dites-moi, m'dame, vous voulez bien m'ouvrir ces tupperwares ? »

Elle s'exécuta, et il se mit à sortir des poignées entières d'entrailles sanglantes et fumantes. Il les coupa en petits morceaux et commença à en remplir les récipients tant qu'il pouvait.

« J'l'ai eu, l'enfoiré, là-bas ? interpella-t-il Artie.

— Quoi ?

— L'autre que j'ai canardé. Celui qu'était en train de te bouffer le bras, tu te souviens, quand même ?

— Ah. Oui. Ouais, balbutia Artie, le regard fixé sur des tripes que l'homme flanquait dans les bols aux couleurs vives. Enfin, j'veux dire... Je crois qu'vous l'avez touché, parce qu'il m'a lâché et il s'est tiré.

— C'est des saloperies, ces bestioles, laissa-t-il tomber en commençant à trancher le cou de l'animal. Tenez, m'dame, vous m'ouvrez ce grand saladier, là ? »

Et, plongeant sa main à l'intérieur de la tête, il en fit écouler la cervelle, qui tomba dans le tupperware avec un *plop*.

« Vous pouvez remettre les couvercles, maintenant », lui ordonna-t-il.

Sister s'exécuta à nouveau, presque asphyxiée par l'odeur cuivrée du sang. Il s'essuya les mains sur le pelage de la bête, puis renfila la cordelette aux bidons et refit le nœud ; il remit ses gants, rangea le couteau dans sa poche et les récipients pleins dans son sac à dos avant de se relever.

« Vous avez des flingues, vous deux ?

— Non, répondit Sister.

— Des vivres ?

— Ben... on a des conserves de légumes et du jus de fruit. Et un peu de charcuterie aussi.

— Un peu de charcuterie, répéta-t-il d'un ton dédaigneux. Ma p'tite dame, avec ce temps, vous allez pas aller bien loin avec des trucs froids. Vous avez des légumes, que vous m'avez dit ? J'espère que c'est pas des brocolis, j'ai horreur de ça.

— Non, non... on a du maïs, des haricots verts et des patates bouillies.

— Ah, un bon début pour un ragoût, à c'que j'entends. J'ai ma cabane à trois bornes d'ici, à vol d'oiseau. Si vous voulez rentrer avec moi, vous êtes les bienvenus. Sinon, ben... bon voyage vers Détroit.

— C'est quoi, la ville la plus proche ? se renseigna Sister.

— St. Johns, à mon avis. En fait, le truc le plus proche qui ressemble à une ville, c'est Hazleton, une quinzaine de kilomètres plus au sud. Y a peut-être encore quelques pékins là-bas, mais après ce flot de réfugiés arrivés de l'est, ça m'étonnerait que vous trouviez grand-chose dans n'importe quel bled sur la I-80. St. Johns, c'est à six-sept kilomètres vers l'ouest. » L'homme se retourna alors vers Artie, dont le sang gouttait sur la neige. « Tu sais, l'ami, reprit-il, ça, ça va attirer tous les charognards à portée d'odorat, et crois-moi, y en a certains, de ces enculés, qui flairent le sang depuis sacrément loin.

— On devrait aller avec lui, suggéra Artie à Sister. Si ça se trouve, je vais me vider de mon sang et crever !

— Ça m'étonnerait, répliqua l'homme. Pas avec une égratignure comme ça. Ça va geler dans pas longtemps, mais bon, tu vas garder l'odeur sur tes fringues. Et comme j'vous disais, ils descendent de la montagne avec leurs couverts entre les dents. Mais vous faites comme vous voulez. Moi, j'y vais. » Il remit son sac à dos en place, se passa la cordelette autour de la nuque et reprit son fusil.

« Salut ! », leur lança-t-il avant de traverser la route, bravant la neige en direction des bois.

Il ne fallut à Sister que deux secondes pour prendre sa décision.

« Hé, attendez une seconde ! » Il s'arrêta. « Ok, on vient avec vous, monsieur... »

Mais il était déjà reparti, se dirigeant droit vers la lisière de l'épaisse forêt morte.

Ils n'avaient guère d'autres choix que de se dépêcher de le suivre. Artie jetait sans cesse des regards par-dessus son épaule, terrifié à l'idée que d'autres prédateurs rôdant par-là surgissent dans son dos. Il avait les côtes douloureuses là où l'animal l'avait percuté, et les jambes flageolantes. Lui et Sister pénétrèrent dans les bois, s'échinant à suivre la silhouette de l'homme à la cagoule qui avançait à grandes enjambées, et ils laissèrent derrière eux cette autoroute de la mort.

UN GROS POING QUI COGNE À LA PORTE

Un alignement de petits bâtiments bas et de maisons de briques rouges se dessina dans les ténèbres grandissantes d'un crépuscule écarlate. Une ville, réalisa Josh. Merci mon Dieu !

Il y avait toujours ce vent qui le poussait dans le dos avec violence, mais après huit heures de marche environ la veille, et au moins cinq aujourd'hui, il était sur le point de littéralement tomber d'épuisement. Depuis deux heures, il portait dans ses bras la fillette à bout de forces et marchait les jambes raides, les plantes de pieds pleines de cloques purulentes, du sang dans ses chaussures qui bâillaient aux coutures. Il se disait qu'il devait avoir l'air d'un zombie, ou du monstre de Frankenstein qui tient dans ses bras l'héroïne évanouie.

La nuit précédente, ils l'avaient passée à l'abri des bourrasques, sous un pick-up retourné ; le véhicule devait transporter des bottes de foin, qui s'étaient éparpillées partout, et Josh en avait traîné quelques-unes pour faire un nid de fortune qui retiendrait leur chaleur corporelle. Même ainsi, en plein milieu de nulle part, entourés de terres ravagées et de champs calcinés, tous les deux redoutaient les premières lueurs de l'aube parce qu'ils savaient qu'alors il leur faudrait se remettre en route.

Mais la vue de cette ville obscure, qui se réduisait à quelques bâtiments épars, déglingués par les tempêtes, et quelques maisons trop espacées sur des terrains grisâtres de poussière, lui donna le courage de marcher encore un peu. Il n'y vit ni voitures ni lumière ni le moindre signe de vie. Il y avait une petite station-service Texaco avec une seule pompe, et un garage dont le toit s'était effondré. Une enseigne, qui se balançait sur ses attaches, disait CHEZ TUCKER. QUINCAILLERIE & GRAINES, la vitrine du magasin était fracassée et il semblait aussi vide qu'une coquille. On apercevait aussi un petit café où rien ne tenait debout non plus, sauf l'enseigne À LA BONNE FRANQUETTE ! Josh, qui peinait à présent un peu plus à chaque pas, passa devant les bâtiments en ruines. Il aperçut autour de lui des dizaines de livres qui traînaient par terre dans la poussière, leurs pages battant frénétiquement au gré des bourrasques, et à sa gauche, ce qui restait d'une petite bâtisse en planches où subsistait une grande enseigne : BIBLIOTHÈQUE MUNICIPALE DE SULLIVAN.

Sullivan, se dit Josh. On ne sait pas à quoi ça ressemblait avant, Sullivan, mais en tout cas, maintenant c'est une ville fantôme.

Il aperçut quelque chose qui filait, quelque part dans sa vision périphérique. Il tourna la tête et un petit animal (un lièvre ? se demanda-t-il) se précipita derrière les ruines du café et disparut.

Josh était paralysé de froid et savait que Swan devait être transie aussi. Elle se cramponnait à sa peluche comme à une bouée de sauvetage, et tressaillait parfois dans son sommeil tourmenté. Il s'approcha de l'une des habitations mais s'arrêta en apercevant un cadavre recroquevillé en un point d'interrogation sur les marches menant au porche. Il se dirigea vers la maison suivante, un peu plus loin, de l'autre côté de la route.

La boîte aux lettres, posée sur un pied bancal, était peinte en blanc et décorée d'un motif noir qui ressemblait à un œil avec sa paupière inférieure et supérieure. Le nom, inscrit à la main, était *Davy et Leona Skelton*. Josh traversa un carré de terre nue qui avait dû être un jardin, monta les marches de la terrasse couverte et s'arrêta à la porte-moustiquaire.

« Swan ? murmura-t-il. Réveille-toi. » Elle marmonna quelque chose et il la posa par terre ; il tenta d'ouvrir la moustiquaire, qui était apparemment verrouillée de l'intérieur. Il leva un pied et donna un bon coup en plein milieu, l'arrachant de ses gonds, et tous deux traversèrent alors la terrasse jusqu'à l'entrée principale.

À peine Josh avait-il posé la main sur le loquet que la porte s'ouvrit à la volée. Il se retrouva face au canon d'un pistolet.

« Vous avez cassé ma moustiquaire », grinça une voix de femme dans l'ombre. L'arme ne tremblait pas.

« Heu... Je suis désolé, madame. Je pensais qu'y avait personne.

— Et ça vous a pas étonné qu'elle soit fermée à clé ? C'est une propriété privée, ici !

— Je suis désolé, répéta Josh, qui apercevait l'index noueux de la femme sur la détente. J'ai pas d'argent, sinon je vous l'aurais remboursée, cette porte.

— De l'argent ? » Elle se racla bruyamment la gorge avant de lancer un crachat à côté de lui. « L'argent, ça vaut plus rien ! Mon gars, une porte-moustiquaire, c'est de l'or en barre en ce moment ! J'te ferais exploser la tête, moi, si y fallait pas que j'nettoie après !

— On va s'en aller, si vous êtes d'accord. »

Elle ne répondit pas. Josh apercevait les contours de sa tête, mais pas son visage ; elle se pencha vers Swan. « Une petite fille, murmura-t-elle alors. Oh, Seigneur... une petite fille...

— Leona ! appela une voix faible, depuis l'intérieur de la maison. Leo... » Et une terrible quinte de toux étranglée l'interrompit.

« C'est bon, Davy ! cria la femme en se retournant. J'arrive tout de suite ! » Elle s'adressa à nouveau à Josh, le pistolet toujours braqué sur son visage. « Vous venez d'où, tous les deux ? Et vous allez où ?

— On vient... de là-bas, répondit-il en désignant de la main un bout de la ville. Et je pense qu'on va par là-bas. » Il montra l'autre bout.

« Pas terrible, comme projet.

— Non, c'est vrai », confirma-t-il, mal à l'aise devant l'œil noir de son pistolet.

Elle resta un instant silencieuse, baissa une nouvelle fois la tête vers la petite fille, puis poussa un profond soupir. « Bon, finit-elle par lâcher, comme vous êtes déjà à moitié entrés comme des voleurs, autant entrer en entier comme des invités. » Et elle leur fit un signe avec le pistolet tout en s'écartant du seuil.

Josh prit la main de Swan et ils pénétrèrent dans la petite maison.

« Fermez la porte, ordonna la femme. Sinon, on va être envahis de poussière dans pas longtemps, grâce à vous. »

Josh s'exécuta. Un petit feu brûlait dans l'âtre et la silhouette trapue de la femme, qui s'affairait dans la pièce, était entourée d'un halo rouge. Elle alluma une lampe-tempête posée sur le manteau de la cheminée, puis une autre, et encore une, stratégiquement disposées autour de la pièce pour l'éclairer au mieux. Elle avait posé le pistolet, mais le conservait à portée.

Ce n'est qu'après avoir allumé les lampes qu'elle se tourna pour voir Josh et Swan en pleine lumière.

Leona Skelton était une petite boule, vêtue d'un gros pull rose passé par-dessus une salopette usée, et chaussée de pantoufles roses pelucheuses. On aurait dit que son visage carré avait été sculpté dans une pomme, puis séché au soleil, tant on n'y voyait que craquelures et autres ravines, sans un seul endroit lisse. Elle avait des yeux bleus très expressifs, entourés d'un réseau de rides, et les profondes lignes qui se creusaient sur son front évoquaient un motif de vagues gravées sur une poterie. À vue de nez, se disait Josh, elle devait avoir dans les soixante-cinq à soixante-dix ans, en dépit de sa chevelure ondulée, coiffée en arrière et teinte en rouge vif. Elle scrutait tour à tour Josh et Swan, ses lèvres s'entrouvrant lentement, découvrant plusieurs dents de devant argentées.

« Dieu tout-puissant, murmura-t-elle. Vous avez été bien brûlés, hein ? Oh, Seigneur... Je suis désolée, je sais qu'y faut pas dévisager les gens, mais... » Elle fixait Swan, la douleur semblant crisper son visage. Elle avait une lueur humide au coin des yeux. « Oh, Seigneur, répéta Leona, tout bas. Oh, Seigneur, vous êtes bien... arrangés, tous les deux.

— On est en vie, répondit-il. C'est l'essentiel.

— C'est vrai », approuva-t-elle en hochant la tête. Son regard se baissa pour contempler le plancher de bois. « Désolée pour mon incorrection, reprit-elle. J'ai été élevée autrement que ça.

— Leona ! », cria à nouveau l'homme d'une voix brisée, interrompu par une autre quinte de toux à lui arracher les poumons.

« J'vais aller m'occuper de mon mari », leur confia-t-elle avant de s'engouffrer dans un couloir. Josh en profita pour faire le tour de la pièce ; elle était très modestement meublée de pin brut, avec une carpette verte tout élimée devant la cheminée. Il y avait un miroir sur un mur, qu'il évita de regarder, allant directement jusqu'à un meuble vitré. Sur ses étagères s'alignaient des boules de cristal de toutes les tailles, les plus petites à peine plus grandes que des billes et la plus imposante comme les deux poings joints de Josh, la moitié d'une boule de bowling. La plupart étaient plutôt comparables à des balles de base-ball et transparentes comme l'eau claire, même si d'autres étaient plus ou moins teintées de bleu, de vert ou de jaune. Cette collection se complétait par des plumes de diverses sortes, des épis de maïs séchés aux grains multicolores et deux ou trois mues de serpent d'apparence fragile, presque translucides.

« Où est-ce qu'on est ? », lui demanda Swan, qui serrait toujours contre elle sa peluche. Elle avait sous les yeux de profonds cernes de fatigue violet foncé et sentait la soif lui brûler la gorge.

« Une petite ville qui s'appelle Sullivan. Y a pas grand-chose ici. Apparemment, tout le monde est parti, sauf ces gens. » Il s'approcha de la cheminée pour regarder de plus près quelques polaroïds encadrés ; sur l'une des photos, on voyait Leona Skelton assise sur une balancelle en compagnie d'un homme entre deux âges souriant, robuste, plus de ventre que de cheveux mais des yeux juvéniles et un peu espiègles derrière des lunettes à fines montures en métal. Il avait son bras autour de la femme et une main qui apparemment remontait vers ses cuisses. Elle était hilare, la bouche étincelante à cause du flash, et les cheveux pas aussi rouges ; en tout cas, elle avait l'air plus jeune d'une quinzaine d'années au moins.

Sur un autre cliché, Leona tenait un chat blanc tout content, les pattes en l'air dans ses bras comme un bébé. Un autre encore réunissait l'homme bedonnant et un gars plus jeune, chacun portant des cannes à pêche et exhibant, triomphants, des poissons ridiculement petits.

« C'est ma famille, expliqua Leona qui revenait dans la pièce. » Elle avait laissé l'arme. « Mon mari s'appelle Davy, mon fils, c'est Joe, et la chatte s'appelle Cleopatra. Enfin, *s'appelait*. Je l'ai enterrée y a une quinzaine de jours, là-bas derrière. J'ai creusé bien profond, que rien ni personne puisse y toucher. Et vous deux, vous avez des noms ou pas ?

— Moi, c'est Josh Hutchins. Elle, c'est Sue Wanda, mais on l'appelle Swan.

— Swan, répéta Leona. Ça c'est un joli nom. Enchantée de vous rencontrer.

— Merci, répondit la petite fille qui n'oubliait pas la politesse.

— Oh, Seigneur ! s'exclama Leona, qui se baissa pour ramasser des magazines d'agriculture et d'intérieur tombés de la table basse, avant d'aller s'emparer d'un balai posé dans un coin et de se mettre à ramener soigneusement la poussière dans la cheminée. C'est un bazar innommable, dans cette maison, s'excusa-t-elle tout en s'affairant. Avant, j'arrivais à la tenir propre comme un sou neuf, mais là, je vois plus le temps passer ! Faut dire que ça fait un bail que j'ai pas eu de visiteurs ! » Elle balaya le reste de la poussière et resta plantée à la fenêtre, contemplant l'obscurité rougeoyante et les ruines battues par le vent. « C'était une chouette ville, ici, poursuivit-elle, morose. Y avait plus de trois cents personnes dans l'coin. Des chouettes gens. Ben McCormick, qui disait qu'il était assez gras pour compter pour trois. Drew et Sissy Stimmons, qu'habitaient cette maison, là-bas, énuméra-t-elle en la montrant du doigt. Sissy, oh, qu'est-ce qu'elle aimait les chapeaux, elle ! Au moins trente, qu'elle en avait, un nouveau chaque dimanche pendant presque huit mois et elle recommençait. Y avait aussi Kyle Doss, le propriétaire du café. Et puis Geneva Dewberry, la bibliothécaire, ah, Seigneur, quand elle se mettait à causer bouquins, elle ! » Elle parlait de plus en plus bas, comme si sa voix allait s'éteindre. « Geneva, elle disait qu'un de ces jours, elle allait se mettre à écrire un roman, et moi, j'ai toujours pensé qu'elle le ferait. Norm Barkley, continua-t-elle en indiquant une autre direction, lui, il habitait là-bas, au bout de la route. Mais on la voit pas d'ici, sa maison. J'ai failli l'épouser, Norman, quand j'étais jeunette. Mais c'est Davy qui a remporté le gros lot, avec une rose et un baiser un samedi soir. Oui, m'sieur. » Elle hocha la tête, puis sembla se rappeler où elle était. Son dos se raidit et elle alla remettre le balai à sa place comme si elle se séparait d'un cavalier au cours d'un bal. « Ben oui, conclut-elle, c'était ça, notre petite ville.

— Où est-ce qu'ils sont tous partis ? s'étonna Josh.

— Au Ciel, répliqua-t-elle. Ou en Enfer. Ça dépend, le premier qu'a ouvert ses portes, je suppose. Oh, et puis y en a que'qu'z'uns qu'ont décampé. Pour aller où, poursuivit-elle avec un mouvement d'épaules fataliste, j'en sais trop rien. Mais pour la plupart, on est restés ici, chez nous, sur nos terres. Et puis voilà qu'la maladie a commencé à frapper... et la Mort qu'est arrivée. C'est comme un gros poing qui cogne à la porte, *boum boum*, *boum boum*, comme ça. Et on sait qu'on peut pas l'empêcher d'entrer, mais faut essayer quand même. » Elle s'humecta les lèvres de sa langue, les yeux vitreux et absents. « C'est pas banal, comme temps, pour un mois d'août, hein ? On se gèle carrément les miches !

— Vous... vous savez ce qui est arrivé, non ?

— Oh, oui, répondit-elle en hochant la tête. Y avait Lee Procter qu'avait la radio à fond la caisse dans sa quincaillerie, où j'étais partie acheter des clous et un peu d'fil de fer pour suspendre un cadre. Je sais plus trop sur quelle station y pouvait être, mais v'là d'un coup qu'on entend un braillement de tous les diables et puis cette voix, là, ce type qui parle super vite d'un état d'urgence, de bombes et tout ça. Et puis un grésillement, comme du bacon dans la poêle, et puis plus rien. Morte, la radio. Plus rien à en tirer. Et là, y a Wilma James qui rentre en courant, et hurle à tout l'monde de regarder le ciel. On sort, on regarde, et on voit les avions, ou les bombes, ou j'sais pas trop quoi, qui nous passaient au-dessus, tout là-haut, y en avait même qu'allaient se rentrer dedans. Et y a Grange Tucker qui crie : "Ça arrive ! Ça arrive ! C'est Armageddon !" Et puis il tombe à genoux su'l'trottoir juste devant sa boutique, à regarder ces engins dans le ciel. Et après le vent est arrivé, et la poussière, et le froid, poursuivit-elle en fixant toujours la fenêtre. Le soleil qu'est devenu rouge sang. Des tornades qu'ont traversé chez nous, y en a une qu'a touché la ferme de McCormick et qui l'a emportée, elle a rien laissé que les fondations. Et aucune trace de Ben, de Ginny ou des gamins. Bien sûr, y a tout l'monde qu'a commencé à venir me voir, y voulaient savoir c'qui les attendait, tout ça. Moi, soupira-t-elle, je pouvais pas leur dire que je voyais des têtes de morts à la place de leurs visages. Comment qu'on peut dire ça à des gens qui sont des amis ? Eh bien, monsieur Laney, le facteur du comté de Russell, lui, il est pas venu, les lignes téléphoniques étaient toutes par terre et y avait plus d'électricité. On savait pas c'qui était arrivé au juste, mais on a compris que c'était énorme. Alors y a Kyle Doss et Eddie Meachum qui se sont portés volontaires pour partir en voiture jusqu'à Matheson, à trente kilomètres d'ici, voir un peu ce qui s'passait. Jamais ils sont revenus. Eux aussi, j'avais vu des têtes de morts à la place de leurs visages, mais qu'est-ce que j'pouvais dire, moi ? Vous comprenez, des fois c'est pas la peine de dire à quelqu'un qu'il arrive au bout de son rouleau. »

Josh ne comprenait pas vraiment.

« Comment ça, vous avez vu des têtes de mort à la place des visages ?

— Oh, désolée. J'oubliais qu'en dehors de Sullivan, personne me connaît. » Leona Skelton se retourna, un petit sourire sur son visage de pomme séchée, et, s'emparant d'une des lampes, elle s'éloigna de la fenêtre pour aller jusqu'à une bibliothèque à l'autre bout de la pièce. Elle en sortit un album relié en cuir, le porta à Josh et l'ouvrit devant lui. « Tenez, voilà, annonça-t-elle. C'est moi. » Elle désigna du doigt une coupure jaunie de magazine, soigneusement découpée, avec une photo.

Le gros titre de l'article annonçait : KANSAS, UNE VOYANTE AVAIT PRÉDIT L'ASSASSINAT DE KENNEDY 6 MOIS AVANT JEANE DIXON ! Avec un sous-titre qui proclamait : *Leona Skelton voit fortune et prospérité nouvelle pour l'Amérique !* La photo représentait une Leona bien plus jeune, entourée de chats et de boules de cristal.

« Ça vient du magazine *Fate*, en 1964. C'est que j'avais écrit une lettre au Président Kennedy pour le prévenir de ne pas aller à Dallas, parce qu'il faisait un discours à la télé et que j'l'avais vu avec une tête de mort à la place du visage, alors j'ai pris le jeu de tarot, la planche de Ouija, et j'ai découvert que Kennedy, il avait un ennemi puissant à Dallas, au Texas. J'ai même vu le nom, en partie, mais ça s'est écrit *Osbald*. Enfin, bref, j'ai écrit cette lettre et j'en ai même fait une copie. » Elle tourna la page et lui montra une lettre manuscrite chiffonnée et presque illisible, datée du 19 avril 1963. « Y a deux types du FBI qui sont venus à la maison pour avoir une longue conversation. Moi, j'étais tranquille, mais ce pauvre Davy, y lui ont fichu la trouille de sa vie ! Oh, y racontaient que des conneries, ces gars-là, mais alors, quand y vous regardaient, on aurait dit qu'y z'avaient des mitraillettes à la place des yeux ! J'ai bien vu qu'y pensaient qu'j'étais juste une pauvre détraquée, y m'ont dit de plus écrire de lettres et y sont partis. »

Elle tourna une nouvelle page. Un autre article, dont le gros titre était LA « JEANE DIXON » DU KANSAS : J'AI ÉTÉ TOUCHÉE PAR UN ANGE À MA NAISSANCE. « Ça, ça vient du *National Tattler*, vers 1965. J'avais raconté à cette reporter, mais comme ça, en passant, c'que m'avait toujours dit ma maman, que quand j'étais bébé elle avait eu une vision d'un ange en robe blanche qui m'embrassait sur le front. Enfin, bref, ça c'était juste après que j'ai retrouvé un petit garçon qu'avait disparu de chez ses parents à Kansas City. C'est seulement qu'il avait fait une grosse colère et qu'y s'était enfui, mais y s'planquait dans une vieille maison à deux rues de là. » Elle tourna encore des pages, fière de leur montrer d'autres articles découpés dans les magazines *Star*, *The Enquirer* et *Fate*. Le tout dernier datait de quelques années auparavant et venait d'un petit journal local. « Ces derniers temps, j'ai été un peu moins performante, soupira-t-elle. Les sinus, l'arthrose... tout ça, ça a dû m'ramollir. Bon, enfin, voilà, c'est moi. »

Josh émit un grognement. La perception extrasensorielle, il n'y avait jamais cru, mais avec ce qu'il avait vu récemment, tout lui semblait possible.

« J'avais remarqué vos boules de cristal, là-bas.

— Ah, ma collection préférée ! Ça vient du monde entier!

— Elles sont vraiment belles, ajouta Swan.

— Merci beaucoup, jeune fille », lui répondit-elle avec un grand sourire. Puis elle se tourna à nouveau vers Josh. « Figure-toi que tout ça, je l'ai pas vu arriver. Peut-être que j'suis trop vieille maintenant pour voir grand-chose. Mais quand même, j'avais toujours eu un très mauvais pressentiment avec cette espèce d'astroneuneu qu'on a comme président. J'ai toujours pensé que c'était le genre à laisser les autres s'occuper de tout. Davy et moi, on a pas voté pour lui, ah, ça, non ! »

À nouveau on entendit cette affreuse toux dans la pièce du fond. Leona pencha la tête, l'oreille tendue, mais la quinte se calma et la vieille femme se détendit à nouveau. « J'ai pas grand-chose à vous offrir à manger, expliqua-t-elle. Juste des vieux muffins de maïs durs comme de la pierre et une marmite de soupe de légumes. J'peux encore cuisiner, dans la cheminée, mais j'ai pris l'habitude de manger froid. Et j'ai aussi un puits, là derrière, qu'a toujours de l'eau pure. Donc, buvez autant que vous voudrez.

— Merci, répondit Josh. De la soupe et des muffins, froids ou pas, ça m'ira très bien. Mais dites-moi, y aurait un moyen que j'puisse me débarrasser un peu de cette saleté ?

— Tu veux dire, prendre un bain ? » Elle réfléchit une minute. « Oh, ben, j'pense qu'on peut faire ça comme au bon vieux temps : chauffer des seaux d'eau sur le feu et remplir la baignoire comme ça. Jeune fille, tu voudras sans doute te débarbouiller aussi. Évidemment, mes canalisations pourraient bien se boucher avec toute cette terre, et le plombier doit plus vraiment venir quand on l'appelle. Mais qu'est-ce que vous avez fait, tous les deux ? Vous vous êtes roulés dans la boue ?

— C'est un peu ça », répondit Swan. Elle se disait qu'un bain, d'eau chaude ou froide, c'était une super idée. Elle avait beau savoir qu'elle puait comme une étable, elle avait peur de voir à quoi ressemblerait sa peau une fois toute cette poussière retirée. Ça n'allait certainement pas être très beau.

« Bon, alors j'vous ramène quelques seaux, et vous avez plus qu'à pomper l'eau. Qui c'est qui passe en premier ? »

Josh haussa les épaules et fit signe à Swan d'y aller.

« Parfait ! J't'aurais bien aidée à pomper, mais faut pas trop que j'm'éloigne de Davy au cas où il aurait une crise. Tu ramènes les seaux ici, et on les fera chauffer sur le feu. J'ai une chouette baignoire à pieds de lion, mais qu'a pas servi depuis que tout ce bazar a commencé. »

Swan hocha la tête et la remercia, et Leona Skelton s'éloigna en se dandinant pour aller chercher les seaux dans la cuisine. Dans la chambre à coucher du fond, Davy Skelton fut pris d'une nouvelle toux assez violente, qui passa vite.

Josh fut tenté d'aller le voir, mais s'abstint. Mauvaise, cette toux, pensait-il. Elle lui rappelait celle de Darleen avant qu'elle ne meure. Empoisonnement par radiation, se dit-il. « La maladie a commencé à frapper les gens », avait raconté Leona. Les retombées avaient dû décimer quasiment toute la ville. Josh se figurait que certains devaient peut-être mieux y résister que d'autres ; sans doute que certains mouraient tout de suite alors que chez d'autres, c'était beaucoup plus lent. Lui, par exemple, il se sentait fatigué et affaibli par leur long périple à pied, mais à part ça, il se sentait bien ; Swan était aussi en assez bonne forme, à part ses brûlures ; quant à Leona Skelton, elle avait l'air en relative bonne santé. Dans leur sous-sol, le premier jour, Darleen pétait le feu, et le lendemain elle était couchée, brûlante de fièvre. Peut-être qu'il pouvait parfois se passer des semaines, des mois même, avant qu'ils n'en ressentent les effets. Il l'espérait, en tout cas.

Quoi qu'il en soit, l'idée d'un bain chaud et d'un repas dans un bol avec une vraie cuillère l'enthousiasmait au possible.

« Ça va ? demanda-t-il à Swan, qui avait le regard perdu au loin.

— Oui, mieux », répondit-elle, mais son esprit était retourné vers sa mère, morte là-bas sous la terre, et vers ce qu'avait dit PawPaw, ou la chose qui s'était emparée de lui. Qu'est-ce que ça signifiait ? De quoi le géant était-il censé la protéger ? Et pourquoi elle ?

Elle repensa à ces pousses vertes qui avaient surgi, dessinant la forme de son corps. Jamais auparavant une chose pareille ne lui était arrivée. Et en plus, sans rien avoir à faire, pas même prendre la terre entre ses doigts. Bien sûr, elle avait l'habitude de cette sensation de picotement, de parfois sentir comme une fontaine d'énergie qui jaillissait du sol et lui passait dans le dos... mais ça, c'était différent.

Il y a quelque chose qui a changé, se disait-elle. J'ai toujours été capable de faire pousser des fleurs. Les faire sortir d'une terre humide avec le soleil qui brille, ça c'était facile. Cette fois, elle avait fait pousser cette herbe dans l'obscurité, sans eau, et sans même y penser. Oui, quelque chose avait changé.

Et l'idée lui vint, sans savoir comment : je suis plus forte qu'avant.

Josh se rapprocha de la fenêtre pour regarder la ville morte, laissant Swan seule à ses réflexions. Il aperçut une silhouette, un petit animal, apparemment, planté là dans le vent. Tête levée, il regardait Josh. Un chien, vit-il alors. Un petit fox-terrier. Ils s'observèrent pendant quelques secondes, avant que l'animal ne décampe.

Bonne chance, se dit-il, et puis il se détourna, car il savait que le chien était condamné, et la mort, Josh en avait sa dose. Davy toussa encore deux fois et appela sa femme d'une voix faible. Elle apporta dans la cuisine les seaux pour le bain de Swan et se dépêcha de retourner au chevet de son mari.

CITOYEN DU MONDE

C'était un petit paradis que Sister et Artie s'étaient trouvé.

Ils pénétrèrent dans un chalet de rondins au milieu d'une clairière de conifères dépouillés, au bord d'un lac recouvert d'une fine pellicule de glace. À l'intérieur, un poêle portatif à kérosène faisait régner une douce chaleur, si douce que Sister faillit fondre en larmes en passant le seuil, épuisée, et qu'Artie en eut le souffle coupé de plaisir.

« Voilà, c'est chez moi », annonça l'homme à la cagoule.

Il y avait déjà quatre autres personnes dans le chalet : un couple habillé de vêtements d'été en mauvais état, apparemment jeunes, un peu plus de vingt ans sans doute, mais c'était difficile à dire tant ils avaient de brûlures aux formes bizarrement géométriques entourées d'escarres brunes sur le visage, les bras et d'autres endroits du corps que l'on apercevait par les déchirures de leurs habits. Le jeune homme avait des cheveux noirs qui lui arrivaient presque aux épaules, mais le sommet de son crâne était brûlé, marbré de ces mêmes marques brunes. La femme avait sans doute été jolie, avec ses grands yeux bleus et sa fine silhouette de top model, mais ses cheveux auburn ondulés avaient presque disparu et ces mêmes marques brunes entourées de croûtes striaient son visage en diagonale, comme tracées à coups de pinceau. Elle portait un jean coupé aux genoux et des sandalettes, et ses jambes nues étaient également lacérées de traces. Les pieds enveloppés de chiffons, elle était recroquevillée à côté du poêle.

Il y avait également un homme mince et plus âgé – sans doute la cinquantaine bien tassée –, défiguré par des brûlures bleu vif, et un adolescent, dans les seize ans, avec un jean et un tee-shirt où était inscrit BLACK FLAG LIVES ! en lettres maladroitement tracées sur la poitrine. Il avait deux petits piercings dans le lobe de l'oreille gauche, et même s'il avait conservé ses cheveux orangés, on voyait des croûtes grises qui descendaient sur son visage aux mâchoires carrées, comme si on avait allumé une bougie sur le haut de son crâne et qu'on avait laissé couler la cire. Il fixait Sister et Artie de ses yeux verts profondément enfoncés, avec une touche d'amusement.

« Tenez, je vous présente mes autres invités », poursuivit l'homme en posant son sac à dos près de l'évier sur un plan de travail recouvert de faïence tachée de sang, après avoir fermé et verrouillé la porte. « Kevin et Mona Ramsey. » Un geste en direction du jeune couple. « Steve Buchanan. » Un autre vers l'adolescent. « Et tout ce que j'ai pu tirer du vieux, là-bas, c'est qu'il est d'Union City. J'ai pas retenu vos noms, à vous.

— Artie Wisco.

— Vous pouvez m'appeler Sister, répondit celle-ci à son tour. Et toi ? »

Il retira sa cagoule, qu'il suspendit au crochet d'un portemanteau. « Paul Thorson, citoyen du monde. » Il posa les bidons de sang et sortit les Tupperware au contenu écœurant de son sac.

Sister en fut presque choquée : Paul Thorson avait le visage intact, et cela faisait très longtemps qu'elle n'avait pas vu une telle chose. Il avait de longs cheveux noirs parsemés de gris et une grosse barbe, noire elle aussi, avec d'autres pointes de gris qui partaient des coins de la bouche. Sa peau était pâle en raison du manque de soleil, mais bien burinée, son front haut et creusé de plis profonds ; son allure générale était celle d'un homme qui vivait en plein air. Sister se dit qu'il ressemblait à l'un de ces trappeurs qui habitent seuls dans une cabane en montagne, au milieu des bois, et ne redescendent dans la vallée que pour piéger des castors ou autres. Sous ses sourcils noirs, les yeux étaient d'un bleu-gris glacé, entourés de cernes de fatigue sombres. Il se débarrassa de sa parka, qui le faisait paraître bien plus imposant qu'il ne l'était en vérité, et la suspendit également au portemanteau avant de se mettre à vider le contenu des tupperwares dans l'évier.

« Tiens, Sister, suggéra-t-il, passe donc quelques-uns de ces légumes que tu trimballes. Ce soir, c'est ragoût-connard.

— Ragoût-connard ? répéta Sister, décontenancée. Heu... c'est quoi, ça ?

— Ça veut dire qu'y a que les connards qui en mangeront pas, parce que c'est tout ce qu'on a. Allez, fais passer les boîtes.

— On va manger ça ? », s'étrangla Artie, qui recula, dégoûté, devant la bouillie sanguinolente. Il avait très mal aux côtes et gardait la main pressée sur le point douloureux sous son manteau.

« C'est pas si mauvais, mec, intervint l'adolescent aux cheveux orange, avec un accent de Brooklyn à couper au couteau. On s'y fait. Y en a quand même un, de ces enculés, qu'a essayé d'me bouffer, moi ! Alors on peut bien les bouffer aussi, hein ?

— Absolument », approuva Paul, qui se mit à découper.

Sister posa son sac à dos, farfouilla dedans et lui tendit trois boîtes de conserve de légumes. Paul les ouvrit et les vida dans une grande marmite de fer.

Sister tressaillit, mais manifestement l'homme savait ce qu'il faisait. Ce petit chalet n'avait, semble-t-il, que deux grandes pièces. Celle-ci, située sur l'avant, était équipée, outre le poêle, d'une petite cheminée de pierre brute où brûlait joyeusement un feu qui ajoutait encore à la chaleur et à la clarté qui y régnaient. Quelques bougies, collées à des soucoupes et une lampe à kérosène étaient réparties dans la pièce, qui contenait deux sacs de couchage déroulés, un lit de camp et une bonne pile de journaux posée dans un coin. Une cuisinière en fonte et un beau tas de bûches fendues trônaient à l'autre bout, et lorsque Paul lança à l'adolescent : « Steve, tu peux allumer maintenant », le garçon se leva, empoigna une pelle posée près de l'âtre et alla fourrer des morceaux de bois enflammés dans la cuisinière. Sister ressentit un nouveau pincement de joie. Enfin, ils allaient avoir un repas chaud !

Mais l'homme plus âgé prit la parole : « C'est l'heure maintenant, articula-t-il, le regard fixé sur Paul. C'est l'heure, non ? »

Paul jeta un coup d'œil à sa montre. « Non. Pas encore. » Et il continua à découper en petits morceaux tripes et cervelle. Sister remarqua au passage ses doigts, longs et fins. Des mains d'artiste, se dit-elle, et particulièrement peu faites pour la tâche qui était la leur en cet instant.

« C'est chez toi ici ? », lui demanda-t-elle.

Il fit oui de la tête. « Ça doit faire... oh, dans les quatre ans que j'y habite. Pendant l'été, je fais du gardiennage à Big Pines, la station de ski à une dizaine de kilomètres, expliqua-t-il avec un geste du bras en direction du lac derrière le chalet. Et en hiver, je me réfugie confortablement ici et je vis de la terre. » Il leva les yeux, avec un sourire morose. « Il a été précoce, cette année, l'hiver.

— Et qu'est-ce que tu faisais sur l'autoroute ?

— Les loups y descendent pour se nourrir. Moi, j'y vais pour les chasser. C'est comme ça que j'ai trouvé tous ces pauvres diables, là, qui traînaient sur la I-80. J'en ai trouvé pas mal d'autres encore, d'ailleurs. Ils sont enterrés derrière. Je te montrerai, si tu veux. »

Elle secoua la tête.

« Les loups, tu vois, ils ont toujours vécu dans ces montagnes. Ils ont jamais eu de raison de descendre jusque-là. Ils mangent des lapins, des chevreuils, toutes les proies qu'ils peuvent trouver. Mais maintenant, les petits animaux crèvent dans leur trou, et les loups, ils peuvent flairer de loin. Alors, ils descendent en meutes au supermarché I-80 chercher de la viande fraîche. Ces gens-là, ils sont arrivés jusqu'ici avant que la neige commence à tomber, si on peut appeler cette saloperie radioactive comme ça. Enfin, poursuivit-il après un grognement de dégoût, c'est toute la chaîne alimentaire qui est cul par-dessus tête maintenant. Plus de petits animaux pour nourrir les gros. Juste des gens. Et les loups, ils sont de plus en plus désespérés, et donc de plus en plus aventureux. » Il versa à grand bruit les morceaux d'entrailles dans la marmite, puis dévissa le bouchon d'un bidon de sang, qu'il vida aussi dedans, l'odeur se répandant dans toute la pièce. « Rajoute du bois, Steve. Faut vraiment la faire bouillir, cette gadouille !

— D'accord.

— Je sais que c'est l'heure... gémit à nouveau l'homme. C'est forcément l'heure !

— Non, pas encore, intervint fermement Kevin Ramsey. Pas avant qu'on ait fini de manger. »

Paul rajouta un bidon de sang au mélange et se mit à le remuer avec une grande cuillère en bois. « Bon, jeunes gens, vous pourriez peut-être vous débarrasser de vos manteaux et rester dîner, à moins que vous ne préfériez pousser jusqu'au prochain restaurant. »

Sister et Artie se regardèrent, ils étaient au bord de la nausée à cause de l'odeur du ragoût. Sister fut la première à ôter gants, manteau et bonnet de laine, et Artie l'imita à contrecœur.

« Ok, reprit Paul en s'emparant de la marmite, qu'il alla poser sur un des brûleurs de la cuisinière. Allez, tu me fourres du bois dans la chaudière, il nous faut un feu d'enfer. » Pendant que Steve s'en occupait, Paul alla ouvrir un placard dont il sortit une bouteille qui contenait encore un fond de vin rouge. « C'est la dernière, annonça-t-il. Une bonne gorgée chacun.

— Attendez un peu, intervint Sister, qui ouvrit son sac à dos et en tira le pack de six bières. Ça, ça ira sans doute mieux avec le ragoût. »

Cinq paires d'yeux s'illuminèrent comme des bougies d'anniversaire.

« Merde alors ! s'exclama Paul. Alors là, chère madame, prenez mon âme en échange. » Du bout du doigt, il effleura le pack, comme s'il craignait qu'il ne s'évapore, et quand il constata qu'il était bien réel, il sortit une des canettes de son anneau plastique. Il l'agita très légèrement et sourit en voyant qu'elle n'avait pas gelé. Alors il tira sur la languette, renversa la tête et but à longues gorgées, les yeux fermés d'extase.

Sister donna une canette à chacun, sauf à Artie, avec qui elle partagea la bouteille de Perrier. Pas aussi gratifiant que la bière, mais quand même pas mal.

Avec ce ragoût-connard, le chalet puait comme dans un abattoir. De l'extérieur monta un hurlement lointain.

« Ils le sentent, expliqua Paul en jetant un coup d'œil à une fenêtre. Ces saletés, on va les retrouver tout autour de la baraque d'ici peu ! »

Le hurlement se poursuivait et enflait, se faisant concert polyphonique à mesure que d'autres loups aux voix dissonantes venaient rajouter leur vibrato.

« C'est forcément l'heure ! insista le vieux après avoir fini sa bière. Pas vrai ?

— C'est presque l'heure, répondit Mona Ramsey d'une voix aussi douce que suave. Mais pas tout à fait, pas encore. »

Steve, de son côté, remuait le contenu de la marmite. « Ça bout. La tambouille doit être prête.

— Super », réussit à articuler Artie, l'estomac retourné.

Paul servit le ragoût à la louche dans des bols de terre cuite brune. Sister ne pensait pas que la bouillie serait aussi épaisse, et l'odeur, aussi forte, mais elle avait goûté à pire dans les poubelles de Manhattan. C'était rouge foncé, et si l'on n'y regardait pas de trop près, on pouvait penser que c'était seulement un bon bol de ragoût de bœuf revigorant.

Dehors, les loups hurlaient à l'unisson, plus proches du chalet à présent, comme s'ils savaient que l'un des leurs était sur le point de descendre dans des gosiers humains.

« Allez, hop, santé ! », s'écria Paul Thorson avant de porter le premier son bol à ses lèvres.

Sister trempa les siennes à son tour : la soupe était amère, ça croquait un peu sous la dent, mais la viande n'était pas si mauvaise. Brusquement, elle sentit sa salive lui monter à la bouche et, comme un animal, elle avala en quelques lampées son repas chaud. Après y avoir goûté à deux reprises, Artie en revanche avait commencé à pâlir.

« Hé ! lui lança Paul. Si tu dois gerber, tu vas faire ça dehors. Une seule tache sur mon plancher tout propre, et tu vas dormir avec les loups. »

Artie ferma les yeux et continua son repas. Tous les autres s'étaient jetés sur leur bol, dont ils raclèrent les parois et le fond avec leurs doigts avant de le tendre pour en réclamer encore, tels les orphelins d'*Oliver Twist*.

La symphonie des affamés résonnait vraiment près désormais. Quelque chose vint cogner violemment contre l'un des murs, ce qui fit sursauter Sister si fort qu'elle renversa du ragoût-connard sur son pull-over.

« C'est juste qu'y sont curieux, la rassura Steve. Vous affolez pas, m'dame, c'est cool. »

Sister reprit un autre bol. Artie la regardait, horrifié, et s'éloigna, la main sur les côtes à l'endroit de la douleur lancinante. Paul le remarqua, mais ne fit cette fois aucun commentaire.

Quand la marmite fut parfaitement vidée, l'homme sans nom reprit sa rengaine, sur un ton de plus en plus irrité : « Bon, allez, c'est l'heure, ce coup-ci ! Maintenant ! »

Paul repoussa son bol vide et consulta à nouveau sa montre.

« Ça fait pas encore vingt-quatre heures, là.

— S'il vous plaît, implora l'homme, avec un regard de chiot perdu. S'il vous plaît... d'accord ?

— Tu connais les règles. Une fois par vingt-quatre heures. Ni plus ni moins.

— S'il vous plaît. Pour une fois... on peut pas le faire plus tôt ?

— Et puis merde ! s'écria Steve. Allez, on le fait et qu'on en finisse ! »

Mais Mona Ramsey secoua la tête. « Non, c'est pas l'heure ! Le délai est pas passé ! Tu connais les règles ! »

Dehors, on entendait toujours les loups gronder, si proches qu'on eût dit qu'ils avaient passé leurs museaux dans les fissures de la porte. Deux ou plus se mirent à se battre, à grand renfort de jappements et de claquements de dents.

Sister n'avait aucune idée de ce dont ils parlaient, tous autant qu'ils étaient, mais elle se disait que ça devait quand même être vital. L'homme était au bord des larmes.

« Juste pour cette fois... juste pour cette fois, gémissait-il.

— Non, tu fais pas ça ! lança Mona à Paul, le défiant du regard. Il nous faut des règles !

— Oh, fait chier, avec les règles ! explosa Steve, qui flanqua bruyamment son bol sur le plan de travail. Bon, allez, on l'fait et puis c'est tout !

— Mais enfin, de quoi vous parlez ? », lança Sister, médusée.

Les autres arrêtèrent de se chamailler et se mirent à la fixer. Paul Thorson jeta un nouveau coup d'œil à sa montre, puis poussa un gros soupir.

« D'accord, lâcha-t-il enfin. Juste pour cette fois, on le fait plus tôt. Ça fera seulement une heure vingt d'avance, ajouta-t-il, une main levée pour prévenir les objections de la jeune femme. Ça va pas changer grand-chose.

— Si ! » Mona criait presque. Son mari lui mit les mains sur les épaules comme pour la retenir. « Si ! Ça peut tout gâcher !

— Alors on met ça au vote, proposa Paul. On est encore une démocratie, pas vrai ? Allez, tous ceux qui sont pour qu'on fasse ça en avance lèvent la main. » Avant même qu'il n'ait terminé sa phrase, la main de l'homme, comme mue par un ressort, se projeta vers le plafond. Steve, quant à lui, leva le pouce en l'air. Les Ramsey restèrent immobiles. Paul marqua un temps d'arrêt, écoutant les appels des loups, et Sister le vit réfléchir. Puis, lentement, il leva la main à son tour.

« Trois pour, deux contre, annonça-t-il.

— Et eux alors ? s'exclama Mona en désignant du doigt Sister et Artie. Ils votent pas, eux ?

— Ça va pas, non ? répliqua Steve. Y sont nouveaux ! Y z'ont pas encore le droit d'vote !

— Trois pour, deux contre, répéta Paul d'un ton ferme, en regardant Mona dans les yeux. Une heure vingt d'avance, ça va pas changer grand-chose.

— Si ! », s'écria-t-elle, sa voix se brisant. Elle se mit à sangloter, cependant que son mari, qui la tenait toujours par les épaules, s'efforçait de la consoler. « Ça va tout faire foirer ! Je le sais !

— Bon, vous deux, venez avec moi », intima Paul à Sister et Artie, en leur indiquant l'autre pièce du chalet.

Celle-là était meublée d'un lit ordinaire, recouvert d'un édredon, de quelques étagères remplies de livres – des poches et des grands formats – ainsi que d'un bureau et d'une chaise. Sur le bureau étaient posées une vieille machine à écrire Royal, bien cabossée, et une petite pile de feuilles blanches. À côté du bureau, une corbeille en osier débordait tant de boules de papier froissées qu'il y en avait même qui traînaient par terre autour. Il y avait également un cendrier rempli d'allumettes et des cendres qui avaient débordé du fourneau d'une pipe.

Sur la petite table de nuit près du lit étaient posées deux ou trois bougies collées à des soucoupes, et la fenêtre donnait sur le lac contaminé.

Mais il n'y avait pas que le lac à voir depuis cette fenêtre.

Derrière le chalet était garé un vieux pick-up Ford dont la peinture gris bateau de guerre s'écaillait sur les flancs et le capot, le métal laissant apparaître çà et là comme des filaments de rouille.

« Mais t'as un pick-up ! s'exclama Sister, n'en croyant pas ses yeux. Bon Dieu ! On peut se tirer d'ici, alors ! »

Paul jeta un coup d'œil au véhicule, puis, se renfrognant, eut un mouvement de tête résigné.

« Oublie, ma grande.

— Comment ça, *oublie* ? T'as un pick-up ! On peut retourner à la civilisation ! »

Il saisit la pipe et enfonça carrément l'index dans le fourneau, grattant un dépôt calciné.

« Ah ouais ? Et où ça, tu crois ?

— Mais là-bas ! Sur la I-80 !

— Et à combien d'ici, d'après toi ? Trois bornes ? Huit ? Quinze ? Allez, disons quatre-vingts ? » Il posa la pipe et fusilla Sister du regard, puis ferma un rideau vert qui séparait les deux pièces. « Oublie, répéta-t-il. Ce pick-up, il lui reste plus que trois gouttes d'essence, les freins sont nazes et ça m'étonnerait même qu'on arrive à le démarrer. Déjà en temps normal, la batterie déconnait à pleins tubes.

— Mais... » Elle regarda à nouveau le véhicule, puis Artie, puis à nouveau Paul Thorson. « T'as un pick-up, quoi », répéta-t-elle, surprise par son propre ton geignard.

« Les loups, eux, ils ont des crocs, répliqua-t-il. Et bien acérés. Ces pauvres gens, là, t'as vraiment envie qu'ils voient par eux-mêmes à quel point ils sont acérés ? Tu veux les entasser dans un pick-up pour partir gentiment en excursion dans la verte campagne de Pennsylvanie avec que dalle d'essence dans le réservoir ? Bien sûr. Aucun problème, si on tombe en panne sèche, on appelle la dépanneuse. Ils nous emmènent direct à la pompe, on sort nos fidèles cartes de crédit et hop ! On poursuit notre chemin. » Il resta un moment silencieux, puis secoua la tête. « Te torture pas, va. Oublie. On est là et on est coincés. »

Sister écouta les cris des loups dont l'écho résonnait au fond des bois et sur le lac gelé, et se dit que malheureusement il avait sans doute raison.

« Enfin, c'est pas pour parler de ce pick-up tout naze que je vous ai fait venir ici. » Il se pencha et tira une vieille cantine en bois de sous le lit. « Vous deux, apparemment, vous avez pas encore complètement perdu les pédales, expliqua-t-il. Je sais pas trop ce que vous avez pu traverser, mais ces gens, à côté, il leur en faudrait peu pour péter les plombs. »

La cantine était fermée par un cadenas gros comme le poing. Il tira une clé de la poche de son jean et la tourna dans la serrure. « On joue à un petit jeu, ici. C'est sans doute pas sympa, mais je crois que ça les empêche de sombrer. C'est un peu comme d'aller jusqu'à la boîte aux lettres tous les jours parce qu'on attend un mot d'amour ou bien un chèque. » Il souleva le couvercle.

À l'intérieur de la cantine, bien calés par des journaux et des chiffons, se trouvaient trois bouteilles de Johnnie Walker étiquette rouge, un pistolet .357 Magnum avec une ou deux boîtes de munitions, quelques manuscrits un peu moisis entourés d'un gros élastique, et un autre objet enveloppé dans un plastique épais. Il se mit à défaire celui-ci. « C'est quand même une ironie du sort à la con, poursuivit-il. Moi qui étais venu ici, au milieu de nulle part, pour ne plus voir les gens. Je peux pas les supporter. J'ai jamais pu. Le bon samaritain, c'est franchement pas mon genre. Et puis voilà que, du jour au lendemain, l'autoroute se retrouve entièrement envahie de bagnoles et de cadavres, y a des gens qui cavalent dans tous les sens et moi qui me retrouve plongé dans l'humanité jusqu'au cou. Et merde, après tout ! Ce qui nous arrive, on l'a mérité ! » Il déplia la dernière couche de plastique pour révéler un poste de radio équipé d'une impressionnante collection de cadrans et de boutons. Il le sortit de la cantine, ouvrit le tiroir du bureau et en retira huit piles. « Ondes courtes, leur expliqua-t-il en commençant à insérer les piles à l'arrière de l'appareil. Avant, j'adorais écouter des concerts en direct de Suisse en pleine nuit. » Il referma la cantine et le cadenas.

« Je comprends pas, avoua Sister.

— Tu vas comprendre. Te mets pas trop la rate au court-bouillon quand même, rapport à ce qui va se passer là-bas dans les prochaines minutes. Comme je disais, ça n'est qu'un jeu, mais bon, aujourd'hui, ils sont un peu à cran. C'était juste pour vous préparer. » Il leur fit signe de le suivre, et tous trois regagnèrent la pièce de devant.

« C'est mon tour aujourd'hui ! s'écria l'homme, agenouillé, torse bien droit, regard brillant.

— Non, tu l'as fait hier, assura Paul calmement. C'est le tour de Kevin. » Et il passa la radio au jeune homme, qui hésita, avant de la prendre comme si on lui tendait un nourrisson dans ses langes.

Les autres se regroupèrent autour de lui, sauf Mona, qui s'éloigna à quatre pattes, l'air irrité. Mais même de loin, elle se mit à observer attentivement son mari. Kevin attrapa le bout de l'antenne et la sortit entièrement, les soixante centimètres de métal chromé brillant comme une promesse.

« Ok, lui ordonna Paul. Allume-la.

— Pas encore... rechigna le jeune homme. S'il te plaît...

— Allez, mec ! intervint Steve, la voix tremblante. Allez, fais-le ! »

Lentement, Kevin tourna l'un des boutons, et on vit l'aiguille rouge se déplacer jusqu'à un bout du cadran. Puis il posa le doigt sur un bouton rouge et le laissa dessus, comme s'il n'arrivait pas à supporter l'idée d'appuyer. Il prit soudain une grande inspiration, et le doigt enfonça le bouton ON.

Sister tressaillit, et les autres réagirent aussi, qui par un bref mouvement, qui en retenant sa respiration.

Aucun son ne s'échappa de la radio.

« Monte le volume, mec !

— C'est déjà réglé assez fort », répondit Kevin, avant de commencer, avec lenteur et délicatesse, à déplacer l'aiguille sur le cadran.

Cinq millimètres... et toujours rien. L'aiguille rouge continuait à bouger, presque imperceptiblement. Sister avait les paumes en sueur. Lentement, lentement, encore quelques millimètres...

Il y eut une explosion subite de grésillements, qui fit sursauter Sister et les autres. Kevin leva les yeux vers Paul, qui se contenta d'un : « Saturée, l'atmosphère. » L'aiguille continuait son trajet au milieu de cette jungle de petits chiffres et de décimales, à la recherche d'une voix humaine.

Il y avait différents types de friture, sur diverses notes, qui enflaient avant de disparaître, étranges cacophonies de violences atmosphériques. Sister entendait les hurlements des loups, polyphonie mélancolique qui se mêlait aux grésillements, si triste qu'on en avait le cœur serré. Des trous de néant alternaient avec ces terribles crépitements discordants, et Sister comprit que ce qu'elle entendait, c'était les fantômes qui erraient dans ces cratères obscurs qui avaient été des villes.

« Tu vas trop vite ! », protesta Mona, et il ralentit encore le déplacement de l'aiguille, à tel point qu'une araignée aurait pu tisser sa toile entre ses doigts. Le cœur de Sister tressautait à chaque modification infinitésimale de la hauteur ou du volume des grésillements qui s'échappaient du haut-parleur.

Enfin, Kevin parvint au bout du cadran. Il avait les yeux humides.

« Essaie les grandes ondes, lui conseilla Paul.

— Ouais ! Essaie les grandes ondes ! répéta Steve, le menton quasiment sur l'épaule du jeune homme. Y a forcément quelque chose sur les grandes ondes ! »

Kevin tourna un autre petit bouton pour passer des ondes courtes aux longues, et se mit à promener avec précaution l'aiguille rouge dans l'autre sens, au milieu des chiffres. Cette fois, à part quelques cliquetis et bruits de bouchons soudains, ainsi qu'un faible bourdonnement lointain, un peu comme celui d'abeilles travailleuses, la bande était complètement silencieuse. Combien de temps il fallut à Kevin pour atteindre l'autre extrémité du cadran, Sister n'en savait rien ; peut-être dix minutes, ou quinze, ou vingt ? Mais toujours est-il qu'il fit durer jusqu'à l'ultime bruissement, après quoi il resta assis là, immobile, la radio entre les mains, fixant l'objet, une veine visible battant sur sa tempe.

« Rien... », murmura-t-il avant de presser le bouton rouge.

Silence.

L'homme sans nom se couvrit le visage de ses mains.

Sister entendit Artie, qui était debout auprès d'elle, pousser un soupir d'impuissance désespérée. « Même pas Détroit, souffla-t-il, complètement abattu. Dieu tout-puissant... même pas Détroit.

— T'as tourné trop vite, mec ! reprocha Steve à Kevin. Putain de merde, on aurait dit qu't'avais le feu au cul, quoi ! Moi, j'ai cru entendre quelque chose, une voix, qu'on aurait dit ! Et toi, t'as continué !

— Non ! cria Mona. Y avait pas de voix ! On l'a fait trop tôt, et c'est pour ça qu'y avait pas de voix ! Si on l'avait fait à l'heure, selon les règles, on aurait entendu quelqu'un cette fois-ci ! Je le sais !

— C'était mon tour, geignit l'homme sans nom, son regard suppliant tourné vers Sister. Y font rien qu'à me piquer mon tour, tous. »

Mona se mit à sangloter. « On n'a pas respecté les règles ! Si on a raté la voix, c'est qu'on n'a pas respecté les règles !

— Oh, tu fais chier ! aboya Steve. Moi je l'ai entendue, la voix ! Je le jure ! C'était juste... » Il fit mine de s'emparer de la radio, mais Paul Thorson l'arracha des mains de Kevin avant qu'il ne la touche. Paul rentra l'antenne télescopique et tourna les talons, ramenant l'objet dans l'autre pièce, derrière le rideau. Sister n'en croyait pas ses yeux ; elle sentait monter en elle à la fois la rage et la compassion pour ces pauvres âmes complètement perdues. D'un pas décidé, elle passa dans la pièce d'à côté, où elle trouva Paul Thorson qui remballait l'appareil dans son plastique protecteur.

Il leva les yeux vers elle au moment où, ivre de rage, elle le gifla de toutes ses forces. Le coup le déséquilibra et il bascula à la renverse, une marque rouge vif sur la joue. Mais il s'arrangea pour protéger l'appareil en le serrant contre sa poitrine et pour tomber sur une épaule. Il resta un instant à la dévisager, les yeux papillotants.

« Jamais de ma vie j'ai vu un bobard aussi dégueulasse ! lança Sister, en rage. Tu trouves ça drôle, toi ? Tu prends ton pied à jouer à ça ? Relève-toi, enfoiré, que j'te fasse ta fête ! » Elle s'avança vers lui, mais il leva une main pour l'arrêter, et elle hésita.

« Attends un peu, fit-il d'une voix éraillée. Une seconde. T'as toujours pas compris, hein ?

— Toi, tu vas bien la comprendre celle-là, enfoiré !

— Une seconde. Attends un tout petit peu, et regarde bien. Après, tu pourras me torgnoler si t'en as encore envie. » Il se releva, termina d'emballer la radio, qu'il rangea dans la cantine ; puis il referma le cadenas et poussa le tout à sa place sous le lit. « Après toi », reprit-il en lui indiquant du geste la pièce de devant.

Ils trouvèrent Mona pliée en deux dans un coin, pleurant toutes les larmes de son corps, son mari à ses côtés qui tentait de la réconforter. L'homme sans nom était recroquevillé contre un mur, le regard dans le vague, et Steve frappait du pied et du poing contre le même mur tout en criant des obscénités. Artie était planté au centre de la pièce, immobile, alors que l'adolescent à la crête orange laissait exploser sa rage autour de lui.

« Mona ? », l'appela doucement Paul ; Sister se tenait juste derrière lui, un peu sur le côté.

La jeune femme leva les yeux vers lui. L'homme sans nom l'imita, puis Kevin, et Steve arrêta de cogner comme un sourd sur les murs.

« Tu as raison, Mona, poursuivit Paul. On n'a pas respecté les règles. Et c'est pour ça qu'on n'a pas entendu de voix. Alors, je ne dis pas que demain, on en entendra une si on les respecte, les règles. Mais demain est un autre jour, pas vrai ? Comme disait Scarlett O'Hara. Demain, on rallumera la radio et on réessayera. Et si demain, on n'entend rien, alors on réessayera après-demain. Vous savez, ça doit quand même prendre un bout de temps pour réparer une station radio et remettre le jus. Ça prend forcément du temps. Mais demain, on recommence. D'accord ?

— Je veux, oui ! s'écria Steve. Ah ouais, pour remettre le jus, ça doit prendre du temps ! Je parie, continua-t-il avec un large sourire et en les dévisageant tour à tour, qu'en ce moment même ils sont en train d'essayer de rediffuser les stations. Ça serait de la bombe, non ?

— Moi, la radio, je l'écoutais tout le temps. » C'était la voix de l'homme sans nom, qui souriait aussi, comme s'il était en plein dans un rêve. « J'écoutais les matchs des Mets pendant l'été ! Demain, on va entendre quelqu'un, j'vous le parie ! »

Mona se cramponnait à l'épaule de son mari. « On n'a pas respecté les règles, vous voyez ? Je vous l'avais bien dit, c'est important d'avoir des règles ! » Mais elle ne pleurait plus, et brusquement, se mit même à rire. « Dieu nous fera entendre quelqu'un demain, si on suit les règles ! Demain ! Oui, je crois que ça sera peut-être demain !

— T'as raison, approuva Kevin en la serrant contre lui. Demain !

— Ouais. » Paul jeta un regard circulaire dans la pièce ; il continuait à sourire, mais ses yeux étaient remplis de douleur et de fantômes. « Oui, j'ai aussi l'impression que ce sera demain. Pas toi ? », demanda-t-il à Sister quand leurs regards se croisèrent.

Elle hésita, et puis elle finit par comprendre. Ces gens-là, ils n'avaient strictement rien qui les raccrochait à la vie, sauf cette radio. Sans elle, sans l'espoir d'un moment très spécial une fois par jour, ils pourraient bien déraper et commettre l'irréparable. Laisser l'appareil allumé en permanence, ça ne ferait qu'user les piles et émousser l'espoir, car elle voyait bien que Paul était certain qu'ils n'entendraient sans doute plus jamais une voix grâce à cette radio. Mais, à sa façon, il jouait quand même les bons samaritains. Ces gens, il les gardait en vie, et pas seulement en les nourrissant.

« Oui, finit-elle par répondre. J'ai l'impression aussi.

— Très bien. » Son sourire s'accentua, et par la même occasion les rides autour de ses yeux. « J'espère que vous jouez au poker, tous les deux. J'ai un jeu de cartes du tonnerre de Dieu, et tout plein d'allumettes. Vous étiez pas pressés d'aller ailleurs, hein ? »

Sister jeta un coup d'œil du côté d'Artie. Il était toujours planté au milieu de la pièce, épaules voûtées, regard dans le vide, et elle savait qu'il pensait à cet immense trou à la place de Détroit. Elle resta un moment à l'observer, et finalement il se redressa et répondit, d'une voix à peine audible, mais pleine de courage : « Non. Je suis pas pressé.

— Ici, on joue au poker fermé. Si c'est moi qui gagne, j'ai le droit de vous lire mes poèmes, et vous de sourire et d'apprécier. Soit ça, soit vous sortez les seaux à merde, c'est vous qui voyez.

— J'me déciderai quand ça sera mon tour, rétorqua Sister, qui se disait qu'elle l'aimait vraiment bien, ce Paul Thorson.

— Tu causes comme une vraie joueuse, ma grande ! s'exclama-t-il en battant des mains avec une joie feinte. Bienvenue au club ! »

DU PAPIER ET DE LA PEINTURE

Swan avait évité ça aussi longtemps qu'elle l'avait pu. Mais là, en sortant de ce bon bain chaud – laissant d'ailleurs l'eau marronnasse, comme boueuse, le fond et les parois pleins de peaux mortes et de crasse – et en attrapant la grande serviette que Leona Skelton lui avait posée à portée de main, il allait falloir qu'elle le fasse. Absolument.

Elle affronta son reflet.

Il n'y avait qu'une seule petite lampe-tempête pour toute la pièce, et encore réglée au plus bas, mais cela suffisait. Effarée, Swan se dit que c'était quelqu'un d'autre qui lui faisait face dans ce miroir ovale au-dessus du lavabo, quelqu'un qui portait un masque de Halloween grotesque, sans cheveux. Elle leva une main hésitante à ses lèvres ; l'affreux reflet fit de même.

C'étaient des pans de peau entiers qui pendaient de son visage, un peu comme des copeaux d'écorce au tronc d'un arbre. Elle avait des traînées brunes couvertes de croûtes sur le front et l'arête du nez. Ses sourcils, autrefois si blonds et si fournis, avaient disparu, brûlés par la chaleur intense. Ses lèvres étaient craquelées comme de la terre sèche et ses yeux semblaient enfoncés dans des puits sombres. Sur sa joue droite, elle compta deux petites excroissances noires, et trois autres sur ses lèvres. Ces trucs qui ressemblaient à des verrues, elle les avait vus sur le front de Josh aussi, elle avait aperçu les brûlures marron sur son visage et les marbrures gris-blanc sur sa peau, mais sur Josh, elle y était habituée. En revanche, voir sa propre image, avec des poils courts et rêches à la place des cheveux et ces lambeaux blanchâtres d'épiderme mort qui lui pendouillaient sur le visage, provoqua chez elle des larmes de choc et d'horreur.

Elle sursauta quand on tapa poliment à la porte de la salle de bains.

« Swan ? Ça va, ma puce ?

— Oui, madame », répondit-elle. Sa voix tremblait, et elle savait que Leona l'avait remarqué aussi.

Il y eut un silence, puis cette dernière reprit : « Bon, alors j'ai préparé à manger pour toi quand tu seras prête. »

Swan la remercia, l'assurant qu'elle n'en avait que pour deux ou trois minutes, et la femme s'éloigna. Dans le miroir, le monstre ne la quittait pas des yeux.

Elle avait laissé ses vêtements sales à Leona, qui lui avait dit qu'elle allait essayer de les laver dans un baquet et de les faire sécher devant le feu. Elle passa donc la large robe de chambre à carreaux de garçon et les grosses chaussettes blanches que Leona lui avait laissées ; la robe de chambre, elle était allée la chercher dans une malle de vêtements ayant appartenu à son fils, Joe, qui, leur avait-elle fièrement expliqué, habitait maintenant Kansas City avec sa petite famille et était directeur d'un supermarché. « Ça fait un bout de temps que j'me dis qu'il faut que je balance tout ça, avait-elle ajouté, mais je sais pas pourquoi, j'ai jamais pu me décider. »

Swan était propre. Le savon qu'elle avait utilisé était parfumé au lilas, ce qui lui fit penser avec nostalgie à ses jardins et à leurs couleurs vives au grand soleil. Elle sortit de la salle de bains à petits pas, laissant allumée la lampe pour Josh quand il viendrait à son tour. La maison était glacée et elle fila directement vers la cheminée pour retrouver la chaleur. Josh était profondément endormi par terre, sous une couverture rouge, la tête sur un oreiller. Près de lui était posé un plateau télé sur lequel on voyait un bol vide et deux ou trois petites miettes de muffins de maïs. La couverture avait glissé de son épaule et Swan se baissa pour la lui caler sous le menton.

« Il m'a raconté comment vous vous êtes retrouvés ensemble, vous deux », murmura Leona depuis le seuil de la cuisine, tout doucement pour ne pas déranger Josh ; mais bon, se disait-elle, il dormait si profondément qu'il faudrait qu'un camion défonce la maison pour le réveiller, et encore. Elle rejoignit Swan avec un plateau sur lequel étaient posés un bol de soupe aux légumes tiède, une tasse de l'eau du puits et trois muffins au maïs. Swan alla s'asseoir devant la cheminée, le plateau sur les genoux. La maison était silencieuse. Davy Skelton était endormi et, à part quelques rares coups de vent autour du toit, on n'entendait aucun autre bruit que le crépitement des braises et le *tic-tac* d'un vieux réveil mécanique posé sur le manteau de la cheminée, qui indiquait 20 h 40.

Leona s'installa confortablement dans un fauteuil recouvert d'un tissu à fleurs aux couleurs criardes. On entendit craquer ses genoux. Elle grimaça et se mit à les frotter d'une main noueuse et tavelée.

« Ah, les vieux os, ça aime bien causer », plaisanta-t-elle. Puis elle désigna de la tête le géant endormi. « Il m'a dit que t'étais une petite vraiment courageuse. Une fois qu't'es décidée à quelque chose, tu lâches jamais. C'est vrai ? »

Swan ne savait pas trop quoi répondre. Elle haussa les épaules en grignotant un muffin dur comme la pierre.

« Bon, enfin, c'est c'qu'y m'a dit, en tout cas. Et c'est bien, d'être cabochard. Surtout par les temps qui courent. » Son regard passa de Swan à la fenêtre. « C'est que tout a changé, maintenant. Tout ce qui était n'est plus. Je le sais. » Ses yeux se rétrécirent. « J'entends une voix sombre, dans ce vent, reprit-elle, qui répète que c'est à elle... que tout est à elle. Ça m'fait de la peine de dire ça, mais j'ai pas l'impression qu'y va rester beaucoup de gens, dehors. Peut-être que le monde entier est comme ici, à Sullivan : il part en quenouille, il change, il se transforme en quelque chose de différent.

— Quoi par exemple ? interrogea Swan.

— Qui sait ? répondit Leona avec fatalisme. Oh, ça va pas être la fin du monde. C'est à ça que j'avais pensé, au début. Mais le monde aussi, il est cabochard. » Elle leva un index tordu pour mieux appuyer son propos. « Même si tous les gens des grandes et des petites villes meurent, et que tous les arbres, toutes les récoltes deviennent noirs, même si les nuages laissent plus jamais passer le soleil, le monde, lui, il continuera à tourner. Ah ça, Dieu lui a donné une sacrée poussée au départ pour le faire tourner ! Et Il a mis aussi de sacrés esprits, de sacrées âmes dans les têtes de plein de gens, des gens comme toi, peut-être. Et comme ton ami, là. »

Swan crut alors entendre aboyer un chien, un son lointain, présent quelques secondes, puis étouffé par le vent. Elle se leva, alla regarder à une fenêtre, puis à l'autre, mais on n'y voyait pas grand-chose.

« Vous avez entendu un chien ?

— Hein ? Non, mais c'est possible. Y en a tout le temps qui traversent la ville pour chercher à manger. Des fois, je laisse quelques restes sur la terrasse avec un bol d'eau. » Sur quoi elle remit du bois dans l'âtre, positionnant bien les bûches pour qu'elles prennent rapidement sur les braises.

Swan but une autre gorgée de sa tasse avant de se dire qu'elle allait y laisser ses dents, à essayer d'entamer ces muffins. Elle en prit un et demanda : « Est-ce que je pourrais le mettre dehors, ce muffin, avec l'eau ?

— Oui, bien sûr, vas-y. Les chiens errants, faut bien que ça mange aussi, je pense. Fais juste attention qu'le vent t'emporte pas. »

Swan porta le tout jusqu'aux marches menant à la terrasse. Le vent avait forci par rapport à la journée, charriant d'épais voiles de poussière. Sa robe de chambre claquant furieusement dans la bourrasque, elle déposa muffin et tasse sur l'une des marches du bas et tourna la tête dans toutes les directions en se protégeant les yeux. Pas l'ombre d'un animal. Elle remonta jusqu'à la porte-moustiquaire ou ce qu'il en restait, resta immobile un moment, et s'apprêtait à rentrer quand elle discerna un mouvement furtif sur sa droite. Elle se figea, commençant à frissonner.

Et enfin, elle aperçut une petite forme grise qui s'approchait. Le fox-terrier s'arrêta net à trois mètres environ de la maison et se mit à flairer le sol de son museau poilu. Puis il releva la tête, reniflant l'air en essayant de capter l'odeur de Swan. Le vent ébouriffa son court pelage recouvert de saleté. Il regarda Swan et se mit à trembler.

Elle ressentit une immense vague de pitié pour cette pauvre créature. Impossible de dire d'où il venait. Apeuré, il ne voulait pas s'approcher de la nourriture, même si Swan était plusieurs marches plus haut. Le chien fit soudain demi-tour et disparut en courant dans l'obscurité. Swan comprit : il n'avait plus confiance dans les humains. Elle laissa sur place la nourriture et l'eau et rentra.

Le feu brûlait joyeusement. Leona, debout devant l'âtre, se réchauffait les mains. Sous la couverture, Josh agita un instant les pieds avec un ronflement plus sonore, avant de se calmer.

« T'as vu un chien ? s'enquit la femme.

— Oui, madame. Mais il a pas voulu manger tant que j'étais là.

— Pas étonnant. Il doit bien avoir sa fierté, tu crois pas ? »

Elle se retourna vers Swan, silhouette rebondie dans le contre-jour de la lueur orangée, et Swan ne put résister à l'envie de lui poser la question qui l'avait travaillée alors qu'elle prenait son bain : « Madame, excusez-moi... mais je peux vous demander... vous êtes une sorcière ?

— Ha, ha ! s'esclaffa joyeusement Leona. Alors toi, c'est vrai que tu dis ce que tu penses ! C'est bien ! C'est devenu trop rare, ça, de nos jours ! »

Swan attendit la suite. Mais de suite, il n'y en eut pas, alors elle insista : « Mais quand même, j'aimerais bien savoir. Vous en êtes une ? Ma maman, elle disait toujours que les gens qui savent l'avenir, ils sont forcément mauvais, parce que ces choses-là, ça vient de Satan.

— Elle disait ça ? Bon, en fait, je sais pas trop si je m'considère comme sorcière ou pas. Peut-être que oui, en vérité. Pourtant je serais la première à te dire que tout ce que je vois, ça se réalise pas forcément. Finalement, pour une voyante, il est pas vraiment terrible, mon bilan. J'ai l'impression que la vie, c'est comme un grand puzzle qu'il faut reconstituer, tu sais ? On y arrive pas, et il faut y aller pièce après pièce, et on essaie d'en faire loger là où ça loge pas, et on est tellement découragé qu'on a juste envie de pleurer. Alors, continua-t-elle avec un petit haussement d'épaules, je dis pas que le puzzle est déjà terminé, mais peut-être que j'ai le don de voir où va la pièce suivante. Pas tout le temps, attention ! Quelquefois seulement, quand elle est vraiment importante, cette pièce. Pour moi, Satan, il aurait plutôt envie de les éparpiller, ces pièces, de les brûler ou de les faire disparaître. Moi, j'ai pas l'impression que le vieux cornu, il aimerait tellement voir ce puzzle bien joli et bien propre, tu crois pas ?

— Oui, c'est vrai.

— Tiens, ma puce, je vais te montrer quelque chose, enfin si tu veux bien. »

Swan fit oui de la tête.

Leona prit l'une des lampes et lui fit signe de la suivre. Elles longèrent le couloir, passant devant la porte de la chambre où dormait Davy, jusqu'à une autre porte tout au bout. Leona l'ouvrit et fit entrer la fillette dans une petite pièce lambrissée de pin, encombrée d'étagères pleines de livres, avec en son centre une table de jeu carrée et ses quatre chaises. Une planche Ouija était posée en plein centre de la table, qui reposait elle-même sur une grande étoile à cinq branches multicolore peinte au sol.

« Qu'est-ce que c'est que ça ? », s'étonna Swan, en désignant du doigt le dessin que la lueur de la lampe venait de révéler.

« Ça s'appelle un pentacle. C'est un signe magique, et celui-là, il sert à invoquer les esprits gentils, ceux qui nous aident.

— Des esprits ? Vous voulez dire des fantômes ?

— Non, non, juste des bonnes sensations, des émotions, des choses comme ça. Je suis pas vraiment sûre, en fait. J'ai commandé le motif au magazine *Destinée*, en découpant une pub qu'ils avaient passée, et y avait pas grand-chose sur le mode d'emploi. Bon, bref, poursuivit-elle en posant la lampe sur la table, ici c'est mon cabinet de voyance. C'est là que j'emmène... enfin, que j'emmenais mes clients, pour leur dire l'avenir dans la boule de cristal et la planche Ouija. Donc, on peut dire que c'est aussi mon bureau, quoi.

— Vous voulez dire que vous gagnez de l'argent avec ça ?

— Ben, oui ! Pourquoi pas ? C'est une façon honnête de gagner sa vie. En plus, tous les gens ont très envie qu'on leur parle de leur sujet préféré : eux ! » Elle se mit à rire, et ses dents d'argent étincelèrent à la lueur de la lampe. « Tiens, regarde un peu ! » Et elle alla chercher, derrière une des étagères, un morceau de bois tordu qui ressemblait à une mince branche d'arbre, d'un mètre de long environ, avec à un bout deux petites branchettes qui partaient à gauche et à droite. « Ça, c'est Chouineuse, expliqua Leona. Ma machine à cash. »

Pour Swan, ça ressemblait seulement à un vieux bâton tout bizarre.

« Ce truc ? Comment ça ?

— T'as entendu parler des baguettes de sourcier ? Celle-là, ma puce, c'est la championne des baguettes ! Cette bonne vieille Chouineuse, elle va s'incliner vers la terre et chouiner dès qu'elle passe au-dessus de la moindre flaque d'eau, même à trente mètres sous tes pieds. J'l'ai trouvée dans un vide-maison en 1968, et grâce à elle, c'est une bonne cinquantaine de puits qu'ont été creusés dans le comté. Comme mon puits à moi, là-derrière, par exemple. Et c'est l'eau la plus pure qu'on puisse boire. Oh, qu'est-ce que je l'adore, cette morveuse ! » Elle lui fit une bise sonore et la rangea dans sa cachette. Puis son regard, aussi espiègle que pétillant, revint se poser sur Swan. « Dis-moi, t'aimerais savoir ton avenir ?

— Je sais pas trop, répondit-elle, mal à l'aise.

— Mais t'aimerais pas ? Peut-être juste un petit peu ? Oh, pour rire, quoi... c'est tout. »

Swan haussa les épaules, pas vraiment convaincue.

« Tu m'intéresses, ma puce, reprit Leona. Après c'que m'a dit Josh de toi, et de c'que vous avez traversé, tous les deux... J'aimerais bien jeter un œil à ce bon vieux puzzle. Pas toi ? »

Swan se demanda si Josh lui avait raconté pour PawPaw et ce qu'il avait dit, et pour cette herbe qui avait poussé là où elle dormait. Après tout, ils ne connaissaient pas suffisamment cette Leona Skelton pour lui révéler ce genre de choses ! Ou alors, se dit-elle, si Leona était vraiment une sorcière, qu'elle soit gentille ou méchante, peut-être qu'elle savait déjà, ou du moins qu'elle se doutait, rien qu'en entendant l'histoire de Josh, qu'il y avait quelque chose d'étrange. « Comment vous feriez ? lui demanda Swan. Avec une de ces boules de cristal ? Ou ce plateau, là, sur la table ?

— Non, je crois pas. Ils ont leur utilité, ces gadgets, mais... je te le ferais avec ça. » Et elle alla chercher un petit coffret de bois gravé rangé sur l'une des étagères, avec lequel elle revint vers la table, où la lumière était meilleure. Elle poussa la planche Ouija sur un côté, posa le coffret et l'ouvrit ; à l'intérieur, il était garni de velours pourpre, et Leona en tira un jeu de cartes. Elle les étala en éventail pour que Swan puisse bien les voir ; et la fillette retint son souffle.

Ces cartes représentaient des images aussi étranges que merveilleuses : épées, bâtons, coupes, pentacles comme celui sur le sol, tous ces objets présents en nombres divers sur chacune, et entourés de dessins énigmatiques auxquels Swan ne comprenait rien : trois épées qui perçaient un cœur, ou huit bâtons volant sur fond de ciel bleu. Mais sur d'autres cartes encore étaient représentés des gens : un vieil homme en longue toge grise, tête baissée, un grand bâton de marche à la main, ou bien une étoile à six branches qui brillait à l'intérieur d'une lanterne portée par un vieillard, ou encore un homme et une femme nus, enroulés l'un autour de l'autre pour former un seul être, et puis un chevalier à l'armure rouge flamboyante, monté sur un cheval qui crachait du feu et soulevait des étincelles sous ses sabots en galopant et encore bien d'autres figures magiques. Mais ce qui les animait, ces figures, c'était les couleurs des cartes : des verts émeraude, des rouges de mille incendies, des ors étincelants et des argents miroitants, des bleus royaux et des noirs de jais, des blancs nacrés et des jaunes de soleil au zénith. Baignant dans ces teintes éclatantes, les figures semblaient bouger, respirer, accomplissant leur mystérieux office. Jamais Swan n'avait vu de telles cartes, et ses yeux n'y suffisaient pas.

« On appelle ça des cartes de tarot, expliqua Leona. Ce jeu-ci, il date des années 1920 et elles ont toutes été peintes à la main. C'est quelque chose, hein ?

— Oui, balbutia Swan. Oh... oui.

— Tiens, assieds-toi là, ma puce, l'invita Leona en touchant l'une des chaises, et voyons un peu ce qu'on arrive à lire. D'accord ? »

Swan hésitait encore, mais elle était comme hypnotisée par ces figures aussi belles que mystérieuses sur ces cartes magiques. Elle leva les yeux vers Leona, puis s'installa sur la chaise comme si cette dernière avait été fabriquée pour elle.

Leona s'installa à son tour, bien en face d'elle, et poussa la lampe vers sa droite. « Ce qu'on va faire, ça s'appelle la Grande Croix. C'est une façon spéciale de disposer les cartes pour qu'elles racontent une histoire. L'histoire sera pas forcément claire, ni facile à lire, mais en tout cas les cartes vont s'enchaîner, l'une après l'autre, tu sais, un peu comme pour ce puzzle dont on parlait tout à l'heure. Prête ? »

Swan fit oui de la tête, son cœur battant plus fort à présent. Au-dehors, le vent redoublait de mugissements plaintifs, et pendant un bref instant elle s'imagina qu'elle l'avait elle aussi entendue dans son souffle, cette voix obscure. Leona sourit et chercha une carte dans le paquet. Elle la trouva et la montra à Swan. « Bon, alors, celle-ci, elle te représente, et les autres vont raconter une histoire autour d'elle. » Elle posa la carte sur la table juste devant la fillette ; elle était décorée de rouge et d'or, et portait l'image d'un jeune homme vêtu d'une longue cape et coiffé d'un chapeau orné d'une plume rouge, qui tenait devant lui un bâton autour duquel s'enroulait une plante grimpante. « C'est le Valet de Bâton, encore un enfant, avec un long chemin devant lui. » Elle poussa le reste du paquet vers Swan. « Tu peux les battre ? »

Mais Swan ne savait pas le faire, et elle secoua la tête.

« Bon, alors mélange-les, mélange-les bien, dans tous les sens, et pendant ce temps, tu penses très fort à d'où tu viens, qui tu es et où tu veux aller. »

Swan fit ce qu'on lui disait, et les cartes aux dos dorés glissèrent dans toutes les directions sur la table, faces cachées. Elle se concentrait sur ce que Leona lui avait demandé, aussi fort qu'elle le pouvait en dépit du vent qui tentait sans cesse de la distraire, jusqu'à ce que Leona finisse par l'arrêter. « Ça ira comme ça, ma puce. Maintenant, tu refais un paquet, dans l'ordre que tu veux. Ensuite, tu le coupes en trois, et tu mets les cartes sur ta gauche. »

Une fois tout cela fait, Leona tendit le bras et, d'un geste gracieux dans ce clair-obscur, reprit chaque petit paquet pour en reconstituer un gros. « C'est maintenant qu'on commence l'histoire », annonça-t-elle, solennelle.

Elle retourna la première carte et la posa sur le Valet de Bâton. « Celle-là, elle te couvre », expliqua-t-elle. C'était une grande roue dorée, avec des figures humaines qui en constituaient les rayons, des hommes et des femmes, certains arborant une expression joyeuse, en haut de la roue, et d'autres, en bas, se couvrant le visage de désespoir. « C'est la Roue de Fortune, elle tourne constamment, elle amène le changement et dévoile le Destin. Ça représente ce qui est autour de toi : peut-être qu'y a des choses qui bougent et qui tournent autour de toi que tu connais même pas encore. »

La carte suivante, elle la posa en diagonale sur la Roue de Fortune. « Celle-là, elle est en travers de ton chemin. Elle représente les forces qui s'opposent à toi. » Mais ses yeux se rétrécirent. « Oh, mon Dieu... » Sur la carte qu'elle venait de retourner, décorée de noir ébène et d'argent, on pouvait voir une silhouette entièrement dissimulée dans un grand manteau noir avec une capuche. Le visage ressemblait à un masque blanc grimaçant ; les yeux étaient d'argent, et il avait un troisième œil, écarlate, au milieu du front. En haut de la carte, en lettres enchevêtrées, on pouvait lire...

« Le Diable, annonça Leona. La destruction en marche. L'inhumanité. Il va falloir être bien sur tes gardes, ma puce. »

Mais avant même que Swan ne puisse lui poser des questions sur cette figure, qui l'avait fait frissonner, Leona retourna la suivante, qu'elle posa au-dessus des deux autres. « Celle-là, elle te couronne, elle montre ce que tu désires. L'As de Coupe : la paix, la beauté, un désir de comprendre.

— Oh, mais c'est pas moi, ça ! balbutia Swan, embarrassée.

— Pas encore, peut-être. Mais un jour. » La carte suivante trouva sa place en dessous de cet horrible Diable. « Celle-là, elle est sous toi, et donc elle raconte ce qui t'est arrivé pour être là où tu es. » La carte représentait un soleil brillant et radieux, or elle était à l'envers. « Le Soleil, quand il est comme ça, c'est la solitude, l'incertitude... la perte de quelqu'un. Peut-être la perte d'une partie de toi-même aussi. La mort de l'innocence. » Leona releva les yeux un bref instant avant de tirer la carte suivante, la cinquième, qu'elle plaça à la gauche de la figure du Diable. « Ça, c'est derrière toi, c'est une influence qui disparaît. » C'était le vieil homme qui portait une étoile dans une lanterne, mais elle était aussi à l'envers. « L'Ermite. Quand il est à l'envers, ça veut dire qu'on se retire, qu'on se cache, qu'on oublie ses responsabilités. Tout ça, c'est en train de disparaître. Tu commences ton chemin dans le vaste monde ; pour le meilleur ou pour le pire. »

La sixième carte, elle la posa à la droite du Diable. « Ça, c'est la route qui est devant toi, ça montre ce qui va arriver. »

Leona se mit à examiner la figure avec grand intérêt. C'était celle d'un jeune homme en armure écarlate qui brandissait une épée, avec en arrière-plan un château en flammes. « Le Valet d'Épée, expliqua-t-elle. Un jeune homme, ou une jeune fille, qui veut le pouvoir. Qui ne vit que pour ça, qui en a besoin comme de manger ou de boire. Le Diable regarde dans la même direction, tiens. Y a peut-être une espèce de lien entre les deux. En tout cas, c'est quelqu'un que tu pourrais bien rencontrer, quelqu'un de vraiment rusé, et peut-être de dangereux aussi. »

Mais avant même qu'elle n'ait retourné la carte suivante, on entendit une voix résonner dans le couloir : « Leona ! Leona ! » Davy se mit à tousser, s'étouffant presque, et elle mit tout de suite les cartes de côté pour sortir précipitamment.

Swan se leva aussi. Le Diable sur la carte, un homme à l'œil écarlate, avait l'air de la dévisager, et elle sentit la chair de poule sur ses bras. Le paquet que Leona avait reposé n'était qu'à quelques centimètres, la carte du dessus l'invitait à la regarder furtivement.

Sa main se dirigea vers elle. Puis s'arrêta net.

Allez, juste un coup d'œil. Un petit coup d'œil.

Elle la retourna.

Une jolie dame dans une longue robe violette, le soleil brillant au-dessus d'elle, et tout autour une gerbe de blé, une petite cascade et des fleurs. À ses pieds, un lion et un agneau, couchés. Mais sa chevelure était en feu, et ses yeux lançaient des éclairs :

déterminés, ils étaient fixés sur quelque obstacle lointain. Elle portait un bouclier argenté avec en son centre un motif de flammes, et sur sa tête était posée une couronne qui brillait de mille couleurs, telles des étoiles emprisonnées. En lettres ornementées, au-dessus, on pouvait lire : L'IMPÉRATRICE.

Swan s'accorda un petit moment pour l'observer, jusqu'à ce que les détails imprègnent son esprit. Elle allait la remettre en place, mais la carte suivante semblait à son tour lui faire un signe tentateur. Non ! s'avertit-elle. Tu es allée trop loin ! Elle sentait presque cet œil écarlate et maléfique du Diable qui la titillait, moqueur, la défiant de retourner une autre carte.

Elle prit la suivante et la retourna.

Et son sang se glaça.

Il s'agissait d'un squelette en armure, monté sur un squelette de cheval cabré, et qui tenait dans ses bras une faux ensanglantée. La créature semblait faucher un champ de blé, mais les gerbes étaient des êtres humains attachés ensemble, nus, se tordant de douleur sous les coups du terrible outil. C'était l'image la plus terrible que Swan ait vue de sa vie, et elle n'eut même pas besoin de lire la légende en haut de la carte pour reconnaître la chose.

« Qu'est-ce que tu fabriques là-dedans ? »

La voix la fit presque sursauter. Elle se retourna brusquement, pour découvrir Josh debout à la porte. Son visage, marbré de gris, de blanc et de brûlures aux croûtes brunes, était grotesque, néanmoins en cet instant, Swan réalisa qu'elle l'adorait, qu'elle l'adorait tout entier. Il jeta un coup d'œil circulaire dans la pièce, sourcils froncés.

« C'est quoi, tout ça ?

— C'est... le cabinet de voyance de Leona. Elle me lisait mon avenir dans les cartes. »

Josh s'approcha pour mieux voir les figures étalées sur la table. « Elles sont vraiment jolies, lâcha-t-il, sauf celle-là. » Et il tapota le Diable, du bout de l'index. « Celle-là, elle me rappelle un cauchemar que j'ai fait une fois où j'avais avalé un sandwich au salami avec toute une boîte de beignets au chocolat. »

Encore sous le choc, Swan lui montra alors la dernière qu'elle avait retournée.

Il la prit entre ses doigts et l'approcha de la lampe. Il en avait vu auparavant, des cartes de tarot, dans le quartier français, à la Nouvelle-Orléans. La légende annonçait : LA MORT.

La mort qui fauche la race humaine, se dit-il. C'était une des choses les plus sinistres qu'il avait pu voir, et dans cette lumière incertaine la faux argentée semblait effectivement en mouvement, sarclant les gerbes d'hommes et de femmes, ce squelette de cheval dressé sous un soleil rouge sang. Il la jeta d'une pichenette sur la table, où elle glissa pour se retrouver à moitié sur une autre, celle qui représentait la figure démoniaque à l'œil écarlate. « Bof, c'est que des cartes, la rassura-t-il. Du papier et de l'encre. Elles veulent rien dire.

— D'après Leona, elles racontent une histoire. »

Josh refit le paquet, cachant le Diable et la Mort à Swan.

« Du papier et de l'encre, répéta-t-il. C'est tout. »

Tous deux ne pouvaient pas ne pas entendre la toux hachée, torturée, de Davy Skelton. À voir ces cartes, surtout celle de la Faucheuse, un mauvais pressentiment s'empara de Josh. On eût dit que Davy s'étranglait, tandis que Leona lui parlait avec douceur, d'une voix chantante, tentant de l'apaiser. La mort est en chemin, comprit-il. Elle est proche, très proche. Il sortit et se glissa dans le couloir. Comme la porte était entrouverte, il se dit que, peut-être, il pourrait être utile, et il risqua un pas dans la chambre du malade.

Ce qu'il vit en premier, ce furent les draps tachés de sang. Le visage tourmenté de l'homme était éclairé par la lueur jaune de la lampe, les yeux chavirés de souffrance et de panique, et plus il toussait, plus d'épaisses gouttes d'un sang noir et épais s'échappaient de sa bouche.

Josh s'arrêta net sur le seuil.

Leona était penchée sur son mari, un bol de porcelaine sur les genoux, un linge humide de sang à la main. Sentant la présence du géant, elle tourna simplement la tête, et le pria, avec autant de dignité qu'elle put trouver en elle : « S'il te plaît. Sors et ferme la porte. »

Josh, décontenancé autant que nauséeux, hésita un instant.

« S'il te plaît », répéta Leona d'une voix implorante, alors que son mari crachait sa vie dans le bol sur ses genoux.

Il sortit à reculons et referma bien la porte.

Sans trop savoir comment, il se retrouva assis devant le feu. Il se flaira. Il puait vraiment et avait bien besoin d'aller chercher quelques seaux d'eau au puits, de les faire chauffer sur le feu et de se plonger dans ce bain dont il avait tellement envie. Mais le visage jaune et émacié du mourant dans la pièce d'à côté était tellement présent dans son esprit qu'il n'arrivait pas à bouger ; il se souvenait de Darleen, agonisante dans la terre meuble. Revoyait le cadavre qui gisait là-bas, sur les marches d'une terrasse, dans les ténèbres hurlantes. L'image de ce cavalier squelette en train de faire des ravages dans le champ de blé de l'humanité s'accrochait comme une sangsue à son cerveau.

Oh, mon Dieu, pensa-t-il, ses larmes jaillissant. Oh, mon Dieu, venez-nous en aide.

Et, la tête courbée, il se mit à sangloter, pas seulement sur ses souvenirs de Rose et des garçons, mais pour Davy Skelton, pour Darleen Prescott, pour cette personne morte, là-bas dans le noir et pour tous ces morts et ces mourants qui avaient un jour senti le soleil sur leur visage et pensé qu'ils étaient immortels. Il sanglotait, de grosses larmes coulant sur ses joues et tombant de la pointe de son menton.

Quand quelqu'un lui passa un bras autour du cou.

L'enfant.

Swan.

Josh l'attira à lui, et cette fois c'est elle qui le tint dans ses bras pendant que lui pleurait.

Elle le serrait très fort. Elle adorait Josh, et ne pouvait supporter son bruit de douleur.

Les vagissements du vent redoublèrent alors qu'il changeait de direction, s'attaquant aux ruines de Sullivan sous un autre angle.

Et dans ce vent, elle pensa entendre une voix obscure, qui murmurait : « À moi... Tout est à moi. »

L'ENFER DE GLACE

Cloportes

Le magnum qui attendait

Guerrier zoulou

Le poing originel

Le gros

Le paradis

Le son d'une seconde naissance

CLOPORTES

À une cinquantaine de kilomètres au nord-ouest de la cuvette de Salt Lake City, des torches fouettaient l'air dans le vent glacé d'un désert incroyablement plat. Environ trois cents survivants, dépenaillés, affamés, s'étaient réfugiés au bord du Grand Lac Salé, dans un invraisemblable bidonville de cartons, d'épaves, de tentes et de camping-cars. La lueur des flammes, visible à des kilomètres à la ronde sur ce terrain sans relief, attirait des groupes épars de rescapés fuyant les villes détruites de Californie et du Nevada pour tenter de rejoindre l'est. Chaque jour et chaque nuit, on voyait arriver des gens, leurs possessions attachées sur le dos ou portées dans les bras ou traînées dans des valises pleines à craquer, entassées dans des brouettes ou des caddies de supermarché ; des gens qui allaient se chercher quelques mètres carrés de terre nue pour s'installer à la dure. Les plus chanceux avaient des tentes, des sacs à dos remplis de conserves et de bouteilles d'eau, et des armes pour les protéger ; les plus faibles se recroquevillaient pour mourir quand leurs vivres étaient épuisés ou volés ; et les corps des suicidés flottaient à la surface du Grand Lac tels de sinistres rondins dansant au gré des vaguelettes. Mais l'odeur de l'eau salée qui courait dans le vent attirait également des bandes de vagabonds ; ceux qui n'avaient pas d'eau douce essayaient de la boire, et ceux qui souffraient de blessures et de brûlures purulentes n'avaient qu'une envie, toute religieuse, celle de s'abandonner tels des flagellants à son étreinte aussi atroce que purificatrice.

Sur l'une des lisières du campement, là où le terrain était le plus accidenté et hérissé de grosses caillasses, gisaient plus d'une centaine de ceux qui étaient morts sur place. Les corps avaient été dépouillés de leurs vêtements par des charognards humains qui vivaient dans des trous et que les gens qui habitaient près des rives du lac surnommaient dédaigneusement les « cloportes ». De ce côté-là s'étendait quasiment jusqu'à l'horizon un cimetière de voitures, caravanes, jeeps et motos, tombés en panne sèche ou ayant coulé une bielle par manque d'huile. Les cloportes sortaient de leur trou, arrachaient sièges et roues, portières et capots, qu'ils traînaient ensuite pour se construire leurs propres abris biscornus. Quant aux réservoirs, ils étaient vidés par des groupes armés venus du camp principal, l'essence servant de combustible aux torches ; la lumière étant devenue une force, une protection presque mystique contre les horreurs des ténèbres.

Deux silhouettes chargées de sacs à dos approchaient d'un pas lourd depuis le désert, se dirigeant vers les lueurs. C'était la nuit du 23 août, un mois et six jours après les bombes. Toutes deux traversaient le cimetière de métal, sans hésiter à marcher de temps à autre sur un cadavre dénudé. Car pardessus les odeurs de pourriture, ils sentaient à présent celle du lac salé. Leur propre véhicule, une BMW volée dans un garage à Carson City, dans le Nevada, désormais ville fantôme, avait fini à sec à une vingtaine de kilomètres, et ils avaient poursuivi leur voyage à pied toute la nuit dans la direction des torches dont la lueur rougeoyante reflétée par les nuages bas était visible de très loin.

Un bruit métallique résonna sur le côté, derrière la carcasse dépouillée d'une Dodge Charger. L'une des silhouettes s'arrêta et dégaina un .45 automatique d'un étui d'épaule dissimulé sous sa parka de duvet bleue. Le bruit ne se reproduisit pas, et au bout d'un instant silencieux, les deux se remirent en chemin, plus que jamais pressés d'atteindre le camp.

Mais au bout de cinq pas à peine, une main émergea brusquement de la terre et du sable meubles pour saisir la cheville de l'homme qui marchait devant, lui faisant perdre l'équilibre. Son cri d'alarme et la détonation du .45 retentirent en même temps, mais le coup était parti vers le ciel. Il tomba lourdement sur le flanc gauche, le souffle coupé par le choc, et une forme sortit tel un crabe d'une fosse qui s'était ouverte au sol.

Ce crustacé humain sauta alors sur l'homme au sac à dos, le clouant à terre, un genou sur sa gorge, et se mit à le frapper au visage de son poing.

La seconde silhouette poussa un cri – une voix de femme – puis tourna les talons et se mit à courir au milieu des épaves. Elle entendit des pas derrière elle, sentit que quelque chose la rattrapait, et en se retournant, trébucha sur un des cadavres et s'affala face la première. Elle essaya désespérément de se relever, mais un pied chaussé d'une basket vint appuyer très fort sur l'arrière de sa tête, lui enfonçant bouche et narines dans la poussière. Elle se débattit comme une folle, suffoquant.

À quelques mètres de là, le crabe humain changea de position, plantant cette fois son genou sur la main de l'homme qui tenait toujours le pistolet, pendant qu'il lui écrasait toujours la poitrine. Le jeune type haletait, cherchant son souffle, les yeux exorbités, incrédules, au-dessus d'une barbe blonde crasseuse. Alors le crabe humain sortit un couteau de chasse d'un étui dissimulé sous un long manteau noir couvert de poussière ; en un éclair, la lame entailla profondément la gorge, une fois, puis deux, puis trois. L'homme arrêta de se débattre et ses lèvres se retroussèrent sur ses dents en une ultime grimace.

De son côté, la femme luttait pour rester en vie ; elle réussit à tourner un peu la tête, la joue écrasée au sol, et implora : « S'il vous plaît... me tuez pas ! J'vous donnerai... j'vous donnerai ce que vous voulez ! S'il vous plaît... »

La basket se retira sans crier gare. Et c'est la pointe acérée de ce qui lui sembla être un pic à glace qui vint entamer légèrement sa joue sous la pommette droite.

« Pas de blague, avertit une voix de jeune garçon, haut perchée et nasillarde. Compris ? » Et le pic à glace de s'enfoncer un peu plus pour bien lui faire comprendre.

« Oui, oui, d'accord », répondit-elle. L'adolescent l'attrapa à pleine poignée par sa longue et superbe chevelure noire et la fit asseoir brutalement. Dans le clair-obscur projeté par les torches lointaines, elle réussit à apercevoir son visage. Un gamin, à peine treize ou quatorze ans, vêtu d'un pull-over marron, trop grand de plusieurs tailles, et d'un pantalon gris largement troué aux genoux ; maigre, émacié même, un visage pâle, cadavérique, aux pommettes hautes. Ses cheveux noirs étaient collés à son crâne par la sueur et la crasse, et il portait une paire de lunettes d'aviateur en cuir usé, le genre de truc, se disait-elle, que les pilotes de chasse devaient avoir pendant la Seconde Guerre mondiale. Les verres lui grossissaient les yeux comme à travers un aquarium.

« Me fais pas de mal, ok ? Je crierai pas, je le jure. »

Roland Croninger ne put s'empêcher de rire. Alors ça, si c'était pas la pire connerie qu'il avait entendue de sa vie.

« Tu peux gueuler tant que tu veux. Que tu gueules ou pas, tout le monde s'en fout. Passe-moi ce sac.

— Tu l'as eu, ce bâtard ? lui cria le colonel Macklin, toujours accroupi sur l'autre corps.

— Oui, mon colonel, répondit Roland. C'est une femme.

— Amène-la ici ! »

Roland ramassa le sac à dos et fit deux pas en arrière. « Allez, bouge. » Elle fit mine de se remettre debout, mais du pied, il la força à s'aplatir à nouveau. « Non. Pas comme ça. Rampe. »

Elle se mit donc à ramper au sol, passant sur les cadavres en putréfaction. Un cri au bord des lèvres, mais qu'elle réussit à contenir. « Rudy ? appela-t-elle d'une toute petite voix. Rudy ? Ça va ? »

C'est quand elle aperçut la silhouette au manteau noir qui ouvrait sans ménagement le sac à dos de Rudy, et puis tout le sang, qu'elle comprit qu'ils s'étaient mis dans la merde jusqu'au cou.

Roland lança l'autre sac au colonel Macklin avant de repasser son pic à glace à la ceinture du pantalon qu'il avait arraché au cadavre d'un garçon d'à peu près son âge et sa taille. Il desserra les doigts de Rudy, encore crispés sur le pistolet automatique, sous le regard apathique de la femme, assise à proximité.

« Super flingue, s'enthousiasma-t-il en s'adressant au roi. Ça peut nous servir.

— Ils ont forcément des chargeurs en plus », répondit Macklin en fouillant le sac d'une main. Il en ressortit des chaussettes, des sous-vêtements, du dentifrice, des gamelles venant d'un surplus militaire... et une gourde qui, quand il la secoua, se révéla pleine.

« De l'eau ! s'exclama-t-il. Oh, mon Dieu... c'est de l'eau douce ! »

Il la coinça entre ses genoux pour dévisser le bouchon, puis avala avidement plusieurs gorgées aussi fraîches que délectables ; le liquide lui coula le long du menton, couvert à présent d'une barbe grisonnante de plusieurs jours, et goutta par terre.

« T'as une gourde, toi aussi ? », demanda Roland à la femme.

Elle fit oui de la tête et sortit la sienne, suspendue à son épaule sous le manteau d'hermine qu'elle avait récupéré dans une boutique de luxe à Carson City. Elle portait un jean de designer à motif panthère et des bottines haut de gamme, et à son cou plusieurs longs colliers de perles et de diamants.

« Envoie ça ici. »

Elle le regarda droit dans les yeux et se redressa autant qu'elle le put. C'était qu'une petite frappe, et les petites frappes, elle savait comment leur parler.

« Va te faire foutre », lui lança-t-elle, avant de dévisser tranquillement le bouchon et de boire, tout en défiant l'adolescent d'un regard aussi dur que bleu.

« Hé ! » Une voix s'était élevée dans le noir ; une voix rauque aux accents libidineux. « Hé ! T'as chopé une gonzesse, toi, là-bas ? »

Roland ne répondit pas, fasciné par le cou soyeux de la femme qui se soulevait au rythme de ses longues gorgées.

« J'ai une bouteille de bourbon ! continua la voix. Allez, on fait un deal ! »

Elle arrêta de boire. D'un seul coup, l'eau avait comme un goût de pourri.

« Une boutanche de bourbon pour une demi-heure ! insistait la voix. J'te la rends quand j'ai fini ! Ça t'va ?

— Hé, moi j'ai une cartouche de cigarettes ! cria une autre voix qui, un peu plus loin à gauche, sortait de sous une jeep retournée. Un quart d'heure pour une cartouche ! »

Elle se dépêcha de revisser le bouchon de la gourde et la jeta devant les baskets du gamin.

« Tiens, reprit-elle, les yeux toujours plongés dans les siens, tu peux tout prendre.

— Des munitions ! s'exclama Macklin en retirant trois chargeurs du sac de Rudy. On est parés, maintenant ! »

Roland ouvrit la gourde, but quelques gorgées, puis revissa le bouchon et se passa la courroie à l'épaule. Autour d'eux montait un véritable concert de cloportes qui proposaient alcool, cigarettes, allumettes, friandises et autres objets précieux en échange de quelques instants avec la nouvelle captive. Roland resta impassible, écoutant les enchères s'emballer avec le plaisir d'un commissaire-priseur qui sait qu'il a tiré le gros lot. Il observait attentivement la femme grâce aux lunettes qu'il s'était bricolées lui-même en collant des verres à sa vue, récupérés dans les ruines d'un magasin d'optique à Pocatello, sur des lunettes de chef de char venant des surplus militaires. La femme n'était absolument pas marquée, à part quelques petites entailles guérissables sur le front et les joues ; et rien que ça, ça en faisait déjà une précieuse monnaie d'échange. La plupart des femmes du camp avaient perdu cheveux et sourcils, et étaient défigurées par des cicatrices boursoufflées de couleurs variées, du marron foncé au rouge vif. Celle-ci avait de longs cheveux noirs qui lui descendaient en cascade sur les épaules ; pas très propres, certes, mais on n'y voyait aucune pelade, signe avant-coureur de l'irradiation. Le visage était déterminé, le menton carré ; un visage hautain, se dit l'adolescent. Celui d'une baroudeuse aux allures royales. De son regard bleu électrique, elle traçait lentement, telle une géomètre, un triangle qui allait du pistolet au corps de Rudy pour revenir au visage de Roland. Le garçon se disait qu'elle avait peut-être dans les trente ans, et ses yeux descendirent vers ses seins qui, sous le manteau d'hermine, gonflaient un tee-shirt rouge portant en sequins brillants l'inscription PÉTASSE PLEINE AUX AS. Il crut même en apercevoir les pointes toutes dures, comme si chez elle le danger et l'imminence de la mort avaient activé les mécanismes sexuels.

Il ressentit une pression à l'estomac et se dépêcha de lever les yeux de ses tétons. Il s'était soudain demandé quel effet cela lui ferait d'en prendre un entre ses dents.

Elle écarta ses lèvres pulpeuses : « Ça te plaît, ce que tu vois ?

— Une lampe torche ! braillait encore l'un des cloportes. J'te l'échange contre une lampe torche ! »

Roland ne réagit pas. Cette femme, elle lui faisait penser à ces photos dans les magazines qu'il avait un jour trouvés au fond d'un tiroir de la commode de son père, dans sa vie d'avant, il y a une éternité. Il sentait son ventre se contracter et ses parties pulser comme si elles étaient pressées par un poing brutal.

« C'est quoi, ton nom ? lui demanda-t-il.

— Sheila. Sheila Fontana. Et toi ? » Elle avait décidé, avec la froide logique de l'éternelle survivante, que ses chances étaient bien meilleures de ce côté-ci, avec cette petite frappe et le type à la main manquante, que là-bas dans les ténèbres avec ces autres créatures. L'homme se mit à lancer un chapelet de jurons en vidant au sol ce qui restait au fond du sac de Rudy.

« Roland Croninger.

— Roland, susurra-t-elle comme si elle suçait un sucre d'orge. Tu vas pas me livrer à ces types, hein, Roland ?

— C'était ton mari, lui ? l'interrogea-t-il encore en poussant de la pointe du pied le cadavre de Rudy.

— Non. On voyageait ensemble, c'est tout. »

En réalité, cela faisait presque un an qu'ils vivaient ensemble ; il lui avait même un peu servi de maquereau là-bas, à Oakland, mais pas la peine de trop en dire. Elle aperçut sa gorge ensanglantée et détourna les yeux ; elle ressentait du regret, car après tout il avait été un bon manager doublé d'un superbe amant, sans compter qu'il assurait leur "approvisionnement". Mais bon, c'était de la viande froide à présent, ainsi va le monde. Comme aurait dit Rudy lui-même, faut toujours couvrir ses fesses, quoi qu'il en coûte.

Sheila sentit quelque chose s'approcher au ras du sol, pile derrière elle, et se retourna vivement. Il s'agissait d'une forme vaguement humaine, qui rampait dans sa direction. Celle-ci s'arrêta à deux ou trois mètres, et une main couverte de plaies purulentes se leva alors, brandissant un sac en papier.

« Bonbooooons ? », proposa une voix déformée.

Roland tira avec l'automatique, et la détonation fit sursauter Sheila. La chose rampante poussa un grognement, puis un glapissement presque canin ; elle se mit précipitamment à genoux pour aller se réfugier parmi les carcasses de voiture.

Sheila comprit que le gamin n'allait pas la livrer. On entendait des rires rauques et étranglés monter d'autres terriers cachés dans la terre. Elle avait connu des putains de galères depuis qu'avec Rudy, ils avaient quitté cette cabane, une planque de dealers de coke en plein milieu de la Sierra Nevada où, quand les bombes s'étaient abattues, ils s'étaient réfugiés après avoir fui les flics de San Francisco ; mais celle-là, c'était la pire, et de loin. Elle dut baisser la tête pour regarder l'adolescent dans les yeux derrière ses lunettes, vu qu'elle faisait plus d'un mètre quatre-vingts. Charpentée comme une Amazone, elle n'était que courbes et soumissions quand ça l'arrangeait et elle savait pertinemment que là, elle le tenait par la queue.

« Hé, c'est quoi, ce bordel ?! », s'écria Macklin en se penchant sur les choses qu'il venait de tirer du sac à dos de Sheila.

La fille savait ce qu'il avait trouvé. Elle s'approcha de lui, dédaigneuse du calibre .45 du gamin, et vit ce qu'il tenait : un sac plastique rempli de colombienne extra-fine, blanche comme neige. Autour de lui étaient étalés trois autres sachets de cocaïne première qualité et une bonne douzaine de flacons en plastique bourrés de comprimés : amphés, brune, keta, rivo, sken, poudre d'ange et acide. « Ça, mon vieux, c'est ma pharmacie, lui répondit-elle froidement. Si jamais t'as faim, j'ai aussi deux vieux hamburgers et des frites, là-dedans. Sers-toi si tu veux, mais ma réserve, tu me la rends.

— De la came, comprit Macklin. C'est quoi, ça ? Cocaïne ? » Il laissa tomber le sac et se saisit d'un des flacons, en levant vers elle un visage dégoûtant, maculé de sang. Sa coupe en brosse n'était plus qu'un souvenir et les cheveux châtain foncé étaient parsemés de gris. Ses yeux étaient comme deux trous profondément creusés dans un rocher.

« Des comprimés aussi ? T'es quoi, une camée ?

— Non, pas une camée, une gourmet », répliqua-t-elle calmement. Elle se disait que le gamin n'allait pas laisser ce putain d'infirme lui faire du mal, mais quand même, elle avait les muscles tendus, prêts à se défendre ou à fuir.

« Et toi, t'es quoi ?

— C'est le colonel James Macklin, intervint Roland. Un héros de guerre.

— La guerre, j'ai comme l'impression qu'elle est finie. Et qu'on l'a perdue, monsieur le héros, rétorqua-t-elle du tac au tac, en regardant Macklin droit dans les yeux. Écoute, prends ce que tu veux, mais ma réserve, j'en ai besoin. »

Macklin jaugea son gabarit et décida qu'il n'allait peut-être pas pouvoir la jeter par terre et la violer sur place, comme il en avait l'intention jusque-là. Peut-être était-elle un peu coriace pour lui et son unique main, sauf à la renverser et à lui mettre le couteau sur la gorge. Il ne voulait surtout pas s'y aventurer au risque d'échouer sous les yeux de Roland, même si son pénis commençait déjà à frémir. Il répondit par un grognement et se mit à fouiller le sac à la recherche des hamburgers. Une fois qu'il les eut trouvés, il lança le sac plastique à Sheila, qui rangea sachets de coke et flacons de comprimés.

Macklin, à quatre pattes, alla enlever les chaussures des pieds de Rudy ; il ôta également de son poignet une Rolex en or, qu'il enfila.

« Comment ça se fait que vous êtes ici ? s'étonna-t-elle auprès de Roland, qui la regardait remballer ses drogues. Et pas là-bas, près de la lumière ?

— Ils veulent pas des cloportes, répondit Macklin. C'est comme ça qu'ils nous appellent. » Il désigna du menton le trou rectangulaire à quelques pas de lui ; il était recouvert d'un morceau de bâche, impossible à repérer dans le noir, et était profond d'un peu plus d'un mètre, estima Sheila. Les coins de la bâche étaient maintenus en place par de gros cailloux. « D'après eux, on sent pas assez bon pour s'approcher davantage, reprit Macklin avec un sourire de dément. Et toi, poulette, tu trouves que je sens comment ? »

À son avis, il sentait le porc en chaleur, mais elle répondit par un haussement d'épaules et un vague signe en direction d'une bombe de déodorant tombée du sac de Rudy.

Macklin se mit à rire. Il était en train de défaire la ceinture du cadavre pour lui enlever son pantalon.

« Nous, on vit là, on vit de ce qu'on peut récupérer. On attend juste les nouveaux qui passent forcément par ici pour aller vers le camp. Ces mecs, là-bas, expliqua-t-il en désignant du menton la rive du lac, c'est eux qui ont le pouvoir : des flingues, plein de conserves et d'eau en bouteilles, de l'essence pour les torches. Il y en a même qui ont des tentes. Ils se roulent dans l'eau salée et nous, on les entend gueuler. Et ils nous laissent pas approcher. Oh, que non ! Ils croient qu'on la polluerait, la flotte, ou quelque chose comme ça. » Il ôta le pantalon du mort et le balança dans le trou. « Tu vois, ce qui me fait vraiment chier dans cette histoire, c'est qu'on serait en droit d'être là-bas, dans la lumière, le gamin et moi. On devrait porter des vêtements propres, prendre des douches chaudes, avoir à bouffer et à boire autant qu'on veut. Parce que nous, on était préparés... on était prêts ! On savait bien, nous, que les bombes allaient tomber. Tout le monde le savait, à la Maison Terre !

— La Maison Terre ? C'est quoi, ça ?

— C'est de là qu'on vient, répondit-il, toujours accroupi. Là-haut, dans les montagnes de l'Idaho. On a marché longtemps, et des morts, on en a vu des tas, et c'est Roland qui a pensé que si on poussait jusqu'au Grand Lac Salé, on pourrait se laver dedans, faire partir les radiations, et que le sel pourrait nous guérir. Et c'est vrai. Le sel, ça guérit. Surtout pour ça. » Il leva son moignon auquel pendaient des bandages incrustés de sang séché ; certains avaient viré au verdâtre, et Sheila sentit la puanteur de la chair en putréfaction. « Ça, tu vois, il faudrait que je le plonge dans l'eau salée, mais ils nous laissent pas faire. On est des macchabées, qu'ils disent. Et ils nous canardent dès qu'on arrive en terrain découvert. Seulement maintenant, *maintenant !* on est armés, nous aussi ! » Il fit un signe de tête en direction du pistolet automatique entre les mains de Roland.

« Mais il est immense, ce lac, objecta Sheila. Vous êtes quand même pas obligés de traverser ce camp pour y arriver. Vous pouvez le contourner, non ?

— Non. Deux raisons : d'abord, y aurait tout de suite quelqu'un pour nous piquer la fosse et tout ce qu'y a dedans. Et ensuite, personne se met en travers du chemin du colonel Macklin quand il veut quelque chose. » Il eut un sourire carnassier, et Sheila se prit à penser que son visage ressemblait à une tête de mort. « Ils savent pas qui je suis, ce que je suis. Mais j'vais leur montrer, moi ! Oh, que oui ! J'vais leur montrer, à tous ! » Il tourna la tête vers le camp, s'assit et fixa les torches dans le lointain pendant un moment, puis se retourna vers elle. « Tu voudrais pas baiser, par hasard ? »

Elle fut prise d'une hilarité intempestive. Ce type était l'être le plus répugnant qu'elle ait rencontré de sa vie. Mais elle comprit tout de suite son erreur, et le rire s'arrêta d'un seul coup.

« Roland, reprit Macklin d'une voix très calme, amène-moi ce flingue. »

Roland hésita ; il savait ce qui allait se passer. Mais le roi venait de donner un ordre, et lui, le chevalier, ne pouvait désobéir. Il fit un pas en avant, hésita encore.

« Roland », répéta le roi.

Cette fois, Roland alla jusqu'à lui pour déposer l'arme dans sa main tendue. Maladroitement, Macklin s'en saisit et le pointa sur la tête de Sheila. Celle-ci leva le menton avec défi, passa la lanière du sac à son épaule et se leva.

« Moi, je vais jusqu'à ce camp, annonça-t-elle. Peut-être que t'es capable de tirer dans le dos d'une femme, monsieur le héros-de-guerre. Mais je crois pas. Allez, salut, les gars, c'était sympa. » Elle se força à enjamber le corps de Rudy, puis se mit en route d'un air déterminé au milieu des épaves, le cœur battant à se rompre et les dents serrées, attendant la balle d'un moment à l'autre.

Elle vit quelque chose bouger sur sa gauche. Une silhouette en haillons, qui se baissa pour se dissimuler derrière la carcasse d'un break Chevrolet. Puis une autre, dont elle entendit les pas précipités au sol, six ou sept mètres devant elle ; elle comprit qu'elle n'arriverait jamais vivante jusqu'à là-bas.

« Ils t'attendent ! cria Roland. Ils te laisseront jamais passer. »

Sheila s'arrêta. Qu'elles lui semblaient loin, ces torches, si loin. Et même si elle y arrivait sans se faire violer ou pire encore, rien ne garantissait qu'elle ne se ferait pas violer dans le camp. Elle savait que, sans Rudy, elle était réduite à de la viande sur pied, et la viande sur pied, ça attire forcément les mouches.

« Tu ferais mieux de revenir, insista Roland. Tu seras plus en sécurité avec nous. »

En sécurité, ben voyons, se dit Sheila, sarcastique. La dernière fois qu'elle avait été en sécurité, c'était à l'école maternelle. Elle s'était enfuie de chez elle à dix-sept ans avec le batteur d'un groupe de rock pour se retrouver à Hollywood, successivement serveuse, danseuse topless, masseuse dans un salon du Sunset Strip, actrice porno une ou deux fois, avant de se maquer avec Rudy. Et dès lors, le monde était devenu un kaléidoscope démentiel de coke, d'amphés et de michetons sans visage, mais au fond du fond, elle aimait ça. Ce n'est pas elle qui aurait pleurniché sur ce qui aurait pu être, ni demandé pardon à genoux ; non, elle aimait le danger, elle aimait la face obscure des choses, là où se cachaient les êtres de la nuit. La sécurité, c'était barbant, et elle s'était toujours dit qu'on n'avait qu'une vie, alors pourquoi pas s'éclater ?

Mais quand même, aller se frotter à ces silhouettes rampantes, ça serait sans doute pas terrible, comme éclate.

Elle entendit un gloussement quelque part dans les ténèbres. Un gloussement d'impatience aux échos psychopathes, et rien qu'à ce son, Sheila prit sa décision.

Elle tourna les talons et revint vers le gamin et le héros de guerre manchot, tout en se demandant comment s'emparer de ce flingue pour les fumer, tous les deux. Une fois armée, elle n'aurait plus beaucoup de mal à aller jusqu'au bord du lac.

« Mets-toi à quatre pattes », ordonna Macklin, les yeux brillants au-dessus sa barbe sale.

Sheila eut un petit sourire et, d'un mouvement d'épaule,

se débarrassa du sac qui tomba au sol. Bof, après tout... Ça ne serait pas bien pire qu'avec certains des gars qu'elle avait vu défiler du côté du Strip. Mais elle ne voulait pas le laisser triompher aussi facilement.

« Sois chic, le héros de guerre, lui lança-t-elle, les mains sur les hanches. Laisse donc le gamin passer le premier ! »

Macklin jeta un regard à l'adolescent, dont les yeux, derrière ses lunettes, étaient sur le point de lui sortir de la tête. Sheila défit sa ceinture et se mit à descendre son jean à motifs panthère sur ses hanches, puis ses cuisses, pour enfin le faire passer par-dessus ses bottes de cow-boy. Elle ne portait pas de culotte. Elle se mit à quatre pattes, ouvrit son sac plastique et en sortit un flacon de brune ; puis elle goba un comprimé et l'appela : « Tu viens, chéri ? J'ai froid, là ! »

Macklin se mit brusquement à rire. Cette femme-là, elle avait du cran, et même s'il ne savait pas trop quoi faire d'elle une fois qu'ils en auraient fini, il avait compris qu'elle était de la même trempe que lui.

« Allez vas-y, encouragea-t-il Roland. Sois un homme ! »

L'adolescent en faisait dans sa culotte de trouille. La femme attendait et le roi désirait qu'il s'exécute. Roland se dit que c'était sans doute un rite de virilité important pour un chevalier. Il sentait ses testicules prêts à exploser, et le sombre mystère entre les cuisses de la femme l'attira comme une amulette hypnotique.

Des cloportes s'approchèrent en rampant pour assister aux réjouissances. Macklin resta assis en spectateur, les yeux mi-clos mais le regard intense, caressant le canon du pistolet sous son menton.

Il entendit l'écho métallique d'un rire au-dessus de son épaule gauche, et sut que le Soldat Fantôme appréciait aussi le spectacle. Il les avait accompagnés depuis la Blue Dome Mountain, marchant entre eux ou bien à leurs côtés, toujours présent. Le Soldat Fantôme aimait bien le garçon ; il pensait que ce gamin avait un instinct de tueur qui ne demandait qu'à être réveillé. Car le Soldat Fantôme avait confié à Macklin, dans le silence des ténèbres, que ses beaux jours de guerrier n'étaient pas derrière lui. Parce que des guerriers, ces nouveaux territoires allaient en avoir besoin, et de seigneurs de guerre aussi. La demande allait à nouveau être en hausse pour les hommes tel que Macklin, si tant est qu'elle eût jamais faibli. C'est tout cela que lui racontait le Soldat Fantôme, et Macklin avait très envie de le croire.

Il se mit à rire lui aussi à la perspective qui s'offrait à lui, et son rire se mêla à celui du Soldat Fantôme jusqu'à ne faire qu'un.

LE MAGNUM QUI ATTENDAIT

À plus de trois mille kilomètres de là, Sister était assise près de l'âtre. Les autres dormaient, allongés par terre dans la pièce, mais cette nuit, c'était à son tour de surveiller le feu, de bien l'alimenter pour ne pas avoir à gaspiller leurs allumettes. Le poêle, quant à lui, avait été réglé au minimum pour économiser le kérosène, dont les réserves étaient à un niveau alarmant, et le froid commençait à pénétrer par les interstices des murs.

Mona se mit à marmonner dans son sommeil, et son mari changea de position pour passer un bras autour d'elle. L'homme sans nom était totalement inconscient, Artie reposait sur une pile de journaux, et Steve émettait, par intermittence, un ronflement qui n'était pas sans évoquer un bruit de tronçonneuse. Ce qui préoccupait Sister, néanmoins, c'était ce sifflement qu'elle entendait dans la respiration d'Artie. Elle avait également remarqué qu'il se tenait les côtes, mais il lui avait répondu que ça allait, que parfois il se sentait le souffle court, et qu'à part ça, il était « frais comme un gardon ».

Elle l'espérait aussi, car si jamais Artie était blessé quelque part à l'intérieur, peut-être suite à l'attaque de cette saloperie de loup qui l'avait violemment percuté sur l'autoroute il y a dix jours, ils ne disposaient d'aucun médicament pour combattre les infections.

Son sac était près d'elle. Elle défit le cordon, y plongea la main pour en tirer l'anneau de verre dans le clair-obscur rougeoyant des braises.

L'éclat emplit soudainement la pièce. La dernière fois qu'elle avait regardé dedans, au cours de son précédent tour de garde du feu voilà quatre nuits de cela, elle était repartie rêvambuler. À un moment elle était là, tenant l'anneau comme maintenant, et le moment d'après, elle s'était retrouvée debout près d'une table, une table carrée, sur laquelle semblaient être disposées des cartes.

Ces cartes étaient décorées d'images et ne ressemblaient à aucune autre que Sister avait pu voir dans sa vie. L'une d'elles en particulier l'avait frappée : le dessin d'un squelette d'homme monté sur un squelette de cheval, et qui jouait de la faux au milieu d'un champ qui semblait fait de grotesques corps d'hommes et de femmes. Elle avait senti comme des ombres dans cette pièce, d'autres présences, des voix étouffées en pleine conversation. Et elle avait cru aussi entendre quelqu'un tousser, mais c'était seulement un écho déformé, comme provenant du bout d'un long tunnel, et quand elle était revenue dans le chalet elle avait vu que c'était Artie qui toussait, toujours en se tenant les côtes.

Depuis, elle avait souvent repensé à ce dessin, avec ce squelette brandissant sa faux. Elle l'avait encore devant les yeux. Elle pensait aussi à ces ombres qui semblaient être dans la pièce en même temps qu'elle, insubstantielles, mais sans doute parce que toute son attention était, à ce moment-là, concentrée sur les cartes. Peut-être que si elle avait davantage essayé de leur donner forme, elle aurait pu voir qui était là.

C'est ça, se dit-elle alors. Là, t'es en train de faire comme si t'allais vraiment quelque part, alors que c'est juste des images que tu vois dans un truc en verre ! Des images et rien que ça. Des fantasmes. De l'imagination. Enfin bref, rien de réel là-dedans, rien du tout !

Mais ce qu'elle savait, c'est que le rêvambulisme et le retour de rêvambulisme lui étaient, semble-t-il, de plus en plus aisés. Ça n'arrivait quand même pas à chaque fois qu'elle plongeait son regard dans l'anneau ; la plupart du temps elle y voyait juste des lueurs éclatantes sans images oniriques. Mais cet anneau avait en lui un mystérieux pouvoir, elle en était certaine. Sinon, pourquoi cette chose-qui-se-nommait-Doyle-Halland le voudrait-elle ?

Elle ne savait pas ce que c'était, mais elle savait qu'elle devait le protéger. C'est elle qui en était responsable, et elle ne pouvait pas, *n'osait pas*, le perdre.

« Bon Dieu de vérole de moine ! Mais c'est quoi, ça ? »

Sister sursauta et leva la tête. Paul Thorson, les yeux gonflés de sommeil, était entré dans la pièce en écartant le rideau vert. Il repoussa les cheveux rebelles qui lui tombaient sur le visage et, bouche bée, resta planté là, à fixer l'anneau qui pulsait au rythme des battements du cœur de Sister.

Elle fut tentée de le fourrer rapidement dans son sac, mais c'était trop tard.

« Ce truc, il est... il est en feu ! articula-t-il. C'est quoi ?

— Je sais pas trop encore. Je l'ai trouvé à Manhattan.

— Ma parole ! Ces couleurs... » Il s'agenouilla près d'elle, manifestement subjugué. Il était seulement venu se réchauffer un peu devant les braises et ne s'était certainement pas attendu à se retrouver nez à nez avec cet anneau lumineux et flamboyant. « Mais qu'est-ce qui le fait pulser comme ça ?

— Il capte les battements de mon cœur. Ça le fait dès qu'on le prend en main.

— Mais c'est quoi, un gadget japonais, un truc du genre ? Y a des piles dedans ?

— Non, je crois pas », répondit-elle avec un sourire ironique.

Paul allongea la main et le toucha du bout du doigt. Il cligna fort des paupières.

« Mais c'est du verre !

— Oui, exact.

— Waouh ! murmura-t-il. Ça t'ennuie si je le tiens ? Juste une seconde ? »

Elle allait lui tendre l'anneau, mais se souvint brusquement de la menace de Doyle Halland. Ce démon pouvait prendre l'apparence de n'importe qui ; tous les gens dans cette pièce pouvaient, en vérité, être cette chose, y compris Paul lui-même. Mais ils avaient laissé ce monstre derrière eux, non ? Comment ça voyage, une créature pareille ? « J'ai suivi le chemin le plus évident », avait-il dit, elle s'en souvenait parfaitement. S'il avait une peau humaine, alors il devait voyager comme un humain, aussi. Elle eut un frisson, à l'imaginer les suivre à pied, portant les chaussures d'un mort, marchant jour et nuit sans se reposer jusqu'à ce que les chaussures finissent par tomber en morceaux, et là seulement il s'arrêtait, le temps d'arracher une autre paire à un cadavre parce que toutes les tailles lui allaient...

« Je peux ? », insista Paul.

Où donc était Doyle Halland ? se demandait Sister. Là, dans les ténèbres, tout près d'eux, passant sur l'I-80 en cet instant même ? À deux ou trois kilomètres d'ici, en train d'user une nouvelle paire de semelles ? Était-il capable de voler dans le vent, des chats noirs sur les épaules et des flammes plein les yeux, ou bien n'était-il qu'un routard dépenaillé, qui cherchait des feux de camp dans la nuit ?

Il était encore derrière eux. Non ?

Sister respira un grand coup et tendit l'anneau à Paul. Qui l'entoura de sa main.

L'éclat resta constant. La moitié que tenait Paul prit un nouveau rythme, plus rapide. Il le saisit à deux mains, et Sister s'autorisa à expirer.

« Raconte-moi un peu cette chose, lui demanda-t-il, je voudrais bien savoir. »

Sister aperçut les joyaux se refléter dans ses yeux. Il avait sur le visage une expression d'émerveillement enfantin, comme si les années se détachaient de lui une à une telles des squames. Quelques secondes encore, et il parut avoir une bonne décennie de moins que ses quarante-trois ans. Alors elle décida de tout lui raconter.

Il resta silencieux un long moment après son récit. Les pulsations de l'anneau avaient sans cesse alterné phases d'accélération et de ralentissement pendant qu'elle parlait.

« Des cartes de tarot... murmura Paul, toujours en admiration devant les palpitations lumineuses. Le squelette avec la faux, il représente la Mort. » Il détacha à grand-peine son regard de l'anneau pour relever la tête vers elle. « Tu sais que tout ça, ça n'a ni queue ni tête, hein ?

— Oui, je sais. Mais regarde, voilà la cicatrice, là où le crucifix a été arraché. Artie aussi a vu cette chose changer de visage, même si je crois pas qu'il le dira devant toi. Il en a jamais reparlé depuis que c'est arrivé, et je pense que c'est mieux comme ça. Et tiens, l'endroit où était la pique de verre qui manque.

— Hum, hum. T'aurais pas un peu fauché de mon Johnnie Walker, toi ?

— Tu sais bien que non. Et moi, je sais aussi que je vois des choses quand je regarde dans ce verre. Pas à chaque fois, mais quand même assez souvent pour que j'me dise que soit j'ai une imagination débordante, soit...

— Soit quoi ?

— Oh, poursuivit Sister, qu'y a une raison pour que ce soit moi qui l'aie, ce machin. Pourquoi moi, je verrais un Cookie Monster qui traîne par terre au beau milieu du désert ? Ou une main qui sort d'un trou ? Pourquoi moi, je verrais une table avec des cartes de tarot dessus ? Mon Dieu, moi qui sais même pas c'que c'est !

— Elles servent à dire l'avenir, pour les gitanes. Ou les sorcières. » Il se força à un demi-sourire qui le fit paraître presque beau. Mais qui s'effaça quand il vit qu'elle ne lui souriait pas en retour. « Bon, écoute, moi je sais pas si ça existe, les démons avec des yeux qui se baladent dans tous les sens, ni le rêvambulisme... mais ce que je sais, par contre, c'est que ce truc en verre, c'est vraiment de la balle. Y a seulement deux mois, ça aurait valu... » Il secoua la tête. « La raison pour que tu l'aies, continua-t-il, c'est que t'étais au bon endroit au bon moment. Et ça, c'est déjà magique, non ?

— Mais t'en crois pas un mot, de ce que j't'ai raconté, c'est ça ?

— Moi, ce que je crois, c'est que les radiations ont dû te faire des effets bizarres. Ou peut-être que les bombes atomiques, ça a entrouvert les portes de l'enfer, et qui sait ce qui a pu s'en échapper ? » Il lui rendit l'anneau, qu'elle rangea dans son sac. « Tiens, prends-en soin, c'est sans doute la dernière belle chose qui reste sur terre. »

À l'autre bout de la pièce, Artie inspira très fort avec un petit gémissement de douleur quand il changea de position, puis retrouva son sommeil tranquille.

« Il est blessé, lui confia Paul. J'ai vu du sang dans son seau à merde. Je pense qu'il a une ou deux côtes cassées et qu'elles lui ont sans doute perforé quelque chose. » Il bougea les doigts, sentant toujours la chaleur de l'anneau de verre. « Il est assez mal en point, je crois.

— Oui, je sais. Je sais pas ce qu'il a, mais j'ai peur que ce soit infecté.

— Possible. Et merde, quand on vit dans ces conditions, on peut mourir rien qu'en se rongeant les ongles.

— Et on a pas de médicaments ?

— Désolé. Le dernier Tylenol, je l'ai gobé trois jours avant les bombes. Un poème que j'écrivais, et que j'ai complètement foiré.

— Et qu'est-ce qu'on va faire quand on sera à court de kérosène ? »

Paul poussa un petit grognement. Il s'attendait à la question, et il savait que si quelqu'un devait la poser, ce serait elle. « Il nous en reste pour une semaine. Enfin, peut-être. Mais je suis plus inquiet pour les piles de la radio. Quand elles seront mortes, eux, là, ils vont pas pouvoir gérer tout ça. À ce moment-là, je crois qu'il faudra sortir le whisky et faire une fête. » Ses yeux étaient redevenus vieux. « On jouera au jeu de la bouteille, et le gagnant aura le privilège de sortir le premier.

— Sortir ? Qu'est-ce que tu veux dire ?

— J'ai un Magnum dans cette cantine, ma grande, lui rappela-t-il. Et toute une boîte de balles. Deux fois j'ai bien failli m'en servir, sur moi : une, quand ma seconde épouse m'a largué pour un gamin qui avait la moitié de mon âge, en me piquant tout mon argent au passage et en me disant que ma queue, c'était de la merde en tube, et une autre fois, quand les poèmes sur lesquels je travaillais depuis six ans ont cramé avec le reste de mon appartement. C'était après m'être fait virer du Millerville State College pour avoir couché avec une étudiante qui voulait une bonne note à son examen final de litté. » Il continua à faire craquer ses phalanges, évitant le regard de Sister qui le dévisageait. « Moi, je suis pas comme qui dirait né sous une bonne étoile. En fait, à peu près tout c'que j'ai fait dans ma vie, ça s'est terminé en eau de boudin. Alors tu vois, ce Magnum, ça fait longtemps qu'il m'attend. Et j'ai un peu trop tardé. »

Sister était surprise par la désinvolture du discours de Paul ; il parlait du suicide comme de l'étape suivante d'une trajectoire naturelle. « Mon p'tit gars, répondit-elle fermement, si tu crois que j'ai fait tout ce chemin pour me faire sauter le caisson dans une cabane pourrie, alors t'es aussi dingue que moi y a pas long... » Elle se mordit les lèvres. À présent, c'était lui qui l'observait avec un grand intérêt.

« Bon, tu vas faire quoi, alors ? Tu vas aller où ? Au supermarché, t'acheter des steaks et un pack de bière ? Ou alors à l'hôpital, pour arrêter l'hémorragie interne d'Artie et qu'il crève pas ? Des fois que t'aurais pas remarqué, y a plus grand-chose qui reste, là, dehors.

— C'est marrant, jusque-là je t'aurais jamais pris pour un dégonflé. Je pensais même que t'avais des couilles, mais t'avais dû te bourrer le slip de mouchoirs.

— J'aurais pas pu mieux dire.

— Mais enfin, et s'ils ont envie de vivre, eux ? enragea Sister en désignant du geste les silhouettes endormies. Eux, ils te considèrent comme leur chef. Ils font c'que tu leur dis. Et donc tu vas leur dire d'en finir, c'est ça ?

— Ils peuvent décider pour eux-mêmes. Mais bon, comme je te disais, ils vont aller où, sinon ?

— Là, dehors, rétorqua-t-elle en montrant la porte. Voir ce qu'il y a dans le monde, ou au moins ce qu'il en reste. Tu sais même pas c'qu'il peut y avoir à dix ou quinze bornes d'ici. Peut-être un abri de la Défense civile, peut-être toute une communauté. La seule façon d'le savoir, c'est de monter dans ton pick-up et de prendre la I-80, direction ouest.

— Le monde, je l'aimais déjà pas avant. Alors maintenant, n'en parlons pas.

— Personne t'a demandé de l'aimer. Écoute, me raconte pas de conneries. Les gens, t'en as besoin, bien plus que tu veux croire.

— Ouais, bien sûr, répliqua-t-il, sarcastique. Je les adore, tous autant qu'ils sont.

— Si t'as pas besoin d'eux, le nargua Sister, alors pourquoi tu descendais jusqu'à l'autoroute ? C'est pas pour tuer des loups.

Ça, tu peux le faire sans bouger de chez toi. T'allais là-bas parce que tu cherchais des gens, pas vrai ?

— Peut-être que je voulais un public captif pour mes soirées poésie.

— Ouais, c'est ça. Bon, enfin, dès qu'y a plus de kérosène, moi je taille la route vers l'ouest. Et Artie vient avec moi.

— Ah, ma grande, les loups vont adorer. Ils se feront pas prier pour vous faire une escorte.

— Oui, mais j'emmène aussi ton fusil, ajouta-t-elle. Et les balles qui vont avec.

— C'est gentil de me demander la permission.

— T'as besoin que du Magnum, non ? rétorqua-t-elle en secouant la tête. Les loups, ça m'étonnerait qu'ils te posent un gros problème une fois que tu seras mort. Ah, et j'aimerais prendre le pick-up, aussi. »

Paul eut un petit rire triste.

« Au cas où t'aurais oublié, je te signale qu'y a presque plus d'essence et que les freins sont nazes. Le radiateur doit être complètement gelé maintenant, et la batterie, ça m'étonnerait qu'y ait même une étincelle. »

Jamais Sister n'avait rencontré quelqu'un qui se donnait autant de raisons de rester assis sur son cul à pourrir sur place.

« Mais tu l'as essayé, récemment ? Même s'il est gelé, ce putain de radiateur, on peut toujours allumer un feu dessous, non ?

— T'as pensé à tout, toi, hein ? Hop, on prend la route dans un vieux pick-up tout déglingué, et hop ! juste après le prochain virage, une belle ville pimpante, pleine de gars de la Défense, de médecins et de policiers occupés à remettre en état ce beau pays. Et je parie qu'y aura aussi le bon Roi Dagobert, avec sa culotte à l'envers ! Écoute, ma grande, moi je sais c'qu'y a après le virage ! Encore des putains de virages et de l'asphalte, voilà c'qu'y a ! » Il faisait craquer ses phalanges plus fort encore, avec un sourire amer au coin des lèvres. « Je te souhaite bonne chance, ma grande. Vraiment.

— Moi, je veux pas te souhaiter bonne chance, rétorqua-t-elle. Je veux que tu viennes avec moi. »

Il resta silencieux un moment. Les phalanges craquaient. « Tu sais, s'il reste quelque chose plus loin, laissa-t-il tomber, ça sera bien pire que Fort Alamo, l'Enfer de Dante, l'Âge des ténèbres et les tranchées de 14-18. À côté de c'que tu vas voir là-bas, ton démon avec ses yeux dans tous les sens, c'est un des sept nains.

— T'aimes bien jouer au poker, mais t'es pas vraiment joueur, en fait, hein ?

— Pas quand les jokers ont des crocs.

— Bon, moi, je file vers l'ouest, répéta Sister une dernière fois. Je prends ton pick-up et je vais essayer de trouver de l'aide pour Artie. Tous ceux qui veulent venir avec moi peuvent venir. Ça te va, comme ça ? »

Paul se leva. Il observa les dormeurs, sur le sol. Ils me font confiance, se dit-il. Ils feront ce que je dirai. Mais on est au chaud ici, et en sécurité, et...

Et le kérosène serait épuisé dans seulement une semaine.

« Bon, la nuit porte conseil », répondit-il d'une voix gutturale avant d'écarter les rideaux pour regagner ses quartiers.

Sister resta assise à écouter les sifflements aigus du vent. Dans son sommeil, Artie poussa un nouveau soupir de douleur, la main toujours crispée sur son thorax. Du lointain, monta un hurlement animal sur une note haut perchée, qui vibra comme une corde de violon. Sister toucha l'anneau de verre à travers la toile épaisse du sac et se mit à penser au lendemain.

Derrière le rideau vert, Paul Thorson ouvrit la cantine et en sortit le .357 Magnum. L'arme était lourde, d'un noir bleuté, avec une crosse rugueuse marron foncé. On aurait dit qu'elle avait été faite pour sa main. Il tourna le canon vers son visage et plongea son regard dans cet œil unique et impassible. Une petite pression, se dit-il, et tout serait terminé. C'était tellement simple. La fin d'un voyage totalement merdique, et le début de... de quoi ?

Il prit une profonde inspiration, puis souffla et rangea le pistolet. Mais quand sa main sortit de la cantine, elle tenait une bouteille de whisky, qu'il emporta au lit.

GUERRIER ZOULOU

Josh prit une pelle dans le sous-sol de Leona Skelton pour aller creuser la tombe, et ils enterrèrent Davy dans le jardin derrière la maison.

Pendant que Leona, tête baissée, disait une prière dont le vent emporta des bribes, Swan leva les yeux et aperçut le petit fox-terrier assis à une vingtaine de mètres d'eux, tête penchée sur un côté, oreilles dressées. Depuis une semaine, elle lui laissait des restes sur les marches de la terrasse ; le chien les emportait, mais sans jamais s'approcher assez pour que Swan puisse le toucher. Elle s'était dit que l'animal s'était résigné à vivre de ça, mais pas encore à faire le beau pour les mendier.

Josh avait fini par prendre son bain. Il aurait pu se faire un costume en cousant ensemble toutes les peaux mortes qui s'étaient détachées de son corps, et l'eau de la baignoire était marron comme s'il y avait jeté une grosse pelletée de terre. Il avait nettoyé de son mieux le bourrelet de chair qui subsistait de son oreille droite, couvert de saletés et de croûtes ; le sang avait pénétré si loin dans le canal auditif qu'il lui avait fallu un long moment pour tout déboucher. Et par la suite, il avait réalisé que depuis l'accident, il n'entendait en fait que d'un seul côté ; à présent, les sons étaient si nets et si clairs qu'il en était surpris. Ses sourcils, eux, avaient définitivement disparu, et son visage, sa poitrine, ses bras, ses mains et son dos étaient zébrés, marbrés par la perte de pigmentation, comme si on lui avait lancé dessus un seau de javel. Il se consolait en se disant qu'il devait avoir l'air d'un chef guerrier Zoulou avec ses peintures de guerre, enfin quelque chose comme ça. Sa barbe avait poussé et elle aussi était mêlée de blanc.

Cloques et plaies guérissaient sur son visage, mais sur le front poussaient sept petits nodules noirs qui ressemblaient à des verrues. Deux avaient même fusionné. Josh avait bien essayé de les arracher avec ses ongles, mais ils étaient bien trop durs et la douleur avait fusé dans son crâne. Cancer de la peau, avait-il pensé. Mais ces espèces de verrues, elles étaient que sur son front et nulle part ailleurs. Je suis un crapaud-zèbre, se disait-il. Sans trop savoir pourquoi, ces nodules l'inquiétaient davantage que toutes ses autres blessures ou cicatrices.

Il avait dû remettre ses vêtements, car rien dans la maison ne pouvait lui aller. Leona les lui avait lavés et raccommodés, mais ils restaient en sale état. Elle lui avait donné une paire de chaussettes, trop petites, évidemment. C'était tout de même préférable à ses chaussettes à lui, qui n'étaient quasiment plus que des trous collés ensemble par le sang séché.

Après l'enterrement, Josh et Swan avaient laissé Leona seule près de la tombe de son mari. Un manteau usé de velours marron sur les épaules, elle resta debout ainsi, se protégeant le visage du vent.

Josh descendit au sous-sol et se mit aux préparatifs du départ dont ils avaient discuté tous les trois. Il remonta une brouette, qu'il remplit de provisions : conserves, fruits secs, muffins de maïs durs comme la pierre, six gros bocaux en verre hermétiquement clos remplis d'eau du puits, couvertures et ustensiles de cuisine variés ; il recouvrit le tout d'un drap et fit plusieurs tours de grosse ficelle pour maintenir le chargement en place. Leona, les yeux rouges et gonflés de chagrin, mais droite face à l'adversité, finit par rentrer et faire sa valise ; elle commença par y mettre les photos encadrées de sa famille posées sur la cheminée, puis pulls, chaussettes et le reste. Elle fit aussi un petit sac pour Swan, plein de vieux vêtements de Joe, et ensuite parcourut la maison, restant assise un moment dans chaque pièce à écouter le vent fouetter la bâtisse, comme pour s'imprégner des arômes et des souvenirs de la vie que chacune d'elles avait vu passer.

Ils avaient prévu de partir pour Matheson dès l'aube. Leona avait dit qu'elle les accompagnerait jusque là-bas, et qu'environ à mi-chemin entre Sullivan et Matheson, ils passeraient par une ferme appartenant à un couple d'amis à elle, Homer Jaspin et sa femme Maggie, où ils pourraient rester une nuit.

Leona avait emballé plusieurs de ses plus belles boules de cristal, et d'une boîte rangée sur une étagère dans un placard, elle avait tiré quelques enveloppes jaunies et des cartes d'anniversaire : des lettres de Davy du temps où il lui « faisait la cour », avait-elle expliqué à Swan, ainsi que des cartes de Joe. Deux boîtes d'onguent pour les rhumatismes de ses genoux trouvèrent aussi leur place dans la valise, car même si la vieille dame n'en avait rien dit, Josh savait que faire tout ce chemin à pied, au moins quinze kilomètres jusqu'à la ferme des Jaspin, serait une torture pour elle. Mais comme ils ne disposaient d'aucun moyen de transport, ils n'avaient pas d'autre choix.

Le paquet de cartes de tarot alla lui aussi dans la valise, mais Leona s'empara d'un autre objet encore, qu'elle ramena dans la grande pièce.

« Tiens, proposa-t-elle à Swan, prends ça, tu veux bien ? »

Et Swan prit la baguette de sourcier qu'elle lui tendait.

« On peut pas laisser Chouineuse toute seule, hein ? poursuivit Leona. Oh, que non. C'est qu'elle a pas encore fini son travail, loin de là, même ! »

La nuit passa, et Josh et Swan dormirent comme des bébés dans des lits qu'ils allaient regretter d'avoir quittés.

Quand il émergea, une lumière d'un gris lugubre baignait la fenêtre. Le vent avait faibli, mais la vitre était glacée sous ses doigts. Il alla réveiller Swan qui dormait dans la chambre de Joe avant de retrouver Leona dans la grande pièce, assise devant l'âtre froid, vêtue d'une salopette et de godillots, avec deux chandails superposés, d'un manteau de velours côtelé et de gants. Ses bagages étaient posés de part et d'autre de son fauteuil.

Josh avait dormi tout habillé, et à présent il enfila avec mille peines un long manteau ayant appartenu à Davy. Leona avait eu beau passer une partie de la nuit à découdre et recoudre les épaules et les manches pour qu'il puisse lui aller, il se sentait boudiné comme une grosse saucisse.

« On est prêts, je crois », lança Josh dès que Swan apparut, la baguette de bois à la main, vêtue d'un des jeans de Joe, d'un épais chandail bleu, d'un blouson doublé de mouton et de mitaines rouges.

« Encore une minute », murmura Leona, les mains jointes sur ses jambes. Le réveil mécanique avait cessé son *tic-tac*. « Oh, Seigneur, reprit-elle. Cette maison, c'est la plus belle où j'aie jamais vécu.

— On t'en trouvera une autre. », promit Josh.

Elle eut un pauvre sourire.

« Pas comme celle-là. Ici, c'est toute ma vie qui est enfermée dans les briques. Oh, Seigneur... Oh, Seigneur... » Elle pencha la tête et se prit le visage dans les mains, les épaules secouées de sanglots silencieux. Josh s'éloigna jusqu'à une fenêtre, et Swan allongea la main pour la poser sur le bras de Leona, mais la retira au tout dernier moment. La vieille femme souffrait, Swan le savait, mais elle se préparait aussi pour tout ce qui allait advenir.

Au bout de quelques minutes, Leona se leva de son fauteuil et retourna au fond de la maison. Quand elle revint, elle avait en main son pistolet et une boîte de balles, et elle fourra l'un et l'autre sous le drap qui recouvrait la brouette. « On sait jamais, fit-elle, ça peut toujours servir. » Elle baissa alors les yeux vers Swan, puis les releva vers Josh. « Je pense que je suis prête, maintenant. » Elle prit la valise, et Swan le petit sac.

Josh souleva les poignées de la brouette. Sur le moment, elle ne lui sembla pas lourde, mais la journée ne faisait que commencer. Tout à coup, on entendit la valise de Leona retomber sur le sol.

« Attendez ! », s'écria-t-elle avant de se précipiter dans la cuisine, dont elle revint armée de son balai, et de repousser soigneusement dans l'âtre les cendres et braises éteintes qui s'étaient éparpillées.

« C'est bon, je suis prête maintenant. »

Ils quittèrent la maison et se dirigèrent vers le nord-ouest, traversant ce qui restait de Sullivan.

Le fox-terrier gris les suivait, à une trentaine de mètres, sa petite queue dressée pour s'équilibrer dans le souffle du vent.

LE POING ORIGINEL

La nuit les rattrapa alors qu'ils n'étaient pas encore arrivés à la ferme des Jaspin. Josh attacha la lampe torche à l'avant de la brouette. Leona, dont les rhumatismes la faisaient souffrir le martyre, ne pouvait pas marcher plus d'une demi-heure sans s'arrêter pour s'allonger, la tête posée sur les genoux de Swan pendant que Josh lui massait doucement les mollets ; des larmes de douleur striaient la poussière qui lui couvrait les joues. Elle restait malgré tout silencieuse et n'avait jamais prononcé un mot pour se plaindre. Après quelques minutes de repos, elle se remettait péniblement debout et les voilà repartis, traversant d'immenses prairies que les radiations avaient rendues noires et huileuses.

Dans le halo de la lampe apparut enfin une clôture en bois d'un mètre vingt de haut, à moitié couchée par le vent.

« Ça y est, je crois qu'on approche de la maison ! », les encouragea Leona.

Josh souleva la brouette pour la faire passer par-dessus la barrière, puis ce fut au tour de Swan et il aida Leona à passer entre les rondins. Devant eux s'étendait un champ de maïs entièrement noir, les tiges contaminées aussi hautes que Josh et oscillant telles d'étranges algues au fond d'une piscine gluante. Il leur fallut une dizaine de minutes pour le traverser, avant que leur lumière ne révèle enfin le flanc d'un corps de ferme autrefois peint en blanc, à présent tacheté de marron et de jaune comme la peau d'un lézard.

« C'est là, c'est chez Homer et Maggie ! », cria Leona dans le vent.

La demeure était obscure, on ne voyait ni bougies ni lanternes aux fenêtres. Pas le moindre signe non plus de voiture ou de camion. Mais un claquement fort et irrégulier se faisait entendre un peu plus loin sur leur droite. Comme la torche n'éclairait pas jusque-là, Josh la détacha et se dirigea vers le bruit. À une cinquantaine de mètres derrière la maison se trouvait une grange rouge, dont l'une des portes battait au vent. Josh retourna vers la maison et braqua le faisceau sur l'entrée, qui était grande ouverte, la moustiquaire battant elle aussi dans les bourrasques. Il ordonna à Swan et Leona de l'attendre dehors et pénétra dans la ferme obscure des Jaspin.

Alors qu'il s'apprêtait à demander tout haut si quelqu'un était à l'intérieur, il obtint sa réponse : l'odeur de chair putréfiée faillit l'étouffer. Il dut attendre un moment, penché au-dessus d'un crachoir de bronze décoratif qui contenait un bouquet de marguerites séchées, avant d'être sûr de ne pas vomir. Puis il partit à la recherche des corps, dirigeant lentement la lampe à gauche et à droite.

Dehors, Swan entendit un chien aboyer furieusement dans le champ qu'ils venaient de traverser. Elle savait que le fox-terrier les avait suivis toute la journée. Jamais à moins de six ou sept mètres d'eux, il se sauvait dès qu'elle se baissait pour essayer de le faire approcher davantage. Il a trouvé quelque chose là-bas, se dit Swan. Ou bien... quelque chose l'a trouvé, lui.

Les aboiements étaient pressants, comme pour dire « Venez voir !! Venez voir !! »

Swan posa son sac au sol, et Chouineuse contre la brouette. Elle fit deux ou trois pas en direction du champ noir qui ondulait. Leona l'appela : « Ma puce ! Josh a dit qu'il fallait rester là !

— C'est bon, pas de danger, répondit-elle en faisant trois pas de plus.

— Swan ! », lança Leona quand elle comprit où allait la fillette ; elle fit un mouvement comme pour lui courir après, mais ses genoux se trouvèrent paralysés par la douleur. « Faut pas aller là-bas ! »

Mais Swan, répondant à l'appel du petit chien, s'enfonça dans le champ de maïs dont les hautes tiges sombres se refermèrent sur elle.

« Swan ! », cria Leona.

Dans la maison, Josh, précédé du faisceau lumineux, entra dans un petit coin salle à manger. Un placard avait été violemment ouvert et le sol était jonché de débris de vaisselle. Des chaises avaient été fracassées contre un mur, la table fendue en plusieurs morceaux à la hache. L'odeur de pourriture se faisait plus forte. Le rond lumineux révéla des mots peints sur le mur : GLOIRE À LORD ALVIN.

À la peinture marron, crut d'abord Josh. Mais non, en fait. Non. Le sang avait coulé pour former une petite flaque désormais noire sur le sol.

Une porte semblait lui faire signe. Il prit une grande inspiration, serrant les dents pour résister à cette atroce puanteur et passa le seuil.

Il se retrouva dans une cuisine aux meubles jaunes, avec une carpette sombre au sol.

C'est là qu'il les trouva.

Du moins, ce qu'il en restait.

On les avait attachés à des chaises avec du fil de fer barbelé. Le visage de la femme, encadré par des cheveux gris ensanglantés, ressemblait à un gros coussin d'épingles, hérissé de couteaux, de fourchettes et de piques. Quant à l'homme, on avait dessiné une cible avec du sang sur sa poitrine dénudée, avant de s'exercer au tir avec un pistolet ou un fusil de petit calibre. La tête n'était plus là.

« Oh... mon Dieu ! », croassa Josh, qui cette fois ne put se retenir. Chancelant, il traversa la pièce pour se plier en deux au-dessus de l'évier.

Mais la lueur de la torche qu'il tenait en main révéla que le bac n'était pas vide. Au cri révulsion de Josh, la centaine de cafards qui recouvraient en une masse compacte la tête tranchée de Homer Jaspin s'éparpilla d'un seul coup en un branle-bas frénétique dans l'évier et sur le plan de travail.

Josh fit un pas maladroit en arrière. La bile remonta dans sa gorge, âcre et brûlante, et ses pieds se dérobèrent sous lui. Il tomba lourdement sur cette carpette sombre qui recouvrait le sol et sentit des choses grouiller sur ses membres.

Le sol, comprit-il. Le... sol...

Tout autour des corps, le sol était recouvert d'un épais tapis de cafards, des bestioles qui s'agitaient en tous sens les unes sur les autres.

Et alors que les insectes grimpaient sur tout son corps, Josh eut cette pensée, aussi subite qu'incongrue : impossibles à tuer, ces saloperies ! Même un désastre nucléaire y arrive pas !

Il se releva d'un bond, dérapant sur les bestioles, et se précipita hors de cette sinistre cuisine, tout en se donnant de grandes tapes partout pour se débarrasser d'elles, les balayer de ses vêtements, de sa peau. Il se jeta sur le tapis dans le séjour et s'y roula comme un dément, puis se releva et fonça vers la porte-moustiquaire.

Leona entendit un bruit de bois fracassé et de tissu déchiré, et se retourna vers la maison à temps pour voir Josh emporter la moustiquaire avec lui dans une charge de taureau furieux. Allons donc, encore une autre, se dit-elle, avant de voir le géant se jeter au sol et s'y rouler, tout en se frappant partout et en se tortillant comme s'il était tombé sur un nid de frelons.

« Qu'est-ce qui se passe ?! cria-t-elle en se dirigeant vers lui cahin-caha. Qu'est-ce qui t'arrive ?! »

Josh se mit à genoux. Il tenait toujours la torche d'une main, pendant que l'autre courait sur son corps. Leona s'arrêta net, car jamais de sa vie elle n'avait vu une telle terreur dans les yeux d'un homme.

« C'est... c'est quoi ?

— Va pas là-dedans... Va pas là-dedans... », balbutiait-il, tremblant et se tortillant encore. Un cafard lui courut sur la joue, qu'il attrapa et jeta le plus loin possible avec un frisson. « Entre pas dans cette baraque !

— D'accord », promit-elle, en fouillant du regard le rectangle obscur qui s'ouvrait à la place de la porte. Elle perçut une mauvaise odeur ; elle avait déjà senti cette puanteur, là-bas à Sullivan, et savait ce que c'était.

Josh entendit un chien aboyer.

« Elle est où, Swan ? s'inquiéta-t-il en se relevant, toujours en train de se secouer. Elle est partie où ?

— Par là ! répondit Leona en montrant le champ noir. Je lui

ai dit de pas y aller, pourtant !

— Merde ! », s'écria Josh, réalisant brusquement que ceux qui avaient perpétré de telles horreurs étaient peut-être encore dans le secteur, peut-être même dans cette grange à les épier. Ou alors là, dans ces maïs morts, avec l'enfant.

Il sortit pistolet et boîte de munitions de la brouette et se dépêcha de glisser trois balles dans le barillet. « Toi, tu restes là ! ordonna-t-il à Leona. Et tu rentres pas dans cette maison ! » Puis, la torche dans une main, l'arme dans l'autre, il s'enfonça en courant dans le champ.

Swan suivait les aboiements du fox-terrier, dont l'écho enflait ou s'estompait au gré des bourrasques. Autour d'elle, les tiges mortes depuis longtemps s'agitaient dans un concert de crissements, agrippant ses vêtements de leurs sarments durs comme du cuir. Elle avait l'impression de traverser un cimetière où les cadavres seraient debout, mais les appels frénétiques du chien la poussaient à continuer. Il y avait dans ce champ quelque chose d'important, quelque chose que l'animal voulait absolument lui faire voir, et elle était décidée à trouver quoi. Elle crut entendre le chien sur sa gauche et commença à obliquer dans cette direction. Derrière elle, elle entendit Josh l'appeler : « Swan ! » Elle lui répondit : « Je suis là ! » Mais le vent avait tourné à ce moment précis. Elle poursuivit son chemin, les mains levées devant elle pour se protéger des grandes tiges qui lui fouettaient le visage.

Les jappements étaient plus proches à présent. Non, se dit Swan, ils repartent vers la droite. Elle continua, et crut entendre Josh l'appeler à nouveau.

« Je suis là ! », cria-t-elle, mais elle n'entendit pas de réponse. Les aboiements se déplacèrent encore, et Swan comprit que le fox-terrier suivait quelque chose. Ou quelqu'un. « Viens vite ! Viens vite voir ce que j'ai trouvé ! », lui disait-il.

Swan fit quelques pas de plus avant d'entendre quelque chose foncer sur elle à grand fracas. L'appel du petit chien se fit encore plus fort, plus pressant. Swan s'était immobilisée, tous les sens à l'affût. Son cœur cognait dans sa poitrine, car elle savait que cette chose venait dans sa direction, droit sur elle.

« Qui est là ? », cria-t-elle. Le fracas se rapprochait. « Qui est là ? » Mais le vent emportait sa voix.

Et soudain, elle aperçut entre les plants noirs quelque chose fondre sur elle, quelque chose qui n'était pas humain ; quelque chose d'immense. Elle n'arrivait pas à discerner sa forme, ni à comprendre ce que c'était, mais elle entendit le sol gronder et commença à reculer, le cœur battant. Cette énorme créature difforme avançait de plus en plus vite, bousculant les grandes tiges mortes qui s'écartaient. Elle voulut courir, mais ses pieds avaient comme pris racine, et de toute façon elle n'avait plus le temps, car ça arrivait dans un tonnerre de bruit et le fox-terrier, frénétique, redoublait d'avertissements.

Le monstre déchira le rideau de maïs et s'arrêta devant elle, aussi grand qu'une tour. Swan poussa un cri, réussit à s'arracher à sa stupeur et se mit à reculer, à reculer, mais elle trébucha, tomba sur les fesses alors que les pattes de la créature s'approchaient d'elle en faisant résonner le sol.

« Swan ! », hurla Josh qui surgit des hautes tiges derrière elle et braqua la lumière sur la chose qui allait la piétiner.

Ébloui, le monstre s'arrêta net et se cabra, soufflant de la vapeur par ses naseaux dilatés.

Swan et Josh comprirent alors ce que c'était.

Un cheval.

Un cheval pie, aux grosses taches noires et blanches, aux grands yeux terrorisés et aux sabots disproportionnés, recouverts de longs crins. Le petit chien aboyait obstinément derrière lui et le cheval hennissait, affolé, dansant sur ses jambes arrière quelques secondes avant de retomber à quelques centimètres seulement de Swan, toujours par terre. Josh saisit le bras de la fillette et la tira hors de portée des sabots de la bête qui continuait à se cabrer en tournoyant sur elle-même, le fox-terrier lui passant comme une flèche entre les jambes avec un courage fou.

Swan tremblait comme une feuille, mais elle avait compris que le cheval était encore plus effrayé qu'elle. Affolé, aveuglé, il cherchait une issue, les aboiements du chien ajoutant encore à sa peur. Sans hésiter, Swan s'arracha alors à Josh et fit deux pas en avant pour se retrouver presque sous le poitrail de l'animal ; elle leva les mains et tapa deux fois dans ses paumes juste devant lui.

Le cheval sursauta, mais cessa de s'agiter ; ses grands yeux apeurés étaient fixés sur la petite fille, la vapeur s'échappant de ses naseaux, tandis qu'un grondement montait de ses poumons. Ses jambes tremblaient comme si elles allaient se dérober ou bien s'enfuir toutes seules.

Le fox-terrier continuait à japper, mais Swan pointa l'index sur lui : « Chhhut ! » Le chien s'éloigna un peu, mais ne put s'empêcher d'aboyer une dernière fois ; et puis, comme s'il avait décidé qu'il s'était trop approché des humains, compromettant ainsi son indépendance, il s'enfuit à travers le champ de maïs. Restant à distance, il continua néanmoins à aboyer par intermittence.

Entièrement concentrée sur lui, Swan gardait les yeux braqués sur ceux du cheval. La tête, pas vraiment belle, tremblait elle aussi, semblant s'efforcer de se détacher de son emprise, mais en vain.

« C'est un garçon ou une fille ? demanda-t-elle à Josh.

— Hein ? », fit-il distraitement, croyant toujours sentir des cafards grouiller le long de son dos. Mais il déplaça le rayon de sa lampe.

« Un garçon », répondit-il. Un sacré gars, ajouta-t-il en son for intérieur.

« Je parie que ça fait longtemps qu'il n'a pas vu d'hommes. Regarde, il sait pas s'il est content de nous voir ou s'il doit se sauver.

— Il appartenait sûrement aux Jaspin, observa Josh.

— Tu les as trouvés, dans la maison ? demanda-t-elle sans quitter l'animal des yeux.

— Oui. Enfin... non. J'ai trouvé des traces. Ils ont dû faire leurs bagages et partir de là. » Pas question qu'il laisse Swan entrer dans cette baraque.

Le cheval renâcla nerveusement en faisant quelques pas de côté.

Swan approcha doucement la main de son museau.

« Fais attention, l'avertit Josh. Il va te broyer les doigts ! »

La fillette continua néanmoins à lever la main, lentement mais sûrement. Le cheval recula, les naseaux dilatés, les oreilles agitées. Il baissa la tête, flairant le sol, puis fit mine de regarder dans une autre direction, mais Swan savait qu'il l'observait toujours, incertain de l'attitude qu'il devait adopter envers eux.

« On va pas te faire de mal », lui murmura Swan d'une voix douce. Elle fit un pas vers lui. Il renâcla encore brusquement.

« Attention ! Il peut te charger ! » Josh ne connaissait strictement rien aux chevaux, qui l'avaient toujours effrayé. Celui-là était énorme, assez laid, avec ses sabots couverts de longs crins, sa queue pendante et un dos concave, comme si on lui avait fait porter une enclume au lieu d'une selle.

« Il sait pas trop quoi penser de nous, expliqua la fillette. Il se demande encore s'il va se sauver ou non, mais au fond je crois qu'il est content de revoir des gens.

— T'es experte en chevaux, ou quoi ?

— Non. Mais je le sais à ses oreilles, et à voir comment il balance la queue. Regarde comme il nous flaire, il veut pas faire ami-ami tout de suite. Les chevaux, c'est très fier. Je crois que celui-là, il aime les gens, et il s'est retrouvé seul.

— Moi, répondit Josh, perplexe, je saurais vraiment pas dire.

— Ma maman et moi, on a habité un motel à un moment, et juste à côté y avait un pré avec des chevaux, je sais pas trop à qui ils étaient. Je grimpais par-dessus la barrière et j'allais me promener avec eux, et je crois que c'est comme ça que j'ai appris à leur parler, aussi.

— Leur parler ? Allez, arrête un peu !

— Pas leur parler comme à des gens, corrigea-t-elle. Un cheval, ça parle avec ses oreilles et sa queue, et la position de son corps. Regarde, il nous parle, là. » L'animal renâcla encore et émit un bref hennissement.

« Et qu'est-ce qu'il dit ?

— Il dit... qu'il voudrait bien savoir de quoi on parle, nous. »

Et Swan leva de nouveau la main vers le museau.

« Attention ! »

Le cheval fit un pas en arrière. Les doigts de la fillette continuaient d'avancer, doucement, très doucement.

« Personne te fera de mal », lui assura-t-elle d'une voix qui, aux oreilles de Josh, ressemblait au son d'un luth, ou d'une lyre, enfin d'un instrument ancien. Sa mélodie apaisante lui aurait presque fait oublier les horreurs attachées à ces chaises là-bas, dans la maison des Jaspin.

« Allez, viens, l'encourageait Swan. On te fera pas de mal. » Ses doigts n'étaient plus qu'à quelques centimètres, et Josh s'apprêtait à lui attraper le poignet pour la mettre hors de portée de cette grande bouche, quand les oreilles de l'animal remuèrent et s'inclinèrent vers l'avant. Il renâcla encore, joua de son sabot sur le sol, puis pencha la tête pour accepter la caresse de la fillette.

« C'est bien, répétait-elle. C'est bien, mon beau. » Elle lui grattait le museau, et l'animal lui poussait le bras d'un mufle interrogateur.

Josh ne l'aurait jamais cru s'il ne l'avait pas vu. Mais Swan avait sans doute raison : ce cheval devait simplement être heureux de revoir des gens, depuis tout ce temps.

« Bon, ben je crois que tu t'es fait un copain. Mais il a pas beaucoup d'allure, pour un cheval. On dirait plutôt un gros mulet bizarre.

— Moi, je le trouve joli dans son genre. » Swan le caressait entre les yeux, et lui, obéissant, baissait la tête pour qu'elle n'ait pas à lever le bras si haut. Son regard était toujours apeuré et la fillette savait que si elle faisait un mouvement trop brusque il pourrait se sauver dans le champ pour sans doute ne jamais revenir, c'est pourquoi elle s'efforçait de rester aussi douce et précise que possible dans ses gestes. Elle se disait qu'il devait être âgé, à voir la lassitude placide que trahissait l'avachissement de sa tête et de ses flancs, comme s'il s'était résigné à une vie à tirer une charrue dans ce champ où ils se trouvaient à présent. Son pelage pommelé était parcouru de frissons, mais il laissait Swan lui gratter la tête en émettant un son de gorge grave qui ressemblait à un soupir de soulagement.

« J'ai laissé Leona devant la maison, s'inquiéta Josh. On ferait mieux d'y retourner, maintenant. »

Avec un hochement de tête, Swan tourna le dos au cheval et se mit à suivre Josh qui rebroussait chemin. Au bout de quelques mètres à peine, elle sentit plutôt qu'elle entendit les pas lourds sur la terre, derrière elle ; elle jeta un coup d'œil par-dessus son épaule. Le cheval se figea telle une statue. Puis il continua, à distance respectueuse, de suivre Swan. Le fox-terrier surgit du maïs et jappa deux ou trois fois, histoire de l'embêter un peu, mais le cheval, d'une petite ruade dédaigneuse, l'aspergea de terre meuble.

Ils trouvèrent Leona assise par terre, occupée à se masser les genoux. À la lueur de la torche de Josh, qui émergea du champ, elle aperçut Swan et le cheval.

« Dieu tout-puissant ! Mais qu'est-ce que vous avez trouvé ?

— Il était en train de redevenir sauvage, dans son coin, expliqua Josh. C'est Swan qui l'a charmé comme un serpent et qui l'a calmé.

— Ah bon ? », répondit Leona, dont les yeux trouvèrent ceux de la fillette, à qui elle adressa un sourire entendu. Elle se rapprocha, mal assurée sur ses jambes, pour regarder le cheval de plus près. « Il devait être à Homer. Il avait trois ou quatre chevaux. Bon, c'est pas le plus beau que j'ai pu voir, mais il a quatre pattes bien solides, hein ?

— Y ressemble davantage à un mulet, pour moi, remarqua Josh. Regarde un peu ces sabots, aussi larges que des poêles à frire ! » Il sentit dans le vent une bouffée d'air vicié échappée de la maison. Le cheval secoua la tête et émit un hennissement, comme si lui aussi avait senti cette odeur de mort. « Bon, allez, on va s'abriter du vent », suggéra Josh en éclairant la grange. Il remit le pistolet et la torche dans la brouette, et passa le premier, histoire de s'assurer que le ou les meurtriers des Jaspin ne les attendaient pas cachés, quelque part là-bas. Il se demandait qui était ce Lord Alvin, mais en même temps n'était pas pressé de le savoir. Derrière lui, Swan reprit Chouineuse et son sac, et Leona, sa valise. Le cheval les suivit à distance et le fox-terrier, aboyant à l'arrière-garde, se mit à sillonner le terrain autour de la bâtisse telle une sentinelle.

Josh inspecta la grange de fond en comble, mais n'y trouva personne. Il y avait du foin partout, si bien que le cheval entra lui aussi, et fit comme chez lui. Josh déballa les couvertures, accrocha la lampe à un mur et ouvrit une boîte de ragoût de bœuf pour le dîner. Le cheval resta un moment la tête près du sol, davantage intéressé par le foin que par le ragoût ; il se rapprocha lorsque Josh ouvrit un gros bidon d'eau et lui en versa un peu dans un seau vide. L'animal aspira entièrement le liquide et vint en réclamer encore. Quand Josh en remit, il gratta le sol de son sabot comme un jeune poulain.

« Non, mulet, pousse-toi ! », protesta Josh quand le cheval essaya de glisser sa langue dans le bidon.

Une fois le ragoût presque terminé, Swan sortit avec la boîte où subsistaient quelques restes et le jus, et la laissa dehors pour le chien, avec un peu d'eau. Le fox-terrier s'approcha jusqu'à trois mètres environ, puis attendit que Swan retourne dans la grange pour aller se nourrir.

La fillette s'endormit sous une couverture. Le cheval, que Josh avait définitivement baptisé « Mulet », continua d'arpenter tranquillement la grange, tantôt grignotant du foin, tantôt scrutant la ferme obscure par les planches cassées de la porte. Quant au fox-terrier, il patrouilla encore dans le secteur pendant un moment avant de se trouver un coin où se mettre à l'abri, contre un des murs à l'extérieur, et de s'y coucher.

« Ils étaient morts, tous les deux ? murmura Leona à Josh, qui s'était assis contre un poteau, une couverture sur les épaules.

— Oui.

— T'as envie d'en parler ?

— Non. Et franchement, toi non plus, d'ailleurs. Demain, on a encore une longue journée fatigante devant nous. »

Elle attendit encore quelques minutes pour voir s'il allait lui raconter, mais au fond elle n'avait pas envie de savoir. Elle s'enveloppa dans la couverture et s'endormit.

Josh avait peur de fermer les yeux, car il savait ce qui l'attendait derrière ses paupières. À l'autre bout de la grange, Mulet soufflait doucement ; ce bruit avait quelque chose d'étrangement rassurant, un peu comme celui de la chaleur qui pénètre dans une pièce froide par une bouche d'aération, ou bien la voix d'un crieur public qui signale aux villageois que tout va bien. Josh savait qu'il allait lui falloir dormir un peu, mais alors qu'il était sur le point de fermer les yeux, il détecta un infime mouvement sur sa droite. Un petit cafard cheminait lentement sur les brins de paille éparpillés. Josh ferma le poing et s'apprêtait à l'abattre, mais il arrêta son geste à mi-chemin.

Tout ce qui est vivant, lui avait dit Swan, parle et sent à sa manière. Tout ce qui est vivant.

Il se retint de donner le coup fatal, observant l'insecte qui avançait à grand-peine, mais avec obstination, se coinçant dans des brins de paille avant de se libérer et de repartir péniblement de l'avant, admirable de ténacité et de détermination.

Josh rouvrit le poing et replia le bras. Le cafard poursuivit son chemin, sortant du halo lumineux, en route vers sa destination, quelque part dans l'obscurité. Qui suis-je, moi, pour tuer cette chose ? se demanda-t-il. Qui suis-je pour donner la mort, même à la plus humble des formes de vie ?

Il écouta les sifflements aigus du vent qui s'insinuait par les trous et les fissures, et se mit à réfléchir à cette idée : peut-être que, là-bas, dehors dans les ténèbres, il y avait quelque chose, Dieu ou Diable ou même quelque chose de plus originel encore, qui considérait l'humanité comme Josh avait considéré cet insecte : moins qu'intelligent, sans doute méchant, mais qui poursuivait son chemin bon gré mal gré, sans jamais renoncer, surmontant à grand-peine les obstacles ou les contournant, tout à sa volonté de survivre.

Et il espéra que, si jamais ce poing originel devait s'abattre, l'être supérieur prendrait comme lui au moins un instant pour y réfléchir.

Josh s'emmitoufla dans la couverture et s'allongea sur la paille pour dormir.

LE GROS

« Le voilà, le pouvoir ! s'écria le colonel Macklin en brandissant le calibre .45 automatique qu'il avait récupéré sur le cadavre du jeune Californien.

— Non, répliqua Roland Croninger, pour nous, le voilà, le pouvoir. » Et l'adolescent brandit l'un des flacons de comprimés de Sheila Fontana.

« Hé ! cria celle-ci en essayant de le reprendre à Roland, qui leva le bras plus haut pour qu'elle ne l'attrape pas. C'est ma réserve ! T'as pas l'droit...

— Assieds-toi ! », lui ordonna Macklin. Elle hésita, et il posa le pistolet bien en évidence sur son genou. « Assieds-toi », répéta-t-il, glacial.

Elle jura sous cape, mais se rassit dans cette fosse répugnante, tandis que le gamin continuait à vanter au héros de guerre les mérites des comprimés et de la coke, qui garantissaient davantage de pouvoir qu'aucune arme à feu.

L'aube arriva, et avec elle un ciel d'un jaune cancéreux et une pluie perçante comme des aiguilles. Une femme à la chevelure noire, un homme auquel il manquait une main et un garçon qui portait des lunettes d'aviateur cheminaient au milieu d'un paysage de cadavres en putréfaction et de carcasses de véhicules. Sheila Fontana, qui marchait en tête, brandissait un drapeau blanc, en l'occurrence une culotte ; dans son dos, Macklin, qui gardait le calibre .45 braqué sur ses reins. Roland Croninger, à l'arrière, portait le sac de la fille. Il avait encore en mémoire la sensation de sa chevelure dans ses mains, les mouvements ondulants de son corps ; il avait envie de forniquer encore, et ça l'aurait beaucoup contrarié qu'elle fasse une bêtise en cet instant et qu'ils soient obligés de l'exécuter. Parce que après tout, la veille, c'était une attitude hautement chevaleresque qu'ils lui avaient témoignée :

ils l'avaient sauvée des manants, lui avaient offert le couvert (des biscuits pour chien qu'ils avaient récupérés dans l'épave d'un camping-car et qui constituaient leur ordinaire, le chien lui-même ayant été consommé depuis longtemps) et le gîte – après en avoir fini avec elle.

Ils atteignirent ainsi la lisière du territoire des cloportes et commencèrent à progresser en terrain découvert. Devant eux s'étendaient les tentes, les véhicules et les abris en carton des privilégiés qui vivaient au bord du lac. Ils étaient à peu près à mi-chemin du camp, se dirigeant droit vers une énorme caravane Airstream cabossée qui trônait en plein centre, quand retentit le cri d'alerte : « Cloportes en approche ! Debout, là-d'dans ! Cloportes en approche ! »

« T'arrête pas, ordonna Macklin à Sheila quand il la sentit hésiter. Et continue à agiter ta culotte. »

Les gens commençaient à sortir de leurs abris. En vérité, ils étaient aussi dépenaillés et aussi sales qu'eux, mais la différence, c'était qu'ils avaient des armes et des réserves de conserves et d'eau minérale, et que pour la plupart ils ne souffraient pas de brûlures sévères. Alors que la majorité des cloportes étaient salement marqués, porteurs de maladies contagieuses ou carrément déments. Macklin avait compris la hiérarchie du camp : le pouvoir se concentrait dans cette caravane Airstream, manoir étincelant au milieu des abris de toiles.

« Demi-tour, enculés ! », hurla un homme depuis l'entrée de sa tente, en braquant sur eux un fusil. « Tirez-vous ! », cria une femme, et quelqu'un lança une boîte de conserve vide qui atterrit à quelques pas de Sheila. Celle-ci s'arrêta, et Macklin dut la pousser rudement du canon de l'automatique.

« Tu continues. Et tu souris. »

« Foutez le camp, saletés ! brailla à son tour un type vêtu d'un uniforme de l'Air Force en lambeaux et d'un manteau maculé de sang séché ; un revolver en main, il s'approcha jusqu'à quelques mètres à peine d'eux. Espèces de pilleurs de tombes ! brailla-t-il encore. Espèces de pouilleux, de dégueulasses, de... païens ! »

Macklin ne s'en inquiétait pas outre mesure; c'était un jeune, dans les vingt-cinq ans sans doute, et qui louchait sans cesse en direction de Sheila Fontana. Lui n'allait rien leur faire. D'autres s'approchaient, rivalisant de cris et d'insultes, brandissant pistolets, fusils, couteaux et même une baïonnette. On vit voler des pierres et des bouteilles, qui passèrent près sans les atteindre. « Vous avisez pas d'nous ramener vos maladies ici ! gueulait un homme entre deux âges en imperméable marron et bonnet de laine, une hache à la main. Un pas d'plus et j'vous trucide, moi, putain ! »

Macklin ne s'en faisait pas trop pour celui-là non plus. Les hommes étaient intrigués par la présence de Sheila Fontana, mais il lisait sans peine la concupiscence sur leurs visages alors qu'ils se pressaient autour d'eux à brailler leurs menaces. Il aperçut alors une jeune femme mince, aux cheveux châtains raides, vêtue d'un ciré jaune bien trop grand pour elle, et qui fixait Sheila, une lueur assassine dans ses yeux creusés. Elle tenait un couteau de boucher dont elle caressait la lame. Là, en revanche, danger, se dit Macklin, qui fit passer Sheila aussi loin d'elle que possible. Une boîte de conserve l'atteignit à la tempe. Quelqu'un s'approcha assez pour cracher sur Roland. « Continue, continue », répétait Macklin d'une voix posée, mais les yeux rétrécis, les sens en alerte.

Roland entendit des cris et des rires moqueurs derrière eux, et jeta un coup d'œil par-dessus son épaule. Une trentaine ou une quarantaine de cloportes étaient sortis de leurs trous et sautaient de joie sur place, hurlant comme des bêtes, attendant le massacre.

Macklin percevait l'odeur de l'eau salée à présent. Devant lui, à travers la brume de pluie, le Grand Lac s'étendait au-delà du camp jusqu'à l'horizon; ça sentait l'antiseptique, comme dans les couloirs d'un hôpital. Son moignon le brûlait, l'infection gagnant du terrain, et il lui tardait de pouvoir le plonger dans cette eau miraculeuse, de se baptiser d'une douleur purificatrice.

Un rouquin barbu et costaud en blouson de cuir et salopette, un pansement collé au front, surgit brusquement devant Sheila.

Il braqua un fusil à canon double sur la tête de Macklin. « Stop, on va pas plus loin. »

Sheila s'arrêta net, les yeux comme des soucoupes. Elle agita la culotte blanche sous le nez du type.

« Hé, tire pas ! On veut pas d'histoires !

— Il va pas tirer, intervint Macklin, très à l'aise, avec un grand sourire à l'intention du barbu. Tu vois, camarade, j'ai un flingue braqué droit sur le dos de mademoiselle. Si tu me tires dessus, toi ou l'un d'entre vous, bande de minables, ou sur le petit jeune, alors mon doigt va presser cette détente et lui sectionner la colonne vertébrale. Regardez-la un peu, les gars ! Mais matez donc ! Aucune brûlure ! Aucune brûlure nulle part ! Allez-y, prenez-en plein les yeux, mais on touche pas ! C'est quelque chose, cette fille, hein ? »

Sheila faillit bien soulever son tee-shirt, histoire d'en donner pour leur argent à ces mateurs ; si le héros de guerre avait décidé de se recycler comme maquereau, il aurait touché le gros lot. Mais tout ce qui se passait était pour elle si irréel, presque comme planer après avoir avalé des comprimés de LSD, qu'elle se contenta d'un large sourire, proche de l'éclat de rire. Tous ces types cradingues qui les entouraient, flingues et couteaux en main, et qui la reluquaient, bouche bée, pendant que, derrière eux, une collection de femmes maigres et sales la dévisageaient avec une haine absolue.

Macklin vit qu'ils étaient à un peu plus d'une quinzaine de mètres de l'Airstream à présent.

« On veut voir le Gros, annonça-t-il au barbu.

— Pas de problème ! cracha l'autre, sarcastique, sans baisser son fusil. Il en reçoit tous les jours des cloportes ! Même qu'il leur sert du champagne et du caviar ! » Il eut un reniflement de mépris. « Tu t'prends pour qui, toi, bordel ?

— Je suis le colonel James B. Macklin. Pilote de chasse au Vietnam ; j'ai été abattu, fait prisonnier et, à côté du trou où j'ai passé une année entière, cet endroit, c'est le *Ritz*. Je suis militaire, moi, espèce de connard ! » Le visage de Macklin s'était empourpré. Discipline et contrôle, se répéta-t-il. Discipline et contrôle, ça vous fait un homme. Il inspira, puis expira profondément deux ou trois fois ; autour de lui s'élevèrent des quolibets, et un crachat lui atterrit sur la joue. « On veut voir le Gros. C'est lui le chef, ici, non ? C'est lui qui a le plus de bouffe et de flingues, c'est ça ?

— Virez-les ! cria une petite femme boulotte, aux cheveux frisés, qui brandissait une longue fourchette à barbecue. On n'en veut pas, de leurs saletés de maladies ! »

Roland entendit le cliquetis d'un cran de sûreté et sentit que quelqu'un lui braquait un flingue derrière la tête. Il tressaillit, mais se retourna, lentement, affichant un sourire figé. Un garçon blond, à peu près de son âge, vêtu d'une grosse veste à carreaux, tenait un calibre .38 pile entre ses deux yeux.

« Tu pues », lui lança le garçon, dont les yeux marron sans éclat semblaient le mettre au défi de faire un mouvement. Roland resta immobile, le cœur cognant dans sa poitrine.

« Je t'ai dit qu'on voulait voir le Gros, répéta Macklin. Tu nous emmènes, ou quoi ? »

Le barbu éclata d'un rire guttural.

« Toi, t'as quand même des couilles ! » Son regard papillonna en direction de Sheila Fontana, s'attarda sur son corps et ses seins, puis revint à l'arme que tenait Macklin.

De son côté, Roland leva lentement la main, devant le visage du blondinet, puis la baissa tout aussi lentement pour la plonger dans sa poche de pantalon. Le blondinet avait le doigt crispé sur la détente. La main de Roland trouva ce qu'il cherchait, et commença à le sortir.

« Vous avez qu'à laisser la fille, et on vous butera pas, lança le barbu à Macklin. Allez, vous vous cassez d'ici et vous retournez dans votre trou. On oubliera que vous êtes... »

Un petit flacon en plastique atterrit juste devant sa botte gauche.

« Vas-y, l'exhorta Roland. Ramasse et renifle un peu. »

L'homme hésita, jeta un coup d'œil aux autres, toujours occupés à hurler des jurons et à dévorer Sheila des yeux. Puis il s'agenouilla, ramassa le flacon, défit le couvercle et renifla un bon coup.

« Ben merde alors, qu'est-ce que... !

— Vous voulez que j'le bute, Monsieur Lawry ? demanda le blondinet d'une voix pleine d'espoir.

— Non ! Baisse ce flingue, bordel ! » Lawry renifla encore le contenu du flacon, et ses grands yeux bleus s'humidifièrent. « J'ai dit baisse ce flingue ! », aboya-t-il, et l'adolescent obéit à contrecœur.

« Bon, vous nous emmenez chez le Gros ? gronda Macklin. J'ai l'impression que lui aussi, il aimerait bien sniffer un coup, vous croyez pas ?

— Où vous avez trouvé ça ?

— Le Gros. Tout de suite. »

Lawry remit le bouchon du flacon en place. Il regarda à nouveau les autres, puis derrière lui en direction de l'Airstream, avant de rester immobile, tâchant de prendre une décision. Il cligna plusieurs fois des paupières, et Roland comprit que, franchement, ce type n'avait pas inventé l'eau chaude. L'eau froide non plus, d'ailleurs. « Ok, reprit-il en leur faisant signe de son fusil. Magnez-vous l'cul.

— Tue-les ! couina la petite boulotte. Les laisse pas nous contaminer !

— Écoutez-moi, vous tous ! tonna Lawry, son arme dans une main, le flacon plastique serré dans l'autre. Y sont pas brûlés ou ch'ais pas quoi ! Y sont juste... crados, c'est tout ! Y sont pas comme les autres cloportes ! J'en prends la responsabilité !

— Les laisse pas entrer ! cria une autre voix de femme. C'est pas leur place !

— Allez, avance, ordonna Lawry à Macklin. Si tu fais l'malin, j'te jure que t'as plus de tête, enculé. Pigé ? »

Macklin ne répondit pas. Il poussa Sheila devant lui, et Roland le suivit, en direction de la grande caravane chromée. Toute une meute les accompagnait, dont le blondinet agité de la gâchette avec son calibre .38.

Lawry les fit arrêter à environ trois mètres de leur destination. Il grimpa les quelques briques que l'on avait disposées en guise de marches jusqu'à la porte, et frappa avec la crosse de son fusil. Une petite voix haut perchée s'éleva à l'intérieur : « C'est qui ?

— C'est Lawry, Monsieur Kempka. J'ai quelque chose avec moi qu'y faut que vous voyiez. »

Pas de réponse. Puis, après un moment, la caravane entière parut trembler et même s'incliner un peu : c'était Kempka, autrement dit le Gros – qui, comme Macklin l'avait appris d'autres cloportes, était le chef de ce camp. On entendit des loquets claquer. La porte s'ouvrit, mais sans que Macklin puisse apercevoir qui était derrière. Lawry lui ordonna d'attendre et entra dans la caravane. La porte se referma. Dès qu'il eut disparu, insultes et lazzis reprirent de plus belle, et on vit à nouveau voler des bouteilles et des boîtes de conserve.

« Tu débloques, le héros de guerre, grommela Sheila. Jamais tu sortiras de là vivant.

— Si on y va, tu viens aussi. »

Elle se retourna, dédaigneuse du pistolet, l'air furieux.

« Alors tue-moi. Dès que t'auras tiré, tous ces connards en rut vont te mettre en morceaux. Et qui c'est qui t'a autorisé à utiliser ma réserve, hein ? Tu sais pas ce que tu balances, merde ! »

Macklin eut un petit sourire.

« T'aimes bien vivre dangereusement, toi, hein ? » Il n'attendit pas la réponse, qu'il connaissait déjà. « T'as envie d'avoir à manger et à boire ? De dormir avec un toit au-dessus de la tête, sans avoir peur de te faire zigouiller pendant la nuit ? T'as envie de te laver, et pas de rester dans ta propre merde ? Moi aussi, j'ai envie de ça, et Roland aussi. Notre place, c'est pas là-bas, avec les cloportes ; notre place, c'est ici, et ça c'est notre chance. »

Elle secoua la tête, mais même si elle enrageait d'avoir perdu son stock de came, au fond elle savait qu'il avait raison. Ce gamin, c'était un sacré malin de les avoir orientés là-dessus.

« Tu débloques quand même.

— On verra. »

La porte de la caravane s'ouvrit. Lawry passa la tête dehors.

« Ok, montez. Mais d'abord, vous me filez le flingue.

— Pas question. Le flingue, je le garde.

— T'as entendu c'que j'ai dit, mon gars !

— J'ai entendu. Le flingue, je le garde. »

Lawry tourna la tête et regarda, par-dessus son épaule, l'homme à l'intérieur. Puis : « Allez, et grouillez-vous ! »

Ils montèrent tous trois les marches et Lawry referma la porte derrière Roland, étouffant ainsi les clameurs de la foule. Il garda le fusil braqué sur la tête de Macklin.

À l'autre bout de la caravane, un énorme amas de graisse, vêtu d'une salopette et d'un tee-shirt taché de gras et de sauces, était assis à une table. Il avait des cheveux teints en orange, hérissés en piques de plusieurs centimètres, et une barbe teintée de colorants alimentaires rouges et verts. La tête, même avec son quadruple menton, semblait bien trop petite pour son poitrail et sa vaste panse. Les yeux étaient deux trous noirs, comme ceux d'un ours en peluche, dans un visage pâle et flasque. Éparpillés partout à l'intérieur, on apercevait des caisses entières de conserves, des bouteilles de Coca, de l'eau minérale, sans compter une bonne centaine de packs de Budweiser empilés contre l'une des parois. Derrière lui, un véritable arsenal : un rack contenant sept fusils, dont un avec lunette, une vieille mitraillette Thompson, un bazooka et tout un assortiment de pistolets suspendus à des crochets. Sur la table, devant lui, il avait versé un petit tas de cocaïne du flacon, dont il frottait une pincée entre ses doigts boudinés. À portée de sa main droite, un Luger, canon pointé vers ses visiteurs. Il porta la cocaïne à ses narines et se mit à renifler délicatement, comme s'il testait un parfum de luxe.

« Vous avez des noms ? », interrogea-t-il d'une voix semblable à celle d'une petite fille.

« Je m'appelle Macklin. Colonel James B. Macklin, ex Air Force des États-Unis. Lui, c'est Roland Croninger, et elle, Sheila Fontana. »

Kempka prit entre ses doigts une autre petite pincée de poudre, qu'il laissa retomber en pluie.

« Et ça, colonel Macklin, ça vient d'où ?

— C'est ma réserve », répondit Sheila. Elle pensait avoir vu toutes les choses répugnantes de ce monde, mais, même dans la pénombre jaune qu'offraient de pauvres lampes à l'intérieur de la caravane, elle avait du mal à supporter la vue du Gros. On eût dit une bête de foire, et à chacun de ses longs lobes d'oreilles dodus pendait une boucle en diamant.

« Et cette "réserve", elle se limite à ça ?

— Non, répliqua Macklin. Là, c'est rien. Il y a encore plein de cocaïne, et toutes sortes de comprimés aussi.

— Des comprimés, tiens donc, répéta Kempka, ses yeux noirs fixés sur Macklin. Quel genre ?

— De tout. LSD. PCP. Antidouleurs. Tranquillisants. Excitants, calmants.

— Hé, le héros de guerre ! intervint Sheila, narquoise. T'y connais vraiment que dalle, toi, hein ? » Elle fit un pas vers le Gros, qui mit la main sur la crosse du Luger. « Brune, keta, rivo, sken, amphés et acide. Tous de première qualité.

— Tiens donc ? Vous étiez dans la branche, chère madame ?

— Quelque chose comme ça. » Puis, jetant un coup d'œil circulaire dans le capharnaüm de la caravane : « Et vous, alors, vous étiez dans quelle branche ? L'élevage de porcs ? »

Kempka la dévisagea un instant. Et puis, progressivement, sa panse se mit à trembloter, suivie de ses mentons. Bientôt ce fut son visage tout entier qui tressautait tel un saladier de gelée, et un rire haut perché s'échappa de ses lèvres.

« Hi hi ! couina-t-il. Hi hi ! Élevage de porcs ! Hi hi ! » Il agita une de ses mains grassouillettes en direction de Lawry, lequel se crut obligé d'émettre aussi un petit gloussement nerveux. Son sérieux retrouvé, Kempka répondit : « Non, très chère, pas les porcs. Les armes. J'étais propriétaire d'une armurerie à Rancho Cordova, à côté de Sacramento. Fort heureusement, j'ai eu le temps de prendre la route vers l'est, en emportant avec moi une partie de mon stock, quand les bombes sont tombées sur la région. J'ai également eu la présence d'esprit de m'arrêter dans une petite supérette en chemin. Monsieur Lawry était mon employé, et tous les deux, on s'est cachés pendant un moment dans la Forêt nationale d'Eldorado. Et puis la route nous a amenés jusqu'ici, et d'autres ont commencé à arriver. Ça a fini par faire une petite communauté. La plupart viennent pour se tremper dans le lac. Il existe une croyance selon laquelle se baigner dans cette eau si salée, ça nettoie les radiations et ça immunise. C'est peut-être le cas, poursuivit-il en levant ses épaules rebondies, ou peut-être pas. Quoi qu'il en soit, j'aime bien, moi, jouer au Parrain. Si quelqu'un ne fait pas ce que je lui dis, je l'envoie chez les cloportes, là-bas... ou alors je l'exécute. » Il pouffa à nouveau, ses yeux noirs pétillant joyeusement. « Vous comprenez, c'est moi qui fais les lois ici. Moi, Freddie Kempka, ex-proprio de la Kempka Compagnie, le supermarché du tireur. Et c'est très amusant !

— Tant mieux pour vous, grommela Sheila.

— Tant mieux pour moi, en effet. » Il frotta un peu de cocaïne entre pouce et index et sniffa un petit coup dans chaque narine. « Hou là là. Alors ça, c'est puissant, comme poudre, hmm ? » Il se lécha les doigts, puis se tourna vers Roland Croninger. « Et toi, t'es censé être quoi ? Un astronaute en herbe ? »

Roland ne répondit pas. Attends un peu, gros tas, je vais te faire bouffer ta merde, pensa-t-il.

Kempka pouffa encore.

« Comment ça se fait, colonel, que vous soyez là-bas avec les cloportes ? »

Et Macklin lui raconta toute l'histoire, comment la Maison Terre s'était effondrée et comment il en était sorti avec le garçon. Il ne fit pas allusion au Soldat Fantôme, car il savait que celui-ci n'aimait pas qu'on parle de lui à des inconnus.

« Je vois, commenta Kempka une fois le récit terminé. Eh bien, comme on dit parfois, les meilleurs plans se terminent souvent en eau de boudin, pas vrai ? Bon, dites-moi, maintenant : cette poudre si puissante, je suppose que vous l'avez amenée avec une idée derrière la tête. Laquelle ?

— On veut s'installer ici, dans le camp. On veut une tente et des provisions.

— Les seules qu'on a sont arrivées sur le dos des gens. Et elles sont toutes occupées. On est complets, colonel.

— Alors faites de la place. Une tente et des provisions, et vous aurez chaque semaine votre ration de coke et de comprimés. Comme un loyer, si vous voulez.

— Et qu'est-ce que j'en ferais, moi, de ces drogues, monsieur ? »

Roland se mit à rire, et Kempka se tourna vers lui, l'observant attentivement derrière ses lourdes paupières mi-closes.

« Arrêtez un peu ! s'écria l'adolescent en s'avançant. Vous savez très bien que vous pouvez les échanger contre n'importe quoi ! Vous pouvez même acheter l'esprit des gens avec ça, parce que tout le monde est prêt à payer pour oublier. Ils vous donneront ce que vous demanderez : nourriture, armes, essence, tout.

— J'ai déjà tout ça.

— Oui, peut-être, concéda Roland. Mais vous êtes sûr d'en avoir assez ? Et si quelqu'un avec une caravane encore plus grosse arrivait dans le camp demain matin ? Et s'il avait plus de flingues que vous ? S'il était plus fort, plus mauvais ? Ces gens, là-dehors, poursuivit-il en indiquant la porte d'un signe de tête, ils attendent juste quelqu'un de solide qui leur dise quoi faire. Ils ont envie d'être commandés. Ils veulent pas avoir à penser par eux-mêmes. Et ça, conclut-il en désignant du doigt le petit tas neigeux, c'est le meilleur moyen pour vous mettre leurs esprits dans la poche. »

Kempka et Roland se toisèrent pendant un instant silencieux, le garçon ayant l'impression de regarder une limace géante. Les yeux noirs de Kempka transpercèrent les siens, et on vit finalement s'esquisser un petit sourire sur sa bouche baveuse.

« Ces drogues, reprit-il d'une voix sucrée, est-ce qu'elles m'achèteraient un astronaute ? »

Roland ne sut quoi répondre, tant il était interloqué, et cela dut se voir sur son visage, car Kempka, goguenard, se mit à rire à son tour. Quand il s'arrêta, le Gros s'adressa à nouveau à Macklin : « Et qu'est-ce qui m'empêche, colonel, de vous tuer tout de suite et de vous délester de vos précieuses drogues ?

— Une chose simple, le stock de came est enterré sur le territoire des cloportes, et seul Roland sait exactement où. C'est lui qui ira vous chercher votre ration chaque semaine, mais si jamais quelqu'un le suit ou essaie quoi que ce soit, il se fait éclater la tête. »

Kempka tapota la table du bout des doigts, son regard passant de la cocaïne à Macklin et Roland, puis, en ignorant dédaigneusement la fille, à nouveau à la poudre blanche.

« Ça peut nous servir, ces trucs-là, monsieur Kempka, intervint humblement Lawry. L'aut' jour, y a un type qu'est arrivé, qu'avait un appareil de chauffage au gaz qui serait sûrement bien dans vot' caravane. Y en a un autre qu'avait un grand sac en jute rempli de bouteilles de bourbon. Va aussi nous falloir des pneus pour le pick-up. J'les aurais déjà pris, les bouteilles et le chauffage, mais ces nouveaux sont armés jusqu'aux dents. Ça pourrait être une bonne idée de leur échanger leurs flingues contre la drogue, aussi.

— C'est moi qui décide de ce qui est une bonne idée ou non. »

Le visage de Kempka se referma, ses sourcils se froncèrent, et il réfléchit un instant. Puis il prit une profonde inspiration, avant d'expirer avec un bruit de soufflet de forge.

« Trouvez-leur une tente. Près de la caravane. Et faites dire partout que si jamais quelqu'un les touche, ils devront en répondre devant moi. » Il adressa un large sourire à Macklin. « Colonel, je pense que vous et vos amis allez désormais faire partie de notre petite famille, et que vous y jouerez un rôle précieux. Du genre pharmaciens en chef, n'est-ce pas ?

— Oui, si vous voulez. » Macklin attendit que Lawry baisse son fusil avant de baisser lui-même son automatique.

« Bien, comme ça nous sommes tous contents, n'est-ce pas ? » Et les yeux noirs et voraces de Kempka se posèrent sur Roland Croninger.

Lawry les conduisit jusqu'à une tente plantée à une dizaine de mètres de la caravane de son patron. Elle était occupée par un jeune couple, la femme tenant dans ses bras un nouveau-né aux jambes enveloppées de bandages. Lawry mit le canon de son fusil sous le nez du jeune homme. « Cassez-vous. »

L'homme, aux traits tirés, émacié, les yeux creusés de fatigue, glissa la main sous son sac de couchage. Alors qu'il s'apprêtait à brandir un couteau de chasse, Lawry avança la jambe et écrasa son mince poignet sous sa botte. Il appuya de tout son poids, et Roland regarda ses yeux quand les os du type commencèrent à casser : vides, sans aucune émotion, même quand les craquements se firent entendre. Lawry faisait simplement ce qu'on lui avait dit de faire. Le bébé commença à pleurer, la femme à crier, mais l'homme, serrant contre lui son poignet brisé, se contenta de lever les yeux et de regarder Lawry, l'air hagard.

« Tirez-vous, répéta Lawry, posant le canon sur le crâne du jeune gars. T'es sourd ou quoi, connard ? »

L'homme et la femme se mirent debout, avec des gestes de lassitude. Lui s'attarda un instant pour rassembler, avec sa main valide, leurs sacs de couchage et un sac à dos, mais Lawry l'attrapa par le col et le tira hors de la tente pour le projeter rudement sur le sol. La femme sanglotait, apeurée, aux côtés de son mari. Une foule se rassembla pour voir le spectacle, et la femme se mit à hurler : « Vous êtes des bêtes ! Des sales bêtes ! Elle est à nous, cette tente ! À nous !

— Plus maintenant, rétorqua Lawry en leur indiquant avec son fusil la direction de chez les cloportes. En avant... marche !

— C'est pas juste ! Pas juste ! », sanglotait la femme. Elle implora du regard, tour à tour, les gens rassemblés autour d'eux. Roland, Macklin et Sheila observèrent aussi la foule, et virent la même chose sur ces visages : une curiosité aussi impassible qu'indifférente, comme s'ils assistaient à un film violent à la télé. Même si, ici ou là, pouvait transparaître une légère expression de dégoût ou de pitié, la majorité des badauds en avaient déjà tant vu et tant subi qu'ils étaient imperméables à l'émotion.

« Aidez-nous ! supplia la femme. S'il vous plaît... aidez-nous, quelqu'un ! »

Plusieurs des spectateurs portaient des armes à feu, mais aucun n'intervint. Macklin comprit pourquoi : la loi du plus fort. Freddie Kempka était l'empereur ici, et Lawry, son lieutenant, ou sans doute l'un des nombreux lieutenants qui servaient d'yeux et d'oreilles à Kempka.

« Allez, grouillez-vous ! », lança Lawry au couple. La femme continuait à crier et à pleurer, mais l'homme finit par se relever et, le regard mort et vaincu, se dirigea lentement, d'un pas lourd, vers la sinistre zone des carcasses de véhicules et des cadavres en putréfaction. L'expression de la femme se fit haineuse ; elle se leva, le bébé vagissant dans les bras, et cria à la foule : « Ça vous arrivera aussi ! Vous verrez ! Ils vous prendront tout, vous aussi ! Ils viendront vous sortir de force de... »

La crosse du fusil de Lawry s'abattit sans prévenir. Elle enfonça le crâne du bébé, la violence du coup projetant la jeune femme à terre.

Les pleurs du bébé s'étaient soudain arrêtés.

Elle baissa le regard vers le visage de son enfant et émit un petit bruit étranglé.

Sheila n'en croyait pas ses yeux ; elle avait envie de se détourner, mais c'était comme si la scène avait sur elle un sinistre pouvoir d'attraction. Sur le point de vomir, elle entendait encore résonner dans sa tête les échos démultipliés des pleurs du nouveau-né. Elle se mit une main sur la bouche et appuya très fort.

Le jeune homme, cadavre vivant, poursuivait sa route sur le terrain plat, sans même se donner la peine de regarder derrière lui.

Finalement, avec un énorme soupir tremblant, la femme se remit debout, le bébé silencieux serré contre sa poitrine. Ses yeux, hideux, creusés comme au burin, croisèrent ceux de Sheila et y restèrent accrochés. Sheila sentait son âme comme calcinée. Si... si seulement cet enfant avait arrêté de pleurer, se dit-elle. Si seulement...

La mère tourna le dos et se mit à suivre son mari dans la brume qui montait du sol.

Les badauds se dispersèrent. Lawry essuya sa crosse sur le sol et indiqua la tente du geste.

« Je crois qu'une chambre vient de se libérer, colonel.

— Vous... vous étiez obligé de faire ça ? », protesta Sheila. Intérieurement, elle tremblait de nausée, mais n'en laissait rien paraître et ses yeux restaient glacés comme des silex.

« Oh, de temps en temps ils oublient qui c'est qui fait les lois. Alors ? Vous la prenez, cette tente, ou pas ?

— On la prend, répondit Macklin.

— Parfait. Y a même deux sacs de couchage et des provisions là-dedans. Un vrai petit nid douillet, hein ? »

Macklin et Roland entrèrent dans la tente.

« Et moi alors, où est-ce que j'vais habiter ? », demanda Sheila à Lawry.

Il sourit, la reluqua de haut en bas et de bas en haut. « Eh ben... j'ai un sac de couchage en trop, là-bas dans la caravane. Tu vois, je loge avec monsieur Kempka, mais moi je suis pas intéressant, pour lui. Il aime les petits garçons et se fout complètement des femmes. Ça te va ? »

Elle le renifla sans pouvoir décider lequel des deux puait le moins, lui ou le héros de guerre.

« Laisse tomber, répondit-elle, je vais rester ici.

— Comme tu voudras. J't'aurai, de toute façon, tôt ou tard.

— C'est ça, oui, quand il gèlera en enfer. »

Il se lécha alors le bout du doigt et le leva au vent. « Commence à faire vraiment froid, ici, chérie. » Puis, avec un rire sardonique, il repartit, guilleret, vers la caravane.

Sheila le regarda s'éloigner. Elle fit alors face au territoire des cloportes, et aperçut vaguement les silhouettes du jeune couple qui s'enfonçaient dans la grisaille, vers l'inconnu. Ces deux-là n'avaient pas la moindre chance de survie. Mais peut-être qu'ils le savaient déjà. Le bébé serait mort de toute façon, se dit-elle. Certain. Il était déjà à moitié mort.

Cependant, cette scène l'avait déstabilisée bien davantage que ce qu'elle avait pu connaître jusque-là, et elle ne pouvait s'empêcher de penser que, seulement quelques minutes auparavant, il y avait un être vivant là où maintenant se trouvait un vide. Tout ça à cause de ses drogues, à cause d'elle qui était venue là avec le héros de guerre et la petite frappe qui ne se prenait pas pour une merde.

Le jeune couple disparut dans les ténèbres.

Comme le disait Rudy, faut toujours couvrir ses fesses. Et par les temps qui courent, c'était le seul précepte qui avait du sens.

Sheila tourna le dos aux cloportes et se glissa dans la tente.

LE PARADIS

« De la lumière ! cria Josh en montrant un point dans le lointain. Regardez un peu ! Y a de la lumière droit devant ! »

Ils étaient sur une route qui montait et descendait dans un paysage de petites collines, et à présent la lueur qu'indiquait Josh était visible par tous : une sorte de halo blanc-bleuté qui se reflétait sur une couche de nuages bas turbulents.

« C'est Matheson, s'écria Leona, perchée à cru sur Mulet. Seigneur tout-puissant ! Ils ont encore du jus !

— Y a combien d'habitants ? questionna Josh, en criant encore pour qu'elle l'entende à travers les bourrasques.

— Treize ou quatorze mille. C'est une vraie ville !

— Génial ! Ils ont dû réparer les lignes électriques ! On va pouvoir manger chaud ce soir ! Génial ! » Et il fit rouler sa brouette avec une énergie renouvelée, comme si des ailes avaient poussé à ses semelles. Swan se remit en route derrière lui, portant la baguette de sourcier et son petit sac, et Leona donna un coup de talons dans les flancs de Mulet pour le faire repartir. Le cheval obéit sans hésitation, heureux de servir à nouveau à quelque chose. À l'arrière, le fox-terrier humait l'air en grondant doucement, mais suivait quand même.

Des éclairs apparurent brusquement dans la couverture nuageuse au-dessus de Matheson, et bientôt le vent ramena vers eux un grondement de tonnerre. Ils avaient quitté la ferme des Jaspin ce matin à l'aube et avaient cheminé toute la journée sur la route étroite. Josh avait bien essayé d'installer une selle et une bride sur Mulet, mais même si l'animal avait attendu docilement, impossible de les harnacher correctement, ces machins. La selle n'arrêtait pas de glisser, et il n'avait pas même réussi à comprendre comment se mettait la bride. Sans compter qu'au moindre grognement de Mulet, Josh faisait un énorme bond en arrière, pensant que l'animal allait ruer ou se cabrer, si bien qu'il avait fini par abandonner, en désespoir de cause. Néanmoins, le cheval avait accepté de bonne grâce de porter Leona ; il avait même porté Swan pendant quelques kilomètres. Le reste du temps, il semblait heureux de suivre la fillette, presque comme un petit chiot. Quant au fox-terrier, il jappait parfois dans le noir, histoire de leur signaler qu'il était toujours là.

Le cœur de Josh cognait fort dans sa poitrine. C'était une des plus belles lumières qu'il ait pu voir de sa vie, juste après ce divin rayon qui avait transpercé leur sous-sol, là-bas. Oh, bon Dieu ! pensa-t-il. Un repas chaud, un endroit à l'abri pour dormir, et puis, alléluia ! peut-être même retrouver de vraies toilettes ! Il sentit l'ozone dans l'air. Un gros orage approchait, mais il s'en fichait. Ce soir, c'était luxe et confort !

Josh se retourna vers Swan et Leona : « On est enfin revenus à la civilisation ! » Et il lança un hourra si sonore qu'il couvrit le fracas du vent et fit même sursauter Mulet.

Mais le sourire de Leona se figea sur ses lèvres, avant de s'effacer petit à petit. Ses doigts s'accrochèrent à la rude crinière noire de sa monture.

Elle n'était pas vraiment sûre de ce qu'elle avait aperçu, même pas du tout. C'était sûrement la lumière, se disait-elle. Oui, la lumière. Voilà tout.

Leona avait cru voir une tête de mort à la place du visage de Josh quand il s'était retourné.

Mais tout ceci avait été si rapide. Un clin d'œil, et plus rien.

Elle posa les yeux sur la nuque de Swan. Oh mon Dieu, pensa-t-elle, qu'est-ce que je vais faire si son visage est comme ça, à elle aussi ?

Il lui fallut un peu de temps pour rassembler son courage avant de l'appeler d'une voix apeurée : « Swan ?

— Oui, madame ? », répondit la fillette en se retournant.

Leona retenait son souffle.

« Oui ? répéta Swan.

— Oh... rien », souffla Leona, retrouvant un pauvre sourire. Pas de tête de mort. « Non, je... je voulais juste voir ton visage, reprit-elle.

— Mon visage ? Pourquoi ?

— Je pensais juste... que tu devais être vraiment jolie. » Elle se mit à bégayer, comprenant son erreur. « Enfin, que tu... tu... redeviendrais vraiment jolie une fois que cette peau sera guérie. Et elle va guérir. La peau, c'est coriace, tu sais. Pas de doute ! Ça va guérir, tu seras jolie comme un cœur ! »

Swan ne répondit pas immédiatement, se souvenant de ce reflet cauchemardesque qui l'avait regardée dans le miroir.

« Je crois pas que mon visage va guérir un jour », lâcha-t-elle sobrement. Et là, une affreuse pensée lui traversa l'esprit. « Vous croyez pas... » Elle s'interrompit, incapable d'aller plus loin. Puis : « Vous croyez pas que je... que je vais faire peur aux gens de Matheson, hein ?

— Mais bien sûr que non ! Et je t'interdis même de penser une chose pareille ! » En vérité, Leona n'avait jamais réfléchi à ça jusqu'ici, mais à présent elle trouvait fort possible que des gens puissent être effrayés à la vue de Josh et Swan. « Ta peau, elle va guérir bientôt, lui assura-t-elle. Et en plus, c'est seulement ton visage du dehors.

— Mon visage du dehors ?

— Ouaip. Tu vois, ma puce, on a tous deux visages, celui du dehors et celui du dedans. Celui du dehors, c'est comme ça que tout le monde te voit, mais celui du dedans, c'est ton vrai visage. Celui-là, si jamais on le retournait vers le dehors, tu ferais voir à tout le monde qui tu es vraiment.

— Retourner vers le dehors ? Mais comment ça ? »

Leona sourit. « Eh bien, Dieu a pas encore trouvé un moyen pour ça. Mais Il trouvera bien. Y a des fois où on peut voir le visage du dedans des gens, mais attention, seulement une ou deux secondes, à condition de bien regarder, et de près. C'est les yeux qui vont révéler le visage du dedans, et le plus souvent, il est pas du tout pareil à celui collé de l'autre côté. » Elle hocha la tête, le regard fixé sur les lumières de Matheson. « Oh, moi j'en ai vu, des gens qu'étaient vraiment très beaux et qu'avaient des visages affreux, monstrueux au-dedans. Et aussi des gens qui payaient pas de mine, avec des dents tordues et des gros nez, mais qui avaient tout l'éclat du Ciel dans les yeux, et on sait tout de suite que si on voyait leur visage du dedans, on en tomberait par terre de beauté. Moi, je me dis que ça doit être la même chose pour ton visage du dedans, ma puce. Et pour Josh aussi. Alors, franchement, ton visage du dehors, quelle importance ? »

Swan réfléchit un moment.

« J'aimerais bien le croire.

— Alors, dis-toi que c'est vrai », répondit Leona, et Swan resta silencieuse.

Les lueurs semblaient leur faire signe d'approcher. La route grimpait une dernière colline, puis descendait en pente douce vers l'entrée de la ville. Un éclair traversa soudain l'horizon. Sous Leona, Mulet renâcla, puis hennit.

Et dans ce hennissement, Swan décela une note de nervosité. Il est excité parce qu'on va retrouver des gens, se dit-elle. Mais non, en fait ; ce n'était pas de l'excitation ; Swan avait plutôt entendu de la méfiance, de l'inquiétude. La fébrilité du cheval commençait à déteindre sur elle ; elle se sentait un peu soupçonneuse, comme cette fois où elle se promenait dans un grand champ doré et qu'un fermier, casquette rouge vissée sur la tête, lui avait crié : « Hé ! Petite ! Fais gaffe aux serpents ! »

Non pas qu'elle eût peur des serpents, loin de là. Un jour, quand elle avait cinq ans, elle en avait ramassé un joli, tout coloré, et passé son doigt sur les magnifiques losanges de son dos et les replis osseux de sa queue. Puis elle l'avait reposé par terre et l'avait regardé s'éloigner tranquillement. Ce n'est que plus tard, quand elle avait raconté l'épisode à sa mère, ce qui d'ailleurs lui avait valu une fessée mémorable, qu'elle avait compris qu'elle était censée en avoir peur.

Mulet émit un bref hennissement et secoua la tête. La route devenait plate à l'approche de la limite de la ville, où un grand panneau vert proclamait : *Bienvenue à Matheson, Kansas ! Force, Fierté et Expansion !*

Josh s'arrêta, si brusquement que Swan faillit se cogner à lui.

« Qu'est-ce qui se passe ? s'étonna Leona.

— Regarde », répondit Josh en faisant un geste du bras en direction de la ville.

Maisons et bâtiments étaient plongés dans l'obscurité ; on ne voyait aucune lumière aux fenêtres ou aux terrasses. Ni lampadaires, ni phares de véhicules, ni feux rouges. Ce halo qu'ils avaient aperçu, reflété par les nuages bas, venait de plus loin, au-delà des bâtisses noires et immobiles que l'on voyait de part et d'autre de la route principale. On n'entendait aucun bruit non plus, sauf le gémissement aigu du vent.

« Je pense que ça doit venir du centre-ville. Mais s'ils ont remis l'électricité, s'inquiéta-t-il auprès de Swan et de Leona, pourquoi on voit aucune lumière aux fenêtres ?

— Peut-être qu'ils sont tous au même endroit, suggéra Leona. À l'auditorium, ou à l'hôtel de ville, quelque chose comme ça. »

Josh hocha la tête, songeur.

« Mais devrait y avoir des voitures. Devrait y avoir des feux rouges qui marchent. Et là j'en vois aucun.

— Peut-être qu'ils économisent l'électricité. Que les lignes sont pas encore assez solides.

— Peut-être », répéta Josh, mais désormais il sentait quelque chose de bizarrement menaçant. Pourquoi aucune lumière nulle part alors que le centre de la ville était éclairé comme un sapin de Noël ? Et tout était si calme, trop calme. Il eut le sentiment qu'il leur fallait rebrousser chemin, mais le vent était glacé et c'était pour arriver là qu'ils avaient fait tous ces kilomètres ; il devait bien y avoir des gens, quoi ! Oui, c'était sûr. Tous regroupés au même endroit, avait suggéré Leona. Peut-être qu'ils sont en réunion municipale, ou quelque chose comme ça. En tout cas, plus question de faire demi-tour. Il se remit à pousser la brouette. Swan le suivit, le cheval qui portait Leona suivit Swan, et sur leur gauche le fox-terrier cette fois les précédait, en restant dans les hautes herbes.

Une autre pancarte, au bord de la route, annonçait le *Matheson Motel (Piscine ! TV par Câble !)*, et une autre encore proclamait que, pour les meilleurs steaks et le meilleur café de la ville, il n'y avait qu'une seule adresse : le restaurant *Hightower*, dans Caviner Street. Ils passèrent entre des champs labourés, puis devant un terrain de base-ball et une piscine municipale, dont les chaises longues et autres parasols avaient été projetés par le vent contre un grillage. Une dernière pancarte, avant l'entrée de la ville, annonçait *Soldes de Juillet sur les Feux d'Artifice au K-Mart de Billups Street*.

Elle avait dû être jolie, cette ville, se disait Josh en descendant la rue principale. Les bâtiments étaient en pierre ou en bois, l'ensemble se voulant à l'image d'une ville frontière de l'Ouest. Les maisons étaient en brique, pour la plupart de plain-pied, rien de luxueux, mais assez mignon. Il y avait une statue d'un personnage agenouillé, une main sur un livre, la Bible peut-être, l'autre levée vers le ciel, qui trônait sur un piédestal au milieu d'une zone de petits magasins qui rappelait à Josh certains feuilletons télé idylliques des années 1960. Un auvent déchiré battait dans la bourrasque au-dessus d'une boutique arborant une enseigne rouge et bleue de barbier, et les fenêtres de la banque *First Citizen* de Matheson étaient toutes brisées. Pas loin de là, les marchandises d'un magasin de meubles avaient été sorties, empilées dans la rue et incendiées. Et à côté, l'ossature également calcinée d'une voiture de police retournée. Josh évita de regarder à l'intérieur. Le tonnerre grondait au-dessus de leurs têtes et des éclairs tremblants balafraient le ciel.

Un peu plus loin, ils tombèrent sur le parking d'un marchand de voitures d'occasion. *Chez Oncle Roy, le Client est Roi !* proclamait la grande enseigne. Sous des rangées de banderoles multicolores qui claquaient au vent s'alignaient six véhicules couverts de poussière. Josh se mit à les vérifier un à un pendant que Swan et Leona l'attendaient et que Mulet soufflait nerveusement. Deux avaient leurs quatre pneus à plat, un troisième toutes ses vitres fracassées ainsi que le pare-brise. Mais les trois autres, une Chevrolet Impala, une Ford Fairlane et un pick-up rouge, avaient l'air en assez bon état. Josh alla voir au petit bureau, dont il trouva la porte grande ouverte, et en s'aidant de la torche réussit à trouver les clés de ces trois-là suspendues à des crochets. Puis il retourna sur le parking et les essaya méthodiquement. L'Impala ne produisit pas le moindre son, le pick-up était fichu, et le moteur de la Fairlane hoqueta, fit un bruit de chaîne que l'on traîne sur du gravier, puis plus rien. Josh ouvrit le capot et constata que le moteur avait été vandalisé, sans doute à la hache, fils, courroies et câbles tranchés pendant dans tous les sens.

« Merde alors ! », s'exclama-t-il, et c'est là que sa lampe révéla quelque chose écrit à la graisse à l'intérieur du capot : GLOIRE À LORD ALVIN.

Il resta bouche bée à regarder ces mots, se souvenant d'avoir vu la même inscription, pas de la même main, pas avec la même substance, dans la ferme des Jaspin la veille au soir. Il rejoignit Swan et Leona et leur expliqua : « Elles sont foutues, ces bagnoles. Je pense que quelqu'un les a bousillées exprès. » Puis, se tournant en direction de la lumière, beaucoup plus proche à présent, il poursuivit, au bout d'un moment : « Bon, va falloir qu'on aille voir là-bas maintenant, non ? »

Leona lui jeta un regard, avant de détourner très vite les yeux ; elle avait cru à nouveau voir la tête de mort, mais elle n'était pas vraiment sûre, dans cette lueur bizarre. Son cœur avait commencé à s'emballer, et elle ne savait plus trop quoi faire ou quoi dire.

Josh se remit à pousser la brouette. Dans le lointain, ils entendirent le fox-terrier aboyer deux ou trois fois, puis plus rien. Ils continuaient à descendre la rue principale, passant devant d'autres boutiques aux vitrines brisées, d'autres véhicules incendiés. C'est cette clarté qui les aspirait vers elle, et même si tous trois étaient inquiets en leur for intérieur, ils étaient attirés comme des moucherons par une bougie.

À un angle de rue, ils aperçurent une petite pancarte de direction avec une flèche vers la droite, qui disait : *Institution Pathway, 3 km.* Josh suivit des yeux la flèche, mais ne vit rien d'autre que les ténèbres.

« Ça, c'est l'asile, expliqua Leona.

— L'asile ? répéta-t-il, alarmé par le mot. Quel asile ?

— L'asile de dingues. Tu sais, là où on met ceux qu'ont une araignée au plafond. Celui-là, il est connu dans tout l'État. Rempli de gens trop dingues pour aller en prison.

— Tu veux dire... les criminels malades mentaux ?

— Oui, c'est ça.

— Super... », murmura Josh. Bon, plus tôt ils sortiraient de cette ville, mieux ça serait ! Il n'aimait pas vraiment l'idée de se trouver même à trois kilomètres d'un asile plein de meurtriers fous à lier. Il plongea à nouveau son regard en direction du Pathway et sentit un frisson lui parcourir l'échine.

Ils traversèrent un autre quartier résidentiel, où les maisons étaient silencieuses, passèrent devant le *Matheson Motel* et le restaurant *Hightower*, aussi obscurs l'un que l'autre, pour arriver sur un immense parking bétonné.

Devant eux, toutes lumières allumées, se dressait un *K-Mart*, et à côté de lui, un autre supermarché, *Food Giant*, également illuminé.

« Bon Dieu de bon Dieu ! chuchota Josh. Un centre commercial ! »

Swan et Leona dévoraient des yeux le spectacle, bouche bée, comme si elles n'avaient jamais vu de telles lumières ou d'aussi grands supermarchés. Des lampadaires répandaient une lueur jaune sur le parking, où étaient garés cinquante à soixante véhicules, voitures, camping-cars et pick-up, tous couverts de la poussière du Kansas. Josh, estomaqué, dut reprendre son équilibre avant que le vent ne le renverse. Il n'arrêtait pas de penser que, si l'électricité était rétablie, alors les congélateurs du supermarché fonctionnaient aussi, et qu'ils pourraient y trouver steaks, crème glacée, bière fraîche, œufs, bacon, jambon et Dieu sait quoi encore. Puis il tourna les yeux vers le *K-Mart* et ses lumières éclatantes, le cerveau en ébullition. Et là, quels trésors les attendaient ? Radios et piles, lampes torches et lanternes, armes à feu, gants, poêles à kérosène, cirés ! Il ne savait pas s'il devait rire ou pleurer de joie, mais il poussa la brouette sur un côté et se dirigea vers le *K-Mart* comme en transe.

« Attends ! », l'interpella Leona. Elle descendit du cheval et partit clopin-clopant derrière lui. « Hé ! attends une minute ! »

Swan posa son sac par terre, mais garda Chouineuse en main et suivit Leona. Derrière elle, Mulet se mit aussi en route de son pas lourd et tranquille. Le fox-terrier, pour sa part, lança deux ou trois aboiements, puis se glissa sous une Volkswagen abandonnée et resta là, à observer les humains qui traversaient le parking.

« Attends ! », répétait Leona, mais elle ne pouvait pas suivre son rythme : il fonçait vers le *K-Mart* comme un rouleau compresseur.

« Attends-nous, Josh ! », cria à son tour Swan, qui se mit à courir pour le rattraper.

Il y avait quelques vitrines fendues sur le devant du magasin, mais Josh se dit que c'était sans doute à cause du vent. Il ne comprenait toujours pas pourquoi tout était allumé ici et pas ailleurs. Ces deux trucs, c'étaient comme des oasis de fraîcheur en plein milieu d'un désert brûlant. Son cœur allait traverser sa poitrine, tant il battait fort. « Barres chocolatées ! entendait-il follement dans sa tête. Cookies ! Beignets ! » Il avait peur que ses jambes ne lâchent avant d'atteindre l'entrée, ou bien que tout cela ne se dissolve en vibrations de chaleur tel un mirage. Mais rien ne bougea, il passa le seuil et se retrouva planté à l'entrée de cet immense espace, avec devant lui tous les trésors du monde sur les gondoles et les rayonnages, et les mots magiques *En-cas et Confiseries*, *Articles de Sport* et *Fournitures Auto* et *Articles Ménagers* inscrits sur des flèches en bois indiquant divers rayons du magasin.

« Bon Dieu, répétait Josh, au comble de l'extase. Oh, bon Dieu de bon Dieu ! »

Swan entra à son tour, suivie de Leona. La porte s'était presque refermée quand ils virent une petite forme grise indistincte foncer à l'intérieur ; le fox-terrier passa devant Josh à toute vitesse et disparut dans l'allée centrale. La porte se referma complètement et tous trois se retrouvèrent en pleine lumière, pendant que, dehors, Mulet arpentait le parking bétonné en hennissant.

Josh passa à grandes enjambées devant un alignement de barbecues et de sacs de charbon de bois, pour aller directement jusqu'à un étal qui débordait de friandises, tremblant d'une envie irrépressible de chocolat. Il goba trois barres Milky Way, prenant à peine le temps de retirer leur emballage, puis attaqua un gros sachet de M&MS. Leona s'avança vers une table où s'empilaient d'épaisses chaussettes de sport. Swan, quant à elle, se promenait dans les rayons, éblouie par cette accumulation de marchandises autant que par les lumières. Josh, la bouche encore pleine de chocolats bien mous, se retourna vers une gondole où voisinaient cigarettes, cigares et tabac pour pipe ; il choisit un paquet de cigares, trouva des allumettes, s'en fourra un entre les lèvres et l'alluma, aspirant profondément. Il se sentait comme au paradis, et les possibilités de plaisir étaient encore infinies. Il entendit le petit chien lancer plusieurs jappements rapides depuis le fond du magasin. Swan le chercha des yeux, mais ne le vit pas. Elle n'aimait pas du tout ce son ; il portait une sorte d'avertissement. Les aboiements recommencèrent, puis soudain le chien glapit, comme s'il avait reçu un coup. Et immédiatement il se remit à aboyer furieusement.

« Josh ? », appela Swan. La tête du géant avait presque disparu, enveloppée dans un cocon de fumée.

Il tirait sur son cigare tout en s'envoyant d'autres friandises. Sa bouche était si pleine qu'il ne pouvait même pas lui répondre, se contentant de lui faire un grand signe du bras.

Intriguée par les aboiements, elle se dirigea lentement vers le fond du magasin, et passa devant trois mannequins vêtus de costumes. Celui du milieu était coiffé d'une casquette de base-ball bleue, et Swan se dit qu'elle n'allait pas du tout avec le costume, mais qu'en revanche elle pourrait bien être à sa taille. Elle leva la main et la retira.

La tête à la peau cireuse se détacha du col blanc de la chemise et tomba aux pieds de la fillette avec le bruit mat d'un marteau qui cogne sur une pastèque.

Swan resta plantée là, les yeux exorbités, la casquette dans une main et Chouineuse dans l'autre. La tête avait des cheveux gris un peu clairsemés et des yeux révulsés dont on ne voyait plus que le blanc dans les orbites sombres ; sur les joues et le menton, une barbe grisonnante. Swan voyait maintenant la substance rouge séchée et l'os sectionné, jaune, à l'endroit où la tête avait été séparée, comme à la hache, de son cou.

Elle cligna une fois des paupières et leva les yeux vers les deux autres mannequins. L'un portait la tête d'un jeune adolescent, la langue pendant de lèvres molles, les globes oculaires tournés vers le plafond et les narines obstruées d'une croûte de sang. La tête du dernier était celle d'un homme âgé, au visage sillonné de profondes rides et au teint crayeux.

Swan recula précipitamment dans l'allée, et alla heurter deux autres mannequins, ceux-là habillés en femme. Les têtes tranchées, celle d'une femme d'âge mûr et d'une petite fille, se détachèrent et tombèrent avec le même bruit mat ; le regard mort de la petite fille se fixa sur Swan, l'horrible bouche exsangue ouverte en un cri de terreur silencieux.

Alors Swan se mit à hurler. Fort, sans pouvoir s'arrêter. Elle recula, trébucha, essayant de s'éloigner de ces choses atroces, et en tournant dans tous les sens, elle aperçut un autre mannequin près d'elle, et un autre, et un autre encore, certaines des têtes tuméfiées par les coups, mutilées, d'autres peintes et embellies de maquillage pour leur donner de faux sourires repoussants. Elle criait à s'éclater les poumons, mais quand elle se mit à courir vers Josh et Leona, son cri s'arrêta de lui-même faute de souffle. Elle prit une grande inspiration et s'enfuit désespérément, tout en entendant Josh l'appeler et le fox-terrier pousser un glapissement répété de douleur dans le fond du magasin.

« Swan ! », hurlait Josh en recrachant une bouchée à demi mâchée. Il la vit arriver en courant, le visage aussi jaune que la poussière du Kansas, les joues ruisselantes de larmes. « Qu'est-ce qu... »

« Promotion Flash ! résonna une voix aux accents joyeux dans les haut-parleurs. Amis clients, attention ! Promotion Flash ! Trois nouveaux arrivages à l'entrée du magasin ! Il n'y en aura pas pour tout le monde ! »

Et ils entendirent le grondement sec d'une moto qui démarrait. Josh arracha Swan du sol en voyant l'engin qui fonçait vers eux pleins gaz, remontant l'allée centrale, le pilote habillé en policier, excepté sa coiffe de chef indien.

« Attention ! », cria Leona, et Josh, tenant toujours Swan

dans ses bras, bondit par-dessus une table où étaient entassés des bacs, évitant de justesse le bolide qui alla s'encastrer dans un tas de postes radio. Mais d'autres gens surgissaient dans les allées, au son de hourras et de youpis démoniaques qui couvraient même les « Promotion Flash ! » répétés par la sono.

Un énorme type à la barbe noire, qui poussait un chariot contenant un nain difforme s'approcha, suivi d'une horde bigarrée d'assaillants de tous âges, portant toutes sortes de vêtements, certains avec des traits de peintures de guerre sur le visage, d'autres poudrés de blanc. Et Josh réalisa, avec un brusque accès de nausée, que la plupart étaient armés : haches, pioches, binettes, sécateurs, pistolets, fusils, couteaux et chaînes. Ça grouillait partout à présent, et ils sautaient par-dessus les tables dans un tourbillon de cris et de sourires carnassiers. Bientôt Josh, Swan et Leona se trouvèrent encerclés par une foule hurlante d'une quarantaine d'hommes.

Protège l'enfant ! pensa Josh, et le premier qui fonça vers eux pour attraper Swan se prit un coup de pied dans les côtes qui fit craquer ses os et le renvoya comme un punching-ball au milieu des autres salopards. Ce qui n'eut pour effet que de faire monter les clameurs. Dans le chariot, le nain, dont le visage était peinturluré d'éclairs orangés, commença à piailler joyeusement : « Viande fraîche ! Viande fraîche ! »

Et les autres se mirent à le scander aussi. Un homme émacié empoigna les cheveux de Leona, un autre lui saisit le bras pour la tirer dans la foule. Mais la vieille dame se transforma aussitôt en chat sauvage, repoussant ses agresseurs à coups de pied et de dents. Quelqu'un d'assez lourd bondit par-derrière sur les épaules de Josh et essaya de lui griffer les yeux, mais le géant pivota sur lui-même et propulsa le type en plein milieu de la masse de visages grimaçants. Swan tapa avec Chouineuse dans le nez d'un autre, qui se mit à saigner.

« Viande fraîche ! piaillait le nain. Venez tous chercher votre viande fraîche ! » Et l'homme à la barbe noire battit des mains et dansa en cadence.

Josh frappa quelqu'un en plein dans la bouche, et on vit voler deux dents comme des dés au casino. « Tirez-vous ! rugissait-il.

Tirez-vous ! » Mais ils se rapprochaient à présent, et ils étaient simplement trop nombreux. Trois hommes tiraient Leona au milieu de la horde déchaînée, et pendant une seconde Josh aperçut son visage terrifié ; un poing se leva, s'abattit, et les jambes de la vieille dame cédèrent. Saloperies ! pensa Josh, enragé, en envoyant son pied dans la rotule du taré le plus proche. Protège l'enfant ! Il faut que je protège...

Il sentit un violent impact dans les reins. Des coups lui fauchèrent les jambes, et en tombant, il lâcha Swan. Des doigts essayaient de lui crever les yeux, un poing heurta sa mâchoire, des chaussures et des bottes lui martelaient le flanc et le dos, le monde entier n'était plus qu'un tourbillon de violence.

« Swan ! », hurla-t-il en tentant de se relever. Des hommes s'accrochaient à lui tels des rats.

Il leva les yeux, dans une brume rouge de douleur, et vit un type aux yeux globuleux comme ceux d'un énorme poisson, qui brandissait une hache, debout au-dessus de lui. Il leva les bras en un geste totalement dérisoire, sachant que la hache allait tomber, et que ce serait la fin. Oh, merde ! se dit-il, le sang lui coulant de la bouche. Tu parles d'une façon de mourir ! Il se prépara à recevoir le coup, en n'espérant qu'une chose, pouvoir rassembler ses dernières forces pour se remettre debout et éclater la tête de cet enfoiré.

La hache remonta à la verticale, prête à s'abattre.

Et une voix gronda comme un coup de tonnerre, couvrant le tohu-bohu : « Arrêtez ! »

Ce fut pareil au coup de fouet du dompteur qui claque au-dessus des fauves. Presque comme un seul homme, ils se figèrent, puis reculèrent. Le type aux yeux de poisson baissa sa hache et les autres lâchèrent Josh. Il se rassit, aperçut Swan à quelques pas et l'attira contre lui ; elle tenait toujours sa baguette en main, les yeux effrayés. Leona était à genoux, pas très loin de là, du sang lui coulant d'une coupure au-dessus de l'œil gauche et un hématome sur la pommette.

La foule recula encore, puis s'ouvrit pour laisser passer quelqu'un. Un type aussi large qu'un tonneau, chauve, poitrine nue sous une salopette, bottes de cow-boy aux pieds, bras musculeux décorés de motifs multicolores bizarres, entra dans le cercle. Il portait un mégaphone et toisa Josh de ses yeux sombres surmontés d'arcades proéminentes d'homme de Néandertal.

Merde ! pensa Josh. Le type était aussi massif que certains des catcheurs poids lourds avec qui il s'était battu. Mais alors, derrière le Néandertalien chauve arrivèrent deux hommes au visage peinturluré, qui portaient sur leurs épaules une cuvette de w.-c. Sur la cuvette était installé un homme à la longue chevelure blonde et bouclée telle une crinière, drapé dans une toge pourpre sombre. Un fin duvet blond recouvrait son visage étroit et émacié, et sous les épais sourcils tout aussi blonds, les yeux étaient vert olive. La couleur rappela à Josh celle d'un trou d'eau près de la maison de son enfance, où deux jeunes garçons s'étaient noyés un matin d'été. On disait, se souvint-il, que des monstres y vivaient, enroulés dans la vase, tout au fond de cette eau d'un vert trouble.

Le jeune homme, entre vingt et vingt-cinq ans peut-être, portait des gants blancs, un jean, des baskets et une chemise rouge à carreaux. Sur son front, le symbole du dollar vert ; sur sa joue gauche, un crucifix rouge, et sur la droite, la fourche du diable en noir.

Le Néandertalien souleva le mégaphone et rugit : « Gloire à Lord Alvin ! »

LE SON D'UNE SECONDE NAISSANCE

Macklin avait entendu dans la nuit le chant silencieux de la sirène, et maintenant il savait qu'il était temps.

Il s'extrayait doucement de son sac de couchage, en faisant attention de ne réveiller ni Roland ni Sheila ; il ne souhaitait la présence d'aucun d'eux. Il avait peur de la douleur et ne voulait surtout pas qu'ils le voient en position de faiblesse.

Sorti en catimini de la tente, le colonel se retrouva dans les bourrasques glacées et se mit en chemin vers le lac. Torches et feux de camp luisaient autour de lui et le vent faisait claquer les bandages d'un vert noirâtre qui pendaient du moignon de son poignet droit. Il avait dans les narines l'odeur écœurante de sa propre pourriture ; car cela faisait plusieurs jours qu'un liquide grisâtre suintait constamment de la blessure. Il empoigna de la main gauche le manche du couteau qu'il avait passé dans la ceinture de son pantalon. Il allait lui falloir rouvrir la plaie pour exposer la chair à la morsure purificatrice du Grand Lac.

Derrière lui, Roland s'était redressé dès l'instant où Macklin avait quitté la tente. Sa main était crispée sur le calibre .45. Il dormait toujours avec, le gardant même quand Sheila le laissait lui faire des dégueulasseries. Il aimait bien aussi regarder quand elle le faisait avec le roi. En échange, ils la nourrissaient et la protégeaient des autres. Ils commençaient à former un vrai trio. Mais à présent, il savait où allait le roi et pourquoi il y allait. Sa blessure sentait mauvais depuis quelque temps. Bientôt s'élèverait un nouveau cri dans la nuit, comme ceux qu'ils entendaient quand le camp devenait calme. Il était chevalier, et se disait que son devoir était d'être aux côtés de son souverain pour l'assister, mais pour ça, le roi voulait être seul. Roland se rallongea, le pistolet sur la poitrine. Sheila marmonna quelque chose et tressaillit dans son sommeil.

Il tendit l'oreille, attendant le cri marquant la seconde naissance du roi.

Macklin passa devant d'autres tentes, des abris faits de bric et de broc, des voitures qui servaient de gîte à des familles entières. L'odeur salée lui piquait les narines, promesse d'une douleur et d'une purification qui dépassaient de loin tout ce dont le colonel avait pu faire l'expérience. Le terrain commençait à descendre en pente douce vers la rive, et le sol alentour était jonché de vêtements et de haillons incrustés de sang, de béquilles et de bandages arrachés et abandonnés par d'autres pénitents.

Au souvenir des cris qu'il avait entendus au cœur de la nuit, il flancha soudain, s'arrêtant à six ou sept mètres de l'eau qui venait laper les rochers. Sa main fantôme le démangeait et le moignon était traversé de pulsations de douleur au rythme des battements de son cœur. Je peux pas, pensa-t-il, désespéré. Oh, mon Dieu, je peux pas !

« Discipline et contrôle, mon gars », résonna une voix sur sa droite. Le Soldat Fantôme était là, livide, mains osseuses sur les hanches, visage lunaire sous le casque de camouflage. « Si t'as plus ça, alors qu'est-ce qui te reste ? »

Macklin ne répondit pas. Les clapotis étaient à la fois tentateurs et terrifiants.

« Alors, mon p'tit Jimmy, on a les foies ? », railla le Soldat Fantôme, et Macklin trouva aussitôt que cette voix ressemblait singulièrement à celle de son père. Même ton de dégoût méprisant. « Bof, ça me surprend pas, poursuivit le Soldat Fantôme. À la Maison Terre, t'as quand même merdé dans les grandes largeurs, hein ? Ah, ça, pour une foirade, c'était une belle foirade !

— Non ! s'écria Macklin en secouant la tête. C'était pas ma faute ! »

Le Soldat Fantôme eut un petit rire.

« Tu savais, mon p'tit Jimmy. Tu le savais, qu'y avait quelque chose qui clochait dans ce complexe, et pourtant t'as continué à y entasser des gogos, tout ça pour de jolis billets verts, pas vrai ? Tu les as tués, ces pauvres gens, mon gars ! Tu les as enterrés sous des centaines de tonnes de rochers, et toi, t'as sauvé tes fesses, pas vrai ? »

C'était la voix de son paternel, se dit Macklin, qui se prit à penser que même physiquement, le Soldat Fantôme commençait aussi à ressembler à ce père depuis longtemps disparu, avec son visage plein au nez aquilin.

« Fallait bien que je sauve ma peau, répondit-il d'une voix faible. Qu'est-ce que je devais faire, autrement, me coucher et attendre la mort ?

— Bordel de merde, ce gamin, il a plus de cervelle et de couilles que toi, mon p'tit Jimmy ! C'est lui qui t'a sorti de là ! C'est lui qui t'a fait avancer, c'est lui qui t'a trouvé à bouffer pour rester en vie ! Sans lui, tu serais pas là à faire dans ton froc parce que t'as la trouille d'un petit bobo ! Lui, discipline et contrôle, il sait ce que ça veut dire ! Toi, t'es juste un vieil estropié au bout du rouleau qui ferait mieux d'aller jusqu'à ce lac, plonger la tête dedans et respirer un bon coup par la bouche, comme ceux-là, là-bas. » Et il montra, d'un coup de menton, les corps gonflés des suicidés qui flottaient dans l'eau salée. « Ah, tu pensais qu'être grand chef à la Maison Terre, c'était toucher le fond, pour un mec comme toi. Mais le fond, il est là, mon p'tit Jimmy. Là, maintenant. T'es plus bon à rien et t'as perdu ton courage.

— Non... balbutia Macklin. Non, c'est... c'est pas vrai.

— Alors, prouve-le. » Et une main blanchâtre lui désigna le Grand Lac Salé.

Roland sentit une présence devant la tente. Il se redressa à nouveau, désengageant d'un *clic* le cran de sûreté de son automatique. Il y avait parfois des hommes qui se glissaient en douce autour d'eux la nuit, attirés par Sheila comme des chiens par une femelle en chaleur, et il fallait les effrayer.

Une lampe torche l'éblouit, et il braqua son arme sur la silhouette qui la tenait.

Il entendit alors une voix d'homme : « Du calme, du calme, je veux pas d'histoires. »

Sheila poussa un cri et s'assit toute droite, comme mue par un ressort. Elle s'éloigna du type à la lampe en reculant. Elle avait à nouveau fait ce cauchemar, où Rudy se traînait jusqu'à la tente, le visage exsangue et l'entaille à sa gorge s'ouvrant comme une bouche hideuse, qui lui demandait d'une voix de crécelle sortant de lèvres violacées : « Alors, Sheila, ma chérie, t'en as tué récemment, des bébés ? »

« Des ennuis, tu vas en avoir si tu recules pas. » Les yeux de Roland étaient féroces derrière ses lunettes. Il tenait le pistolet d'une main ferme, le doigt sur la détente.

« C'est moi, Judd Lawry, dit-il en éclairant son propre visage.

— Qu'est-ce que tu veux ?

— Il est où le colonel ? interrogea Lawry en désignant le sac de couchage vide de Macklin.

— Dehors. Qu'est-ce que tu veux ?

— Monsieur Kempka veut te parler.

— Me parler de quoi ? Il a eu sa ration hier soir.

— Il veut discuter, répondit Lawry. Il dit qu'il a une affaire à te proposer.

— Une affaire ? Quel genre d'affaire ?

— Professionnelle. Je connais pas les détails. Faut que t'ailles le voir.

— Moi, j'ai pas d'ordre à recevoir. Et de toute façon, ça peut attendre qu'il fasse jour.

— Monsieur Kempka veut discuter maintenant, insista fermement Lawry. C'est pas important si Macklin est pas là. C'est avec toi qu'il veut faire affaire. Il pense que toi, t'as de la jugeote. Alors, tu viens ou non ?

— Non.

— Dans ce cas, fit Lawry en haussant les épaules, je vais lui dire que t'es pas intéressé. » Il fit mine de s'éloigner de la tente, mais s'arrêta. « Ah oui, il voulait aussi que je te donne ça. » Et il laissa tomber par terre, juste devant Roland, une boîte entière de barres de chocolat Hershey. « Des comme ça, il en a plein la caravane.

— Mon Dieu ! s'écria Sheila en plongeant la main dans la boîte pour en ressortir quelques-unes. La vache, ça fait une éternité que j'en ai pas vu !

— Bon, j'vais lui dire c'que tu m'as dit », répéta Lawry, et à nouveau il s'apprêta à s'éloigner de la tente.

« Hé, attends une minute ! s'exclama tout à coup Roland. C'est quel genre d'affaire qu'il a à me proposer ?

— J'te l'ai dit, il faut que t'ailles le voir. »

Roland hésita, mais finit par se dire que ça ne tirerait pas à conséquence.

« Ok, mais je vais nulle part sans le flingue, prévint-il.

— Oh, si tu veux. »

Roland sortit de son sac de couchage et se leva. Sheila, qui finissait déjà l'une des barres de chocolat, protesta : « Hé, attends un peu ! Et moi alors ?

— Monsieur Kempka veut seulement parler au garçon.

— Mon cul, oui ! Pas question que je reste là toute seule ! »

Lawry, d'un mouvement d'épaule, se débarrassa de la courroie de son fusil et le lui tendit. « Tiens. Et te fais pas sauter la tête. »

Elle le prit, en se rendant compte que c'était cette même crosse qui avait tué le bébé. Mais après tout, elle n'aurait jamais osé rester seule ici sans arme. Elle se retourna vers la boîte de barres Hershey, et Roland suivit Judd Lawry vers la caravane Airstream où l'on apercevait une lueur jaune filtrer entre les lattes des stores.

Au bord du lac, Macklin ôta son manteau noir et son tee-shirt répugnant, maculé de sang. Puis il se mit à défaire les bandages de son poignet, sous le regard du Soldat Fantôme qui l'observait en silence. Il les laissa tomber par terre. Pas jolie à regarder, cette plaie, et le Soldat Fantôme émit un sifflement.

« Discipline et contrôle, mon gars, murmura ce dernier. C'est ça qui fait un homme. »

C'était mot pour mot ce que lui répétait toujours son père. Il avait grandi au son de ces mots qu'on lui enfonçait dans le crâne, jusqu'à en faire la charpente de sa vie. Mais maintenant, entrer dans cette saumure et faire ce qu'il avait à faire, ça allait demander toutes ses ressources en discipline et en contrôle.

Le Soldat Fantôme se mit à scander, presque en chantonnant : « Et *un*, deux, trois et quatre ! Et *un*, deux, trois et quatre ! On se remue, mon gars ! »

Oh, bon Dieu... murmura Macklin. Il resta sans bouger quelques secondes, les yeux fermés, tremblant de tous ses membres, autant de froid que de peur. Puis il tira le couteau de sa ceinture et se dirigea vers les clapotis de l'eau.

« Assieds-toi, Roland », l'invita le Gros quand l'adolescent entra dans la caravane, Lawry sur les talons. Une chaise avait été disposée de l'autre côté de la table à laquelle était assis Kempka. « Fermez la porte. »

Lawry obéit et Roland s'installa. Il gardait la main sur le pistolet posé sur ses genoux.

Le visage de Kempka se fendit en un large sourire.

« Que dirais-tu de quelque chose à boire ? Pepsi ? Coca ? Ou alors quelque chose de plus fort ? » Il se mit à rire, de sa voix aiguë et criarde, faisant trembloter ses nombreux mentons.

« Je prendrai un Pepsi.

— Ah, parfait. Judd, vous voulez bien nous apporter deux Pepsi, s'il vous plaît ? »

Lawry se releva et disparut dans une autre pièce, sans doute une cuisine, se dit Roland.

« Qu'est-ce que vous voulez ? s'impatienta Roland.

— Une affaire. Une proposition. »

Kempka se pencha en arrière sur son fauteuil, qui se mit à craquer comme un départ de feu d'artifice. Il portait une chemisette à col ouvert qui laissait entrevoir des poils noirs frisés sur sa poitrine flasque, et son ventre débordait par-dessus son pantalon en toile vert clair. Ses cheveux étaient fraîchement peignés et brillantinés, et à l'intérieur de la caravane régnait une odeur douceâtre d'eau de Cologne bon marché.

« Roland, tu m'as toujours paru être un jeune garçon très intelligent. Que dis-je, un jeune homme, ajouta-t-il avec un large sourire. Dès que je t'ai vu, j'ai compris que tu avais cette intelligence. Et cette flamme aussi. Oh, oui ! J'adore les jeunes gens qui ont une flamme en eux. » Il jeta un coup d'œil en direction du pistolet que Roland tenait toujours. « Tu peux le ranger, tu sais. Moi, je veux seulement qu'on soit amis.

— Bonne idée, ça », répondit Roland en gardant l'arme pointée sur Kempka. Sur le mur derrière le Gros, la panoplie de fusils et de pistolets suspendus à leur crochet reflétait la lueur jaune maladive de la lampe.

« Bon, poursuivit Kempka en levant encore bien haut les épaules. Après tout, ça n'empêche pas de discuter. Parle-moi un peu de toi. D'où viens-tu ? Et tes parents, qu'est-ce qu'ils sont devenus ? »

Mes parents, pensa Roland. Qu'est-ce qu'ils sont devenus, au fait ? Il se souvenait qu'ils étaient allés ensemble à la Maison Terre, revoyait le tremblement de terre dans la cafétéria, mais le reste ne formait qu'une sorte de puzzle insensé dans sa tête. Il ne se souvenait même plus vraiment du visage de son père ou de celui de sa mère. Ils sont morts là-bas, se dit-il. Oui, c'est ça. Tous les deux, écrasés sous les rochers. Mais lui était chevalier à présent, et tout retour en arrière était désormais impossible.

« Ça n'a aucune importance, décida-t-il de répondre. C'est de ça que vous vouliez qu'on discute ?

— Non. Je voulais... Ah, tiens, voici nos rafraîchissements ! »

Lawry était revenu avec deux grands gobelets en plastique remplis de Pepsi ; il en posa un devant Kempka et tendit l'autre à Roland. Puis il se déplaça, faisant mine de se mettre derrière lui, mais le garçon lui lança sèchement : « Non, je te veux devant moi tout le temps que je reste ici. » L'homme se figea. Puis il sourit, leva les mains en signe de paix, et alla s'asseoir sur une pile de cartons entassés contre une paroi.

« Comme je disais à l'instant, j'aime les jeunes gens qui ont une flamme en eux. » Kempka se mit à siroter son verre. Ça faisait vraiment longtemps que Roland n'avait pas goûté un soda, et il en avala presque la moitié à la première gorgée. La boisson avait perdu de ses bulles, mais quand même, c'était la plus exquise qu'il lui avait été donné de boire depuis longtemps.

« Alors c'était pour quoi ? lui redemanda-t-il d'un ton brusque. C'est à propos de la drogue ?

— Non, non, rien de tel, répondit l'homme avec un sourire fugace. Non, je voudrais savoir pour le colonel Macklin. » Il se pencha en avant, mettant de nouveau au supplice son fauteuil qui protesta à grand renfort de craquements ; posant ses avant-bras sur la table, il croisa ses gros doigts boudinés. « Je voudrais savoir... ce que Macklin peut avoir à t'offrir que moi je n'ai pas.

— Quoi ?

— Regarde autour de toi, Roland. Regarde tout ce que j'ai ici : à boire, à manger, bonbons, armes, munitions... et le *pouvoir*. Macklin, lui, qu'est-ce qu'il a ? Une petite guitoune minable. Et tu sais quoi ? C'est tout ce qu'il aura jamais. C'est moi le chef ici, Roland. À la fois la police, le maire, le juge et le jury, en quelque sorte ! Pas vrai ? » Il jeta un rapide coup d'œil à Lawry, et celui-ci reprit en écho : « Vrai », avec la conviction d'une marionnette de ventriloque.

« Alors, ce Macklin, qu'est-ce qu'il fait pour toi, Roland ? l'interrogea Kempka en haussant les sourcils. Ou plus exactement, sans doute, qu'est-ce que *toi* tu fais pour lui ? »

Roland faillit répondre que Macklin était le roi, certes provisoirement dépouillé de sa couronne et de son royaume, mais dont le destin était forcément de revenir au pouvoir un jour, et que lui, il avait prêté serment, mais il se dit que ce Kempka était trop niais pour comprendre la noblesse de cet engagement. Donc il se contenta de répondre : « On voyage ensemble.

— Et pour aller où ? Jusqu'au dépotoir à ordures ? Parce que c'est là qu'il est parti, Macklin. Non. Tu es plus malin que ça, je crois.

— Ça veut dire quoi ?

— Ça veut dire... que j'ai une immense caravane, très confortable, Roland. J'ai un *vrai* lit. Il est là-bas, ajouta-t-il en montrant d'un signe de tête une porte fermée. Ça te dirait de le voir ? »

Et Roland comprit brusquement où Kempka voulait en venir.

« Non, répondit-il avec une contraction dans les intestins, ça me dirait pas.

— Ton ami ne peut pas t'offrir ce que j'ai à t'offrir, poursuivit Kempka d'une voix soyeuse. Il n'a aucun pouvoir, et moi je l'ai tout entier. Tu crois que je t'ai laissé entrer dans ce camp à cause des drogues ? Non. C'est *toi* que je veux. Toi, ici, avec moi. »

Roland secoua la tête. Il avait l'impression que des insectes noirs voletaient devant ses yeux et sa tête était lourde, comme si son cou ne pouvait plus la soutenir.

« Tu vas comprendre que le pouvoir, c'est ce qui régit le monde. » La voix de Kempka résonnait dans la tête de Roland comme un 33 tours qu'on passerait en 45 tours. « Le reste, ça ne vaut rien : la beauté, l'amour. Non, rien d'autre ne compte que le pouvoir. Et celui qui le détient peut prendre tout ce qu'il veut.

— Pas moi », répondit Roland, mais il avait l'impression que les mots étaient des billes qui roulaient de sa langue. Il se sentait sur le point de vomir, et il avait des picotements dans les jambes. Cette lampe lui faisait mal aux yeux, et quand il clignait des paupières, il avait beaucoup de mal à les rouvrir. Il regarda le gobelet en plastique qu'il tenait toujours en main et aperçut des particules de quelque chose flotter au fond. Il essaya de se lever, quand ses jambes cédèrent sous lui et il se retrouva à genoux sur le sol. Il sentit quelqu'un se pencher sur lui et retirer le calibre .45 de ses doigts flasques. Il essaya bien de le rattraper, mais trop tard : Lawry, un sourire aux lèvres, était déjà hors de portée.

« J'ai trouvé un usage à certaines de ces drogues que tu m'as apportées. » À présent, la voix de Kempka était lente et déformée, comme entendue sous l'eau. « Tu vois, j'ai fait une petite poudre en mélangeant quelques-unes de ces pilules. Fais bon voyage. » Et le Gros commença à se lever lourdement de son fauteuil pour se diriger vers Roland Croninger pendant que Lawry sortait fumer une cigarette.

Roland frissonnait malgré la sueur qui lui perlait sur le visage, et il tenta de s'éloigner de l'homme à quatre pattes, tel un animal apeuré. Son cerveau avait comme des ratés, alternant accélérations vertigineuses et ralentissements proches de l'arrêt complet. La caravane entière tremblotait sous les pas de Kempka, qui alla tirer tous les loquets de la porte. Roland se blottit dans un coin, et quand il essaya d'appeler le roi à l'aide sa voix lui fit presque éclater les tympans.

« Bon, reprit Kempka, toi et moi on va apprendre à mieux se connaître, tu crois pas ? »

Macklin, de l'eau glacée jusqu'à mi-cuisses, était fouetté par le vent dont les longs gémissements se prolongeaient jusqu'au-delà du camp. Il avait des élancements dans le bas-ventre et sa main était tellement crispée sur le manche du couteau que les phalanges en étaient livides. Il baissa le regard vers la plaie infectée, observa la zone noire et enflée où il allait devoir fouiller avec la pointe luisante de la lame. Oh, mon Dieu, pensa-t-il, mon Dieu, aide-moi...

— Discipline et contrôle, murmura le Soldat Fantôme derrière lui. C'est ça qui fait un homme, mon p'tit Jimmy. »

La voix de mon père, se dit Macklin. Dieu le bénisse, j'espère que les vers lui ont rongé les os.

« Fais-le ! », ordonna le Soldat Fantôme.

Macklin leva le couteau, visa, prit une profonde aspiration d'air glacial et enfonça la pointe, et l'enfonça encore et encore dans le renflement purulent.

La douleur fut si violente, si brûlante, si prégnante qu'elle se transforma presque en plaisir.

Macklin renversa la tête en arrière et poussa un long hurlement, tout en plongeant à nouveau la lame dans la plaie infectée, encore plus loin, et les larmes lui coulaient sur le visage, consumé qu'il était d'un feu qui oscillait entre douleur et jouissance. Il sentait son bras droit s'alléger de l'infection qui s'en écoulait à flots. Et alors que son hurlement s'élevait dans la nuit pour rejoindre ceux qui l'avaient précédé, Macklin se jeta dans l'eau salée.

« Ah ! », s'écria le Gros en s'arrêtant à quelques pas de Roland, tête penchée en direction de la porte. Son visage était cramoisi, ses yeux brillants. Un hurlement lui était servi par le vent. « Écoute cette mélodie ! C'est le son d'une seconde naissance. » Sur quoi il défit sa ceinture, qu'il commença à faire coulisser dans les nombreux passants de son immense pantalon.

Les images qui se bousculaient dans la tête de Roland tenaient à la fois de la fête foraine et de la maison hantée. Il se revoyait sectionnant à grand-peine le poignet du colonel, mais quand la lame finissait par trancher la main, c'est une gerbe de fleurs rouge sang qui jaillissait ; toute une rangée de cadavres habillés comme au music-hall, hauts-de-forme et smokings, exécutaient un ballet dans ce couloir effondré de la Maison Terre ; lui et Macklin marchant sur une immense autoroute sous un sombre ciel écarlate, entre des arbres d'ossements et des lacs de sang fumant, et on voyait passer à toute vitesse des restes humains en putréfaction au volant de voitures et de semi-remorques aussi déglingués les uns que les autres ; lui, debout au sommet d'une montagne, des nuages gris bouillonnant au-dessus de sa tête. Et à ses pieds, des armées qui se livraient bataille à coups de couteaux, de cailloux et de tessons de bouteille. Une main glacée lui toucha l'épaule et une voix murmura : « Tout ça peut être à vous, sire Roland. »

Il avait une peur bleue de tourner la tête et de regarder en face cette chose qui se tenait près de lui, mais en même temps il savait qu'il allait devoir le faire. C'est comme mue par la force d'une hideuse hallucination que sa tête pivota, et il se trouva à regarder droit dans des yeux dissimulés derrière une paire de lunettes d'aviateur de surplus militaire. Le visage était constellé d'excroissances lépreuses marron, les lèvres presque entièrement rongées, révélant des dents déformées comme des crocs. Le nez était aplati, les narines élargies par la pourriture. Ce visage, c'était le sien, mais différent, horrible, suintant le mal et la soif de sang. Et de ce visage lui parvint sa propre voix, qui chuchotait : « Tout ça peut être à vous, sire Roland. Et à moi, aussi. »

Freddie Kempka, masse immense au-dessus de l'adolescent, lança sa ceinture par terre et se trémoussa pour retirer son pantalon. Il ahanait comme un phoque.

Roland cligna frénétiquement des paupières, levant les yeux vers le Gros. L'hallucination semblait s'éloigner, rebondissant comme une boule de flipper, mais il entendait toujours le chuchotement de la chose. Il tremblait comme une feuille, sans pouvoir s'arrêter. Et puis, c'est une autre vision qui remonta en tourbillon dans sa tête, celle d'un Mike Armbruster menaçant qui s'apprêtait à lui exploser la tête à coups de poing sous les clameurs et les insultes des autres lycéens et des gros bourrins de footballeurs. En voyant le rictus tordu de Mike Armbruster, Roland sentit soudain bouillonner en lui une rage haineuse comme jamais il n'en avait ressenti. Armbruster lui avait déjà cassé la gueule à coups de poing et de pied, lui avait craché dessus alors qu'il gisait dans la poussière, et voilà qu'à présent il voulait recommencer.

Mais Roland savait qu'il avait bien changé maintenant; il était plus fort, plus rusé, ne ressemblait plus du tout à cette petite poule mouillée qui s'était laissé tabasser jusqu'à en pisser dans son froc. Maintenant, il était chevalier, il avait vu les entrailles de l'Enfer. Et il allait lui montrer, à ce Mike Armbruster, comment se venge un chevalier.

Kempka avait sorti une jambe de son pantalon. Il portait un boxer de soie rouge en dessous. Il vit le garçon qui, tête levée, le regardait fixement, les yeux rétrécis derrière ces saletés de lunettes, et entendit un son monter du fin fond de sa gorge, un son animal, moitié grondement, moitié ululement diabolique.

« Arrête ça ! », s'écria Kempka, apparemment effrayé. Mais le garçon n'arrêtait pas et cet horrible son ne cessait d'enfler. « Arrête, petit con ! » Il vit le visage de l'adolescent changer, se durcir en un masque de haine aussi absolue que sanguinaire, et Kempka se mit à paniquer. Il comprit que les psychotropes étaient en train de transformer Roland d'une façon qu'il n'avait pas prévue. « Arrête ! », cria-t-il encore en levant la main pour le gifler.

Mais Roland bondit, tête en avant, et tel un bélier furieux alla s'enfoncer en plein dans la panse de Kempka. Le Gros poussa un cri et partit en arrière avec de grands moulinets de bras. La caravane commença à tanguer, et avant même que l'homme puisse retrouver son équilibre, l'adolescent lui rentra à nouveau dedans, toujours tête la première, avec une telle force que cette fois Kempka alla s'écraser par terre. Roland lui sauta immédiatement dessus, l'attaquant à coups de poing, de pied et de dents. Kempka se mit à crier : « Lawry ! Au secours ! », tout en se rappelant avoir fermé la porte à triple tour pour que le garçon ne lui échappe pas. Deux doigts faillirent lui arracher l'œil gauche de l'orbite, un coup de poing lui fit éclater le nez, et Roland continua par un coup de tête dévastateur en plein dans la bouche, qui lui fendit les lèvres et lui cassa net deux dents de devant, qu'il avala. « Au secours ! », hurla-t-il encore, du sang plein la bouche. D'un geste large de l'avant-bras, il réussit à repousser le garçon, puis se retourna et essaya de ramper vers la porte verrouillée. « Au secours, Lawry ! », hurlait-il entre ses lèvres fendues.

Il sentit alors quelque chose lui entourer la gorge et se resserrer, se resserrer, emprisonnant le sang dans son visage rougissant comme une tomate trop mûre. Le Gros, saisi de panique, comprit alors qu'on était en train de l'étrangler avec sa propre ceinture.

Roland était sur le dos de Kempka, qu'il chevauchait comme Achab la baleine blanche. Le Gros suffoquait, luttant pour relâcher l'étreinte de la courroie. Le sang battait dans sa tête avec une telle force qu'il se dit que ses yeux allaient exploser. On entendit cogner à la porte, et la voix de Lawry qui criait : « Monsieur Kempka !! Qu'est-ce qui se passe ?! »

Le Gros donna un coup de reins, se retourna à moitié, tout pantelant, projetant Roland contre la paroi, mais ce dernier tenait toujours bon la ceinture. Kempka tenta désespérément de faire pénétrer un peu d'air dans ses poumons, et se jeta à nouveau sur le côté. Cette fois, il entendit le garçon pousser un cri de douleur et la ceinture se relâcha. Couinant comme un verrat blessé, Kempka se remit à ramper frénétiquement vers la porte. Il leva le bras pour ouvrir l'un des verrous, mais une chaise vint se fracasser sur son dos, faisant remonter comme un atroce choc électrique de bas en haut de sa colonne vertébrale. Et le garçon le cogna à la tête et au visage avec le pied de la chaise ; « Il est taré !! Il est taré !! », hurlait Kempka.

Lawry tambourinait à la porte. « Ouvrez ! Ouvrez-moi ! »

Kempka reçut un coup sur le front qui l'étourdit et il sentit le sang lui couler sur le visage ; désespérément, il frappa de son poing gauche, à l'aveugle. Il entendit alors Roland qui, touché au ventre, vidait d'un seul coup ses poumons, avant de tomber à genoux.

Kempka, du revers de la main, essuya le sang de ses yeux, puis essaya de faire coulisser la première targette pour libérer enfin le verrou. Mais il avait les doigts poisseux et n'arrivait pas à l'attraper comme il fallait. Lawry cognait comme un sourd à la porte, tentant de la forcer.

« Il est taré ! gémissait Kempka. Il essaie de me tuer !

— Hé, espèce d'enculé ! », gronda l'adolescent derrière lui.

Kempka tourna la tête et poussa un bêlement de terreur.

Roland s'était emparé de l'une des lampes à kérosène qui éclairaient la caravane. Ses lunettes maculées de sang, il affichait un visage de dément.

« Tiens, attrape ça ! », hurla-t-il avant de lancer violemment la lampe.

Le projectile alla percuter le crâne du Gros, répandant le liquide enflammé sur son visage et sa poitrine ; très rapidement, la barbe, les cheveux et le devant de sa chemisette de sport prirent feu.

« Y m'fait cramer ! Y m'fait cramer ! », couina Kempka, roulant sur lui-même en se débattant.

La porte s'ébranla sous les coups de pied de Lawry, mais les ingénieurs de chez Airstream l'avaient construite pour résister.

Pendant que Kempka gigotait comme un damné et que Lawry essayait de défoncer la porte, Roland se retourna vers les racks de fusils et les pistolets suspendus à leur crochet. Il n'avait pas encore fini de montrer à Mike Armbruster sa vengeance. Oh, que non... pas encore.

Il fit le tour de la table et choisit un magnifique calibre .38 Spécial à la crosse nacrée. Il ouvrit le barillet et aperçut trois balles. Un large sourire barra son visage.

Sur le sol, le Gros avait réussi à éteindre les flammes. Son visage n'était plus qu'une masse de chair grillée, de cheveux brûlés et de cloques, les yeux tellement gonflés qu'ils étaient presque fermés. Il aperçut quand même le garçon qui s'approchait de lui, revolver à la main. Il était souriant, et Kempka ouvrit la bouche pour crier, mais seul un coassement s'en échappa.

Roland s'agenouilla devant lui. Son visage était couvert de sueur, et on voyait une veine battre sur sa tempe. Il arma le .38 et pointa le canon à six ou sept centimètres du crâne de Kempka.

« S'il te plaît, supplia l'homme. S'il te plaît... Roland... ne fais pas... »

Le sourire de Roland était figé, ses yeux exorbités derrière les lunettes. Il prononça : « *Sire* Roland. N'oublie jamais ça. »

Lawry entendit un coup de feu. Puis, une dizaine de secondes plus tard, un autre.

Serrant l'automatique du garçon dans sa main droite, il se jeta contre la porte, épaule en avant. Toujours en vain. Il l'attaqua de nouveau à coups de pied, mais elle tenait bon, cette saloperie. Au moment même où il se préparait à tirer dedans, il entendit les verrous coulisser.

La porte s'ouvrit.

Le garçon était là, un calibre .38 pendant au bout de son bras, le visage et les cheveux maculés de sang. Il avait un large sourire et se mit à débiter, très vite, d'une voix fiévreuse, une voix de camé : « C'est fini, j'l'ai fait, j'l'ai fait, j'lui ai montré comment ça s'venge un chevalier, j'l'ai fait ! »

Lawry leva son arme, bien décidé à abattre l'adolescent.

Il sentit alors le canon double d'un fusil s'enfoncer dans sa nuque.

« Hmm-hmm », chantonna Sheila. Elle avait entendu le raffut et s'était approchée pour voir ce qui se passait ; d'autres arrivaient aussi dans la nuit, portant lanternes ou lampes torches.

« Lâche ça ou c'est moi qui lâche la purée ! »

Le pistolet tomba par terre.

« Me tue pas ! pleurnicha Lawry. D'accord ? Moi je bossais juste pour Kempka. C'est tout. Je faisais c'qu'y m'disait, c'est tout ! D'accord ?

— Tu veux que je le tue ? », demanda Sheila à Roland. Le garçon restait planté là, avec son regard fixe et son sourire figé. Il a la tête dans le cul, se dit-elle. Soit il est bourré, soit il est stone !

« Bon, écoute, c'que le gamin a fait à Kempka, moi, je m'en fous, reprit Lawry, la voix prête à se briser. Il était rien pour moi, je lui servais juste de chauffeur. Je suivais ses ordres. J'peux faire la même chose pour vous, si vous voulez. Toi, le gamin et le colonel Macklin. J'peux bosser pour vous, à les faire filer droit, tous les autres, là. Je ferai tout c'que vous m'direz de faire. Si vous m'dites de sauter du pont, je saute.

— J'lui ai montré... moi, j'lui ai montré... balbutiait Roland, qui commençait à tanguer sur ses jambes. J'lui ai montré, moi !

— Pour moi, c'est vous les tauliers ici, toi et le gamin et le colonel Macklin, lança Lawry à Sheila. Enfin... si Kempka est mort, quoi.

— Eh ben, on va aller voir ça, alors. » Sheila l'aiguillonna du bout du canon double dans la nuque, et Lawry passa à côté de Roland pour entrer dans la caravane.

Ils trouvèrent le Gros affalé contre une des parois en un amas sanguinolent. Ça sentait la chair grillée. Kempka avait pris deux balles à bout portant, une dans le crâne et l'autre dans le cœur.

« Tout c'qui est ici c'est à vous maintenant, s'empressa de préciser Lawry, les flingues, la bouffe, tout. Moi, j'fais juste c'qu'on me dit. Vous m'dites quoi faire, et j'le fais. Je l'jure devant Dieu.

— Alors tu sors ce gros tas de merde de notre caravane. »

Sheila sursauta et se retourna vers la porte.

Macklin était là, appuyé à un des montants, torse nu et dégoulinant. Il avait passé un manteau noir sur ses épaules et cachait le moignon de son bras droit dans les replis du vêtement. Il était livide, les yeux enfoncés dans des orbites violettes. Roland se tenait près de lui, tanguant de plus en plus, prêt à s'écrouler. « Je sais pas... c'qui s'est passé ici, reprit Macklin, qui manifestement faisait de gros efforts pour parler, mais si tout ça, c'est à nous... alors on s'installe ici. Et toi tu nous sors ce machin de là. »

Lawry fit une drôle de tête.

« Tout seul ? Enfin... j'veux dire... il fait une putain de tonne !

— Soit tu nous débarrasses de ça, soit c'est moi qui me débarrasse de toi. »

Lawry se mit au boulot.

« Et oublie pas de nettoyer ce bordel quand t'auras fini », ajouta Macklin tandis qu'il inspectait la collection de flingues. Bon sang, quel arsenal ! se disait-il. Il n'avait aucune idée de ce qui avait pu se passer ici, mais Kempka était mort, et allez donc savoir pourquoi, c'étaient eux les chefs à présent. La caravane était à eux, les provisions, l'eau, l'arsenal, le camp entier ! Il était abasourdi, encore épuisé par la douleur qu'il venait de s'infliger, mais se sentait, voyons... plus fort, plus... propre. Il se sentait à nouveau un homme, et non un chien apeuré qui rampe la queue basse. Le colonel James B. Macklin était né une seconde fois.

Lawry avait presque réussi à tirer le cadavre jusqu'à la porte.

« J'y arrive pas ! protesta-t-il en essayant de reprendre son souffle. Il est trop lourd ! »

Macklin pivota brusquement et se dirigea droit vers lui, ne s'arrêtant que quand son visage fut à dix centimètres du sien. Le colonel transperça l'homme d'un regard meurtrier, injecté de sang.

« Écoute-moi bien, ordure », grinça Macklin d'un ton menaçant. Lawry était tout ouïe. « C'est moi qui commande ici, maintenant. Moi. Ce que je dis, on le fait, et on pose pas de questions. J'vais t'apprendre la discipline et le contrôle, trou du cul. J'vais apprendre à tout le monde la discipline et le contrôle. Quand je donne un ordre, je veux ni questions ni hésitations, sinon y aura des exécutions publiques. T'as envie d'être le premier ?

— Non, répondit Lawry d'une petite voix tremblante.

— Non, qui ?

— Non... monsieur.

— Bien. Maintenant tu vas aller passer le mot, Lawry. Ces gens-là, je vais les organiser, moi, leur faire sortir les doigts du cul. S'ils aiment pas ma façon de faire, ils sont libres de se tirer.

— Organiser ? Organiser quoi ?

— Tu crois pas qu'il va arriver un moment où va falloir se battre pour garder ce qu'on a ? Mon p'tit gars, va y en avoir une tapée de moments où il faudra se battre, et si c'est pas pour garder ce qu'on a, alors ce sera... pour *prendre* ce qu'on a pas.

— Mais putain, on est pas une armée ! s'écria Lawry.

— Vous allez le devenir, promit Macklin en désignant l'arsenal du geste. Tu vas devoir apprendre, mon p'tit gars. Toi et tous les autres. Et maintenant, tu me sors ce gros tas de merde d'ici... *caporal.*

— Hein ?

— Caporal Lawry. C'est ton nouveau grade. À partir d'aujourd'hui, t'habiteras dans cette tente, là-bas. La caravane, c'est réservé à l'état-major. »

Oh, bon sang ! se dit Lawry. Il est taré, ce type ! En même temps, il aimait l'idée d'être nommé caporal. Ça sonnait bien. Il tourna le dos au colonel et se remit à tirer le corps de Kempka de toutes ses forces. Une drôle de pensée lui traversa l'esprit, qui le fit presque rire, mais il réussit à se retenir. Le roi est mort ! s'était-il dit. Vive le roi ! Il fit descendre le cadavre sur les marches et la porte de la caravane se referma. Il vit plusieurs hommes qui traînaient à proximité, attirés par le bordel, et il se mit à aboyer des ordres pour qu'ils ramassent le corps de Freddie Kempka et l'emmènent jusqu'à la lisière du territoire des cloportes. Ils lui obéirent tels des automates, et Lawry se figura que, tout compte fait, jouer aux soldats allait peut-être lui plaire.

SONGER À DEMAIN

Des têtes vont tomber

Le jeu de la camisole

Mission suicide

Mon peuple

Un vieux miroir terni

Un chrétien en cadillac

Écume verdâtre

DES TÊTES VONT TOMBER

« Je m'appelle Alvin Mangrim. Désormais, Lord Alvin. Bienvenue dans mon royaume. » Le jeune psychotique blond, assis sur son trône, eut un large geste de sa main frêle. « Vous aimez ? »

Josh était pris à la gorge par cette odeur de mort et de pourriture. Lui, Swan et Leona étaient regroupés, assis par terre dans le rayon animalerie du *K-Mart*, au fond du magasin. Dans les petites cages autour d'eux, gisaient des dizaines de cadavres de canaris et autres perroquets, et des poissons pourrissaient dans les aquariums. Derrière une vitrine, on apercevait aussi, couverts de mouches, quelques chatons et chiots.

Il avait une envie folle de lui défoncer la gueule, à ce blondinet souriant, mais il avait les poignets et les chevilles entravés par des chaînes cadenassées. Swan et Leona, quant à elles, étaient ligotées. Ils étaient encerclés par le Néandertalien chauve, le type aux yeux de poisson et six ou sept autres. Le gros barbu et le nain dans son chariot étaient aussi à proximité, le nain tenant entre ses doigts atrophiés la baguette de sourcier prise à Swan.

« J'ai remis le jus, expliqua Lord Alvin en se penchant en arrière sur son trône, tout en dégustant des raisins. C'est pour ça que les lumières sont allumées. » Ses yeux d'un vert glauque passaient sans cesse de Josh à Swan. Leona, dont la coupure au-dessus de l'œil saignait toujours, avait les paupières qui papillotaient tant elle faisait d'efforts pour surmonter le choc. « J'ai branché deux groupes électrogènes sur le système électrique. J'ai toujours été bon électricien. Et très bon charpentier aussi. Jésus était charpentier, vous savez. » Il recracha des pépins. « Vous croyez en Jésus ?

— Oui, réussit à articuler Josh, la voix cassée.

— Moi aussi. J'ai eu un chien nommé Jésus dans le temps. Je l'ai crucifié, mais il n'a pas ressuscité. Avant de mourir, il m'a quand même dit quoi faire aux gens de la maison de briques. *Clac !* Coupées, les têtes ! »

Josh resta immobile, le regard planté dans ces yeux d'un vert sans fond.

Lord Alvin sourit, et un instant on eût vraiment dit un enfant de chœur en surplis mauve qui s'apprêtait à chanter un cantique.

« J'ai réparé les lumières ici pour attirer plein de viande fraîche... comme vous. Plein de joujoux. Vous comprenez, tout le monde est parti en nous laissant, là-bas, à Pathway. Les lumières se sont éteintes, et les docteurs sont rentrés chez eux. Mais on en a retrouvé quelques-uns, le docteur Baylor par exemple. Alors j'ai baptisé mes disciples avec son sang et je les ai envoyés prêcher la bonne parole dans le coin, pendant que moi je restais ici avec les autres. » Il pencha la tête sur un côté et on vit disparaître son sourire. « Il fait noir dehors, reprit-il. Il fait toujours noir, même en plein jour. Comment t'appelles-tu, l'ami ? »

Josh lui dit son nom. Il sentait l'odeur de sa sueur chargée de peur dominer celle des animaux morts.

« Josh, répéta Lord Alvin avant de picorer un autre grain de raisin. Joshuah donc, le grand Josué. C'est toi qui as fait tomber les putains de murailles de Jéricho, hein ? » Il sourit à nouveau et fit signe à un jeune homme aux cheveux noirs lissés en arrière, les yeux et la bouche cerclés de peinture rouge. Celui-ci s'avança, un pot de quelque chose à la main.

Swan entendit certains des hommes glousser d'impatience. Son cœur cognait dans sa poitrine, mais les larmes s'étaient dissipées à présent, de même que l'espèce de mélasse qui avait comme paralysé son cerveau. Elle avait compris que ces gens étaient les anciens patients d'une institution, et elle savait que la mort était là, devant elle, trônant sur une cuvette de w.-c. Elle se demandait ce qu'il était advenu de Mulet, et, depuis qu'elle s'était cognée aux mannequins – un souvenir qu'elle repoussa rapidement –, elle n'avait ni aperçu ni entendu le petit chien.

Le jeune homme aux peintures de guerre rouges s'agenouilla devant Josh et dévissa le couvercle du pot, qui contenait du fard blanc visqueux. Il plongea l'index dedans puis tendit la main vers le visage du géant ; Josh recula brusquement la tête, mais le Néandertalien la lui saisit d'une poigne d'acier et la maintint pendant qu'on lui appliquait le fard.

« Tu vas être magnifique, Josh, lui assura Lord Alvin. Tu vas adorer ça. »

Engourdie par le choc et par la douleur lancinante dans ses jambes, Leona observait la scène, et réalisa que le jeune homme peignait sur le visage de Josh une tête de mort.

« Je connais un jeu, poursuivit Alvin. Ça s'appelle la "camisole de force". C'est moi qui l'ai inventé. Vous savez pourquoi ? Le docteur Baylor, il me disait "Allez, Alvin ! Sois gentil et viens prendre ton médicament", et moi il fallait que j'aille jusqu'au bout de ce long couloir qui pue, tous les jours. » Il leva deux doigts. « Deux fois par jour. Et pourtant, je suis un très bon charpentier. » Il s'interrompit, clignant lentement des paupières comme s'il essayait de remettre ses idées en place. « Dans le temps, je fabriquais des maisons pour chiens. Pas des niches, hein. Non, je fabriquais des manoirs, des châteaux pour chiens. J'ai construit une réplique de la tour de Londres pour Jésus. C'est là-bas qu'ils décapitaient les sorcières. » Le coin de son œil gauche avait commencé à tressaillir. Il resta silencieux, les yeux perdus dans le vague, pendant qu'on parachevait la tête de mort de Josh.

Ce n'est qu'une fois les touches finales posées que le Néandertalien relâcha sa prise. Lord Alvin termina ses raisins et se lécha les doigts.

« Dans le jeu de la camisole de force, expliqua-t-il entre deux coups de langue, on t'emmène jusqu'à l'entrée du magasin. La dame et la gamine restent ici. Et maintenant tu as le choix : qu'est-ce que tu veux qu'on te détache, les bras ou les jambes ?

— C'est quoi, cette connerie ? »

Lord Alvin agita un index réprobateur : « Les bras ou les jambes, Josh ? »

Il me faut mes jambes, raisonna Josh. Mais tout de suite : non, je peux toujours sautiller à cloche-pied. Il faut que j'aie les mains libres. Non, les jambes ! Impossible de décider sans savoir ce qui allait arriver. Il hésita, essayant d'avoir une pensée claire. Il sentit le regard de Swan sur lui ; il tourna les yeux vers la fillette, mais celle-ci secoua la tête, incapable de le conseiller. « Les jambes, finit-il par lâcher.

— Très bien. Tu vois, ça n'a pas fait mal, si ? » On entendit à nouveau une vague de petits rires et d'effervescence monter des spectateurs rassemblés. « Bon, maintenant on t'emmène jusqu'à l'entrée et on te libère les jambes. À partir de là, tu as cinq minutes pour revenir ici en traversant le magasin. » Il remonta la manche droite de sa toge pourpre. Il portait six montres au poignet. « Avec ça, je peux savoir à la seconde près. Dès que je donne le top, c'est cinq minutes... et pas une seconde de plus, Josh. »

Le géant poussa un soupir de soulagement. Dieu merci, c'était les jambes qu'il avait choisi de faire libérer. Parce que traverser le *K-Mart* en se traînant à quatre pattes ou en sautillant comme dans une course en sac, tu parles d'une blague !

« Oh, un détail, poursuivit Lord Alvin. Pendant ce temps, mes sujets essaieront de te tuer. » Il eut un sourire joyeux. « Avec des couteaux, des marteaux, des haches, tout sauf des armes à feu. Ça, ça ne serait pas fair-play. Je te rassure quand même : tu as le droit d'utiliser les mêmes armes, si tu en trouves... et si tu peux les prendre avec tes mains. Et tu peux utiliser tout ce que tu veux pour te protéger, mais tu verras, il n'y a aucune arme à feu dans les rayons. Même pas un fusil à bouchon. C'est rigolo, comme jeu, non ? »

Josh avait l'impression d'avoir de la sciure dans la bouche. Il avait peur de poser la question, mais il le fallait : « Et si... j'arrive pas à revenir jusqu'ici... en cinq minutes ? »

Le nain se mit alors à sauter de joie dans le chariot, pointant la baguette de sourcier vers Josh tel le sceptre du fou du roi.

« La mort ! La mort ! La mort ! hurla-t-il.

— Merci, Gnome, répondit Lord Alvin. Voyons, Josh, tu as vu mes mannequins, n'est-ce pas ? Ils sont beaux, hein ? Et tellement *vivants* ! Tu veux savoir comment on les a fabriqués ? » Sur quoi, il jeta un coup d'œil à quelqu'un qui se tenait derrière Josh et fit un signe de tête.

On entendit aussitôt un grondement guttural qui se transforma en couinement aigu. Josh sentit une odeur d'essence. Sans même se retourner, il savait ce qu'était ce bruit, et sentit ses tripes se contracter. Il jeta un coup d'œil par-dessus son épaule et aperçut le Néandertalien armé d'une tronçonneuse, dont la chaîne était pleine de sang séché et de caillots.

« Si jamais tu perds ta course contre la montre, poursuivit Alvin en se penchant en avant, la dame et la gamine vont rejoindre ma collection de mannequins. Enfin, leurs têtes. » Il leva un doigt et la tronçonneuse s'arrêta dans un hoquet.

« Des têtes vont tomber ! scanda Gnome, souriant et sautant de joie. Des têtes vont tomber !

— Bien entendu, ajouta le psychopathe en toge pourpre, si jamais ils te tuent avant, ça n'aura aucune importance, n'est-ce pas ? Il faudra juste qu'on trouve un mannequin assez grand pour aller avec ta tête, c'est tout. Bon. On est prêts ?

— Prêt ! brailla Gnome.

— Prêt ! répéta la grosse brute barbue.

— Prêts ! », hurlèrent les autres en écho, à grand renfort d'agitation.

Lord Alvin allongea le bras pour prendre la baguette de sourcier des mains de Gnome. Il la jeta au sol à un mètre de lui environ. « Franchis cette ligne, ami Josh, et tu connaîtras des merveilles. »

De toute façon, il va nous tuer, se disait le géant. Mais il n'avait pas le choix ; son regard croisa celui de Swan, qui voulait l'encourager par la pensée. Il serra les dents. Protège l'enfant. Putain, pour ça c'est réussi.

Le barbu et un autre dingue le remirent debout.

« Explose-les... », chuchota Leona, presque aveuglée par les douleurs dans son crâne.

Ils firent sortir Josh du rayon animalerie et l'emmenèrent, moitié en le traînant, moitié en le portant, jusqu'aux rangées de caisses à l'entrée, en passant par les équipements pour la maison, le rayon sport, puis en remontant l'allée centrale. Aux caisses attendait un troisième type, armé d'un fusil à canon double, un trousseau de clés suspendu à la ceinture. Josh fut jeté par terre, hors d'haleine. « Les jambes », dit le barbu, et le type aux clés se baissa pour ouvrir les cadenas.

Josh prit tout à coup conscience d'un grondement constant et tourna les yeux vers des vitrines. Une pluie torrentielle s'abattait dehors, qui s'infiltrait par les vitres fendues. Aucun signe du cheval ; Josh espérait que celui-ci trouverait au moins un endroit sec pour mourir. Dieu nous vienne en aide ! se dit-il. Il n'avait vu aucun des autres fous quand on l'avait traîné jusqu'à l'entrée, mais il savait qu'ils étaient là, tapis dans le magasin, attendant impatiemment le début de la partie.

« Protège l'enfant. » La voix d'outre-tombe qui était sortie de la gorge de PawPaw résonnait dans son esprit, comme s'il l'avait entendue la veille. Protège l'enfant. Cette ligne, il fallait absolument qu'il la franchisse en moins de cinq minutes, quoi que puissent lui balancer ces enculés. Il allait lui falloir mobiliser toutes les feintes de corps que ses années de footballeur avaient gravées en lui, trouver un moyen de rajeunir ses vieux genoux. Oh, Seigneur, pria-t-il, si jamais Tu as pu sourire un jour à un idiot perdu, c'est vraiment le moment de refaire le coup !

Le dernier cadenas s'ouvrit et les chaînes tombèrent des chevilles de Josh. On le remit à nouveau debout, les poignets toujours étroitement entravés par une chaîne qui lui entourait les avant-bras et les mains. Il pouvait ouvrir la gauche, mais la droite était bloquée et inutilisable. Il jeta un coup d'œil vers le fond du *K-Mart* et ressentit comme un coup au cœur : cette saloperie de magasin devait faire au moins dix terrains de football de long.

Là-bas, Swan avait posé sa tête sur l'épaule de Leona. La vieille dame respirait de manière irrégulière et luttait pour garder les yeux ouverts. La fillette savait que Josh allait faire son possible pour revenir jusqu'à elles, mais elle savait aussi qu'il pourrait échouer. Lord Alvin la regardait avec béatitude, un sourire de saint de vitrail. Il consulta les montres à son poignet, puis, pointant le mégaphone vers l'avant du magasin, annonça, à plein volume : « Que le jeu de la camisole commence... Top ! Cinq minutes, ami Josh ! »

Swan tressaillit, et attendit leur destinée.

LE JEU DE LA CAMISOLE

Au son du mégaphone, Josh bondit comme un fauve. Il n'avait même pas fait un pas qu'il sentit un bras passer autour de son cou pour l'étrangler. Barbe-Noire, comprit-il. Putain, c'est qu'il essaie de me faire la peau d'entrée, cet enfoiré !

D'instinct, Josh lui envoya un coup de tête arrière que l'on appelait « noix de coco inversée » entre catcheurs, mais cette fois ça n'était pas du chiqué : il y alla de toutes ses forces, en plein dans le front de Barbe-Noire, et le bras se volatilisa comme par enchantement. Josh se retourna en un éclair pour finir le travail, mais le barbu était assis sur les fesses, les yeux vitreux et le front déjà violacé. L'autre taré agita son fusil. « Démarre », ordonna-t-il, avec un rictus qui découvrit des dents verdâtres.

Pas une seconde à perdre : Josh fonça tel un buffle dans l'allée centrale.

Six longues foulées plus loin, un moulinet de batte de base-ball au ras du sol lui faucha la cheville droite. Il tomba à plat ventre et partit dans une glissade sur le lino, ne s'arrêtant que trois mètres plus loin. Comme un ressort, il se retourna pour faire face à son agresseur, qui s'était caché dans le rayon bonneterie. Le type, coiffé d'un casque rouge de footballeur, s'était relevé pour se jeter sur Josh, brandissant sa batte pour marquer le point décisif.

Josh plia les genoux jusqu'à toucher sa poitrine, puis détendit brusquement les jambes, et *schlak !* les deux pieds en plein dans l'estomac du type, qui se trouva soulevé à plus d'un mètre. Il atterrit sur le coccyx, et Josh se releva en vitesse pour lui envoyer un coup dans les parties, aussi fort qu'il le put, comme s'il tentait de marquer un essai de cinquante mètres. L'homme se contorsionna de douleur avant de se rouler en boule, et Josh en profita pour ramasser la batte au sol de sa main gauche ; il la fit glisser pour empoigner le manche, et même s'il ne pouvait pas s'en servir, au moins, il avait une arme. Il se retourna, prêt à repartir, quand il aperçut un maigrichon armé d'une hache et un autre de ces enfoirés, au visage peint en bleu, qui brandissait un grand marteau de forgeron.

Non, pas par-là ! pensa Josh, qui s'engouffra alors dans une allée latérale, avec la ferme intention de rallier le rayon animalerie par un autre chemin. Il dérapa, heurta un mannequin femme, dont la tête aux cheveux châtains tomba des épaules et s'écrasa au sol.

« Quatre minutes, ami Josh ! », annonça la voix amplifiée de Lord Alvin.

Une silhouette qui brandissait un couteau de boucher surgit brutalement d'un portant de robes, devant Josh. Impossible de s'arrêter ! Et pas moyen de bloquer ses genoux à temps, ça, il le savait. Il accéléra alors, et décollant les pieds du sol, plongea tête en avant comme un bélier sur l'assaillant, l'entraînant avec lui dans le portant, qui s'écroula sous le choc. L'homme essaya de jouer du couteau, rata son coup, essaya encore, coinça la lame dans des replis de tissu. Josh s'assit sur sa poitrine et, utilisant la batte comme un pilon, l'abattit sur le crâne du type, une fois, deux fois, et une troisième pour finir. Le corps tressauta comme si on l'avait branché sur une prise électrique.

Soudain, Josh ressentit une douleur aiguë dans le cou. Il jeta un coup d'œil autour de lui et aperçut un cinglé en salopette, le regard torve, qui tenait une canne à pêche. Le fil était tendu entre eux deux, et Josh comprit que c'était un hameçon qu'il avait dans la peau. Le pêcheur fou tirait sur la canne comme s'il avait ferré une truite, et l'hameçon s'arracha de son cou. Le type fit à nouveau claquer la canne comme un fouet, mais Josh baissa la tête pour éviter le petit crochet étincelant qui lui arrivait dessus, puis se dégagea enfin des robes, se remit debout et reprit son sprint frénétique.

« Plus que trois minutes, ami Josh ! »

Non ! pensa le géant. Non ! Il triche, cet enfoiré ! Pas possible qu'une minute soit déjà passée !

Il traversa en trombe le rayon vêtements pour homme, passant devant un mannequin élégamment vêtu… qui lui sauta sur le dos pour lui arracher les yeux. Il continua à courir avec le type qui s'accrochait, ses ongles ébréchés lui labourant les joues, et face à lui surgit un Noir mince et musclé, torse nu, qui lui barra le chemin, armé d'un tournevis, un couvercle de poubelle en guise de bouclier.

Josh accéléra sa course vers le gladiateur, mais s'arrêta net, glissant sur le sol. D'un seul mouvement, il se baissa et tourna violemment les épaules. Le type qui le chevauchait perdit prise et fut projeté, mais Josh avait mal visé. Au lieu d'aller percuter le Noir comme il l'avait escompté, l'élégant taré passa par-dessus une console où étaient empilées des chemisettes d'été avant d'aller s'écraser par terre.

Le gladiateur attaqua, souple et rapide comme une panthère. Josh frappa comme il le put avec la batte, mais le couvercle de poubelle détourna le coup. Un coup de tournevis visa son estomac; il s'effaça en pivotant, et l'arme ne fit que lui érafler les côtes. S'ensuivit un bref moment de combat rapproché, Josh évitant désespérément le tournevis tout en tentant en vain de donner un coup de batte. Et voilà qu'il sentait des présences à droite et à gauche: d'autres arrivaient pour l'hallali. Il comprit qu'il était fichu s'il ne parvenait pas à se débarrasser de ce gus, certes frère de couleur mais non moins psychopathe, parce qu'un costaud armé de cisailles de jardin était presque déjà sur lui. Le Noir essaya de lui mordre la joue; Josh vit l'ouverture et tomba à genoux, se glissant entre les jambes du type comme un félin. Et quand l'autre se retourna, il prit en pleine figure un choc monumental qui lui déforma le visage et fit voler quelques-unes de ses dents. Il fit deux pas en avant, comme un ivrogne, et tomba raide.

Josh reprit sa course, les poumons en feu.

« Deux minutes ! », annonça Lord Alvin, triomphant.

Plus vite ! s'encouragea Josh. Plus vite, bordel ! Il était encore si loin, et l'autre fils de pute qui grugeait sur le décompte ! Protège l'enfant ! Il faut proté...

Un cinglé à la face poudrée, dissimulé derrière une console, venait de lui flanquer un énorme coup de démonte-pneu sur l'épaule gauche. Josh poussa un cri de douleur et s'écroula dans un tas de bidons d'huile moteur, le bras paralysé jusqu'au bout des doigts. Il avait lâché la batte de base-ball, qu'il vit rouler en travers de l'allée, hors de sa portée. Le fou l'attaqua à nouveau, le démonte-pneu sifflant dans de grands moulinets frénétiques, Josh se défendait comme un furieux. L'arme, manquant de peu sa tête, alla crever l'un des bidons, et le combat devint celui de deux bêtes, qui doivent tuer ou être tuées.

Josh repoussa l'homme d'un coup de genou dans les côtes, mais l'autre fonça à nouveau sur lui, et ils roulèrent dans l'huile qui s'était répandue sous eux, son adversaire se tortillant comme une anguille. Malheureusement, le type se releva et il chargea, brandissant le démonte-pneu pour lui porter le coup fatal à la tête.

Mais il dérapa dans l'huile et s'écrasa sur le dos. Josh lui sauta immédiatement dessus, un genou coinçant la main qui tenait l'arme, l'autre sur la gorge. Levant les mains, il s'entendit beugler de fureur en abattant ses poignets enchaînés, alors qu'il continuait d'appuyer de tout son poids sur la tranchée. Il sentit son genou briser quelque chose, et la trace violacée de la chaîne resta sur le visage déformé comme un tatouage.

Josh se remit debout, les poumons en charpie. Il avait des élancements de douleur insupportables dans l'épaule, mais il fallait qu'il les oublie. Continue ! s'exhortait-il. Bouge, abruti ! Un marteau vola devant lui pour atterrir avec fracas dans une collection d'enjoliveurs. Il glissa à nouveau, tomba à genoux. Il sentait le sang dans sa bouche et sur son visage, et les secondes s'écoulaient. Il repensa à ce cafard dans la grange, qui avait survécu aux insecticides, aux bottes assassines et à un holocauste nucléaire. Si une telle créature était dotée de la volonté de vivre, alors bon Dieu, lui aussi.

Josh se releva. Il fonça dans l'allée, où trois autres silhouettes approchaient ; il sauta par-dessus une console pour se retrouver dans l'allée suivante. Virage à gauche à angle droit, et devant lui s'ouvrit une nouvelle allée, déserte celle-là, où étaient exposés des ustensiles de cuisine – casseroles et autres.

Au bout, Lord Alvin l'observait depuis son trône. Derrière lui, sur le mur, le panneau *Animalerie*. Josh aperçut le nain, qui sautait toujours sur place dans son chariot, et le visage de Swan tourné vers lui. Chouineuse était là, si proche et pourtant si lointaine.

« Une minute ! », annonça Lord Alvin dans le mégaphone.

J'ai réussi ! réalisa Josh. J'y suis presque. Il y a pas plus de douze ou treize mètres d'ici à cette baguette !

Il s'élança en courant.

C'est là qu'il entendit à nouveau le grondement guttural suivi du couinement aigu. Le Néandertalien, tronçonneuse en main, surgit devant lui pour le stopper définitivement.

Josh s'arrêta brusquement. Le Néandertalien, son crâne chauve luisant sous les éclairages, eut un petit sourire et se campa fermement au sol pour l'attendre, les dents de la tronçonneuse lançant des éclairs métalliques aussi flous que mortels.

Josh tourna la tête de tous côtés à la recherche d'une issue. Ce rayon était un long alignement d'ustensiles, de verres et de vaisselle, ininterrompu sauf à droite, à trois mètres environ, par une allée gardée par d'autres tarés armés de couteaux et d'outils de jardin. Il fit demi-tour, mais derrière lui se tenaient le type à la canne à pêche et l'autre aux dents verdâtres avec son fusil. Il en vit arriver encore, qui prenaient place pour ne rien manquer du spectacle, le grand final du jeu de la Camisole.

Les carottes sont cuites, se dit Josh. Mais pas seulement pour lui, car Swan et Leona étaient condamnées s'il ne franchissait pas la ligne d'arrivée. Et le seul chemin passait par la tronçonneuse.

« Quarante secondes, ami Josh ! »

Le Néandertalien fit siffler son engin dans l'air, le défiant de s'avancer.

Il était presque à bout de forces, et ce monstre maniait son outil comme un enfant son jouet. Avaient-ils donc fait tout ce chemin pour mourir dans un *K-Mart* rempli de malades échappés de l'asile ? Josh ne savait pas s'il fallait rire ou pleurer ; il se contenta d'un « merde ! » en se disant que, si vraiment ils devaient crever là, alors il allait entraîner ce type avec lui. Il se redressa de toute sa stature, gonfla la poitrine et partit d'un rire tonitruant.

Le Néandertalien rit également.

« Trente secondes », annonça Lord Alvin.

Alors Josh renversa la tête en arrière, poussa un cri de guerre de toute la force de ses poumons et chargea comme un camion fou.

L'autre restait solidement planté sur ses jambes, brandissant la tronçonneuse.

Mais Josh fit une feinte de corps soudaine, esquivant la morsure hurlante dont il sentit le souffle tout près de son visage ; la cage thoracique de l'homme était désormais sans protection et avant même qu'il n'ait pu ramener la tronçonneuse devant lui, Josh lui envoya un monumental coup de pied dans les côtes.

Le visage du type se déforma sous l'effet de la douleur et il recula de quelques pas, mais sans tomber. Puis il reprit son équilibre et fonça droit sur Josh, en visant la tête.

Celui-ci n'eut pas le temps de réfléchir. Il leva les bras pour protéger son visage. Dans une gerbe d'étincelles, les dents métalliques attaquèrent la chaîne qui lui enserrait les poignets. La force des vibrations repoussa les deux colosses en arrière, chancelants, mais aucun ne tomba.

« Vingt secondes ! », claironna le mégaphone.

Le cœur de Josh battait à tout rompre, mais il se sentait étrangement calme. La seule question à présent était : atteindre la ligne d'arrivée ou pas ? Il se ramassa sur ses jambes et s'avança prudemment, espérant trouver un moyen de renverser ce mastodonte. C'est là que le Néandertalien bondit, plus vite que Josh ne l'eût pensé pour un type de cette taille, et lança un grand coup de sa tronçonneuse en direction du crâne de Josh ; celui-ci s'apprêtait à reculer, mais le coup n'était qu'une feinte. La botte pointue du Néandertalien alla s'enfoncer en plein dans son estomac, le projetant dans l'allée. Il s'écrasa dans des casseroles, qui s'éparpillèrent autour de lui dans un fracas de métal. Roule ! hurla Josh dans sa tête, et alors qu'il donnait un coup de reins, le Néandertalien abattit la tronçonneuse à l'endroit précis où il était tombé, creusant une entaille dans le sol.

Prestement, Josh roula dans l'autre sens et lança à son tour son pied vers le haut, atteignant son adversaire sous la mâchoire. La violence du coup fit décoller le type du sol et il alla lui aussi s'écraser dans les ustensiles de cuisine. Il avait toujours la tronçonneuse en main, et commença à se relever, du sang aux coins de la bouche.

Les spectateurs applaudissaient et lançaient des hourras.

« Dix secondes ! »

Josh, toujours à genoux, vit alors ce qui était répandu autour de lui : il n'y avait pas que des casseroles et des poêles, mais aussi tout un assortiment de couteaux à découper. Dont un, avec une lame de vingt centimètres, pile à ses pieds. Il réussit à passer sa main gauche autour du manche, se força mentalement à refermer les doigts dessus, et s'en saisit.

L'autre, les yeux voilés de douleur, était en train de cracher des dents et un morceau de langue.

Josh s'était relevé.

« Allez, viens ! cria-t-il en feintant une attaque avec le couteau. Viens, enculé de merde ! »

L'autre ne se fit pas prier, et se mit à arpenter l'allée à grands pas dans sa direction, agitant devant lui la tronçonneuse en un arc mortel.

Josh continuait à reculer. Il jeta un rapide coup d'œil pardessus son épaule et aperçut le pêcheur fou et le type au fusil à un peu plus d'un mètre. En une fraction de seconde, il constata que Dents-Vertes tenait son arme très négligemment. Le trousseau de clés pendouillait à sa ceinture.

Le Néandertalien avançait vers lui sans hésitation et quand sa bouche s'entrouvrit en un sourire affreux, des filets de sang s'en échappèrent.

« Tu vas dans la mauvaise direction, ami Josh ! déclara Lord Alvin. Mais ça n'a plus d'importance de toute façon. Le temps est écoulé ! Allez, viens prendre ton médicament !

— Parle à mon cul ! », beugla Josh et, dans un même mouvement, si rapide qu'il en parut flou, il se retourna et enfonça la lame jusqu'à la garde dans la poitrine de Dents-Vertes, exactement au-dessus du cœur. Le dingue poussa un cri silencieux,

Josh lui arracha le fusil des mains. L'homme tomba, un geyser de sang artériel jaillissant de sa poitrine.

Le Néandertalien chargea.

Josh vécut la suite dans un ralenti cauchemardesque : il se retourna, lutta pour stabiliser l'arme dans sa main et glisser un doigt sur la détente. Le forcené était quasiment sur lui, la tronçonneuse levée, prête à asséner un coup latéral. Josh coinça la crosse du fusil contre sa poitrine. Son doigt trouva la détente, qu'il pressa.

Le type était à moins d'un mètre et la tronçonneuse sur le point de le découper. Mais l'instant d'après, on vit s'ouvrir dans son estomac un trou de la taille d'un poing, et la moitié de son dos sauta. La force de la détonation secoua Josh et fit presque sortir l'autre de ses bottes. La sinistre lame frôla le visage de Josh, tandis que le mort tournoyait comme une toupie sur le sol maculé de sang.

« C'est de la triche ! cria Alvin, descendant d'un bond de son trône. Tu n'as pas respecté les règles ! »

Le cadavre tomba enfin, tenant toujours la tronçonneuse, dont les dents métalliques creusèrent un cercle dans le lino.

Josh vit alors Lord Alvin jeter le mégaphone et chercher quelque chose à l'intérieur de sa toge ; quand la main du psychopathe en ressortit, elle tenait un doigt surnuméraire et étincelant : un petit couteau de chasse à la lame en forme de croissant, telle une faux miniature. Alvin se dirigea vers Swan et Leona.

À la détonation, les autres dingues s'étaient écartés. Josh n'avait plus qu'une cartouche et ne pouvait se permettre de la gâcher. Il repartit, bondissant par-dessus le corps qui tressaillait encore, et fonça droit vers le rayon animalerie, où Lord Alvin, le visage déformé par un mélange de rage et peut-être de pitié, s'agenouillait devant Swan, dont il saisit la nuque de sa main libre.

« La mort ! La mort ! », hurlait Gnome.

Swan regarda Alvin dans les yeux et comprit qu'elle allait mourir. Des larmes brûlantes coulèrent sur ses joues, mais elle leva le menton dans un geste de défi.

« C'est l'heure de dormir », lui chuchota-t-il. Et il brandit la lame courbe.

Josh dérapa sur le sol et s'écrasa par terre, allant se cogner à une console à moins de deux mètres de la baguette. Il chercha à se relever, tout en sachant qu'il n'arriverait pas à temps.

Lord Alvin sourit, deux larmes coulant de ses yeux d'un vert glauque. La lame était prête à s'abattre.

« Dors... », chuchota-t-il.

Soudain, de derrière des sacs de croquettes pour chien et de litière pour chat, si vite qu'elle en était indistincte, surgit une petite forme grise qui, grondant comme un molosse infernal, bondit au visage du psychopathe.

Le fox-terrier referma les dents sur le nez fin et délicat d'Alvin Mangrim, broyant chair et cartilages, et rejetant brusquement la tête de l'homme en arrière. Lord Alvin tomba sur le flanc, hurlant, se débattant, essayant désespérément de repousser l'animal, mais celui-ci ne lâchait pas.

Josh sauta par-dessus Chouineuse et vit que Swan et Leona étaient vivantes. Il vit également le petit chien accroché au visage de Lord Alvin, qui gesticulait dans tous les sens avec son couteau de chasse. Le géant visa son crâne, mais ne voulait pas risquer de toucher l'animal ; par ailleurs, il savait qu'il aurait bien besoin de la dernière cartouche. Alors, le chien lâcha prise et recula, des paquets de chair sanglante entre les dents, puis se campa sur ses pattes et libéra une rafale d'aboiements.

Lord Alvin se rassit, les restes de son nez pendouillant sur ses lèvres, les yeux exorbités. Puis, couinant « Blasphème ! Blasphème ! », il se remit debout et partit en courant. Le seul de ses sujets qui n'avait pas fui était Gnome, qui continuait à cracher des insultes à Josh, lequel se saisit du chariot, qu'il fit tourner et poussa de toutes ses forces vers le fond de l'allée. Le chariot alla se fracasser dans les aquariums, le nain réussissant à s'éjecter un instant avant l'impact.

Alvin Mangrim avait abandonné son couteau sur place, et Josh passa une longue minute angoissante à couper les cordes qui entravaient Swan et Leona. Dès qu'il eut libéré les mains de la fillette, elle se jeta à son cou et l'étreignit très fort, tremblant de tout son corps tel un jeune arbuste pliant sous la tornade. Le fox-terrier s'approcha, cette fois à portée de caresse de Josh, et s'assit, le museau écarlate de sang. Pour la première fois, l'homme se rendit compte que l'animal portait un collier anti-puces, avec un petit médaillon métallique où était inscrit son nom : *KILLER*.

Josh s'agenouilla devant Leona et la secoua doucement. Les paupières de la vieille dame se mirent à papilloter, mais son visage était flasque, avec un vilain hématome violacé qui entourait l'entaille au-dessus de son œil gauche. Traumatisme, pensa Josh. Ou pire. Elle leva la main, toucha le sang qui maculait le visage du géant, et ce n'est qu'alors que ses yeux s'ouvrirent. « Champion... », lui murmura-t-elle avec un pauvre sourire.

Il l'aida à se relever. Il leur fallait fuir, et vite. Josh, serrant le fusil contre son ventre, commença à remonter l'allée où gisait le Néandertalien. Swan récupéra la baguette de sourcier, saisit la main de Leona et se mit à la tirer derrière elle comme on tirerait une somnambule. Killer fila devant eux en aboyant toujours.

Josh s'empara du trousseau de clés sur le cadavre de Dents-Vertes. Il serait toujours temps de chercher laquelle ouvrait le cadenas qui fermait les chaînes de ses poignets. Dans l'immédiat, il leur fallait sortir de cet asile avant que Lord Alvin n'en ait rassemblé les fous.

Ils percevaient vaguement des mouvements furtifs de part et d'autre de l'allée qu'ils remontaient à la hâte, mais les sujets d'Alvin n'avaient aucune initiative propre. Quelqu'un lança une chaussure, et ils virent arriver vers eux une balle rouge en caoutchouc qui rebondissait, mais à part ça, ils parvinrent aux portes sans encombre.

Une pluie glacée tombait encore à seaux, et en quelques secondes ils se retrouvèrent trempés. Les lampadaires du parking répandaient des halos de lumière jaune crue sur les voitures abandonnées. Josh sentit le poids de l'épuisement le gagner. Ils trouvèrent leur brouette renversée, leurs provisions volées ou éparpillées. Bagages et autres possessions avaient disparu, y compris la peluche de Swan. La fillette scruta le sol et trouva quelques-unes des cartes de tarot de Leona qui traînaient sur le béton mouillé, à côté de fragments brisés de sa collection de boules de cristal. On ne leur avait rien laissé d'autre que les vêtements dégoulinants qui leur collaient au corps.

Swan jeta un coup d'œil en direction du *K-Mart* et sentit l'horreur lui étreindre la gorge comme une main glacée.

Ils sortaient. Une bonne dizaine de silhouettes, celle de tête portant une toge pourpre qui claquait sur ses épaules. Certains étaient armés de fusils.

« Josh ! », cria-t-elle.

Il continuait à grands pas, deux ou trois mètres devant elle. Avec le fracas de la tempête, il ne l'avait pas entendue.

« Josh ! », cria-t-elle à nouveau, puis elle se mit à courir pour le rattraper, et lui donna un grand coup dans le dos avec Chouineuse.

Il se retourna, le regard affolé, et c'est là qu'il les aperçut, lui aussi. Ils arrivaient, à une trentaine de mètres, zigzaguant entre les voitures. On vit l'éclair d'une détonation et la lunette arrière d'un van Toyota explosa derrière lui.

« Baissez-vous ! », hurla-t-il en poussant Swan sur le sol. Il attrapa alors Leona, au moment où étincelaient d'autres points lumineux. Un nouveau pare-brise explosa, mais maintenant tous les trois étaient à l'abri derrière une Buick bleue aux pneus crevés.

Les balles ricochaient et il pleuvait des éclats de verre partout autour d'eux. Josh, accroupi, attendait que les enfoirés s'approchent pour se redresser et tirer sa dernière cartouche.

Quand une main saisit le canon du fusil.

Le visage de Leona était las, ses traits tirés, mais la vie brûlait dans ses yeux. Elle agrippa fermement l'arme pour s'en emparer. Il résista, secouant la tête. Et c'est alors qu'il vit le sang qui coulait de la bouche de la vieille dame.

Il baissa les yeux. La balle était entrée un peu en dessous du cœur.

Leona eut un vague sourire, et Josh ne comprit ce qu'elle disait qu'en voyant le mouvement de ses lèvres : *Par-tez.* Elle montra d'un signe de tête le bout du parking battu par la pluie. *Main-te-nant*, articula-t-elle.

Elle perdait beaucoup de sang et le savait : ça se lisait sur son visage. Sans lâcher le fusil, elle lui dit autre chose. Il ne put l'entendre, mais crut comprendre. Protège l'enfant.

Le visage de Josh était ruisselant de pluie. Il y avait tant de choses à dire, *tant* de choses, mais le mugissement de la tempête couvrait tout, et les mots étaient dérisoires. Josh tourna la tête vers Swan, qui avait aussi aperçu la blessure. La fillette leva les yeux vers ceux de Leona, puis de Josh, et comprit ce qui avait été décidé.

« Non ! cria-t-elle, je vous laisserai pas ! » Elle se cramponna au bras de la vieille dame.

Une décharge fracassa la vitre latérale d'un pick-up tout proche. D'autres projectiles touchèrent la portière, crevèrent le pneu avant et ricochèrent sur la jante dans un gémissement aigu.

Josh plongea les yeux dans ceux de la femme. Puis lâcha le fusil. Elle l'attira à elle, mit le doigt sur la détente et leur fit signe de partir. Swan s'agrippait toujours à elle. Leona prit Chouineuse et la poussa fermement contre la poitrine de la fillette avant de retirer délibérément son bras de son étreinte. La décision était prise. Et à présent, les yeux de la vieille dame se remplissaient de sang, rapidement, inéluctablement.

Josh l'embrassa sur la joue et la serra un instant contre lui. Puis il prononça silencieusement les mots *suis-moi* à l'adresse de Swan pour qu'elle voie bien ses lèvres, et commença à se glisser entre les voitures, parfois à quatre pattes, parfois accroupi. Il ne pouvait supporter de regarder Leona à nouveau, mais il se souviendrait de chaque trait de son visage jusqu'à son dernier jour.

La vieille dame caressa du bout des doigts la joue de Swan et sourit, comme si elle avait vu le visage intérieur de la fillette, qui resterait dans son cœur tel un camée. Puis son regard se durcit, elle se préparait pour ce qui allait suivre. Il n'y avait plus rien à faire. Swan s'attarda aussi longtemps que sa peur le lui permit, puis suivit Josh dans le labyrinthe de véhicules.

Leona se redressa, s'accroupit. Cette douleur dans sa poitrine n'était qu'une piqûre agaçante en comparaison du martyre que lui faisaient souffrir ses rhumatismes aux genoux. Elle attendit, sous la pluie battante ; elle n'avait pas peur. Il était temps de s'enfuir de ce corps, d'aller voir bien en face ce qu'elle n'avait vu jusque-là qu'à travers un miroir opaque.

Elle laissa encore passer un instant, puis se releva et sortit de derrière la Buick, faisant face au *K-Mart* telle une des fines gâchettes à O.K. Corral.

Il y en avait six, à quelques mètres d'elle, et deux de plus encore derrière. Elle n'eut pas le temps de voir si celui qui portait la toge pourpre était là ; elle visa en plein milieu et pressa la détente, juste au moment où deux d'entre eux lui tiraient dessus.

C'est alors que Josh et Swan sortirent à découvert, traversant le parking en courant comme des forcenés. Swan faillit regarder en arrière ; faillit seulement. Josh titubait un peu, totalement épuisé. Le fox-terrier, qui filait à leur hauteur, ressemblait à un rat mouillé.

Swan essuya d'un revers de main la pluie qui lui coulait dans les yeux. Quelque chose bougeait, droit devant. Josh l'avait repéré aussi, il ne savait pas ce que c'était, mais si jamais les dingos les avaient encerclés, ils étaient fichus.

Soudain, le cheval surgit d'un rideau de pluie, galopant à leur rencontre. Il semblait pourtant différent. Plus fort, plus vaillant même, son dos était droit et du courage semblait saillir de son cou bien raide. Josh et Swan auraient même pu jurer avoir vu ses sabots soulever des gerbes d'étincelles sur le béton.

Le cheval s'arrêta pile devant eux, se cabra et battit l'air de ses pattes avant. Quand il retomba, Josh attrapa Swan par le bras et la lança sur le dos de Mulet. Il ne savait pas trop ce qui lui faisait le plus peur, entre chevaucher l'animal et affronter les tarés ; mais quand il osa regarder les formes qui fonçaient vers eux sous la pluie, il ne perdit pas une seconde de plus.

Il bondit derrière Swan et éperonna des talons. Mulet se cabra à nouveau et Josh vit les silhouettes agressives s'arrêter net. Celui en tête était vêtu de pourpre, avait de longs cheveux blonds trempés et le nez mutilé. Un court instant, Josh défia Lord Alvin du regard, brûlant intérieurement de haine en pensant : Un jour, fils de pute. Un jour, tu paieras.

Des détonations retentirent. Mulet se retourna et au triple galop, comme s'il caracolait en tête du grand Derby du Kentucky, il laissa le parking derrière eux. Vaillant, Killer suivait dans la tempête.

Dans les dernières lueurs de ce *K-Mart* de cauchemar, ils aperçurent une grande pancarte qui annonçait BIENVENUE AU NEBRASKA. Ils passèrent devant si vite que Swan n'était pas sûre d'avoir bien lu. Elle tenait Chouineuse d'une main, et se cramponnait à la crinière du cheval de l'autre. On aurait dit qu'ils traçaient une piste ardente dans le noir, laissant derrière eux un sillage d'étincelles.

« J'ai l'impression que nous ne sommes plus au Kansas ! hurla Swan.

— Un peu, mon neveu ! », répliqua Josh.

Ils filaient à travers les bourrasques, en route vers de nouveaux horizons.

Deux minutes derrière eux, le fox-terrier courait ventre à terre.

MISSION SUICIDE

Un loup aux yeux jaunes surgit devant le pick-up. Par pur réflexe, Paul Thorson écrasa le frein et le véhicule fit une violente embardée, manquant de peu d'emboutir les carcasses calcinées d'un semi-remorque et d'une Mercedes Benz en plein milieu des voies de l'I-80, avant que les pneus usés n'agrippent à nouveau la chaussée. Le moteur du pick-up émettait des hoquets rauques, tel un vieil homme en plein mauvais rêve.

Depuis le siège passager, Steve Buchanan passa le canon du Magnum par le haut de la vitre qu'il avait entrouverte, visa, mais avant qu'il n'ait pu faire feu la bête avait disparu dans les bois d'où elle était venue.

« Dieu m'tripote ! lança Steve. Ils sortent de nulle part maintenant, ces enculés d'bestiaux. C'est une mission suicide, mec ! »

Un autre loup fila devant eux, provocateur. Paul aurait juré l'avoir vu sourire, cette saleté. Son visage à lui était de marbre, tant il était concentré à se faufiler entre les épaves, mais en son for intérieur il éprouvait une peur glacée, une peur d'un genre jusque-là inconnu. Il n'y aurait pas assez de balles pour repousser les loups quand le moment viendrait. Les passagers se tourneraient vers lui, et lui trahirait alors leur confiance. J'ai peur. Oh, que j'ai peur. Il saisit la bouteille de Johnnie Walker posée entre lui et l'adolescent, la déboucha avec les dents et s'en envoya une rasade qui lui fit monter les larmes aux yeux. Il la tendit à Steve, qui biberonna aussi un peu de courage liquide.

Pour la centième fois depuis les cinq dernières minutes, Paul jeta un coup d'œil à la jauge d'essence. L'aiguille était à deux ou trois cheveux du rouge. Ils étaient passés devant deux stations en vingt-cinq kilomètres, et les pires hypothèses de Paul se trouvaient vérifiées : la première avait été entièrement rasée, la seconde avait un grand panneau qui annonçait

PLUS D'ESSENCE PLUS D'ARMES PLUS D'ARGENT PLUS RIEN.

Vaille que vaille, ils roulaient vers l'ouest, sous un ciel chargé de suie. L'autoroute n'était qu'un vaste cimetière de voitures et de cadavres à demi dévorés. Des loups, Paul en avait vu une bonne douzaine les suivre. Attendant qu'ils continuent à pied, il le savait. Ils sentent que ce réservoir est presque vide. Putain de merde, mais pourquoi on a quitté le chalet ? On était en sécurité ! On aurait pu y rester...

Jusqu'à la fin des temps ? se demanda-t-il.

Un coup de vent secoua le pick-up, qui se mit à trembler du toit aux pneus. Les phalanges de Paul devinrent livides, tant il serrait le volant pour éviter de perdre le contrôle. Ils avaient épuisé le kérosène la veille, et l'avant-veille Artie Wisco s'était mis à cracher du sang. Le chalet était désormais à trente kilomètres derrière eux. Ils avaient passé le point de non-retour dans un paysage de désolation gris comme les doigts d'un croque-mort. J'aurais jamais dû écouter cette folle ! se disait-il en reprenant la bouteille des mains de Steve. On va tous crever à cause d'elle !

« Mission suicide, mec », répéta Steve, un sourire malsain fendant son visage couturé de cicatrices de brûlures.

Sister était installée à l'arrière avec Artie, tous deux protégés du vent par une couverture. Elle tenait fermement le fusil de Paul – il lui avait appris à le charger et à tirer avec, lui recommandant d'exploser la tronche de tout ce qui pourrait s'approcher d'eux. Mais comme la quinzaine de bêtes qui les suivaient zigzaguaient entre les épaves, Sister avait décidé de ne pas gâcher les munitions.

Près d'elle, également emmitouflés, se trouvaient les Ramsey et l'homme qui avait oublié son nom. Celui-là serrait contre lui la radio à ondes courtes dont les piles étaient mortes depuis plusieurs jours déjà. Malgré le vacarme du moteur, Sister entendait la respiration torturée d'Artie. Il se tenait les côtes, des traces de sang sur les lèvres, le visage déformé par la douleur. Sa seule chance maintenant, c'était de trouver une aide médicale, n'importe quoi, et Sister avait fait trop de chemin à ses côtés pour le laisser mourir sans se battre.

Elle avait un bras passé autour de son sac. La nuit précédente, quand elle avait regardé dans les joyaux luminescents de l'anneau, elle y avait vu une nouvelle image, tout aussi étrange : apparemment, une pancarte d'entrée de ville, la nuit, très faiblement éclairée par une lueur lointaine, et qui disait *Bienvenue à Matheson, Kansas ! Force, Fierté et Expansion !*

Elle avait eu l'impression de rêvambuler sur une route qui menait vers une lueur reflétée par le dessous ventru des nuages bas ; elle sentait qu'il y avait des silhouettes autour d'elle, mais n'arrivait pas à les distinguer. Et puis, sans transition, elle avait perdu prise sur la vision et s'était trouvée de retour dans le chalet, assise devant un feu en train de s'éteindre.

Jamais auparavant elle n'avait entendu parler de Matheson, au Kansas, si vraiment un tel lieu existait. Quand on scrutait les profondeurs du verre, ça faisait bouillir l'imagination comme un pot-au-feu dans une marmite ; pourquoi les bulles qui remontaient à la surface auraient-elles le moindre rapport avec la réalité ?

Mais si Matheson existait pour de bon ? s'était-elle demandé. Ça signifiait-il que ses visions de paysage désertique avec la peluche bleue et une table où étaient disposées des cartes de la bonne aventure étaient aussi des endroits réels ? Non. Bien sûr que non. Avant, j'étais malade, mais je ne le suis plus. Non, tout ça, c'était bel et bien son imagination, des volutes fantasmagoriques que les couleurs de l'anneau faisaient apparaître dans son esprit.

« Je le veux », avait dit la chose déguisée en Doyle Halland, là-bas dans le New Jersey, dans cette pièce aux murs maculés de sang. « Je le veux. »

Et c'est moi qui l'ai, pensait Sister. Moi et personne d'autre. Pourquoi moi ?

Elle avait répondu elle-même à sa question : parce que quand moi je tiens à quelque chose, même le Diable ne peut me l'arracher, voilà pourquoi.

« C'est parti pour Détroit ! lança soudain Artie, les yeux brillants de fièvre, un grand sourire aux lèvres. L'est temps que j'rentre chez moi, tu crois pas ?

— Ça va aller, lui répondit-elle en prenant sa main, brûlante et moite. On va te trouver des médicaments.

— Oh, qu'est-ce qu'elle va être en colère ! poursuivit-il. J'devais l'appeler ce soir-là. Mais j'suis sorti avec les copains. J'devais l'appeler. L'ai plantée.

— Mais non. Allez, tout va bien. Reste tranquille et... »

Mona Ramsey poussa un cri.

Sister leva les yeux : un loup de la taille d'un doberman, avait réussi à grimper sur le pare-chocs arrière et essayait de se hisser par-dessus le hayon. Sister n'eut ni le temps de viser ni de tirer ; elle balança un grand coup de crosse sur le crâne de l'animal, qui poussa un glapissement et retomba sur la chaussée. Il avait disparu dans les bois avant même qu'elle ne puisse mettre le doigt sur la détente. Quatre autres qui suivaient le pick-up s'éparpillèrent pour se mettre à l'abri.

Mona, au bord de la crise de nerfs, balbutiait des choses incompréhensibles.

« Chut ! », lui ordonna Sister. La jeune femme arrêta son charabia et la fixa, bouche bée. « Tu m'rends nerveuse, miss ! expliqua Sister. Et moi, quand j'suis nerveuse, j'deviens vraiment à cran. »

Le pick-up dérapa sur une plaque de glace, le flanc droit raclant les carcasses de voitures percutées avant que Paul ne puisse rattraper la trajectoire. Il zigzaguait dans les étroits couloirs entre les épaves, mais la route qui se déroulait devant eux n'était qu'un vaste cimetière de métal. D'autres loups rôdaient sur le bas-côté et les regardaient passer.

L'aiguille de la jauge toucha le fond.

« On roule plus que sur la fin de la réserve », annonça Paul, qui se demanda s'ils pourraient aller plus loin en utilisant le Johnnie Walker.

« Hé ! Regardez là-bas ! », s'exclama Steve en montrant quelque chose du doigt. Sur leur droite, au-dessus des arbres dépouillés, pointait une immense enseigne Shell. Ils débouchèrent de la courbe et tous deux virent la station-service, abandonnée, les vitrines couvertes d'inscriptions à la peinture blanche : REPENTEZ-VOUS ! L'ENFER EST SUR TERRE ! Ce qui était aussi bien comme ça, se dit Paul, car la rampe d'accès était complètement bloquée par un énorme bus et deux autres véhicules accidentés.

« Bonnes chaussures, ça ! », délirait Artie à l'arrière. Sister détourna le regard du message, ou était-ce un avertissement ? « Rien d'mieux qu'une bonne paire de chaussures de marche confortables ! » Il perdit son souffle et se mit à tousser, et Sister lui essuya la bouche avec un coin de la couverture.

C'est à ce moment que le moteur commença à avoir des ratés.

Paul sentit son visage devenir livide. « Allez, allez ! » Ils venaient à peine d'aborder une montée dont le sommet était à quatre cents mètres environ ; s'ils arrivaient jusque-là, ils pourraient redescendre ensuite en roue libre. Paul se pencha sur le volant comme s'il voulait pousser le véhicule sur le reste de la distance. Le moteur hoqueta, cliqueta, et Paul comprit qu'il allait lui claquer dans les doigts. Mais les roues continuaient à tourner, et le véhicule à grimper la côte.

« Allez ! Vas-y ! Vas-y ! », cria-t-il au moteur, qui pétarada, toussota... puis s'arrêta pour de bon.

Les roues continuèrent sur une vingtaine de mètres, de plus en plus lentement, puis le pick-up s'immobilisa. Et ils commencèrent à repartir en arrière.

Paul freina immédiatement, tira le frein à main et enclencha la première. Ils étaient à une centaine de mètres du sommet.

Un silence se fit.

C'est Paul qui le rompit : « Bon, ben voilà. »

Steve avait une main sur le Magnum et l'autre crispée sur le goulot de la bouteille.

« Qu'est-ce qu'on fait maintenant, mec ?

— Trois options : on reste assis là jusqu'à la saint-glinglin, on retourne au chalet ou alors on continue à pied. »

Il prit la bouteille, sortit dans le vent glacé et fit le tour du véhicule jusqu'au hayon.

« Finie, l'excursion, les amis. Panne sèche. » Il jeta un regard furibond à Sister. « T'es satisfaite, ma grande ?

— On a encore nos jambes.

— Ouais, ouais. Eux aussi, là-bas. » Il désigna du menton les deux loups qui les observaient attentivement depuis la lisière de la forêt. « Et à la course à pied, en principe, ils sont meilleurs que nous, tu crois pas ?

— Il est à combien d'ici, le chalet ? s'affola Kevin, un bras autour de son épouse tremblante. On pourrait y retourner avant la nuit ?

— Non. »

Paul fusilla à nouveau Sister du regard.

« Tu sais, ma grande, je crois que j'ai été vraiment con de me laisser persuader comme ça. Je le savais, que les stations d'essence seraient fermées !

— Pourquoi t'es venu, alors ?

— Parce que... parce que j'avais envie d'y croire. Même si je savais parfaitement que t'avais tort. » Il perçut quelque chose qui bougeait sur sa gauche, et vit trois loups de plus se faufiler entre les épaves qui encombraient les voies dans l'autre sens. « On était en sécurité dans le chalet. Je le savais, qu'il n'y avait plus rien !

— Regarde, tous les gens qui sont passés par ici, ils devaient bien aller quelque part ! insista-t-elle. Toi, tu serais resté dans ce chalet jusqu'à prendre racine !

— On aurait pas dû partir... gémit Mona Ramsey. Oh, mon Dieu, on va tous mourir ici !

— Bon, tu peux te lever ? », demanda Sister à Artie. Il fit oui de la tête. « Et tu crois que tu peux marcher ?

— J'ai des bonnes chaussures », répondit-il d'une voix mal assurée. Puis il se redressa, le visage marqué par la douleur. « Ouais, je pense. »

Elle le remit debout, puis baissa le hayon et l'aida à descendre, ou plutôt elle le descendit elle-même. Il serrait très fort son flanc et s'appuya contre le véhicule. Sister se passa la courroie du fusil à l'épaule, déposa son sac au sol avec mille précautions avant de sauter elle-même du plateau du pick-up. Elle planta son regard dans celui de Paul Thorson.

« Nous, on va par-là, annonça-t-elle en montrant de la main la montée. Tu viens avec nous ou tu restes là ? »

Ses yeux d'acier ressortaient dans son visage cireux, marqué de brûlures. Il se dit que c'était soit la plus jetée, soit la plus coriace des bonnes femmes qu'il avait rencontrées de sa vie.

« Mais y a rien par là, rien qu'encore du rien.

— Y a rien non plus là où on était. »

Elle empoigna son sac et, avec Artie appuyé sur son épaule, se mit en route.

« File-le moi le fusil », lança Paul. Elle s'arrêta. « Le fusil, répéta-t-il. Ça te servira à que dalle. Avant même que tu le décroches, tu seras transformée en hachis. Tiens. » Il lui tendit la bouteille. « Allez, prends-en. Tout le monde boit un coup avant qu'on démarre. Et pour l'amour de Dieu, gardez ces couvertures sur vous. Protégez-vous le visage autant que possible. Steve, ramène celle qui est sur le siège avant. Allez, on se dépêche ! »

Sister but à la bouteille, la passa à Artie qui en avala une petite gorgée, puis elle rendit whisky et fusil à Paul.

« On reste ensemble, annonça-t-il. On reste groupés, comme les chariots des pionniers quand les Indiens attaquaient. D'accord ? » Il observa un instant les prédateurs qui convergeaient vers eux, leva le fusil, visa et en toucha un. La bête s'écroula, battant des pattes. Les autres lui tombèrent dessus et entreprirent de le mettre en pièces. « Ok, reprit Paul. On prend cette putain de route. »

Ils se mirent en marche dans le vent qui changeait sans cesse de direction et les fouettait avec rudesse. Paul avait pris la tête, et Steve était à l'arrière-garde. Ils n'avaient pas fait vingt mètres qu'un loup surgit de derrière une voiture retournée et se planta sur leur chemin. Paul leva son arme, mais l'animal s'était déjà caché derrière un autre véhicule.

« Attention derrière ! », cria-t-il à Steve.

Les loups accouraient de toutes parts. Steve en compta huit qui galopaient dans leur dos. Il désengagea le cran de sûreté du Magnum ; son cœur faisait boum-boum comme un solo de batterie de Black Flag.

Un autre loup surgit de la gauche tel un projectile flou lancé droit sur Kevin. Paul se retourna, fit feu ; la balle ricocha sur la chaussée dans un crépitement aigu, mais l'animal s'enfuit.

Deux autres déboulèrent immédiatement de sa droite.

« Fais gaffe ! », cria Sister, et il pivota sur lui-même à temps pour fracasser d'une autre balle la patte de l'un d'eux. L'animal traversa l'autoroute en une sorte de danse de Saint-Guy avant que quatre autres ne l'attrapent et ne se mettent à le traîner par terre. Paul tira sur le groupe et en abattit deux. La meute s'enfuit. « Munitions ! », cria-t-il, et Sister en prit une poignée dans la boîte qu'il lui avait confiée et qu'elle transportait dans son sac. Il se hâta de recharger, mais il avait donné ses gants à Mona et ses mains en sueur se collaient au métal glacé. Le reste des balles alla dans la poche de son blouson.

Encore soixante-dix mètres avant le sommet de la côte.

Artie s'appuyait de tout son poids sur Sister. Il crachait du sang et titubait, les jambes prêtes à se dérober sous lui.

« Allez, tu peux le faire, l'encourageait-elle. Viens, t'arrête pas.

— Fatigué... », articula-t-il. Il était chaud comme la braise, au point que les autres autour de lui pouvaient sentir la fièvre irradier. « Oh... j'suis... tellement... »

La tête d'un loup surgit de la vitre d'une Oldsmobile calcinée, juste à côté d'eux, les mâchoires visant le visage d'Artie. Sister poussa brutalement son ami et le bruit des crocs claquant dans le vide résonna presque aussi fort que le coup de feu de Paul, une seconde plus tard. La tête explosa dans une gerbe de sang et de fragments de cervelle, et la bête s'affaissa dans l'habitacle.

« ... fatigué », termina Artie.

Steve observait deux loups qui arrivaient par l'arrière, ventre à terre. Il souleva le Magnum à deux mains, moites sur la crosse bien qu'il fût transi de froid. L'un des deux obliqua brusquement, mais l'autre se dirigeait droit sur lui. Il allait tirer quand l'animal s'arrêta net, à trois mètres, gronda avant de s'abriter derrière une Chevrolet. Ce grondement... il aurait juré qu'il avait entendu son nom dedans.

Un mouvement sur sa gauche. Il voulut se retourner, mais il savait que c'était déjà trop tard.

Il poussa un cri quand la bête lui rentra dedans, le projetant au sol avec violence. Le coup partit tout seul, fit sauter l'arme de ses mains, qui glissa sur la glace. Un gros loup gris argenté avait saisi sa cheville, et commençait à le tirer vers les bois. « Aidez-moi ! hurlait l'adolescent. Aidez-moi ! »

L'homme sans nom fut plus rapide que Paul ; en trois foulées, il était sur le loup, leva la radio et la lui fracassa sur le crâne. L'appareil explosa en dizaines de fils et de transistors, et l'animal lâcha prise. Paul lui logea une balle dans le flanc, et la bestiole se vit elle aussi assaillie par trois de ses congénères. Clopin-clopant, Steve retourna chercher le Magnum, alors que l'homme restait planté là, l'air horrifié, les yeux fixés sur les restes métalliques entre ses mains ; puis Steve le ramena jusqu'au groupe, et l'homme sans nom laissa tomber par terre les derniers morceaux de la radio.

Plus d'une quinzaine de loups leur tournaient autour à présent, s'arrêtant par-ci par-là pour arracher un morceau de chair aux morts ou aux blessés. D'autres continuaient à sortir de la forêt. Bordel de merde ! pensa Paul en voyant le cercle se refermer autour d'eux. Il visa le plus proche.

Une forme émergea de sous une épave, du côté opposé au fusil.

« Paul ! », lança Sister, qui vit en un éclair le loup lui sauter dessus avant qu'elle ne puisse faire ou dire quoi que ce soit d'autre.

Il se retourna vivement, mais se trouva renversé sous l'impact d'une masse grondante, toutes griffes dehors. La mâchoire s'ouvrit, visant sa gorge, et se referma sur le fusil qu'il avait levé pour se protéger. Sister dut abandonner Artie pour se précipiter sur le loup, à qui elle envoya un grand coup de pied, de toutes ses forces. L'animal lâcha l'arme, ses mâchoires claquèrent, passant près de son mollet, et il s'apprêta à lui bondir dessus. Elle vit ses yeux, enragés, menaçants, semblables à ceux de Doyle Halland.

Il bondit.

On entendit alors deux détonations aussi fortes que celles d'un canon : les balles du Magnum de Steve le coupèrent presque en deux. Sister fit un mouvement pour l'esquiver alors qu'il frôlait sa tête, claquant toujours des mâchoires, ses entrailles traînant sous lui comme des rubans.

Elle poussa un grand soupir, se retourna vers Artie et vit deux bêtes qui l'attaquaient simultanément.

« Non ! », cria-t-elle lorsqu'il tomba. Elle cogna sur l'un des loups avec son sac, si fort qu'il alla rouler sur la chaussée, à plus de deux mètres. Le second avait attrapé la cheville d'Artie et s'était mis à le tirer.

C'est alors que Mona, avec un cri aigu, s'enfuit à toutes jambes, comme pour retourner sur ses pas vers le chalet. Elle passa devant Steve qui essaya de l'intercepter en vain ; et c'est Kevin, parti à sa poursuite, qui l'attrapa par la taille et la souleva du sol juste au moment où un loup sautait de derrière une jeep et lui saisissait le pied gauche entre ses mâchoires. Comme à un jeu mortel de tir à la corde, Kevin et l'animal se disputèrent alors Mona, qui se débattait, hurlant à pleins poumons, alors que d'autres loups sortaient des bois à toute vitesse. Steve essaya de faire feu, mais il avait peur de toucher la femme ou l'homme. Il hésitait, pétrifié, le visage couvert d'une sueur qui gelait instantanément, quand trente-cinq kilos de muscles lancés comme une locomotive vinrent percuter son épaule. Il entendit un bruit d'os brisés et se retrouva par terre, se tordant de douleur, alors que le loup revenait à la charge et lui mordait la main qui tenait l'arme.

Ils étaient partout, chargeant, bondissant sur eux. Paul tira, manqua sa cible et dut vite baisser la tête pour éviter une forme qui lui arrivait dessus. D'un grand coup de sac, Sister cogna sur le crâne du loup qui avait attrapé la jambe d'Artie et le fit reculer. Kevin avait perdu la partie : le loup lui avait arraché Mona. Mais la bête fut attaquée par une autre qui convoitait la même proie. Elles se mirent à se battre alors que Mona tentait frénétiquement de s'éloigner à quatre pattes.

Paul tira sur un fauve qui s'apprêtait à bondir dans le dos de Sister, mais il sentit au même instant deux pattes le pousser brutalement, et se retrouva projeté par terre, face la première. Le fusil alla voler plus loin.

Trois loups s'approchaient de Sister et Artie. L'homme sans nom était en train de bourrer de coups de pied enragés l'animal qui avait attaqué le bras et la main de Steve. Sister aperçut Paul par terre, visage en sang, un loup sur le dos qui déchirait le blouson de cuir de ses griffes. Elle se rendit compte qu'ils étaient à moins de dix mètres de leur objectif, et qu'ils allaient mourir là.

Elle remit Artie debout, le tirant comme un sac de linge sale. Les trois loups avançaient lentement, attendant une ouverture. Sister se ramassa sur elle-même, prête à défendre chèrement leur vie.

Mais elle entendit alors un rugissement grave résonner, couvrant peu à peu le boucan où se mêlaient grondements bestiaux et cris humains. Elle jeta un bref coup d'œil en direction du sommet. Ça venait de l'autre côté. Ça devait être une horde qui arrivait pour la curée, se dit-elle, ou alors un loup géant, maître de tous les autres, qu'on avait réveillé dans sa tanière.

« Allez, venez ! », hurla-t-elle aux trois qui se rapprochaient. Ils hésitèrent, peut-être intrigués par sa provocation, et elle sentit la folie la gagner à nouveau. « Allez, venez, espèces de... »

Dans un immense grondement de moteur, un chasse-neige jaune surgit du haut de la côte, les chenillettes écrasant les débris sur leur passage. Accroché à l'extérieur de la cabine de verre, un homme en parka, capuche sur la tête, tenait un fusil à lunette. Derrière le chasse-neige on vit apparaître une jeep blanche dont le conducteur zigzaguait entre les épaves ; le passager, armé d'un fusil, sortit la tête par la vitre et se mit à crier et à tirer en l'air. Sur le chasse-neige, le type au fusil de précision prit le temps de viser et tira une seule fois. Il abattit le loup du milieu parmi ceux qui menaçaient Sister et Artie, et les deux autres s'enfuirent en un éclair.

Celui qui était sur le dos de Paul releva la tête et déguerpit à son tour. Une autre balle ricocha sur la chaussée près des deux qui se disputaient Mona, lesquels détalèrent vers la forêt. Mona avait rejoint son mari et se jeta à son cou. Quant à celui qui avait réduit le bras de Steve à une masse de chair sanguinolente, il donna une dernière secousse et fila, une balle sifflant très près de son museau. Steve se redressa et s'assit, vociférant : « Enculés ! Enculés ! », d'une voix suraiguë, hystérique.

La jeep blanche s'arrêta, dérapant un peu, devant Paul, qui tentait de reprendre son souffle. Il se mit à genoux, les joues et le front écorchés à vif, le sang dégoulinant de son nez cassé. Conducteur et passager descendirent. Sur le chasse-neige, le sniper était encore en train de tirer sur les loups qui se réfugiaient dans les bois, et il en abattit trois avant que l'autoroute ne soit dégagée de tout animal vivant.

Le conducteur de la jeep, un grand type rougeaud, portait une salopette sous un épais blouson doublé de mouton. Il avait sur la tête une casquette publicitaire de la bière Stroh. De ses yeux marron foncé, il inspecta un à un les survivants dépenaillés. Puis il jeta un coup d'œil circulaire aux loups morts ou agonisants, et poussa un grognement approbateur. Pour finir, il plongea une main rude de forçat au fond d'une poche de sa salopette et en sortit quelque chose qu'il tendit à Paul.

« Chewing-gum ? » Paul loucha sur le paquet de Wrigley et ne put s'empêcher de rire.

Sister, abasourdie, remonta la pente, passant près de la jeep, supportant toujours sur ses épaules presque tout le poids d'Artie, dont les chaussures traînaient sur la chaussée. Elle longea le chasse-neige et atteignit le sommet.

À sa droite, entre les arbres morts, elle vit de la fumée monter de chalets bordant les rues d'un petit village. Elle vit un clocher, elle vit des camions de l'armée garés sur un terrain de base-ball, elle vit un drapeau de la Croix-Rouge suspendu à l'un des bâtiments, des tentes, des voitures, des camping-cars par milliers, dans les rues du village et dans les collines environnantes. À une centaine de mètres après le sommet, un panneau routier annonçait : HOMEWOOD. PROCHAINE SORTIE.

Le corps d'Artie commença à s'affaisser.

« Non », lui ordonna-t-elle avec fermeté, en le maintenant debout de toutes ses forces.

Elle le tenait encore quand ils vinrent l'aider à le charger dans la jeep.

MON PEUPLE

À la lueur d'une lampe à pétrole, le colonel Macklin s'admirait dans le miroir de la salle de bains de l'Airstream. L'uniforme nazi gris-vert était un peu serré à la poitrine et à la taille, mais les manches et les jambes de pantalon étaient à peu près à la bonne longueur. À sa ceinture, il avait passé un étui de cuir noir contenant un Luger chargé. Il s'était chaussé de bottes cloutées, également un poil trop petites mais que Macklin était bien décidé à porter quand même. La veste était ornée de médailles et de rubans, et même si le colonel n'avait aucune idée de ce qu'ils signifiaient, il trouvait qu'ils faisaient énormément d'effet.

Le placard de cette porcherie qu'était la chambre de feu Freddie Kempka était rempli d'uniformes du IIIe Reich, gilets pare-balles, bottes, étuis et tutti quanti. Un drapeau à croix gammée était épinglé au mur au-dessus du lit, et sur une étagère s'empilaient des livres tels *Grandeur et décadence du IIIe Reich*, *Manœuvre et stratégie militaire*, *Les Guerres médiévales* et *Histoire de la torture.* Roland s'était approprié la bibliothèque, qu'il dévorait avec passion. Sheila Fontana dormait dans l'autre chambre, restant la plupart du temps seule sauf quand Macklin avait besoin d'elle; elle semblait s'acquitter de ses devoirs d'assez bonne grâce, même si elle restait froide et immobile. Plusieurs fois Macklin l'avait entendue pousser un grand sanglot en pleine nuit, comme si elle se réveillait en sursaut d'un mauvais rêve.

Depuis quelques jours qu'ils occupaient cette caravane, Macklin avait fait un inventaire complet de ce que Kempka avait accumulé : il y avait là assez de nourriture en boîtes et de sodas pour une armée, plein d'eau minérale et de conserves, mais c'étaient les armes qui intéressaient le plus Macklin et Roland. La chambre à coucher de Kempka était un véritable arsenal, où voisinaient pistolets-mitrailleurs, fusils, revolvers, une caisse remplie de fusées éclairantes, grenades fumigènes et grenades à fragmentation, sans compter des boîtes, des sacs et des chargeurs de munitions éparpillés dans la pièce tels des lingots dans une chambre au trésor. Macklin n'avait pas besoin du Soldat Fantôme pour savoir qu'il avait décroché le gros lot.

Le colonel regarda son visage. Sa barbe avait poussé, si grisonnante qu'elle le vieillissait. Comme Kempka avait laissé un coupe-chou, il décida de s'en débarrasser. Il trouvait que ses cheveux trop longs lui donnaient un air négligé ; il préférait largement la coupe militaire en brosse courte. Kempka avait également une paire de ciseaux qui feraient très bien l'affaire.

Il se pencha en avant, se regardant droit dans les yeux. Ils étaient toujours creusés, hantés par le souvenir de l'explosion de douleur de sa blessure dans le Grand Lac Salé, une douleur si fulgurante qu'elle avait fait tomber, comme une mue, toute cette peau morte qui l'avait tenu confiné pendant si longtemps. Il se sentait neuf, vivant comme s'il était né à nouveau, et dans ses yeux glacés il revoyait le Macklin d'autrefois, du temps où il était jeune et vif. Il savait que le Soldat Fantôme était fier de lui, car désormais il était redevenu un homme à part entière.

Sa main droite lui manquait, mais il allait réapprendre à tirer avec la gauche. Après tout, il avait du temps devant lui. La plaie était entourée de bandages découpés dans des draps et, même s'il y avait encore des écoulements, la sensation de lourdeur s'était dissipée. Macklin savait que la morsure de l'eau salée avait guéri l'infection.

Il se trouvait très beau, très... comment dire ? Oui : royal dans cet uniforme. Peut-être était-ce celui d'un colonel allemand, se disait-il, songeur. Il était en parfait état, à peine quelques trous de mites dans la doublure de soie ; manifestement, Kempka avait pris grand soin de sa collection. Son visage lui semblait un peu plus ridé, mais avec quelque chose qui évoquait un loup dangereux. Il estimait avoir perdu plus d'une douzaine de kilos depuis le désastre à la Maison Terre. Mais quand même, sur ce visage, un petit détail le gênait...

Il toucha du bout du doigt ce qui ressemblait à une escarre brune, de la taille d'une pièce de monnaie, juste sous son œil droit. Il essaya de l'enlever avec son ongle, mais elle semblait amalgamée à la peau. Il en avait quatre autres similaires sur le front, plus petites, qu'il avait d'abord prises pour des verrues, mais qu'il n'avait pas pu enlever non plus. Peut-être est-ce des cancers, s'était-il dit. À cause des radiations. Il avait remarqué une excroissance semblable sur le menton de Roland. Cancer de la peau, c'est ça, s'était-il dit. Bon, il allait prendre ce coupe-chou et se les trancher en se rasant, voilà tout. Son cuir à lui était trop coriace pour le cancer.

Mais c'était quand même bizarre, se disait-il, que ces marques rondes se trouvent seulement sur son visage. Ni sur ses mains, ni ses bras, ni nulle part ailleurs. Seulement sur son visage.

Il entendit frapper à la porte de la caravane et sortit de la salle de bains pour aller ouvrir.

C'était Roland et Lawry, tous deux armés de fusils, de retour d'une mission de reconnaissance qu'ils avaient menée avec trois autres soldats physiquement aptes. La nuit précédente, l'une des sentinelles du périmètre avait aperçu des lueurs dans le désert vers le sud, à cinq ou six kilomètres du camp.

Lawry commença son rapport, en s'efforçant de ne pas regarder avec trop d'insistance l'uniforme, que Kempka, bien trop gros, n'avait pour sa part jamais essayé d'enfiler : « Deux caravanes, tirées par un van Chevrolet et une Pontiac. Les véhicules semblent en bon état.

— Combien de personnes ? interrogea Macklin en ouvrant l'une des bonbonnes d'eau minérale, qu'il offrit à Lawry.

— On en a vu seize, répondit Roland. Six femmes, huit hommes et deux enfants. Apparemment, ils ont plein d'essence, d'eau et de provisions, mais tous sont gravement brûlés. Deux des hommes peuvent à peine marcher.

— Ils sont armés ?

— Oui mon colonel. » Roland prit à son tour la bonbonne d'eau et but. Il trouvait que l'uniforme allait superbement au roi ; ah, si seulement il y en avait eu un à sa taille ! Il ne se souvenait pas vraiment de ce qui s'était passé cette nuit-là avec Freddie Kempka, mais il lui était resté à l'esprit un rêve très réaliste, dans lequel il tuait Mike Armbruster. « L'un des hommes avait un fusil, poursuivit-il.

— Un seul ? Et pourquoi tu crois qu'ils sont pas venus jusqu'ici ? Ils ont pourtant dû voir nos torches.

— Ils ont peut-être peur, répondit Roland. Ils doivent penser qu'on va leur prendre ce qu'ils ont. »

Macklin lui reprit la bonbonne des mains, revissa le bouchon et la rangea. On entendit une porte s'ouvrir, puis se refermer, et Sheila Fontana fit son apparition dans la pièce. Elle s'arrêta net à la vue de l'uniforme.

« Les caravanes et les véhicules, ça peut nous servir, décida Macklin. Mais on n'a pas besoin de gens qui portent des marques de brûlures. Je ne veux aucun brûlé dans notre camp.

— Mon colonel... on en a déjà plus d'une trentaine ici qui ont été brûlés dans... enfin vous savez, répondit Lawry. Ce que je veux dire, c'est... enfin, qu'est-ce que ça change ?

— J'ai beaucoup réfléchi à ça, caporal Lawry, répondit-il ; en vérité, il n'y avait pas réfléchi du tout, mais la phrase sonnait bien. Je pense que les gens qui portent ces affreuses marques de brûlure, ces trucs dégueulasses, sont nuisibles au moral des troupes. On n'a pas besoin qu'on nous rappelle la laideur ambiante, pas vrai ? En plus, les brûlés ne vont pas rester aussi propres que le reste d'entre nous, parce qu'ils ont honte de leur apparence et sont déjà démoralisés. » Ses yeux étaient tombés sur la croûte au menton de Roland. Elle était de la taille d'une pièce de vingt-cinq *cents.* Voyons, elle n'était pas moins grosse il y a seulement quelques jours ? Il leva un peu le regard : Roland en avait trois autres plus petites en haut du front. « Les gens qui portent de telles marques, poursuivit-il en s'adressant au caporal Lawry, vont répandre des maladies. » Il scruta son visage, mais n'y décela aucune cicatrice. « Et les maladies, on va déjà avoir du mal à en protéger le camp. Alors... demain matin, je veux que tu rassembles tous ceux qui ont des brûlures et que tu les emmènes hors du camp. Et je ne veux pas qu'ils reviennent. Compris ? »

Lawry esquissa un sourire, pensant que le colonel plaisantait, mais les yeux de Macklin le transpercèrent.

« Mon colonel, vous voulez pas dire... les tuer tous ?

— Si, c'est exactement ce que je veux dire.

— Mais... pourquoi ne pas juste les bannir ? Leur dire... leur dire d'aller ailleurs, quoi ?

— Parce que, rétorqua Roland Croninger, qui avait compris l'enjeu, ils n'iront *pas* ailleurs. Ils reviendront en douce la nuit pour essayer de voler à manger et à boire. Et ils pourraient aussi aider les cloportes à nous attaquer.

— Exact, approuva Macklin. Voilà donc la nouvelle règle d'or du camp : personne n'y est admis s'il porte des marques de brûlure. Et toi tu vas emmener tous les autres demain matin, et qu'ils ne *reviennent pas*. Roland t'accompagne.

— Je peux me débrouiller !

— Roland t'accompagne », répéta Macklin, sans hausser le ton mais fermement, et Judd regarda ses chaussures. Bon, autre chose maintenant : demain matin, tu vas organiser une corvée pour distribuer ceci à mon peuple. » Et d'un signe de tête il désigna les cartons de sodas, de chips, de cookies et autres gâteaux. J'ai dit *mon peuple*, pensa-t-il. « Je veux qu'ils soient heureux. Tu feras ça après la première mission.

— Et les autres, là-bas, avec les caravanes ? »

Macklin réfléchit encore. Oh, se disait-il, le Soldat Fantôme allait être tellement fier de lui !

« Il te faut combien de soldats pour t'emparer de ces véhicules ? lui demanda-t-il.

— Je sais pas trop. Quatre ou cinq, peut-être.

— Parfait. Alors tu y vas et tu les ramènes. Mais pas les gens. On a pas besoin de ceux qui ne sont pas sains.

— Et pourquoi on en a besoin, de ces caravanes ? intervint soudain Sheila. On a assez comme ça ! »

Elle ne pouvait pas supporter la vue du visage de Lawry, qui hantait ses cauchemars, en compagnie d'un bébé qui n'arrêtait pas de pleurer. Il y avait également un cadavre décomposé du nom de Rudy, qui rampait entre les rochers jusqu'à elle, jusque dans son lit, et elle se disait qu'elle perdait la boule.

« Parce que, lui répondit-il en se tournant vers elle, on va pas rester éternellement ici. Dès qu'on sera organisés, en forme, dès qu'on aura retrouvé le moral, on déménage.

— On déménage ! pouffa-t-elle. Pour aller où, putain, monsieur le héros de guerre ? Sur la lune ?

— Non. Vers l'intérieur. Peut-être vers l'est. On trouvera des ressources sur notre chemin.

— Tu veux dire que tout le monde part vers l'est ? Et pourquoi, bordel ?! Pour aller où ?

— Les grandes villes, répliqua Macklin. Ou ce qu'il en reste. Les petites villes. Les villages. On peut aussi construire les nôtres, si on veut. On peut commencer à remettre les choses en ordre, telles qu'elles auraient dû être avant que cette merde nous tombe dessus.

— T'as pété un plomb, mon vieux, rétorqua Sheila. C'est fini. Tu piges pas, ça ?

— C'est pas fini. Ça commence à peine. On peut rebâtir, mais en mieux. On peut rétablir la loi et l'ordre, et on peut faire appliquer les lois...

— Les lois ? Quelles lois ? Les tiennes ? Celles du gamin ? Qui c'est qui va les faire, les lois ?

— Celui qui a les flingues », répliqua Roland.

Le colonel Macklin se retourna vers Judd Lawry. « Rompez ! ordonna-t-il. Je veux ces caravanes ici dans deux heures. »

Lawry sortit dans la nuit. Une fois à l'air libre, il sourit au ciel noir en secouant la tête. Ces conneries militaires, c'était monté au cerveau du colonel, mais finalement il avait peut-être raison de vouloir se débarrasser des brûlés. De toute façon, Lawry n'aimait pas le spectacle de ces marques, elles lui rappelaient l'holocauste. Pour une Amérique plus belle, se dit-il, les cramés doivent aller à la poubelle.

Il s'enfonça dans le camp pour choisir quatre hommes en vue de la mission, mais il savait que ce serait facile. Jamais de sa vie, il ne s'était senti aussi important : pensez donc, avant le désastre, il n'était qu'employé dans une armurerie, et à présent le voilà caporal dans l'armée de Macklin ! Tout ça, c'était comme se réveiller dans une nouvelle peau. « C'est pas fini, avait dit le colonel. Ça commence à peine. » Qu'est-ce que ça sonnait bien, ça ; Lawry adorait.

À l'intérieur de la caravane, Sheila s'approcha de Macklin et le regarda de haut en bas, puis de bas en haut. Apercevant la croix gammée sur plusieurs des insignes qu'il portait, elle lui lança, ironique : « Faut qu'on t'appelle comment, maintenant ? Adolf ? »

La main de Macklin jaillit et la saisit au niveau du menton. Ses yeux jetaient des éclairs de fureur et elle comprit qu'elle était allée trop loin. La poigne d'acier lui donnait l'impression qu'il allait lui casser la mâchoire.

« Si y a quelque chose qui te plaît pas ici, lui fit-il savoir d'une voix calme, tu sais où est la porte. Et si tu fais pas gaffe à ce que tu dis, je te refile aux cloportes. Je suis certain qu'ils adoreront avoir de la compagnie. Tu crois pas, Roland ? »

L'adolescent se contenta de hausser les épaules. Il voyait bien que le roi faisait mal à Sheila, et ça l'embêtait.

Macklin relâcha son étreinte.

« T'es qu'une conne, reprit-il. Tu vois pas les possibilités, hein ? »

Sheila se frotta la mâchoire.

« Mais enfin, c'est *terminé*, mon vieux ! Tu parles de reconstruire et toutes ces conneries, alors que là, on est juste contents d'avoir des chiottes !

— Tu verras, répondit-il en scrutant son visage, mais sans y trouver la moindre escarre. J'ai des projets. Des projets importants. Tu verras. » Aucune trace de cancer sur le visage de Sheila.

Elle avait bien vu ses yeux baladeurs.

« Qu'est-ce qu'y a qui va pas ? Je me suis lavé les cheveux hier.

— Retourne les laver alors, répliqua-t-il. Ils puent. »

Il se tourna vers Roland, puis pris d'une soudaine inspiration : « L'Armée de l'Excellence, claironna-t-il. Qu'est-ce que t'en penses ?

— Pas mal. » Roland aimait bien ce nom. Il avait des échos de grandeur, voire des accents napoléoniens. « Oui, c'est bien.

— L'Armée de l'Excellence, répéta Macklin. On a du pain sur la planche. Il va nous falloir trouver davantage d'hommes et de femmes physiquement aptes. Il nous faudra plus de véhicules, et on devra transporter nos vivres avec nous. On peut le faire si on s'y consacre corps et âme ! On va pouvoir rebâtir, poursuivit-il, haussant la voix d'enthousiasme, mais en mieux ! »

Sheila se disait qu'il avait vraiment un problème. L'Armée de l'Excellence, mon cul, oui ! Elle tint néanmoins sa langue en se disant qu'il valait sans doute bien mieux laisser Macklin aller jusqu'au bout de son délire.

« Les gens me suivront, reprit-il. Tant que je leur assure nourriture et protection, ils me suivront et ils feront ce que je leur dirai. Pas besoin qu'ils m'aiment, ou même qu'ils m'apprécient. Ils me suivront parce qu'ils me respectent. Pas vrai ? poursuivit-il en se tournant vers Roland.

— Oui, mon colonel, répondit l'adolescent. Les gens veulent qu'on leur dise ce qu'ils doivent faire. Ils ne veulent pas avoir à prendre de décisions. » Derrière ses lunettes, les yeux de Roland commençaient aussi à briller. Il voyait bien dans sa tête le vaste tableau dépeint par le roi : une immense armée qui partait à l'assaut du pays, à pied, en voitures et en caravanes, envahissant et absorbant d'autres campements, d'autres communautés, grossissant, se renforçant, mais seulement d'hommes et de femmes sains, tous volontaires pour rebâtir l'Amérique. Il eut un large sourire : oh, quelle dimension avait pris cette aventure !

« Les gens me suivront, répéta Macklin en hochant la tête. Je les *forcerai* à me suivre. Je leur apprendrai la discipline et le contrôle, et ils feront ce que je leur dirai. Compris ? » Ses yeux transpercèrent Sheila comme deux dagues.

Elle hésita. Le héros de guerre et le gamin la dévisageaient. Elle repensa à son lit bien chaud, à toutes les provisions et aux armes qu'ils avaient, et puis au territoire glacé des cloportes et à ces choses, là-bas, qui rampaient au sol dans le noir. « D'accord, finit-elle par répondre. T'as cent fois raison. »

Dans les deux heures, Lawry et son détachement étaient de

retour de leur raid, avec le van Chevrolet, la Pontiac et les deux caravanes. Le petit convoi avait été pris d'assaut par surprise, et ni pertes ni blessures n'étaient à déplorer du côté de l'armée de Macklin. Lawry rapportait plusieurs grands sacs à dos pleins de conserves et d'eau en bouteilles, plus trois gallons d'essence et un carton de bidons d'huile moteur. Vidant ses poches, il aligna des montres, des bagues de diamant et un porte-monnaie bourré de billets de vingt et cinquante dollars. Macklin lui laissa l'une des montres et lui ordonna de distribuer des rations supplémentaires aux hommes de son détachement. Il offrit la plus grosse bague de diamant à Sheila, qui la regarda un moment briller dans la paume du colonel avant de la prendre. Il y avait une inscription gravée à l'intérieur. *De Daniel à Lisa. Amour toujours.* Ce n'est qu'après l'avoir passée à son doigt qu'elle vit en l'admirant à la lueur de la lampe qu'il y avait du sang incrusté dans la monture, ce qui donnait une teinte sale aux pierres précieuses.

Roland avait trouvé une carte de l'Utah à l'arrière de la Buick, et dans la boîte à gants plusieurs stylos-feutres de couleur et une boussole. Il remit son butin au roi, qui le récompensa d'une des médailles ornée d'une croix gammée. Qu'il épingla sans attendre à sa chemise.

À la lueur des lampes, le colonel étala la carte sur la table de son QG et s'assit pour l'étudier avec attention. Au bout d'un long moment de réflexion silencieuse, il prit un feutre rouge et se mit à tracer une flèche en zigzag dirigée vers l'est.

« C'est comme ça que je t'aime », lui murmura le Soldat Fantôme, penché au-dessus de son épaule.

Le matin suivant, sous les lourds nuages gris qui dérivaient lentement vers l'est, Roland et Lawry, à la tête de dix soldats soigneusement choisis, escortaient trente-six brûlés, hommes, femmes et enfants jusqu'à la lisière du territoire des cloportes. Une fois la fusillade terminée, ceux-ci émergèrent de leurs trous et se ruèrent pour être les premiers sur les cadavres.

UN VIEUX MIROIR TERNI

Ça faisait trois jours que Swan et Josh suivaient les voies ferrées au beau milieu d'une tempête de poussière dans le Nebraska quand ils tombèrent sur le train accidenté.

Ils ne le virent pas avant d'être presque à sa hauteur. Et tout à coup, voilà qu'il était là : des wagons éparpillés dans tous les sens, parfois l'un sur l'autre. La plupart étaient en morceaux, à part le wagon de queue et deux ou trois wagons de marchandises. Swan se laissa glisser du dos de Mulet et suivit Josh qui parcourait les débris avec mille précautions.

« Fais attention aux clous ! », l'avertit-il, et elle fit oui de la tête. Killer, désormais couleur craie à cause de la poussière, avançait devant Josh, flairant avec méfiance les planches fendues sur lesquelles il posait les pattes.

Josh s'arrêta et leva la tête vers le flanc d'un wagon de marchandises en se protégeant les yeux d'une main. La tempête avait presque effacé la peinture, mais on distinguait encore un panorama délavé : des clowns, des lions et une piste triple sous un immense chapiteau. Et en lettres rouges ouvragées, on pouvait lire CIRQUE RYDELL.

« Le train d'un cirque ! s'exclama-t-il à l'adresse de Swan. Sûrement qu'ils étaient en route vers la prochaine ville où ils devaient jouer quand tout a pété. Tiens, viens, continua-t-il en lui montrant d'un geste le wagon de queue, on va voir ce qu'on trouve là-dedans. »

Les trois dernières nuits, ils avaient dormi dans des granges ou des fermes abandonnées ; un jour, les rails les avaient conduits aux abords d'une petite ville, mais le vent leur avait ramené de tels relents de pourriture qu'ils n'avaient pas osé s'y aventurer. Ils l'avaient contournée, retrouvant la voie ferrée de l'autre côté pour poursuivre leur périple à travers l'immensité des plaines.

La porte du wagon n'était pas verrouillée. Il faisait sombre à l'intérieur, mais au moins ils auraient un abri. Josh monta, se disant que le cheval et le fox-terrier parviendraient sans doute à se débrouiller par eux-mêmes. Swan le suivit et referma derrière elle.

Josh buta dans une sorte de petit bureau et entendit un tintement de flacons et de pots qui s'entrechoquaient. À mesure qu'il s'enfonçait, l'air était plus chaud, et il réussit à distinguer les contours d'un lit de camp sur sa droite. À tâtons, il toucha du métal tiède : un poêle en fonte.

« Y avait quelqu'un ici, annonça-t-il. Et y a pas si longtemps. » Il trouva la grille du poêle, qu'il ouvrit ; à l'intérieur, quelques morceaux de charbon à l'état de cendres, et l'œil du tigre d'une braise encore en train de rougeoyer.

À l'aveuglette, il continua de faire le tour des lieux, faillit trébucher sur une pile de couvertures posée dans un coin, avant de revenir vers l'entrée. Ses yeux s'accoutumant à la faible lueur jaune filtrée par les lucarnes encrassées, il découvrit une bougie à demi consumée collée à une soucoupe par sa cire. Et près d'elle, une boîte d'allumettes. Il en frotta une, alluma la mèche et la lumière se fit.

Sur le petit bureau, Swan aperçut alors des objets qui ressemblaient à des crayons de couleur et des rouges à lèvres. Une perruque rouge frisée était posée sur son porte-perruque. Devant une chaise pliante se trouvait un coffret en bois, de la taille d'une boîte à chaussures, décoré de petits lézards délicatement gravés. Les minuscules yeux étaient faits de verre taillé, et ils étincelaient dans la lueur de la bougie.

Près du lit de camp, Josh trouva un sac ouvert de biscuits pour chiens et un jerrican en plastique qui fit *floc-floc* quand il le poussa du pied.

Swan s'approcha du poêle. Sur un portant étaient suspendus des costumes aux couleurs criardes, avec des paillettes, des boutons démesurément grands et des revers flasques. Il y avait un tas de journaux, des bouts de bois et des morceaux de charbon prêts à alimenter le feu. Elle tourna son regard vers le fond, là où se trouvait la pile de couvertures. Sauf qu'il y avait quelque chose d'autre là-bas aussi, quelque chose qui n'était qu'à moitié couvert par les couvertures.

« Josh ? demanda-t-elle en pointant son doigt dans sa direction. C'est quoi, ça ? »

Il approcha la bougie. La lumière fit apparaître un visage de clown au sourire figé.

Josh s'arrêta d'abord, mais il ne tarda pas à comprendre : « Un mannequin ! C'est un mannequin grandeur nature ! », s'écria-t-il. Il était assis, le visage fardé de blanc, les lèvres peintes en rouge vif, une perruque verte sur le crâne et les paupières closes. Josh se pencha et lui toucha l'épaule.

Son cœur fit un bond dans sa poitrine.

Délicatement, du bout du doigt, il effleura la joue et ôta un peu de fard. Dessous, la chair était cireuse.

Le cadavre était glacé et raide, la mort devait bien remonter à deux ou trois jours.

Tout à coup la porte du wagon s'ouvrit en grand derrière eux, laissant pénétrer un tourbillon de poussière.

Josh se retourna vivement pour se mettre entre Swan et la personne ou la chose qui voulait entrer. Il aperçut une silhouette debout dans l'embrasure, mais la poussière l'aveuglait.

La silhouette hésita. Elle avait une pelle à la main. Il y eut un long silence crispé, puis l'homme lança, avec un accent traînant des plus marqués : « Salut, z'êtes là depuis longtemps ? » Il referma la porte pour laisser la tempête au-dehors. Josh l'observa avec méfiance alors qu'il s'avançait vers eux, ses bottes de cow-boy résonnant sur le plancher, pour aller poser sa pelle dans un coin. Puis il défit le bandana qui lui recouvrait le nez et la bouche. « Bon, alors ? Vous parlez, tous les deux, ou y va falloir que ce soit moi qui cause tout seul ? » Il laissa passer quelques secondes, puis répondit à sa propre question d'une voix moqueuse et haut perchée : « Ouais m'sieur, sûr qu'on cause, mais on a les yeux en roulements à billes et les langues, si jamais qu'on les r'mue, elles vont s'envoler comme des moineaux.

— Heu... si, on peut parler, répondit Josh. C'est juste que vous nous avez surpris.

— Ah ouais, tu m'étonnes. La dernière fois que j'suis sorti par cette porte, l'était tout seul, Leroy, alors moi aussi j'suis un p'tit poil surpris, tu vois. » Il ôta son chapeau et le tapa à plusieurs reprises sur sa cuisse, faisant voler un nuage de particules. « Leroy, c'est lui, poursuivit-il en désignant du geste le clown mort dans le coin. Leroy Satterwaite. L'est mort y a deux nuits, c'était l'dernier. J'arrive de creuser un trou pour lui.

— Le dernier ? répéta Josh.

— Ouaip. Dernier de la grande famille du cirque. Un des meilleurs clowns qu'on ait vus. Nom d'un chien, y pouvait faire sourire une pierre. » Il poussa un grand soupir, puis eut un geste désabusé. « Fini, tout ça. C'était l'dernier, enfin, à part moi, quoi. »

Josh s'approcha de lui et leva la bougie pour bien voir son visage.

Il était mince et dégingandé, avec un visage hirsute, grisonnant, long et étroit comme s'il avait été pressé dans un étau. Il avait des cheveux châtain clair qui descendaient en boucles sur son front haut, recouvrant presque ses sourcils bruns et broussailleux ; dessous, de grands yeux liquides, quelque part entre noisette et topaze. Le nez était long et fin, bien assorti au reste, mais c'était la bouche que l'on remarquait le plus : les lèvres étaient épaisses, des replis de chair souples faits pour les grimaces improbables et les sourires jusqu'aux oreilles. Des lèvres pareilles, la dernière fois que Josh en avait vu, c'était quand on lui avait servi une perche à grande bouche dans un restaurant de Géorgie. Le type portait un blouson, usé jusqu'à la corde, une chemise de flanelle bleu marine et un pantalon en jean. Son regard vif et expressif passa de Josh à Swan, sur laquelle il s'attarda quelques secondes avant de revenir à Josh.

« J'm'appelle Rusty Weathers, se présenta-t-il. Mais vous, vous êtes qui, et comment qu'vous êtes arrivés jusqu'ici ?

— Je m'appelle Josh Hutchins, et elle, c'est Swan Prescott. On a pas mangé ni bu depuis trois jours. Vous auriez quelque chose ? »

Rusty désigna de la tête le jerrican en plastique. « Servez-vous. C'est de l'eau d'un ruisseau à deux cents mètres de la voie ferrée. Peux pas vous dire si elle est vraiment propre, mais en tout cas moi j'en bois depuis... » Fronçant les sourcils, il s'approcha de la paroi et, à tâtons, passa les doigts sur les traits qu'il y avait gravés avec son canif. « Quarante et un jours, à quequ'chose près. »

Josh dévissa le bouchon du jerrican, renifla, puis but une gorgée prudente. Un peu huileuse, cette eau, mais buvable. Il en avala encore et passa le récipient à Swan.

« Pour la bouffe, tout c'qui me reste, c'est les biscuits pour clébards, précisa Rusty. Y avait un type qu'avait un numéro de dressage avec sa femme. Des caniches français, ils les faisaient sauter dans des cerceaux, tout ça. » Il laissa tomber le chapeau sur la perruque rouge, puis tira à lui la chaise pliante, qu'il tourna à l'envers, s'asseyant bras croisés sur le dossier. « Ça fait un bail maintenant, croyez-moi. On était dans l'train, qui roulait du tonnerre de Dieu, et puis *crac !* une minute après v'là le ciel qui devient noir comme dans une mine, et le vent qui dégomme carrément les wagons sur les rails. Chez moi, en Oklahoma, on en a, des tornades, mais alors celle-là, vingt dieux, si c'est pas la chef de toutes les autres ! » Il secoua la tête comme s'il voulait en faire tomber les souvenirs. « T'as pas des clopes ?

— Non, désolé.

— Et merde ! Au point où j'en suis, je pourrais en *bouffer* une cartouche, tout de suite ! » Il plissa les yeux, examinant Josh et Swan en silence. « Dites donc, tous les deux, on dirait que vous vous êtes fait passer d'ssus par tout un troupeau d'bisons. Z'avez mal ?

— Non, plus maintenant, répondit Josh.

— Mais qu'est-ce qui s'passe dehors alors ? Ça fait quarante et un jours qu'y a pas eu d'aut' train sur cette voie. Y a rien d'autre que la poussière partout... C'est quoi, l'histoire ?

— Guerre nucléaire. Je pense qu'y a des bombes qui sont tombées un peu partout. Sûrement d'abord sur les grandes villes. De c'qu'on a pu voir jusque-là, j'ai pas l'impression qu'il reste grand-chose.

— Ouais, approuva Rusty, le regard vide. J'me disais bien

qu'ça devait être un truc comme ça. Quelques jours après le déraillement, moi et d'autres on est partis à pied pour essayer de trouver d'l'aide. À ce moment-là, la poussière était bien plus épaisse et le vent bien plus fort, et au bout de vingt mètres à peine il a fallu qu'on revienne. Alors on est restés là, à attendre. Mais la tempête s'est jamais calmée, et personne est jamais venu. » Il tourna la tête vers une des lucarnes. « Nicky Rinaldi, le dompteur, et Stan Tembrello, eux ils ont décidé de suivre les voies. C'était y a un mois. Leroy, lui, il était bien esquinté en dedans, alors on est restés là avec lui, Roger et moi ; on était les trois clowns, voyez. Les Trois Mousquetaires. Oh, qu'est-ce qu'on était bons ! Qu'est-ce qu'on faisait marrer ! » Ses yeux s'emplirent de larmes, et il lui fallut un moment avant de pouvoir poursuivre son récit.

« Enfin, finit-il par reprendre, moi et les autres qu'étaient restés, on a commencé à creuser des tombes. Y a eu pas mal de morts dans l'accident, et aussi des animaux crevés partout. Y a un éléphant un peu plus loin sur la voie, mais il est tout sec maintenant. La vache, vous imaginez pas comme ça schlinguait ! Mais bon, t'en connais beaucoup qu'auraient la force de creuser une tombe pour un éléphant ? C'est un vrai cimetière qu'on a, pas très loin d'ici, ajouta-t-il avec un vague geste du menton vers la droite. La terre est pas aussi dure quand on s'éloigne des voies. Moi, j'avais réussi à retrouver une partie d'mon matos, alors j'ai emménagé ici avec Leroy, Roger et quelques autres. J'ai r'trouvé ma boîte à maquillage. » Et il toucha le coffret en bois sur lequel couraient les lézards gravés. « Et puis ma veste magique, aussi. » Un doigt désigna le portant où étaient suspendus les vêtements. « J'étais pas trop esquinté. Juste des bleus et des bleus, et puis ça. » Et il souleva son énorme lèvre supérieure, découvrant un espace vide à la place d'une des incisives. « Mais bon, ça allait, quoi. Et puis... et puis ils se sont mis à mourir, un par un. »

Il fixait la bougie. « Alors ça, jamais j'avais vu un truc pareil, pour sûr ! reprit-il. Des gens qu'étaient en pleine forme un jour et le lendemain, *paf !* plus personne. Une nuit... » Il s'interrompit, les yeux soudain comme recouverts d'une couche de givre, de nouveau en proie à ses souvenirs éprouvants. « Une nuit, on était tous endormis, et j'me suis réveillé gelé. Le poêle chauffait, il faisait bon dans le fourgon, et pourtant je frissonnais. Et j'le jure devant Dieu... C'est l'ombre de la Mort qu'était là, qui passait de l'un à l'autre en se demandant lequel qu'y serait le suivant sur la liste. Je sais pas c'que c'était, mais j'crois que ça m'est passé juste à côté, assez près pour me geler les os, et puis ça s'est éloigné. Et quand le jour est revenu, y avait Roger qu'était mort, les yeux grands ouverts, et la veille encore il arrêtait pas de balancer des vannes. Et tu sais c'qui me dit, alors, ce dingo de Leroy ? "Rusty, qu'y m'dit, faut qu'toi et moi on lui fasse une tête réjouie, à c't'enfoiré, avant d'y dire au revoir !" Alors on l'a maquillé ; mais c'était pas lui manquer de respect, hein, attention ! s'empressa d'ajouter Rusty en secouant la tête. C'est qu'on l'aimait, ce vieux bougre. On lui a juste fait la tête qu'il aimait avoir. Et puis, moi et Eddie Roscoe, on l'a emporté pour l'enterrer. Des tombes, j'ai l'impression d'en avoir creusé une centaine en pas plus d'une semaine, jusqu'à c'qui reste plus que moi et Leroy. » Avec un sourire triste, il jeta un coup d'œil vers le coin, derrière Josh et Swan. « T'as d'l'allure, mon vieux pote ! Bon Dieu, moi qui pensais que ça serait moi qui serais parti depuis longtemps maintenant !

— Il reste plus personne à part vous ? lui redemanda Swan.

— Y a plus que moi, oui. Le dernier du cirque Rydell. » Puis, se tournant vers Josh : « Qui c'est qu'a gagné ?

— Qui c'est qu'a gagné quoi ?

— La guerre, c'est qui qu'a gagné la guerre ? Nous ou les Russes ?

— J'en sais rien. Si jamais en Russie ça ressemble à ce qu'on a vu, Swan et moi... alors puisse Dieu leur venir en aide aussi.

— Ben... faut combattre le feu par le feu, répondit Rusty. C'est ma m'man qui m'disait ça. Alors p't-être qu'y a un bon côté à tout ça, p't-être qu'ils ont balancé toutes leurs bombes et tous leurs missiles, et qu'y en a plus maintenant. Les feux, y se sont neutralisés, et ce bon vieux monde est toujours là, pas vrai ?

— Si, approuva Josh. Il est toujours là. Et nous aussi.

— Ouais, mais bon, je suppose qu'y va quand même être un poil changé, hein. J'veux dire, si c'est partout comme ici, va p't-être bien falloir se retenir un peu sur le luxe.

— Oublie le luxe, l'ami, répondit Josh. Par les temps qui courent, ton wagon et ton poêle, c'est ça le luxe. »

Rusty eut un large sourire, découvrant le trou qui avait remplacé sa dent.

« Ouaip, c'est un vrai palais qu'j'ai, hein ? » Il regarda Swan quelques secondes, puis se leva, alla au portant et prit sur un cintre une veste de velours noir. Avec un clin d'œil à l'adresse de la fillette, il se débarrassa de son blouson en jean pour enfiler la veste. Un mouchoir blanc dépassait de la poche poitrine. « J'vais vous dire, y a autre chose qu'est toujours là, quelque chose qui changera jamais, jeune fille. La magie. Tu y crois, à la magie ?

— Oui, répondit-elle.

— Parfait ! » Il tira d'un coup sec le mouchoir blanc et, comme par enchantement, un bouquet de fleurs en papier aux couleurs vives apparut dans sa main. Il les offrit à Swan. « Toi, t'as l'air d'une jeune fille qui devrait apprécier les jolies fleurs. Ah, mais au fait, y faut aussi qu'on les arrose ! Si on les arrose pas, ces fleurs, elles vont tourner d'l'œil, non ? » Son autre main jaillit, le poignet décrivant une arabesque dans l'air, et voilà qu'il brandissait un petit arrosoir de plastique rouge. Il le pencha au-dessus des fleurs, mais en fait d'eau, ce fut un peu de poussière jaune qui s'en écoula, tombant en volutes jusqu'au sol. « Oh... », reprit Rusty, feignant la déception. Et puis ses yeux s'illuminèrent. « Ah, mais peut-être que c'est d'la poussière magique, ça, jeune fille ! Sûrement, même ! La poussière magique, ça va les nourrir, ces fleurs, aussi bien que l'eau ! Qu'est-ce que t'en penses ? »

Même si le cadavre assis dans le coin lui donnait la chair de poule, Swan se força à sourire.

« Oui, bien sûr, répondit-elle. Je crois, moi aussi. »

Rusty fit alors un grand geste de sa main fine devant le visage de la fillette. Soudain, elle vit apparaître une balle rouge entre annulaire et auriculaire, suivie d'une autre qui sembla pousser entre pouce et index. Il en prit une dans chaque main et se mit à les lancer d'une main à l'autre.

« J'ai l'impression qu'y nous manque quequ'chose, là, pas toi ? » Et avant que les deux balles ne retombent, il avança une main vers l'oreille de Swan. Elle entendit un petit *pop!* et quand la main réapparut, elle tenait une troisième balle rouge. Il se mit à jongler avec les trois. « Ah, c'est mieux comme ça. J'savais bien qu'elle était quequ'part ! »

Elle porta la main à son oreille.

« Mais comment vous faites ça ?

— Magie... », expliqua-t-il. Il ouvrit grand la bouche et goba une balle, puis une deuxième, puis la troisième. Il caressa l'air de sa main vide et Swan vit le mouvement de sa gorge quand il avala les balles. « Hmmm, c'est vachement bon, déclara-t-il. Tu veux goûter ? » Il ouvrit sa paume sous son nez ; les trois balles étaient là.

« Mais je vous ai vu les avaler ! s'écria Swan.

— Ben oui. Ça, c'en est des nouvelles. C'est de ça que j'me nourris depuis l'temps, tu vois. Des biscuits pour chien et des balles magiques. »

Mais son sourire se réduisit, puis commença à s'effacer. Son regard papillonna vers le cadavre, et il remit les trois balles dans sa poche. « Bon, reprit-il, j'crois que ça suffit pour aujourd'hui, la magie.

— T'es quand même très bon, s'extasia Josh. Alors comme ça, t'es clown, magicien et jongleur. Tu fais quoi d'autre ?

— Oh, dans le temps je montais des broncos dans les rodéos. » Il ôta la veste de velours, qu'il suspendit comme s'il mettait un vieil ami au lit. « J'ai été clown de rodéo. Cuistot de fast-food dans une fête foraine. J'ai même travaillé dans un ranch, une fois. Homme à tout faire, bon à rien faire, quoi. Mais la magie, j'ai toujours adoré. Y a un magicien hongrois du nom de Fabrioso qui m'a pris sous son aile quand j'avais seize ans, c'est lui qui m'a enseigné le métier, alors que moi je faisais l'baron pour les forains. J'avais des mains, qu'y disait, qu'étaient faites soit pour vider les poches aux bourgeois, soit pour créer des rêves à partir de rien. » Le regard de Rusty se mit à pétiller. « Ce Fabrioso, c'était quelqu'un, c'est moi qui vous l'dis ! Y parlait aux esprits... et croyez-moi, y lui répondaient et y faisaient c'que lui y leur disait !

— Et ça, s'émerveilla Swan en touchant du doigt le coffret aux lézards, c'est magique aussi ?

— Ça, c'était la boîte à malices de Fabrioso. Maintenant j'y range mon maquillage et mes affaires. Fabrioso, il la tenait d'un magicien d'Istanbul. Tu sais où c'est, ça ? En Turquie ! Et ce magicien, il la tenait d'un autre en Chine, donc tu vois, elle a une histoire, quoi.

— Comme Chouineuse, répondit Swan en brandissant la baguette de sourcier.

— Chouineuse ? C'est comme ça que tu l'appelles ?

— C'est une femme... » La voix de Josh se brisa. La perte de Leona était encore trop douloureuse. « Une femme qui nous était chère qui l'a donnée à Swan.

— C'est Fabrioso qui vous l'a laissée, la veste magique ? demanda Swan.

— Nan. Celle-là, je l'ai achetée dans une boutique de magie à Oklahoma City. Mais il m'a donné la boîte, et autre chose avec. » Il ouvrit l'attache en métal et souleva le couvercle ouvragé du coffret. À l'intérieur se trouvaient des pots, des crayons à maquillage et des chiffons maculés de mille couleurs. Il fouilla tout au fond. « Fabrioso, il disait que comme ça faisait un ensemble, avec le coffret, alors ça devait aller partout où allait le coffret. Ah, tiens, le voilà. » Et sa main ressortit.

Ce n'était qu'un simple miroir à main ovale, avec une monture noire assez simple et un manche bien usé. Il ne portait qu'un seul ornement : en haut du manche, deux visages noirs, stylisés comme des masques, qui regardaient dans des directions opposées. Le miroir lui-même était d'une couleur de fumée, particulièrement rayé et taché.

« Fabrioso, y s'en servait pour son maquillage avant d'entrer en scène, expliqua Rusty, une note à la fois admirative et un peu effrayée dans la voix. Y disait que ce miroir, y montrait une image plus vraie qu'aucun autre qu'il ait jamais utilisé.

Mais moi j'm'en sers pas, il est trop terne maintenant. » Il le tendit à Swan, qui le prit par le manche. L'objet était aussi léger qu'un biscuit.

« Fabrioso est mort à quatre-vingt-dix ans, et ce miroir, y m'disait qu'il l'avait eu à dix-sept. Pour moi, il a bien deux cents ans, facile.

— Waouh ! » Une chose aussi ancienne dépassait l'entendement de Swan. Elle scruta attentivement son reflet, mais ne voyait son visage que très flou, comme à travers un rideau de brume. Même ainsi, les traces liées aux brûlures et aux cloques la choquèrent à nouveau, et elle avait tellement de crasse sur les joues et partout qu'elle se disait qu'elle aussi devait ressembler à un clown. Jamais non plus elle ne s'habituerait à se voir sans cheveux. Elle regarda de plus près. Sur son front, elle aperçut deux autres de ces étranges trucs sombres, comme des boutons, qu'elle avait remarqués quand ils étaient chez Leona ; ils étaient déjà là, ceux-là, ou bien ils venaient d'apparaître ?

« Tu sais, Fabrioso, moi j'crois qu'il était un peu vaniteux, reconnut Rusty. À chaque fois, j'le surprenais en train de s'regarder ; sauf qu'en général, il le tenait à bout de bras, comme ça. » Et, joignant le geste à la parole, il projeta sa main, paume ouverte vers lui, comme pour s'admirer dedans.

Swan l'imita. Le miroir était dirigé vers le côté gauche de son visage et son épaule. À présent sa tête n'était plus qu'un contour.

« Je peux pas vraiment me voir comme... »

Il y eut un mouvement dans la glace. Fugace. Et ce n'était pas elle.

Un visage avec un œil unique au milieu du front, une bouche béante là où le nez aurait dû se trouver, et à la peau aussi jaune qu'un vieux parchemin émergea de derrière son épaule telle une lune lépreuse dans le ciel.

Swan lâcha le miroir, qui tomba au sol dans un tintement, et se retourna brusquement.

Il n'y avait personne. Bien sûr.

« Swan ?! s'écria Rusty, qui s'était levé d'un coup. Qu'est-ce qui se passe ? »

Josh posa la bougie et mit sa main sur l'épaule de la fillette. Elle se pressa contre lui, et il sentit son cœur qui battait la chamade. Quelque chose lui avait flanqué une trouille bleue. Il se pencha pour ramasser le miroir, pensant qu'il était en miettes, mais non, il était toujours intact. Il se regarda dedans et, même s'il trouvait son propre visage repoussant, suffisamment longtemps pour voir qu'il avait quatre nouvelles verrues sur le menton. Il rendit le miroir à Rusty.

« On a du pot qu'il se soit pas cassé. Ça aurait fait sept ans de malheur.

— Cent fois qu'j'ai vu Fabrioso le faire tomber. Une fois même, il l'a lancé de toutes ses forces sur un sol en béton. Et ça s'est même pas fendu. Tu vois, y m'disait que ce miroir, il était magique lui aussi, mais que, bon, il comprenait pas vraiment, alors jamais y m'a dit pourquoi y pensait ça. Moi, poursuivit Rusty avec un haussement d'épaules, j'trouve juste que ça ressemble à n'importe quelle vieille glace ternie, mais comme il allait avec le coffret, j'me suis dit que j'allais le garder. » Il se retourna vers Swan, qui fixait toujours l'objet avec méfiance. « T'en fais pas, comme j'disais, y s'casse pas, ce truc. L'est même plus dur que du plastique ! » Il reposa le miroir sur le bureau.

« Ça va ? », demanda Josh à la fillette.

Elle hocha la tête ; elle ne savait pas ce qu'était ce monstre entraperçu derrière son reflet, mais n'avait aucune envie de poser à nouveau les yeux dessus. À qui appartenait-il, ce visage surgi des profondeurs du tain ?

« Oui », répondit-elle tout haut, en se forçant à prendre une voix convaincante.

Rusty relança le feu dans le poêle avant d'emporter le corps de Leroy, avec l'aide de Josh, jusqu'au cimetière du cirque. Killer les suivait, jappant sur leurs talons.

Quand ils furent partis, Swan s'approcha à nouveau du miroir. Elle avait l'impression qu'il l'appelait, comme les cartes de tarot chez Leona.

Doucement, très doucement, elle le reprit en main, le mit à bout de bras et l'inclina un peu vers son épaule gauche comme la première fois.

Mais il n'y avait aucun autre visage que le sien. Rien.

Swan inclina le miroir vers la droite. Toujours rien.

Leona lui manquait énormément, et elle se mit à repenser à la carte du Diable. Le visage dans le reflet, avec cet œil horrible au milieu du front et une bouche qui ressemblait à une porte de l'Enfer, lui avait rappelé cette figure.

« Oh, Leona, chuchota Swan, pourquoi tu nous as laissés ? »

Il y eut un bref rougeoiement dans le miroir, comme un flash, puis plus rien.

Swan jeta un coup d'œil par-dessus son épaule. Le poêle était derrière elle, et des flammes y crépitaient.

Elle regarda à nouveau son reflet. Il était sombre, et elle s'aperçut qu'il n'était en réalité pas incliné vers le poêle.

Elle y vit néanmoins s'allumer un petit point lumineux rouge rubis, qui se mit à grossir.

Puis d'autres couleurs apparurent, tels des éclairs lointains : des verts émeraude, des blancs purs, des bleu nuit profond. Les couleurs s'accentuèrent, fusionnèrent pour former un petit anneau lumineux qui pulsait et dont Swan pensa d'abord qu'il flottait dans l'air. Seulement l'instant d'après, elle crut distinguer une silhouette floue, brumeuse, qui tenait cet anneau dans ses mains, sans toutefois pouvoir dire s'il s'agissait d'un homme ou d'une femme. Elle faillit se retourner, mais se retint, sachant parfaitement qu'il n'y avait rien derrière elle. Non, cette image, elle n'était que dans le miroir. Mais que signifiait-elle ?

La silhouette semblait marcher, d'un pas las mais déterminé, comme si elle savait qu'elle avait encore un long chemin à parcourir. Swan sentait que la silhouette était loin d'elle, peut-être même dans un autre État. Mais le temps d'une seconde, elle eut comme l'impression de pouvoir distinguer le visage, peut-être celui d'une femme, aux traits durs ; et puis tout s'embruma à nouveau, et Swan ne fut plus sûre de rien. La silhouette semblait chercher quelque chose, l'anneau à la main bien plus lumineux que des lucioles, et derrière elle se profilaient peut-être d'autres formes qui cherchaient aussi, mais là encore la fillette était incapable de les discerner dans la brume.

L'anneau lumineux commença à s'estomper, et Swan le fixa jusqu'à ce qu'il ne soit plus qu'à nouveau un minuscule point rougeoyant, telle la mèche d'une bougie qui s'éteint ; puis il vacilla comme une étoile qui meurt, et plus rien.

« Reviens... murmura-t-elle. Reviens, s'il te plaît. »

Mais la vision ne revint pas. Swan orienta le miroir vers sa gauche.

Et là, derrière son épaule, apparut, cabré, un squelette de cheval, monté par un cavalier d'os dégoulinants de sang frais, qui brandissait une faux prête à fendre l'air et à décimer...

Elle se retourna brusquement.

Elle était seule. Toute seule.

Tremblant de tous ses membres, elle reposa le miroir. Elle avait sa dose de magie pour un moment.

Elle se rappela les paroles de Leona : « Tout a changé, maintenant. Tout ce qui était n'est plus. Peut-être que le monde entier est comme ici, à Sullivan : il part en quenouille, il change, il se transforme en quelque chose de différent. »

Elle aurait eu bien besoin de Leona pour l'aider à comprendre ces nouvelles pièces du puzzle, mais Leona n'était plus là. Il ne restait plus qu'elle et Josh à présent, et Rusty Weathers aussi, si jamais il décidait de les accompagner là où ils allaient, elle ne savait pas trop où.

Mais qu'est-ce qu'elles voulaient dire, ces visions ? Étaient-ce des choses qui *allaient* arriver, ou des choses qui *pouvaient* arriver ?

Elle se dit qu'elle n'allait pas en parler avant d'y avoir réfléchi un peu plus. Elle ne connaissait pas encore assez bien Rusty Weathers, même s'il avait l'air d'un brave homme.

Quand ils revinrent, Josh demanda à Rusty s'ils pouvaient rester quelques jours avant de repartir, et partager son eau et ses biscuits pour chien, Swan tordit le nez, mais son estomac criait famine.

« Et vous pensiez aller où comme ça, tous les deux ? s'étonna Rusty.

— Je sais pas trop encore. On a un bon cheval vigoureux et un clebs courageux comme j'en ai rarement vu, alors je crois qu'on va continuer droit devant nous jusqu'à ce qu'on trouve un endroit pour se poser.

— Ça sera p't-être dans longtemps alors. Tu sais pas c'qu'y a par là-bas.

— Je sais c'qu'y a derrière nous. Devant, ça peut franchement pas être bien pire.

— T'as de l'espoir, toi.

— Ouais. » Il jeta un œil vers Swan. Protège l'enfant, se redit-il. Oui, il allait faire tout pour ça, pas seulement parce qu'il obéissait au commandement, mais parce qu'il l'aimait beaucoup, cette petite, et qu'il était décidé à faire son possible pour qu'elle survive à ce qui les attendait - et pourrait bien tenir d'une traversée de l'Enfer, commençait-il à comprendre.

« Ben... alors j'crois que j'vais lever le camp aussi et partir avec vous, si ça vous gêne pas, décida Rusty. Tout c'que j'possède, c'est les fringues que j'ai sur l'dos, ma veste magique, le coffret et le miroir. Ici, j'ai pas l'impression que j'ai beaucoup d'avenir, tu crois pas ?

— Non, pas des masses », confirma Josh.

Rusty regarda par l'une des lucarnes couvertes de crasse. « Tout c'que j'espère, c'est vivre assez longtemps pour revoir le soleil, et à c'moment-là j'me suiciderai aux cigarettes. »

Josh se mit à rire malgré tout, et Rusty gloussa un peu, lui aussi.

Swan eut un sourire, mais qui s'estompa vite.

Comme elle se sentait éloignée de la petite fille qui était entrée avec sa mère dans la boutique de PawPaw Briggs ! Le 3 novembre, elle aurait dix ans, mais là, elle se sentait vieille... trente ans, au moins. Et dire qu'elle ne savait rien sur rien, pensa-t-elle. Avant ce jour fatidique, son univers était composé de motels, de caravanes et de baraques de fortune en parpaings. Comment c'était, le reste du monde ? se demandait-elle. Et maintenant qu'il était passé, ce jour, qu'est-ce qu'il en restait ?

« Le monde, lui, il continuera à tourner, avait dit Leona. Ah ça, Dieu lui a donné une sacrée poussée au départ pour le faire tourner ! Et Il a mis aussi de sacrés esprits, de sacrées âmes dans la tête de plein de gens, des gens comme toi, peut-être. »

Elle repensa à PawPaw Briggs qui s'était redressé, là-bas, sous les décombres, pour parler. Cette scène, elle s'était efforcée de ne pas trop y repenser, mais à présent elle voulait vraiment savoir ce que ses paroles signifiaient. Elle ne se sentait absolument pas spéciale ; seulement brisée de fatigue, couverte de saleté, et quand elle laissa ses pensées se tourner vers sa mère, elle n'eut qu'une envie, s'abandonner et fondre en larmes. Mais elle se retint.

Swan voulait en savoir plus sur tout ce qui l'entourait : apprendre à mieux lire, si on pouvait encore trouver des livres ; à poser des questions et à écouter les réponses ; à penser et à raisonner. Mais elle ne voulait pas vraiment grandir, parce qu'elle avait une peur bleue du monde des adultes ; pour elle, il était à l'image d'un type bedonnant et grossier, une grosse brute qui piétinait les jardins avant même qu'ils n'aient eu la moindre chance de pousser.

Non, décida Swan. Je veux être celle que je suis, et personne ne me piétinera, et si jamais ils essaient, ils pourraient bien se transpercer les pieds et se faire très mal.

Rusty l'observait depuis un moment alors qu'il préparait leur repas de biscuits, et la voyait plongée dans de profondes réflexions.

« C'est à ça que tu penses ? », lui demanda-t-il en claquant des doigts avant de brandir entre pouce et index la piécette qu'il avait cachée dans sa paume. Il la lui lança, et elle l'attrapa au vol.

Elle vit que ce n'était pas une pièce de monnaie, mais un jeton de cuivre, qui portait l'inscription *Cirque Rydell* au-dessus d'un visage de clown tout sourire.

Swan hésita, regarda Josh, puis Rusty. Elle se décida à répondre : « Non, je pense à... demain. »

Et Josh s'assit, dos contre la paroi, à écouter les gémissements aigus du vent et à espérer qu'ils survivent à ce sinistre couloir sans fin de demains qui s'ouvrait devant eux.

UN CHRÉTIEN EN CADILLAC

Le gymnase du Lycée de Homewood avait été converti en hôpital de campagne, et du personnel soignant des militaires y avait installé des générateurs électriques. Un médecin à l'air un peu hagard, du nom d'Eichelbaum, avait fait traverser à Sister et Paul Thorson un véritable dédale de réfugiés allongés sur des lits de camp ou des matelas à même le sol. Sister conservait son sac avec elle ; au cours des cinq jours qui s'étaient écoulés depuis que les sentinelles avaient entendu leurs coups de feu, elle ne s'en était pas éloignée de plus d'un mètre cinquante. Et ce repas chaud – maïs, riz et café encore fumant, était pour elle comme un restaurant gastronomique.

Le premier jour, on l'avait fait entrer dans un box à l'intérieur d'un bâtiment estampillé ARRIVANTS, et elle s'était prêtée de bonne grâce au protocole de déshabillage par une infirmière en combinaison blanche et masque, qui lui avait passé un compteur Geiger sur tout le corps. La fille avait fait un bond d'un mètre en arrière quand l'aiguille était quasiment sortie du cadran. On avait entièrement frotté Sister avec un genre de poudre blanche à gros grains, mais même après ça le compteur caquetait encore comme une poule en chaleur. Après une bonne demi-douzaine de frottages, le compteur était revenu à des niveaux acceptables, et quand l'infirmière avait laissé tomber « Il va falloir qu'on détruise ça », en tendant la main vers le sac, Sister l'avait alpaguée par la nuque, lui demandant froidement si elle tenait à la vie.

Même avec l'aide de deux médecins et de deux officiers de l'armée qui, si l'on exceptait les brûlures livides qui leur balafraient le visage, auraient pu passer pour des boy-scouts, il fut impossible d'arracher le sac à Sister, si bien que, de guerre lasse, le docteur Eichelbaum avait fini par lever les bras au ciel et ordonner : « Bon, alors, vous me récurez aussi cette saloperie ! »

Le sac avait donc été nettoyé encore et encore et la poudre abondamment répandue sur ce qu'il contenait. « Et vous avez intérêt à le laisser fermé, ce putain de sac, ma p'tite dame ! », avait tonitrué Eichelbaum. Un côté de son visage était couvert de cicatrices bleuâtres, et il avait perdu la vue d'un œil. « Si jamais je vous vois l'ouvrir *une seule* fois, il part direct à l'incinérateur ! »

Sister et Paul s'étaient vu remettre des combinaisons de travail blanches trop larges. La plupart des autres réfugiés portaient cette espèce d'uniforme ainsi que des bottes en caoutchouc : Eichelbaum les avait informés que les dernières « chaussures antiradiations » avaient été distribuées il y a plusieurs jours déjà.

Le docteur avait passé une pommade genre Vaseline sur les brûlures du visage de Sister, examinant au passage de très près une plaque de peau plus épaisse, sous son menton, qui ressemblait à une croûte entourée de quatre petites excroissances, comme des nodules. Il en avait trouvé deux autres à l'angle de la mâchoire, sous son oreille gauche, et une septième au coin de l'œil gauche. Environ soixante-cinq pour cent des survivants, lui avait-il expliqué, portaient des marques semblables, probablement des cancers de la peau contre lesquels on ne pouvait rien. Si on les tranchait au scalpel, avait-il précisé, elles ne faisaient que repousser, et plus grosses encore ; et il lui montra la vilaine escarre noire qui remontait de la pointe de son propre menton. Le plus bizarre, avec ces marques, avait-il poursuivi, c'était qu'elles apparaissaient uniquement sur le visage, ou à côté ; jamais il n'en avait observé plus bas que le cou : ni sur les bras, ni les jambes, ni sur aucune des zones qui avaient pu être exposées à l'explosion.

L'hôpital de campagne était plein de brûlés, d'irradiés et de gens en état de choc ou de dépression. Les cas les plus graves étaient traités dans l'auditorium du lycée, et pour ceux-là, d'après Eichelbaum, le taux de mortalité avoisinait les 99 %. Les suicides étaient un autre problème majeur, et plus les jours passaient, mieux les gens comprenaient l'étendue du désastre et plus on en retrouvait pendus.

La veille encore, Sister s'était rendue à la bibliothèque municipale de Homewood, qu'elle avait trouvée déserte, presque vidée de ses livres, pillés par les survivants pour faire des feux afin de rester en vie. Les rayonnages avaient été arrachés, tables et chaises emportées pour servir également de combustible. Elle avait réussi à trouver l'une des rares allées où demeuraient encore quelques volumes sur les étagères, et en tournant à un angle, avait presque buté dans les chaussures antiradiations d'une femme montée sur un escabeau pour se pendre à un lustre.

Sister avait tout de même fini par trouver ce qu'elle cherchait, dans une pile d'encyclopédies, de livres d'histoire et d'autres titres qui avaient échappé aux flammes. Et là, elle s'était rendu compte par elle-même.

« Tenez, il est là », lui indiqua le docteur Eichelbaum, en zigzaguant entre les derniers lits de camp avant celui d'Artie Wisco. Celui-ci, assis bien calé sur un oreiller, une table roulante entre sa couche et celle de son voisin, était plongé dans une partie de poker endiablée avec un jeune Noir au visage couvert de brûlures triangulaires blanches si nettes qu'on les aurait dites imprimées.

« Hééé ! lança Artie en souriant de toutes ses dents à Sister et à Paul qui s'approchaient. Full ! » Il retourna ses cartes, et le jeune homme s'écria : « Et merde ! Tu triches, mec ! » Ce qui ne l'empêcha pas de régler ses dettes sous forme de cure-dents qu'il prit dans une pile posée de son côté de la table.

« Visez un peu ça ! s'exclama joyeusement Artie en soulevant le drap pour leur montrer les lourds bandages qui s'entrecroisaient sur son thorax. Y a Robot, là, qui veut jouer au morpion sur mon bide !

— Robot ? interrogea Sister, alors le jeune homme leva un index, faisant mine de toucher le rebord d'un chapeau.

— Comment va-t-on aujourd'hui ? interrogea le médecin. Est-ce que l'infirmière vous a fait votre prélèvement d'urine ce matin ?

— Un peu, ouais ! gloussa Robot. Hoooou, il a un engin, ce p'tit salaud, il va de là jusqu'à Philadelphie !

— Y a pas vraiment d'intimité ici, expliqua Artie à Sister, s'efforçant de rester digne. Faut qu'elles fassent les prélèvements devant Dieu et le reste du monde.

— Alors là, mon salaud, si y a des bonnes femmes dans l'coin qui zieutent ton matos, c'est à genoux qu'elles vont s'mettre à prier, c'est moi qui t'le dis !

— Oh, bon... murmura Artie, qui se tortillait d'embarras. Tu vas la fermer, un peu ?

— T'as meilleure mine », intervint Sister pour changer de sujet. Effectivement, sa peau n'était plus d'un gris maladif, et même si son visage n'était qu'une masse de pansements et de cicatrices boursouflées – le docteur Eichelbaum appelait ça des « chéloïdes » –, elle avait même l'impression qu'il avait les joues bien roses.

« Ouais, j'embellis à vue d'œil ! Un de ces jours, je vais me regarder dans l'miroir et voir Cary Grant !

— Y a pas d'miroir par ici, idiot, lui rappela Robot. Y sont tous bousillés.

— Artie réagit de façon assez satisfaisante au traitement par pénicilline. Dieu merci, on en a un stock, sinon la plupart des gens ici seraient déjà morts d'infections, expliqua Eichelbaum. Il n'est pas encore guéri, loin de là, mais je crois qu'on est sur la bonne voie.

— Et Buchanan ? Et Mona Ramsey ? s'inquiéta Paul.

— Il faudrait que je vérifie sur les listes, mais de mémoire ni l'un ni l'autre ne sont dans un état critique. » Il jeta un regard circulaire dans le gymnase, secouant la tête. « C'est qu'il y en a tellement, j'ai du mal à me souvenir de tous. » Il se tourna à nouveau vers Paul. « Si on avait des vaccins, je vous ferais piquer contre la rage, mais on n'en a pas, donc pas moyen. Vous avez plus qu'à espérer de ne pas être tombés sur un loup enragé, braves gens.

— Hé, Doc ! lança gaiement Artie. Vous croyez que j'peux sortir d'ici quand ?

— Quatre ou cinq jours, minimum. Pourquoi ? Vous avez des projets de voyage ?

— Ouais, rétorqua Artie sans hésiter. Détroit. »

Le médecin inclina la tête pour que son œil valide soit bien braqué sur Artie Wisco. « Détroit, répéta-t-il. Moi, ce que j'ai entendu, c'est que Détroit a fait partie des premières grandes villes détruites. Je suis navré, mais je ne crois pas que Détroit *existe* encore.

— Peut-être. Mais en tout cas, c'est là que j'vais, moi. C'est là qu'j'ai ma maison, et puis ma femme. J'y ai grandi, moi, à Détroit ! Détruit ou pas, y faut que je retourne voir c'qu'il en reste.

— Sans doute comme à Philadelphie, intervint Robot, d'une voix songeuse. La vache, y a même pas une cendre qui reste, là-bas.

— Y faut qu'je rentre chez moi, s'obstina Artie, d'un ton ferme. C'est là-bas qu'elle est, ma femme. J'l'ai vue, tu sais, poursuivit-il en s'adressant à Sister. J'l'ai vue dans l'anneau de verre, elle était exactement comme quand elle était jeune. Sans doute que ça voulait dire quelque chose, genre qu'y faut juste que j'y croie assez pour continuer, continuer à la chercher. Peut-être que j'vais la trouver... ou peut-être pas, mais il faut que j'y aille. Tu viens avec moi, hein ? »

Sister resta un instant silencieuse. Puis avec un semblant de sourire, elle lui répondit : « Non, Artie, je peux pas. Moi, y faut que j'aille ailleurs.

— Où ça ?! s'étonna-t-il en fronçant les sourcils.

— J'ai aussi vu quelque chose dans l'anneau, et il faut que je sache c'que ça veut dire. Il le faut, tout comme toi, y faut que t'ailles à Détroit.

— Je comprends pas un traître mot à ce que vous racontez, interrompit le docteur Eichelbaum, mais vous comptez aller où, alors ?

— Au Kansas. » Sister vit l'œil unique du médecin papilloter. « Une petite ville qui s'appelle Matheson. Elle est bien sur l'atlas routier. » Elle avait désobéi aux ordres du médecin, ouvrant son sac le temps d'y fourrer l'atlas en question à côté de l'anneau de verre encore couvert de cette poudre blanche.

« Mais vous savez à combien c'est d'ici, le Kansas ? Comment vous comptez y aller ? À pied ?

— Exactement.

— Vous n'avez pas l'air de bien comprendre la situation », répondit le médecin d'un ton calme, un ton que Sister connaissait bien : c'était celui que les soignants prenaient pour s'adresser aux folles, à l'asile. « La première vague de missiles, expliqua-t-il patiemment, a touché toutes les grandes villes du pays. La deuxième vague, c'étaient les bases aériennes et navales. La troisième, les petites villes et les industries rurales. Et il y en a même eu une quatrième, qui a dézingué tout ce qui était pas déjà en flammes. D'après ce que j'entends dire, au-delà d'un rayon de soixante-quinze kilomètres d'ici, qu'on aille vers l'est ou vers l'ouest, c'est un champ de ruines. Rien d'autre que des gravats, des morts et des gens qui auraient préféré être morts. Et vous voulez aller au Kansas ? Quelle idée ! Les radiations vous tueraient avant que vous n'ayez fait cent cinquante kilomètres.

— J'ai survécu aux bombes de Manhattan. Artie aussi. Comment ça s'fait que les radiations nous aient pas déjà tués ?

— Il y a des gens plus résistants que d'autres. C'est seulement une histoire de chance. Et ça ne veut pas dire que vous pouvez continuer à en absorber comme si de rien n'était.

— Docteur, si j'avais dû mourir des radiations, je serais déjà plus qu'un tas d'os. Et cette saloperie, l'air en est rempli de toute façon, vous le savez aussi bien que moi ! Elles sont partout !

— Oui, les vents les ont transportées, reconnut-il. Mais vous, vous voulez retourner dans une zone hyper-contaminée. Alors bon, je connais pas vos raisons, mais...

— Non, vous les connaissez pas, docteur, l'interrompit-elle. Et vous ne pouvez pas les connaître. Alors économisez votre salive. Moi, je vais rester me retaper un peu ici, et puis je file. »

Eichelbaum ouvrit la bouche pour faire une nouvelle objection, mais, voyant la détermination dans le regard de cette femme, il sut qu'il n'y avait rien de plus à dire. Tout de même, il ne put s'empêcher de vouloir avoir le dernier mot : « Vous êtes cinglée. » Puis il tourna les talons et s'éloigna, se disant qu'il avait plus urgent à faire que d'essayer d'empêcher une énième foldingue de se suicider.

« Le Kansas... murmura doucement Artie Wisco. Ça fait une sacrée trotte, d'ici.

— Ouais, j'vais avoir besoin d'une bonne paire de godasses. »

Alors les yeux d'Artie s'emplirent de larmes. Il attrapa la main de Sister, la pressa contre sa joue.

« Dieu te bénisse, murmura-t-il. Oh... Dieu te bénisse. »

Sister se pencha pour le prendre dans ses bras et il lui fit une grosse bise ; elle sentit une perle d'humidité sur sa joue et son cœur se serra pour lui.

« T'es la plus chouette dame que j'aie connue d'ma vie, lui avoua-t-il. Après ma femme, j'veux dire. »

Elle l'embrassa à son tour avant de se redresser. Ses propres yeux s'étaient embrumés, et elle savait que, dans les années à venir, elle penserait souvent à lui, et que dans son cœur elle lui dédierait une prière. « Allez, va à Détroit, lui ordonna-t-elle. Tu vas la trouver. Tu m'entends ?

— Oui, je t'entends. » Il hocha la tête, des étoiles dans les yeux.

Et Sister s'éloigna, accompagnée de Paul Thorson. Derrière elle, elle entendit Robot lancer : « Hé, mec, c'est qu'j'avais un oncle à Détroit, moi. J'me demandais si... »

Sister retraversa l'hôpital, passant entre les lits de fortune, et sortit du bâtiment. Elle resta immobile à regarder le terrain de football, tapissé de tentes, de voitures et de camions. Le ciel était gris plomb, couvert de lourds nuages bas. Vers sa droite, devant l'entrée du lycée, sous un long auvent rouge, se trouvait un grand tableau d'affichage où les gens venaient épingler des messages et des questions. Ce tableau, il était toujours recouvert jusqu'au dernier centimètre carré, et Sister s'y était attardée la veille, lisant les suppliques griffonnées sur du papier d'emballage : *Recherche ma fille Becky Rollins, 14 ans. Perdue région Shenandoah le 17 juillet* ; *Cherche tout renseignement sur la famille DiBattista de Scranton* ; *Cherche le Révérend Bowden, First Presbyterian Church de Hazleton, pour services religieux urgents.*

Sister continua jusqu'au grillage qui clôturait le terrain, posa son sac à côté d'elle et, passant ses doigts dans les trous, agrippa le fil de fer. Derrière elle, une femme gémissait en face des messages affichés, et Sister faillit craquer. « Oh, mon Dieu, se dit-elle, qu'est-ce qu'on a fait ?

— Le Kansas, hein ? Ça fait loin, putain, pourquoi tu veux aller là-bas ? »

Paul était appuyé contre le grillage, juste à côté d'elle, une attelle sur l'arête de son nez cassé.

« Le Kansas, répéta-t-il, curieux. Y a quoi, là-bas ?

— Une petite ville qui s'appelle Matheson. Je l'ai vue dans l'anneau et je l'ai trouvée sur l'atlas routier. C'est là que je vais.

— D'accord, mais pourquoi ? » Il faisait très froid et il releva le col de son blouson de cuir usé ; ce blouson, il s'était autant bagarré pour le garder que Sister pour son sac, et il le portait par-dessus la combinaison blanche propre.

« Parce que... » Elle s'interrompit, puis se décida à lui dire ce qu'elle avait dans la tête depuis qu'elle avait trouvé cet atlas. « Parce que j'ai l'impression qu'on me guide vers quelqu'un... ou quelque chose. Je crois que tous ces trucs que j'ai vus dans le verre, ils sont réels. Quand je rêvambulais, c'était dans de vrais endroits. Pourquoi, comment, j'en sais rien. Peut-être que cet anneau, c'est... je sais pas trop, un genre d'antenne. Ou un radar, ou une clé qui ouvre une porte que je connaissais absolument pas. Je sais pas pourquoi, mais je crois vraiment qu'on me guide, et il faut que j'y aille.

— Là, tu parles comme cette dame qui avait vu un monstre avec des yeux dans tous les sens.

— J'espérais pas que tu piges. J'espérais pas non plus que t'en aies quoi qu'ce soit à cirer, et je t'ai rien demandé. Qu'est-ce que tu fous là, au fait ? Y t'ont pas affecté à une tente ?

— Si, si. J'en ai une, avec trois autres types. Y en a un qui chiale tout le temps, un autre qui arrête pas de parler de base-ball. Et moi, j'ai horreur du base-ball.

— De quoi vous avez pas horreur, monsieur Thorson ? »

Avec une mimique désabusée, il détourna le regard pour suivre un couple de personnes âgées, leurs visages couverts de ces fameuses chéloïdes, qui s'éloignaient du tableau d'affichage, d'un pas lent et mal assuré, se soutenant l'une l'autre.

« J'ai pas horreur d'être seul, finit-il par répondre. J'ai pas horreur de ne compter que sur moi. Et j'ai pas horreur de moi-même, même si y a des fois où je m'aime pas des masses. J'ai pas horreur de boire. C'est à peu près tout.

— Tant mieux pour toi. Bon, enfin, je voulais quand même te remercier de m'avoir sauvé la vie, et celle d'Artie aussi. Tu t'es bien occupé de nous et ça, j'apprécie. Alors... » Et elle lui tendit la main.

Mais il ne la serra pas.

« T'as quelque chose sur toi qui vaut plus qu'un pet de lapin ? lui demanda-t-il.

— Quoi ?

— T'as quelque chose de valeur ? Que tu pourrais utiliser comme monnaie d'échange ?

— Échanger contre quoi ? »

Il désigna du menton les véhicules garés sur le terrain. Elle vit que ses yeux étaient posés sur une vieille jeep militaire un peu cabossée, avec une capote amovible rapiécée peinte avec des motifs de camouflage.

« T'as quelque chose dans ce sac que tu pourrais échanger contre une jeep comme ça ?

— Non. J'ai pas... » Et brusquement, elle se souvint de ces morceaux de verre incrustés de joyaux qu'elle avait ramassés, en même temps que l'anneau, dans les ruines de *Steuben* et de *Tiffany*. Quand elle avait vidé le Gucci, elle les avait fourrés au fond du sac et oubliés depuis.

« Tu vas avoir besoin d'un moyen de transport, expliqua-t-il. Tu peux pas aller jusqu'au Kansas à pied. Et puis tu feras quoi pour ce qui est du carburant, de la nourriture et de l'eau ? T'auras aussi besoin d'un flingue, d'allumettes, d'une bonne lampe torche et de vêtements chauds. Comme j'te disais, ma grande, ça risque d'être l'Enfer de Dante, là-bas.

— Ouais, peut-être. Mais qu'est-ce que ça peut te faire, à toi ?

— À moi, rien. J'essaie simplement de te mettre en garde, c'est tout.

— Je suis capable de m'débrouiller.

— Pour ça, j'te fais confiance. Tu devais être méchamment tête de lard, dans ta jeunesse, toi.

— Hé ! cria quelqu'un. Hé ! C'est vous que j'cherche, m'dame ! » C'était le grand type au blouson doublé et à la casquette publicitaire Stroh, celui qui avait entendu les coups de feu alors qu'il faisait sa patrouille. « J'vous cherchais, répéta-t-il en mâchant un chewing-gum. C'est Eichelbaum qui m'a dit que vous étiez dans l'coin.

— Alors vous m'avez trouvée. C'est pour quoi ?

— Ben... j'avais comme qui dirait l'impression d'avoir entendu parler d'vous la première fois que j'vous ai vue. Mais bon, comme y disait que vous aviez un gros sac de cuir, j'crois bien qu'c'est ça qui m'a mis d'dans.

— Mais de quoi vous parlez ?

— Deux ou trois jours avant qu'on vous trouve, vous et votre groupe, y a un gus qu'est passé tranquillement en vélo sur la I-80, comme s'il faisait sa balade du dimanche ; l'était sur une de ces bicyclettes de course, celles avec le guidon très bas. Oh, j'm'en souviendrai, de çui-là. Le vieux Bobby Coates et moi, on était en haut du clocher à surveiller les environs, et là y a Bobby qui m'balance un grand coup dans l'bras et qui m'dit : "Hé, Cleve, vise un peu ça, bordel !" Alors moi, j'regarde, et j'en crois pas mes yeux !

— Mais c'était quoi, enfin ? aboya Paul. On comprend rien !

— Oh, juste un type. Qui passait à vélo sur la I-80. Sauf que le plus bizarre, c'est qu'y avait une trentaine ou une quarantaine de loups qui le suivaient, quasiment à le toucher. Un cortège, quoi. Et pile avant qu'il arrive en haut d'la côte, v'la le type qui descend d'vélo et qui s'retourne. Et là, *paf!* les loups qui se mettent à plat ventre devant lui, comme devant le bon Dieu, quoi. Et puis, ils se tirent tous au galop, et le type continue jusqu'en haut de la côte en marchant à côté d'son vélo. » Cleve eut un geste d'incompréhension totale, la stupeur se lisant sur son visage bovin. « Alors, on est partis l'chercher. Imposant, le gus. Costaud. Mais difficile de lui donner un âge. Cheveux blancs, le visage assez jeune. Bon, en tout cas il était en costard cravate et imperméable gris. L'avait pas l'air blessé ou quoi. Et il avait des godasses bicolores. Alors ça, si j'm'en souviens ! Des godasses bicolores. » Cleve poussa un grognement, secoua la tête et regarda Sister bien en face. « Et il nous a parlé de *vous*, m'dame. Nous a d'mandé si on avait vu par hasard une dame avec un gros sac en cuir. Nous a dit qu'vous étiez parents et qu'y fallait qu'y vous r'trouve. Et l'avait l'air d'avoir vraiment envie d'vous trouver. Moi et Bobby, on savait rien d'vous à c'moment-là, bien sûr, et le gus est parti demander aux autres, mais eux non plus, y vous connaissaient pas. Nous, on lui a proposé d'l'emmener à Homewood pour un repas chaud, passer la nuit et s'faire examiner par le docteur. »

Le cœur de Sister avait commencé à cogner vraiment, et tout à coup, elle eut froid.

« Et qu'est-ce... qu'est-ce qu'il est devenu, alors ?

— Oh, rien, il a continué son chemin. Nous a dit merci, mais qu'il avait encore des kilomètres et des kilomètres à faire. Et puis, il nous a souhaité l'meilleur et l'est reparti vers l'ouest à vélo.

— Et comment tu sais que c'était justement elle qu'il cherchait, ce type ? objecta Paul. Ç'aurait pu être n'importe quelle autre femme qui portait un sac de cuir !

— Oh, que non ! répondit Cleve, tout sourire. C'te dame-là, y m'l'a si bien décrite que j'avais son visage dans la tête. Comme une photo, quoi. C'est pour ça que j'avais comme l'impression d'vous connaître la première fois, mais y a que c'matin que j'ai tilté. Ben oui, vous aviez pas d'sac de cuir, c'est ça qui m'a mis d'dans. » Il dévisagea Sister. « Vous l'connaissez, m'dame ?

— Oui, répondit-elle. Oh, que oui, j'le connais. Il vous a... dit son nom ?

— Hallmark. Darryl, ou Dal, ou Dave, queq'chose comme ça. Bon en tout cas, l'est r'parti vers l'ouest. J'sais pas trop c'qu'y va trouver par là-bas. C'est ballot quand même, vous rater d'si peu, tous les deux !

— Ouais, répondit Sister, qui sentait son torse comme comprimé dans un corset d'acier. C'est ballot. »

Cleve porta deux doigts à sa casquette et repartit vaquer à

ses occupations. Sister dut s'appuyer contre le grillage, prête à tourner de l'œil.

« C'était qui ? », s'inquiéta Paul. Au ton de sa voix, on sentait bien qu'il avait peur de la réponse.

« Il faut vraiment que j'aille au Kansas, répondit-elle, déterminée. Il faut que je suive ce que j'ai vu dans cet anneau. Il va pas me lâcher, parce que lui aussi il le veut. Il veut le détruire, et moi je peux pas le laisser mettre la main dessus, sinon je saurai jamais ce que je suis censée trouver. Ou qui je suis censée trouver.

— Y va te falloir un flingue », répéta Paul, épouvanté autant par l'histoire de Cleve que par la terreur qu'il lisait dans les yeux de Sister. Aucun humain n'aurait pu échapper à ces loups sans la moindre égratignure, se disait-il. Et sur un vélo ? Était-ce possible que tout ce qu'elle lui avait raconté fût la vérité ? « Et un gros, ajouta-t-il.

— Y en a pas d'assez gros », répondit-elle avant de reprendre son sac et de s'éloigner du lycée, remontant la pente en direction de la tente qui lui avait été attribuée.

Paul resta planté là, à la regarder partir. Et merde ! se dit-il. C'est quoi, ce bordel ? Cette bonne femme, elle a du cran comme personne, mais elle va se faire massacrer, sur cette I-80 ! Elle a autant de chances d'arriver jusqu'au Kansas qu'un chrétien d'aller au paradis en Cadillac, se dit-il. Englobant du regard ces centaines de tentes dans les collines boisées, ces petits feux de camp et ces lanternes qui brûlaient tout autour de Homewood, il fut parcouru d'un frisson.

Trop de monde, dans ce satané bled. Il n'allait pas pouvoir supporter de vivre dans une tente avec d'autres types. Où qu'il se tourne, il y avait des gens. Il y en avait partout, et il comprit que, très bientôt, il allait lui falloir fiche le camp sous peine de devenir fou. Alors pourquoi pas le Kansas ? Pourquoi pas ?

Parce qu'on n'y arrivera jamais, se raisonna-t-il.

Et alors ? Tu comptais vivre éternellement ?

Je peux pas la laisser partir seule. Bon Dieu, je peux pas !

« Hé ! », l'appela-t-il. Mais elle ne s'arrêta pas, ne regarda même pas derrière elle. « Hé, peut-être que je vais t'aider, pour la jeep ! Mais c'est tout, hein ! T'attends pas à c'que j'en fasse plus ! »

Sister poursuivait son chemin, dans ses pensées.

« Bon, j't'aide à trouver à bouffer et à boire aussi ! cria-t-il à nouveau. Mais pour l'essence et le flingue, compte pas sur moi ! »

Un pied devant l'autre, pensait-elle. Un pied devant l'autre, et t'arrives là où tu veux. Et, oh mon Dieu, que c'est loin, là où j'veux arriver...

« Et merde ! Ok ! J'vais t'aider ! »

Elle finit par entendre sa voix. Se retourna vers lui : « T'as dit quoi ?

— J'ai dit que j'allais t'aider ! » Il eut un geste fataliste, puis se mit à marcher vers elle. « Autant que je rajoute encore une couche à ma tartine de merde, hein ?

— Oui, répondit-elle, un sourire s'esquissant aux coins de ses lèvres. Autant qu't'en rajoutes. »

L'obscurité arriva et une pluie glaciale commença à tomber sur Homewood. Dans les bois, les loups hurlaient, sur les plaines, le vent soufflait, dispersant les radiations, et le monde tournait, allant doucement vers un nouveau jour.

ÉCUME VERDÂTRE

Les pneus de la bicyclette chantaient dans le noir. De temps à autre, ils roulaient sur un cadavre ou contournaient une épave de voiture, mais les jambes qui les propulsaient n'avaient guère le temps de s'attarder.

Penché en avant, appuyant de toutes ses forces sur les pédales avec ses chaussures bicolores, l'homme qui filait sur l'autoroute I-80 était désormais à moins de vingt kilomètres de la frontière de l'Ohio. Son costume était encore constellé des cendres de Pittsburgh. Il y avait passé deux jours à parcourir les ruines et avait trouvé un groupe de survivants dont il avait exploré les esprits, à la recherche du visage de la femme à la chose de verre. Mais, il ne l'avait aperçue dans aucune de ces têtes, et avant de repartir il les avait convaincus que manger la chair brûlée des cadavres était un remède à l'empoisonnement par irradiation. Il les avait même aidés à entamer le premier corps.

Bon appétit, se dit-il. Sous lui, ses jambes agissaient comme des pistons.

Où es-tu ? se demandait-il. C'est pas possible que tu sois arrivée aussi loin ! Pas encore ! À moins que t'aies couru jour et nuit, sachant que je suis à tes trousses.

Quand les loups étaient arrivés, au départ pour l'attaquer, mais très vite pour le vénérer, il s'était dit qu'ils avaient dû lui faire la peau, là-bas dans l'Est de la Pennsylvanie. Mais dans ce cas, où était le sac de cuir ? Il n'avait pas non plus aperçu son visage dans l'esprit de ces sentinelles, à Homewood, et si elle avait été là-bas, ils auraient été au courant. Alors où était-elle ? Et, plus important encore, où était ce truc en verre ?

Il n'aimait pas du tout l'idée que ça puisse être quelque part, n'importe où. Il ne connaissait ni sa nature ni sa provenance, mais quoi qu'il en soit, ce qu'il voulait, c'était le fracasser, le pulvériser en mille petits morceaux qu'il écraserait sur le visage de cette femme.

Sister, pensa-t-il, avec un petit rire méprisant.

Ses mains étreignaient fort le guidon. Il fallait absolument qu'il trouve cet anneau. Absolument. C'était sa fête à lui, maintenant, et des objets comme ça n'y étaient pas admis. Il n'avait pas du tout aimé la façon dont cette bonne femme avait regardé dedans, ni d'ailleurs la façon dont elle l'avait défendu bec et ongles. Ça lui donnait de faux espoirs. Par conséquent, retrouver cet anneau et l'exploser pour lui faire bouffer les éclats n'était qu'un acte d'humanité. Car qui pouvait dire combien d'autres elle pouvait contaminer si on ne l'arrêtait pas ?

Peut-être était-elle déjà morte. Peut-être qu'un de ses semblables l'avait tuée pour lui voler le sac. Peut-être, peut-être, peut-être...

Il y avait trop de peut-être. Mais peu importe qui l'avait, peu importe où il était, il fallait qu'il le trouve, cet anneau, parce qu'une telle chose ne devait pas exister, et parce que, quand elle s'était faite obscure et glacée dans sa main, il avait compris qu'elle lisait au fond de son âme.

« C'est ma fête à moi ! », hurla-t-il, en roulant par-dessus un corps qui gisait en travers de la route.

Mais il y avait tant d'endroits à fouiller, tant d'autoroutes à suivre. Elle avait dû sortir de l'I-80 pour prendre une autre direction avant d'arriver à Homewood. Mais pourquoi aurait-elle fait une chose pareille ? Il se souvenait qu'elle avait dit « Vers l'ouest. Toujours vers l'ouest. » Elle aurait donc dû suivre le chemin le plus évident, non ? Était-ce possible qu'elle ait trouvé refuge dans l'un des petits hameaux entre Jersey City et Homewood ? Auquel cas, ça voudrait dire qu'elle était derrière lui et non devant.

Mais bon, à l'est de Homewood et de cette saloperie de camp de l'armée, il n'y avait plus rien de vivant, pas vrai ?

Il ralentit en passant devant une pancarte déglinguée qui annonçait PROCHAINE SORTIE : NEW CASTLE. Il allait lui falloir se détourner de la I-80 et se trouver une carte routière quelque part, peut-être rebrousser chemin en prenant une autre route. Peut-être qu'elle était partie vers le sud, et donc jamais passée par là. Peut-être qu'elle était sur une petite route de campagne en cet instant même, accroupie près d'un feu, occupée à jouer avec ce maudit truc en verre. Peut-être, peut-être, peut-être...

Le pays était immense. Mais il avait tout son temps, se dit-il en prenant vers New Castle pour sortir de l'autoroute. Il avait le lendemain, et le lendemain encore, et encore. C'était sa fête à lui, et c'était lui qui faisait les règles.

Il la trouverait. Oh, que oui. Et quand ça arriverait, il lui enfoncerait cet anneau dans...

Il se rendit compte que le vent était tombé. Il ne soufflait plus aussi fort que quelques heures auparavant. C'est pour ça qu'il n'avait pas encore réussi à chercher correctement ; cela dit, le vent était également son ami, car il dispersait la poussière.

D'une langue râpeuse comme celle d'un chat, il se lécha l'index et le leva très haut. Oui, le souffle était vraiment retombé, même s'il sentait encore sur son visage une brise intermittente qui lui ramenait des odeurs de chair brûlée. Il était temps, grand temps de commencer.

Sa bouche s'ouvrit. S'élargit. Et s'élargit encore, tandis que ses yeux noirs, dans un visage fort avenant, ne perdaient pas une miette du spectacle autour de lui.

Une mouche apparut alors sur sa lèvre inférieure, sortant à petit pas de sa bouche. C'était un de ces insectes d'un affreux vert brillant, du genre de ceux qui s'envolaient des narines des cadavres gonflés. Elle resta là, à attendre, ses ailes iridescentes en train de frémir.

Une autre sortit, puis une troisième, une quatrième, une cinquième. Bientôt, une demi-douzaine de mouches apparurent, qui restèrent collées à sa lèvre. Puis encore une douzaine, suintant comme une marée verte. Quelques secondes plus tard, c'étaient une bonne cinquantaine qui se bousculaient autour de sa bouche, telle une écume verdâtre qui bourdonnait, frémissait, impatiente de passer à l'action.

« Maintenant... », chuchota-t-il, et ce seul mouvement fit monter un premier groupe au-dessus de sa tête, les insectes vibrant pour résister aux rares bourrasques jusqu'à retrouver leur équilibre. D'autres s'envolèrent, par groupes de neuf ou dix, puis partirent en escadrilles vers les points cardinaux. Elles faisaient partie de lui, vivaient dans les bas-fonds gluants de son âme où de tels êtres pouvaient pousser, et après avoir tout exploré, méthodiquement, dans un rayon de trois ou quatre kilomètres, elles reviendraient à lui comme s'il était le centre de leur univers. À leur retour, il verrait ce que leurs yeux auraient vu : un feu quelque part, reflété dans un anneau de verre ; ou bien le visage de la femme, endormie dans quelque pièce où elle se croyait à l'abri. Et si elles ne la trouvaient pas ce soir, il y aurait toujours demain. Et après-demain. Tôt ou tard, elles finiraient bien par repérer une fissure dans un mur qui lui permettrait de fondre sur elle, et cette fois, il danserait vraiment sur son squelette.

Son expression était rigide, ses yeux, deux trous noirs dans un visage propre à épouvanter la lune. Les dernières de ces créatures, qui ressemblaient à des mouches mais constituaient en vérité des prolongements de ses yeux et de ses oreilles, émergèrent d'entre ses lèvres et s'élevèrent au-dessus de lui pour filer vers le sud-est.

Et tout cela sans que ses chaussures bicolores cessent un instant de faire tourner les pédales tels des pistons, ni les pneus de la bicyclette de chanter, ni les cadavres d'être écrasés sur son passage.

À suivre...

LE FEU ET LA GLACE
EST LE PREMIER TOME DE SWAN SONG.
IL A ÉTÉ ACHEVÉ D'IMPRIMER LE 13 MARS 2023
ET PORTE LE NUMÉRO DE CODE 172410.

IL COMPTE 540 PAGES,
MESURE 120 MILLIMÈTRES
SUR 180, AVEC UN DOS DE PRESQUE
30 MILLIMÈTRES, CE QUI PEUT SEMBLER
ÉPAIS, MAIS NE VOUS PROTÉGERA
PAS DES FLAMMES.

L'ILLUSTRATION PICTURALE
DE BERNARD KHATTOU NOUS PLONGE
DANS LA MATIÈRE SANS PASSER
PAR LA FISSION.

LA COUVERTURE A D'ABORD ÉTÉ
PASSÉE SOUS LES ORBES BIENVEILLANTS
D'UNE PRESSE OFFSET AVANT DE RECEVOIR
UN VERNIS DE PROTECTION SÉRIGRAPHIQUE
NI BRILLANT NI MAT, MAIS SATINÉ,
ET D'ÊTRE LÉGÈREMENT
DÉFORMÉE.

L'IMPRESSION DES BLOCS
INTÉRIEURS ET LA RELIURE ONT ÉTÉ
ASSURÉES PAR L'IMPRIMERIE CPI FIRMIN-DIDOT
À MESNIL-SUR-L'ESTRÉE, DANS L'EURE.

LA POLICE UTILISÉE
POUR LE LIVRE EST DU HARRIET TEXT
(JACKSON CAVANAUGH). POUR LA COUVERTURE, DANS
NOTRE EFFORT DE DONNER L'IMPRESSION QU'ELLE ARRIVE
DIRECTEMENT DES ANNÉES 1980, NOUS AVONS UTILISÉ
DE L'ALTERNATE GOTHIC (AMERICAN TYPE FOUNDERS),
DU FUTURA STANDARD (PAUL RENNER) ET ENFIN
– POUR LE TITRE –, DE L'ARTHEMYS LÉGÈREMENT
ALTÉRÉ (MORGANE VANTORRE).